UTTA DANELLA

DER BLAUE VOGEL

Roman

W0400428

WILHELM HEYNE VERLAG
MÜNCHEN

HEYNE ALLGEMEINE REIHE
Nr. 01/9098

Der Titel erschien bereits in der Allgemeinen Reihe
mit der Band-Nr. 01/6228

16. Auflage
3. Auflage dieser Ausgabe

Copyright © 1973 by Hoffmann und Campe Verlag, Hamburg
Wilhelm Heyne Verlag GmbH & Co. KG, München
Printed in Germany 1995
Umschlagillustration: Marietta Frommberger, München
Umschlaggestaltung: Atelier Ingrid Schütz, München
Gesamtherstellung: Elsnerdruck, Berlin

ISBN 3-453-07550-1

I In den Hügeln von Vermont

Das Kind erwacht von dem Schrei. Ein hoher, heller Schrei, der jäh abbricht, ein Poltern, dann wieder die helle Stimme: »Nein! Nein!«

Dann ein Schuß.

Das Kind hat sich aufgerichtet, starrt mit weit aufgerissenen Augen ins Dunkel, lauscht, springt aus dem Bett, und während es zur Tür läuft, fällt der zweite Schuß.

Auf der schmalen Holzstiege, die hinabführt in den Wohnraum, bleibt das Kind vor Schreck erstarrt stehen.

Zwei Menschen liegen auf dem Boden. Die Frau liegt auf dem Gesicht, sie hat die Arme weit ausgebreitet, so wie sie sich schützend vor den Mann geworfen hat, dem der Schuß gegolten hat. Darum hat der erste Schuß sie getroffen. Sie ist vornüber gestürzt. Ihr blondes Haar ist wie ein Schleier auf dem Boden auseinandergefallen.

Man sieht kein Blut, keinen Einschuß.

Sie hatte ihr Haar an diesem Abend gewaschen. In einem blauseidenen Morgenrock saß sie auf einem niedrigen Hocker vor dem Kamin und trocknete ihr Haar. Das Kind durfte es kämmen. Und der Mann, der jetzt gekrümmt, die Beine angezogen, das Gesicht verzerrt, den Mund noch wie zum Schrei geöffnet, auf der Seite liegt, hatte mit dem Haar gespielt. Er kniete hinter ihr, ließ es durch die Finger gleiten, nahm eine Strähne zwischen die Lippen, und schließlich hatte er sich ihr Haar, das noch ein wenig feucht war, über das Gesicht gebreitet.

»Like a golden rain«, hatte er gesagt.

Wie ein goldener Regen. Frederike hatte es für das Kind übersetzt, denn es spricht noch kaum englisch.

Dann hatte sie mit einem Lachen das Haar in den Nacken geworfen. »Geh ins Bett, Liebling, es ist schon spät.«

»Och...«

»Wir gehen auch bald schlafen. Ich bin müde.«

Mit einer vorsichtigen, schwebenden Bewegung hatte sie ihren schweren Leib berührt, erst geseufzt, dann gelächelt. Und er, der Mann, der jetzt tot ist, hatte ebenfalls ihren Leib berührt und zärtlich geflüstert: »And that's your golden secret.«

Christine wußte, daß ihre Mutter ein Kind erwartete. Der Gedanke an die kleine Schwester, die sie bekommen würde, tröstete sie über das Heimweh hinweg. Denn sie war bisher nicht heimisch geworden in dem fremden Land. Sie vermißte die Welt, in der sie die ersten Jahre ihres Lebens verbracht hatte. Es war besser geworden, seit sie in den Wäldern lebten. Die große Stadt war dem Kind verhaßt gewesen, die enge, düstere Wohnung war ihm wie ein Käfig vorgekommen. Das Blockhaus am See war besser. Nicht so groß wie das Haus, in dem sie aufgewachsen war. Aber es war dennoch heimatlich. Und heimatlich waren Wald, Wiesen und See, waren Bäume, Blumen und Vögel. Es war das Leben, das das Kind kannte.

»Du bekommst keine Schwester«, sagte der Mann immer. »It will be a boy.«

Christine schüttelte dazu den Kopf. »No. A girl.«

Frederike hatte nur gelacht zu dem Streit zwischen den beiden. Ihr war es egal, ob es ein Junge oder ein Mädchen sein würde. Sie wollte nur ein Kind. Es war neun Jahre her, seit sie ein Kind geboren hatte, ihre Tochter Christine. Und nichts zuvor im Leben hatte sie so glücklich gemacht, wie ein Kind zu haben. So sollte es wieder sein.

Jetzt liegt sie da unten. Man sieht ihr Gesicht nicht, nicht den gewölbten Leib, nur ihren Rücken, in leuchtendblaue Seide gehüllt. Über dem Blau das helle Haar. Ihre Beine sind gespreizt, das eine seltsam verdreht. Man sieht kein Blut. Aus seinem Körper läuft das Blut in einem breiten, eiligen Strom über den Boden, helles Blut, das Bärenfell vor dem Kamin färbt sich langsam rot, es sieht aus, als wäre der Bär gerade geschossen worden.

Christine steht regungslos, unfähig zu begreifen, was sie sieht. Alles endet in diesem Augenblick: ihr Lachen, ihre Unschuld, ihre Kindheit. Dann sieht sie den Fremden im Halbdunkel. Da steht einer, in der herabhängenden Hand die Waffe, steht so regungslos, so entsetzt wie das Kind auf der Treppe. In der Ferne bellt laut und wütend ein Hund. Sonst ist es totenstill. Die Nächte in den Hügeln von Vermont sind immer totenstill.

Plötzlich gibt der Mann einen Ton von sich, ein verzweifeltes Stöhnen. Er beugt sich über die Frau, kniet neben ihr nieder, hebt ihren Körper auf und dreht ihn herum. Nun sind seine Hände voll Blut. Ihr Blut fließt langsam, wie zögernd, als dürfe es diesen Leib, der so voll Leben ist, nicht im Stich lassen.

»Frederike!« stöhnt der Mörder. »Frederike!«

Frederike hört ihn nicht mehr. Sieht ihn nicht mehr. Frederike stirbt, das Gesicht schon leichenblaß, Schatten an den Schläfen, nur ihr Blut lebt noch, ihr Blut und ihr Haar.

Das Kind auf der Treppe erkennt den Fremden.

»Vater!« flüstert Christine.

Der Mörder blickt auf. Auf der schmalen Treppe, bloßfüßig, im langen, weißen Nachthemd, einen kleinen, weißen Stoffhund fest an sich gepreßt, steht seine Tochter.

Erst langsam beginnt er zu begreifen, was geschehen ist. Er richtet sich auf, dann steht er, wendet hilflos den Kopf von einer Seite zur anderen. Sein Gesicht ist so blaß wie das der beiden, die auf dem Boden liegen. Er macht ein paar schwankende, unsichere Schritte zur Treppe hin, streckt dem Kind bittend die Hände entgegen. Das Kind weicht zurück. Da springt er die Treppe hinauf und reißt das Kind an sich.

»Komm! Komm!«

Christine strauchelt, er hält sie fest, hebt sie hoch und trägt sie – doch mitten im Raum läßt er sie auf die Erde gleiten, beugt sich wieder über Frederike, versucht, sie aufzurichten. Frederike stöhnt. Blut tritt auf ihre Lippen, ihr Kopf sinkt zurück, dabei öffnen sich ihre Augen weit.

Sieht sie ihn an?

Er flieht vor diesem Blick, faßt das Kind mit beiden Armen, trägt es aus dem Haus. Christine wehrt sich nicht, rührt sich nicht, sie liegt wie tot in seinen Armen.

Der Hund bellt noch immer, hoch und schrill. In dem Farmhaus, das oben am Wiesenhang liegt, werden zwei Fenster hell, hinter denen sich Umrisse eines Menschen abzeichnen. Er stopft das Kind in das Auto, das vor dem Blockhaus steht, blickt nicht mehr zurück, Panik hat ihn erfaßt, er klemmt sich hinter das Steuer, startet, und holpernd schlingert der Wagen auf dem unebenen Weg davon.

Hinter ihnen, unbewegt und schweigend, bleibt die grausilberne Fläche des Sees zurück.

Jim, der Farmer, blickt angestrengt in die Nacht hinaus.

»Das hörte sich an wie Schüsse«, murmelt er.

»Unsinn!« sagt seine Frau. Aber sie hat sich auch im Bett aufgesetzt und lauscht.

»Ich sage dir, da hat wer geschossen. Und hör doch mal den Hund!« Das Bellen des Hundes überschlägt sich.

»Da! Ein Auto! Da fährt ein Auto! Hörst du es nicht?«

»Ich höre nichts.«

Jim fährt in die Jeans, streift sein Hemd über den Kopf.

»Ich geh' mal nachsehen.«

»Bleib doch hier! Wenn es ein Überfall ist...«

»Unten im Blockhaus ist Licht.«

»Ach die!« sagt seine Frau wegwerfend. »Die haben immer Licht bis spät in die Nacht.«

Jim geht hinaus und läßt den Hund von der Kette. Der rast den Hang hinab, auf das Blockhaus zu.

Jim kehrt noch einmal ins Haus zurück und nimmt sein Gewehr von der Wand, entsichert es.

»Steh auf!« ruft er seiner Frau zu. »Schließ die Tür zu. Aber paß auf, wenn ich zurückkomme, daß ich schnell hereinkann.«

Frederike Kamphoven lebt noch, als man sie vorsichtig in den Wagen des Sheriffs bettet. Sie stirbt während der Fahrt, kurz bevor sie die kleine Stadt erreichen.

Der Arzt zögert, als sie vor ihm auf dem Operationstisch liegt, er überlegt. Eine Fremde. Eine junge Frau, im achten, wenn nicht schon im neunten Monat schwanger.

Ein Überfall, hat man ihm gesagt. Er legt die Hand auf ihren Leib, überlegt noch einmal.

»Wir versuchen es«, sagt er widerwillig. »Wir machen einen Kaiserschnitt.«

Das Kind im Leib der toten Frau lebt.

Es ist ein Mädchen.

Magnus denkt nicht an Flucht. Nicht gleich. Er denkt gar nichts. Er steht unter einem schweren Schock. Er fährt.

Er fährt durch die Nacht, mechanisch wie ein Automat, fährt von dem steinigen Pfad, der zum Blockhaus führt, auf die schmale Landstraße, biegt bei der nächsten Kreuzung in eine breitere Straße ein, immer so weiter, bis er zum Highway kommt. Er sitzt vornübergebeugt, er fährt, er schaltet, er sieht kaum etwas, nur den Lichtkegel, den der Scheinwerfer ins Dunkel wirft, er fährt ihm nach, das Haar hängt ihm in die Stirn, die Stirn ist feucht, auch seine Haare werden langsam feucht, dann seine Hände. Er umklammert das Steuerrad. Die Straßen sind leer. Er fährt. Irgendwann redet er.

»Sie ist nicht tot. Ich wollte sie nicht töten. Ich wollte euch nur holen. Christine! Verstehst du? Christine! Ich wollte euch nur holen. Ihr sollt doch mit mir nach Hause kommen.« Christine liegt hinten im Wagen, ein armseliges, kleines Bündel, sie ist kalt und starr, es ist kaum noch Leben in ihr, kein Gefühl, kein Gedanke. Nur eine leere Hülle ist übrig, ein Körper, der atmet.

»Ich konnte euch nicht finden, Christine. Ich wußte nicht, wo ihr wart. Keiner wollte es mir sagen. Keiner wollte mit mir reden.«

Er kannte die Leute ja gar nicht. Erst war er in New York, dann in Boston. Keiner wollte mit ihm sprechen. Keiner ließ ihn auch nur ins Haus. So etwas war er nicht gewohnt. Mit Zorn war er gekommen, mit gerechtem Zorn. Der Zorn wandelte sich in Wut, in Haß.

Schließlich war er bei dem Uralten in Boston gelandet. Der ließ ihn zunächst auch hinauswerfen. Aber dann plötzlich ließ er ihn hereinbitten. Ganz formell.

Er war sehr höflich, der Alte. Saß da im Rollstuhl, die Augen zusammengekniffen, das kleine, geschrumpfte Gesicht eine Maske aus Pergament. Hinter dem Rollstuhl stand der Diener.

»Lassen Sie sie doch in Ruhe!« sagte der Alte. »Was wollen Sie denn noch. Es ist schon öfter vorgekommen, daß eine Frau ihrem Mann weggelaufen ist. So eine Frau taugt nichts. Der Junge taugt auch nichts. Lassen Sie sie doch!«

»Sie haben meine Tochter entführt. Ich will meine Tochter wiederhaben.«

»Ich weiß nicht, wo sie sind«, sagte der Alte. »Sie hatten eine Wohnung hier in Boston. Ich weiß gar nicht wo. Ich wollte sie in meinem Haus nicht haben. Keiner von der Familie will sie haben.«

»Meine Tochter...«

»Ja, ja, ich habe es gehört.« – Ein scharfer Blick aus den rotgeränderten Augen.

»Kann sein, sie sind im Blockhaus. In unserem alten Blockhaus in Vermont. Vor ein paar Monaten war er das letztemal hier. Im Mai war es, glaube ich. Ich habe ihm gesagt, meinetwegen könnten sie in das Blockhaus ziehen. Mir ist es egal. Ich komme sowieso nie mehr hin. Von den anderen kommt auch keiner hin. Zu primitiv. Früher war ich gern dort. Als kleiner Junge war er ein paarmal dort. Vielleicht sind sie da.« Es hatte lange gedauert, bis er das Blockhaus fand. Heute erst. Im Dorf unten am See hatte einer genickt auf seine Fragen. Hinter dem Wald, am anderen Ende des Sees, da ist das Blockhaus der Claytons. Sieht so aus, als ob es bewohnt sei.

Er stand vor dem Drugstore, wo er die Auskunft bekommen hatte, und merkte, daß sie ihn durch die Scheibe beobachteten.

In diesem Moment dachte er, daß es am besten wäre, wegzufahren, weit wegzufahren. Konnte sein, sie waren dort. Ging es ihn noch etwas an? Hatte der Alte in Boston nicht recht gehabt – Was wollen Sie denn noch?

Er ging langsam zurück zu seinem Wagen und fuhr fort aus dem Dorf. Nicht ans andere Ende des Sees. Er fuhr zurück zur Straße – weg vom See. Er mußte darüber nachdenken. Er war ein schwerfälliger Mensch, einer, der immer erst überlegte, ehe er handelte.

Mal angenommen, sie waren dort. Was dann?

Frederike hatte ihn verlassen.

»Ich liebe ihn«, hatte sie gesagt, damals, ehe sie fortging. »Ich kann nicht mehr bei dir bleiben.«

Hatte sie ihn denn nicht geliebt? Hatte sie je gesagt: ich liebe dich?

Nein. Das hatte sie nie gesagt. Es war ihm nur nicht aufgefallen. Weil er sie so sehr liebte, dachte er, sie liebe ihn auch.

Inzwischen wußte er es besser. Das mit der Liebe – das war wohl alles nur Einbildung.

Aber Christine durfte sie nicht mitnehmen. Sie hatte kein Recht, ihm seine Tochter wegzunehmen. Christine gehörte nach Hause, nicht nach Amerika, nicht zu Fremden, die sie gar nicht haben wollten. Sie wollten Frederike nicht, sie wollten diesen Mann nicht, der irgendwie zu dieser Familie gehörte. Und bestimmt wollten sie auch Christine nicht. Er hatte die Wohnung gefunden in Boston, in der sie zuvor gelebt hatten. Eine schlechte Gegend, ein altes Haus. Es ging ihnen nicht gut. Und jetzt lebten sie hier in der Einsamkeit. Sicher hat Frederike längst genug von diesem Abenteuer. Sicher kam sie gern mit ihm nach Hause.

Er war ganz ruhig. Überlegte gründlich, was er tun würde. Jetzt, da er am Ziel war, eilte es ihm nicht mehr. Heute mußte er nicht mehr hingehen, er konnte es morgen tun. In einem Motel übernachten, morgen früh die Strecke zurückfahren, zum See, durch den Wald, das Haus würde er schon finden.

Hingehen würde er. Natürlich – darum war er ja hergekommen. Darum hatte er diese Reise, diese mühselige Suche auf sich genommen. Er würde ganz vernünftig mit ihr reden, würde ihr klarmachen, daß er Christine mitnehmen mußte, denn sie gehörte nicht hierher. Das mußte sie einsehen.

Aber er belog sich selbst. Er wollte nicht nur sein Kind, er wollte auch sie. Frederike – seine Frau. Vielleicht war sie froh, wenn er kam und sie holte. Vielleicht würde sie fragen: ›Kannst du mir denn verzeihen?‹

Es sah ihr ähnlich, so eine Frage zu stellen. Sie war immer ein wenig sentimental gewesen.

Natürlich konnte er nicht verzeihen. Nicht verzeihen und nicht vergessen. Niemals. Aber das änderte nichts daran, daß sie ihm gehörte.

Sie war gerade erst achtzehn geworden, als er sie heiratete. Sie war noch nicht neunzehn, als sie seine Tochter gebar, selbst noch ein Kind, schmal und zart mit dem scheuen Mund und den verträumten Augen. Es war kaum vorstellbar, daß ein Mann sie je berührt hatte. Sie war keine Geliebte gewesen, nur ein staunendes Kind, das etwas mit sich geschehen ließ, was es kaum begriff. Wenn er auf Urlaub kam von der Front, fand er sie unverändert vor, verträumt, unschuldig, unberührt, an ihrem Leben hatte sich nichts geändert, sie lebte mit ihren Büchern, mit ihrem Hund, sie spielte Klavier. Und sie hatte das Baby. Sie war so zärtlich zu dem Kind, manchmal war er fast eifersüchtig. Mit ihm sprach sie niemals so. Aber es war ja gut, daß sie das Kind hatte. Er war nicht da. Für irgendwelche Arbeit auf dem Gut war sie nicht zu gebrauchen. Sie lebte in einer Traumwelt, eine kleine Prinzessin, fern jeder Wirklichkeit.

Er liebte sie über alles, so, wie sie war. Keine Geliebte für ihn, keine Gefährtin. Das machte nichts, das würde später kommen, wenn der Krieg zu Ende war, wenn er endlich bei ihr sein konnte... Daß einer kommen würde – vor ihm –, der sie aus dieser Traumwelt der Kindheit herausreißen würde, daran hatte er nicht gedacht. Nie hätte er so etwas für möglich gehalten, so viel Fantasie besaß er nicht.

Und er begriff es nicht – bis zu diesem Abend, als er sie wiederfand in einem Blockhaus in Vermont, wo sie mit diesem Mann lebte, den sie liebte. Von dem sie ein Kind erwartete. Es hatte ihn sprachlos gemacht, als er es sah.

Erst am Abend hatte er sich entschlossen, doch noch zurückzufahren zum See.

Es war bereits dunkel, ein Abend im September, es war kühl, über dem See stand Nebel.

Das Haus war größer, als er es sich vorgestellt hatte. Aus dicken, runden Stämmen gezimmert, es sah fest und solide aus. Hinter den Fenstern war Licht.

Da lebte sie...

Es war eine schöne Landschaft, er hatte das am Tag schon gedacht. Eine unberührte stille Landschaft, Wiesen, Wälder, Hügel, dazwischen der See. Die Landschaft schien ihm vertraut zu sein.

Es war fast wie daheim.

Sehr seltsam, daß sie jetzt hier lebte. Damals – ehe sie fortging, hatte sie gesagt: »Ich habe es satt, immer auf dem Land zu leben. Ich möchte einmal etwas anderes sehen als Kühe und Wiesen und Bauern. Ich komme in kein Theater, höre keine Musik, ich will dieses Leben nicht mehr.«

Jetzt lebte sie hier viel einsamer als zuvor.

Als er sich schließlich entschloß, ins Haus zu gehen, war er ganz ruhig, ganz gelassen. So entsprach es seinem Wesen, er war niemals heftig, niemals unbeherrscht.

Zuerst blickte er durch ein Fenster. Vielleicht kam da seine Ruhe schon ins Wanken.

Ein großer Raum, sparsam möbliert. Sie saßen vor dem Kamin auf einem Fell. Er konnte ihre Gesichter nicht sehen. Sie blickte ins Feuer, hatte den Kopf zurückgeneigt, der Mann saß hinter ihr, hatte beide Arme um sie gelegt und sein Gesicht in ihr Haar gepreßt.

Magnus wandte sich heftig ab und ging zur Tür. Sie war nicht verschlossen. – Als er ins Zimmer trat, saßen beide in der gleichen Stellung vor dem Kamin, blickten sich lässig um, gar nicht erschrocken. Dies war eine friedliche Gegend.

Doch als sie ihn erkannte, erschrak Frederike. Das dauerte einen Moment. Die tanzenden Flammen hatten sie geblendet. Da stand einer im Halbdunkel unter der Tür. War es Jim, der Farmer? Dann sagte sie mit ihrer hellen, immer erstaunt klingenden Stimme: »Du?«

Es klang kindlich verwundert.

Doch gleich darauf, dunkler, erschreckt: »Magnus!«

Er fährt und fährt durch die Nacht.

Er weiß nicht, wohin er fährt.

Manchmal redet er vor sich hin. Manchmal schweigt er. Er erlebt alles noch einmal.

»Du?«

»Magnus!«

Hinter ihm ist es still. Das Kind ist starr vor Kälte und Entsetzen. Es liegt nicht mehr, es hat sich aufgerichtet und in eine Ecke gedrückt, es zittert. Aber es weint nicht, es schreit nicht, es spricht nicht. Es sieht immer nur eines. Immer das gleiche Bild. Die beiden Menschen, die auf der Erde liegen. Das Blut, das über die Erde fließt und das Bärenfell rot färbt. Als er sah, daß sie schwanger war, verstummte er. Alles, was er hatte sagen wollen, erstickte.

Ihr Blick war hochmütig. Mit kalten Augen sah sie ihn an. Er war ein Fremder, ein lästiger Eindringling.

»Was willst du denn hier? Laß mich doch in Ruhe! Ich bin hier und bleibe hier. Ich komme nie zurück. Nie, hörst du!« Neben ihr dieser Junge mit seinem hübschen, glatten Gesicht. »Ich verstehe gar nicht, warum Sie sich die Mühe gemacht haben, herüberzukommen. Erstaunlich überhaupt, daß Sie ein Visum bekommen haben, Sie als deutscher Offizier.«

Daran hatten sie offenbar nicht gedacht, daß er kommen würde. Sie hatten ihn vergessen, beiseite geschoben. Er war für sie nicht mehr auf der Welt.

Bis in die Stirn fühlte er die Wut, sein Kopf hämmerte, sein Gesicht war bleich.

»Ich will Christine mitnehmen.«

»Nein«, sagte Frederike entschieden. »Christine bleibt bei mir.«

»Ich gehe von hier nicht weg ohne Christine.«

»Ein Kind gehört zur Mutter. Christine bleibt bei mir. Es gefällt ihr hier sehr gut. Und sie versteht sich sehr gut mit Michael.«

»So ist es«, sagte Michael und lächelte verlegen. »Christine hat es gut bei uns. Sie können ganz beruhigt sein.«

»Christine kommt mit mir. Wo ist sie?«

»Mach dich nicht lächerlich«, sagte Frederike kalt.

Sie ging langsam an ihm vorbei durch den Raum, schwerfällig. Vor einer Tür blieb sie stehen, wandte sich um. »Sei doch vernünftig, Magnus. Sie hat es in Amerika viel besser, in Deutschland kann man doch nicht mehr leben. Michael wird eine große Karriere machen. Christine ist dann die Tochter eines berühmten Künstlers, sie wird ein wundervolles Leben haben. Es ist herrlich, in Amerika zu leben.«

»Hier?« fragte Magnus und blickte sich um.

»Wir waren den Sommer über hier. Gefällt es dir nicht? Es ist eine hübsche Gegend. Nächste Woche reisen wir sowieso ab. Zurück nach Boston. Bei mir ist es bald soweit. Christine freut sich sehr, einen kleinen Bruder zu bekommen.« Und dann eindringlich, bittend: »Magnus, bitte, mach es uns doch nicht unnötig schwer. Gib es auf. Reiche die Scheidung ein. Du kannst mich nicht zwingen, bei dir zu bleiben. Es ist nun einmal so. Ich wollte dir bestimmt nicht weh tun. Aber ich wußte doch nicht...« Sie stockte, dann lächelte sie, »ich wußte nichts vom Leben, Magnus, begreifst du es nicht? Wir haben doch kaum zusammen gelebt. Wir waren kaum verheiratet, da begann der Krieg. Zusammengerechnet waren es ein paar Wochen.«

»Und die letzten Jahre?« fragte er heiser.

»Da... da war es zu spät. Du wirst eine andere Frau finden. Eine, die besser zu dir paßt.«

»Ich nehme Christine mit.«

»Nein. Und ich will auch nicht, daß sie dich hier sieht. Das belastet sie nur.«

»Willst du damit sagen, daß ich meine Tochter nie wiedersehen soll?«

»Vielleicht später. Wenn sie älter ist. Jetzt ist es für sie besser so, wirklich.«

»Ich gehe nicht ohne Christine. Wo ist sie?«

»Sie schläft. Und ich denke nicht daran – Magnus!«

Er schob sie beiseite, um zu der Tür zu gelangen, vor der sie stand, weil er dachte, hinter dieser Tür sei das Kind. Es war ein Schlafzimmer, zwei Betten darin. Aber nicht Christine. Er riß alle anderen Türen auch noch auf. Die Küche, das Bad, eine Kammer.

»Wo ist sie?«

Er trat vor Frederike und packte ihre Handgelenke. »Wo ist das Kind? Ich lasse sie von der Polizei holen. Du hast kein Recht...«

Frederike lachte.

»Kein Recht? Eine Mutter soll kein Recht auf ihr Kind haben? Du wirst in diesem Lande keinen finden, der dir das glaubt. So barbarisch sind sie hier nicht.«

»Lassen Sie sie los!« rief Michael mit hoher, aufgeregter Stimme. »Sie haben überhaupt keine Rechte hier.«

Er riß ihn zurück, stieß ihn in den Rücken. »Lassen Sie sie los, lassen Sie meine Frau los!«

»Ihre Frau!« Magnus wandte sich um, holte aus und schlug den anderen rechts und links ins Gesicht. Jetzt hatte alle Überlegung aufgehört, die Erregung machte sie blind, alle drei.

Michaels dunkle Augen funkelten, sein Gesicht war gerötet. »Immer noch die gleichen Nazimethoden!« schrie er. »Hier in meinem Haus!«

Er stürzte an Frederike vorbei ins Schlafzimmer, kam zurück mit einer Waffe in der Hand. Eine deutsche Offizierspistole. Frederike sagte erregt: »Sei nicht albern, Mischa! Du bist nicht in der Oper.«

Noch war sie Herrin der Situation, kein verträumtes Kind mehr, auf einmal eine erwachsene, sehr bewußte Frau.

Michael zielte mit der Waffe auf Magnus. »Verschwinden Sie, sofort! Sie sind hier überflüssig. Get out! Get out!«

Magnus war größer, stärker und gewandter. Es kostete ihn nur eine Bewegung, und die Pistole flog in hohem Bogen aus Michaels Hand. Magnus bückte sich und hob die Waffe auf. Er wußte nicht, ob sie geladen war.

»Also gut«, sagte er grimmig zwischen den Zähnen. »Dann also auf diese Weise. Wer hier überflüssig ist, sind Sie. Frederike und Christine kommen mit mir. Sofort!«

Die beiden Männer starrten sich haßerfüllt an.

»Frederike geht nicht mit Ihnen, Frederike gehört zu mir. Und mein Kind wird in Amerika geboren.«

Magnus entsicherte die Waffe.

»Los! Hol Christine! Und dann gehen wir.«

Michael machte eine Bewegung auf Magnus zu, Magnus hob die Pistole, und Frederike sah ihm an, daß es ernst war. Sie schrie. Mit dem Fuß stieß sie einen Stuhl um. »Nein! Nein!« Sie warf sich vor Michael, da krachte der Schuß.

So war es.

Ich wollte nicht schießen – ich wollte nicht schießen. Ich wollte sie nur holen.

»Christine! Ich wollte euch holen. Ihr solltet mit mir nach Hause kommen. Christine, hörst du?«

Er blickte über die Schulter, sieht die stumme weiße Gestalt, die weit geöffneten Augen, das erstarrte Gesicht.

Er fährt an den Straßenrand und hält. Es ist die erste normale Regung seit Stunden.

»Du frierst ja. Du hast bloß ein Nachthemd an!«

Er steigt aus, nimmt seinen Mantel und will das Kind darin einwickeln. Mit einem erstickten Laut weicht es vor ihm zurück.

»Du wirst dich erkälten, Christine, bitte...«

Seine Stimme bricht ab.

Alles ist aus, alles ist verloren. Die Besinnung kehrt zurück. Er hat alles verloren – die Frau, das Kind, sein Leben.

»Komm, nimm den Mantel. Hast du Hunger? Willst du etwas trinken?« Hilflose, dumme Fragen.

»Vielleicht kannst du ein bißchen schlafen. Wir fahren weit fort von hier. Du wirst das vergessen, Christine, du...«

Da steht er auf der Landstraße, irgendwo in den Vereinigten Staaten von Amerika. Im Bundesstaat Vermont.

Es ist September. Man schreibt das Jahr 1949. Und alles ist zu Ende. Christine rührt sich nicht, ihre Augen sind starr wie die einer Toten, sie zittert. Vorsichtig deckt er sie mit dem Mantel zu. Streckt die Hand aus, um sie zu berühren, zieht sie zurück.

Die Hand des Mörders.

Auf einmal denkt er an seinen Vater. An Zuhause. An das Gut. Und dann denkt er: Flucht.

Natürlich – er muß fliehen. Die Richtung ist ganz falsch, er muß nach Norden fahren, zur kanadischen Grenze. Dieses Land ist so groß, da kann man Tage und Wochen fahren, es ist wie in Rußland. Man fährt und fährt und fährt...

Kanada also!

Aber als er weiterfährt, bleibt er in der alten Richtung. Er weiß, daß er keine Grenze überschreiten kann. Er hat eine Grenze überschritten in dieser Nacht und hat sich damit selbst gefangengesetzt. Die Freiheit, mit der er sich jetzt noch bewegt, ist ein Betrug, das weiß er. Sie werden die Toten finden, heute, morgen, vielleicht haben sie sie schon gefunden. Oben auf dem Hügel stand ein Haus, da war Licht in den Fenstern, ein Hund hat gebellt. Er hatte nichts gesehen und gehört, jetzt eben stellt sich heraus, er hat es doch gesehen, doch gehört.

Amerika ist groß. Hier kann sich jeder verstecken, jahrelang, ein Leben lang. Das hat man oft schon gelesen. Man muß nur weiterfahren, immer weiter. Aber er weiß, daß für ihn selbst Amerika nicht groß genug ist. Daß er sich nicht verstekken kann.

Als der Morgen dämmert, hält er wieder an, steigt aus. Er steht am Straßenrand, zündet sich eine Zigarette an. Er ist der einsamste Mensch auf der Erde. Verlassen, ausgestoßen. Er hat alles verloren, nur das Leben noch nicht. Und das braucht er nicht mehr. Wieder denkt er an seinen Vater. Er möchte nicht mehr an ihn denken, nie mehr. Der letzte Sohn. Einer starb als Kind. Der andere fiel im Krieg.

Nur er ist übriggeblieben. Gestern noch. Heute ist er mehr als tot. An die Toten kann man denken. Man kann um sie trauern, um sie weinen, für sie beten. Sein Vater wird nicht um ihn weinen, nicht um ihn trauern, nicht für ihn beten. Wird er an ihn denken? Nicht, wenn er es verhindern kann. Der alte Kamphoven gebietet so vielen, er kann auch seinen Gedanken gebieten.

Seine Mutter hätte geweint, gebetet und an ihn gedacht. Wie gut, daß sie tot ist. Wie gut, daß sie starb, im Winter nach dem Krieg. Wie war er unglücklich über den Tod seiner Mutter. Er hat sie nicht wiedergesehen; als er zurückkehrte aus der Gefangenschaft, war sie gestorben. Wie dankbar ist er jetzt, daß sie gestorben ist.

Im Wagen regt sich das Kind. Es schläft.

Und noch einmal, zum letztenmal, denkt er an Flucht.

Er hat doch Christine. Sollte er um ihretwillen nicht doch versuchen, zu fliehen, sich zu verstecken. Und was dann? Wo soll er bleiben mit ihr? Einfach immer weiterfahren, immer tiefer nach Amerika hinein? Sie würde seine Flucht nur behindern. Ein Mann und ein Kind, man würde sie schnell finden.

Er wird sie irgendwo zurücklassen, bei einer Tankstelle, in einem Lokal, und dann allein weiterfahren. Den Wagen an eine Wand, an einen Pfeiler, in einen Abgrund lenken. Besser wäre es gewesen, die Pistole mitzunehmen.

Das alles sind nur Gedanken, er weiß bereits, was er tun wird. Er kriecht in den Wagen und beugt sich über Christine. Ihr Atem ist kurz und schnell, ihre Wangen sind heiß.

Ganz behutsam schiebt er die Arme unter ihren Rücken, hebt sie hoch und legt sein Gesicht an das heiße, fieberglühende Gesicht seiner Tochter. Er wird sie nie wiedersehen.

Er ist am Ende, in seinen Augen stehen Tränen. Warum, warum?

Christine erwacht, sie weiß nicht, wo sie ist, aber jemand hält sie im Arm, das tut gut.

»Christine«, sagt eine Stimme an ihrem Ohr, »du mußt allein nach Hause fahren. Du gehst zum Großvater und du sagst ihm...« Seine Stimme bricht ab. »Du mußt nach Hause fahren, Christine, hörst du!«

»Ja«, murmelt das Kind schlafbenommen, »ich will nach Hause.« Sie öffnet die Augen. »Wir fahren nach Hause, Papi...«

»Ich nicht. Nur du, Christine. Ich komme nie wieder nach Hause.« Er wickelt sie wieder fest in den Mantel, legt sie vorsichtig zurecht, dann fährt er weiter.

Bei der nächsten Abzweigung, die zu einem Ort führt, biegt er ab. Die Sonne scheint, es ist Tag geworden. Er achtet nicht darauf, wie das Städtchen heißt.

Am Straßenrand steht ein Molkereiwagen.

Er hält an und fragt den Milchmann nach der Polizeistation.

II In den Hügeln von Holstein

An der Koppel

Jon Hinrich Kamphoven blieb stehen, als er aus dem Waldstück trat, und schloß vor der Flut des Lichts die Augen. Wie eine leuchtende Woge stieg vor ihm der Rapsschlag hügelan, stieß an das Blau des Himmels, spiegelte im Gelb der Blüten das Sonnenlicht wider. *Raps,* soweit das Auge reichte.

Langsam ging Jon den schmalen Grasweg aufwärts, der am Waldrand entlangführte. Auf der Höhe des Hügels endete der Wald, doch nicht das Rapsfeld, es zog sich leicht gewellt talwärts bis zum Knick. Jon blieb unter der mächtigen Rotbuche stehen, die wie ein vorgeschobener Wachtposten, etwa zwei Meter entfernt vom Waldsaum stand, und blickte mit prüfenden Augen über den Schlag. Der Raps stand gut; hohe, kräftige Stengel, an denen die Blüten fast bis zum Boden reichten. Dies war sein größter Schlag, und er begann zu rechnen, wieviel Leute er für die Ernte brauchen würde. Auf jeden Fall mußte er bis dahin einen neuen Schlepper haben. Besser zwei.

Der ganze Maschinenpark war erneuerungsbedürftig. Ohne den Polen wären die Geräte schon lange nicht mehr bewegungsfähig. Doch er hatte einen sechsten Sinn für Maschinen und Motoren, er reparierte auch noch das älteste Fahrzeug; stundenlang, mit unendlicher Geduld flickte er an den alten, klappernden Fahrzeugen herum. Irgendwann kam er dann strahlend über das ganze Gesicht zu Jon: »Geht es sich wieder, Chef, geht es sich gutt.«

Der Pole – er hieß Boleslaw, und darum nannten sie ihn Bole, woraus jedoch meist einfach Pole wurde – war jedesmal gekränkt, wenn man ihn einen Polen nannte.

»Ich Deitscher. Vater Deitscher auch. Ich Deitscher wie ihr.« Seine Mutter war Polin gewesen. Er stammte aus der Gegend von Thorn und hatte von Jugend an in der Landwirtschaft gearbeitet, genau wie sein Vater auch. Gelegentlich schwärmte er von dem großen Gut, auf dem er aufgewachsen war. »War sich großes Gutt, groß wie hier. Noch greßer.«

Die deutsche Wehrmacht hatte bereits sein Talent für Motoren entdeckt, bei einer Pioniereinheit mußte er eine Art Mädchen für alles beim Fahrzeugpark gewesen sein, und zusammen mit dieser Truppe war er vor den Russen geflüchtet. Auf abenteuerlichen Wegen war er nach Schleswig-Holstein gelangt, als hätte ein Instinkt ihn geleitet, um dahin zu kommen, wo er hingehörte, was ihm seit je vertraut war: die geschlossene, in sich vollkommene Welt eines Gutsbesitzes.

Er konnte so ziemlich alles, was man auf dem Lande können mußte, er arbeitete unermüdlich, zählte nicht die Stunden, noch fragte er nach freiem Wochenende. Am wichtigsten jedoch für das Gut war seine Fähigkeit, die Fahrzeuge einigermaßen in Gang zu halten. Unmengen von Bier und Schnaps konnte er vertragen, aber auch wenn er betrunken war, blieb er so gutmütig wie zuvor, er war weder streitsüchtig noch bösartig, höchstens traurig wurde er. Besonders dann, wenn man ihn einen Polen nannte. Er wollte dazugehören zu dem Land, in dem er jetzt lebte, zu dem Gut, zu den Menschen hier.

Annemarie nannte ihn Polly. Und das hatten die Kinder übernommen. Die Kinder liebten ihn sehr; vor allem Winnie und der Flüchtlingsjunge waren meist da zu finden, wo der Pole war.

Pollys Zuneigung aber gehörte vor allem Christine. Wieviel er begriffen hatte von dem, was geschehen war, wußte niemand. Auf dem Gut wurde darüber nicht gesprochen. Niemals. Von keinem Mitglied der Familie und auch nicht von dem angestammten Personal. Falls sie untereinander davon sprachen, dann nie so, daß ein Außenstehender oder einer von den Neuen es gehört hätte.

Tatsache war, daß Polly das Kind Christine so behandelte, als sei es eine Prinzessin und er ihr Diener.

Für sie tat er alles.

Immerhin war er der erste, zu dem Christine gesprochen hatte. Und das räumte ihm zusätzlich eine Sonderstellung auf dem Gut ein, ohne daß je darüber ein Wort verloren worden wäre.

Die Sonne stand noch hoch an diesem Nachmittag Ende

Mai, als Jon Kamphoven am Rande der gelben Flut abwärts ging. Jetzt kam die Zeit der kurzen, hellen Nächte, die er immer geliebt hatte. Die Sonne versank erst spät hinter den Hügeln von Ost-Holstein, der Tag schien kein Ende zu nehmen. Der Himmel war hoch, weit und hell, in den nächsten Wochen dunkelte er kaum.

Jenseits des Knicks waren Jährlinge auf der Koppel. Es waren nur drei in diesem Jahr, drei kleine Hengste, ein Schwarzbrauner und zwei Füchse. Es war in diesem Jahr kein Fohlen gefallen, es gab auch nur noch zwei Stuten auf dem Gut. Golda, die Fuchsstute, hatte Jon im vergangenen Jahr an den Friedrichshagener verkauft, was er inzwischen sehr bereute. Ihr Sohn hatte sich gut herausgemacht. Aber zuvor hatte sie zweimal verfohlt, und im letzten Jahr war sie güst geblieben.

Da der Friedrichshagener sie partout wollte und einen guten Preis bot, hatte Jon sich von ihr getrennt. Sie hatten in Friedrichshagen einen eigenen Deckhengst, angeblich sollte sie tragend sein. Blieb abzuwarten, ob es diesmal gutging.

Andererseits – was sollte die Pferdezucht noch. Kein Mensch kaufte heute Pferde, es war unnötiger Luxus. Nur brachte es Jon nicht fertig, sich von den Pferden zu trennen. Der Friedrichshagener auch nicht.

»Kömmt all wedder«, sagte der immer. »Ohne Pferd kann der Mensch nicht lewwen.«

Eine Weile sah Jon den jungen Hengsten zu, die eben dabei waren, einen erbitterten Kampf um die Vorherrschaft auf der Koppel auszutragen. Der Dunkle war der kräftigste von den dreien und würde wohl Sieger bleiben. Doch dieser kleine Fuchs mit dem weißen Stern, Goldas Sohn, war ein Teufelskerl, wendig und schnell wie der Blitz. Immer wieder gelang es ihm, einen Biß oder einen Schlag anzubringen. Und ehe ihn einer erwischte, war er fort. Goldblitz hatten sie ihn getauft, der Name paßte gut zu ihm.

Jetzt hatte Goldblitz ihn entdeckt, er unterbrach das Kampfspiel mit den anderen und kam auf seinen hohen, noch ungelenken Beinen angaloppiert. Der Mensch da am Koppelzaun erregte seine Neugier, vielleicht ließ es sich mit dem auch gut spielen.

Jon hatte beide Arme auf den Zaun gelegt, also knabberte

Goldblitz erst einmal an den Ärmeln seiner Jacke, doch ehe es ihm gelang, ein Stück herauszureißen, gab Jon ihm einen leichten Klaps auf die Nase. Das war für den kleinen Hengst eine Aufforderung zu einem neuen Spiel. Wie ein Verrückter hopste er am Zaun entlang, warf den Kopf hoch, schnaubte vor Begeisterung und warf die Beine in die Höhe.

Jon Kamphoven verzog den Mund. Früher hätte er vielleicht gelächelt. Heute lächelte er nicht mehr. Sein Gesicht war versteinert wie sein Herz. Der andere Fuchs kam nun auch neugierig herbei. Nur der Schwarzbraune nicht. Der trollte sich hinüber zum Knick und steckte dort die Nase ins Gebüsch.

Jon kniff die Augen zusammen. Da war doch was...

Kaum sichtbar in dem dichten Bewuchs, verborgen zwischen den Hecken, eine kleine, schmale Gestalt. Christine!

Der Schwarzbraune schien zu wissen, daß sie dort war, er machte den Hals lang, bis er mit den Nüstern das Kind erreichte und schnoberte zärtlich an seiner Schulter herum. Christine merkte, daß sie entdeckt worden war. Sie hatte sich tiefer ins Gebüsch verkrochen, als sie ihren Großvater auftauchen sah. Aber nun hatte Cornet sie verraten. Sie stand auf und streichelte das Pferd.

»Geh zurück auf die Koppel«, sagte sie. »Du wirst hier im Gestrüpp hängenbleiben.«

Polly, der Pole, war der erste Mensch gewesen, zu dem sie gesprochen hatte. Mit den Tieren sprach sie schon länger.

Sie ging langsam den Knick entlang auf ihren Großvater zu. Jon ging ihr entgegen, an der Ecke der Koppel trafen sie zusammen. Jon, groß und hager, straff in den Schultern, ungebeugt, blickte auf sie hinab, ohne eine Miene zu verziehen. Und Christine blickte mit der gleichen unbewegten Miene zu ihm auf.

Sie wußten beide immer noch nicht, wie sie zueinander standen. Es gab niemanden im Leben von Jon Kamphoven, den er liebte. Keinen mehr. Wenn er einen hätte lieben können, dann vielleicht dieses Kind. Aber er konnte nichts mehr fühlen. Christine fürchtete sich ein wenig vor ihm. Aber es gab dennoch eine eigenartige Verbindung zwischen ihnen seit damals, seit er sie selbst in Amerika abgeholt hatte.

Es war der erste Flug seines Lebens gewesen.

Seinen Sohn wollte er nicht sehen. Auch Magnus Kamphoven hatte nicht den Wunsch geäußert, seinen Vater zu sprechen. Sie wollten einander die Scham und den Schmerz ersparen, das wußten sie voneinander ganz genau, auch wenn die anderen Menschen sie nicht verstanden.

Dafür hatte Jon mit dem Staatsanwalt gesprochen, mit der Untersuchungsbehörde, und hatte knapp und ohne Beschönigung alles gesagt, was zu diesem Fall zu sagen war. Dann hatte er sich einen Rechtsanwalt empfehlen lassen, einen bekannten und teuren Strafverteidiger, und hatte ihn mit der Verteidigung seines Sohnes beauftragt. Der Anwalt hatte den geforderten Vorschuß bekommen und auch nach dem Prozeß umgehend die gesamte Summe, die ihm zustand. Das war unter anderem der Grund, warum auf dem Gut noch keine neuen Maschinen angeschafft worden waren.

Ein Doppelmord blieb ein Doppelmord – auch der beste Verteidiger konnte daran nichts ändern. Er konnte aus dem Mord einen Totschlag machen und mit der Vorgeschichte an das Mitgefühl der Geschworenen appellieren. Genau besehen war Magnus Kamphoven mit zwanzig Jahren gut weggekommen. Der Krieg war noch nicht lange her, die Deutschen genossen wenig Sympathien in den Vereinigten Staaten. Aber Magnus Kamphoven machte einen guten Eindruck auf die Geschworenen, er hatte sich selbst gestellt, gab alles zu, er war weder verbockt noch arrogant. Man sah ihm an, wie er litt unter dem, was geschehen war. Aber nun war er jedenfalls so gut wie tot.

Für seinen Vater ganz gewiß.

Jon fand das Kind in einem Heim für nervengestörte Kinder. Zuerst war es in einem Krankenhaus gewesen, dann – nachdem keiner imstande gewesen war, ihm auch nur ein Wort zu entlocken – hatte man es in dieses Heim gebracht.

Man hatte Jon vorbereitet, es war ein Dolmetscher geholt worden, der mit den Fachausdrücken der Psychotherapeuten vertraut war und der ihm den ganzen Fall verdeutschte.

Was das Kind gesehen und erlebt hatte, wußte man nur von Magnus, nicht von dem Kind selbst. Das Kind schwieg.

Es bewegte sich wie eine Marionette, stumm und starr, und auch das nur, wenn man es dazu zwang. Anfangs hatte man es künstlich ernährt, denn es wollte nicht essen. Später ließ es sich wenigstens füttern, und als einen großen Fortschritt bezeichneten es die Ärzte, als es selbst aß, wenn auch lustlos und nur wenig.

Man hatte eine deutschsprechende Pflegerin ins Heim geholt, später sogar ein deutschsprechendes Kind, weil man hoffte, dadurch Christines Schweigen zu brechen. Es blieb erfolglos. Eine jahrelange Behandlung würde wohl nötig sein, meinten die Ärzte, bis man das Kind einigermaßen stabilisieren könne. Vielleicht aber war der Schock so nachhaltig, daß die Sprach- und Nervenhemmung für immer zurückbleiben würde. Man müsse abwarten.

Jon hatte sich das alles angehört, starr und schweigend wie das Kind. Dann hatte er gesagt, er habe verstanden, und nun wolle er seine Enkeltochter sehen und mitnehmen nach Deutschland.

»Mitnehmen?«

»Mitnehmen – selbstverständlich. Was sonst?«

Der Blick seiner grauen Augen war voll Kälte und so voll Abwehr, daß keiner mehr etwas sagte.

Genaugenommen waren sie ja auch nicht scharf drauf, dieses kranke Kind zu behalten, ein deutsches Kind zudem, das Kind eines Doppelmörders, und bezahlt werden mußte schließlich auch für die Behandlung. Obwohl der Fall natürlich ganz interessant war.

Als man Christine brachte, benahm sie sich genauso, wie man es Jon geschildert hatte. Immerhin schien sie ihn zu erkennen, denn sie sah ihn an. Und er merkte sofort, daß ihr Ausdruck zwar starr, aber nicht stumpf war. Sie war auch sehr gewachsen, war groß für ihr Alter, und furchtbar dünn. Aber sie sah nicht krank aus. Das dunkelblonde Haar hatten sie ihr mit einem Band am Hinterkopf zusammengebunden, das machte das kleine, magere Gesicht noch blasser und schmaler.

Jon versuchte nicht, ein Gespräch zustande zu bringen, er stellte keine Fragen, beugte sich nicht einmal hinab zu dem Kind, berührte es nicht, er sagte nur in gelassenem Ton: »Komm, wir fahren nach Hause, Christine!«

Und es geschah, was die Ärzte in tiefes Erstaunen versetzte:

das Kind sprach zwar auch jetzt kein Wort, aber es nickte. – Es nickte, und sein Blick war nicht mehr so leer.

Der Flug über den Atlantischen Ozean verlief im tiefsten Schweigen, was die Stewardessen außerordentlich irritierte. Die beiden Passagiere aßen und tranken zwar, was man ihnen vorsetzte, der Alte sagte wenigstens ›danke‹, das Kind sagte gar nichts. Miteinander sprachen sie kein Wort, blickten sich kaum an.

Jon hatte das Schweigen des Kindes akzeptiert und übernommen. Er dachte sich folgerichtig, daß man in den vergangenen Wochen und Monaten immer wieder und in quälender Weise auf das Kind eingesprochen hatte, aber alle Versuche, es zum Sprechen, zum Leben zu bringen, waren erfolglos geblieben – also besser, man ließ es zunächst in seinem Käfig und in Ruhe. Keineswegs aber dachte er daran, das Kind wieder in psychiatrische Behandlung zu geben, wie die Ärzte in Amerika ihm eindringlich nahegelegt hatten. Davon hielt er gar nichts.

Entweder sie würde geheilt auf Breedenkamp und von Breedenkamp oder sonst vermutlich nirgends und von niemandem. Das war seine Ansicht. Sie war richtig.

Natürlich beteiligten sich die anderen auf dem Gut nicht an ihrem Schweigen.

Annemarie, lebhaft, gesprächig – schwatzhaft nannte es Jon –, redete sowieso, wo immer man sie traf, sie redete laut und viel und lachte oft. Was Jon ihr übelnahm, denn es gab auf Breedenkamp keinen Grund mehr zum Lachen. War nicht ihr Mann gefallen? Ihr Schwager in einem amerikanischen Zuchthaus?

All das konnte Annemarie das Lachen nicht abgewöhnen, und Winnie war genau wie sie. Alwine, ihre und Henning Kamphovens Tochter, lachte und schwatzte wie ihre Mutter. Ein bildhübsches, unbekümmertes Kind mit hellblondem Haar und blauen Augen; zu der Zeit, als Christine heimkehrte, gerade sechs Jahre alt.

Jedermann auf dem Gut liebte Winnie. Die Leute im Dorf liebten Winnie ebenso wie die Leute in Lütjenburg, sogar die Leute in Eutin und in Malente, ganz egal, wo Winnie hinkam, sie gewann jedes Herz. Und sie kam viel in der Gegend herum, denn Annemarie hatte viele Freunde und Bekannte, sie war genauso beliebt wie ihre Tochter, und so oft es sich ermöglichen ließ, entfloh sie der tristen Atmosphäre des Guts. Winnie war immer dabei, immer der verhätschelte und gestreichelte Mittelpunkt, ein Sonnenkind, ein Glückskind, der geborene Liebling, und das sollte sie ihr Leben lang bleiben. Fast immer.

Die schweigsame, ernste Christine war ihr ein wenig unheimlich, aber sie war noch zu klein, als daß man ihr hätte erklären können, was ihrer Cousine widerfahren war. Winnie gewöhnte sich daran, von Christine keine Antwort zu bekommen, nach einiger Zeit störte es sie nicht mehr. Die Tiere, von denen Winnie, wo sie ging und stand, umgeben war, sprachen schließlich auch nicht. Sie waren stumm wie Christine, aber deswegen liebte man sie doch.

Annemarie hatte gesagt: »Du mußt sehr, sehr lieb sein zu Christine. Christine war krank, weißt du. Sie ist manchmal traurig. Und darum mußt du immer lieb zu ihr sein.«

Man hätte das Winnie nicht zu sagen brauchen. Sie war sowieso lieb zu jedem. Sie schleppte alles herbei, von dem sie glaubte, es könne Christine erfreuen – ihre Spielsachen, den Kuchen, den man ihr in der Küche zusteckte, das erste reife Obst, sogar das Kleid, das sie am liebsten anzog. Und natürlich die Tiere; sie brachte die jungen Kätzchen, den großen dicken grauen Kater, auch der ließ sich widerspruchslos von ihr herumschleppen, obwohl sie ihn kaum tragen konnte, er plumpste ihr immer wieder durch die Arme, denn er war viel zu schwer, sie brachte Potz, den alten Boxer, und die beiden Promenadenmischungen, die auf dem Hof herumtobten, sogar Basso, den Jagdhund ihres Großvaters, obwohl es ihr strikt verboten war, ihn anzufassen und ihrer Menagerie einzuverleiben. Und sie brachte die schwarze Stute Corona, die sich von der winzigen Person willig am Halfter führen ließ.

All das tat sie zu Christines Unterhaltung und Aufheiterung. Der erste Fortschritt war, daß Christine die Tiere streichelte. Daß sie mitging, wenn Winnie die Stute in den Stall zurückbrachte. Daß sie mit hineinkroch in die kleinen Boxen der Kälber oder zusammen mit Winnie die rosigen quiekenden Ferkel kraulte.

Niemand quälte Christine. Man sprach zu ihr, drängte sie jedoch zu keiner Antwort. Sie lebte das Leben der anderen mit, aß mit ihnen und mit der Zeit – das beobachtete Annemarie mit großer Befriedigung, und auch Jon registrierte es – aß sie mehr und offensichtlich mit Appetit.

Nur mit dem Schlafen war es schwierig. Vor dem Zubettgehen hatte sie Angst. Ihre Augen wurden immer größer und dunkler und ganz starr, wenn Schlafenszeit war. Man legte die Kinder schließlich zusammen in ein Zimmer, obwohl das Gutshaus groß genug war, so daß jeder sein eigenes Zimmer hätte haben können.

Wenn Annemarie nach den Kindern sehen kam, schlief Winnie fest, den blonden Kopf tief in die Kissen gekuschelt, Christine lag regungslos mit weit offenen Augen. Annemarie versuchte einige Male, ihr etwas vorzusummen, jedoch es schien, als höre sie es gar nicht.

Aber mit der Zeit gab sich auch das, sie schlief leichter ein, die frische Luft, die Bewegung im Freien, das kräftige Essen, halfen dazu. Nur daß sie oft in der Nacht aufwachte und schrie. Schrie, laut und gellend, daß man es im ganzen Haus hörte.

Dann erwachte sogar Winnie aus ihrem Murmeltierschlaf. Instinktiv hatte sie die beste Idee. Sie kroch zu Christine ins Bett, machte »Psch, Psch!« wie sie es von ihrer Mutter gehört hatte, und dann schliefen beide Kinder wieder ein.

Natürlich versuchte immer wieder einer, Christine zum Sprechen zu bringen, so Telse, die Wirtschafterin. Wohl die einzige auf dem Gut, die sich von Jon Kamphoven nicht viel sagen ließ. Schließlich hatte sie alles miterlebt und verstand es viel besser als er. Das war ihre Meinung.

Sie gab sich alle Mühe, Christine ein Wort zu entlocken. Erzählte von früher, als Christine noch ganz klein war, erzählte Geschichten und kleine Begebenheiten, die damals passiert waren, fragte: »Weißt du es nicht mehr, Christinchen?«

Christine hörte zu. Das war schon viel.

Der Pole Polly brachte sie eines Tages zum Sprechen.

Die Kinder sahen ihm gern zu, wenn er die Fahrzeuge reparierte. Auch der Flüchtlingsjunge war dabei, er half mit Begeisterung, kroch mit Polly zusammen unter den Wagen herum und war genauso ölverschmiert wie Polly selbst.

Polly, seine Werkzeuge handhabend wie ein Jongleur, sagte manchmal zu einem der Kinder: »Da! Halt mal!« oder: »Nu gib mich mal den Hammer her, da drieben liegt 'r!«

Einmal suchte er lange nach einem Stück Kabel, fluchte lästerlich, als er es nicht fand, kroch auf dem Boden herum, die Kinder suchten mit, und auf einmal rief Christine ganz natürlich, ganz selbstverständlich: »Da drüben liegt es, unter dem Sack.«

Sie erschraken alle und starrten sie sprachlos an.

Christine selbst war nicht im mindesten erschrocken über ihre eigene Stimme, sie hatte bereits den Sack angehoben und zerrte das Kabel darunter hervor.

»Nu sieh ok«, staunte Polly, »du kannst ja reden mittemal.« Für Christine war es insofern keine Sensation, weil sie den Klang ihrer eigenen Stimme seit einiger Zeit gewöhnt war, denn sie hatte mit den Tieren schon gesprochen. Mit den Kühen auf der Weide, den Pferden auf der Koppel oder im Stall, mit den Hunden und Katzen. Und mit dem blauen Vogel. Der blaue Vogel war der erste, zu dem sie sprach. Und da war sie wirklich erschrocken, als sie sich selbst hörte.

Dabei war der blaue Vogel nur gemalt. In dem großen Gartenzimmer, in das man gelangte, wenn man die breite, tiefe Diele durchschritt, die die Mitte des alten Holsteiner Gutshauses bildete und von der alle Räume abgingen, befand sich das Bildnis des blauen Vogels. Das Gartenzimmer war nahezu ein Saal, es reichte fast über die ganze Länge des Hauses. Von dort gelangte man auf die Terrasse, auf der man früher an warmen Sommerabenden gesessen hatte – früher – als in diesem Haus noch glückliche Menschen lebten und oft Gäste kamen.

An der kurzen westlichen Seite des Gartenzimmers befand sich das Bild. Es war auf Holz gemalt und sehr alt, ganz nachgedunkelt, wodurch es aber eine geheimnisvolle Tiefe gewonnen hatte, die das naive Bild ehemals kaum besessen haben mochte. Es war eine Landschaftsszene, in grüngoldenen Farben gehalten, die heute einen bräunlichen Ton angenommen hatten: Bäume, Büsche, ein Stück Wiese, allerlei Tiere, Fasanen, Rehe, ein großer Hirsch mit prächtigem Geweih trat gerade aus dem Wald in der rechten Ecke heraus; jedes Detail war sehr genau ausgeführt. Und auf dem herausragenden

Zweig eines Busches saß ein blauer Vogel, der die Flügel breitete, als wolle er gerade wegfliegen. Übrigens leuchtete das Blau, in dem der Vogel gemalt war, von allen Farben noch am kräftigsten.

Das Haus war sehr alt, und bevor es die Familie Kamphoven mitsamt dem Landbesitz erworben hatte, war es von einem alten Holsteiner Geschlecht bewohnt worden, den Breedens, das seine Herkunft bis auf Nachkommen der Schauenburger Grafen zurückführte. Es gab eine alte Chronik, die jedoch so verblichen und zerfleddert war, daß eigentlich keiner viel mit ihr anzufangen wußte.

Die Kamphoven waren Bauern, die wenig Wert auf alte Legenden legten, und so war es unterblieben, die Chronik von einem Experten durchforschen zu lassen.

In der Chronik war die Rede von einem blauen Vogel. Sein Erscheinen bedeute Glück und Wohlstand, sein Ausbleiben Kummer und Not, so ungefähr konnte man es entziffern, wenn man sich die Mühe machte, die gewundenen umständlichen Sätze aneinanderzureihen. Halten könne ihn keiner, denn die Sehnsucht treibe den blauen Vogel über Flüsse, Wälder und Meere in die Ferne. Das Heimweh jedoch bringe ihn zurück, irgendwann, und mit ihm kehre das Glück ins Haus zurück. Wie gesagt, es hatte sich nie jemand sonderlich für die alten Kritzeleien interessiert.

Frederike hingegen, die aus einer alten Adelsfamilie stammte, hatte Sinn für diese Dinge. Sie war von der Chronik fasziniert gewesen und hatte sich immer wieder in sie vertieft, stolz, wenn es ihr gelungen war, einige Sätze oder einen ganzen Absatz zu entziffern. Der blaue Vogel hatte es ihr besonders angetan.

Christine war noch ein ganz kleines Mädchen, als ihre Mutter ihr das Bild zum erstenmal gezeigt und die Geschichte dazu erzählt hatte.

»Der blaue Vogel bringt uns Glück«, hatte Frederike gesagt. »Aber er ist fortgeflogen, weil Krieg ist.«

Christine verstand noch nicht, was Glück war, auch nicht was Krieg bedeutete.

Einmal sagte ihre Mutter: »Die Sehnsucht hat den Vogel fortgetragen, über Flüsse, Wälder und Meere. Wenn er doch nur bald wiederkäme.« Und später dann, als sie den fremden Mann liebte, sagte Frederike: »Ich bin wie der blaue Vogel. Ich habe Sehnsucht – Sehnsucht, ich möchte fortfliegen.«

»Was ist das, Sehnsucht?« fragte Christine, damals etwa sechs Jahre alt.

»Das kann man nicht erklären, das kann man nur fühlen. Das ist hier – weißt du, hier« – und Frederike legte ihre Hand mit den langen, blassen Fingern auf ihr Herz.

»Du darfst nicht fortfliegen, Mami.«

»Nein, Liebling. Und wenn ich doch fortfliege, nehme ich dich mit, das verspreche ich dir.«

»Wohin fliegen wir?«

»Weit, weit fort, in ein fremdes Land. In einen anderen Erdteil. Da ist ein ganz großes Land, weißt du. Da sind die Menschen immer glücklich, da gibt es keinen Krieg, da sind sie reich.«

»Ist der blaue Vogel dort hingeflogen?«

»Ja, dorthin ist der blaue Vogel geflogen. Ich weiß es ganz genau. Und da möchte ich auch hin.«

»Ich nicht. Ich möchte hierbleiben.«

»Dort wird es dir viel besser gefallen, Liebling. Die Menschen sind dort immer glücklich. Sie haben alles zu essen, was sie wollen. Und schöne Kleider. Und es gibt dort große Städte mit ganz hohen Häusern.«

»Sind das andere Menschen?«

»Ganz andere Menschen. Sie sprechen auch eine andere Sprache. ›Blue bird‹, so heißt der blaue Vogel dort.«

Christine war noch nicht sehr lange wieder in Breedenkamp, da stand sie vor dem Bild, sie war allein, sah zu dem Vogel auf, plötzlich hob sie die Hand, ballte die Faust und schlug wild auf das Bild ein. Sie reichte nicht bis hinauf, wo der Vogel war, sonst hätte sie ihn geschlagen.

»Du sollst tot sein, blauer Vogel, tot« ... stieß sie hervor, und das waren wirklich die ersten Worte, die sie sprach, seit jener Nacht. Sie erschrak furchtbar vor dem Klang ihrer eigenen Stimme, drehte sich um, rannte fort und verkroch sich im Stall. Damit jedoch war der Bann gebrochen. Da sie sich vor den Menschen schämte, sprach sie zunächst nur zu den Tieren. Bis ihr die eigene Stimme wieder so vertraut war, daß sie eines

Tages ganz gelassen sagte: »Da drüben liegt es, unter dem Sack.«

Für die anderen hatte ein Stück Kabel sie von ihrer Stummheit erlöst. Es war ein großes Ereignis. Polly erzählte es Annemarie, die erzählte es Telse und den anderen, und als Jon heimkam, erfuhr er es auch.

Er sagte gleich, man solle nichts weiter daraus machen und so tun, als ob es nichts Besonderes wäre. Das taten sie alle, und so war es wohl richtig. Von da an sprach Christine. Nicht viel, es war immer nur hier und da eine Bemerkung, aber es war doch ein gewaltiger Fortschritt. Sie wußten es alle, und Christine begriff es in gewisser Weise auch.

Es war im Herbst gewesen, etwa ein Jahr nach dem unheilvollen Geschehen in den Hügeln von Vermont. Und nun war es Mai, der Raps blühte. Jon und seine Enkeltochter standen nebeneinander am Koppelzaun, schweigend wie meist, und blickten auf die jungen Pferde. Der Schwarzbraune war Christine gefolgt, mit schönem Schwung, den schmalen Kopf mit der schiefen weißen Blesse hocherhoben, war er am Knick entlang getrabt, und nun stand er da und blickte mit seinen großen, glänzenden Augen die beiden Menschen an. Goldblitz und Lord, die beiden Füchse, sprangen um ihn herum, bereit, Kampf und Spiel fortzusetzen. Aber Cornet beachtete sie nicht. Die Menschen interessierten ihn mehr.

Überraschend brach Jon das Schweigen. »Jessen möchte den Cornet auch haben. Er meint, der hätte die besten Aussichten, als Zuchthengst gekört zu werden.«

»Nein, Großvater«, sagte Christine schnell.

»Den Goldblitz will er auch nehmen, sagt er.«

»Nein, Großvater«, wiederholte Christine, diesmal in sehr entschiedenem Ton.

»Was heißt nein?« Jon löste den Blick von den Pferden und blickte auf Christine hinab. »Ich brauche keinen eigenen Zuchthengst. Und verkaufen muß ich sie sowieso. Wenn sie gelegt werden, geben sie gute Reitpferde ab, alle drei. Zur Arbeit auf dem Feld sind sie nicht zu gebrauchen. Und wer kauft heutzutage Reitpferde? Kein Mensch. Ein Stutfohlen brauchen wir.«

»Du hast gesagt, Corona bekommt wieder ein Fohlen.«

»Ja, vielleicht. Wenn alles gutgeht.«

Golda, die er an Jessen verkauft hatte, und dieser Schwarzbraune hier, wenn der erst so weit war, seinen ersten Sprung zu tun, das mußte eine gute Mischung geben. Golda, die zierliche, elegante Stute mit ihrem nervösen Temperament, und dieser ruhige Cornet mit der stolzen Haltung, sie würden schöne Fohlen bekommen, das schien Jon sicher.

Aber das waren müßige Gedanken. Mit der Pferdezucht war es ein für allemal vorbei, das sagte jeder. Warum konnte er nicht endlich damit aufhören?

Weil er sich einfach nicht vorstellen konnte, daß man in einer Welt ohne Pferde auch leben konnte. Darum.

Weil er einfach in einer Welt ohne Pferde nicht leben wollte. Darum. Wenn Magnus...

Er unterbrach seinen eigenen Gedanken sofort. Dieses herrische Gesetz, das er sich selbst gegeben hatte, hielt er eisern. An Magnus durfte man nicht einmal denken.

Er war gegen alle hart, aber am härtesten gegen sich selbst. Wenn er sich gestattet hätte, an Magnus zu denken, über sein Schicksal nachzugrübeln, sich das Leben auszumalen, das sein ältester Sohn jetzt führte, dann, das wußte er ganz genau, würde es für ihn unmöglich sein, sein eigenes Leben weiterzuleben, seine Arbeit zu tun, das Gut zu bewirtschaften. Denn dann hätte er sich vor allem fragen müssen, für wen er diese Arbeit tue.

Nur ganz selten, in den Nächten, in denen er nicht schlafen konnte, dachte er an Magnus.

Nach einer solchen Nacht stand er noch früher auf als sonst und verschwand mit dem Hund in den Wäldern. Und dann bekam man ihn den ganzen Tag über nicht zu sehen. Oder er nahm den Wagen und fuhr fort. Er fuhr bis nach Kiel. Wo der Mann lebte, der sein einziger Freund war. Falls Jon Kamphoven so einen Ausdruck jemals gebraucht hätte, was er natürlich nicht tat. Dr. Friedrich Bruhns, Rechtsanwalt in Kiel, wußte genau, was der Besuch Jon Kamphovens zu bedeuten hatte. Es war wieder einmal die Stunde gekommen, wo sein Freund vor einer Mauer stand, an der er sich den harten Holsteiner Schädel blutig schlug.

Bruhns wußte auch, daß Jon nicht immer reden wollte.

Manchmal wollte er nur bei ihm sitzen und trinken. Wenn er reden wollte, mußte er von selbst anfangen. Auf jeden Fall versuchte Bruhns an so einem Tag so viel Zeit wie möglich für Jon aufzubringen. Er kürzte Besprechungen ab, er schlug seiner Frau vor, Tochter und Schwiegersohn oder eine Freundin zu besuchen.

Hedda Bruhns seufzte, stellte eine kräftige Mahlzeit bereit und ging. Und dann saßen die beiden Männer den Nachmittag, den Abend und manchmal die ganze Nacht zusammen. Sie schwiegen oder sie redeten, und vor allem tranken sie. Über Magnus sprachen sie dennoch selten. Das erstemal, als Jon aus Amerika zurückkehrte, das zweitemal, als der Prozeß zu Ende und das Urteil gesprochen war. Aber im Grunde genommen – auch wenn der Name fiel, und die Themen ihrer stundenlangen Debatten Gott und die Welt betrafen – sprachen sie immer über Magnus. Das wußte Bruhns sehr genau. Wenn alle Flaschen geleert waren, brachte Bruhns seinen Freund ins Gastzimmer, wo eine Flasche Mineralwasser auf dem Nachttisch stand, sagte: »Na, dann schlaf mal 'n Stück.«

Jons Augen waren gläsern, sonst merkte man ihm die Trunkenheit nicht an.

Hedda Bruhns wachte jedesmal auf, wenn ihr Mann, meist nicht sehr leise, ins Schlafzimmer kam. Anfangs hatte sie geschimpft. »Laß man, das verstehst du nicht. Das muß sein«, bekam sie dann zu hören. Jetzt sagte sie nichts mehr. Vielleicht mußte es wirklich sein. Und es kam ja nicht oft vor. Schon eher erlaubte es sich Jon, an Henning zu denken. Henning, der irgendwo in Rußland begraben war. Obwohl es nahelag, wenn man an Henning dachte, auch an Magnus zu denken, denn die Brüder waren einander sehr ähnlich gewesen, jedenfalls äußerlich. Magnus war immer sehr ernst gewesen, ruhig und besonnen, Henning war von heiterem Wesen, unbeschwert, vielleicht gerade darum hatten die beiden sich gut verstanden. Sie ergänzten sich. Gute Reiter waren sie beide gewesen, die Pferde bedeuteten ihnen so viel, wie sie dem Vater bedeuteten.

Darum lag es natürlich nahe, jetzt hier an der Koppel, beim Anblick der jungen Hengste, zu denken: wenn Magnus...

Und natürlich mußte man sich die Fortführung dieses Gedankens sofort verbieten. Denn sonst mußte man unweigerlich dazu kommen, sich zu fragen: wie soll er es ertragen, eingesperrt, festgehalten, verlassen und verloren, keinen Wind auf seinem Gesicht, keine Luft in seinen Lungen und niemals ein Pferd unter sich zu spüren.

»Nein, Großvater«, sagte Christine zum drittenmal, und es klang geradezu energisch. »Du darfst Cornet nicht verkaufen.«

Ihre kleine Hand lag auf dem Koppelzaun, und der Schwarzbraune hatte seine rosigen, weichen Nüstern daraufgelegt, sie schnoberten verspielt an der Kinderhand herum.

»Was heißt, ich darf nicht? Ich kann weder drei Hengste brauchen noch drei Wallache. Ich kann überhaupt keine Pferde mehr brauchen. Wenn der Friedrichshagener es fertigbringt, daß er gekört wird...«

»Ich züchte weiter«, hatte Jessen vom Gut Friedrichshagen gesagt, der nächste Nachbar von Breedenkamp. Jessens Gut, mit fast 600 Hektar, war noch ein ganzes Stück größer als Breedenkamp. »Keine Pferde mehr? So was gibt's nicht. Menschen ohne Pferde sind Krüppel. Eines Tages werden sie es schon merken. Auf jeden Fall will ich kein Krüppel sein. Und meine Kinder auch nicht.«

Golda sei tragend, hieß es. Damit gab es zur Zeit auf Friedrichshagen vier tragende Stuten. Auf Breedenkamp standen noch zwei Stuten, Corona, die Schwarze, Cornets Mutter, schien auch wieder tragend zu sein. Luna, Lords Mutter, hatte man nicht mehr decken lassen. Sie war zu alt, ihre Zeit war vorbei. Man sah es Lord, ihrem Sohn an, er war ein wenig kümmerlich ausgefallen.

Jetzt lernten die Kinder auf Luna reiten, Christine, der Flüchtlingsjunge und sogar schon die kleine Winnie. Sie war am schneidigsten von den dreien. Wenn sie einmal herunterfiel, quietschte sie vor Vergnügen und krabbelte umgehend wieder hinauf. Luna bekam einen größeren Schreck als die Kleine. Sie blieb jedesmal reglos stehen und machte direkt ein unglückliches Gesicht. Das behauptete jedenfalls Annemarie, die den Reitstunden stets beiwohnte. Sie konnte nicht reiten und hatte auch keine Lust, es zu lernen. Sie hatte immer Angst, daß den Kindern etwas passieren könne. Dann gab es auf dem Gut noch den alten Kommodore, Jons großen braunen Wallach, der auch nur noch für gemütliche Spazierritte zu gebrauchen war. Gelegentlich lahmte er, es war schon ein längeres Leiden, er war ein wenig rheumatisch, der alte Herr.

»Du hast recht«, sagte Jon plötzlich und legte Christine die Hand auf die Schulter. »Wir brauchen wieder einmal ein junges Pferd auf dem Hof. Wir werden Cornet behalten. Falls Corona nächstes Jahr ein Stutfohlen hat, dann sind wir fein heraus. Was der Jessen kann, können wir lange. Tut mir sowieso leid um Golda. Du hast ganz recht, wir behalten ihn.«

Christine blickte zu ihm auf, ihr Gesicht war ganz kindlich, ganz gelöst, so wie man es sonst nie sah. »Wir behalten ihn bestimmt?«

»Ja«, sagte Jon. »Wir behalten ihn.« Seine Hand legte sich noch fester um die Schulter des Kindes.

»Und weißt du was, Deern? Ich schenke ihn dir. Du willst, daß er dableibt, also soll er dir gehören. Wenn er vierjährig ist, bist du alt genug, daß du ihn selbst reiten kannst.«

»Großvater!«

Es war ein Schrei. Der glückliche, begeisterte Schrei eines Kindes, das sich unbändig freut. Ihre Augen leuchteten, ihr Mund öffnete sich zu einem Lachen.

Jon schluckte. Wann hatte er sie lachen gesehen? Nicht, seitdem sie wieder da war. Auch sein Blick wurde hell, und dann lächelte er. »Ja. Er gehört dir.«

»Großvater! Oh, Großvater!«

Christine schlang beide Arme um ihn und preßte ihr Gesicht an seine Jacke. Jon stand ganz still, seine Hände lagen auf den schmalen Kinderschultern, sein Blick ging über die Koppel, er biß die Zähne fest zusammen.

Könnte es möglich sein? Gab es wieder einen glücklichen Menschen auf dem Gut? War es so leicht, ein wenig Glück herbeizuholen? Christine drehte sich stürmisch herum, mit beiden Händen faßte sie den Kopf des Schwarzbraunen, legte ihr Gesicht an seine Nüstern. »Du gehörst mir, Cornet, du gehörst mir!«

Das junge Pferd schüttelte sich mit einer heftigen Bewegung frei, machte einen ungelenken Sprung, dann warf es den Kopf hoch und versuchte zu wiehern.

»Er freut sich, Großvater. Hörst du, er freut sich.«

»Na, na«, machte Jon, »der freut sich den ganzen Tag bei dem Leben, das er hier führt.«

Aber als hätte er wirklich verstanden, machte Cornet einen übermütigen Luftsprung und galoppierte dann, immer wieder mit der Hinterhand ausschlagend, quer über die Koppel, die beiden Füchse ihm nach.

Christine blickte ihm entzückt nach. Und dann sah sie wieder Jon an, die Augen immer noch so hell und strahlend.

»Ich danke dir, Großvater!«

Jon räusperte sich.

»Na, denn komm. Woll'n wir mal gehen, nich?«

Schweigend stampften sie den Grasweg zurück, entlang am Rapsschlag, durch den Wald, an dessen anderem Ende Jon den alten Ford abgestellt hatte.

Es war nicht mehr nötig, viele Worte zu machen.

Soviel wie heute hatten sie sowieso noch nie miteinander geredet. Es wäre auch beiden schwergefallen, auszusprechen, was sich geändert hatte. Es genügte, daß sie es wußten.

Von diesem Tag an waren sie Freunde. Jon Hinrich Kamphoven, der Herr auf Breedenkamp, und seine Enkeltochter Christine.

Die Flüchtlinge

Die Flüchtlinge, die im letzten Kriegsjahr und in der Zeit nach Kriegsende ins Land geströmt waren, hatten hier wie überall, wo sie hinkamen, soviel Probleme mitgebracht, wie sie Köpfe zählten. Denn der Nationalsozialismus hatte es trotz aller schönen Reden über Volksgemeinschaft und Kameradschaft nicht fertiggebracht, den Egoismus der Menschen zu mindern. Die Kluft zwischen haben oder nicht haben, besitzen oder nicht besitzen ist und bleibt stärker als jede Ideologie.

Dazu kam, daß in Schleswig-Holstein das flache Land weitgehend von den direkten Nöten des Krieges verschont geblieben war. Zwar waren die Männer und die Söhne fortgegangen, und viele waren nicht zurückgekehrt, aber das Land selbst und die Menschen, die hier lebten, blieben unverletzt, Häuser und Besitz blieben erhalten.

Der Mensch fühlt immer nur den Schlag, der ihn selber trifft. Das Leiden der anderen bleibt für ihn, selbst wenn er Mitgefühl aufbringt und vielleicht sogar Fantasie besitzt, nur eine irreale Größe, die Unbekannte einer Gleichung, die nie gelöst wird. Diese ungelöste Gleichung ist der Fluch der Menschheitsgeschichte, aus ihr resultiert die ewige Wiederholung menschlichen Unglücks. Sie ist der Abgrund, der die Generationen trennt, denn der Schrei der Verzweiflung, den der Vater ausstieß, ist für den Sohn bestenfalls ein mattes Echo, und oftmals will er nichts davon hören und verschließt sein Ohr.

Was jenem geschah, ist Historie, ist eine ferne Sage, die im besten Fall für oberflächliches Mitgefühl oder eine Gänsehaut gut ist. Und es bedeutet keinen Unterschied, ob es gestern, vorgestern oder in grauer Vorzeit geschah. Jeder fühlt nur den eigenen Schmerz, jeder stirbt seinen Tod für sich allein. Und keine Torheit, kein Verbrechen ist eine Lehre für die Nachgeborenen. Das Haus, das anderen einstürzt, ist für den, dessen Haus stehenbleibt, ein fremdes Haus. Der Hunger, die Angst, die Not der anderen trifft meist abwehrende Hände und kalte Herzen.

Nur so, sagen manche, konnte die Menschheit überleben. Doch darum, sagen andere, blieb diese Erde bis heute ein Ort des Grauens, getränkt vom immer wieder vergossenen Blut der Menschen.

Genau wie überall empfing man in dem Land zwischen den Meeren die Flüchtlinge mit Abwehr und Mißtrauen, man duldete sie, weil man sie dulden mußte, doch man betrachtete sie als Fremdlinge, als Eindringlinge, als lästiges Erbe des Krieges.

Sofern die Flüchtlinge selbst vom Land stammten, ließen sie sich verhältnismäßig leicht in das ländliche Dasein eingliedern. Aber sie waren arm, und darum wurden sie verachtet. Es spielte keine Rolle, wodurch sie verarmt waren, die Tatsache genügte. Denn gerade der Mensch auf dem Lande – der Bauer – gründet sein Werturteil auf dem Besitz, den einer hat. Hier wie anderswo.

Jene, die aus West- und Ostpreußen, aus Pommern oder Schlesien kamen, hatten vor nicht zu langer Zeit genauso gedacht. Auch bei ihnen hatte lange kein Krieg stattgefunden, auch sie waren erfüllt gewesen vom Hochmut der Besitzenden, und die Evakuierten und Ausgebombten, die man ihnen damals ins Land geschickt hatte, waren der gleichen Lieblosigkeit und Verachtung begegnet.

Als nach dem Krieg die Landreform begann, als Güter und große Höfe Land abgeben mußten, damit Flüchtlinge angesiedelt werden konnten, um wenigstens zum kleinen Teil für das Verlorene entschädigt zu werden und die Chance zu erhalten, sich eine neue Heimat zu schaffen, war diese Maßnahme natürlich nicht geeignet, die Neuen willkommener zu machen. Wer alles hat, will alles behalten. Auch das ist ein Gesetz von Ewigkeitswert.

Das große Gutshaus von Breedenkamp war zu Ende des Krieges voll mit Flüchtlingen belegt, und die Flüchtlinge hatten es auf Breedenkamp gut getroffen.

Jon Hinrich Kamphoven war keineswegs ein karitativer Mensch. Weder christliche Barmherzigkeit noch nationales oder soziales Solidaritätsgefühl waren die Gründe für seine faire Haltung den Flüchtlingen gegenüber. Wenn je einer seinen Besitz voll und ganz besaß und sich dessen bewußt war, dann er. Das Gut, das Land waren sein Eigentum, die Menschen und Tiere, die darauf lebten und arbeiteten, gehörten ihm. Er war Herr und Herrscher, eine Autorität, die nie von einem Menschen zu irgendeiner Stunde seines Lebens angezweifelt worden war, am wenigsten von ihm selbst.

Er besaß jedoch einen starken Sinn für Gerechtigkeit. Das machte das Leben auf Breedenkamp für die Flüchtlinge erträglich. Er wußte: das Schicksal nahm und gab, blind und ungerecht wie eh und je. Und darum mußte der fühlende und vor allem der denkende Mensch, den eine glückliche Fügung vor Verlust bewahrt hatte, wenigstens den Versuch machen, die Ungerechtigkeit des Schicksals auszugleichen. Er durfte der Härte der Not nicht die Härte des Herzens hinzufügen. Nicht daß solche Gedanken von ihm ausgesprochen wurden – das war nicht seine Art –, aber er handelte danach. Für Jon war es der zweite Krieg seines Lebens gewesen. Im ersten hatte er gekämpft und überlebt, im zweiten seinen Sohn verloren.

Was Jon besaß an materiellem Besitz, hatte er behalten. Er ging nicht in die Kirche und dankte Gott dafür, er ging nie in die Kirche. Sein Dank an Gott bestand darin, daß er sein Land um so mehr liebte, es um so fleißiger und überlegter bearbeitete. Und vielleicht ein wenig darin, daß die Flüchtlinge, die Neuen und die Fremden, auf dem Gebiet, auf dem er herrschte, weder als Feinde angesehen noch so behandelt wurden.

Er ließ sie mit allem versorgen, was sie zum Leben brauchten, sie hungerten und sie froren nicht auf Breedenkamp, sie hatten ein Dach über dem Kopf, ein Bett, in dem sie schlafen konnten, und, was vielleicht noch mehr wert war, man blickte nicht auf sie herab, weil sie arm und hilflos waren. Jons Beispiel war für alle auf dem Gut, bis zum letzten Knecht, maßgebend.

Genau wie er dachte und handelte Luise Charlotte, Jons Frau. Das war während der Zeit ihrer Ehe immer so gewesen. Sie waren immer miteinander gegangen, es hatte nie Uneinigkeit zwischen ihnen gegeben, abgesehen vielleicht von jener kurzen Zeitspanne, die Magnus' Eheschließung vorausging.

Aber das gehört nicht hierher.

Luise Charlotte erkrankte noch vor Ende des Krieges und starb ein Jahr später. Von dieser Zeit an führte Telse im häuslichen Bereich das Kommando. Und dieses Kommando kam einer Diktatur gleich.

Die Flüchtlinge fürchteten sich anfangs vor ihr, doch das hatte wiederum das Gute, daß sich jeder, ob Kind oder Erwachsener, Mühe gab, nicht etwa Telses Unwillen zu erregen.

Bei aller Strenge war Telse hilfsbereit und warmherzig; ihre Maxime: Ordnung muß sein! vertrug sich mit diesen Eigenschaften aufs beste. Vor allem aber war sie bereit, jede Art von Verantwortung zu tragen, in dieser Art dem Herrn des Gutes gleich.

Außer Telse gab es noch die beiden jungen Kamphoven-Frauen auf Breedenkamp, Annemarie und Frederike. Zu Kriegsende war Annemarie eine unglückliche Frau, die viel und schnell weinte, denn Henning war gefallen, und Annemarie und Henning waren ein glückliches Paar gewesen.

Soviel wie Annemarie jetzt weinte, soviel hatte sie früher gelacht. Aber auch das größte Leid verändert Wesen und Art eines Menschen nicht. Annemarie fand bald in das Leben zurück, sie war ein lebensbejahender Mensch, vielleicht ein wenig oberflächlich, ihre Tränen versiegten, das Lachen kehrte zurück. Sie liebte ihre süße kleine Winnie heiß, außerdem mußte sie viel arbeiten, dafür sorgte Telse. Natürlich war in dem großen Haus, voll von Menschen, Tag und Nacht Arbeit zu tun, harte Arbeit.

Annemarie war freundlich zu den Flüchtlingen. Sie war gutmütig und leicht zu rühren, und die Not der anderen ließ sie oft ihren eigenen Kummer vergessen. Besitzgier war ihr fremd. Und schließlich war da noch Frederike – ein Fall für sich, wie früher, wie später, wie immer. Frederike, die schöne, lebensfremde Prinzessin, deren Fuß die Erde nicht berührte. Ob Flüchtlinge da waren oder nicht, blieb für sie gleich, sie lächelte ihr scheues Lächeln, wenn sie einen von ihnen sah, aber keiner kam ihr nahe. An ihrem Leben hatte sich nichts geändert, nicht einmal Telse war es gelungen, sie je zu einer ernsthaften Arbeit heranzuziehen. Man kam eigentlich bei Frederike gar nicht auf den Gedanken, sie mit einer Arbeit, einer Verantwortung zu betrauen. Sie lebte ihr eigenes schwebendes Leben. Sie war immer freundlich, immer liebenswürdig, und immer blieb eine kleine Distanz, mit der sie sich jedem entzog.

Annemarie bewunderte sie rückhaltlos, ihre Schönheit, ihre Zartheit, ihr Anderssein, Jon bediente sich ihr gegenüber seiner Sonntagsmanieren, auch wenn sich sein Mißtrauen ihr gegenüber nie verlor. Und dieses Mißtrauen teilte auch Telse, bei allem Respekt, den sie der Frau des ältesten Sohnes, der geborenen Baronesse aus altem Adel, entgegenbrachte. Die Flüchtlinge hielten sie für hochmütig.

Diese Sonderstellung, die Frederike hier im Haus einnahm, brachte es mit sich, daß keiner von ihnen den Moment gewahrte, als sie zu den Irdischen herabkam oder – wie man will – für immer in den Wolken entschwand: der Moment, als ihr die Liebe begegnete. Die absolute Liebe. Denn Frederike war ein absoluter Mensch – das zum Beispiel hatte bis dahin auch keiner begriffen. Aber mit Psychologie hatte man sich natürlich nie beschäftigt.

Die Flüchtlinge verliefen sich mit der Zeit. Einige blieben jedoch. Ein junges Mädchen aus Danzig, das auf der Flucht die Mutter und den kleinen Bruder verloren hatte, arbeitete auf dem Gut, bis sie im Nachbardorf einen jungen Bauern heiratete. Franz, ein älterer, alleinstehender Mann aus Ostpreußen, der früher schon in der Landwirtschaft gearbeitet hatte, blieb auf dem Gut und gehörte fortan zum Personal. Aus Westpreußen stammte ein Ehepaar mit drei Kindern. Zunächst war Frau Tomaschek allein mit den Kindern eingetroffen, der Mann kam bald nach Kriegsende. Sie waren zu jeder Arbeit bereit und zu jeder Arbeit zu gebrauchen. Auch diese Familie blieb auf dem Gut. Jon wies ihnen eines der Landarbeiterhäuser an, sie bekamen ein eigenes Stück Land und zwei Kühe, mit der Zeit wurden es vier, sie mästeten in jedem Jahr zwei Schweine. – Und da Tomaschek sich auf Pferde verstand, wurde er von Jon mit der Versorgung der Pferde beauftragt. Er half bei Saat und Ernte und arbeitete nebenbei – genau wie die Frau – fleißig auf seinem eigenen Stück Land. Sie wurden sehr rasch heimisch. Auf dem Gutshof blieb schließlich von allen Flüchtlingen nur eine Familie zurück. Dies war der tragischste Fall. Sie kamen aus Ostpreußen, Dr. Helmut Ehlers, seine Frau, sein Sohn. Ehlers war Lehrer gewesen, Studienrat in Allenstein. Als schwerkranker Mann war er Ende 1943 zu seiner Familie zurückgekehrt. Er hatte ein Bein verloren, ein Herzleiden zurückbehalten. Er war noch nicht alt, Ende Vierzig, ein kranker, schwermütiger Mann mit sehr viel Haltung und Selbstbeherrschung. Arbeiten konnte er nicht mehr. Er las. Er schrieb an einem Buch. Einmal – nur einmal – sagte er zu Jon: »Es wäre für meine Familie besser, wenn ich gefallen wäre. Sie hätten es leichter, wenn ich tot wäre.«

»Aber Sie leben«, antwortete ihm Jon. »Es sind genug Menschen gestorben. Nehmen Sie das Leben als ein Geschenk. Man darf Geschenke nicht zurückweisen, das beleidigt den Geber.«

»Und wer ist der Geber? Gott?«

»Das kann ich Ihnen nicht sagen, da müssen Sie den Pastor fragen. Aber vermutlich kann er Ihnen nichts anderes sagen, als was ich Ihnen sage. Da – sehen Sie doch – es ist Frühling, das Land wird grün, die Sonne scheint. Und Sie können es noch sehen und erleben. Das ist nicht alles, ich weiß. Aber es ist viel. Und es ist ein Geschenk, von wem auch immer.« Dieses Gespräch fand statt in jenem Frühling, der nach Jons Amerikareise kam.

Ehlers begriff sehr gut, was Jon meinte. Daß er an seine Söhne dachte, den toten, in Rußland begrabenen, und den lebendig in Amerika begrabenen.

»Wir fallen Ihnen nur zur Last, nutzlos, wie wir sind«, murmelte Ehlers.

»Ich möchte wissen womit«, erwiderte Jon unwillig, »wir haben Platz genug.«

»Wir leben hier wie... wie Schmarotzer.«

»Ich liebe solche Worte nicht, wenn man sie zu mir sagt«, antwortete Jon kalt. »Ich würde keine Schmarotzer auf meinem Grund und Boden dulden.«

»Dann ist es also auch – auch ein Geschenk, daß wir hier bleiben dürfen. Ein Geschenk von Ihnen.«

»Sie können es so nennen, wenn Sie wollen. Und ich wiederhole, was ich eben sagte: Ein Geschenk, das man zurückweist, beleidigt den Geber.«

Dies Gespräch blieb nicht das einzige zwischen Jon und Dr. Ehlers. Jon hatte oft ein Gesprächspartner gefehlt, denn er war ein gebildeter Mann, er hatte früher viel gelesen. Die Bibliothek auf Breedenkamp war ansehnlich, sie stand Ehlers natürlich zur Verfügung. Ehlers, ein Historiker, begann sich ausführlich mit der Geschichte der Herzogtümer zu befassen, und da auch Jon auf diesem Gebiet bewandert war, ergab sich oft darüber ein Gespräch.

Ehlers sagte, das war später, im Herbst: »Ich habe mir immer eingebildet, ein Kenner der Geschichte zu sein. Und was mehr ist, geschichtliche Zusammenhänge zu begreifen und durchschaubar zu machen. Ich denke, daß meine Schüler davon profitiert haben. Aber hier beginne ich noch einmal zu studieren. Ich glaube, die Geschichte Schleswig-Holsteins ist die verworrenste Geschichte, die es auf dieser Erde gibt.«

Jon nickte. »Damit haben Sie nicht ganz unrecht. Das sagt jeder, der anfängt, sich damit zu beschäftigen. Es kommt davon, daß Schleswig-Holstein immer eine Art Brücke darstellte. Nicht nur eine Brücke zwischen den Meeren, sondern auch eine Brücke zwischen Mitteleuropa und Nordeuropa. Zwischen Deutschland und Skandinavien, und noch enger ausgedrückt, zwischen Preußen und Dänemark. Dazu kommt das Autonomiebestreben der Herzogtümer, des Herzogtums

Schleswig, das jahrhundertelang zu Dänemark gehörte, das Herzogtum Holstein, das zum deutschen Raum tendierte und dann doch an Dänemark angeschlossen war, und die Entschlossenheit der beiden Herzogtümer, nie getrennt zu werden.«

»Ja, das berühmte Wort: up ewich ungedeelt.«

»Dat se bliven tosamende up ewich ungedeelt! Das war die berühmte Formulierung im Ripener Vertrag von 1460, unserer Magna Charta gewissermaßen. Es war keine leichte Aufgabe, das, was auf diesem Papier stand, immer in die Tat umzusetzen. Aber hier lebt ein hartschädliges Geschlecht.«

»Doch was für eine Mischung! Bis zum Jahre 1460 hat es schon viel Geschichte gegeben in diesem Land. Wissen Sie, daß bereits vor der Zeitwende die ersten Entdecker in dieses Land kamen? 320 vor Christi Geburt kam einer aus dem Mittelmeer in diese Gegend gesegelt. Er hieß Pytheas und kam aus Massilia. Das ist die Hafenstadt, die heute Marseille heißt.«

»Jetzt, da Sie davon sprechen, kommt es mir so vor, als hätte ich in der Schule von diesem Herrn etwas gehört. Aber ich muß gestehen, ich hatte es total vergessen.«

»Dann dauerte es dreihundert Jahre, bis man wieder einmal etwas von dieser Gegend hier hörte. Aber Geschichte ist geduldig. Was bedeuten ihr schon drei Jahrhunderte? Es dürfte erwiesen sein, daß die Schiffe des Kaisers Augustus hier herumkreuzten. Das war also etwa zu Beginn unserer Zeitrechnung.«

»Wie es da wohl hier ausgesehen haben mag?«

»Soweit es die natürliche Landschaft betrifft, kaum anders als heute. Die Eiszeiten waren lange vorbei, also hat sich an der Erdformation seitdem nicht viel geändert, auch wohl nur wenig an Flora und Fauna. Mehr Wald wird es gegeben haben, mehr frei lebendes Getier.«

»Und die Menschen?«

»Die Menschen? – Die Steinzeit, die Bronzezeit waren vorüber. Gräberfunde beweisen, daß das Land belebt und besiedelt war. Es mögen wandernde Stämme gewesen sein, die es ja auch noch in den folgenden tausend Jahren gegeben hat, aber es waren auch schon seßhafte Gruppen darunter, dafür gibt es Zeugnisse genug, auch hierzulande.

Auch das Land wurde bereits bebaut, sie waren Bauern, Jäger und Fischer. Die Erde war schon sehr, sehr alt. Und das Wesen, das sich Mensch nennt, war schon seit geraumer Zeit zu dem entwickelt, was wir heute kennen... Nein, lieber Freund, zweitausend, fünftausend Jahre – das ist keine Zeit, das ist nichts als ein winziger Atemzug der Erdgeschichte. Ganz zu schweigen davon, was es bedeutet dem Ganzen, dem Kosmos gegenüber. Womit wir keineswegs wissen oder auch nur ahnen können, ob der Kosmos das Ganze ist oder am Ende nicht etwa auch nur ein winziger Teil eines Größeren.«

»Das ist zum Fürchten«, sagte Jon.

»Das ist es. Und es ist gleichzeitig das Gegenteil. Es kann auch ein Trost sein.«

Darüber mußte Jon eine ganze Weile nachdenken. Warum es ein Trost sein konnte – für den kranken Mann, mit dem er sprach, und für ihn, mit seiner kranken, gekränkten Seele. Dann nickte er. »Ja. Sie haben wohl recht. Es kann auch ein Trost sein. Zumindest kann die Geschichte einen lehren, wie unwichtig unser kleines bißchen Leben ist.«

»Ja. Sie kann einem auch das Gegenteil lehren, nämlich, daß dieses bißchen Leben alles ist, was uns bleibt. Alles, was uns gehört, was für uns sehbar, hörbar und empfindbar ist. Weil alles andere sich uns entzieht und mit dem bißchen Lebenszeit, das wir haben, niemals faßbar sein wird. Irgendwo wurde das Gesetz geschaffen, möglicherweise von dem großen Gesetz, das über allem steht, daß jedes Lebewesen auf dieser Erde sich an das Leben klammern muß. Der Lebenswille ist jeder Kreatur angeboren und eingegraben. Er ist das stärkste Bauelement jedes Seins. Und nur der sehr sublimierte, der sehr starke Geist ist imstande, gegen ihn anzukämpfen und sich auf die Suche nach einem höheren, oder besser gesagt, nach einem anderen Sinn zu machen. Und das ist immer auch ein Versuch, sich der erbärmlichen Fessel kreatürlichen Lebenswillens zu entledigen. Jedes Heldenepos, jedes Heldenlied gipfelt letzten Endes darin, daß der Mensch seine Angst vor dem Tod überwindet, daß er ihn verachtet. In Wahrheit läßt fast jeder sich bis ins tiefste demütigen, nur um das Leben zu behalten. Wer das Leben freiwillig wegwirft, auch wer es nur aufs Spiel setzt, tut es zumeist aus Trotz, als ein Aufbegehren gegen den Zwang, der ihn an die Erde fesselt. Einer, der sich das Leben nimmt, ist nicht nur ein Verzweifelter, er ist in erster Linie ein Rebell. Einer, der die Fessel sprengen will.«

»Und sei es um den Preis der Selbstvernichtung.«

»Ja.« Ehlers Mundwinkel zog sich spöttisch herab.

»Ich, zum Beispiel, bin niemals ein Rebell gewesen. Darum lebe ich immer noch.«

Jon antwortete nicht. Er blickte durch das Fenster hinaus auf den Hof. Er dachte an seinen Sohn, der in Gefangenschaft lebte. Wenn Magnus sich selbst getötet hätte, wenn er sich töten würde, wäre er dann ein Rebell gegen Gott, gegen das Leben? Es gab kein Unrecht, gegen das er rebellieren mußte – das Unrecht hatte er selbst begangen. Was ihm auferlegt worden war, Frederikes Untreue, ihre Flucht, wog nicht so schwer, als daß er es nicht hätte ertragen können. Ob er das inzwischen begriffen hatte? Und ob er auch begriffen hatte, daß es dies vor allem war, was sein Vater ihm nicht verzeihen konnte. Er hatte nicht gehandelt wie ein Mann, sondern wie ein törichter Knabe. Er war aber kein Knabe mehr gewesen, er hatte einen Krieg erlebt, er hatte wirkliches Elend, hatte Not, Schmerz und Tod miterlebt, und ihm war das große Geschenk geworden, die Heimat, das Vaterhaus, sein eigenes Land behalten zu dürfen... und er ging hin und tötete zwei Menschen, aus einem kindischen Zorn, aus einer wütenden Eifersucht heraus. Kein Schicksal, eigene Torheit hatte sein Leben zerstört.

Auch Ehlers blickte hinaus in den Hof. Es dunkelte bereits. Die Blätter der Linden leuchteten in einem fahlen Gold, viele bedeckten schon den Boden, manche sanken stumm in der Abenddämmerung nieder.

»Die Blätter fallen, fallen wie von weit...« murmelte Ehlers. »Alles stirbt, wenn seine Zeit gekommen ist, diese Blätter, auch der Baum wird einmal sterben. Ich weiß immer noch nicht, ob es ein Trost ist, daß es so ist. Ich denke nur, daß es eine große Befriedigung gewähren muß, nicht darauf zu warten, bis es von selbst geschieht. Sondern selbst zu bestimmen, wann es geschieht.«

Jon schüttelte den Kopf. »Nein, ich kann Ihnen da nicht folgen. Sterben aus Trotz. Aus Rebellion, wie Sie es nennen. Dann scheint es mir doch besser, um das Leben zu kämpfen.«

»Ein Kampf, den jeder verliert. Und darum nenne ich es Rebellion, das Ende dieses Kampfes nicht abzuwarten, da ich sein Ende ja kenne.«

»Das Ende eines Kampfes nicht abzuwarten, nennt man Fahnenflucht.« Ehlers verzog wieder den Mund. »Also dulden wir die süße Fessel des Lebens, des Lebendigseins, bis zur Stunde der unausweichlichen Niederlage. Der Mensch ist für die Freiheit nicht geschaffen.«

»Für die Freiheit?«

»Sein eigenes Leben zu vernichten, ist die letzte, größte Freiheit, die dem Menschen in die Hand gegeben ist. Nur der Mensch vermag es, nur darin stößt er an Gottes Machtbereich. Darum lehrt uns auch die Religion, Selbstmord sei eine große Sünde, eine ewige Schuld. Denn keine Religion kann den wirklich freien Menschen vertragen. Der wirklich Freie kann Gott suchen, kann ihn finden, kann zu ihm sprechen oder mit ihm hadern, kann ihn verneinen. Den gezähmten Gott der Kirche, den konsumierbaren, wird er niemals akzeptieren. Darum werden die Scheiterhaufen nie verlöschen.«

Es war fast dunkel draußen im Hof. Drüben im Gutshaus leuchtete in zwei Fenstern Licht auf. Ehlers' bleiches, mageres Gesicht war starr, seine Hand zur Faust geballt, seine Stimme war nur noch ein Flüstern.

»Und das ist auch eine Lust, die einen Menschen am Leben erhalten kann. Er ist wunderbar, der Kampf gegen diesen Gott, gegen dieses Gesetz, das uns an die Erde fesselt. Auch wenn der einzelne ihn immer wieder verliert, die Menschheit als Ganzes kämpft ihn dennoch immer wieder. Wenn er aufhört zu kämpfen, wird dieses Wesen, das wir Mensch nennen, ausgelöscht werden, wird nicht mehr vorhanden sein. Prometheus – er ist die gewaltigste, die menschlichste Figur, die es je gab. Er hat mich als Kind schon fasziniert. Ich wollte immer sein wie er. Ich war es nie.«

»Er nahm sich nicht das Leben, obwohl er ein Rebell war.«

»Nein. Er widerstand. Und er wird immer wieder neu geboren. Und auch, wenn er immer wieder vernichtet wird, jede Gottheit achtet ihn. Daran glaube ich!«

Als Jon kurze Zeit darauf hinüberging ins Gutshaus, dachte er, daß ein gewisser Fanatismus in diesem Dr. Ehlers war, eine versteckte Wildheit, die einen ängstigen konnte. Ob der Mann immer so gewesen war? Oder durch sein Leiden so geworden war? Auf jeden Fall bewies es wieder einmal, daß es nicht gut war, wenn ein Mensch zu viel Zeit zum Nachdenken hatte. Und wieviel besser es war, wenn ein Mensch Arbeit zu tun hatte, eine Verantwortung zu tragen, eine Pflicht zu erfüllen. Aber gerade das war es, was man Ehlers nicht sagen konnte.

Nicht immer hatten die Gespräche mit Ehlers so düsteren Charakter. Er war durchaus noch der Freude, sogar der Begeisterung fähig.

Eine Quelle der ständigen Begeisterung waren für ihn Haus und Hof Breedenkamp. Endlich wieder einer, der sich mit der Chronik beschäftigte, und in diesem Fall geschah es gründlich, er fertigte Abschriften an und versuchte, für total verblaßte oder fehlende Stellen Ergänzungen herzustellen.

Er hielt sich stundenlang in der Bibliothek auf, stöberte alte, nie gesehene Bücher auf und Bilder, die zeigten, wie es in den früheren Zeiten auf Breedenkamp ausgesehen hatte.

Der älteste Teil war das Torhaus, das offenbar im sechzehnten Jahrhundert erbaut worden war. Das alte Gutshaus dagegen war im achtzehnten Jahrhundert einmal abgebrannt und dann neu erbaut worden.

Man nahm es in Schleswig-Holstein sehr genau mit der Einstufung der ländlichen Bauten. Obenan stand das Schloß, als nächstes kam das Herrenhaus, dann folgte das Gutshaus, schließlich der Bauernhof. Womit die Größe und der Ertrag des Wirtschaftsbetriebes nichts zu tun hatten. Ein kleiner, mittlerer oder großer Gutsbetrieb konnte als Mittelpunkt sowohl ein Schloß wie ein Herrenhaus oder ein Gutshaus besitzen, und für den Fremden war es oft unverständlich, worin eigentlich der Unterschied bestand. Aber das lag einfach fest, es war und es blieb auch so.

Breedenkamp war ein Gutshaus. Der schönste Teil war das Torhaus, das den Hof gegen die Straße abschirmte. Es war gekrönt von einem kleinen Türmchen, in dem sich eine Uhr befand; die aber längst nicht mehr ging. Durch die gewölbte Einfahrt des Torhauses kam man in den weiträumigen, langen und breiten Hof von Breedenkamp, ganz symmetrisch in rechteckiger Form angelegt, auf beiden Seiten von Linden bestanden, die eine Art Allee bildeten. Durch diese Allee ging man auf das Gutshaus zu, das die typische Holsteiner Bauweise aufwies, mit dem hohen giebelgekrönten Mittelteil und den beiden einstöckigen Seitenflügeln, auch dies alles symmetrisch angelegt, wohltuend und ausgeglichen in den Proportionen, ein Zeugnis jener Zeit, in der Raumgefühl und Harmonie nicht nur Schlösser und Dome, sondern auch reine Zweckbauten mitten im Land zu einem Wesen von Schönheit entstehen ließ.

Und da man in jener Zeit mit dem Platz nicht geizen mußte, waren die Wirtschaftsgebäude so weit seitwärts gelegen, daß sie weder den Blick auf das Haus noch das Bild der Lindenallee störten. Dabei waren Stallungen und Scheunen ihrerseits Bauten von ausgewogenem Gleichmaß, denn auch bei den notwendigen Neubauten und Umbauten dieses Jahrhunderts hatte man die alte, schöne Form des Äußeren nicht zerstört.

Ein Stück zurückgesetzt, halbwegs zwischen den Ställen und dem Gutshaus gelegen, befand sich das Verwalterhaus, das man vom Torhaus aus überhaupt nicht sehen konnte.

Auch das Verwalterhaus war ein hübscher Bau, über und über von Heckenrosen bewachsen, die im Juni zu blühen begannen und bis zum Oktober damit nicht aufhörten. Es besaß sieben Zimmer, dazu die nötigen Wirtschafts- und Vorratsräume. Weder Jon noch sein Vater hatten je einen Verwalter beschäftigt, sie hatten das Gut immer selbst bewirtschaftet, meist hatten Angestellte im Verwalterhaus gewohnt, vor dem Krieg war es einmal gründlich überholt und modernisiert worden, und dann hatte man es einige Sommer lang an Feriengäste vermietet. Während des Krieges wohnten die jungen Mädchen darin, die vom weiblichen Arbeitsdienst oder zum Ernteeinsatz als Arbeitskräfte auf das Land geschickt wurden.

Jetzt wohnte die Familie Ehlers in diesem Haus. Von diesen sieben Zimmern bewohnten sie vier, die alle wohnlich und gemütlich eingerichtet waren. Dafür bezahlten sie an Jon keinen Pfennig. Auf diese Weise war es ihnen möglich, mit der Rente, die Ehlers bekam, auskömmlich zu leben, zumal sie ja die Lebensmittel auf dem Gut billig, wenn nicht gar umsonst bekamen. So unrecht also hatte Ehlers nicht, wenn er von dem Geschenk sprach, das Jon Kamphoven ihm machte. Frau Ehlers war eine kleine, blonde Frau, ganz hübsch, anfangs etwas verschüchtert, voll Angst, ihrer Umgebung zur Last zu fallen, und daher immer bemüht, sich nützlich zu machen. Mit der Zeit wurde sie mit dem Leben auf dem Gut vertraut, so daß ihre Hilfe zu gebrauchen war. Sie war erst Ende Dreißig, als sie nach Breedenkamp kam, und zweifellos war das Leben mit dem kranken Mann für sie nicht immer leicht zu ertragen.

Annemarie, mit ihrem fröhlichen, unkomplizierten Wesen, wurde für Frau Ehlers eine seelische Stütze und schließlich eine Freundin. Durch sie bekam das trübselige Leben der Flüchtlingsfrau ein wenig Abwechslung. Annemarie nahm Frau Ehlers gern zu ihren Bekannten und Freundinnen mit, und später, als es wieder etwas zu kaufen gab, fuhren die beiden Frauen in eine der nahe liegenden kleinen Städte, um Besorgungen zu machen. Viel Geld hatten sie beide nicht – Annemarie wurde von Jon ziemlich kurz gehalten –, aber schon der Kauf eines Pullovers oder einer Bluse, ja sogar ein neuer Kochtopf boten den Frauen eine herrliche Abwechslung. Man kehrte ein zu einer Tasse Kaffee und einem Stück Kuchen oder besuchte Bekannte in Lütjenburg, Eutin oder Malente, wenn nicht gar in Kiel. Letzteres war schon fast eine kleine Reise, die nur unternommen wurde, wenn größere oder wichtige Anschaffungen zu machen waren. Ein besonderes Ereignis war eine Fahrt nach Lübeck, wo Annemarie ihre beste Freundin besaß, bei der man sogar übernachten konnte.

Wenn Frau Ehlers ehrlich war, mußte sie zugeben, daß sie es nicht schlecht getroffen hatte. Das Leben war für den kranken Mann in diesem immerhin großzügigen Rahmen relativ erträglich, sie sah schließlich mit eigenen Augen, wieviel schwerer es die Menschen und besonders die Flüchtlinge in den Großstädten hatten. Und ein Paradies war Breedenkamp für Gerhard, ihren Sohn. Für ihn wurde das Gut zur Heimat, er wuchs dort als Spielgefährte von Christine und Winnie auf.

Schließlich sogar bot sich dem Studienrat Ehlers eine Aufgabe. Das war, als Christine wieder sprach.

Sie war damals, ehe Frederike sie nach Amerika entführte, bereits anderthalb Jahre in die Schule gegangen. Nun war der Unterricht seit längerer Zeit ausgefallen. Dabei war sie bereits in dem Alter, demnächst die höhere Schule zu besuchen.

Das war die Stunde des Dr. Ehlers. Christine wurde seine Schülerin. Er hatte Zeit und sehr viel Geduld. Man wußte nicht, wer hier wem einen größeren Dienst erwies: er Christine oder Christine ihm. Auf jeden Fall bekam sein Leben nun wieder einen Inhalt. Er wurde gebraucht. Christine mochte ihn gern. Bei ihm sprach sie am meisten, bald ohne jede Hemmung. Das kam natürlich dem Unterricht zugute. Als man sie schließlich wieder in die Dorfschule schickte, war sie den Kindern weit voraus.

Mühelos konnte sie, mit nur einem Jahr Verspätung, auf das Gymnasium überwechseln.

Die Kinder

Gerhard Ehlers besuchte bereits im dritten Jahr das Gymnasium in Plön. Er nahm die Aufgabe, als Christines Beschützer beim Eintritt in die erweiterte Welt zu fungieren, sehr ernst. Er nahm alles ernst, was er tat: die Arbeit in der Schule und die Arbeit auf dem Gut, die Fürsorge für den kranken Vater, den Umgang mit Menschen und Tieren. Auf eine gewissenhafte, stille Art nahm er es ernst, er war weder ein Streber noch ein Wichtigtuer. Aber wenn man ihn mit einer Arbeit betraute, konnte man sicher sein, daß sie pünktlich und ordentlich erledigt wurde.

Jon sagte einmal, da war Gerhard etwa vierzehn Jahre alt: »Gerhard ist der zuverlässigste Mann, den ich auf dem Hof habe.« Zwar bekam der Junge einen roten Kopf, das Lob machte ihn verlegen, aber er vergaß diese Worte nie. Denn er bewunderte Jon, alles, was dieser sagte oder tat, war für ihn beispielgebend.

Jon wußte das sehr gut, ohne daß je darüber gesprochen wurde. Und bei aller Verschlossenheit empfand auch Jon Sympathie für den Jungen, der unter seinen Augen aufgewachsen war.

Als Christine dann zu ihrem ersten Schultag in Plön aufbrach, sagte Jon nur: »Paß auf die Deern auf!«

Mehr war nicht nötig, nie wieder. Gerhard paßte auf, jetzt und später. Natürlich war Gerhard bei den Lehrern beliebt, er war ein guter Schüler, aber auch seine Klassenkameraden mochten ihn leiden. Er paßte sich an, half bereitwillig. Außerdem war er ein guter Turner und zu der Zeit bereits ein hervorragender Reiter.

Jeden Morgen fuhren Annemarie, Polly oder Franz die Kinder mit dem Wagen zur Bus-Haltestelle. Bei schönem Wetter fuhren sie mit dem Rad, dann mußten sie ein Stück weiterfahren bis ins übernächste Dorf, das der Bus passierte. Dort ließen sie die Räder bei den Eltern eines Mitschülers und holten sie am Nachmittag, wenn sie heimkamen, wieder ab.

Christine ging nicht gern in die Schule. Noch immer war sie menschenscheu, noch immer sprach sie nur das Nötigste und fürchtete die Welt außerhalb Breedenkamps.

In der kleinen Welt, in der sie heimisch war, bewegte sie sich mittlerweile ohne Hemmungen. Sie blieb zwar gern für sich allein, aber sie ging den anderen nicht mehr aus dem Weg.

Plön dagegen war eine andere, viel zu große Welt. Die Schule und vor allem die anderen Kinder machten ihr Angst. Die Lehrer wußten natürlich um die Vorgeschichte und nahmen Rücksicht. Irgendwann wußten es die anderen Kinder auch, das eine oder andere hatte zu Hause etwas über das Unglück von Breedenkamp gehört. Kinder sind selten rücksichtsvoll. Manchmal fing Christine eine Bemerkung auf, manchmal hörte sie ein spöttisches oder gehässiges Wort. Dann wurde ihr Blick wieder starr, sie zog sich zurück, sie schwieg. Zweimal lief sie im ersten Jahr während der Unterrichtsstunden aus der Schule fort und kam mit dem nächsten Bus nach Hause.

Das erstemal sagte Jon nichts dazu. Das zweitemal fuhr er sie selbst nach Plön zurück. Wortlos.

Als er sie vor der Schule absetzte – was sich kaum mehr lohnte, denn es war knapp eine halbe Stunde vor Schulschluß –, sagte er: »Wenn du das noch mal machst, kommst du in ein Internat.«

Leicht wurde Christine das Leben nicht gemacht. Und Jons Härte war gewiß nicht die rechte Art, ihr beizubringen, was zu tun war. Ein wenig Verständnis, ein wenig Wärme und Liebe, das war es, was sie nötig gebraucht hätte, um ein Kind wie die anderen zu sein. Trotzdem war sie niemals böse auf Jon. Was er tat, war in ihren Augen recht getan. Und trotz seiner Drohung wagte sie es, ihn am nächsten Tag zu fragen: »Warum kann ich denn nicht zu Hause bleiben? Herr Ehlers kann mich doch unterrichten. Ich lerne viel mehr bei ihm.«

»Jeder Mensch muß in die Schule gehen, und jeder Mensch muß lernen, mit seinem Schicksal zu leben«, antwortete ihr Jon.

Christine nickte. Sie verstand ihn. Er mußte mit seinem Schicksal leben, also mußte sie es auch. Sie wollte so sein wie er, hart und kalt und stolz. Andere Leute gingen sie nichts an. Keiner sollte sie jemals weinen sehen, keiner ihr anmerken, wenn sie verletzt war. Sie würde nie mehr auf das hören, was die Kinder in der Schule zu ihr oder über sie sagten.

Das war die Zeit, als sie begann, den Kopf so hoch zu tragen wie Jon und den Nacken steif zu machen wie er.

Sie war einsam. Keiner von ›draußen‹, aber auch keiner von ihrer Familie, war imstande, sie aus dieser Einsamkeit zu befreien. Keiner auf Breedenkamp besaß die Fähigkeit, die Starrheit und Verkrampfung, die in ihrer Seele zurückgeblieben war, zu lösen. Jon am allerwenigsten. Sprechen konnte man mit ihm über das Geschehene nie, keiner hätte es gewagt. Nie hörte sie ein Wort über ihre Mutter. Niemand sprach über ihren Vater. Sie wußte nicht einmal, ob er noch lebte. Das wußte keiner auf Breedenkamp. So wenig wie sie wußten, ob Jon mit Amerika in Verbindung stand, ob er jemals eine Nachricht erhielt, jemals danach fragte, wie es Magnus ging.

Ohne daß Jon ihn gebeten hätte, hatte sein Freund Bruhns in Kiel, der Rechtsanwalt, Kontakt mit dem Anwalt, der Magnus verteidigt hatte. Friedrich Bruhns ließ sich über Magnus gelegentlich berichten, er war es, der an Magnus schrieb, und in den langen Nächten, die er mit Jon zusammensaß, ließ er diesen wissen, was er erfahren hatte. Jon hörte sich das schweigend an, und Bruhns war schon froh, daß er von Jon kein Verbot erhielt, diese Kontakte weiter zu pflegen. Selbstverständlich hätte er sich durch ein Verbot nicht davon abhalten lassen, das zu tun, was er für seine Menschen- und Freundespflicht hielt.

Annemarie, die am ehesten dazu geeignet gewesen wäre, Christine die Mutter zu ersetzen und ihr das Gefühl der Geborgenheit zu geben, das das Kind so dringend gebraucht hätte, um zur Normalität zurückzufinden – Annemarie war dazu total ungeeignet. Sie war einfach nicht klug genug, zu begreifen, was zu tun war, sie erkannte die Einsamkeit gar nicht, in der das Kind lebte. Auch sie war viel zu sehr mit sich selbst beschäftigt. Denn wie nicht anders zu erwarten, fiel es Annemarie schwer, allein zu leben, ohne Liebe zu sein. Als erstes hatte sie ein Verhältnis mit einem Geschäftsmann aus Eutin, der verheiratet war. Dieser und jener wußte schließlich davon. Es wurde getratscht, schließlich erfuhr es die Ehefrau. Ein hübscher, runder Kleinstadt-Skandal war die Folge und Annemarie gewiß nicht die Frau, so etwas souverän zu handhaben.

Ganz schlimm wurde es, als Jon davon erfuhr. Erstens verbot er ihr den unpassenden Umgang, zweitens bekam sie harte Worte zu hören, ihr tollkühner Versuch, gegen ihn aufzumukken, scheiterte schon im Entstehen.

Unter Tränen verschwand Annemarie zu ihrer Freundin nach Lübeck und ließ sich einige Zeit auf Breedenkamp nicht blicken. Ihr Verhältnis zu Jon, das nie besonders herzlich gewesen war, blieb gespannt.

Ihre nächste Affäre war auch nicht viel besser. Sie verliebte sich in einen Schauspieler ohne Engagement aus Hamburg, den die hilfsbereite Lübecker Freundin durch eine Heiratsanzeige aufgegabelt hatte. Der junge Mann sah gut aus, war sehr charmant, allerdings auch ein wenig unseriös, was Annemarie gar nicht richtig merkte.

Sie lachte wieder und war fröhlich, reiste nach Lübeck und Hamburg, um ihren Freund zu treffen. Was Telse ziemlich rasch zu der ahnungsvollen Bemerkung veranlaßte: »Na, denn is ja man wohl wieder wat im Busch.«

Dann hatte der junge Mann den unglückseligen Einfall, an einem schönen Sommertag mit seinem Koffer auf Breedenkamp einzutreffen. Er hatte weder Arbeit noch Geld und hielt es für eine gute Idee, den Sommer bei seiner neuen Freundin auf dem Gut zu verbringen, von dem sie ihm in den höchsten Tönen vorgeschwärmt hatte. Von Jon war dabei nicht viel die Rede gewesen, sie hatte nur gerade mal erwähnt, ihr Schwiegervater sei ein wenig schwierig, mit dem sei nicht gut Kirschen essen.

So ein sturer, alter Bauer erschien dem jungen Mann kein ernstliches Hindernis, mit dem würde er schon fertig.

Die Begegnung mit Jon war ein mittlerer Schock für ihn, er reiste genauso schnell wieder ab, wie er gekommen war. Dabei hatte Jon kaum mit ihm gesprochen. Wieder flossen Tränen bei Annemarie, und Jon bekam bittere Vorwürfe zu hören. Auf diese Weise würde sie nie zu einem Mann kommen.

»Wenn du dir deinen neuen Ehemann unter Zigeunergesindel suchen willst«, sagte Jon, »so ist das deine Sache, aber dann hast du hier nichts mehr verloren.«

«Zigeunergesindel!« empörte sich Annemarie. »Er ist Schauspieler. Ein Künstler. Er ist sehr begabt und wird bestimmt Karriere machen. Daß er momentan kein Engagement hat, dafür kann er nichts. Außerdem verhandelt er mit einer großen Filmgesellschaft, da bekommt er vermutlich demnächst eine Rolle für einen neuen Film.«

Jon kniff die Augen halb zusammen, wie es seine Art war. »Ein Künstler kommt nicht in mein Haus, das solltest du wissen.«

Sie hätte es wissen sollen.

Christine, die diese Bemerkung gehört hatte, war auch zufällig Zeuge, als sich Annemarie lautstark im Garten bei Frau Ehlers aussprach.

»Der hat doch keine Ahnung von Kunst. Der weiß überhaupt nicht, was das ist. Nur weil Frederike damals mit diesem Sänger durchgegangen ist, haßt er alle Künstler. Das ist doch kindisch.«

Christine pflückte Johannisbeeren. Sie ließ die Schüssel sinken und dachte nach.

Vergessen waren sie nicht – ihre Mutter und der hübsche, dunkelhaarige Mann mit dem jungenhaften Lachen. Die beiden, die sterben mußten. Vergessen waren sie nicht. Und je älter Christine wurde, um so mehr verstand sie davon. Immer ein kleines Stückchen mehr. Sprechen jedoch konnte sie mit keinem darüber. Auch nicht mit Telse, die hielt sich an das unausgesprochene Verbot Jons. Ein großes Loch klaffte in dieser Familie. Eine ganze Generation war darin verschwunden, war untergegangen, als hätte es sie nie gegeben.

Auch für Dr. Ehlers war das Thema tabu. Er war zwar ein guter Pädagoge, aber kein Psychologe, auch er kam nicht auf die Idee, mit Christine über das zu sprechen, was geschehen war.

Als Christine etwa vierzehn Jahre alt war, hätte sie so gern darüber gesprochen. Über das, woran sie sich erinnerte, über das, was sie nicht verstand. Und vor allem, wie alles gekommen war.

Ihr nächster Vertrauter war Gerhard, der Freund, der große Bruder. Aber für dieses Thema war er kein Gesprächspartner. Und vermutlich wußte er nicht mehr als sie selbst – genaugenommen wußte er gar nichts. Er war ein Kind gewesen, als Frederike fortging. Und später hatte bestimmt kein Mensch mit ihm über das Vorgefallene gesprochen. Wieviel Gerhard ihr bedeutete, wie wichtig er für ihr Leben war, das sollte Christine erst in späteren Jahren begreifen. Ohne ihn, ohne diese Partnerschaft wäre sie noch viel verschlossener, viel bedrückter geblieben. Denn in der Schule schloß sie keine Freundschaften. Und von jeder Art gesellschaftlichem Verkehr, wie es früher zwischen den Gütern üblich gewesen war und auch jetzt wieder gepflegt wurde, blieb Breedenkamp ausgeschlossen. Man war gastfreundlich in diesem Land, man besuchte sich gern, um zu klönen, um Erfahrungen auszutauschen, um gut zu essen und zu trinken. Aber nach Breedenkamp kam keiner. Und die Breedenkamper gingen nirgends hin. Nicht daß böser Wille oder eine Art von Ächtung im Spiele waren – keineswegs. Man war weder engstirnig noch intolerant. Es war Jons Schuld.

Er hatte deutlich zu verstehen gegeben, daß er keinerlei Umgang wünsche. Geschäftliche Dinge wurden sachlich geregelt, selten einmal, daß er sich zu genossenschaftlichen Fragen äußerte, auch dann nur knapp und zur Sache. Sein Wort hatte immer Gewicht, man respektierte ihn, man respektierte auch seinen Wunsch, allein gelassen zu werden.

Die einzige Ausnahme war eigentlich Jessen von Friedrichshagen, der nächste Nachbar. Claus Otto Jessen war von robuster Machart, er nahm niemals und in keinem Fall auf die Gefühle seiner Mitmenschen Rücksicht, so daß er auch von dem Bannkreis um Breedenkamp keine Notiz nahm. Er kam, wann es ihm paßte, er schätzte Jons Rat und auch ein Gespräch mit ihm, und manchmal fuhr oder ritt Jon nach Friedrichshagen hinüber. Die Kinder jedoch, Jessen hatte vier, kamen selten zusammen. Sie waren allerdings auch alle älter als die Kinder auf Breedenkamp.

Als Christine auf die Schule nach Plön kam, stand Jessens jüngster Sohn vor dem Abitur, der ältere studierte bereits, von den Töchtern war eine verlobt.

Gerhard und Christine gehörten zusammen und blieben für sich. Da war der gemeinsame Schulweg, die Arbeit auf dem Gut, die Tiere, die Pferde vor allem.

Und schließlich auch die gemeinsame Sorge um Winnie. Denn turbulent wurde das Leben der beiden Großen, als Winnie mit ihnen zur Schule fuhr. Winnie steckte immer in Schwierigkeiten, die entweder durch ihr Temperament und ihr impulsives Reden und Handeln oder durch ihre Faulheit herbeigeführt wurden. Sie war das heitere, hübsche Kind geblieben, das jeder gern hatte, und darauf verließ sie sich. Es konnte gar nichts schiefgehen, jeder liebte sie, jeder half ihr, warum sich also anstrengen, sie bekam ja von selbst, was sie wollte. Ihre Leistungen in der Schule waren ein ständiges Trauerspiel, denn Winnie hatte alles andere im Kopf, nur das nicht, was sie darin haben sollte. Selbst Dr. Ehlers gelang es nicht, sie zum Lernen zu bringen.

Sie strahlte ihn an, genau wie sie ihre Lehrer in der Schule anstrahlte, nickte eifrig, sagte: »Ja, ja!« und dann redete sie von dem, was sie erfüllte. Das waren noch immer die Tiere, das waren mit der Zeit ihre Freundinnen und etwas später auch die Freunde, denn zum Unterschied zu den beiden anderen schloß Winnie viele Freundschaften, sie war sehr beliebt, wurde überall eingeladen, und sie wagte es schließlich auch, fremde Kinder nach Breedenkamp einzuladen.

Sie hatte zwar auch sehr viel Respekt vor Jon, aber sie fürchtete ihn nicht. Auch mit ihm konnte sie gut umgehen.

Alles, was ihr unbequem war, delegierte sie an andere. »Christine! Telse sagt, du sollst kommen, das Gelee rühren.«

Christine wußte sehr genau, daß Winnie dazu von Telse angestellt worden war. Aber sie begab sich in die Küche, wo sie von Telse mit den Worten empfangen wurde: »Das dachte ich mir.«

Oder aber: »Christine, nähst du mir mal schnell den Knopf an? Ach ja, bitte!«

»Christine, bewegst du Lord heute mal? Ich bin nach der Schule bei Evi eingeladen, ich komme erst mit dem Abendbus.«

»Christine, hast du eine Ahnung, wo mein Englischbuch sein könnte? Ich habe schon überall gesucht.« In Wirklichkeit, das wußte Christine auch genau, hatte Winnie keine Minute an die Suche verschwendet.

»Christine, drehst du mir Locken? Christine, sagst du dem Großvater, daß ich mir ein blaues Kleid zum Geburtstag wünsche? So ein kräftiges Kornblumenblau, weißt du? Dadurch werden meine Augen dunkler. Sie sind zu hellblau, findest du nicht auch, Christine? Findest du mich eigentlich hübsch, Christine? Ich möchte so richtig bildschön werden. Christine, gehst du mal eben zu Herrn Ehlers rüber und sagst ihm, daß ich heute keine Nachhilfestunde nehmen kann, wir wollen in die Bucht zum Baden fahren.«

Der andere Nothelfer war Gerhard.

»Gerhard, diese Mathematikaufgabe ist einfach idiotisch. Ich habe kein Wort davon verstanden. Kannst du dir das nicht eben mal ansehen?«

»Wenn ich dir die Aufgabe heute mache, kannst du es morgen erst recht nicht.«

»Ach, macht ja nichts. Wozu braucht der Mensch Mathematik? Ich kapiere es sowieso nicht.«

»Gerhard, meine Sporen sind verschwunden. Einfach weg. Gestern nachmittag waren sie noch da. Ich verstehe gar nicht, wo sie sein könnten.«

»Wahrscheinlich da, wo du sie gestern hingeschmissen hast.«

»Siehst du mal nach, ja? Du findest doch immer alles.«

»Gerhard, dein Vater hat gesagt, er hilft mir nicht mehr beim Aufsatz, ich muß meine Aufsätze selber machen. Meinst du nicht, du könntest...«

»Mein Vater hat recht.«

»Na ja, sicher. Aber so ein blödes Thema, was soll man denn darüber schreiben? Mir fällt nichts ein. Nicht das geringste. Sprechen wir doch mal drüber, du hast immer so gute Ideen.«

»Wenn du dir einbildest, ich diktiere dir den ganzen Aufsatz wie das letztemal, dann irrst du dich gewaltig.«

»Nein, Gerd, du altes Ekel, nur mal so drüber reden. Nur so'n bißchen.«

»Gerhard, stell dir vor, ich hab' eine Strafarbeit.«

»Na und?«

»Also ich habe heute wirklich keine Zeit. Du könntest doch eben mal schnell...«

So blieb es während der ganzen Schulzeit Winnies. Die Lehrer verzweifelten und mochten das blonde, lachende Mädchen doch. Einmal blieb sie trotzdem sitzen. An Abitur war nicht zu denken. Mit Hängen und Würgen schaffte sie die mittlere Reife und war selig, die Schule verlassen zu können. Trotz Freundinnen, trotz früher Flirts mit Jungen, blieben Christine und Gerhard für Winnie der Mittelpunkt ihres Lebens. Wie sich zeigte, waren sie ihr wichtiger als ihre Mutter. Winnie war es auch, von der Christine Zärtlichkeit empfing. Denn Winnie war nicht zurückhaltend, nicht scheu, nicht introvertiert. Sie umarmte Christine, küßte sie, rief: »Ich hab' dich so lieb. Du bist meine große Schwester. Du gehörst nur mir.« Und zu Gerhard sagte Winnie: »Ich werde dich heiraten, Gerd. Du bist zwar langweilig, aber ich hab' dich lieb. Und dann können wir drei immer auf Breedenkamp bleiben.« Die beiden Großen lächelten sich überlegen zu, aber Winnie – zwar jünger – war in natürlicher Weise lebensklüger als die beiden. Sie begann, das gemeinsame Leben auf Breedenkamp auszumalen.

»Woanders kann ich nicht leben. Ihr auch nicht, nicht wahr? Also machen wir das alles hier zusammen. Es muß ja schließlich einer auf dem Gut arbeiten, nicht?«

»Na – du bestimmt nicht«, meinte Gerhard.

»Nein. Aber ihr. Du bist heute schon ein richtiger Landwirt, das hat Großvater erst neulich gesagt. Und Christine kann auch alles.«

»Und du?«

»Ich werde die Pferde reiten.«

»Sonst nichts?«

»Na, vielleicht Kinder kriegen.«

»Die armen Kinder!«

»Um die wird sich Telse kümmern.«

»Christine wird auch heiraten.«

»Wen? Dich?«

Gerhard bekam einen roten Kopf. »Das habe ich nicht gesagt.«

»Wen soll sie denn sonst heiraten? Sie kennt doch keine Jungen. Und will auch keine kennenlernen.«

Und Christine knapp: »Ich heirate nie.«

»Siehst du, das hab' ich mir immer schon gedacht. Du mußt schon mich nehmen.«

Zu jener Zeit war Annemarie wieder verheiratet. Beim dritten Anlauf hatte es geklappt. Sie hatte gar keine schlechte Partie gemacht. Angefangen hatte es mit dem Hamburger Vertreter einer großen rheinischen Landmaschinenfabrik, der gelegentlich auf dem Gut zu seinen Routinebesuchen auftauchte. (Jon war ein guter Kunde. Das Gut Breedenkamp besaß inzwischen die modernsten und besten Maschinen, die auf dem Markt waren.)

Mit diesem Vertreter hatte Annemarie einen kleinen Flirt, ganz harmlos, denn er war verheiratet. Sein Bruder war geschieden, lebte in Düsseldorf, hatte einen kleinen Betrieb, Textilien. Er hieß Kurt Bolinsky. Als Kurt in Travemünde Urlaub machte, kam der andere Bolinsky, der Vertreter, in Breedenkamp vorbei und fragte Annemarie, ob sie nicht Lust hätte, mal in Travemünde auszugehen.

Annemarie hatte Lust. Annemarie hatte noch zu viel mehr Lust als nur zum Ausgehen. Sie war Anfang Dreißig, in ihren schönsten Jahren und geradezu verhungert nach einem Mann.

Es ging ziemlich schnell. Kurt war ein bißchen gehemmt, nicht nur in diesem Fall, sondern überhaupt. Das verlor sich im Umgang mit Annemarie rasch. Kurt war begeistert. Was für eine Frau!

»Hab' ich dir doch gesagt, Mensch«, meinte Fred. »Die wäre mein Fall auch. Aber leider, leider, na, du weißt ja. Als Schwägerin wäre sie mir aber auch recht. Die wird dich aufmöbeln, paß mal auf.«

Es war wirklich eine einfache Sache. Die Heirat wurde bald beschlossen. Doch dann ergaben sich ungeahnte Komplikationen, und die kamen von einer Seite, von der man sie am wenigsten erwartet hätte. Sie kamen von Winnie.

Nicht daß Winnie, zu der Zeit gerade elf Jahre alt, etwas gegen die Heirat ihrer Mutter gehabt hätte, die war ihr egal. Aber sie weigerte sich, Breedenkamp zu verlassen. Man erlebte, was man noch nie erlebt hatte: eine weinende, schreiende, tobende Winnie. Ein ganz neuer Charakterzug bei diesem liebenswerten, zwar ein wenig egoistischen, aber doch immer leicht zu lenkenden Kind.

Es ereignete sich wieder einmal, daß Jon bei seinem Freund, dem Rechtsanwalt Dr. Friedrich Bruhns, in Kiel auftauchte, diesmal nicht, um zu schweigen und zu trinken, sondern um sich einen Rat zu holen, was mit seiner kleinen, renitenten Enkeltochter anzufangen sei.

Auch Frau Hedda, Mutter zweier inzwischen erwachsener Kinder, wurde zu diesem Gespräch zugelassen.

»Vorgestern ist sie weggelaufen und hat sich im Wald versteckt. Wir haben die halbe Nacht nach ihr gesucht. Basso hat sie schließlich gefunden, hinten im Kossautal, bei dem alten Jägerhaus. Es hatte geregnet, sie war total durchweicht und verdreckt. Und jetzt ist sie krank.«

»Kein Wunder«, sagte Hedda, »es ist ja schon so kalt.«

Es war Anfang November. Noch vor Weihnachten sollte Annemaries Hochzeit stattfinden.

»Und Annemarie?« fragte Dr. Bruhns.

»Sie sitzt zu Hause und heult den ganzen Tag. Natürlich will sie nun nicht heiraten, das Kind gehe schließlich vor, sie sei eine schlechte Mutter, und wenn Winnie jetzt stirbt, sei das die Strafe Gottes für ihren Leichtsinn.«

»Um Gottes willen, was fehlt Winnie denn?« fragte Hedda.

»Sie ist erkältet.«

»Da wird sie nicht gleich daran sterben. Eure Kinder sind ja ziemlich abgehärtet.«

»Und wie geht's also weiter?« fragte Bruhns.

»Woher soll ich das wissen?« sagte Jon mürrisch. »Offen gestanden, ich war ganz froh, daß Annemarie endlich einen gefunden hat, der sie heiraten wird. Wer weiß, was sie sonst wieder anstellt. Sie braucht nun mal einen Mann, wie es scheint.«

»Ist doch ganz natürlich, oder?«

»So? Na, wenn du meinst. Dieser Bolinsky macht einen ganz soliden Eindruck. Du hast das Zeugs ja gelesen.«

Das Zeugs waren die Ermittlungen eines Auskunftsbüros, das Dr. Bruhns auf Jons Wunsch bemüht hatte, um sich über Leben, Vorleben und materielle Verhältnisse des künftigen Mannes von Annemarie zu informieren. Jon war ein vorsichtiger Mann; Annemarie war schließlich seine Schwiegertochter, und Winnie trug den Namen Kamphoven. Man mußte Bescheid wissen. Es war nichts Nachteiliges über Kurt Bolinsky aus Düsseldorf bekannt geworden. Seine Geschäfte gingen gut, er hatte den besten Leumund, die erste Ehe war ohne sein Verschulden geschieden worden, als er aus dem Krieg zurückkehrte, hatte seine Frau einen anderen. Kinder hatte er keine.

»Annemarie hat nie so recht nach Breedenkamp gepaßt«, sagte Jon. »Meine Söhne haben nicht viel Verstand bei ihren Heiraten bewiesen. Sie kommt aus kleinen Verhältnissen – aus irgendeiner Stadt da unten.«

»Sie kommt aus Cottbus«, stellte Bruhns richtig. »Sie ist Vollwaise, bei Verwandten aufgewachsen. In bescheidenen Verhältnissen, das ist wahr. Sie war Stenotypistin. Ein fleißiges, ordentliches Mädchen, mit bestem Ruf. Henning war damals Leutnant und machte einen Lehrgang in Cottbus. Es war eine Liebesheirat, wie man das nennt. Und sie haben sich doch gut verstanden. Oder nicht?«

»Wie kann man das wissen? Es war Krieg. Henning war dreiundzwanzig, als sie heirateten.«

»Nein«, sagte Frau Hedda ernst, »man kann es nicht wissen. Ihre Ehe bestand aus ein paar Urlaubswochen. Man kann so etwas nicht eine Ehe nennen. Heute lernen sich die jungen Leute auf einer Urlaubsreise besser kennen. Es ist nicht Annemaries Schuld, daß alles so gekommen ist. Und sie hat das Recht, einen Mann zu haben und eine Ehe zu führen, alt genug ist sie.«

»Dieses Recht macht ihr niemand streitig. Ich schon gar nicht. Sie hat in den vergangenen Jahren zwei ... eh, Bekanntschaften gehabt, die ich nicht billigen konnte. Wenn also jetzt ein anständiger Mann da ist, der sie heiraten will, dann soll sie ihn in Gottes Namen heiraten.«

»Es fällt dir nicht schwer, dich von ihr zu trennen?«

»Nein«, gab Jon knapp zur Antwort.

»Und Winnie?«

»Das ist etwas anderes. Winnie ist meine Enkeltochter. Hennings einziges Kind. Aber man kann ein Kind nicht seiner Mutter wegnehmen. Wir haben Winnie gesagt, daß sie zu allen Ferien nach Breedenkamp kommen kann, daß Breedenkamp nach wie vor ihre Heimat ist. Aber das hilft alles nichts. Sie will nicht fort. Und es ist nicht wegen Breedenkamp allein.«

»Sondern?«

»Wegen der beiden anderen. Christine und Gerhard. Christine sei ihre Schwester, sagt Winnie, sie ginge nie von Christine fort.«

»Erstaunlich«, meinte Dr. Bruhns.

»Finde ich nicht«, sagte Hedda. »Winnie war noch sehr klein, als Christine aus Amerika zurückkam. Sie hat bestimmt nichts verstanden von dem, was geschehen war. Nur eins hat sie verstanden: daß Christine Hilfe brauchte.«

»Aber heute ist es gerade umgekehrt. Wo sie geht und steht, muß Christine ihr helfen.«

»Das spielt doch keine Rolle. Aber dieses ständige Geben und Nehmen bindet die Kinder aneinander. Versteht ihr denn das nicht? Außerdem ist Winnie ein sehr zärtliches kleines Geschöpf. Sehr impulsiv.« Hedda kannte Winnie sehr gut. Denn wenn Annemarie einen Stadtbummel in Kiel machte, hatte sie Winnie immer in Heddas Obhut gegeben.

»Irgendwie berührt mich das. Euch denn nicht? Dich nicht, Jon? Dich geht es doch am meisten an.«

»Mich?«

»Ja, natürlich. Erkennst du denn nicht, aus welcher Ecke das kommt? Das hat sie von dir geerbt. Von den Kamphovens. Es ist Treue. Da, wo sie liebt, ist sie treu.«

»Aber Schatz«, sagte Bruhns. »Annemarie ist doch ihre Mutter, und ein Kind müßte eigentlich die Mutter am meisten lieben.«

»Normalerweise schon. Aber ihr seid ja keine normale Familie da draußen. Entschuldige, Jon, aber es ist schon so. Die Verhältnisse sind anders. Ich glaube nicht einmal, daß Annemarie daran schuld hat. Das Kind fühlt sich einfach an Christine und Jon und Breedenkamp gebunden.«

»Ja, und noch an Gerhard«, erzählte Jon weiter. »Das ist ihr Bruder, den braucht sie auch. Und dann braucht sie die Hunde und die Pferde und alle Tiere auf Breedenkamp. Wenn sie die

Tiere verlassen muß, sagt sie, wolle sie nicht mehr leben. Und sie wird immer wieder weglaufen, sie bleibt nicht in Düsseldorf. Um uns zu zeigen, wie sie das macht, ist sie vorgestern weggelaufen.«

»Schöne Geschichte«, sagte Bruhns ratlos.

»Ich habe ihr gesagt, daß ich ihr Goldblitz schenke, wenn sie mal größer ist. Den kleinen Fuchs – ihr wißt schon. Jetzt kann sie ihn noch nicht reiten, den kann keines der Kinder reiten. Er ist ein kleiner Satan.«

»Aber der ist doch schon mindestens vierjährig«, sagte Bruhns, der sich immer sehr für die Pferde auf Breedenkamp interessierte. Er war selbst Reiter und hatte in der Nähe auf einem Bauernhof ein Pferd stehen.

»Ich habe ihn rübergegeben nach Friedrichshagen. Der Sohn von Jessen ist ein ausgezeichneter Reiter, der wird ihn zureiten.«

»Ein Pferd, das sie später mal bekommen wird, ist auch kein Trost«, lenkte Hedda das Gespräch zu Winnie zurück, denn sie wußte aus Erfahrung, wenn die Männer bei den Pferden angelangt waren, ließ sich über anderes mit ihnen nicht mehr reden. »Wie geht's also weiter?«

Jon hob die Schultern. »Keine Ahnung. Annemarie hat heute ihrem Zukünftigen einen Brief geschrieben, worin sie ihm mitteilt, daß sie ihn nicht heiraten kann. Dabei hat sie pausenlos geheult.«

»Hat sie den Brief schon abgeschickt?«

»Nein. Hier ist er.« Jon zog einen dicken Briefumschlag aus der Brusttasche. »Ich habe gesagt, ich nehme ihn mit und stecke ihn ein.«

»Damit wartest du erst mal. Man soll nichts überstürzen. Wenn Annemarie jetzt nicht heiratet, wird sie sehr unglücklich sein. Sie hat sich nun mal darauf eingestellt. Und wer weiß, ob es noch einmal klappt. Männer sind schließlich knapp in ihrer Generation. Außerdem wäre es bei einem anderen genau dasselbe. Es sei denn, du willst den zukünftigen Mann deiner Schwiegertochter für ständig auf Breedenkamp behalten.«

»Das fehlte mir noch!«

»Kann denn Winnie diesen – diesen Bolinsky nicht leiden?«

»Sie hat sich gut mit ihm vertragen, wenn er zu Besuch da

war. Er war auch sehr nett zu ihr, hat ihr immer was mitgebracht. Darum geht es nicht. Sie will nicht fort.«

»Dann bleibt sie eben zunächst mal da.«

»Damit wäre Annemarie nie einverstanden.«

»Wäre es dir recht«, fragte Hedda spontan, »wenn wir am Sonntag mal zu euch hinauskommen? Und den Brief, nicht wahr, den läßt du mal hübsch in deiner Jacke stecken.«

»Was hast du denn vor?« fragte ihr Mann mißtrauisch.

»Gar nichts weiter. Mal mit den beiden Damen reden, mit Mutter und Tochter. Annemarie werde ich raten, sie soll erst mal heiraten und Flitterwochen machen. Eine junge Ehe beginnt man am besten ohne Kind.«

»Junge Ehe?« schnaubte Jon. »Er ist einundvierzig.«

»Erst recht. Wenn er nie Kinder hatte, wäre es eine große Umstellung für ihn, auf einmal Vater zu sein. Und noch dazu von einer so widerspenstigen Tochter.«

»Na – und denn?«

»Man wird sehen. Wenn Winnie erst mal sieht, daß vollendete Tatsachen geschaffen sind, und wenn sie ihre Mutter vermißt, wird ihr Trotz vergehen.«

Winnie vermißte ihre Mutter nicht. Sie hatte auf Breedenkamp alles, was sie brauchte; das waren an erster Stelle die Tiere, das waren Christine und Gerhard, die jeden Tag ihre Schularbeiten machten. Und sie konnte jeden Tag reiten, das war das Allerwichtigste.

Sie war wieder das liebenswürdige, freundliche Kind, das sie immer gewesen war. Nur wenn Frau Ehlers sagte: »Denk mal, Winnie, Düsseldorf ist so eine schöne Stadt, da gibt es den Rhein. Eine richtige große Stadt ist Düsseldorf – fast wie Hamburg. Deine Mutter schreibt, es gibt da wunderbare Geschäfte, wo man ganz feine Sachen kaufen kann«, dann bekam Winnie wieder den eigensinnigen Zug um den Mund und erwiderte schlicht: »Ich bleibe hier!«

Annemaries neue Ehe wurde dadurch etwas unruhig. Sie kam öfter angereist, sie weinte, sie zankte mit Winnie, die dadurch nur noch bockiger wurde. Sie machte den anderen Vorwürfe, daß sie nicht mit Vernunft auf Winnie einwirkten. Doch dann hatte der Himmel oder wer auch immer ein Einsehen. Drei Monate nach der Hochzeit war Annemarie schwanger.

Sie bekam eine Tochter und anderthalb Jahre darauf noch ein Kind, einen Jungen. Da war keine Rede mehr davon, daß Winnie und Goldblitz nach Düsseldorf umziehen sollten. Und nachdem dies einmal feststand, hatte Winnie das beste Verhältnis zu ihrer Mutter, war lieb und ein wenig kokett mit Herrn Bolinsky, fand ihre Halbgeschwister süß.

Sie fuhr bereitwillig in den Ferien nach Düsseldorf und kam von Kopf bis Fuß neu eingekleidet zurück, und sie freute sich, wenn die Familie zum Sommerurlaub auf Breedenkamp aufkreuzte.

Das alles kam allerdings erst viel später, entwickelte sich nach und nach. Dazwischen gab es noch eine andere Krise in Winnies Leben, die weitaus ernster war und abermals deutlich machte, welch heftiges, kompromißloses Temperament sich hinter dem Sonnenscheingesicht von Winnie verbarg.

So verlief das Leben der Kinder in den fünfziger Jahren. Soweit es Christine betraf, schien alles geregelt und in Ordnung. Das Gut und die Schule waren die beiden Pole, zwischen denen sich ihr Leben bewegte.

Der wichtigste Mensch in ihrem Leben war Jon, die vertrautesten Menschen: Winnie und Gerhard, am meisten geliebt: Cornet, das Pferd. Darunter jedoch blieb der Schaden, den jene Septembernacht in Vermont in ihr angerichtet hatte.

Nicht vergessen, nicht einmal verdrängt, blieb dieses schreckliche Ereignis ständig gegenwärtig in ihrem Leben, eine Disharmonie, die nie aufgelöst wurde. Je älter sie wurde, je verständiger, je mehr sie vom Leben, von den Menschen und von den Beziehungen der Menschen zueinander begriff, um so mehr beschäftigte sie sich damit.

Warum war alles so gekommen? Hatte ihre Mutter ihren Vater nicht geliebt? Er sie nicht?

Und die Antwort, die sie fand: Liebe ist etwas Furchtbares, ein finsteres Verhängnis, eine Schuld.

Sie versuchte, sich an ihre Mutter zu erinnern. Aber es war nur noch ein blasses Bild, blondes Haar über leuchtendem Blau, ein verwehtes Lächeln. Sie wußte nicht mehr, wie ihre Mutter ausgesehen hatte. Auf Breedenkamp gab es kein Bild von ihr. Eines Tages wußte sie auch wieder, daß ihre Mutter ein Kind erwartet hatte. Es war mit ihr gestorben. Er hatte drei

Menschen getötet. Und dann dachte sie an ihren Vater! Warum hast du das getan? Was war vorher? Wie warst du vorher? Ich weiß, daß ich dich lieb hatte.

Lebt er? War er tot? Wenn er lebte – wo lebte er, wie lebte er? Je älter sie wurde, um so mehr bedrängten sie diese Fragen. Es erwies sich, daß das Nicht-Miterlebte quälender war als die Schrecken jener Nacht, deren Bilder mit der Zeit verblaßten. Und da war keiner, immer noch keiner, mit dem sie darüber sprechen konnte. Daß es unmöglich war, Jon eine Frage zu stellen, und sei es die harmloseste, wußte sie. Einige Male machte sie den Versuch, mit Telse darüber zu reden. Aber Telse preßte die Lippen zusammen oder fuhr sie zornig an: »Sei still! Davon verstehst du nichts.«

Das Schweigen blieb Christines Gefährte. Damals hatte sie geschwiegen, verstummt durch den Schock.

Jetzt schwiegen die anderen. Sie würden ewig schweigen. Es war, als hätte es Frederike und Magnus nie gegeben. Sie waren im Nichts verschwunden, kein Weg führte zu ihnen zurück.

Aber noch ehe Christine alt genug war, um selbst nach diesem Weg zu suchen, kam aus dem Nichts etwas zu ihr. Ein Kind. Ihre Halbschwester, die man aus dem Leib der toten Mutter ins Leben geholt hatte.

Breedenkamp

Wenn er gerade Zeit hatte, fuhr Jon die Kinder auch selbst zur Bushaltestelle. Es erfüllte ihn immer mit einer gewissen Schwermut. So waren seine Söhne, Magnus, Henning und Alwin, viele Jahre lang jeden Tag in die Schule gefahren. Auch sie brachte man mit dem Wagen zum Bus. Erst mit dem Pferdewagen, später mit dem Auto, und genau wie die Kinder heute, waren sie bei schönem Wetter mit ihren Rädern losgestrampelt.

Er selbst hatte noch, als er das Gymnasium besuchte, in Plön bei einer Lehrersfamilie in Pension gewohnt, nur am Sonntag kam er nach Hause. Vieles hatte sich verändert in der kurzen Spanne eines Menschenlebens. Aber wenn man es einmal genau betrachtete, stellte man fest, daß mindestens ebensoviel geblieben war, wie es immer gewesen war. Nachdem die Wirrungen und die Unsicherheit, die der Krieg und die Nachkriegszeit mit sich gebracht hatten, vorübergegangen waren – schneller als jeder gedacht hatte –, war das Leben in vielen Dingen nicht anders wie vor zwanzig und dreißig Jahren.

Die Sorgen der Landwirte blieben im Grunde gleich: viel Arbeit, viel Mühe, wenig Gewinn. Aussaat, Blühen, Wachsen, Ernte. Die Winterruhe. Das Wetter. Sonne, Regen und Wind waren so wichtig wie eh und je. Die Aufzucht der Tiere, ihre Gesundheit, ihre Krankheiten, Geburt und Tod – auch das war gleich geblieben.

Über die Landflucht hatte man in den zwanziger und dreißiger Jahren schon geklagt, sogar schon zu Ende des vergangenen Jahrhunderts, als das Industriezeitalter seine erste Blüte erlebte. Heute gab es die Maschinen. Teure, raffiniert konstruierte Maschinen, die dem Landwirt das Leben erleichterten, die Arbeit war dadurch sehr intensiv geworden. Die Ernte drängte sich auf wenige Wochen, ja sogar Tage zusammen, je nach Größe des bewirtschafteten Bodens.

Aber noch immer spielte es eine Rolle, wann man damit begann, wieviel Zeit man dafür einsetzen wollte, wie das Wetter sich gestaltete. Ob das Gras zum Schneiden reif war, der Raps, das Getreide. Wenn Regen drohte, war es der gleiche konzentrierte Arbeitsboom wie früher auch. Und immer noch war es nötig, daß jeder auf dem Hof mithalf. Auch Maschinen brauchten die steuernde Hand. Es waren weniger Hände geworden und wurden ständig noch weniger. Man konnte direkt zusehen, wie die Arbeitskräfte auf den Höfen und Gütern abnahmen. Zurück blieben qualifizierte Leute, deren Löhne stiegen, von denen aber auch Intelligenz und Kenntnisse verlangt wurden, die ein Landarbeiter früher nicht aufzubringen hatte. Die Arbeit auf dem Lande erforderte weit mehr Selbständigkeit und Verstand als die Arbeit am Fließband der Industrie. Wenn es den »dummen Bauern« je gegeben hatte, war er eine Märchenfigur der Vergangenheit geworden. Der Landwirt war ein planender, kühl rechnender Unternehmer geworden.

Jon hatte immer eine positive Einstellung zur Maschine besessen. Das hatte er von seinem Vater übernommen, der ein geradezu revolutionärer Landwirt gewesen war. Auf Breedenkamp hatte es Rekordernten gegeben, solange er denken konnte. Die vielseitigsten Düngemittel waren angewendet, die modernsten Maschinen eingekauft worden. Schon vor dem Kriege fuhr auf Breedenkamp ein Mähdrescher, damals noch von zwei Leuten bedient. Auch in der Fruchtfolge hatte sein Vater experimentiert, entgegen manch althergebrachter Formel. Diese Aufgeschlossenheit hatte Jon übernommen. Genau wie sein Vater, war er ein angesehener Mitarbeiter in Kommissionen und Genossenschaften gewesen, eine Kapazität in Fragen der Viehzucht und Viehhaltung. Erst nach dem Unglück, das durch das Schicksal seines Sohnes Magnus über ihn kam, hatte er sich weitgehend zurückgezogen von allen öffentlichen Ämtern.

So wie bei der Bodenbearbeitung waren die Anforderungen bei der Viehhaltung gestiegen. Die Viehzucht hatte in Schleswig-Holstein immer hohen Standard gehabt. Qualitätsvieh brachte Qualitätsware, und Qualitätsware brachte Höchstpreise. Auch daran hatte sich nichts geändert. Je mehr der Wohlstand anstieg und der Handel über die Grenzen hinweg wieder zur Selbstverständlichkeit wurde, um so mehr wurde die Qualitätssteigerung zum unumgänglichen Zwang.

Zunächst ging Hand in Hand damit auch eine Quantitätssteigerung. Gute Ware und diese reichlich produzieren, das war in den fünfziger Jahren noch die Losung. Rindermast und Schweinemast wurden durch entsprechende Fütterung auf einen Höchststand gebracht, die Milchleistung der Kühe ständig gesteigert.

Doch dann war ein Sättigungsgrad und ziemlich bald eine Überflußproduktion erreicht. Es gab zuviel Milch und zuviel Butter, also waren es auf einmal zuviel Kühe. Allzu hektisch war der Aufbau erfolgt, die Prämien für Viehschlachtung lösten die Prämien für Viehhaltung ab.

Nur ein Großbetrieb konnte das mit der Zeit ausgleichen, der kleine Bauer, sofern er nicht sehr gewitzt war, blieb auf der Strecke. Bald zeigte sich, daß die Landreform nach dem Krieg keine gute Lösung gewesen war, ein Kleinbetrieb war nicht wirtschaftlich, ganz im Gegenteil, der Trend ging zum großen, zum ganz großen Betrieb. Die Kleinen mußten aufgeben, sie wollten auch, die großen Güter kauften das ihnen damals abgenommene Land zurück.

Die nächste Stufe war die Spezialisierung. Nur Weidewirtschaft, also Viehwirtschaft. Nur Getreidebau, nur Gemüsebau, nur Obstbaumkultur. Nur Schweinemast, nur Hühnerzucht – dahin ging der Weg. Im ersten Jahrzehnt nach dem Krieg allerdings betrieb man auf den großen Gütern immer noch eine gemischte Wirtschaft.

Auf Breedenkamp hatte man schwarzbuntes Vieh, es zählte zu dem besten im Land. In der Regel weidete man zwischen 200 und 250 Stück. Die Schweinemast wurde zunächst eingeschränkt, dann auf 500 Stück im Jahr wieder aufgestockt. Das erste, was ganz wegfiel, war die Geflügelzucht, sie rentierte sich nicht mehr, nachdem Geflügelfarmen und Legebetriebe den Markt versorgten.

Die Pferdezucht ging rapid zurück und kam so gut wie ganz zum Erliegen. Während des Krieges und auch in der Nachkriegszeit, als es keine neuen Maschinen gab und die vorhandenen immer schadhafter wurden, war man froh um die Pferde, die man noch hatte.

Ohne Pferd wäre die Menschheit nie auf den heutigen Kultur- und Zivilisationsstand gekommen, aber nun, da die Maschinen triumphierten, brauchte man keine Pferde mehr. Sich Pferde zu halten, war nur noch ein Luxus, den sich reiche Großgrundbesitzer leisten konnten, die Pferde dienten nicht zur Arbeit, sie waren zum Sport, zur Freude da. Die Zeit der Pferde schien vorbei zu sein, auch wenn einige Unbelehrbare es nicht wahrhaben wollten. Daß die Pferde, so ab Mitte der sechziger Jahre, wieder zum florierenden Geschäft werden würden, das hätte noch zehn Jahre zuvor der größte Optimist nicht zu prophezeien gewagt.

Als teuerster Zweig erwies sich mit der Zeit die Viehhaltung. Die Melkmaschine, die mechanische Säuberung der Ställe, später der Laufstall, ersetzten nicht die Leute, die man für das Vieh brauchte. Eine Melkmaschine mußte in Gang gesetzt werden, die Tiere mußten versorgt, überwacht, beobachtet werden. Auf diesem Gebiet stiegen die Löhne rapid. Der Melkmeister war eine hochbezahlte Fachkraft, ein tüchtiger Schweizer konnte hohe Forderungen stellen.

Mit der Zeit entschloß sich der eine oder andere Landwirt, sich vom Vieh zu trennen. Die Preise, die erzielt wurden, standen in keinem Verhältnis zu den aufgewandten Kosten.

Während des Krieges hatten sechsunddreißig Leute auf dem Gut gearbeitet, meist Kriegsgefangene. Nach dem Ende des Krieges, als man unter den Flüchtlingen viele Arbeitskräfte fand, ging der Personalstand nur schwach zurück. Doch bereits Mitte der fünfziger Jahre waren es noch elf, gegen Ende der fünfziger Jahre nur noch acht Leute, die ständig auf Breedenkamp angestellt waren. Es schien unglaublich, daß dieser große Raum von so wenig Menschen bearbeitet werden konnte. Aber wie für alle Gebiete der Wirtschaft überall in der Welt, so war auch für die Landwirtschaft die Zeit des großen Umbruchs, des großen Umdenkens gekommen.

Genau besehen, war die Landwirtschaft, sonst bei wirtschaftlichen Entwicklungen eher als Langsamgeher betrachtet, in diesem Jahrhundert zum Schrittmacher geworden. Die schwerfällige Entwicklung, die wenig lukrative Arbeitsweise, die zögernde Umstellung, die die Industrie gehindert von mächtigen Gewerkschaften hinnehmen mußte, war für den Landwirt nicht tragbar, ganz einfach deswegen, weil der enge finanzielle Spielraum den Bauern dazu zwang, modern und fortschrittlich zu sein, wenn er überleben wollte. Der Getreideanbau mußte sehr überlegt und mit Maßen betrieben werden. Durch die hochqualifizierte Düngung, durch den ständig wirksamer werdenden Einsatz von Pflanzenschutzmitteln wurde es immer leichter, einen Höchstertrag zu erzielen. Mit der Zeit mußten einzelne Produkte vom Staat subventioniert werden, um überhaupt noch rentabel zu sein, denn auf dem freien Markt war ein entsprechender Preis nicht mehr zu erzielen. Der Markt war gesättigt. Die Hungerjahre vergessen. Das Volk lebte im Überfluß. Jedenfalls das Volk in den Ländern Westeuropas. Fortschrittliches Denken, Initiative, Mut zum Ungewohnten wurden die wichtigsten Eigenschaften des Landwirts dieser Zeit. Doch das alles konnte Jon aufbringen, es fiel ihm nicht schwer. Er war immer ein kühl rechnender Pragmatiker gewesen, immer dem Neuen aufgeschlossen, nie in sentimentaler Weise an Traditionen gebunden.

Aber er wurde nicht jünger. Ideen, Vorschläge, Pläne überschlugen sich. Kaum hatte man einen neuen Weg akzeptiert, war er bereits veraltet, wurde eine neue Parole ausgegeben. Und er war allein – allein mit allen Überlegungen, Entscheidungen, mit allen Erfolgen und Niederlagen.

Normalerweise hätte in diesen Jahren zumindest einer seiner Söhne ihm zur Seite stehen müssen. Einer, der mit ihm denken, mit ihm planen, mit ihm kämpfen konnte. Denn Kampf wurde es immer mehr, sich zu behaupten und konkurrenzfähig zu bleiben, um durchzukommen.

An Gewinn dachte man besser erst gar nicht. Leicht war Geld auf dem Lande noch nie verdient worden, abgesehen vielleicht von Kriegs- und Notzeiten. Und wenn man sagen konnte, daß die Arbeit leichter geworden war, daß sie weniger Schweiß kostete, weil die Maschinen die Muskelkraft ersetzten, so wurde nun um so mehr Kopfarbeit vom Landwirt verlangt. Seine Söhne wären klug genug gewesen, in dieser Zeit zu bestehen. Beide hatten das Gymnasium bis zum Abitur besucht. Magnus war fleißiger und strebsamer gewesen als sein jüngerer Bruder, der das durch rasche Auffassungsgabe und Ideenreichtum wettmachte.

Magnus hatte fünf Semester in Kiel studiert, vier Semester eine Landwirtschaftsschule besucht, ein Jahr Praxis auf einem fremden Gut gehabt, ehe er zum Militär mußte.

Henning war gleich nach der Schule eingezogen worden. Er hatte nie als erwachsener Mann auf Breedenkamp gearbeitet. Magnus jedoch in den Jahren nach dem Krieg, ehe er den unglückseligen Einfall hatte, nach Amerika zu reisen.

Zwei Söhne – beide verloren. Drei Söhne waren es gewesen. Alwin, der jüngste, war als Fünfzehnjähriger an einer Gehirnblutung gestorben. Das war die erste Tragödie auf Breedenkamp gewesen.

Jetzt hatte Jon keinen Sohn mehr. Nicht einmal einen Enkelsohn. Nur zwei Enkeltöchter. Es wäre vielleicht ein Trost für ihn gewesen, wenn eines der beiden Mädchen ein Junge gewesen wäre, ein Erbe für Breedenkamp. Einer, den er all das hätte lehren können, was er wußte. Und einer, der ihm später helfen konnte.

So aber war er der letzte Kamphoven auf Breedenkamp.

Sie war nicht sehr alt, die Geschichte der Kamphovens auf

Breedenkamp. Erst Jons Vater hatte das Gut gekauft, und das war gerade ein halbes Jahrhundert her. Aber für Jon war Breedenkamp der einzige, ihn zu jeder Zeit voll ausfüllende Lebensinhalt gewesen, so daß er sich kaum vorzustellen vermochte, eine andere Familie hätte je auf Breedenkamp gelebt, geschweige denn eine andere würde hier leben.

Die Kamphoven stammten ursprünglich von der Westküste. In der großen Sturmflut von 1634, als die Insel Nordstrand überspült und zerrissen wurde, waren sie alle umgekommen. Bis auf einen. Ein Junge von sechzehn Jahren überlebte. Er fuhr später zur See, er war bei der dänischen Flotte, denn damals war ja, wie schon seit fünf Jahrhunderten, der Dänenkönig der Herrscher über die Herzogtümer.

Seit Kaiser Konrad II. im 11. Jahrhundert auf die Gebiete nördlich der Eider zugunsten Dänemarks verzichtet hatte, gehörte Schleswig zur dänischen Krone.

Der erste Kamphoven, von dem man wußte, überlebte alle Schlachten gegen die schwedische Flotte, blieb offenbar gesund und munter und kam endgültig an Land, zu einer Zeit, in dem es dem Herzogtum Schleswig relativ gut ging. König Frederik III. von Dänemark war von den Schweden schließlich besiegt worden, verlor auch die Macht über Schleswig, denn der Holsteiner Herzog Friedrich von Gottorp war im geheimen Bündnis mit den Schweden gewesen und erntete nun die Früchte dieser Verbindung. Zum erstenmal seit fünfhundert Jahren hatte Schleswig die Herrschaft der Dänen abgeschüttelt und wurde unter den Gottorpern, zusammen mit Holstein, ein souveräner Staat.

Besonders sein Sohn, Herzog Christian Albrecht, der von 1659 bis 1694 regierte, leitete eine neue Ära ein. Mit Dänemark kam man vorübergehend zu einer Aussöhnung, denn Christian Albrecht heiratete eine Tochter des dänischen Königs, Frederika Amalie, und konnte in seinem Staat für eine Weile ungestört regieren.

Bevorzugt war natürlich der Adel, die alteingesessenen, großen Familien, die ihren Besitz vergrößern konnten, meist auf Kosten der ebenso alteingesessenen und bis dahin freien Bauern. Die Rechte der Stände wurden außer Kraft gesetzt, die Bauern zum Frondienst gezwungen, die Zeit der Leibeigenschaft begann. In den Schlössern und Herrenhäusern dagegen entfaltete sich eine Pracht, wie man sie in diesem Land kaum je gesehen hatte, es wurde viel gebaut, ausländische Künstler kamen ins Land. 1665 gründete Herzog Christian Albrecht die Universität Kiel.

Zwar gelang es dem dänischen Schwager, König Christian V., den Gottorper vorübergehend zu vertreiben und Schleswig wieder zu besetzen, aber europäische Großmachtpolitik, die Dänemark nicht zu stark werden lassen wollte, verhalf ihm wieder zu seinem kleinen Thron.

Der seefahrende Kamphoven war in diesem bewegten Jahrhundert in Schleswig ansässig geworden, in der Gegend von Flensburg, er hatte einen kleinen Hof erworben. Offenbar war er mit guter Beute gelandet. Zwar war er nicht mehr der Jüngste, vermutlich darum beeilte er sich mit dem Heiraten. Sechs kleine Kamphovens erblickten im Laufe von neun Jahren die Welt. Dazu brauchte der Seefahrer zwei Frauen. Die erste starb bei der Geburt des zweiten Kindes.

Die Gottorper Souveränität endete zu Beginn des 18. Jahrhunderts, als Frederik IV. von Dänemark Schleswig zurückeroberte. Im Frieden von Frederiksborg wurde dem dänischen König zehn Jahre später abermals die Herrschaft über das Herzogtum zugesichert, garantiert von England und Frankreich. Dem Kaiser gelang es nur, dem Hause Gottorp die Holsteiner Anteile zu bewahren. Schleswig war also wieder ein Bestandteil des dänischen Reiches. Der alte Traum jedoch, auch Holstein Dänemark einzuverleiben, war wieder nicht gelungen, es blieb deutsches Reichslehen.

Dies war ein kleiner Ausschnitt aus dem so schwer verständlichen Schicksal der Herzogtümer im Laufe der Jahrhunderte. Sie gehörten zusammen, sie empfanden sich als ein Land. Der Ripener Freibrief von 1460 hatte ihnen endgültig bestätigt, daß sie zusammengehörten ›up ewich ungedeelt‹, und daran hielten sie fest, durch all die Wirren ihrer bewegten Geschichte. Staatlich gehörten sie die meiste Zeit zwei verschiedenen Reichen an, die dazu noch oft in Fehde miteinander lagen. Aber die Grenzen verwischten sich immer wieder. Der Herzog von Holstein hatte ebenso Einfluß und Besitz in Schleswig wie der Herzog von Schleswig in Holstein. Sie heirateten kreuz und quer, sie erbten hier, und sie erbten dort. Und nicht selten kam es vor, daß einer der Herzöge König von Dänemark wurde oder einer der Söhne oder Neffen des dänischen Königshauses in den Herzogtümern regierte.

Dem Menschen von heute, dem dynastisches Denken fremd geworden ist, kann diese seltsame Verquickung, das Durcheinander dynastischer Beziehungen nur schwer verständlich gemacht werden. So war zwar Schleswig ein dänisches Lehen, der dänische König gleichzeitig Herzog von Schleswig, aber Schleswig dennoch nur in Personalunion Dänemark verbunden, es blieb dabei ein Staat für sich. Der zweite Teil des 18. Jahrhunderts war für Schleswig-Holstein eine Zeit des Wohlstandes und des Fortschritts, eine Zeit der kulturellen und materiellen Blüte. Der dänische Hof war deutschfreundlich, es wurde deutsch gesprochen, Schleswig-Holsteiner bekleideten hohe und höchste Ämter am Hof. Und in den Herzogtümern stand man dem dänischen Herrscherhaus loyal gegenüber.

Man lebte glänzend auf den großen Gütern und in den Schlössern, prächtigen Bauten zum Teil, die heute noch erhalten sind. Der Adel von Schleswig-Holstein war weltoffen und weltverbunden, er war durch geistige Bande und nicht zuletzt durch Heiraten der feudalen europäischen Welt eng verbunden. Das Los der kleinen Bauern allerdings war nach wie vor trostlos. Im Laufe des achtzehnten Jahrhunderts zeigten sich zwar einige Verbesserungen ihrer Lage, doch erst zu Beginn des 19. Jahrhunderts hob eine königliche Verordnung die Leibeigenschaft endgültig auf.

Zuvor schon war es jedoch zu einer Art Flurbereinigung gekommen, einer Neuaufteilung und Einteilung des Bodens, wodurch eine bessere Bewirtschaftung ermöglicht wurde. Man entdeckte die Kalkdüngung, Mergelung genannt, die den Ertrag verbesserte.

Erstmals wurden Kartoffeln angebaut. Die Landwirtschaft nahm einen noch nie dagewesenen Aufschwung. Vermutlich war das Wachsen der Bevölkerung ein Grund dafür. Je mehr Menschen lebten, um so mehr mußten versorgt werden. Die Produktion von Nahrungsmitteln wurde ein lukratives Geschäft. Dazu kamen die endlosen Kriege des 18. Jahrhunderts, in denen Dänemark und die Herzogtümer neutral blieben und an denen sie verdienten. Die Kornpreise lagen so hoch wie nie zuvor. Zu Beginn des 19. Jahrhunderts zählte Schleswig-Holstein 630000 Einwohner.

Die Kamphovens hatten an dem wirtschaftlichen Aufstieg partizipiert. Aus ihrem kleinen Hof war ein großer Hof geworden, ein Zweig der Familie war nach Kopenhagen übergesiedelt, wurde städtisch gewissermaßen. Ein Sohn erwarb Land auf der Insel Fehmarn.

Erst nach der Niederlage Preußens gegen Napoleon kamen wieder schlechte Zeiten. Als Napoleon die Kontinentalsperre gegen England verhängte, wurde auch das neutrale Dänemark in die große europäische Tragödie hineingezogen. England forderte kühn die dänische Flotte, und als dies verweigert wurde, beschossen die Engländer das überraschte Kopenhagen von See aus, raubten die dänische Flotte und entführten sie nach Helgoland. Daraufhin verband sich Dänemark mit Napoleon.

In den Herzogtümern hatte Napoleon ein französisch-spanisches Heer bereitgestellt, das das Land aussaugte. Der Handel siechte dahin. Es kam zu dem, was die Menschen des 20. Jahrhunderts nur zu gut kennen, zu einer Inflation.

Da der dänische König auch nach der Schlacht von Leipzig Napoleon die Treue hielt, kamen nun die Verbündeten, Preußen, Russen und Schweden, um die Herzogtümer zu besetzen. Die Russen hausten besonders böse, der sogenannte Kosaken-Winter blieb in der Erinnerung des Volkes als eine Zeit furchtbarer Schrecken lange erhalten.

Als nach Waterloo wieder Friede war, blieb die wirtschaftliche Lage trostlos. So hoch die Korn- und Viehpreise gewesen waren, so tief waren sie nun gesunken. Der Handel lag darnieder. Der dänische Staatsbankrott hatte auch Schleswig-Holstein in Armut gestürzt. Doch nun entstand etwas Neues. Das 19. Jahrhundert war die Zeit des erwachenden Nationalismus. Auch hier wiederholte sich, was alle großen historischen Entwicklungen auszeichnet: eine Strömung, ein Trend, aus der Zeit geboren, blieb nie auf ein Land beschränkt, sondern setzte sich über Grenzen hinweg und trieb Völker und Menschen verschiedenster Herkunft und noch so entgegengesetzten Charakters auf den gleichen Weg.

Die Dichter hatten es vorausgesehen; Schiller schrieb gegen Ende des 18. Jahrhunderts seine großen nationalen Dramen, Napoleon und seine Kriege waren die harte Grundschule gewesen, nun waren die Völker erwacht und wurden von nationaler Leidenschaft ergriffen. Das war in Polen nicht anders als in Italien, in Deutschland ebenso wie in Dänemark. Auch Schleswig-Holstein wurde in den Strudel dieser emotionellen Geschehnisse gerissen, und zwar nach beiden Seiten hin, die Deutschen wurden täglich deutscher, die Dänen immer dänischer. In Nord-Schleswig betonte man das Dänentum, verwarf die deutsche Sprache und deutsche Sitten. Und Süd-Schleswig wollte endlich heim ins Reich. Holstein gehörte bereits zum Deutschen Bund.

In den schlechten Jahren nach der Napoleon-Zeit hatte auch die Familie Kamphoven schwer gelitten. Der alte Hof bei Flensburg war verschuldet und mußte schließlich verkauft werden. Einer der Söhne fuhr wieder zur See, ein anderer wanderte nach Amerika aus.

Eine Weile verlor sich die Spur von Christian Kamphoven, Jons Urgroßvater. Er war Schmied und hatte sein Glück in der Stadt versucht, in Lübeck. Aber er kam sehr bald wieder zurück und siedelte sich in einem Dorf in der Probstei an. Einer seiner Söhne brachte es wieder zu einer kleinen Hofstelle, dort wurde Jons Vater geboren. Jon hatte seine Großeltern noch gekannt, besonders an seine Großmutter erinnerte er sich bis in sein eigenes Alter.

Sie arbeitete Tag und Nacht, zog sieben Kinder groß, versorgte das Vieh, buk Brot, erntete Gemüse und war dabei von einer Energie und einer Tatkraft, die nie zu erlahmen schienen.

Johann Christian, Jons Vater, arbeitete auf verschiedenen Gütern und wurde ein ausgezeichneter Landwirt. Schließlich wurde er Verwalter auf dem Gut des Grafen Rumming, in der Nähe von Eckernförde gelegen. Hier wurde Jon geboren.

Die Rummings waren ein altes Geschlecht mit Besitz in Schleswig und in Holstein, sie waren seit je eng dem dänischen Hof verbunden, wo im Laufe der Jahrhunderte viele der Männer, teils als Offiziere, teils im Staatsdienst, für den dänischen König tätig gewesen waren.

Der Graf Rumming kümmerte sich um die Landwirtschaft gar nicht, er war ein Schöngeist, der nur für seine Bücher und Bilder lebte, am liebsten war er auf Reisen, meist hielt er sich in Rom oder Paris auf. Nach Berlin fuhr er nie, aus den Preußen machte er sich nicht viel.

Anders hielten es viele seiner Standesgenossen in Schleswig-Holstein, die sich immer mehr für die nationale Sache interessierten. Und wie überall in Deutschland, ging auch hier von der Universität eine leidenschaftliche nationale Bewegung aus; einer ihrer bedeutenden Führer war Friedrich Christoph Dahlmann, Professor für Geschichte, dessen Reden und Schriften im ganzen Land bekannt wurden, er war es auch, der die Urkunde von Ripen wieder ins Bewußtsein des Volkes zurückbrachte, das immer noch gültige ›dat se bliven ewich tosamende ungedeelt‹.

Andere Patrioten waren Uwe Jens Lornsen, der Sylter, der sein Engagement für die Sache der Deutschen mit Festungshaft und Verbannung bezahlte, und der Advokat Wilhelm Hartwig Beseler, dessen mitreißende Reden das Volk in den Bann zogen.

Die französische Juli-Revolution von 1830 gab den ersten Anstoß, um der Forderung nach demokratischen Rechten Nachdruck zu verleihen, um das veraltete absolute System nun auch hier endgültig zu stürzen. 1834 wurden die Provinzialstände, eine Anknüpfung an die alte Ständeverfassung, eingeführt, eine Art Volksvertretung für Schleswig, die andere für Holstein. Vereine, Verbände, Gruppierungen aller Art schossen wie Pilze aus dem Boden. Auf einem Sängerfest in Schleswig erblickte man erstmals die blau-weiß-rote Fahne Schleswig-Holsteins, dieselbe, die heute noch von den Masten weht.

Die Revolution von 1848 setzte dann ganz Europa in Flammen. Das war es, worauf die Nationalen lange gewartet hatten. In Schleswig-Holstein bildete sich eine provisorische Regierung, deren Köpfe Beseler und Fritz Reventlow waren, und sogleich folgte der militärische Angriff. Natürlich hatten die Dänen die stärkeren Truppen, aber jetzt kam Preußen den Herzogtümern zu Hilfe. Unter General Wrangel schlugen Schleswig-Holsteiner und Preußen die Dänen. Aber es kam zu keiner Entscheidung, nur zu einem Waffenstillstand.

Das war das Werk der europäischen Großmächte; Frankreich, England und vor allem Rußland wollten es nicht dulden, daß Preußen noch mächtiger würde. Im Juli 1850 schlossen Dänemark und Preußen Frieden. Doch die Schleswig-Holsteiner liebten diesen Frieden nicht, sie kämpften allein weiter, was natürlich auf die Dauer erfolglos sein mußte, sie besaßen schließlich keine große, geschulte Armee, auch wenn sie von den Preußen inzwischen einiges gelernt hatten.

Aber nun wurde Preußen von Rußland und Österreich unter Druck gesetzt, in Schleswig-Holstein für Ruhe zu sorgen, anderenfalls die Russen marschieren würden. Das war das Ende der nationalen Erhebung in Schleswig-Holstein. Diesmal wurden die Herzogtümer getrennt, Schleswig kam zu Dänemark; in Holstein lag österreichische und preußische Besatzung.

Nun folgte eine schwere Zeit. Der Konfliktstoff war keineswegs aus der Welt geschafft, es kam zu Streit, Aufruhr, zu neuer Empörung. Das alles währte, bis in Preußen der Mann auftrat, der imstande war, die Dinge zur Entscheidung zu bringen: Bismarck.

Der kurze Krieg von 1864 entschied das Schicksal der Herzogtümer. Preußen und Österreich besiegten die Dänen: Dänemark mußte auf Schleswig-Holstein verzichten, und Preußen verwaltete Schleswig, Österreich verwaltete Holstein. Nach dem Krieg 1866 zwischen Preußen und Österreich wurden die Herzogtümer preußisch.

Die Euphorie über diese Heimkehr in ein deutsches Vaterland, die im überbetonten Nationalgefühl der Zeit entsprechend hochgespielt worden war, legte sich jedoch rasch. Die erste Ernüchterung trat ein, als für die preußisch gewordenen Schleswig-Holsteiner die Wehrpflicht eingeführt wurde. Auf einmal fanden es manche gar nicht mehr so schön, Untertanen eines Preußenkönigs zu sein. Eine neue Auswanderungswelle setzte ein.

Aber dann, nach der Kaiserkrönung anno 1871, änderte sich das, in den Herzogtümern wurde man nun richtig deutsch und war stolz, zu einem so mächtigen Reich zu gehören. Zwar nahm man am wirtschaftlichen Aufstieg der Gründerjahre nur am Rande teil – Schleswig-Holstein war und blieb ein Agrarland –, aber einiges fiel doch ab. Besonders Kiel profitierte vom

Ehrgeiz des Kaisers, eine mächtige deutsche Flotte zu schaffen. 1895 wurde der Kaiser-Wilhelm-Kanal, der heutige Nord-Ostsee-Kanal, fertiggestellt.

Die alten Adelsfamilien hatten wieder eine große Zeit. Sie lebten feudal, kultiviert, weltoffen. Ihre Söhne wurden Offiziere im Heer des Kaisers. Offizier bei einem Feudalregiment oder gar bei der Garde zu sein, kostete viel Geld, oft mehr als das Gut in der Heimat herauswirtschaften konnte. Dazu kamen wieder einmal wirtschaftliche Schwierigkeiten für die Grundbesitzer, sie ergaben sich als Folge der Aufhebung der Zollschranken unter Bismarcks Nachfolger, Reichskanzler Caprivi.

Viele Güter waren hoch verschuldet, viele Güter wechselten die Besitzer. Erstmals zeigte sich eine neue Entwicklung, die in unserem Jahrhundert bis in die Gegenwart fortgesetzt werden sollte: Als Käufer der Güter und Herrensitze traten reiche Städter auf. Neureiche, Bankiers, Industrielle, Reeder, Werftbesitzer krönten ihren Reichtum mit dem Besitz eines ehemals feudalen Landgutes. Die neuen Besitzer waren kluge Rechner, sonst wären sie nicht reich geworden. Sie ließen die Betriebe modernisieren, setzten erfahrene Verwalter ein, der Ertrag stieg, so daß ein Landgut sehr oft auch eine lukrative Nebeneinnahme war, nicht nur eine repräsentative Sommer-Residenz, wie beispielsweise Friedrichshagen.

Der Fall Breedenkamp lag anders. Es war kein Herrensitz, kein Großgrundbesitz im altfeudalen Sinn, sondern ein wirkliches Wirtschaftsgut mit großem Waldbesitz. Seit etwa dreihundert Jahren waren die Barone von Breeden Besitzer des Gutes. Es war keineswegs die Regel, daß ein Gut in diesen wechselvollen Zeitläufen so lange in der Hand einer Familie blieb. Aber die Breedens hatten immer ein fleißiges, eher zurückgezogenes Leben geführt, politisch hatten sie sich nicht hervorgetan, in höfischen Kreisen kannte man sie kaum.

Zu jener Zeit, Anfang des 20. Jahrhunderts, gab es zwei Söhne auf Breedenkamp, die schon keine echten Breeden mehr waren. Der letzte Baron von Breeden war kinderlos gestorben, seine verwitwete Schwester erbte das Gut. Sie gab sich redliche Mühe, das Gut zu verwalten – schließlich war es ihr Elternhaus, sie war dort aufgewachsen, die Landwirtschaft war ihr vertraut, auch wenn sie viele Jahre während ihrer Ehe in Hamburg gelebt hatte. Doch sie hatte Pech mit ihren Söhnen.

Der eine war ein Maler, oder behauptete jedenfalls, einer zu sein, ohne es jedoch jemals zu etwas zu bringen. Hauptberuflich war er wohl mehr ein Lebemann, wie es damals hieß, seine Frauenaffären rissen nicht ab, und ebenso zahlreich waren seine Schulden. Der zweite Sohn war Offizier, lebte in Berlin, führte ein aufwendiges Leben, spielte und hatte ebenfalls nichts als Schulden. Zusammengenommen waren es mehr Schulden als das Gut verkraften konnte. Ganz offensichtlich war die geborene Breeden nicht imstande gewesen, die beiden zu brauchbaren Menschen zu erziehen.

Zu ihrer Entschuldigung konnte man anführen, daß sie relativ früh den Mann verloren hatte, die Jungen waren gerade fünfzehn und zwölf Jahre alt gewesen. Keiner von den beiden jungen Herren dachte im Traum daran, nach Ost-Holstein zurückzukehren, ›in den Kuhstall hinter Lütjenburg‹, wie es der Berliner verächtlich ausdrückte, um das verschuldete Gut wieder flottzumachen. Schließlich verlor ihre Mutter die Geduld und verkaufte.

Johann Christian Kamphoven, Jons Vater, war der Käufer. Das war im Jahre 1903, und Jon war alt genug gewesen, vierzehn Jahre alt, um alles, was mit dem Kauf zusammenhing, die ganze große Umstellung ihres Lebens, mit wachem Geist und großer Anteilnahme mitzuerleben. Zumal der Vater seinen einzigen Sohn niemals mit dem Ausspruch ›davon verstehst du nichts‹ beschied, sondern ihn an allen Überlegungen teilnehmen ließ. Genauso wie seine Frau Margarete, Jons Mutter. So gesehen, waren die Kamphovens eine sehr moderne Familie gewesen.

Johann Christian Kamphoven war sich völlig klar darüber, welches Risiko er einging. Das Gut war verschuldet, Hypotheken lasteten darauf, die Wirtschaft wurde seit Jahren schlecht geführt, das Haus war verkommen, der Viehbestand reduziert, die Ställe waren veraltet. Allerdings war dadurch auch der Kaufpreis für ihn erschwinglich. Bargeld hatte er sowieso keins, er mußte hohe Kredite aufnehmen.

Bisher hatte er ein sorgloses Leben gehabt als Verwalter der

Rummingschen Güter, wo er praktisch der Herr war, denn der Graf ließ ihm freie Hand. Übrigens versuchte der Graf auch, ihn von diesem verrückten Plan, wie er es nannte, zurückzuhalten. Natürlich wollte er seinen tüchtigen Verwalter nicht verlieren, aber das war es nicht allein. Eindringlich warnte er Kamphoven, der damals schon fast fünfzig Jahre alt war, sich nicht noch dieser Belastung auszusetzen, es würde bestimmt nicht gutgehen.

Aber es nützte nichts. Der Kamphoven wollte sein eigenes Land haben. Jons Großmutter lebte damals noch, sie war fast achtzig, aber sie hatte immer noch das Temperament und den Schwung, die sie ihr ganzes Leben lang ausgezeichnet hatten. »Klor ok«, sagte sie, »koop et, min Jung. Dat ward Tied, dat du dien eegen Herr wars.« Jons Mutter, immer etwas kränklich – dies war wohl der Grund, daß Jon keine Geschwister hatte –, war eher zaghaft, sie hatte Angst vor dem, was auf sie zukam. Aber sie riet ihrem Mann nicht ab. Sie wußte, was diese Entscheidung für ihn bedeutete. Sie war sehr fromm, darüber hinaus abergläubisch. Ließ sich aus der Hand lesen und die Karten legen. Und befragte immer irgendwelche Orakel.

Sie war es, die bemerkte: »Es ist bestimmt ein Zeichen von oben, daß das Gut Breedenkamp heißt. Meinst du nicht, Johann? Breedenkamp«, sie betonte die letzte Silbe. »Und Kamphoven heißen wir. Das ist ein Zeichen.«

Ihr Mann hörte ihr verblüfft zu, dann lachte er laut. »Das sieht dir wieder ähnlich. Hier gibt es Dutzende von Gütern, die auf Kamp enden. Das wären eine Menge Zeichen von oben.«

Aber sein Spott machte Margarete nicht irre. Sie glaubte nun mal an solche Dinge.

»Das gibt eine Menge Arbeit, Junge, das weißt du«, sagte Jons Vater. Jon wußte es, und das schreckte ihn am wenigsten. Natürlich dauerte es noch eine Weile, bis er seinem Vater richtig helfen konnte. Die Schule mußte fertig gemacht werden, dann kam seine Militärzeit, die er bei den Ulanen abdiente und als Leutnant beendete.

Und als er sich dann richtig auf Breedenkamp eingearbeitet hatte, kam der Krieg. Doch bis dahin hatte sein Vater alle Stallungen neu gebaut, das Haus renoviert und sogar noch ein Stück Land dazugekauft. Sie hatten fast 500 Hektar.

Auch sein Vater wurde alt. Er lebte bis in die dreißiger Jahre. Zusammen meisterten sie die Schwierigkeiten der Wirtschaftskrise, Breedenkamp hielt sich gut, sie schafften es immer, wenigstens einen kleinen Gewinn herauszuwirtschaften. Hochbefriedigt war der alte Kamphoven darüber, daß Jon drei Söhne hatte.

Glücklicherweise erlebte er Alwins Tod nicht mehr, er starb ein Jahr zuvor. Alwin war sein besonderer Liebling gewesen. Der alte Mann und der kleine Junge steckten ständig zusammen. Das blieb auch so, als Alwin größer wurde und zur Schule ging. Der Mittelpunkt seines Lebens war der Großvater, ihm berichtete er über alles, was er tat, und von ihm lernte er alles, was der Alte weitergeben wollte. Für Alwin hatte der Alte Zeit. Als die beiden Großen klein waren, hatte er selbst noch pausenlos von früh bis spät gearbeitet.

Dabei war Alwin ein stilles, eher verträumtes Kind. Er war es, der auch eine ganz spezielle Freundschaft zu dem blauen Vogel unterhielt, der im Gartensaal an die Wand gemalt war. Er nannte ihn ›meinen Märchenvogel‹ und dachte sich immer Geschichten aus, in denen der Vogel vorkam. Und sein Großvater, obwohl sonst ein wirklichkeitsnaher Mensch, weit entfernt, literarische Interessen zu kultivieren, sagte einmal ganz gerührt: »Der Jung ward noch mal 'n Dichter. Wat de sick all utdenkt! Wat de sick nich all utdenkt!«

Alwin gab auch nie die Hoffnung auf, dem blauen Vogel in Wirklichkeit zu begegnen. Schon als kleiner Junge hielt er in den Büschen nach ihm Ausschau, später suchte er ihn im Wald. Und einmal, er zählte sieben Jahre, kam er ganz aufgeregt nach Hause. »Ich habe ihn gesehen! Ich habe ihn gesehen!«

Er hätte ihn gesehen, den blauen Vogel, unten im Gebüsch an der Kossau, davon war er nicht abzubringen. Die großen Brüder lachten ihn aus, aber sein Großvater hielt zu ihm.

»Natürlich hat er ihn gesehen. Ich habe ihn dort auch schon ein paarmal gesehen.«

»Du hast ihn gesehen, Großvater?«

»Ja. Früher sogar sehr oft. Es ist ein Eisvogel, weißt du. Er lebt an Flüssen und Seen. Wenn er über den Schnee fliegt und die Sonne scheint, sieht er aus wie ein blaublitzender Funke.«

»Ja, Großvater, ja. Genauso sieht er aus. Warum hast du mir nie erzählt, daß du ihn gesehen hast?«

»Darüber darf man nicht reden, sonst sieht man ihn nicht wieder. Jeder muß ihn selbst entdecken.«

»Aber ich habe jetzt darüber geredet«, sagte der Junge betrübt. »Werde ich ihn nie wiedersehen?«

Der Großvater schüttelte bedenklich den Kopf. »Mal abwarten. Vielleicht hast du Glück, Glück gehört dazu, weißt du.«

Alwin sah den blauen Vogel nicht wieder, oder vielleicht hatte er sich bloß die Warnung des Großvaters zu Herzen genommen und redete nicht mehr darüber, wenn er ihn gesehen hatte.

Er weinte sehr, als sein Großvater starb. Ein Jahr später weinten sie um ihn.

Dann wollte keiner mehr etwas von dem blauen Vogel wissen. Keiner sprach davon. Keiner sah das Wandbild an, keiner suchte ihn.

Erst Frederike, Baronesse Boningh von Friis, schloß wieder Freundschaft mit dem blauen Vogel.

Die Boningh von Friis waren ein uraltes Geschlecht, teils deutscher, teils dänischer Abkunft. Ihr Gut Dorotheenhof, dessen Mittelpunkt ein wunderschönes altes Herrenhaus war, lag nicht allzuweit von Breedenkamp entfernt. Mit einem guten Pferd konnte man in drei viertel Stunden dorthin reiten. Jon kannte die Familie gut, Rummings waren um einige Ecken herum mit ihr verwandt, schon als er noch Kind war, kamen die Boninghs nach Rumminghof, sein Vater hatte später, als er Besitzer von Breedenkamp war, oft mit dem alten Boningh von Friis, Frederikes Großvater, zu tun gehabt. Ihre Waldungen grenzten aneinander. Jon war oft als Jagdgast bei den Boninghs gewesen. Später auch Magnus.

Es gab ein Stadtpalais in Kopenhagen, und Frederike ging zuerst in Dänemark in die Schule. Frederikes Mutter war Dänin. Frederike wurde später in einem Schweizer Pensionat erzogen, sie kam nur in den Ferien nach Holstein. Und auf einmal ritt Magnus sehr oft mit seinem Rappen nach Dorotheenhof hinüber.

Als er seinen Eltern mitteilte, daß er Frederike heiraten wollte, war Jon nicht sehr begeistert. Er kannte zwar das Mädchen kaum, aber er war der Meinung, daß eine zur großen Dame erzogene Baronesse nicht die richtige Frau für seinen Sohn und für Breedenkamp sein würde.

Magnus lachte nur. »Das spielt doch heute keine Rolle mehr. Wir leben nicht im Mittelalter.«

Nicht im Mittelalter, aber in einer Traumwelt lebte Frederike. Da paßte der blaue Vogel gut hinein. Der blaue Vogel und die alte Chronik von Breedenkamp, das scheue Lächeln, die kühle Höflichkeit und der abwesende Blick Frederikes – das alles gehörte zusammen. Sie war da und auch nicht da, und eines Tages war sie fort.

Wieder sah keiner den blauen Vogel an, keiner sprach von ihm, keiner suchte ihn im Kossautal. ›Keiner kann ihn halten, die Sehnsucht treibt ihn fort über Land und Meer, und mit ihm fliegt das Glück von dannen. Doch an einem Tag zwischen Schneefall und Frühling kehrt er zurück und mit ihm das Glück.‹ So stand es in der alten Chronik.

Aber nun war er wohl für immer verschwunden. Zu weit hatte er die Flügel gespannt, in die große Ferne war er gezogen, er fand den Weg nicht mehr zurück.

Kein Erbe für Breedenkamp nach nur zwei Generationen. Wer würde diesen Boden so lieben wie die beiden Kamphoven ihn geliebt hatten? Heute liebte keiner mehr das Land, die Erde. Jon wußte es. Sie wollten in die Stadt, sie wollten Geld, ein leichtes Leben, Freizeit.

Manchmal dachte Jon: Wenn Christine ein Junge wäre, sie könnte es schaffen. Denn sie interessierte sich für die Arbeit auf dem Gut, sie lernte alles, was dazu gehörte, sie hatte die Gewissenhaftigkeit und das Verantwortungsbewußtsein, das einer brauchte, der in dieser Zeit einen großen Besitz bewirtschaften wollte. Aber sie war nur ein Mädchen. – ›Nur‹ dachte Jon, denn er hielt nicht viel von Gleichberechtigung. Zwar hatten viele Frauen während des Krieges durchaus erfolgreich Höfe und Güter geführt, aber die Tapferkeit dieser Frauen war vergessen. Auch waren die jungen Frauen nicht mehr tapfer, sie wollten, was alle wollten: Geld, ein leichtes Leben, Freizeit.

Freizeit war ein Wort, das Jon haßte. Nicht die Sache, sondern das Wort und das, was man heute damit verband. Natürlich folgte auf die Woche der Sonntag, natürlich auf die Arbeit die Ruhe. Aber Freizeit – was war das? Er war kein Wortklauber und kein Sprachforscher, aber seinem gesunden Sprachgefühl widerstrebte das Wort.

Zeit war das wichtigste. Zeit war das Leben. Zeit war kostbarer als alles Gold und Geld der Welt. Zeit war durch nichts zu ersetzen, jede vergangene Minute war ein Verlust. Zeit war aber auch das große Gefängnis, in dem der Mensch lebte. Freizeit gewährte sie nie. Was also sollte Freizeit sein? Zeit, in der man nicht lebte? Zeit, die nicht vorhanden war? Zeit, in der man die Zeit nicht zur Kenntnis nahm?

»Die Zeit, in der man nicht arbeitet«, belehrte ihn Dr. Ehlers.

»Also eine Zeit, in der man nicht lebt«, erwiderte Jon.

Ehlers lächelte. »Lieber Freund, das können Sie sagen. Für Sie ist Ihre Arbeit Ihr Leben. Das ist nicht bei allen Menschen so.« Das sind Menschen, die mir leid tun, dachte Jon, aber er sprach es nicht aus. Was war Ehlers Leben schließlich anderes als eine einzige unfreiwillige Freizeit. Und das war für ihn schlimmer als die härteste Sklavenarbeit es hätte je sein können.

Das beste würde sein, wenn Christine einen Landwirt heiratete. Dann allerdings war die Zeit der Kamphovens auf Breedenkamp vorbei. Aber wenigstens würden ihre Kinder dann das Gut haben.

Später erst, Christine war zwanzig Jahre alt und machte ein hauswirtschaftliches Lehrjahr, hatte Jon sich mit dem Gedanken befreundet, daß auch eine Frau Chef eines Gutes sein konnte. Er war ja ein sehr moderner Konservativer.

»Würdest du dir denn zutrauen, das alles einmal allein zu machen?« fragte er sie.

»Ja. Ich will Breedenkamp behalten. Und ich kann es, wenn du mir hilfst.«

»Ich kann dir nicht mehr lange helfen.«

Er war einundsiebzig. Man sah es ihm nicht an, er war immer noch ungebeugt und hager, nur sein Haar war grau geworden. »Du brauchst nicht zur Universität«, sagte er, »aber du mußt auf eine Landwirtschaftsschule gehen. Mindestens vier Semester. Du hast viel bei mir gelernt, aber es gibt neue Methoden der Bewirtschaftung und moderne Gesetze der Wirtschaft, die du kennen mußt. Ich bestehe auch darauf, daß du mindestens ein Jahr auf einem fremden Gut arbeitest.«

Christine schluckte. Die Welt draußen war immer noch ihr Feind.

»Und dann mußt du heiraten.«

»Nein. Ich heirate nicht.«

»Was für einen Sinn hätte es, Breedenkamp zu behalten, was für einen Zweck, Arbeit und Sorge und Mühe hineinzustecken, wenn du keine Erben hast?«

»Winnie wird Kinder bekommen.«

»Warum nicht du?«

»Ich will nicht.«

Er blickte sie eine Weile schweigend an. Sie war schlank und hochgewachsen. Sie hatte schöne, lange Beine, weich geformte, schmale Hüften, eine sehr zarte Taille. Ihre Schultern waren gut geformt, ihr Rücken gerade, ihr Hals lang und schlank. Eine hohe, steile Stirn, um die Schläfen das volle, dunkelblonde Haar, die Augen grau mit dem dunklen Ring um die Iris. Ernste Augen, die sehr abweisend blicken konnten. Aber ihr Mund war Frederikes Mund, weich, sensibel, mit der weitgeschwungenen Oberlippe und der vollen weichen Unterlippe.

»Warum nicht?« beharrte er.

Ihr Gesicht verschloß sich.

»Du weißt warum. Ich will von Liebe nichts wissen. Nie.«

»Ich sprach von einer Ehe und von Kindern. Nicht von Liebe«, antwortete er hart.

Aber er dachte: Du hast ihren Mund, ihre schmalen sensiblen Hände. Manchmal lächelst du wie sie.

Du lächelst selten, aber wenn du es tust, muß ich an sie denken. Eines Tages wird es doch geschehen.

Eines Tages wirst du das, was du jetzt gesagt hast, nicht wiederholen. Und je mehr du dich dagegen wehrst, um so schlimmer wird es sein.

Gebe Gott! Gebe Gott!

Worum sollte er Gott bitten?

Daß sie nie die Liebe kennenlernen würde?

Er wollte doch einen Erben für Breedenkamp.

Der Mensch tritt zu jener Zeit aus dem vorgeschichtlichen Dunkel, als er sich das Pferd zum Begleiter, Helfer und Freund erwirbt. Bis dahin waren des Menschen Raum eng und knapp bemessen, seine Möglichkeiten beschränkt. Das Pferd öffnete ihm die Weite, vergrößerte seine Welt, vervielfältigte seine Kraft, es schenkte ihm eine neue Dimension.

Neben den hilfreichen Göttern – vorhanden für den, der an sie glaubt – gibt es in unserer Welt kein Wesen, dem der Mensch mehr zu Dank verpflichtet sein muß als diesem Tier, dieser gelungensten Schöpfung Gottes – dem Pferd.

Für jene Menschen, die in allem, was auf dieser Erde geschieht, sei es das Schicksal des einzelnen oder das Schicksal der Völker, eine Bestimmung sehen, Gottes Wille und Fügung oder einfach ein höheres Gesetz, für jene, die nicht an den blinden Zufall glauben, muß es klar erscheinen, daß von jenem Augenblick an, in dem die Erde sich belebte, von jenem ungeheuerlichen ›Es werde Licht!‹ an, ein Paar einander bestimmt waren: der Mensch und das Pferd.

Von seiner Begegnung mit ihm an, beginnt des Menschen Sieg über die Erde, erschließt er sich die Ferne, erleichtert er sich die Beschaffung der Nahrung, verteidigt er sich gegen Unbill und Feinde, wird er allerdings auch zum Angreifer, zum Eroberer, zum Kämpfer. Das Pferd lebt und leidet mit ihm, kämpft, siegt und stirbt mit ihm und begleitet den Menschen aus der Unerforschlichkeit seines Anfangs bis zum Höhepunkt seiner Macht. Es gibt eigentlich nur *ein* vergleichbares Ereignis in der Geschichte, nur *ein* anderes Wesen von so entscheidender Bedeutung für die Entwicklung des Menschen, und das schuf er sich selbst: die Maschine.

Auch das ist ein Wendepunkt für den Menschen, denn wie Jahrtausende zuvor das Pferd, erschließt ihm die Maschine Weite und Raum, gibt ihm mehr Kraft und neue Macht. Nur daß man am heutigen Tag, da der Höhepunkt der Wirksamkeit dieses Kunstwesens noch nicht erreicht ist, nicht sagen kann, ob der Mensch einst, zurückblickend, seinen Ahnen für die Erschaffung der Maschine so danken kann, wie er der Schöpfung für die Erschaffung des Pferdes danken muß.

Daß die Maschine, der neue Gefährte, für die Menschen die gleiche Bedeutung hat wie der alte Gefährte, das Pferd, erweist sich allein aus der Tatsache, daß mit dem Erscheinen der Maschine im Dasein des Menschen dem Pferd das Todesurteil gesprochen schien. Das Tier verschwand weitgehend aus dem Leben des Menschen, und mit ihm verschwanden Schönheit, Stolz, Edelmut und das glückliche Gefühl der Freiheit.

Immer mehr kehrt der Mensch in ein Sklavendasein zurück, denn die Maschine beherrscht und versklavt ihn. Die Freizeit, die Zeit, die sie scheinbar gibt, ist vergiftet von ihrem schmutzigen Atem, vibriert von ihrer seelenlosen Hektik. Sie beginnt die größere Welt, die der Mensch sich gewann, wieder eng und düster zu machen, sie nimmt dem Menschen, was er sich schuf.

Noch betet der Mensch die Maschine an, bewundert sich selbst darum, daß er sie schuf, dient ihr und erträgt den Schaden, den sie ihm zufügt. Darüber hat er den Helfer und Gefährten der Jahrtausende vergessen, der es ihm erst ermöglichte, sich die Erde untertan zu machen. Die Pferde sind Luxusgeschöpfe geworden, überzüchtete, teuer verkaufte Handelsware, bewunderte Sportidole, verhätschelte Lieblinge in dunklen Großstadtställen.

Und doch lebt das alte Bündnis noch. Wenn sie einander begegnen, erkennen sie sich wieder. Immer mehr Menschen entdecken, daß der Besitz eines Pferdes das größte Glück ist, das der moderne Mensch sich mit Geld erkaufen kann. Denn in dem Tier findet der Mensch einen alten Freund wieder, der ihn den Göttern wieder näherbringt.

In Holstein hatte die Pferdezucht immer eine bedeutende Rolle gespielt. Das Land mit seinen saftigen, grünen Weiden, mit dem gesunden, von Seeluft getränkten Klima, eignete sich hervorragend, Pferde zu züchten. Und alle hatten sie das Pferd gebraucht; die wandernden Stämme des ersten Jahrtausends, die seßhaft gewordenen Bauern und Ritter des Mittelalters, der Adel der Feudalzeit, die immer bewußter und rentabler arbeitende Landwirtschaft der Neuzeit.

Wie immer und überall, wo Mensch und Pferd zusammentreffen, gab es die irrationale, enge, fast mystische Verbindung, die Zuneigung und Liebe, die beide vereinte. Die Pferde-Menschen, die Menschen, die mit Pferden umgingen und umgehen, leben wie eh und je in einer besseren, glücklicheren Welt. Wie die Überlieferung berichtet, kannte und schätzte man Pferde aus Schleswig-Holstein schon seit vielen Jahrhunderten auch in anderen Teilen des Deutschen Reiches, aber auch nach England und Frankreich, später sogar nach Amerika wurden Holsteiner Pferde exportiert.

Das Holsteiner Pferd war groß und kräftig, hatte eine stolze Haltung, eine tiefe, breite Brust, einen geraden Rücken, einen kleinen, edlen Kopf mit großen, feurigen Augen, weite, ausgreifende Gänge, die es sowohl als Reit- wie als Wagenpferd geeignet machten.

Die Formen weichen in verschiedenen Gegenden voneinander ab. Aus Dänemark, vor allem aus Jütland, kamen schwere Arbeitspferde, die aber selbst zur Arbeit auf dem Feld von den Bauern nicht sehr geschätzt wurden. Das leichtere Pferd war ausdauernder und vielseitiger verwendbar. Auch an der Westküste, in Dithmarschen, zog man große, starke Tiere. Im Osten von Schleswig-Holstein jedoch, da wo das Land lieblicher und das Klima milder war, wo die Schlösser und Herrensitze entstanden, wo man sehr bald mehr Ansprüche stellte an Umwelt und Lebensart, verlangte man schon bald das gefällige, elegante Pferd.

In früherer Zeit hatte man die Holsteiner Pferde oft mit spanischem Blut gekreuzt, um sie zu veredeln, doch dann kam die Mode auf, englische Vollbluthengste zur Zucht zu verwenden, wodurch der Typ des Holsteiner Pferdes sehr verändert wurde.

Das kam der Zucht sehr zugute. Zwar ist Vollblut sensibel und nervig, aber auch hart und zäh, und vor allem ist es schön.

Während des ganzen neunzehnten Jahrhunderts stand die Holsteiner Pferdezucht in hohem Ansehen, man beschickte Tierschauen und Turniere, man erzielte Höchstpreise für Holsteiner Pferde. Die preußische, später die deutsche Kavallerie holte sich mit Vorliebe ihre Remonten aus der Holsteiner Zucht.

Jeder Grundbesitzer, ganz gleich ob Bauer, Gutsherr oder Adliger, hatte den Ehrgeiz, nicht nur schöne Pferde zu haben, sondern auch zu züchten. Der Sachverstand war in erstaunlich hohem Maße gegeben, genau wie in Ostpreußen, wo ja eine ähnliche Einstellung zum Pferd und zur Pferdezucht zu finden gewesen war.

Jons Vater hatte keine große, aber eine besonders sorgfältig und mit viel Kenntnis und Liebe betriebene Zucht gehabt. Das zu lernen, hatte er auf den Rummingschen Gütern genug Gelegenheit gehabt. Übrigens schenkte ihm der Graf zum Abschied, nachdem er sich damit abgefunden hatte, seinen tüchtigen Verwalter nicht halten zu können, zwei Stuten. Sie wurden die Urmütter der Kamphoven-Zucht auf Breedenkamp.

Jon war ein guter Reiter, er besaß den gleichen Pferdeverstand wie der Vater. Seine Militärzeit leistete er bei den Ulanen ab, und in den Krieg zog er 1914 natürlich auch mit einem Pferd aus eigener Zucht.

Nach dem Krieg erzielte man keine hohen Preise mehr. Die Zucht wurde klein gehalten, aufgegeben wurde sie nicht.

In den späten dreißiger Jahren und während des zweiten Krieges waren die Pferde wieder mehr gefragt. Aber dann, schien es, war die Zeit der Pferde endgültig vorbei. Aus der landwirtschaftlichen Arbeit verschwanden sie mehr und mehr. Wagenpferde waren überall vom Auto verdrängt worden.

Blieb das Reitpferd. In den fünfziger Jahren noch war es schwer, einen annehmbaren Preis für ein sorgfältig gezogenes Pferd zu erlangen. Wenigstens entwickelte sich der Turniersport wieder, ausgehend von ländlichen Reitervereinen, die sich bis zum heutigen Tag ein gar nicht hoch genug einzuschätzendes Verdienst um den Erhalt und die weitere Entwicklung der Pferdezucht erworben haben.

Ab Mitte der sechziger Jahre jedoch stieg die Nachfrage nach Pferden, stiegen die Preise ganz gewaltig, gab es alte und neue Gestüte, alte und neue Züchter in wachsendem Maße, hörte man nirgends mehr das bedauernde Wort: »Pferdezucht lohnt nicht mehr.«

Sie wurde so lukrativ, daß manche Gutsbesitzer überhaupt nur noch Pferde auf dem Hof hielten. Die Pferde, sorgfältig ausgewählt zur Zucht, brachten gute Preise. Die Käufer waren Sportreiter und Reiter, die das Reiten als Hobby, als gesunden Sport, betrieben. Pferdepensionen, Sommerferien auf dem

Pferderücken kamen so in Mode, daß immer mehr Bauern dazu übergingen, den Urlaubsgästen nicht nur ein frisches Ei auf den Frühstückstisch und einen Fernseher neben die Couch, sondern auch ein gesatteltes Pferd vor die Tür zu stellen.

Diese Entwicklung ist noch nicht abgeschlossen. Der Mensch kann sich selbst keinen besseren Dienst erweisen, als daß er das Pferd am Leben läßt, sich zur Freude, zum Nutzen seiner physischen und psychischen Gesundheit.

Jon hatte es niemals fertiggebracht, sich von den Pferden zu trennen, obwohl man von einer Zucht auf Breedenkamp nicht mehr sprechen konnte. Corona, die Mutter von Cornet, hatte noch zwei Fohlen gebracht, wovon leider eins nicht am Leben blieb. Das andere, ein schwarzes, bildhübsches Stutfohlen, verkaufte er nach Friedrichshagen, bzw. tauschte dafür ein Reitpferd für sich ein, da sein alter Wallach nur noch ein Rentnerdasein auf der Weide führte. Zu jener Zeit hatte Jon sich entschlossen, mit der Zucht aufzuhören. Es rentierte nicht mehr, es war sinnlos, eine Stute zu kaufen oder eine aufzuziehen. Jessen konnte sich das leisten, er war ein reicher Mann, die Pferdezucht war für ihn eine Liebhaberei.

Außer den beiden alten Stuten und dem alten Wallach gab es seinen neuen Wallach: Bastian, eben jenen, den er für das Fohlen getauscht hatte, einen schönen, großen Schimmel von sanftmütigem Wesen sowie Goldblitz und Cornet, die den beiden Mädchen gehörten. Lord – der andere Fuchs, war als Fünfjähriger nach Hamburg verkauft worden. Er hatte sich wider Erwarten gut entwickelt, vor allem war er sehr brav, was von seinem Käufer an erster Stelle verlangt wurde. Goldblitz war keineswegs brav, er konnte wild und ungebärdig sein. In Friedrichshagen hatte man ihn zugeritten. Als dann Winnie ihn für sich beanspruchte, war Jon nicht ganz wohl dabei. Aber Winnie war eine schneidige Reiterin. Sie kannte keine Angst. Sie lachte nur, wenn der Fuchs Kapriolen machte; sie saß auf dem Pferd, als sei sie festgewachsen. Nicht, daß sie nicht öfter mal auf dem Boden landete, das kam natürlich vor. Aber das machte Winnie nicht viel aus. Sie fand es auch nicht weiter schlimm, als sie sich als Vierzehnjährige das Handgelenk brach.

»Brauch' ich nicht in die Schule.«
»Warum nicht?« fragte Jon.
»Ich kann doch nicht schreiben.«
»Aber zuhören und aufpassen kannst du.«

Goldblitz war nicht nur schnell, er konnte vor allem großartig springen. Wie ein goldener Pfeil flog er über die höchsten Hindernisse, er kannte so wenig Angst und Bedenken wie seine Reiterin. Schon in der Juniorenmannschaft trat Winnie mit ihm auf den ländlichen Turnieren an, und bald kannte man sie überall auf den Holsteiner Turnierplätzen. Es gab Zeiten während der grünen Saison, da war sie an keinem Wochenende zu Hause.

Anders war es mit Christine und Cornet. Es war schon die Rede davon, welch große Bedeutung Cornet in Christines Leben zukam. Das Pferd war ihr ein und alles. Ihm schenkte sie alle Liebe, ihm vertraute sie alles an. Mit ihm sprach sie so viel wie mit keinem sonst. Wenn Christine nicht aufzufinden war, konnte man sicher sein, sie im Stall oder auf der Koppel anzutreffen. Bei schönem Wetter nahm sie sogar ihre Bücher und Hefte mit auf die Koppel und machte unter der alten Knickeiche ihre Schularbeiten, wobei Cornet ihr oft aufmerksam über die Schulter blickte, wenn er genug Gras gefressen hatte.

Als Jon sie einmal da traf, das Heft auf den Knien, natürlich in krummer Haltung, verbot er es ihr. Darauf fertigte ihr Gerhard einen kleinen Holztisch, der fest im Boden verankert wurde, jetzt konnte sie wenigstens ordentlich sitzen. Jon sagte nichts mehr.

Christine war keine wilde, sondern eine ruhige, bedächtige Reiterin. Genau wie Cornet ein ruhiges, bedächtiges Pferd war. Er paßte auf, wohin er trat, hatte schöne, weiche Bewegungen, einen gestreckten Galopp, doch er war niemals ungehorsam, ein leichtes Wort, ein Laut nur, brachte ihn zum Schritt. Am liebsten ritt Christine allein im Gelände, den Reitplatz, der etwas entfernt vom Haus angelegt war, benutzte sie selten.

Jon erging es ähnlich. Er ritt auch gern allein. Am frühen Morgen durch den Wald zu reiten, oder an seinen Feldern entlang, war für ihn die Stunde der Entspannung und des Friedens, in der er seinen Kummer ein wenig vergessen konnte.

Manchmal sah er dann, wenn Ferien waren, irgendwo am Waldrand den Schwarzbraunen mit Christine friedlich dahintraben. Er hielt den Schimmel an und blickte den beiden nach. So viel hatte ihm das Leben genommen, eins hatte es ihm gegeben – dieses Kind, dieses Mädchen, das ihm geholfen hatte, sein Herz lebendig zu erhalten.

Auf Turnieren startete Christine nie. Es kostete sie schon Überwindung, Winnie zu begleiten. Da waren so viele Menschen, so viel Betrieb. Und so sehr Winnie den Rummel genoß, so sehr scheute Christine ihn. Sie wich Gesprächen aus, blieb bei Goldblitz, rieb ihn trocken, ritt ihn ruhig im Schritt im Kreis, bis Winnie wieder starten mußte. Dann sah sie Winnies tollkühnen Ritten zu, biß sich auf die Lippen und regte sich immer wieder sehr auf.

»Du reitest wie eine Verrückte«, sagte sie hinterher tadelnd. Winnie lachte nur. »Den Burschen muß ich so reiten. Je schneller, um so besser. Dann geht er drüber wie ein Blitz. Wenn ich ihm Zeit lasse zum Überlegen, fängt er an, Theater zu machen.« Natürlich ging das nicht immer gut. Sie rissen oft, die beiden Wilden, Holz polterte, manchmal gab es Stürze. Aber wenn Goldblitz gut gelaunt war, konnte er auch großartig gehen, und Winnie, strahlend, heimste manchen Preis ein.

Auch Gerhard war mit Winnies Reitstil nicht einverstanden. »Sie reitet viel zu undiszipliniert«, sagte er tadelnd. »Sie könnte alle schlagen, wenn sie es fertigbrächte, das Pferd ruhig zu reiten.«

»Goldblitz ist nun mal nicht ruhig.«

»Er kann es ja nicht sein, so wie sie reitet. Bei mir geht er ganz anders, du weißt es doch.«

Jost Jessen, der auch kein Turnier ausließ, sagte lachend: »Das ist ein Teufelsmädchen, eure Winnie. Aus der könnte eine richtige große Turnierreiterin werden.«

»Könnte, ja«, meinte Gerhard, »wird aber nicht, so wie sie es macht. Los und ab die Post, nach mir die Sintflut.« Jost blickte Gerhard spöttisch an. »Das verstehst du nicht, Schulmeister. Das muß man erst mal haben, was die Winnie hat, das ist die Voraussetzung.«

Gerhard Ehlers und Jost Jessen von Friedrichshagen mochten sich nicht besonders. Schon deswegen, weil Jost, wie Gerhard sich ausdrückte, hinter Winnie her war. Es stimmte zwar nicht ganz, Jost war zu der Zeit hinter allen hübschen Mädchen her.

Winnie war oft in Friedrichshagen, sie nahm Reitunterricht bei Jost, genau wie früher bei seinem älteren Bruder Olaf. Auf Friedrichshagen hatten sie erstklassige Pferde und viel Turniererfahrung.

Christine erwischte die beiden einmal im Stallzelt, als Jost Winnie sehr ausführlich küßte. Winnie war sechzehn Jahre alt, Jost immerhin schon fünfundzwanzig.

Christine war verlegen. Winnie nicht im mindesten. Sie lachte und blies sich die blonde Haarwelle aus der Stirn. »Mach dich fertig«, sagte Christine, »du mußt gleich starten.« Sie drehte sich um und ging.

»Sie ist verdammt eingebildet«, sagte Jost.

»Quatsch!« fuhr ihn Winnie an. »Sie ist gar nicht eingebildet. Sie ist eben so.«

Gerhard war auch ein guter Reiter, ein disziplinierter Reiter natürlich. Er ritt alle Pferde, die auf dem Gut waren, und jedes auf seine ordentliche, ruhige Weise, was den Pferden immer gut bekam. Von ihm ließ sich Christine auch manchmal auf ihren Ausritten begleiten. Bei so einer Gelegenheit sprach Gerhard zum erstenmal über seine Zukunftspläne.

»Ich möchte Lehrer werden.«

»Oh!« sagte Christine erstaunt. »Lehrer! Ich dachte, du würdest Landwirtschaft studieren.«

Das war nämlich bisher Gerhards Berufsziel gewesen. Er wollte Landwirt werden, später vielleicht eine Verwalterstelle annehmen. Oder, wie sein Vater einmal angeregt hatte, eine Position in einer landwirtschaftlichen Behörde anstreben. Früher hatte Winnie gesagt: »Nein, er heiratet mich, dann hat er ja ein Gut.«

Das sagte Winnie nicht mehr, als sie ins Flirtalter kam und Verehrer hatte, wohin sie trat, blond, frisch und hübsch und so voller Temperament, wie sie war.

Jetzt sagte Gerhard: »Ich möchte beide. Ich habe neulich mit Dr. Wissinger darüber gesprochen, und er hat mir gesagt, was das Richtige für mich ist.«

Dr. Wissinger war der Deutschlehrer am Gymnasium, ein

Lehrer, den sie alle liebten. Gerhard ging in die letzte Klasse, er würde im kommenden Sommer sein Abitur machen.

Es war Herbst, über die leeren Felder wehte dünner Nebel, vor den Nüstern der Pferde stand weißer Hauch.

»Was heißt das, du machst beides?«

»Ich werde Landwirtschaftslehrer.«

Das leuchtete Christine sofort ein.

»Hat das Dr. Wissinger gesagt? Das ist eine großartige Idee.«

»Das findest du auch?«

Die Landwirtschaftschule, angefangen von ihrer einfachsten Form, der Berufsschule, über Ackerbauschulen, Landbauschulen, Höhere Landbauschulen, Ingenieurschulen, Landfrauenschulen, spezialisierte Fachschulen für Gartenbau, Weinbau, Viehzucht, Imkerei, bis hin zu den landwirtschaftlichen Hochschulen gleichrangig der Universität, wie zum Beispiel im Fall der Landwirtschaftshochschule Weihenstephan in Bayern, die der TH in München angeschlossen ist, oder selbständig wie die Landwirtschaftliche Hochschule in Hohenheim in Württemberg, alle diese Schulen spielten für die Ausbildung und Fortbildung moderne Landwirte oder der in der Landwirtschaft Tätigen eine wichtige Rolle.

Bauernsöhne und -töchter, Söhne und Töchter der Güter besuchten neben ihrer praktischen Ausbildung mindestens für einige Semester irgendeine Art der Landwirtschaftsschule, wenn sie nicht überhaupt studierten. Manche Fachleute waren der Meinung, das Studium an einer Landwirtschaftsschule sei nützlicher als das Studium an einer Universität. In vielen Fällen tat man beides.

Manche dieser Institute konnten auf eine stolze Tradition zurückblicken, so die Albrecht-Thaer-Schule in Celle, so benannt nach dem Begründer der rationellen Landwirtschaft. Zunächst Arzt, dann der erste Landwirtschaft-Wissenschaftler, war Albrecht Thaer auch der erste, der um die Wende des 19. Jahrhunderts es aussprach und sich dafür einsetzte, daß der Landwirt viel lernen, viel wissen müsse, daß er aufgeschlossen sein müsse für Fortschritt und neue Wege seines Berufes. Seine Devise: ›Hütet Euch vor Einseitigkeit, richtet den Blick aufs Ganze!‹ blieb nicht nur graue Theorie.

Er war gewissermaßen der Erfinder der Fruchtfolge, der

Lehre von der wechselnden Bebauung des Bodens, damit er nicht nur einseitig beansprucht werde. Vorher hatte man nach jedem dritten Jahr den Acker brachliegen lassen, damit er sich erholen konnte. Der Fruchtwechsel machte eine rationelle Bebauung möglich. Dank Thaer wurde die Kartoffel zur Ackerfrucht, wurde die moderne Entwicklung der Düngung genutzt, wurden der Viehhaltung neue Möglichkeiten erschlossen.

»Das ist eine großartige Idee«, wiederholte Christine. »Ein schöner Beruf. Aber da wirst du viel lernen müssen.«

Gerhard lachte. »Das hätte Winnie sagen können. Meinst du nicht, daß ich es schaffe?«

»Aber sicher. Du bist so gescheit.«

»Danke. Hoffen wir, daß du recht hast. – Einen kleinen Galopp?«

Sie waren an der großen Wiese angekommen, eine weite, leere Strecke war vor ihnen, das Vieh war schon längst hereingeholt, und nun durften sie auch über die Wiese galoppieren, ab Oktober war es erlaubt.

Christine schob um einen Millimeter eine Hüfte vor – mehr war nicht nötig –, schon sprang Cornet an, gleichmäßig ohne Hast. Er wußte sowieso Bescheid: große Wiese bedeutet langer Galopp. Manchmal sagte Christine: »Er ist so gescheit, man könnte ihn glatt allein spazieren schicken.«

Es war auch nicht nötig, ihn durchzuparieren am anderen Ende. Wiese aus, Galopp aus, Cornet wußte auch das, er fiel von selbst in Schritt.

Gerhard ritt Jons Schimmel, denn Jon war für einige Tage nach Hamburg gefahren, er hatte geschäftlich dort zu tun. Christine blickte zu Gerhard hinüber. »Du wirst mir fehlen, wenn du fortgehst.«

Ihre Blicke trafen sich. Sie waren keine Kinder mehr, es war mehr als Einverständnis und Kameradschaft zwischen ihnen.

»Ich kann mir bis jetzt auch nicht vorstellen, daß ich woanders leben soll. Breedenkamp ist meine Heimat. Ist das nicht merkwürdig?«

»Wieso merkwürdig? Es ist doch ganz selbstverständlich.«

»Na ja, ich meine, wenn man daran denkt, wie das angefangen hat. Meine Eltern haben alles verloren, ganz arm und verlassen kamen wir hier an, und jetzt leben wir so lange hier, und für mich gibt es nichts anderes als Breedenkamp. Wir haben Glück gehabt. Viele haben die Heimat verloren und niemals eine neue gefunden.«

»Denken deine Eltern auch so?«

»Ja. Ich habe erst neulich darüber mit meinem Vater gesprochen. Er sagte, es wäre gar nicht auszudenken, was aus ihm geworden wäre, wenn er nicht nach Breedenkamp gekommen wäre. Dann wäre er schon lange tot.«

Dr. Ehlers ging es in letzter Zeit sehr schlecht, er lag fast den ganzen Tag, immerhin hatte er das Buch, an dem er so lange geschrieben hatte, fertiggestellt: Eine Geschichte Schleswig-Holsteins. Eine geduldig und solide zusammengetragene Arbeit. Ob sich ein Verleger dafür finden würde, ob sich, sollte das Buch je gedruckt werden, genügend Leser finden würden, daß für Dr. Ehlers auch ein finanzieller Erfolg herauskommen würde, das war fraglich. Aber es war eigentlich auch nicht so wichtig. Die Arbeit an dem Buch war für ihn Selbstzweck gewesen, eine Aufgabe, die seine leeren Tage ausgefüllt hatte. Gerhard war übrigens der einzige, der bisher das Manuskript gelesen hatte. Manchmal erzählte er Christine davon.

»Großvater ist auch schon sehr neugierig darauf«, sagte Christine.

»Vaters Schrift kann er bestimmt nicht lesen. Das kann nur ich. Und auch für mich ist es mühselig.«

»Wir müssen also jemand finden, der es abschreibt. Und derjenige oder diejenige müßte gute Augen haben.«

»Genau so ist es.«

»Denken wir mal darüber nach.«

»Gewiß, gewiß, du sagst es.«

Sie blickten sich an, und dann lachten sie beide, unbeschwert und übermütig. Dieses ›Denken wir mal darüber nach‹ war ein beliebter und häufig gebrauchter Ausspruch ihres Lehrers Dr. Wissinger. Bei jeder mehr oder weniger kniffligen Frage senkte er den Kopf und blickte die Klasse entschlossen durch seine Brille an. Und dann kam es auch schon: Denken wir mal darüber nach!

Und ausgerechnet Gerhard, der weder vorlaut noch etwa frech war, hatte einmal, da war er vierzehn, die kleine Pause zwischen Kopfsenken, Blick und Ausspruch nicht abwarten können, sondern war herausgeplatzt: »Denken wir mal darüber nach!« Aber Dr. Wissinger war nicht umsonst ein beliebter Lehrer. Er nahm Gerhards Vorwitz keineswegs übel, er nickte und meinte: »Gewiß, gewiß, du sagst es.« Und dann lachten sie alle, der Lehrer und die Klasse.

Seitdem waren die beiden Sätze zu einem geflügelten Wort geworden, nicht nur unter den Schülern von Gerhards Klasse, sondern am ganzen Gymnasium, und da die Kinder sie auch nach Hause trugen, kannten bald die Eltern im gesamten Landkreis dieses energische und auffordernde ›Denken wir mal darüber nach!‹

Als Gerhard die Schule verließ, hatte Christine noch zwei volle Jahre vor sich.

Es war im späten Sommer, nur der Hafer stand noch auf dem Halm, es war sehr heiß, und sie ritten ganz früh am Morgen, unterbrachen den Ritt an einem kleinen, namenlosen See, der zum Gutsbereich gehörte, und schwammen ein paar Runden. In drei Tagen würde Gerhard Breedenkamp verlassen. Bis zum Beginn seines ersten Semesters wollte er in einer Fabrik für landwirtschaftliche Maschinen arbeiten.

Als er die Sattelgurte wieder festzog, sagte er auf einmal: »Ich weiß wirklich nicht, wie ich ohne Breedenkamp leben soll. Und ohne die Pferde. Und ohne euch. Das ist doch nicht normal. Jeder Mensch muß sich doch freuen, wenn er mal rauskommt, wenn er mal was anderes sieht. Wenn ich denke, was junge Leute manchmal für Reisen machen. Ich bin überhaupt noch nirgends gewesen. Immer nur hier. Ich kenne überhaupt nichts von der Welt. So was gibt's doch gar nicht!« In seiner Stimme klang ein so ehrliches Erstaunen, daß Christine lächeln mußte.

»Ja, du hast recht. Wir kennen nichts von der Welt.«

»Du warst wenigstens schon in Amerika.«

Eine Falte erschien auf ihrer Stirn. »Das war eine schöne Reise. Da hast du recht.«

»Entschuldige. Es war eine blöde Bemerkung von mir.«

Manchmal in den letzten zwei, drei Jahren hatte Christine von dem gesprochen, was sie als Kind in Amerika erlebt hatte. Nur zu Gerhard, zu keinem sonst. Sie mußte einfach zu irgend jemand darüber sprechen, weil sie so oft und so verzweifelt daran dachte. Weil sie noch immer so vieles nicht verstand. Gerhard konnte ihr nicht viel helfen, er konnte ihr nichts erklären, aber er konnte wenigstens zuhören.

»Ich kann mir auch nicht denken, wie es hier sein wird ohne dich«, sagte Christine nach einer Weile. Sie waren wieder aufgesessen und ritten im Schritt auf einem Feldweg entlang. »Du behältst ja alles, was zu dir gehört«, sagte er. »Aber ich habe gar nichts mehr.«

Er legte seine Hand auf das sonnenwarme Fell von Winnies Goldfuchs, den er heute ritt. Winnie war verreist, sie war zur Zeit mit ihrer Mutter, ihrem Stiefvater und den beiden Kindern am Wörther See. Winnie kannte einiges von der Welt, nicht nur Düsseldorf. Sie war sogar schon in Italien. »Dann mußt du eben hierbleiben«, sagte Christine. »Arbeit gibt es für dich genug auf Breedenkamp.«

»Ich muß doch einen Beruf haben. Ich muß etwas lernen.«

»Von der Landwirtschaft weißt du gerade genug. Und bißchen was lernen kannst du ja noch, aber dann kommst du wieder her. Da wird Winnie eben doch die richtige Idee gehabt haben: du mußt sie heiraten.«

Gerhard lachte. »Denken wir mal darüber nach!«

Er blickte hinüber auf ihr gleichmütiges Gesicht. Sie war siebzehn zu dieser Zeit. Und er dachte nicht an Winnie. Er dachte: ob ich ihr wohl einen Kuß geben kann, wenn ich abreise? Da konnte niemand etwas dabei finden, auch sie nicht. War sie nicht wie seine Schwester?

Er war sich nur nicht klar darüber, ob er noch wie ein Bruder empfand ihr gegenüber. Irgend etwas war anders geworden. Bei ihm. Nicht bei ihr. Sie kokettierte nicht, sie flirtete nicht, sie benahm sich nicht wie andere junge Mädchen ihres Alters. Er konnte das beurteilen, er wußte, wie junge Mädchen sich benahmen. Und er hatte auch schon einige Male ein Mädchen geküßt. Nur so, weil es sich so ergeben hatte. Vielleicht auch, weil die Mädchen es herausgefordert hatten. Im Ernst hatte er sich noch nie verliebt. Denn da war kein Platz für etwas anderes in seinem Herzen – alles, was er lieben konnte und lieben wollte, war hier, war auf Breedenkamp.

»Die Pferde, das ist natürlich das Schlimmste«, sagte Christine, »das kann ich verstehen. Wie sollst du nur ohne Pferde leben.« Sie blickte ihn an, ihr Gesicht war ganz bekümmert. »Ich kann sowieso nicht verstehen, wie ein Mensch ohne Pferde leben kann.«

»Das tun aber viele. Die meisten heutzutage.«

»Ja, ich weiß. Aber ich wundere mich immer darüber. Das ist doch gar kein Leben.«

»Du redest schon wie der olle Jessen. Für den sind die Pferde auch das Wichtigste im Leben.«

»Na, verschiedenes andere auch noch.«

»Und ein junges, hübsches Mädchen wie du müßte eigentlich sagen, das Wichtigste im Leben ist die Liebe.«

»Die was?« Christine richtete sich empört im Sattel auf. »Liebe! Du weißt genau, daß es so etwas für mich nicht gibt. Nie! Nie!«

Das zweite Nie schrie sie laut in die Luft, legte die Schenkel an, und Cornet galoppierte davon.

Gerhard hatte Mühe, Goldblitz zurückzuhalten. Wenn der einen galoppieren sah, wollte er natürlich auch sofort losstürmen. Aber er mußte lernen, daß es nicht immer nach seinem Kopf ging. Goldblitz tänzelte und warf ungeduldig den Kopf hoch. »Nein, mein Freund, du gehst jetzt noch ein bißchen Schritt, und dann trabst du ganz langsam auf diesem Weg entlang. Ganz langsam und brav. Siehst du, so wird das gemacht. Den Cornet – den treffen wir schon wieder drüben am Waldrand.«

Natürlich war es ganz dumm von ihm gewesen, das von der Liebe zu sagen. Genauso dumm wie zuvor die Bemerkung über Amerika. Heute machte er offenbar alles verkehrt. Und sie würde sich bestimmt nicht von ihm küssen lassen, wenn er in drei Tagen abreiste... Vielleicht ein Kuß auf die Wange, so wie es zwischen Geschwistern üblich war.

Friedrichshagen war das größte Gut im Landkreis, ein riesiger Besitz, ein Mustergut zudem, das auf modernste Weise bewirtschaftet wurde, die größten und besten Maschinen besaß, die fortschrittlichsten Bebauungsmethoden anwandte, erstklassiges Vieh aufzog und eine berühmte Pferdezucht besaß. Mit einem Wort: Friedrichshagen war der Höhepunkt.

Das lag zu einem Teil daran, weil es eben seit vielen, vielen Jahren so gewesen war, zum anderen Teil daran, weil man hier immer Geld gehabt hatte. Und endlich und nicht zum geringsten Teil daran, weil Claus Otto Jessen der beste Landwirt der Welt war.

Davon war er selbst so felsenfest überzeugt, daß auch sonst niemand daran zu zweifeln wagte.

Claus Otto Jessen sah sich selbst als Mittelpunkt der Schöpfung an, ein Glaube, der nie erschüttert worden war. Begriffe wie Zweifel, Unsicherheit, Selbstkritik kamen in seiner Welt nicht vor. Er war ein vollendeter Egoist, er duldete keine anderen Götter neben sich, er war in dieser seiner Art so vollkommen, daß man ihm darob Bewunderung nicht versagen konnte. Dabei war er tatsächlich so tüchtig, so kompetent, und auch so fair, daß man ihm Respekt und Anerkennung gleichfalls nicht versagen konnte.

In gewisser Weise war er ein Anachronismus in dieser verunsicherten Welt des 20. Jahrhunderts. Und was das erstaunlichste dabei war: das Schicksal ging mit ihm so freundlich um, wie er es als selbstverständlich erwartete. Auf Friedrichshagen klappte alles, hier gab es keine Tragödien, kein Unheil, kein Unglück, höchstens mal die üblichen kleinen Zwischenfälle, ohne die das Leben einem Mann wie Jessen viel zu langweilig wäre. Er stürzte sich geradezu mit Begeisterung auf jedes Hindernis, das sich ihm in den Weg stellte, um sich und anderen zu beweisen, wie großartig er damit fertig wurde.

Die einzige Schwierigkeit, die ihm begegnet war – wenn man es so nennen will, und dramatischer ließ es sich bei einem Mann wie Jessen nicht bezeichnen –, war seine Ehe. Oder besser gesagt, die Frau, die er haben wollte und auch bekam. Es war eine stürmische, aufregende Ehe gewesen, von Anfang an, und eine glückliche dazu. Beides hatte er genossen. Er war ein Jahrhundertkind, wie er sich selbst nannte. So alt wie das Jahrhundert. Und Erfolg hieß der Stern, unter dem er geboren war. Wäre nicht zufällig die Landwirtschaft sein Geschäft gewesen, so hätte er vermutlich einen ebenso erfolgreichen Unternehmer in Industrie oder Handel abgegeben, einen der letzten, großen Kapitalisten auf jeden Fall, wo immer man ihn angetroffen hätte, ein Herrscher, ein Sieger. Natürlich paßte ein Besitz wie Friedrichshagen ausgezeichnet zu ihm, wie nach Maß geschneidert. Er lebte auf diesem Boden, in diesem Land, wie früher wohl die Herzöge gelebt und residiert haben mochten. Auch wenn er, Claus Otto Jessen, nur in einer kleinen Kate geboren worden war. Das machte nichts. Auch das paßte zu ihm. Er war eine Figur wie aus der Gründerzeit, ähnlich denen, die als Zeitungsjungen begannen und schließlich riesige Pressekonzerne befehligten.

Auf seine bescheidene Herkunft war er stolz, er prahlte geradezu damit. Besonders den Herren vom Adel gegenüber. Er fühlte sich ihnen sowieso turmhoch überlegen.

In früheren Zeiten war Friedrichshagen ein kleines, eher unbedeutendes Gut gewesen, das in den Annalen der Landesgeschichte nie eine Rolle gespielt hatte. Was daraus geworden war, konnte man allerdings nicht nur als das Werk Jessens bezeichnen. Aber er hatte das, was er übernahm, was gesund und lukrativ war, von Anfang an vergrößert und sich zu eigen gemacht.

Eine gewisse Parallele zu Breedenkamp bestand darin, daß auch Friedrichshagen zu Ende des vergangenen Jahrhunderts in neue, fremde Hände übergegangen war. Aber nicht ein Mann vom Land, der sich selbständig machen wollte – wie der Kamphoven –, hatte das Gut gekauft, sondern ein reicher Reeder aus Hamburg, ein Städter, der einen Sommer- und Prestigesitz für seine Familie erwarb.

Der Hamburger hatte Geld, Einfluß und Macht. Er saß im Senat, die Familie zählte zu den bekanntesten Hamburgs, sie besaß weltweite Verbindungen und wußte sie zu nützen. Friedrichshagen war als eine Art ländliche Residenz gedacht: zum Jagen, zum Reiten, zum Fischen, für Gäste, für große und kleine Feste. Kurz als sichtbares Zeichen des Wohlstands, wie es in dieser Form einem soliden, stolzen Hanseaten gut zu Gesicht stand.

Jedoch hatte der alte Senator, genau wie später sein Sohn, das Gut niemals nur als Ort des Vergnügens, des Müßiggangs betrachtet, es war auch eine Geldanlage, eine Erwerbsquelle, und als solche mußte es auch reüssieren. Man hatte immer wieder Land dazugekauft, man hatte großzügig investiert, modernisiert, denn Geld war da, war immer dagewesen.

Zunächst hatte der Senator das alte Gutshaus, das nicht sehr ansehnlich war, umbauen und als Verwalterhaus herrichten lassen. Für die Familie wurde eine neue Residenz erbaut. Sie lag vom Wirtschaftshof entfernt, oberhalb eines kleinen Sees, umgeben von grünen Rasenflächen und einem Park. Der Architekt war nicht aus der Gegend, auch nicht aus Hamburg gekommen, sondern aus England, wo die Familie Verwandte und Freunde besaß und sich immer gern aufgehalten hatte. So war also kein Holsteiner Herrenhaus entstanden, sondern ein englischer Landsitz, schloßähnlich, groß und prächtig, ein Fremdling in diesem Land, aber durchaus imponierend.

Mit ebenso viel Sorgfalt war der Park angelegt worden, natürlich auch im englischen Stil, was sich vorzüglich in die anmutige Landschaft einfügte. Am Ende des Parks befanden sich ein Tennisplatz, ein Reitplatz, eine gedeckte Reithalle. Die alteingesessenen Holsteiner sparten natürlich nicht mit Kritik und machten zunächst aus ihrer Abneigung gegen dieses fremde Monstrum kein Hehl. Dahinter verbarg sich jedoch sicherlich auch eine Portion Neid.

Den alten Senator störte das nicht. Wie schon gesagt, er betrachtete seinen Landsitz nicht als Spielerei, von Anfang an wurde auf dem Gut tüchtig gearbeitet. Nur die besten Verwalter, die fleißigsten Arbeitskräfte wurden angestellt, alle Neuerungen geprüft und, wenn für gut befunden, eingeführt, und auf diese Weise wirtschaftete man mit Gewinn. Kaiser Wilhelm II., der einmal nach einer Flotten-Parade in Kiel für einige Tage als Gast auf Friedrichshagen weilte, hatte mit Lob und Anerkennung nicht gespart und dazu noch geäußert, so komfortabel lebe er in seinen Schlössern bei weitem nicht. Sicher hätte er den Senator geadelt, aber das war nicht üblich; zu einer alten Hanseatenfamilie zu gehören, war Adel genug, etwas Besseres gab es sowieso auf der ganzen Welt nicht. Dieser Meinung waren die Hamburger, der Kaiser wußte es.

Eine der Töchter hatte in eine große Werft eingeheiratet. Auf diese Weise wurde die Familie noch mächtiger, und in den Jahren vor dem Ersten Weltkrieg war Friedrichshagen der Schauplatz glanzvoller Feste, auf denen sich eine internationale Gesellschaft traf.

Zu dieser Zeit war Claus Otto Jessen noch ein kleiner Junge, der in einem Dorf am Selenter See aufwuchs, in einer Kate. Nach dem Krieg änderte sich zwar vieles in der Welt, nichts aber auf Friedrichshagen, auch kaum etwas bei Senators. Chef der Familie war nun der junge Senator, auch schon ein reifer Vierziger, der Wohlstand war geblieben, der Familienstolz ebenfalls.

Wenn es je auf dieser Welt so etwas wie eine höhere Fügung gab, so mußte es zweifellos diese gewesen sein, die Claus Otto Jessen und Friedrichshagen zusammenführte.

Seine Famile stammte von der Insel Fehmarn, wo sein Großvater einen ansehnlichen Hof besaß. Da es in der Familie vier Söhne gab, mußten drei sehen, wie sie anderwärts unterkamen, und zwar die älteren, denn auf Fehmarn herrschte das Jüngstenrecht, was bedeutete, daß der jüngste Sohn den Hof erbte. Einer ging nach Hamburg und brachte es zu einer ansehnlichen Speditionsfirma, einer wurde ein hervorragender Landwirt, der als Verwalter tätig war, nur der zweitjüngste, Claus Ottos Vater, taugte nicht viel, er war faul und leichtsinnig, machte Schulden, trank und lief den Mädchen nach. Da er ein ausgezeichneter Reiter war, bekam er immer wieder eine Stellung bei Pferden, zuletzt auf einem Gestüt am Selenter See, aber das ging nicht lange gut, wegen seiner Unzuverlässigkeit flog er auch dort wieder hinaus.

Nahe dem Gestüt lag ein Dorf, und dort hatte er sich wieder einmal in ein Mädchen verliebt, eine lebhafte, dunkelhaarige, sehr hübsche Person, die Tochter eines Kätners. Er heiratete das Mädchen zwar, als es ein Kind erwartete, darauf hatte die Herrin des Gestüts bestanden, aber lange ertrug er das Eheleben nicht, er verließ seine Frau und den Jungen, lebte eine Weile in Hamburg bei seinem Bruder, später ging er sogar nach Berlin, was er dort machte, wußte keiner. Er kam auch gelegentlich für kurze Zeit zurück, was für alle Beteiligten keine reine Freude war. Die Großstadt hatte den Rest besorgt, er trank noch mehr als früher, von Arbeit hielt er immer noch nichts, und die einzige Erinnerung, die Claus Otto an seinen Vater besaß, war die an laute, unerfreuliche Szenen, die sich zwischen seinen Eltern abspielten, denn Hedwig Jessen war sehr temperamentvoll und nicht geneigt, das Leben ihres Mannes zu tolerieren, ebensowenig wie sie ihn zurückhaben wollte. Sie warf ihn schließlich kurzerhand hinaus. Mit diesem Mann wollte sie nicht zusammenleben, sie wollte erst recht kein zweites Kind von ihm, und sie wollte vor allem nicht, daß sein schlechtes Beispiel dem Sohn vor Augen stand. Sich und ihren Jungen konnte sie allein ernähren.

Sie arbeitete als Köchin im Haus des Gestütsherrn, war dort sehr beliebt, daneben bebaute sie fleißig ihren kleinen Garten und das Stückchen Feld, das ihr gehörte, hatte eine eigene Kuh und ein Dutzend Hühner.

Claus Ottos Vater blieb verschollen. Später erfuhren sie, daß er im Krieg gefallen war. Keiner weinte um ihn.

Auch Claus Otto Jessen machte im letzten Jahr den Krieg noch mit, kam heil und vergnügt nach Hause, er war ein kräftiger, schwarzhaariger Bursche geworden, voller Energie und Temperament wie die Mutter, ein hervorragender Reiter wie sein Vater, denn natürlich hatten sich seine Kindheit und Jugend zumeist in den Ställen und auf der Reitbahn des Gestüts abgespielt. Die Pferde waren sein ein und alles. Er verstand und wußte alles, was man von Pferden verstehen und wissen konnte.

Sonst war er ziemlich unwissend, er hatte lediglich die Dorfschule besucht, aber er besaß eine natürliche Intelligenz und ein angeborenes Selbstbewußtsein. Nur einen Beruf besaß er nicht. Zunächst ließ man ihn auf dem Gestüt arbeiten, dann fing er ein Verhältnis mit der Tochter des Gestütsdirektors an, worauf man ihn hinaussetzte. Genau wie vor zwanzig Jahren seinen Vater. Denn es zeigte sich, daß er von seinem Vater nicht nur das Talent geerbt hatte, mit Pferden umzugehen, sondern auch mit Frauen. Seine Vitalität, seine fast brutale Leidenschaft zog die Frauen an, er bekam jede, die er wollte. Und das nützte er gründlich aus.

Er arbeitete dann hier und da auf Gütern, auf Gestüten, vorübergehend in einem Reitstall in Hamburg. Das war schon Mitte der zwanziger Jahre, und was er hier mit den reitenden Damen der Hamburger Society trieb, war noch jahrelanger Gesprächsstoff in den gehobenen Kreisen.

Dann bekam ihn sein Onkel Olaf zu fassen. Olaf Jessen war der älteste Bruder von Claus Ottos Vater, seit vielen Jahren Verwalter auf Friedrichshagen. Als Claus Otto ihn dort einmal besuchte, sprach der Onkel: »So geiht dat mit dir nich wedder, min Jung. Du verkömmst as dien Vadder. Entweder aus dir wird nu endlich 'n orndlichen Kerl, oder ik will dich hier nicht mehr sehn.«

Claus Otto widersprach nicht. Er blickte Onkel Olaf aus seinen großen, dunklen Augen aufmerksam an und fragte: »Un wat soll ik denn nun maken?«

Auf diese Frage wußte Onkel Olaf eine ganz präzise Antwort. Zunächst einmal sollte Claus Otto auf einem großen, ordentlichen Gut arbeiten und lernen, was es dort zu lernen gab, den Betrieb würde er selbst aussuchen und den Neffen dorthin empfehlen. Sodann sollte er ein Jahr eine Landwirtschaftsschule besuchen und auch nicht eine Stunde versäumen. Und schließlich sollte er zu Olaf nach Friedrichshagen kommen.

»Und wenn ich mich dann zur Ruhe setz, min Jung, sagen wir mal so in zehn Jahren, dann kannst du hier mein Nachfolger werden. Wenn ich dich dem Herrn Senator empfehle, und das tue ich nur, wenn ich das mit gutem Gewissen tun kann, dann nimmt er dich auch. Aber du weißt, was das für dich bedeutet, und zwar ab sofort.«

Claus Otto wußte es. Und er handelte danach. Ab sofort.

Im Jahre 1928 kam er zu seinem Onkel nach Friedrichshagen. Er war achtundzwanzig Jahre alt, ein Bild von einem Kerl, nur mittelgroß, aber gut gewachsen, muskulös, hatte ein gut geschnittenes Gesicht mit schwarzbraunen Augen, einen vollen, sinnlichen Mund, dickes, schwarzes Haar. Ein Typ übrigens, den man in Holstein gar nicht so selten trifft. Denn es ist falsch, zu glauben, alle Norddeutschen seien blond und blauäugig. Dazu war die Vergangenheit dieses Landes viel zu bewegt, war das Völkergemisch viel zu bunt, das im Laufe der Jahrhunderte durch dieses Land gezogen war, hier gelebt, geliebt, gesiedelt hatte und oftmals seßhaft geworden war. Zwei Jahre darauf war Claus Otto Jessen nicht mehr der zukünftige Verwalter, sondern der Herr auf Friedrichshagen. Er hatte die Tochter des Senators geheiratet.

Senators hatten nur noch zwei Töchter, der einzige Sohn war achtzehnjährig im Krieg gefallen. Die älteste Tochter war standesgemäß verheiratet, die jüngere Tochter war eine Art Familienschande.

Zuerst wollte sie Tänzerin werden, dann Schauspielerin, dann lieber Sängerin, dann doch wieder Tänzerin. Sie wußte es nicht genau. Sie wußte nur, was sie nicht wollte: in Hamburg als höhere Tochter an der Elbchaussee sitzen und auf die passende Partie warten.

Also ging sie nach Berlin, mitten ins Getümmel der roaring twenties, der verrückten, goldenen zwanziger Jahre hinein. Sie tat von allem, was sie wollte, ein bißchen. Sie nahm Tanzunterricht, spielte ein paar kleine Rollen am Theater, sie sang Chansons in einem Kabarett. Sie konnte alles nicht besonders gut, nur eben so ein bißchen, aber das machte fast gar nichts, denn sie war bildschön. Sie besaß eine hinreißende Figur, rostrotes Haar, eine dichtglänzende Mähne davon, sie war lebenslustig und lebensfroh, ihr strahlendes Lachen hätte einen Toten aufgeweckt.

Sie probierte alles aus, was geboten wurde. Die Liebe vor allem, Männer verschiedenster Art, auch mal Frauen, denn lesbische Liebe war gerade modern, Alkohol, Rauschgift, Berliner Unterwelt, ihr schadete nichts, sie war so gesund, so vital, so lebendig, sie schüttelte sich wie ein Hund, der aus dem Wasser kommt, und blieb, was sie war: eine Vollblutfrau. Schließlich drehte sie noch einen Film. Dann hatte sie Lust auf Pferde und frische Luft und fuhr zum Ferienmachen nach Friedrichshagen.

Sie kam nicht allein, sie brachte ihren derzeitigen Liebhaber mit, den Regisseur, mit dem sie den Film gedreht hatte.

Das war genau die Frau, die Claus Otto gefehlt hatte. Sie waren einander ebenbürtig. Es wurde ein großartiger Kampf. Denn natürlich ging das nicht von heute auf morgen, dazu war das Spiel viel zu aufregend, genossen es beide zu intensiv, um es allzuschnell zu beenden.

Ihren Regisseur ließ sie fallen wie eine heiße Kartoffel, nachdem sie entdeckt hatte, was für ein Kaliber ihr hier auf Friedrichshagen geboten wurde. Sie begann, sich für die Landwirtschaft zu interessieren, tauchte in Feld und Wald, in den Ställen und Scheunen, sogar im Büro auf. Sie preschte auf ihrer schwarzen Vollblutstute, die ihr Vater ihr vor einigen Jahren geschenkt hatte, wie eine Verrückte durch die Gegend, sie war eine tollkühne Reiterin, sie forderte den Verwalterassistenten heraus, wo sie ging und stand und ritt. Eine Wilde, die noch keiner gezähmt hatte. Er zähmte sie. Die Familie in Hamburg war mittlerweile so verzweifelt über diese unmögliche Tochter, daß sie einer Heirat nur schwachen Widerstand entgegensetzte.

Es war eine leidenschaftliche Liebe, es wurde eine leidenschaftliche, sehr stürmische, sehr glückliche Ehe.

Eleonore gebar vier Kinder, eins prächtiger als das andere, zwei Söhne, zwei Töchter, alle vier waren echte Produkte dieser bemerkenswerten Eltern. Auf Friedrichshagen ging es immer turbulent zu, da gab es immer Betrieb, immer Leben, immer Lärm, sehr viel Lachen, aber auch viel Krach und Streit. Ernstlich ging niemals etwas schief. Menschen und Tiere gediehen gleichermaßen, keiner zweifelte am Dasein und an der Vollkommenheit seiner Existenz.

Während der Nazizeit geriet Jessen immer mal wieder in Schwierigkeiten, nicht aus politischen Gründen – dafür interessierte er sich nicht sonderlich –, aber er war keiner, der sich etwas sagen oder befehlen ließ, und irgend so ein Parteisulch, wie er es nannte, konnte ihm schon gar nicht imponieren. Letzten Endes kamen sie immer wieder sehr gern nach Friedrichshagen und fühlten sich noch geehrt, wenn sie zur Jagd oder beim Erntedankfest oder bei sonstigen Gelegenheiten eingeladen wurden. Bis von Kiel und Lübeck und Hamburg, sogar von Berlin kamen sie angereist und beugten sich artig über die Hand der schönen Hausherrin.

Im Ernst konnte ja keiner an Claus Otto Jessen heran. Er hatte einen Musterbetrieb, er erfüllte mit Leichtigkeit sein Ablieferungssoll, er war reich und unabhängig, seine Persönlichkeit war so stark, daß sich keiner an ihn heranwagte, selbst wenn er nie ein Blatt vor den Mund nahm. Das änderte sich auch nicht, als nach dem Krieg die britische Besatzung im Land regierte. Auch die Engländer kamen gern nach Friedrichshagen, zur Jagd, zum Reiten, zu Gartenfesten im Sommer, zu Kaminabenden und Bällen im Winter, zu den Fuchsjagden im Herbst.

Auch sie bewunderten die schöne Hausherrin und machten ihr den Hof. Noch im Jahre 1947, im Alter von dreiundvierzig Jahren, war Eleonore sehenswert. Sie stand auf den Stufen der Treppe, in einem langen, dunkelgrünen Samtkleid, das rotbraune Haar hing lockig auf den nackten, weißen Schultern, alle anderen Frauen verblaßten neben ihr.

In dieser Haltung, in diesem Kleid, an dieser Stelle ließ Claus Otto sie malen, denn er liebte sie wie am ersten Tag. Das Bild hing seitdem in der Halle von Friedrichshagen.

Ein Lächeln von ihr, ein Wort, ein Blick, hatte immer alles geklärt zur Nazizeit, zur Zeit der Besatzung. Sie brauchte nicht einmal eine Bitte auszusprechen.

Kurz nach dem Krieg hatten sie Einquartierung im Haus, doch bald fühlten sich die britischen Offiziere nicht als Sieger in einem besetzten Land, sondern als Gäste einer schönen Frau.

Nur Olaf führte eine Zeitlang einen Privatkrieg gegen die Engländer. Er war ein begeisterter Hitlerjunge gewesen und sehr erbost, als der Krieg ohne seine Mitwirkung zu Ende gegangen war. Am liebsten hätte er Schleswig-Holstein ganz allein verteidigt. Olaf Friedrich Jessen, der älteste Sohn auf Friedrichshagen, war das schwierigste der vier Kinder. Er war der Schrecken seiner Lehrer, ein wilder Junge, den keiner bändigen konnte. Selbst dem Vater gelang es oft nur mit Mühe, seinen Willen durchzusetzen. Im Alter von sechzehn Jahren prügelte er sich mit den Soldaten der englischen Besatzung herum, einmal ließen ihn die Engländer sogar einsperren.

Schließlich bestimmte Eleonore, daß er für zwei Jahre nach England gehen sollte, er könne seine Schulzeit auch dort beenden. Das war zu jener Zeit reichlich ungewöhnlich und kaum durchführbar.

Nicht für Eleonore. Die Familie besaß Verwandte in England. Eleonore setzte ihren Willen durch.

»Er muß mal raus«, sagte sie. »Der Junge verbauert hier und wird zu einem Despoten. In England werden sie ihm Manieren beibringen.«

Olaf protestierte empört. Er wollte nicht zu den Feinden. Er sprach immer noch von Feinden, und wenn man ihn gegen seinen Willen nach England schicke, würde er durchbrennen und nach Amerika gehen.

»Das sind auch Feinde. Oder nicht?« fragte seine Mutter kühl.

»Ich gehe nach Südamerika.«

»Buen viaje«, sagte Eleonore ungerührt. »Schreib mal 'ne Karte.«

Er brannte nicht durch, er fühlte sich sogar in England sehr wohl, lebte in der Familie seiner Verwandten, die ein Haus in London und einen Landsitz in Sussex hatten, beendete ordentlich seine Schulzeit, trieb sich eine Zeitlang in einem lustigen Kreis in London herum, verliebte sich in eine Nachtclubsängerin, die zwar keineswegs seine erste, aber bis dato seine größte Liebe darstellte.

Anfang der fünfziger Jahre kehrte er zurück, studierte zwei Semester in Kiel, fand das langweilig, arbeitete ein Jahr auf einem Gut in Westfalen, dann auf einem Hof in Niederbayern, wo er außerordentlich beliebt war. Seine zupackende Mentalität, seine unbekümmerte Art, kamen hier großartig an, und als er ging, hinterließ er viele gute Freunde.

Danach blieb er zwei Jahre lang zu Hause, ritt auf Turnieren, sammelte Preise, verlobte sich mit einem Mädchen aus Neumünster, entlobte sich kurz darauf wieder und ging nun doch nach Amerika. Erst war er in Kanada, dann in den Vereinigten Staaten, schließlich arbeitete er auf einer Farm in Texas, verliebte sich wieder einmal und heiratete. Eines Tages kündigte er seine Heimkehr an. Auf Friedrichshagen bereitete man sich auf ein großes Fest vor, um ihn und seine junge Frau, die man bisher nur von Bildern kannte, zu empfangen. Er kam allein. Er war bereits wieder geschieden.

Und nun blieb er da. Er war Anfang der Dreißig, ein großer, breitschultriger Mann, dunkelhaarig und dunkeläugig wie sein Vater, aber mit einem kühl rechnenden Verstand, Eleonore hatte befürchtet, es würde zu einer harten Konfrontation zwischen Vater und Sohn kommen – sie waren einander zu ähnlich – beide sagten vor allem und zu jeder Zeit: Ich.

Aber es ging erstaunlich gut. Nicht, daß es keine Auseinandersetzungen gegeben hätte, aber sie hielten sich im Rahmen des Erträglichen, denn im Grunde verstanden sich Vater und Sohn sehr gut, sie waren einander nicht nur ähnlich, sondern ebenbürtig, sie respektierten einander.

Der Alte war stolz auf den Sohn, der Junge bewunderte seinen Vater. Und beide liebten sie Friedrichshagen, sie arbeiteten miteinander, nicht gegeneinander. Außerdem liebten beide Eleonore. Olaf betete seine Mutter an, in ihrer Gesellschaft benutzte er seine besten Manieren, und die konnten sich sehen lassen.

Er hatte überhaupt viel Familiensinn, und darum liebte er auch seine Geschwister. Die Familie und Friedrichshagen, das waren die beiden Pole, um die sich sein Leben drehte, nachdem er die unruhigen Jahre hinter sich hatte. Womit nicht gesagt sein soll, daß er ein ruhiges und tugendhaftes Leben führte. Sein Temperament war das gleiche geblieben, nur konnte er jetzt damit umgehen, denn er hatte gelernt, seinen Verstand zu gebrauchen. Natürlich erwartete jeder, daß er bald wieder heiraten würde. Aber zunächst sah es nicht danach aus, eine mißglückte Ehe reichte ihm. Er hatte hier und da Freundinnen, einmal ein länger währendes Verhältnis in Hamburg und führte ein durchaus amüsantes Leben. Im Sommer fand man ihn an den Stränden der Ost- oder Nordsee, im Winter beim Skilaufen im Engadin, er besaß ein Segelboot, erst segelte er am Selenter See, später hatte er zusammen mit seinem Schwager, Carolines Mann, ein größeres Boot, das in Travemünde lag. Er war gelegentlich Gast der Spielbank in Travemünde, und man kannte ihn auch an Hotelbars und in Nachtlokalen. Aber das hielt sich alles im Rahmen, es waren verständliche Vergnügungen eines wohlhabenden Junggesellen, er war weit davon entfernt, ein Playboy zu sein. Die Hauptsache in seinem Leben war Friedrichshagen, war die Arbeit, die es ihm abverlangte.

Talent zum Playboy zeigte eher sein jüngerer Bruder Jost. Jost war von ganz anderer Art, schlank, geschmeidig, sehr gut aussehend, mit dunkelblondem Haar und dunklen Augen, ein Charmeur und geschickter Plauderer, der bei seiner Mutter gelernt hatte, wie man einer schönen Frau den Hof macht. Das ergab sich ganz von selbst, wenn man eine Mutter wie Eleonore besaß, und er wandte es schon in jungen Jahren mit sehr viel Erfolg rundherum bei Frauen und Mädchen an.

Er hatte eine Menge Affären, hütete sich aber sehr geschickt vor einer Bindung und vor der Ehe. Er studierte in Hamburg und bereitete sich darauf vor, in der großväterlichen Firma am Ballindamm zu arbeiten, denn sosehr er Friedrichshagen liebte, zum Landwirt besaß er wenig Eignung. Auch das war eine glückliche Fügung, wie fast alles auf Friedrichshagen, so kam es zwischen den Brüdern nie zu Eifersucht oder Nachfolgekämpfen.

Als Olaf aus Amerika zurückkehrte, hatte Jost seine Studien abgeschlossen, hatte ebenfalls ein Jahr in England verbracht und bei einer befreundeten Firma gearbeitet und begann nun seine Tätigkeit als junger Chef in Hamburg.

Caroline, Olafs bildhübsche, rothaarige Schwester, hatte bereits mit neunzehn Jahren geheiratet, und die Jüngste, Ingrid, die klügste von allen, studierte Biologie.

Alle vier Geschwister vertrugen sich aufs beste, sie standen jederzeit füreinander ein, und kein Außenstehender hätte es wagen dürfen, gegen einen von ihnen etwas zu sagen oder einem etwas anzutun.

In ihrer Art waren die Friedrichshagener eine erstaunliche, bewundernswerte und, besonders für Außenstehende, manchmal etwas unheimliche Familie. Eher eine Sippe, wie manche sagten. Der altmodische Ausdruck traf gut auf sie zu.

Das Verhältnis zwischen Breedenkamp und Friedrichshagen war immer ein gutes gewesen. Kamphoven und Jessen schätzten einander, sie tauschten Erfahrungen aus, besonders über Pferde. Sie Freunde zu nennen, wäre zuviel gesagt. Nicht nur, daß Kamphoven älter war, er war nicht sehr zugänglich, war es nie gewesen; nach dem Unglück mit seinem Sohn gelang es sowieso keinem mehr, sich ihm zu nähern.

Christine kam selten nach Friedrichshagen. Sie mochte auch gar nicht mit diesen Leuten zusammenkommen, die sie fast fürchtete, ihre laute, fröhliche, selbstbewußte und lebensbejahende Art, ihre Selbstsicherheit und manchmal sogar fast rabiate Selbstbehauptung schreckten sie ab.

Anders Winnie. Ihr gefiel der turbulente Betrieb auf Friedrichshagen, und Olaf himmelte sie schon als Zwölfjährige an.

Er gab ihr Reitunterricht, sie lernte viel bei ihm und wich ihm kaum von der Seite. Ihr brach das Herz, als er nach Amerika ging, und erst recht, als sie von seiner Heirat erfuhr. Als er zurückkam, war Winnie neunzehn. Olaf hatte seine Anziehungskraft auf sie nicht verloren, obwohl sie inzwischen einen ausgedehnten Flirt mit Jost absolviert hatte und auch noch einige andere junge Männer kannte.

»Olaf ist eine Wucht«, erklärte sie Christine. »Ich kenne keinen Mann, der so ist wie er. Irgendwie so... weißt du, so...«, ihre Zungenspitze erschien zwischen ihren Lippen, »so aufregend. Irgendwie gefährlich. Aber davon verstehst du ja nichts.« Es klang geringschätzig.

Christine hob spöttisch die Mundwinkel. »Nein, sicher nicht. Ich weiß nicht, was einem an Olaf gefallen kann. Auf mich wirkt er brutal und rücksichtslos.«

»Ach, sieh an? Da hast du ihn auch mal näher angeguckt.«

»Ich konnte gestern nicht anders, du hast ihn ja pausenlos mit herumgeschleppt.«

Das Gespräch fand an einem Montag statt, am Tag zuvor war Turnier in Malente gewesen, bei dem Winnie gegen große Konkurrenz ein S-Springen gewonnen hatte.

Olaf war zwar nicht gestartet, aber er hatte sich den ganzen Tag auf dem Turnierplatz aufgehalten und viel Zeit auf dem Abreiteplatz bei Winnie und ihren Pferden verbracht, denn sie hatte außer Goldblitz noch Josts Pferd geritten.

»Am liebsten würde ich Olaf heiraten«, sagte Winnie. »Was hältst du davon? Er ist ja geschieden, das ginge ganz leicht.«

»Ich denke, du willst Gerhard heiraten.«

»Ach, Gerhard! Du spinnst wohl. Das hab' ich mal als kleines Mädchen gesagt. Gerhard ist doch doof. Olaf ist viel aufregender. Weißt du, was er gesagt hat? Ich bin ein rasantes, kleines Luder, hat er gesagt.«

»Ein bezauberndes Kompliment«, sagte Christine spöttisch.

»Ich sag' ja, davon verstehst du nichts. Du bist und bleibst die geborene alte Jungfer.«

Aber es sah nicht so aus, als ob Olaf sich etwas aus Winnie machte. Es gab so viele Mädchen in seinem Umkreis, die ihn aufregend und gefährlich fanden. Und eine Ehe hatte er gerade hinter sich.

Eine ganz andere Welt war Dorotheenhof gewesen, dessen Wälder und Felder im Nordosten an das Gelände von Breedenkamp grenzten. Jetzt waren Gut und Herrenhaus Dorotheenhof eine tote, verlassene Welt. Und für die Leute von Breedenkamp sowieso nicht mehr existent.

Dorotheenhof war ein alter Herrensitz. In früherer Zeit war es Sommersitz eines Bischofs gewesen, dann an einen Herzog von Holstein veräußert worden und zu Beginn des achtzehnten Jahrhunderts in den Besitz der Barone Boningh von Friis übergegangen. Das Stammhaus der Familie stand in Schleswig, in Angeln, die Boningh von Friis waren dem dänischen Thron eng verbunden gewesen, sie hatten dem dänischen König Beamte und Offiziere, sogar einmal einen Minister geliefert, und erst im vergangenen Jahrhundert, zur Zeit des nationalen Aufbruchs, war eine Hinwendung zu Preußen erfolgt. Ein Sohn dieses Hauses, der reich geheiratet hatte, erwarb 1721 Dorotheenhof, und seitdem war das Gut im Besitz der Familie geblieben. Der Grundbesitz, der zum Gut gehörte, war nicht sehr groß, er hatte mit der Zeit noch abgenommen, denn die Barone hatten immer wieder ein Stück verkauft, sie hatten allesamt keine besonders glückliche Hand in wirtschaftlichen Dingen bewiesen. Zum Landwirt war selten einer geeignet gewesen, die Landwirtschaft wurde von Verwaltern besorgt. Dafür war die Familie sehr vornehm, sehr standesbewußt und konnte auf einen makellosen Stammbaum zurückblicken. Der letzte Baron Boningh von Friis, Waldemar, hatte keine Geschwister. Er war aktiver Offizier, ein schmaler, eleganter Mann, sehr ernst, sehr still, etwas arrogant, was aber nur Maske war, denn er war im Grunde ein empfindsamer Mensch. Bei einem Aufenthalt in Kopenhagen im Jahr 1910 lernte er ein Mädchen kennen, eine junge Dänin aus ebenfalls sehr alter Familie. Aus sehr wohlhabender Familie, wie erwähnt werden muß, was der jungen Dame von vornherein ein gewisses Übergewicht verlieh, denn Baron Waldemar war keine gute Partie, er besaß kein Vermögen, auf Dorotheenhof lasteten Schulden.

Es dauerte zwei Jahre, bis Billa Jyske Jarup ihm ihr Jawort gab, sie war ein stolzes, unnahbares Mädchen, und wenn der junge Baron mehr von Frauen verstanden hätte, so hätte der

Zug von Härte um ihren Mund, die Kälte in ihren Augen ihn warnen müssen. Aber seine Erfahrungen mit Frauen waren gering. Zudem war seine Mutter gestorben, als er noch ein Kind war, er war ohne Geschwister aufgewachsen. Es hatte überhaupt in seinem Leben wenig Liebe gegeben.

Die Hochzeit fand 1912 in Kopenhagen statt, Baronin Billa begleitete ihren Mann nach Berlin, genauer nach Potsdam, wo sein Regiment stand. Dort gefiel es ihr nicht sonderlich, auch auf Dorotheenhof wurde sie nicht heimisch. Sie war alles in allem nicht sehr anpassungsfähig, nicht bereit, wirklich mit ihrem Mann zu leben.

1913 wurde ein Sohn geboren. Er kam in Dänemark zur Welt, denn die Baronin hielt sich immer noch mit Vorliebe in Kopenhagen oder im Landhaus der Familie, nördlich von Kopenhagen an der Ostseeküste gelegen, auf. Sie hatte es sorgfältig geplant, daß ihr Kind in ihrer Heimat zur Welt kommen sollte.

Zwar kam sie dann mit dem Kind nach Berlin, aber sie verließ Berlin, Deutschland und ihren Mann sofort, als der Krieg ausbrach. Mit dem Krieg der Deutschen wollte sie nichts zu tun haben. Zwar blieb Dänemark neutral, aber das Verhältnis zum Deutschen Reich war nicht das beste, 1864 war noch nicht vergessen, der Seekrieg, später die englische Blockade, behinderten Dänemarks Wirtschaft und Handel erheblich. Der Baron war während des ganzen Krieges im Einsatz, er brachte es zum Oberst, er wurde zweimal verwundet, einmal davon schwer. Als er einen längeren Genesungsurlaub auf Dorotheenhof verbrachte, besuchte ihn Billa mit dem Kind zwar, aber sie waren einander so fremd geworden, daß man kaum mehr von einer Ehe sprechen konnte.

Der Baron war noch stiller geworden, noch ernster, er war ein unglücklicher Mesnch. Die einzige Befriedigung fand er in seinem Beruf, er war ein fähiger, umsichtiger Offizier, kein Draufgänger, aber verantwortungsbewußt, von seinen Untergebenen geschätzt, weil er immer gerecht und aufrichtig war. Freunde unter seinen Offizierskameraden hate er hingegen kaum.

Nachdem das Deutsche Reich den Krieg verloren hatte, verlor Baron Waldemar auch den Beruf, das einzige, was bisher seinem Leben Sinn gegeben hatte. Seine Laufbahn war zu Ende. Er zog sich nach Dorotheenhof zurück.

Erstaunlicherweise kam es nach dem Krieg noch einmal zu einer Annäherung zwischen dem Ehepaar. Billa hatte in Kopenhagen Ärger mit ihrem Vater und ihrem Bruder gehabt und besann sich darauf, daß sie schließlich auch einen Mann besaß. Für einige Zeit lebten sie also wieder zusammen auf Dorotheenhof. Als Ergebnis wurde ihnen 1921 eine Tochter geboren, sie nannten sie Frederike.

Frederike verbrachte ihre erste Kindheit in Dorotheenhof, später war sie meist in Kopenhagen. Sie war ein sehr zartes Kind, scheu, leicht zu ängstigen. Ihren Vater liebte sie mehr als ihre Mutter, vor der sie sich immer ein wenig fürchtete. Billa war streng mit dem Kind, sie liebte es nicht besonders. Wärme und Herzlichkeit hatten ihr immer schon gefehlt.

Ein Zusammenleben zwischen Frederikes Eltern ließ sich wie erwartet auf die Dauer nicht fortführen, es blieb, wie es von Anfang war, eine kühle Ehe, die eigentlich gar keine Ehe war. Zwei Fremde, die nie zusammengefunden hatten, zogen es vor, sich aus dem Weg zu gehen.

Billa lebte meist in Kopenhagen und hatte ihre Kinder bei sich. Dabei wäre Frederike viel lieber in Dorotheenhof geblieben, dort gab es viele Tiere, dort war es still und friedlich, und ihren Vater hatte sie sehr gern.

Mit fünfzehn Jahren schon kam sie in ein Pensionat in der Schweiz. Auch dort war sie nicht glücklich, sie lernte alles, was eine junge Dame ihrer Herkunft lernen mußte, aber sie blieb dabei das scheue, ängstliche Kind, ein Kind, das ohne Liebe und ohne Zärtlichkeit aufgewachsen war.

Als sie siebzehn war und den Sommer bei ihrem Vater auf Dorotheenhof verbrachte, war plötzlich einer da, der sie liebhaben wollte. Einer, der sie mit zärtlicher Bewunderung ansah, der ihr sagte, daß sie schön sei, daß er sie anbete, einer, der sie zu sich aufs Pferd hob und langsam, den Arm behutsam um sie gelegt, mit ihr durch den Wald ritt. So etwas paßte in ihre Traumwelt. So mußte Liebe sein, zärtlich und sanft, Anbetung für ihre Schönheit, Schutz für ihre Schwäche und Angst.

Zwar kannte sie Magnus Kamphoven seit ihrer Kindheit,

man war hier und da zusammengekommen, aber nun war alles anders geworden, auf einmal war er für sie ein Mensch, zu dem sie flüchten konnte, bei dem sie Liebe und Wärme fand. Bisher hatte sie davon nur in Romanen gelesen, nun erlebte sie selbst einen Roman.

Als er sie bat, seine Frau zu werden, war sie glücklich. Sie wollte gern seine Frau sein, immer von ihm behütet, beschützt und geliebt werden, endlich wissen, wohin sie gehörte. Zunächst mußte sie jedoch ins Pensionat zurück, und Magnus hatte allein die Aufgabe, dem Baron und später der Baronin die Zustimmung zu ihrer Heirat abzuringen.

Baron Boningh von Friis machte es Magnus nicht schwer. Er mochte den jungen Mann, er kannte die Familie Kamphoven gut genug, sie war nicht von Adel, aber was spielte das in dieser Zeit, man schrieb das Jahr 1938, noch für eine Rolle. Billas Einwilligung zu bekommen, war schwieriger. Sie wollte, daß ihre Tochter einen Dänen heiratete, sie wollte endlich die Verbindung zu Deutschland und zu ihrer mißglückten Ehe ganz abbrechen. Ihr Sohn lebte ständig bei ihr, er war ein entschiedener Gegner der Nationalsozialisten, später, während des Krieges, ging er in letzter Minute, ehe die Deutschen Dänemark besetzten, nach Schweden.

Im Sommer 1939 heiratete Magnus Kamphoven Frederike, sie war achtzehn, war eine wunderschöne Braut, rührend anzuschauen mit ihren großen träumenden Kinderaugen. Vielleicht wäre sie eine glückliche Frau geworden, wenn sie in der Geborgenheit hätte leben können, die Magnus für sie bedeutete. Aber schon sechs Wochen nach der Hochzeit begann der Krieg. Frederike war wieder allein. Zwar lebte sie in Breedenkamp unter Menschen, die alle lieb und freundlich zu ihr waren, aber sie blieb doch eine Fremde – es war ihre Schuld. Sie selbst verhinderte es, daß sie in die Familie hineinwuchs, sie ging ihre eigenen Wege, sie las, spielte Klavier, träumte, sie interessierte sich weder für die Arbeit auf dem Gut noch für die Sorgen, die die Zeit mit sich brachte. Sie hatte ständig Angst um Magnus, sie bangte um sein Leben. Wenn sie ihn verlor, würde sie wieder ganz allein sein.

Sie war selig, als sie ein Kind bekam. Sie liebte ihre kleine Tochter geradezu überschwenglich, alle Zärtlichkeit, die in ihr war, alle Liebesfähigkeit galten dem Kind. Sie ließ es kaum aus den Händen und nicht aus den Augen. Wo sie ging und stand, hatte sie das Kind bei sich, schon als es noch ganz klein war und erst recht, als es dann laufen konnte. Vielleicht wäre alles gutgegangen, vielleicht hätte Frederike eine glückliche und lebendige Frau werden können in der Ehe mit Magnus, sie war ja jung genug, um das wirkliche Leben auch nach dem Krieg noch beginnen zu können. Denn Magnus blieb am Leben und kehrte heil aus dem Krieg zurück. Aber da war es zu spät. Da kannte sie den anderen schon. Da hatte sie die Traumwelt verlassen und war eine Frau geworden.

Im Frühjahr 1948 verließ sie Breedenkamp, heimlich, bei Nacht und Nebel, denn sie scheute jede Auseinandersetzung, sogar einer vernünftigen Aussprache wich sie aus. Ihre Tochter Christine nahm sie mit. Sie tat damit unrecht. Der Familie Kamphoven, die ihr eine Heimat geboten hatte, Magnus, der sie liebte. Immer noch liebte, auch wenn sie ihn unglücklich gemacht hatte.

Baron Boningh von Friis starb Ende 1949, im gleichen Jahr wie seine Tochter. Er starb allein, er war ein einsamer, verbitterter Mann geworden. Seine Frau, seinen Sohn hatte er seit vielen Jahren, seit Frederikes Hochzeit, nicht mehr gesehen. Sie kamen auch jetzt nicht. Sie ließen Dorotheenhof durch einen Grundstücksmakler verkaufen.

Erst 1952 fand sich ein Käufer, der es jedoch weiter verwahrlosen ließ, denn schon der Baron hatte sich kaum noch um die Wirtschaft gekümmert. Erst Ende der fünfziger Jahre fand Dorotheenhof wieder einen Besitzer, der dem Gut Interesse entgegenbrachte. Er ließ das Haus umbauen, verpachtete einen großen Teil der Wiesen und Felder, und Anfang der sechziger Jahre erfuhr man, daß aus Dorotheenhof ein Hotel werden sollte. Aber das klappte auch nicht ganz. Dorotheenhof wurde wieder verkauft und schließlich ein Sanatorium.

Übrigens hatte Baronin Billa seinerzeit, als Dorotheenhof zum Verkauf stand, Jon Kamphoven angeboten, das Gut zu erwerben. Jon hatte abgelehnt. Keiner von Breedenkamp hatte je wieder den Fuß auf das Gelände von Dorotheenhof gesetzt, Außer Christine, später, als sie größer war. Sie tat es heimlich, sie sprach nie darüber.

Manchmal ritt sie mit Cornet vorsichtig und langsam durch den Wald, der zum Dorotheenhof gehörte, manchmal ging sie allein über dieses fremde unbekannte Land, das zu einer fernen unbekannten Vergangenheit gehörte, von der keiner sprach und von der sie selbst kaum etwas wußte.

Hier war ihre Mutter aufgewachsen, ihre Mutter, die nur noch ein vages Bild für sie war, auch wenn sie sich immer bemühte, sich an sie zu erinnern. Wie sie ausgesehen hatte. Was sie gesagt hatte und was sie tat. Von dem Verkaufserlös von Dorotheenhof, der weit unter dem wirklichen Wert des Gutes lag – aber wer kaufte 1952 schon ein Gut –, hatte Christine einen Anteil erhalten, als Erbe ihrer Mutter. Jon hatte sich nicht darum gekümmert. Wenn es nach ihm gegangen wäre, hätte er das Erbe abgelehnt als Vormund Christines.

Sein Freund, Dr. Bruhns, hinderte ihn daran. Er hatte alle Formalitäten geregelt und das Geld für Christine angelegt. Von der dänischen Familie hörte man nie etwas. Baronin Billa hatte kein Interesse an ihrer Enkeltochter, genauso wenig wie ihr Sohn Henrik nach seiner Nichte fragte.

Die Gefangenen

Am 30. April des Jahres 1945 nahm sich Hitler in Berlin das Leben. In seinem Testament hatte er den Großadmiral Dönitz zu seinem Nachfolger bestimmt. Hitler mußte sich wohl gedacht haben, daß die Haltung der Sieger gegenüber einem verdienten Offizier eine andere sein würde als einem Parteimann gegenüber. So gesehen also, versuchte Hitler offenbar, dem geschlagenen deutschen Volk in letzter Stunde noch etwas Gutes anzutun. Weniger dem Großadmiral, er belastete ihn mit einer ebenso unlösbaren wie bitteren Aufgabe, verknüpfte seinen Namen vor der Geschichte mit dem schrecklichen Ende des Krieges.

Dönitz war zuvor schon Oberbefehlshaber im Raum Deutschland-Nord geworden und hatte sein Hauptquartier in Bernau – nördlich von Berlin – gehabt. Am 22. April, als Berlin kurz vor der Einschließung durch die Russen stand, wurde das Hauptquartier des Großadmirals nach Plön verlegt. Hier erreichte ihn die Nachricht von Hitlers Ende, und hier trat er das undankbare Amt eines deutschen Reichspräsidenten an. Als die Engländer über die Elbe vordrangen, wich das Hauptquartier weiter nach Norden zurück, es befand sich nun in der Nähe von Flensburg.

So war also in den letzten Tagen des Krieges Schleswig-Holstein zum Mittelpunkt und Regierungssitz des verlorenen Reiches geworden. Dönitz begann die Verhandlungen mit den Alliierten, aber es gab nichts zu verhandeln. Die Alliierten, vor allem die Vereinigten Staaten und die Sowjetunion, bestanden auf der bedingungslosen Kapitulation, die Deutschland der Willkür der Sieger auslieferte.

Die deutsche Wehrmacht kapitulierte am 9. Mai 1945. Der Versuch, den Dönitz danach unternahm, eine Regierung zu bilden, fand nicht die Unterstützung der Sieger. Am 23. Mai wurde Dönitz, zusammen mit den Männern, die um ihn waren, verhaftet.

Die Städte Schleswig-Holsteins hatten den Luftkrieg bis zur letzten Minute mit aller Härte zu spüren bekommen, Lübeck und Kiel waren schwer zerstört worden! Auf dem flachen Land hingegen gab es wenig Schäden, abgesehen davon, daß sich auch hier, wie überall in Deutschland, zuletzt kaum ein Mensch auf die Straßen, auf die Wiesen und Felder gewagt hatte, da von den Flugzeugen aus Jagd auf einzelne Menschen gemacht worden war.

Zu jener Zeit protestierte noch keine empörte Weltöffentlichkeit gegen Mord, die Praktiken, den schon gewonnenen Krieg möglichst bis zur letzten Minute so blutig wie möglich zu gestalten, fand man damals ganz in Ordnung.

Schleswig-Holstein war zuvor schon von Evakuierten und Flüchtlingen überschwemmt, doch jetzt traf ein neuer Strom gehetzter, heimatloser Menschen ein, teils auf dem Landweg, teils auf dem Seeweg. Sie kamen aus dem Osten und kannten nur ein Ziel: der brutalen Grausamkeit der russischen Sieger zu entkommen. Bis zur letzten Minute ließ Dönitz alle Schiffe einsetzen, um soviel Menschen wie möglich über die Ostsee zu retten. Auch diese Schiffe wurden angegriffen. Einige gingen unter mit ihrer verzweifelten Fracht, aber Millionen von Menschen retteten ihr Leben, retteten sich in die Freiheit.

Auch mit dieser Rettungsaktion wird der Name des Großadmirals Dönitz in der Historie verbunden bleiben. Aber nicht nur Zivilisten, auch Soldaten waren mit letzter Kraft gelaufen, so schnell und so weit sie konnten, um russischer Gefangenschaft zu entgehen. Lieber tot, als in die Hände der Russen zu fallen, dieser Gedanke beherrschte jeden. So kam es, daß Schleswig-Holstein am Ende des Krieges nicht nur überfüllt war mit Flüchtlingen, sondern auch mit Soldaten. Die es geschafft hatten zu entkommen, waren hier gelandet, hier endete die Flucht. Die Briten, als sie das besiegte Land schließlich besetzt hatten, sahen sich der im Moment unlösbaren Aufgabe gegenüber, dieses Heer erschöpfter, besiegter Soldaten als Kriegsgefangene zu übernehmen.

Apathisch, hungrig, zu Tode erschöpft, aber auch zu Tode unglücklich, elend und krank, da waren sie nun, diese tapferen Soldaten, die so sinnlos ihr Leben, ihre Gesundheit, ihre Jugend geopfert hatten.

Da es den Engländern nicht möglich war, das geschlagene Riesenheer von heute auf morgen ordnungsgemäß in Kriegsgefangenenlager abzutransportieren, da Kriegsgefangenenlager für so viele Soldaten gar nicht vorhanden waren, erklärten sie einfach Teile des Landes Schleswig-Holstein zum Kriegsgefangenenlager, riegelten diese Teile ab von der Umwelt, und alles, was sich darin befand, war gefangen.

Die Gefangenen waren weitgehend ihrem Schicksal überlassen, sie hatten nichts zu essen, kein Dach über dem Kopf, keine Lagerstatt, keine Decken, keinerlei Versorgung. Und was sich von der einheimischen Bevölkerung innerhalb dieser Sperrzonen befand, in Dörfern, Häusern, Höfen, war mitgefangen. Bis in den Herbst hinein dauerte das Elend der Gefangenen, viele kamen um, verhungerten, starben an Krankheiten und Entkräftung. Sie gruben alles, was eßbar sein konnte, aus dem Boden, sie schälten die Rinden von Bäumen, sie lebten wie Wesen einer fernen Urzeit, schlimmer noch, denn sie waren Gefangene. Es war unwichtig, wie sie lebten – sie waren die Besiegten.

Das Schicksal wollte es, daß sich Breedenkamp inmitten eines solchen riesigen Gefangenenlagers befand, die Breedenkamper waren ebenfalls Gefangene auf dem Gut, nur daß sie ein Haus besaßen, ein Dach über dem Kopf hatten, sich kleiden konnten und nicht hungern mußten.

Breedenkamp war zu dieser Zeit mit Flüchtlingen überbelegt; Haus, Stallungen und Wirtschaftsgebäude dienten den Flüchtlingen als Unterkunft.

Die Kriegswirtschaft hatte schon lange für strenge Arbeitsbedingungen gesorgt, das Ablieferungssoll war hoch gewesen, aber Jon war mit diesen Problemen fertig geworden. Die Vorratskammern waren dennoch gut gefüllt, dafür hatten Luise Charlotte, Jons Frau, und Telse gesorgt. Aber nun änderte sich das rasch. Es waren zu viele, die Hunger hatten. Auch wenn es möglich gewesen wäre, bei kluger Einteilung die Flüchtlinge einigermaßen mitzuversorgen, es reichte auf keinen Fall, um das Lager des Elends rundherum vor dem Hungertod zu bewahren.

Viele Soldaten kamen aus den Wäldern, in die sie sich verkrochen hatten, sie kamen und bettelten, abgerissene, hohlwangige Gestalten, manche waren zu schwach, um sich fortzubewegen, sie lagen einfach irgendwo unter einem Baum und warteten auf den Tod. Viele aber wollten leben, jetzt, da der Krieg endlich zu Ende war, sie wollten leben, wenn sie nun schon bis zu diesem Tag überlebt hatten.

Auf Breedenkamp tat man das Menschenmögliche. Jon ließ mehrmals ein Schwein schlachten, obwohl das immer noch streng verboten war, denn die Engländer hatten klugerweise das Versorgungssystem übernommen.

Das Vieh mußte man sorgfältig bewachen, man konnte es nicht auf die Weide treiben, es wäre gestohlen und geschlachtet worden. Auf den Feldern konnte nichts wachsen, die hungrigen Männer gruben alles aus, was eßbar sein könnte, reif oder nicht reif. Es war eine verzweifelte Situation, eine Zeit des tiefsten Elends, eine Zeit des unübersichtlichen Chaos. Luise Charlotte, bereits krank, litt unbeschreiblich unter dem, was sie mitansehen mußte. Dazu kam die Trauer um den Tod ihres Sohnes Henning, kam die Angst um Magnus, von dem man seit Monaten nichts gehört hatte. War er zuletzt noch gefallen, oder, was noch schlimmer war, in russische Gefangenschaft geraten?

Dennoch war es Frühling, wurde es Sommer, ein nasser regenreicher Sommer, der das ungeschützte Leben in den Wäldern für die Gefangenen nicht leichter machte.

Und trotzdem gingen in der ganzen ausweglosen Situation Menschlichkeit und Anstand nicht ganz verloren, bildete sich so etwas wie eine Ordnung, ließen sich auch in diesem letzten menschlichen Ausgeliefertsein Würde und Anstand bewahren, nicht in allen Fällen, aber doch in den meisten, es konnte sogar so etwas wie Freude existieren, nackte Lebensfreude allein darum, weil der Krieg zu Ende war. Der Wille zum Leben erwachte und damit die Kraft zu leben. Nicht für alle. Aber für manche.

Und schließlich konnte sogar Liebe entstehen. Die Menschen, zurückgeworfen in einen Urzustand der Existenz, reagierten anders, jäh, heftig, und Hoffnung war es, die sie hier wie überall am Leben erhielt.

In allem Chaos bildete Breedenkamp eine fast heile Welt, ein Mittelpunkt, auf den sich die Hoffnung richten konnte, der eine gewisse Ordnung bewahren konnte. Auch wenn Telse immer wieder über die ›heillose Unordnung‹, wie sie es nannte, schimpfte. Aber gerade sie war es, neben Jon, der es gelang, dem Leben auf Breedenkamp einen Rest von Ruhe und Sicherheit zu bewahren, und diesen Zustand verteidigte sie erbittert gegen plündernde Soldaten wie gegen zudringliche Flüchtlinge. Und es war eine Gruppe von Soldaten, meist ältere Männer, die sich mit einer gewissen Gelassenheit in ihr Schicksal fanden und die ihr halfen. Sie verhinderten Plünderungen und sorgten für einen Rest von Disziplin bei den verwahrlosten Männern.

»Wenn ihr die Saatkartoffeln klaut«, so Telse, »gibt es im nächsten Jahr überhaupt nichts zu fressen. Begreift ihr das denn nicht?«

Manche begriffen es. Und so bildete sich mit der Zeit eine Art Schutztruppe um Breedenkamp, die es verhinderte, daß alles im Chaos unterging.

Telse hatte einen besonderen Freund, einen Unteroffizier mit Namen Willy, Berliner mit klarem Kopf und kräftiger Statur. Er war wirklich noch kräftig, offenbar besaß er eine besonders gesunde Konstitution. Er war gutmütig, konnte aber sehr energisch durchgreifen, wenn es nötig war. Ihm und den Männern, die um ihn waren, hatte man es zu verdanken, daß auf Breedenkamp keine bösen Übergriffe vorkamen und daß die Arbeit auf dem Gut und später bei der Ernte einigermaßen reibungslos vonstatten ging.

Willy sorgte auch für die Soldaten, soweit es ihm möglich war, er war ein ruhender Pol in der Auflösung, viele erkannten an seinem Beispiel, daß es auf seine Art leichter war, durchzukommen und die schlimme Zeit zu überstehen.

Willy saß oft bei Telse in der Küche oder im Hof vor der Küche, wo meist mehrere Frauen beschäftigt waren, Flüchtlingsfrauen, die froh waren, wenn Telse Arbeit für sie hatte. Willy war sehr kinderlieb, also hatte er meist ein Kind auf den Knien, er nuckelte an seiner kalten Pfeife und erzählte von seinen Kriegsabenteuern.

Sein besonderer Liebling war Christine, damals fünf Jahre alt, noch ein unbeschwertes, zutrauliches Kind und von Willy sehr angetan. Die Frauen kochten aus den unmöglichsten Bestandteilen Suppen für die Soldaten, sie wuschen die verdreckte Wäsche, besserten zerrissene Uniformen aus.

Gekocht und gebacken wurde auf dem alten, an sich längst außer Betrieb gesetzten Herd, den man mit Holz heizen mußte. Frederike hatte es nicht gern, wenn Christine bei all den fremden Leuten in der Küche war. Sie konnten krank sein, konnten Ungeziefer haben – das Kind hatte dort nichts verloren. Sie selbst zog sich weitgehend von allem zurück, lebte weiter in ihrem Glashaus und scheute jede Begegnung.

Aber manchmal kam sie in die Küche, dann blieb sie an der Tür stehen und sagte: »Komm, Christine!«

»Och«, machte Christine und schmiegte sich behaglich an die breite Brust von Willy. »Ich will lieber hierbleiben.«

Dann lachte Willy und legte beide Arme um das Kind.

Frederike zog die Brauen hoch. Manchmal gab sie auf und ging. »Det is 'ne janz Feine, deine Mutti, nich, Stinchen?« meinte Willy.

Christine nickte ernsthaft. »Mutti ist fein.«

Durch Willy kam Michael ins Haus.

»Ham Se nich 'n bißcken wat zu essen für den verhungerten Ostmärker, Fräulein Telse?« fragte Willy. »Der kippt mir gleich aus 'n Latschen. Is ja nischt dran an dem Burschen.« Der Ostmärker, wie Willy ihn nannte, sah mehr tot als lebendig aus, die Uniform schlotterte um seinen mageren Körper, sie war schmutzig, naß und zerrissen, sein Hals war dünn, seine Wangen hatten tiefe Löcher, seine dunklen Augen glühten wie im Fieber. Aber er war immer noch ein schöner Mensch, selbst Telse erkannte das. Was der für Augen hatte, dachte sie. Groß, fast schwarz, von langen, gebogenen Mädchenwimpern eingerahmt. Dann machte er auch noch eine Verbeugung vor Telse und sagte: »Entschuldigen Sie bitte, daß ich so einfach hier eindringe.«

Telse betrachtete ihn verblüfft, und Willy lachte.

»Na, wat sagen Se nu? Is der nich Klasse? Wie uff 'n Tanzstundenball. Brich dir bloß keen Zacken ab, Kleener. Und nu setz dir. Nee, dorthin. Det is mein Platz hier.«

Der mit den dunklen Augen verbeugte sich noch einmal vor Telse, er setzte sich, sein Haar, auch dunkel und inzwischen lang geworden, fiel ihm in die Stirn.

»Wat se eigentlich mit dir beim Barras anjefangen ham, möcht' ick ooch mal wissen«, meinte Willy. »Mit so 'nem Nachtwächter wie dich kann man ja keen Krieg gewinnen.«

»Es war auch nicht meine Absicht, in den Krieg zu ziehen.«

»Ebent. Meine ooch nich. Se ham mir bloß nich jefragt. Wissen Se, wat der ist, Fräulein Telse? Det is 'n Künstler.«

»So«, meinte Telse, nicht sonderlich beeindruckt.

»Zur Zeit mehr 'n Hungerkünstler. Glauben Se, Se könn' dem bißcken wat mang die Zähne schieben?«

Es war Nachmittag, ein Tag Ende Juni, es hatte den ganzen Tag geregnet, aber jetzt kam die Sonne heraus. Draußen tropfte es von den Bäumen, es roch nach Laub und Gras. Telse war allein in der Küche, sie hatte zuvor alle hinausgescheucht, manchmal ging ihr das Weibervolk auf die Nerven. Sie nahm ihren Schlüsselbund und schloß die Kammer auf, wo sie ihre letzten Vorräte bewahrte, und nahm ein Stück Speck heraus.

»Nee«, meinte Willy, »det is nischt für den. Det kotzt der wieder aus, der hat 'n empfindlichen Magen. Ick sag' Ihnen doch, det der wat Besseres is. So 'n bißcken vapimpelt. Könn' wa dem nich 'n Rührei machen?«

»Ein Rührei?« fragte Telse empört. »Ich glaube, Sie sind nicht ganz dicht. Wo soll ich denn ein Rührei hernehmen?«

Willy grinste. Er wußte Bescheid. »Na, zum Beispiel da hinten aus der Geheimschatulle. Bißcken wat legen die Hühner doch noch.«

Viele Hühner gab es nicht mehr, sie waren mit der Zeit alle geschnappt und aufgegessen worden. Die letzten hatte man eingesperrt und bewachte sie sorglich, das war vor allem Annemaries Aufgabe.

Telse warf einen mißrauischen Blick auf diesen dunkelhaarigen Menschen mit den glühenden Augen. »Den hab' ich überhaupt noch nich gesehn.«

»Nee, der is zu doof, um sich was zu organisieren. Der liegt d'n ganzen Tag unter 'nem Busch und döst. Der kümmert sich nich mal drum, det er wat zwischen die Zähne kriegt. Um den muß sich immer eener kümmern, sonst wacht er eines Tages uff und is tot.«

Telse sah den blassen, jungen Menschen wieder an. Komisch war der schon. Irgendwie anders, das stimmte. So etwas wie mütterliche Gefühle regten sich in Telse.

»Wissen Se, wie ick den uffjegabelt hab'? Nämlich, wie ick mit meinen Männern über die Elbe bin, grade so im letzten Momang, nach der Kapitulation schon, denn wir wollten uns ja nich vom Iwan erwischen lassen, also da ... nee, wissen Se, uff Sibirien bin ick ja nu jar nich scharf. Aber sowat von jar nich gibt's jar nich. Mir langt det hier schon. Also wat soll ick Ihnen sagen, find ick doch die trübe Tasse hier malerisch am Ufer hinjestreckt, mitten im Matsch, blaß und still und wie tot. Natürlich denk ich, der is tot, stoß'n mal so'n bißcken an mit'm Fuß, macht doch der Knallkopp die Oogen uff und sagt: ›Bitte?‹ Ehrlich wahr, so wahr ick hier sitze, der liegt am Ufer, pennt, und wie er 'n Unteroffizier von der deutschen Wehrmacht sieht, sagt der ›Bitte?‹ Ham Se so wat schon mal jehört?«

Telse schüttelte stumm den Kopf und fingerte vorsichtig zwei Eier aus der hintersten Ecke.

Jetzt lächelte der blasse Mensch auf einmal. Das Lächeln machte sein mageres Gesicht weich, fast knabenhaft.

»Ich dachte doch, der Krieg ist aus«, sagte er.

Er hatte einen fremden Tonfall in der Stimme, er mußte von ganz woanders herkommen.

»So aus kann der Krieg gar nich sein, det man zu 'nem Unteroffizier von der deutschen Wehrmacht bitte sagt, du Nachtwächter. Und vor allen Dingen legt man sich nich uff die falsche Seite von die Elbe und wartet, bis der Iwan kommt und einen einsammelt. Da muß man schon so bekloppt sein wie du, wenn man sowat macht.«

»Ich konnte nicht mehr weiter.«

»Ja, stelln Se sich vor, Fräulein Telse, det hat der mir ooch erklärt, nachdem ick ihn glücklich uffjescheucht hatte. Na, dem hab' ick vielleicht Beene jemacht. Und denn ham wir'n auf unser Floß jeklemmt, wir hatten uns nämlich 'n Floß jebastelt, ick un meine Männer...«

»Ja, das haben Sie mir schon erzählt«, unterbrach ihn Telse. Denn die Konstruktion des Floßes und die geglückte Flucht über die Elbe waren Willys größter Stolz, sein letztes und gelungenstes Kriegsabenteuer. Er war weit herumgekommen, war auf fast allen Kriegsschauplätzen gewesen, hatte aber bis auf einige kleine Blessuren alles gut überstanden.

»Un dazu«, so bemerkte er immer wieder, »braucht 'n Mensch nicht nur Glück, sondern ooch 'n Köppchen. So 'n Köppchen wie meins.«

»Na ja«, beendete Willy seine Erzählung, »un denn hab' ick'n bis hierher mitjeschleift. Is zwar nich grade das Paradies, aber besser als Sibirien is et allemal. Bloß hab' ick Angst, det der eines Tages verhungert am Waldrand liegt. Der is zu dämlich, sich wat zu essen zu besorjen. Drum hab' ick 'n heute mal mitjebracht. Vastehn Se?«

Telse verstand. Sie rührte bereits zwei Eier in die Pfanne und hatte sogar ein Flöckchen Butter genommen.

»Er heest Michael«, fügte Willy noch hinzu.

Der Dunkle stand auf und machte wieder eine Verbeugung in Telses Richtung. »Michael Bruck.«

Willy betrachtete seinen Schützling nicht ohne Stolz. »Na, wat hab' ick jesagt? Wie in 'ner Tanzstunde. Det is'n feiner Pinkel. Er hat sogar Verwandtschaft in Amerika, hat er mir erzählt, Wenn't wahr is...«

Michael blickte nur kurz und vorwurfsvoll aus seinen dunklen Augen.

»Is ja gut, ick gloob et dir ja. Du bist ooch zum Schwindeln zu doof.«

»Meine Mutter ist Amerikanerin«, sagte Michael. Und dann sagte er nichts mehr, sondern aß das Rührei, das Telse vor ihn hinstellte. Er aß es langsam und sehr manierlich, mit dem Brot tunkte er noch den letzten Rest vom Teller auf. Willy kaute an seiner leeren Pfeife herum und betrachtete den essenden Michael mit Wohlwollen.

»Na siehste, Kleener, bis morgen ham wa dir jerettet.«

So war Telse auf Breedenkamp die erste gewesen, die Michael Bruck zu sehen bekam. Das mit dem Rührei verzieh sie sich nie. Später dachte sie: Wäre er doch verhungert? Wäre er doch in der Elbe ersoffen? Hätten ihn doch die Russen mit nach Sibirien genommen!

Christine war die nächste, die Michaels Bekanntschaft machte. Denn Willy brachte ihn jetzt manchmal mit, wenn er Telse besuchte. Manchmal, nicht immer. Denn Willy besaß Taktgefühl. Er kam auch selbst nicht zu oft, blieb nicht zu lange, fiel keinem lästig.

Für Michael empfand Telse mit der Zeit so etwas wie Zuneigung. Es ging ein eigenartiger Zauber von dem jungen Mann aus, obwohl er wenig sprach, nie um etwas bat. Er war bescheiden, zurückhaltend, aber wenn seine dunklen Augen dankbar aufleuchteten, wenn er lächelte, wurde es Telse ganz warm ums Herz.

Wenn er sprach, sagte er eigenartige Dinge. Etwa: »Ein Mensch muß auch schwere Dinge erleben, damit er erkennt, wie schön das Leben ist. Glück ist keine Selbstverständlichkeit. Und nur der Mensch, der unter Tränen lächeln kann, weiß, was Glück ist. Es ist wie Musik von Mozart.«

Oder: »Der Krieg kann die wirklich schönen Dinge nicht zerstören. Solange es Musik gibt, und Musik wird es immer geben, so lange werden Menschen glücklich sein können.« Er sagte das mit seiner melodischen, fremdartig klingenden Stimme und hatte dieses unschuldige Knabengesicht dabei. Er sagte auch: »Sobald wir von hier wegkommen, werde ich weiterstudieren.«

Darauf Willy: »Studieren! Is der nich jut, wa? Der studiert. Möchte wissen, wo. Der is jut, wa? Der setzt sich mittenmang die Trümmer und studiert. Det muß der Mensch doch erlebt ham. Sowat jibt et.«

»Was studieren Sie denn?« fragte Telse.

»Musik. Ich werde Sänger.«

»Der singt. Wat sagen Se dazu, Fräulein Telse? Der singt. Als ob nischt jewesen wär. Am Ende singste in de Oper, wa?«

»Ja. In der Oper.«

»Na, wat sagen Se nu. In die Oper singt der. Ick will dir mal wat sajen, du Heini, et jibt gar keene Oper mehr. Bei uns in Berlin war die Staatsoper ziemlich bald im Eimer. Denn ham se se wieder uffjebaut, det wollte der Göring partout so ham. Und denn war se wieder in Arsch. Nischt wie Trümmer. Aber unser Kleener hier – der singt.«

Auch Christine war fasziniert von dem jungen Mann mit der weichen Stimme und den dunklen Augen. Einmal sang er den Kindern mit leiser Stimme das Wiegenlied von Brahms vor. »Guten Abend, gut' Nacht, mit Röslein bedacht...«

Es war ganz still in der Küche. Die Frauen, die Kinder, Telse, Willy, alle lauschten.

Telse schniefte, als das Lied zu Ende war. Willy versuchte zu grinsen, doch seine Augen waren feucht. In Berlin hatte er eine Frau und zwei Kinder. Er wußte nicht, was aus ihnen geworden war. Ob sie den Tod Berlins überlebt hatten. Ob man sie rechtzeitig evakuiert hatte. Oder ob sie unter den Trümmern lagen.

Schließlich kam es zur ersten Begegnung zwischen Frederike und Michael. Sie kam in die Küche, um Christine zu holen. Blieb an der Tür stehen, wie immer, sah keinen an und sagte leise: »Komm, Christine.«

Christine saß auf Willys Schoß, Michael hielt ihre Hand und erzählte ihr gerade die Geschichte von dem kleinen Wolfgang Amadeus Mozart, wie der als kleiner Junge schon in der Welt herumreiste und Konzerte gab, bei Kaisern und Königen.

Und dann stand Frederike an der Tür. »Komm, Christine.« Michael stand auf und machte seine Verbeugung.

»Das ist meine Mami«, sagte Christine.

Frederike lächelte abwesend. »Komm jetzt, Christine.«

»Aber ich möchte gern...«

»Komm, du mußt schlafen gehen.«

Als Frederike und Christine gegangen waren, stand Michael noch immer da.

»Nu setz dir man wieder hin, du ulkiger Mozart«, sagte Willy. »Ick hab' so det Jefühl, Fräulein Telse hat uns noch wat zu sagen.«

Telse hatte. Ein Glas eingemachte Erdbeeren, genauer gesagt, den Rest davon und ein Schüsselchen Griesbrei.

»Na, allet wat recht is«, meinte Willy enttäuscht.

»Aber für den Sänger hier is det gerade richtig.«

»Das ist Christines Mama?« fragte Michael.

»Ganz flotte Puppe, nich?«

»Sie ist wunderschön«, sagte Michael andächtig.

Der Krieg war nun schon zweieinhalb Monate vorbei, aber man lebte hier wie auf einem anderen Stern, man wußte wenig, was in der Welt vor sich ging. Breedenkamp war von der Welt abgeschlossen, immer noch war das ganze Gebiet ein einziges großes Gefangenenlager.

An einem warmen Sommerabend im Juli traf Frederike Willy und den jungen Fremden im Gutshof unter der Lindenallee. Sie hatte einen Spaziergang mit ihrem Hund gemacht. Frederike blieb stehen, grüßte, die beiden Männer auch.

»Sie sind Künstler, habe ich gehört«, sagte sie zu Michael. Michael verneigte sich leicht. »Ja, gnädige Frau. Ich studiere Gesang.«

Er sprach nicht in der Vergangenheit, er sprach in der Gegenwart. Der Krieg, den er nur kurze Zeit mitgemacht hatte, auch alles sonst, was zur Zeit geschah, berührte sein wahres Leben nicht. Er lebte in seiner eigenen Welt, und die war stärker als alles andere. In dieser Art war er Frederike gleich. Auch er war ein absoluter Mensch.

»Sie sind Tenor, nehme ich an.«

»Ja. Lyrischer Tenor.«

»Dann werden Sie später einmal den Rudolf singen?«

»Ja. Und vor allem Mozart. Der Belmonte, der Tamino, das sind meine Traumrollen.«

»Wie schön!« sagte Frederike und lächelte. »Ich beneide Sie. Sie glauben gar nicht, wie ich Musik vermisse. Früher bin ich oft nach Hamburg gefahren, um in die Oper oder ins Konzert zu gehen. Auch in Berlin war ich einige Male. Aber das hat nun alles aufgehört. Wer weiß, ob es das je wieder gibt.«

»Das gibt es bald wieder, gnädige Frau. Sehr bald.«

»Das wäre wunderbar.«

Willy stand stumm dabei und lauschte dieser leisen, höflichen Konversation, die von einem anderen Stern zu kommen schien. »Wo studieren Sie denn?«

»In Wien, gnädige Frau. An der Musikakademie.«

»Sie sind Österreicher?«

»Mein Vater stammt aus Wien.«

»Ich kenne Wien leider nicht. Das kommt durch den Krieg. Man konnte überhaupt keine Reisen mehr machen.«

Sie sagte das in einem Ton, als stelle sie fest, das Wetter sei in letzter Zeit sehr schlecht gewesen. Sie lächelte an den Männern vorbei in die Linden hinauf, dann blickte sie Michael wieder an und sagte: »Wenn Sie mögen, besuchen Sie mich. Ich habe einen Flügel. Vielleicht haben Sie Lust, wieder einmal zu spielen.«

Michael errötete, verneigte sich. »Vielen Dank, gnädige Frau. Sie sind sehr liebenswürdig.«

Frederike nickte huldvoll und ging langsam weiter. Der Hund, der neben ihr gesessen hatte, trabte ihr voran.

»Na weeste...«, sagte Willy beeindruckt. Michael schwieg. Im Wald hatten sie sich unter einer dichten Baumgruppe ein Lager zurechtgezimmert, mit Holz und Moos abgedichtet, damit sie nicht naß wurden, wenn es regnete. Michael hatte immer Angst um seine Stimme. Er durfte nicht krank werden, die Stimme durfte keinen Schaden nehmen. Manchmal, wenn er sicher war, daß keiner ihn hören konnte, sang er leise vor sich hin. Die Stimme war noch da, sie war schwach zur Zeit – das war verständlich. Alles das würde vorübergehen. Sein strahlendes hohes C würde wiederkommen. »Dies Bildnis ist bezaubernd schön«, sang er an diesem Abend, später, als er allein am Waldrand saß. Dabei dachte er an Frederike. So wie sie mußte Pamina aussehen, die Tochter der sternenflammenden Königin.

Als Frederike ihn einige Tage später in der Küche sah, forderte sie ihn wieder auf, sie zu besuchen.

So kam er zu ihr ins Haus. Niemand fand etwas dabei, wenn die beiden musizierten. Luise Charlotte hörte ihnen manchmal zu. Michael spielte sehr gut Klavier, und nach einer Weile sang er auch. Er entschuldigte sich jedesmal, daß es so schwächlich klang. Die Spitzentöne fehlten zunächst, das Metall, aber es war eine wohlklingende, gutsitzende Stimme, und Verdipartituren waren sowieso nicht im Haus. Die Notenauswahl war nicht groß. Frederike besaß einen Band Schubertlieder, ein paar Brahms- und Schumannlieder.

Es war eine unsinnige Situation. Draußen lebte er das rauhe, verlorene Leben mit den Kameraden, hier stand er in seiner verschmutzten Uniform an den Flügel gelehnt, blaß, mager, mit seinen dunkelglühenden Augen und sang: »Leise flehen meine Lieder...«, und dabei sah er Frederike an.

Manchmal versagte die Stimme. Dann brach er ab, in seinen Augen war Angst, er sah hilflos aus wie ein Kind. »Ich habe meine Stimme verloren.«

»Bestimmt nicht«, tröstete ihn Frederike, »sie wird sich schnell erholen. Und sie werden ein ganz berühmter Sänger. Warum sagen Sie den Engländern nicht, daß Sie halber Amerikaner sind?«

»Ich bin Österreicher.«

»Aber Ihre Mutter...«

»Das hilft in diesem Fall nicht.«

»Können Sie nicht an Ihre Mutter schreiben?«

Zu diesem Zeitpunkt wußte er noch nicht, daß seine Mutter kurz vor Kriegsende bei einem Unfall ums Leben gekommen war. Ein andermal sprachen sie davon, was er tun würde, wenn man ihn entließe. Er meinte, er würde am liebsten in Wien weiterstudieren. Aber bei den derzeitigen Zuständen sei es wohl besser, nach Amerika zurückzukehren. Frederike stimmte zu. »Sie können später in Wien weiterarbeiten. Zunächst müssen Sie wieder zu Kräften kommen. Das geht in Amerika sicher leichter.«

»Ich habe so viel Zeit verloren.«

Das stimmte nicht. Er hatte nicht viel Zeit verloren. Erst im Herbst 1944 war er eingezogen worden, bis dahin hatte er ungehindert studieren können. Er war bereits aufgetreten in Schülerkonzerten, er hatte einige Liederabende in kleinen Städten gegeben und den Belmonte in einer Aufführung der Akademie gesungen. Daraufhin bekam er ein Engagement nach Linz. Sein Professor sagte, es sei zu früh, aber dann wurden die Theater sowieso geschlossen.

Warum er nicht nach Amerika zurückgekehrt war, solange es die Möglichkeit noch gab, diese Frage stellte Frederike ihm nicht. Sie war so lebensfremd, so lebensuntüchtig wie er. Michael hatte den Krieg gar nicht so richtig zur Kenntnis genommen. In Wien verlief das Leben ziemlich normal. Alle Theater spielten, es gab noch gute Lokale, noch ordentliche Hotels, es gab in den Geschäften noch immer etwas zu kaufen, mehr als in den deutschen Städten. Es gab noch recht gut zu essen, es gab Wein. Es fielen keine Bomben, in den frühen Abendstunden war die Stadt nicht einmal verdunkelt. Sein Professor war zufrieden mit ihm, man betrachtete ihn als hoffnungsvolles Talent. Als die Schecks aus Amerika ausblieben, bekam er ein Stipendium und durfte im Sommersemester am Mozarteum in Salzburg arbeiten.

Krieg? Der fand irgendwo statt. Nicht in Wien, nicht an der Musikakademie und schon gar nicht in Michaels Vorstellungswelt.

Er war das seltsame Produkt einer amerikanisch-österreichischen Ehe, die als große Liebe begonnen hatte und mit einem Fiasko endete.

Shirley Clayton, jüngste Tochter eines Bostoner Millionärs, aus sehr hochgestochener Neuengland-Familie, die ihren Stammbaum auf die Mayflower zurückführte, kam im Frühjahr 1914 zum erstenmal nach Europa, zum obligaten Europatrip der besseren Familien, der stets nach dem gleichen Schema verlief: Paris, Riviera, Rom, Florenz, Wien. Shirley war achtzehn, sorgfältig erzogen, hübsch, verwöhnt, gefühlvoll und neugierig auf das Leben. Sie reiste in Begleitung ihrer verheirateten Schwester Eileen, die auf dem Wege zu ihrem Mann war, der seit einiger Zeit der amerikanischen Botschaft in Paris attachiert war, und ihrer Tante Kate samt Onkel John, Bankier im Ruhestand.

Die Überfahrt war herrlich, Paris war herrlich, Allan, Eileens Mann, kannte sich schon recht gut aus und führte sie herum, im April fuhr man an die Riviera, wie das damals üblich war, im Frühling fand sich die feine Welt immer an der Riviera ein, russische Großfürsten, englische Lords und amerikanische Millionäre. Man spielte ein wenig, dinierte ausgiebig, die Damen promenierten und führten ihre neuen Kleider spazieren.

Eileen war eine sehr hübsche Frau, sehr selbstsicher, sie hatte viele Verehrer und genoß es. Shirley war noch ein Küken, sich ihrer Mittel noch nicht bewußt wie Eileen, oft war sie eifersüchtig auf die glänzende, große Schwester. Aber natürlich konnte sich auch Shirley über einen Mangel an Verehrern nicht beklagen, eine Dollarprinzessin aus Amerika konnte immer der Aufmerksamkeit junger, europäischer Gentlemen sicher sein.

Darum hatte ihr Vater Tante Kate auch strenge Verhaltungsmaßregeln mit auf den Weg gegeben. Sie solle gut aufpassen auf das Kind, ein europäischer Schwiegersohn stehe nicht zur Debatte, den Mann, den Shirley heiraten würde, habe er schon ausgesucht. Nur ein Amerikaner, und ein reicher dazu, würde akzeptiert. Ein europäischer Tunichtgut und Mitgiftjäger komme auf keinen Fall in Frage.

Richard Clayton war ein Mann, der wußte, was er wollte. Ein harter Mann, ein reicher Mann. Nicht mehr jung zu jener Zeit; als seine jüngste Tochter achtzehn war, war er bereits siebenundfünfzig Jahre alt. Er hatte alle seine Kinder, vier bis jetzt, nach seinem Wunsch verheiratet, blendend verheiratet. Sie fühlten sich wohl dabei, und außerdem waren Ansehen und Einfluß sowie der Reichtum der Familie mit jeder Heirat gewachsen.

So gehörte sich das, wenn man wohlgeratene Kinder hatte. Die Kinder waren ganz seiner Meinung. Auch Shirley. Jedenfalls bevor sie nach Europa reiste.

Nach vierzehn Tagen Côte d'Azur trennte sich die Reisegesellschaft. Eileen und Allan wollten noch eine Woche bleiben und dann nach Paris zurückkehren. Shirley reiste mit Onkel und Tante per Schiff nach Rom. Ende Mai kamen sie nach Bad Ischl, dem berühmten Urlaubsdomizil des Kaisers Franz Joseph. Tante Kate wollte sich von den Strapazen der Reise und der italienischen Küche erholen und ein wenig Kur machen. Und hier in Bad Ischl verliebte sich Shirley zum erstenmal in ihrem Leben richtig. Auch ein Franz Josef war der Glückliche. Franz Josef Bruck, ein hübscher, dunkelhaariger, junger Mensch mit einem schmachtenden Blick und wunderschönen, schlanken Händen. Die Hände mußten ihr auffallen, denn Franz Josef spielte Geige. Nachmittags und abends in der Halle des Hotels, in dem sie wohnten. Begleitet von einem Klavierspieler, über den nichts Wesentliches zu berichten ist.

Franz Josef spielte einfach wundervoll. Melodien von Puccini und Lehar, von Lanner und Strauß, und manchmal auch etwas Klassisches oder etwas Ungarisches dazwischen. Er spielte wirklich nicht schlecht, aber das Beste war er selbst. Shirley mußte ihn immer wieder ansehen, die elegante, lokkere Haltung, mit der er dastand, das schwarze Haar, das ihm in die Stirn fiel, der eindringliche Blick, der immer wieder zu ihr zurückkehrte. Und eben diese schönen, schlanken Hände.

So hatte noch nie ein Mann sie angesehen. Erst waren es nur Blicke, dann hin und wieder ein Lächeln. Shirley war hingerissen, sie wollte nicht ausgehen, sie wollte in der Halle sitzen und ihren Geiger ansehen.

Tante Kate war das ganz recht. Die lange und weite Reise hatte sie angestrengt: hier zu sitzen, Tee zu trinken, zu häkeln oder zu lesen, war ganz nach ihrem Geschmack. Zudem lernte man ein älteres, amerikanisches Ehepaar kennen, ganz reizende Leute, man entdeckte sogar gemeinsame Bekannte, sie hatte Gesellschaft, auch ihr Mann war gut unterhalten. Und die junge Nichte war wirklich ein gut erzogenes, junges Mädchen, verhielt sich ruhig und manierlich, wollte nicht pausenlos in der Gegend herumrennen.

»Wird es dir auch nicht langweilig, dear?« fragte Tante Kate manchmal besorgt. »Sag es nur, wenn du etwas unternehmen möchtest.«

Aber Shirley meinte, es sei überhaupt nicht langweilig und unternommen habe man schon genug, es gefalle ihr, in der Halle zu sitzen und Tee zu trinken. Tante Kate fand das auch. Wirklich ein angenehmes Mädchen, diese junge Nichte. Und über die singende, schmachtende Geige hinweg trafen des Geigers Blicke mitten in der angenehmen, jungen Nichte Herz. In späteren Jahren, erwachsen geworden, wenn Shirley Clayton darüber nachdachte, sehr kühl und distanziert nachdachte, kam sie zu dem Ergebnis, daß sie wohl zu jener Zeit von unvorstellbarer Dummheit und Naivität gewesen sein mußte.

Aber das hätte sie sich noch verzeihen können. Die wirkliche Torheit, den wahren Unverstand bewies sie erst in den kommenden Jahren. Zunächst passierte es dann, daß sie den Geiger in den Vormittagsstunden im Ort traf, so groß war Bad Ischl schließlich nicht. Tante Kate ruhte nach einer Kurbehandlung, und Shirley spazierte allein zum Park. Er blieb stehen, sie blieb stehen.

Sie sprach englisch, er sprach deutsch, oder genauer ausgedrückt, sie sprach amerikanisch, er österreichisch, was weiter keinen Unterschied machte, verständigen konnten sie sich nicht, jedenfalls nicht mit Worten. Aber es war bisher ohne Worte auch ganz gut gegangen.

Er begleitete sie durch den Park, er redete, sie redete, da zwischen lächelten sie sich an, und sie hatten eigentlich gar nicht das Gefühl, daß sie einander nicht verstanden. Immerhin brachte er es fertig, ihr verständlich zu machen, daß er sie am nächsten Tag am gleichen Platz erwarten würde. Und dann spazierten sie wieder selig verträumt nebeneinander auf den Parkwegen entlang. Sie suchten sich möglichst Seitenwege aus, denn Shirley wollte natürlich nicht von Leuten gesehen werden, die im Hotel wohnten, auch nicht vom Onkel oder den amerikanischen Bekannten. Franz Josef hatte dafür volles Verständnis. Es kränkte ihn nicht im mindesten, er wußte, wie man mit einer jungen Dame aus guter Familie umging.

Am dritten Tage kam er mit einem Wörterbuch an, gemeinsam suchten sie die wichtigsten Worte zusammen, und von da war es nicht weit bis zum ersten Kuß. So war es vormittags, natürlich immer nur kurz und in einer gewissen Hast, um so länger waren die Nachmittags- und Abendstunden, wenn er spielte und sie ihn ansehen konnte.

Es war einfach wundervoll, und Shirleys Gefühle waren so herrlich, wie Gefühle einer heimlichen Liebe immer sind. Viel zu schnell kam der Tag des Abschieds. Shirley versuchte, ihn hinauszuzögern, was Onkel und Tante natürlich nicht verstanden, sie hatten immer Angst, das Kind langweile sich in Bad Ischl.

Aber dann waren die Zimmer im Hotel Sacher in Wien bestellt, und die Liebenden nahmen herzzerreißenden Abschied. In Wien war Shirley blaß, traurig und fast krank vor lauter Kummer. Die Hofburg, die Hofoper, Schönbrunn, der Prater – überhaupt ganz Wien interessierte sie nicht im geringsten, sie erlebte den ersten Liebeskummer ihres Lebens, das war schaurig-schön, sie hatte die Sehnsucht entdeckt und sehnte sich pausenlos, aber nur vier Tage lang. Dann lag ein Briefchen für sie bei der Rezeption, das ihr der Portier sehr geheimnisvoll übergab.

Er war in Wien.

Er war ihr nachgereist, hatte das Engagement sausen lassen, denn auch er war sehnsuchtskrank. In dem Briefchen stand, ob sie wohl am nächsten Nachmittag, so gegen vier, hinunter zum Opernring kommen könne? Sie konnte. Der nette Etagenkellner half beim Übersetzen der Botschaft, und Shirley fand sich am Opernring ein. Und dann hatte sie großes Glück, denn Tante Kate bekam eine Verdauungsstörung und mußte einige Tage im Bett bleiben. »Du brauchst nicht den ganzen Tag bei mir zu sitzen«, sagte Tante Kate. »Onkel John wird mit dir spazierengehen.« – »Nein, nein«, sagte Shirley, »Onkel John soll lieber bei dir bleiben. Ich gehe nur ein ganz kleines Stück.«

»Laß dich nicht ansprechen, dear.«

Shirley lachte nur. Man lebe doch in modernen Zeiten und nicht im vorigen Jahrhundert. Dann regnete es zwei Tage lang, Shirley und ihr Geiger saßen unten im Café, aßen Sachertorte und hielten sich an den Händen. Ein wenig konnten sie jetzt schon miteinander reden. Er müsse nach Amerika kommen, dort könne er ein ganz berühmter Geiger werden. Im Geist sah sie sich schon als Frau eines ganz berühmten Virtuosen, was für ein herrliches Leben würde das sein. Schließlich begriff sie, daß ihr Geiger eigentlich Dirigent werden wolle, und das war fast noch schöner.

Während dieser Tage wurde der österreichische Thronfolger in Sarajewo ermordet, was weiter keinen Eindruck auf die beiden machte. Um so mehr auf Onkel John. Seiner Meinung nach sei es besser, nun nach Hause zu fahren, man wisse nicht, was demnächst passieren würde. Wieder Abschied. Diesmal schien es ein Abschied für immer. Aber das kam für Shirley nicht in Frage. Sie liebte einen Mann, und darum wollte sie ihn heiraten. Sie dachte nicht daran, was ihr Vater dazu sagen würde – das war ihr ganz egal. Sie würde wiederkommen, spätestens wenn sie mündig war. Besser noch wäre es, Franz Josef käme nach Amerika.

Zunächst kam der Krieg dazwischen. Doch Shirley war nach wie vor fest entschlossen, an ihrer Liebe festzuhalten.

Nachdem sie drei gute Partien ausgeschlagen hatte, fragte Richard Clayton seine Jüngste, was eigentlich mit ihr los sei. Sie sagte es ihm.

Richard Clayton, Millionär aus Boston, Vater von fünf Kindern, Großvater mittlerweile von acht Enkeln, sagte nur ein Wort: »Nonsens!«

Aber er kannte seine Jüngste nicht. Im Frühjahr 1919, nun dreiundzwanzig Jahre alt, mündig, im Besitz eigener Mittel aus der Erbschaft ihrer Mutter, sehr bescheidener Mittel allerdings im Vergleich zu Shirleys gewohntem Lebensstil, tauchte sie wieder in Wien auf.

Aber nun hätte noch alles gutgehen können, wenn der Geiger im Krieg gefallen oder wenigstens vermißt gewesen wäre, oder vielleicht inzwischen verheiratet oder einfach nicht mehr auffindbar, aber nichts dergleichen. Er war noch da. Mit Hilfe der Botschaft trieb Shirley ihn auf, er war weder ein berühmter Virtuose geworden noch ein großer Dirigent, er spielte in einem Caféhaus, aber sie liebte ihn immer noch. Oder bildete es sich jedenfalls ein.

Sie heiratete ihn, nahm ihn mit nach Boston, wurde prompt von ihrem Vater enterbt und verstoßen, von der Familie hinfort geschnitten, aber zunächst einmal war sie glücklich. Und bekam nach genau neun Monaten ein Kind, einen Sohn. Sie nannten ihn Michael.

Und damit war der Höhepunkt der ganzen Affäre überschritten. Shirley hatte bekommen, was sie wollte, aber nachdem sie es hatte, wollte sie es bald nicht mehr. Franz Josef Bruck paßte nicht in ihre Welt, paßte nicht nach Boston, nicht nach Amerika, nicht zu ihr. Er war ein leicht verschlampter, mittelmäßiger Geiger aus Österreich, und mehr war beim besten Willen nicht aus ihm zu machen. Außerdem hatte er ständig Heimweh.

Shirley litt ihrerseits unter dem Ausgestoßensein, ihr Vater ließ ihr zwar einen gewissen Betrag zukommen, sonst kümmerte er sich nicht um sie, die Geschwister, die Bekannten und Freunde verhielten sich abweisend und kühl.

Ende der zwanziger Jahre wurde die Ehe geschieden, eine

Ehe, die zuletzt voller Streit und Ärger und beiderseitigen Mißverständnissen gewesen war. Im Jahr darauf heiratete Shirley einen reichen New Yorker Anwalt und wurde von der guten Gesellschaft wieder in Gnaden aufgenommen. Sie bekam in ihrer zweiten Ehe noch drei Kinder und war mit ihrem Leben zufrieden. Für ihren Sohn aus erster Ehe hatte sie nicht viel übrig. Er erinnerte sie zu sehr an ihre Dummheit, außerdem sah er seinem Vater sehr ähnlich. Michael kam in ein Internat. Die Familie Clayton kümmerte sich kaum um ihn.

Der Junge bekam keine Liebe, um so lebendiger blieb in seinem Herzen die Erinnerung an seinen Vater, der mit ihm gespielt und gelacht hatte, der zärtlich zu ihm gewesen war und so wunderbare Musik machen konnte.

»Dös is Mozart, Bub, hörst du, wie dös klingt!« Der Vater hatte deutsch mit ihm gesprochen, sonst natürlich keiner. Der Vater hatte von Wien erzählt, wie schön es dort sei, die ganze Stadt, die Donau, die Oper, die Musik.

»Wannst groß bist, fahrn ma hin. Und dann bleiben wir da.«
Im Februar 1939, neunzehnjährig, kam Michael nach Wien. Genau wie seinerzeit seine Mutter im Frühling eines Jahres, in dem ein Weltkrieg ausbrach. In Amerika hatte ihn keiner daran gehindert, zu reisen. Sie waren ganz froh, ihn los zu sein. Er wollte Musik studieren, na bitte. Er bekam monatlich einen Scheck, und damit hatte es sich.

Sein Vater, Mitte der Fünfzig, spielte in einer drittklassigen Nachtbar, nicht mehr Geige, sondern Klavier, manchmal sang er mit wohlklingendem Tenor die gerade modernen Lieder dazu, sein Haar war ein wenig grau, sein Gesicht etwas verlebt, aber er sah immer noch ganz gut aus.

Geheiratet hatte er auch wieder, eine resolute Wienerin, viel jünger als er, die gut für ihn sorgte und es ihm zeitlebens übelnahm, daß er bei der Scheidung von der Millionärin nicht besser abgeschnitten hatte.

»Oder war's am End gar keine Millionärin? Irgend so ein amerikanisches Flitscherl wird's halt gewesen sein.«

Ein Geschäft hatte Franz Josef aus seiner Scheidung nicht gemacht, so einer war er nicht, er war so arm aus den Vereinigten Staaten abgereist, wie er hingekommen war.

Die zweite Frau nahm den Sohn aus erster Ehe nicht gerade

mit offenen Armen auf, aber irgendwie imponierte ihr der junge, hübsche Mensch mit seinen tadellosen Manieren, den gutgeschnittenen Anzügen, den amerikanischen Schecks doch ein wenig. Sie kamen einigermaßen miteinander aus. Franz Josef aber freute sich von ganzem Herzen, seinen einzigen Sohn wiederzusehen.

Michael wohnte erst im Hotel, dann suchte er sich ein Zimmer, und dann begann er sein Studium.

Zum Singen sei er eigentlich noch zu jung, hatten sie an der Musikakademie gemeint, das störte ihn nicht, er studierte im ersten Semester Klavier, dazu alle nur denkbaren theoretischen Fächer, er war so fleißig, so begabt, so begeistert für seine Arbeit, daß alle Professoren ihn gern hatten. Im zweiten Semester begann er dann sein Gesangstudium.

Für seinen Vater bedeutete das ein neues Leben. Sie arbeiteten zusammen, der Vater begleitete ihn auf dem Klavier, als er die ersten Lieder, später die ersten Arien singen durfte, und der Vater war sehr stolz auf seinen begabten Sohn, der es einmal weiterbringen würde als er.

Zwei- bis dreimal in der Woche saß Michael in der Oper, deren Aufführungen so vollendet waren, wie eh und je an der Wiener Oper. Er hatte hier und da eine kleine Liebesaffäre, nichts Besonderes, die Arbeit war ihm wichtiger. Ein Mädchen, das er ernstlich lieben konnte, war ihm noch nicht begegnet.

Anfang des Jahres 1944 starb sein Vater, plötzlich und unerwartet, wie es gewöhnlich heißt. Er hatte manchmal über Herzschmerzen geklagt, er trank natürlich viel, er rauchte, dazu die langen Nächte, die er in der Bar verbrachte.

Michael trauerte um ihn. Sein Vater war der einzige Mensch, der ihn geliebt hatte und den er geliebt hatte. Er hätte es gern seiner Mutter geschrieben, doch die Verbindung zwischen ihm und Amerika war schon lange abgerissen. Der Krieg natürlich. Aber vielleicht hätte es eine Möglichkeit gegeben, über die Schweiz, übers Rote Kreuz, er wußte es nicht einmal. Auch die Schecks kamen schon lange nicht mehr, es machte ihm nichts aus, er bekam sein Stipendium. Im übrigen brauchte er nicht viel Geld. Für den Abkömmling einer Millionärsfamilie war er erstaunlich bescheiden.

Und dann plötzlich fiel es irgend jemandem ein, daß er in letzter Stunde noch mithelfen könne, den Krieg zu gewinnen, er wurde eingezogen. Daran hatte er nun auch nicht gedacht. Was war er denn eigentlich? Österreicher? Amerikaner?

Eine Weile verwendete man ihn als Dolmetscher in einem Kriegsgefangenenlager, das war nicht weiter schlimm. Im Januar 1945 landete er in der Tschechoslowakei bei einer Versorgungseinheit, das ging auch noch. Erst gegen Ende des Krieges geriet er in den Sog des Rückzuges, der ihn ziellos durch die Gegend trieb, ein richtiger Soldat war er nie geworden. Schießen hatte er auch nicht gelernt.

So kam es, daß er sich auch als Kriegsgefangener unter den Soldaten immer ganz zivil vorkam. Er lebte da unter ihnen, aber er gehörte nicht dazu. Er hatte keine Erinnerungen an Kampfhandlungen, an Gefahren, an Taten, an Siege oder Niederlagen wie die anderen. Das bißchen Krieg verschwand aus seinem Denken, die Musik behauptete wieder ihren allumfassenden Raum. Sie war eine totale Herrin, eine Despotin, die keine andere Gottheit neben sich duldete.

Vielleicht Frederike. Für sie war ein Platz neben dem Thron der Göttin, sie störte nicht, sie paßte dazu.

War er ein Mann, dieser Michael Bruck? Ein Träumer, ein Künstler, ein Heimatloser und Einsamer. Eine Kindheit ohne Liebe, die erste Geliebte wurde die Musik. Aber nun war er doch ein Mann geworden, es fehlte eine Frau in seinem Leben.

Nicht irgendeine. Diese. Frederike Kamphoven.

Das traf zusammen wie ein harmonischer Akkord. Ein wenig Dur, viel Moll. Es war ein großes Verstehen, unausgesprochen, aber gefühlt von beiden. So etwas gibt es – manchmal. Man kann dann nicht von Schuld sprechen, von Unrecht, von Sünde. So etwas ist möglicherweise doch Schicksal. Es ist eben dieses Ding, das so oft genannt wird und so selten vorhanden ist: es ist die Liebe.

Irgendeiner hätte – später – Magnus Kamphoven das einmal in Ruhe erklären müssen. Aber es gab eben früher oder später keine Psychologen auf Breedenkamp. Weit und breit war da keiner, der die Dinge zu Ende dachte, sachlich und objektiv.

»Wissen Sie, daß ich auch einmal den Wunsch hatte, Musik zu studieren?« sagte Frederike, am Flügel sitzend.

Und er, an den Flügel gelehnt, in dieser Haltung spielten sich meist ihre Gespräche ab: »Nein. Aber ich könnte es mir gut vorstellen.«

»Ich war in Vevey in einem Pensionat. Das ist am Genfer See, dort musizierten wir viel. Zufällig ergab es sich, daß einige Mädchen zusammengetroffen waren, die ein Instrument spielten und Freude daran hatten. Ein junger Musiklehrer kam ins Haus zum Unterricht. Er spielte mehrere Instrumente, und er hatte einen wundervollen Bariton. Wir schwärmten alle ein wenig für ihn.«

Sie lächelte, fügte fast verwundert hinzu: »Das ist schon lange her.«

»Und dann?«

»Nichts und dann. Er war natürlich verheiratet. Wir verabscheuten seine Frau und beneideten sie zugleich. Junge Mädchen sind seltsame Geschöpfe. Meist sind sie böse.«

»Sie waren gewiß nie böse, Frederike.«

»Oh, ich weiß nicht. Egozentrisch auf jeden Fall. Doch – das war ich immer. Sehr egozentrisch. Und hochmütig. Sie müssen nicht denken, daß ich das nicht weiß.«

»Und warum haben Sie nicht Musik studiert?«

»Meine Mutter fand, das sei Unsinn. Und so weit kam es gar nicht, daß ich ernsthaft vor der Frage stand. Ich habe sehr früh geheiratet.«

Von Magnus sprachen sie nie. Michael fragte nicht. Frederike erzählte nicht von ihm.

Christine und Michael vertrugen sich gut. Christine saß gern dabei, wenn musiziert wurde, saß ganz still, lauschte aufmerksam, kannte mit der Zeit gewisse Lieder und verlangte sie, weil sie ihr besonders gut gefielen. Winnie mochte nicht dabei sein. Aber Winnie war auch noch sehr klein.

Michael stand an den Flügel gelehnt und sang. Frederike, das Gesicht leicht seitwärts geneigt, begleitete ihn, ihr blondes Haar schimmerte seidig, sie trug ein blaues Kleid, sie liebte Blau. Manchmal hob sie den Blick und sah den Sänger an.

»Später möchte ich Strausslieder singen«, sagte Michael.

»Sie sind wundervoll. Kennen Sie Strauss?«

»Natürlich. Ich finde sie auch herrlich. Sie werden Ihnen gut liegen.«

»Nun geh' ich hin zu der schönsten Frau...« sang er leise. »Kennen Sie das auch ? ›Traum durch die Dämmerung‹ heißt es. ›Weite Wiesen im Dämmergrau, die Sonne verglomm, die Sterne ziehn, nun geh' ich hin zu der schönsten Frau, weit über Wiesen im Dämmergrau‹« er brach ab. »Schade, daß wir dazu die Noten nicht haben.«

»Ja, das ist schade.«

»Später werde ich dieses Lied immer für Sie singen.«

»Ja. Später.«

So in der Art waren ihre Gespräche. Da war der Krieg vier Monate aus, draußen fiel der erste Herbstregen, die Männer lagen im Dreck und hungerten, aber nach und nach begann man, sie zu entlassen.

Einmal sagte Frederike: »Ich möchte Sie gern einmal hören, wenn Sie singen. Auf der Bühne, meine ich.«

»Sie werden mich immer hören. Ich werde nie singen, wenn Sie nicht dabei sind.«

»Sie werden nie singen, wenn ich nicht dabei bin??«

»Nein, nie, Sie müssen immer mitkommen.«

Darauf schwieg Frederike. Sie verstand, was er meinte. Es bestand keine Entfernung mehr zwischen ihnen, sie waren beide auf dem gleichen Weg gegangen und hatten sich in der Mitte getroffen. Auch wenn es bisher keine andere Berührung zwischen ihnen gab als die ihrer Hände.

Zu der Zeit hatte sie Nachricht von Magnus. Er war in Gefangenschaft, aber er lebte und war gesund. Seine Mutter weinte vor Glück.

»Er lebt, Jon, er lebt. Er wird nach Hause kommen. Irgendwann wird er kommen. Ob er bald kommen wird?«

Jon nahm seine Frau in die Arme, sie war eine stattliche Frau gewesen, jetzt war sie schmal wie ein Kind. »Ja, er wird bald kommen«, sagte er. »Wenigstens einer, Luise. Wenigstens einer.«

Jon wußte, daß Luise Charlotte bald sterben würde. Immer wieder kam der Tod nach Breedenkamp. Er vergaß sie nicht. Alle paar Jahre kam er. Aber Magnus lebte. Jon war dennoch froh, als er am nächsten Morgen auf die Felder ging. Der Krieg war zu Ende, die Erde war noch da. Es würde blühen im nächsten Frühling. Das Leben ging weiter.

»Wir werden uns wiedersehen, Frederike.«

»Sie haben es ja gehört, mein Mann kommt bald zurück.«

Darauf ging Michael nicht ein. »Wir werden nun entlassen. Aber ich komme wieder, Frederike.«

Er sprach davon, daß er nach Amerika zurückkehren würde. Drüben war das Leben nun wohl doch erträglicher. Sobald er die Verhältnisse drüben übersehen konnte, würde er wiederkommen. Er sagte nicht: um Sie zu holen, Frederike. Aber er meinte es. Und sie wußte es.

Immer wieder kam er auf Wien zurück. Wie wichtig es für ihn sei, sein Studium dort zu vollenden.

»Ich bin so gern in Wien gewesen. Sie müssen Wien unbedingt kennenlernen, Frederike. Ob viel zerstört ist?«

»Sie sagten, als Sie Wien verließen, war alles noch heil.«

»Ja, alles. Aber jetzt sind die Russen da.«

»Die Russen haben auch schöne Musik.«

»Ja, sie sind ein sehr musikalisches Volk.«

Sie konnten stundenlang so reden. Vielleicht waren es keine sehr intelligenten Gespräche, aber ihnen genügten sie.

Telse war die erste, die es merkwürdig fand. »Was redet die Baronesse bloß immer stundenlang mit dem Soldaten?«

»Sie reden von Musik«, erklärte Luise Charlotte. »Von Opern und von Liedern und solchen Sachen.«

Telse preßte feindselig die Lippen zusammen.

»Ich find' das komisch. Mit keinem redet die Baronesse sonst so viel.«

»Das interessiert sie eben. Sie hat so wenig Abwechslung. Und der junge Mann singt wirklich sehr nett. Ich höre ihm auch gern zu.«

Sonst dachte sich Luise Charlotte nichts dabei.

Frederike lebte sowieso in einer anderen Welt, das wußten sie ja. Und auch die Idee, daß dieser kümmerliche junge Mann ihr besser gefallen konnte als Magnus, ihr starker, tüchtiger Sohn, auf so eine Idee kam Luise Charlotte nicht.

»Ich komme zurück, Frederike. Vergessen Sie mich nicht.«

»Ich vergesse Sie nicht.«

Auch sie waren Gefangene. Gefangene ihrer unausgesprochenen Gefühle, die auf der seltsamen Insel, auf der sie lebten, leichter gewachsen waren als unter normalen Bedingungen.

III Moira

Im April des Jahres 1958 feierte Dr. Friedrich Bruhns in Kiel seinen 60. Geburtstag. Kurz zuvor hatte der Wiederaufbau seines Hauses ein Ende gefunden, das im Krieg von Bomben zerstört worden war. Jetzt hatte er Kanzlei und Wohnung wieder, wie früher, in einem Haus. Und noch einen dritten Grund zum Feiern gab es, sein Sohn hatte seinen Doktor jur. gemacht und würde nun als Juniorpartner in die Praxis eintreten.

In der gleichen Woche war Christine achtzehn geworden, ihr Geburtstag lag drei Tage vor dem Geburtstag des Anwalts. Geburtstage wurden auf Breedenkamp nicht sonderlich gefeiert, es wurde überhaupt nie etwas gefeiert, höchstens Winnie, die im Oktober Geburtstag hatte, lud einige Schulfreundinnen ein, ganz egal, ob Jon das paßte oder nicht. Christine, die alles so machte, wie Jon es machte, nahm es kühl entgegen, wenn man ihr gratulierte, wurde fast verlegen, wenn Gerhard ihr einen Blumenstrauß überreichte, und äußerte niemals Wünsche, Geschenke betreffend. Am Tage ihres Geburtstags rief Hedda Bruhns an und verlangte Christine zu sprechen.

Winnie war am Apparat. Sie stürzte immer zum Telefon, wenn es klingelte. Erstens machte ihr Telefonieren an sich Spaß, zweitens rief oft Annemarie an, um sich nach ihnen zu erkundigen.

»Christine? Weiß ich nicht, wo die ist. Vielleicht im Stall. Ich kann ihr ja ausrichten, daß du ihr gratulierst, Tante Hedda.«

»Nein. Ich möchte sie selbst sprechen, Winnie. Wenn sie nicht zu weit fort ist, hol sie mir mal. Und deinen Großvater suchst du auch gleich, den will ich auch sprechen.«

»Ist was los?« fragte Winnie interessiert.

»Wir sind vorige Woche in das neue Haus gezogen.«

»Prima. Ist es schön geworden?«

»Sehr schön und auch sehr geräumig.«

»Fein. Am Freitag hat Onkel Friedrich Geburtstag, nicht? Da werdet ihr wohl mächtig feiern.«

»Ja, eben das möchte ich mit deinem Großvater bereden. Wir wollen ihn einladen.«

»Der kommt bestimmt nicht.«

»Wir dachten nicht an Freitag, sondern an Sonntag.«

»Darf ich auch mitkommen?«

»Natürlich, wenn es dir Spaß macht. Und nun lauf mal und sieh, ob du die beiden findest.«

Christine traf sie gleich vor dem Haus. »Geh mal schnell ans Telefon. Tante Hedda ist dran. Weißt du, wo Großvater ist?« schrie Winnie im Vorbeilaufen.

Hedda brachte ihre Glückwünsche vor, dann sagte sie: »Onkel Friedrich möchte gern, daß ihr am Sonntag kommt.«

»Wir?«

»Ja. Jon und du. Sonntag bin ich mit dem Einrichten soweit fertig. Am Freitag gibt die Anwaltskammer Friedrich zu Ehren ein Essen im Ratskeller. Wie ich deinen Großvater kenne, macht er so was nicht gern. Am Sonntag würde doch gut passen, da habt ihr auch mehr Zeit.«

Jon war nicht aufzufinden, so übernahm es Christine, die Einladung zu überbringen.

Wie zu erwarten, hatte Jon erst einmal Einwände.

»Wozu denn das? Am Sonntag, sagst du? Ich wollte sowieso nach Kiel fahren, ich muß zur Landwirtschaftskammer. Sonntag paßt mir nicht.«

»Sie wollen Onkel Friedrichs Geburtstag mit dir noch nachfeiern. Und auf das neue Haus einen trinken. Wir können bei ihnen übernachten, wenn es spät wird, sagt Tante Hedda. Sie haben zwei piekfeine Gästezimmer in dem neuen Haus.«

»All so'n Tügs«, murrte Jon. »Und Übernachten kommt nicht in Frage, du mußt ja Montag wieder zur Schule.«

Sie fuhren dann doch, Jon im dunklen Anzug, Christine in ihrem besten Kleid, und am feinsten hatte sich Winnie herausgeputzt, die darauf bestanden hatte, mitzukommen.

»Du bist doch gar nicht eingeladen«, hatte Jon gesagt.

»Bin ich doch. Tante Hedda hat gesagt, ich muß ganz bestimmt mitkommen.«

Kurz vor dem Mittagessen waren sie da. Jon hatte das Haus nicht mehr gesehen, seit es im Rohbau stand. Es war wirklich prächtig geworden, modern und doch mit Geschick dem Stil der Stadt und des Landes angepaßt. Es lag am Kleinen Kiel, ein wenig erhöht hinter einem großen Vorgarten, auf dem Rasen blühten die ersten Krokusse und Schneeglöckchen. Im Erdgeschoß hatten Friedrich und Joachim, sein Sohn, die Kanzlei. Daneben würde in Kürze ein Internist seine Praxis eröffnen. Im ersten Stock war die Wohnung von Hedda und Friedrich, eine sehr komfortable Wohnung. »Ich brauch' mal wieder ein bißchen mehr Platz für mich«, sagte Bruhns. »In den letzten Jahren hatten wir es zu eng. Ihr wißt nicht, wie das ist, wenn man sich dauernd in den Weg läuft, bei euch draußen ist Platz genug.«

Im zweiten Stock befanden sich zwei Wohnungen, in der einen wohnte Bruhns junior mit Frau und Kind, die andere sollte vermietet werden.

Die Männer tranken Aquavit, und Bruhns sagte: »Wenn ich denke, wie das hier vor zehn Jahren aussah! Hätt' ich nie gedacht, daß ich das noch mal schaffe. Man muß dem Schicksal dankbar dafür sein«, sagte er versonnen, aber nach einem raschen Blick auf seinen Freund Jon wechselte er das Thema.

»Noch 'n Lütten?«

Er füllte die Gläser wieder.

Zum Mittagessen gab es Hühnersuppe mit Fleischklößchen, dann gefüllte Schweinerippe, zum Nachtisch Kompott.

»Mehr gibt es nicht«, sagte Hedda, »denn nachher trinken wir Kaffee und dazu macht Tresi einen Apfelstrudel, er ist schon im Rohr.«

Tresi war die junge Frau von Joachim Bruhns, sie stammte aus Salzburg. Der junge Bruhns zerbrach während der Festspiele in Salzburg seine Brille, im Optikerladen von Tresis Vater nahm sie die Splitter in Empfang und versprach, daß er möglichst schnell Ersatz bekommen solle. Als er die Brille am nächsten Tag abholte, konnte er die hübsche, dunkelhaarige junge Dame genauer besichtigen. Am Tage darauf kam er wieder, weil angeblich irgend etwas drückte. Mit ernsthafter Miene probierte sie an der Brille und seinem Kopf herum, sie roch zart nach Veilchen, ihre Haut war wie Samt. Joachim meinte, da sie mit Optik wohl vertraut sei, müsse sie ja auch einen besonders scharfen Blick für die Schönheiten ihrer Heimat haben, ob sie nicht einmal einen Nachmittag und Abend seine ganz spezielle Führerin sein wolle?

Therese, genannt Tresi, zierte sich ein bißchen. Sie sei gar keine gelernte Optikerin, helfe nur im Laden. Aber dann wollte sie doch die Fremdenführerin spielen... Jetzt bemühte sie sich tapfer, im hohen Norden heimisch zu werden, was ihr nicht leichtfiel.

Nach dem Essen mußten Jon, Christine und Winnie genau das Haus besichtigen, die Kanzlei, die noch uneingerichtete Praxis, sogar den Keller, wovon der Weinkeller der wichtigste Teil war. Zum Schluß gingen sie hinauf in die Wohnung der jungen Leute, wo Wolfgang, der Anderthalbjährige, eben vom Mittagsschlaf erwachte.

Winnie, die nicht nur nach Tieren verrückt war, sondern auch über jedes Baby in Entzücken geriet, blieb gleich oben, um beim Lever des Bruhns-Nachkömmlings zu assistieren. Die anderen gingen wieder hinunter in den ersten Stock. Christine half Hedda beim Abwaschen, die Männer unterhielten sich, später kamen Tresi, Winnie und der jüngste von oben, es gab nun Kaffee und Apfelstrudel, der hervorragend gelungen war und der jungen Frau viel Lob eintrug. Winnie, die Weitgereiste in der Kamphoven-Familie, erzählte, daß sie schon öfter in Österreich Apfelstrudel gegessen habe, aber so gut habe ihr noch keiner geschmeckt. Und sie würde gern lernen, wie man so etwas herstelle. Das brachte sogar Jon zum Schmunzeln. »Ausgerechnet du, du Irrwisch!« sagte er.

Es herrschte eine heitere, gelöste Stimmung; die Familie hatte den Trubel des Umzugs und der verschiedenen Einzugs- und Geburtstagsfeiern hinter sich und fühlte sich entspannt. Friedrich Bruhns sah mit Genugtuung, daß sein Freund Jon nicht so finster blickte wie meist in den vergangenen Jahren. Auch Christine, die wie immer wenig sprach, wirkte aufgeschlossen.

Nein, besser nicht, dachte Bruhns. Warum diesen Tag verderben. Ich werde nicht davon sprechen. Er fing einen Blick seiner Frau auf. Er wußte, sie dachten beide das gleiche. Obwohl sie es gewesen war, die noch gestern gesagt hatte: »Es nützt nichts. Du mußt es ihm sagen. Und ich bin dafür, daß Christine dabei ist.«

»Warum soll sie dabei sein?«

»Sie ist kein Kind mehr. Sie ist reif und verständig für ihr Alter.«

»Zu reif und zu verständig. Sie wirkt gar nicht wie ein junges Mädchen.«

»Wenn du meinst, daß sie nicht so albern ist wie junge Mädchen sonst in diesem Alter, da hast du recht. Bei ihr ist eben alles anders.«

Hedda war Christines Patin. Aber nicht nur dieser Umstand allein war schuld daran, daß Hedda sich zu Christine hingezogen fühlte. Heddas Warmherzigkeit, ihr verständnisvolles Mitgefühl hatte der Schatten, der über Christines Leben lag, immer tief bekümmert. Sie trafen selten zusammen. Und es war in all den Jahren schwer gewesen, einen Zugang zu Christine zu finden. Das Mädchen war scheu, es wich jeder Annäherung aus. Außerhalb der vertrauten Umwelt von Breedenkamp wirkte sie abweisend.

Joachim teilte die Gefühle seiner Eltern nicht. Für ihn war das Ganze ein interessanter Fall, er war ein junger Anwalt voller Tatendrang. Er war es, der schließlich sagte: »Du wolltest noch etwas besprechen mit Onkel Jon, Vater.«

»Nicht heute, Joachim«, wehrte der Vater ab. »Das hat Zeit.«

»Das finde ich nicht, denn...« aber der Blick seines Vaters ließ ihn verstummen.

Jon hatte das wohl gehört und registriert. Empfindlich wie er war in diesem Punkt, wußte er sofort, worum es ging. Irgendeine Neuigkeit aus Amerika. Wie immer krampfte sich sein Herz zusammen, es war wie ein körperlicher Schmerz, es würde immer so bleiben. Sein Gesicht versteifte sich. Was war geschehen? Magnus? War er krank? War er tot? Hatte er sein Leben selbst beendet? Er wußte nicht, ob er das wünschte. Es würde ein Ende der Qual bedeuten, für ihn und seinen Sohn.

Von da an wurde das Gespräch mühselig. Sie merkten es alle. Friedrich Bruhns öffnete eine Flasche Wein, dann eine zweite. Jon begann zu trinken.

Hedda sagte. »Zum Abendessen gibt es nur kalt. Schinken. Und eine schöne Katenwurst habe ich auch.«

»Wir fahren dann nach Hause«, sagte Jon.

»Bißchen was werdet ihr doch noch essen.«

Christine hatte die Stimmung auch übernommen. Sie schwieg. »Wolferl muß jetzt sein Nachtmahl bekommen«, meinte Tresi. »Ich geh' rauf.«

»Darf ich mitkommen?« rief Winnie.

»Also – was gibt es?« fragte Jon, als Tresi mit dem Kind und Winnie verschwunden war.

Friedrich Bruhns zündete sich eine Zigarre an. »Was soll es geben?«

»Dein Sohn sagte vorhin, du hättest mit mir zu sprechen.«

»Ach das... es eilt nicht. Wir können ein andermal darüber reden.«

»Worum handelt es sich?«

»Ich sage dir doch, daß es nicht von Wichtigkeit ist.«

Jons Gesicht hatte wieder den steinernen Ausdruck. Er blickte Joachim an.

»Vielleicht bist du so gut, mir zu sagen, worum es sich handelt. Du bist offenbar anderer Ansicht als dein Vater.«

Joachim machte ein verlegenes Gesicht. »Ach nein, Vater hat schon recht. Wenn du morgen noch hier bist...«

»Ich bin morgen nicht mehr hier.«

»Aber du sagtest doch...«

»Nein.«

Hedda griff ein.

»Es ist typisch für Männer, eine Situation zu komplizieren. Jon, es ist wirklich nichts...« sie stockte. Dann fuhr sie fort: »Nein, wenn ich ehrlich bin, kann ich nicht sagen, es sei nichts Wichtiges. Es handelt sich immerhin um einen Menschen. Um einen unschuldigen Menschen obendrein. Um ein Kind.«

»Um ein Kind?« Jons Stimme klang erleichtert. »Was für ein Kind?«

Die Männer schwiegen. Hedda dachte: Wie feige sie doch sind. Sie sind es immer.

Sie legte den Kopf in den Nacken und richtete ihren Blick fest auf Jon. »Um ein Kind. Ja. Um das Kind Frederikes.« Der Name traf wie ein Schuß. Jon richtete sich kerzengerade auf, sein Genick wurde steif. »Sagtest du Frederikes Kind?«

»Ja. Du weißt, daß damals...« sie stockte wieder. Jetzt sah sie Christine an. Christine war blaß geworden, ihre Augen blickten entsetzt auf Hedda.

»Als Frederike starb, erwartete sie ein Kind. Sie stand kurz vor der Niederkunft.«

»Ich weiß«, sagte Jon knapp.

»Sie war zwar tot, aber das Kind nicht. Das Kind lebte. Und es lebt heute noch.«

Eine ganze Weile blieb es still. Keiner rührte sich.

»Christine«, sagte Hedda dann, »sieh mich nicht so fassungslos an. Du wußtest doch, daß deine Mutter...«

»Sie hat ein Kind... Das Kind ist da...?« flüsterte Christine.

»Verdammt noch mal«, knurrte Bruhns, »müssen wir denn heute darüber reden?« Er stieß zornig seine Zigarre in den Aschenbecher. Joachim Bruhns stand auf, ging durchs Zimmer und knipste Licht an, erst die Deckenbeleuchtung, dann die beiden Stehlampen.

»Also, wir wollen die Dinge doch nicht unnötig dramatisieren«, sagte er in kühlem Ton. »Ihr habt das wunderbar hingekriegt, wie so 'ne Theaterszene. Es handelt sich um nichts als um eine nackte Information. Emotionen sind hier ganz fehl am Platz. Für Onkel Jon kann es bestimmt keine Erschütterung bedeuten, wenn man ihm mal kurz berichtet, was da vorliegt.«

Seine klare, sachliche Stimme wirkte befreiend. Jon sah zu dem jungen Mann auf, der mitten im Zimmer stand.

»Also, denn schieß mal los! Was ist mit diesem Kind?«

»Es kam zur Welt, als Frederike schon tot war. Mittels eines Kaiserschnittes. Man kann so etwas für Unsinn halten oder auch nicht, das ist Ansichtssache. Jedenfalls war es da. Es blieb am Leben. Sie machen ja heute ganz dolle Dinge in der Beziehung. Du wußtest doch, Onkel Jon, daß das Kind da war?«

»Ich wußte es.«

»Na also. Schlicht und einfach: es ist immer noch da.«

»Und was geht mich das an?«

»Nichts. Es geht jetzt darum, daß das Kind zur Adoption freigegeben werden soll. In den Vereinigten Staaten sind die Adoptionsgesetze ziemlich streng. Solange ein Kind lebende Angehörige hat, sind die Behörden gehalten, deren Zustimmung einzuholen.«

»Willst du damit sagen, daß ich mich als Angehöriger dieses Bastards betrachten soll?«

»Das Kind trägt den Namen Kamphoven. Frederike und dieser Bruck waren nicht verheiratet. Rein nominell ist Magnus...« Joachim verstummte. Es kam ihm selbst ungeheuerlich vor, auszusprechen, daß Magnus Kamphoven dem Gesetz nach der Vater dieses Kindes war. Ungeheuerlich, es vor Jon auszusprechen.

»Und?« fragte Jon, die Augen zu schmalen Schlitzen verengt. Friedrich griff ein. »Gar nichts und. Man sollte das wirklich nicht dramatisieren. Joachim hat recht. Wir haben das schon durchgesprochen. Es genügt eine Erklärung, daß das Kind zur Adoption freigegeben wird. Diese Erklärung muß Magnus abgeben und mußt du abgeben. Und damit ist der Fall erledigt. Nehme ich jedenfalls an. Ich gebe zu, daß ich von den amerikanischen Adoptionsgesetzen auch nicht viel weiß, aber ich habe einen Kollegen in Hamburg, der dürfte da besser Bescheid wissen. Ich muß sowieso nächste Woche nach Hamburg, da werde ich mit ihm sprechen.« Er hob die Flasche und prüfte den Inhalt. »Trinken wir noch eine?«

»Erst solltet ihr was essen«, sagte Hedda. Sie sagte es mechanisch, ihr Blick lag besorgt auf Christine.

Christine hatte nichts gesagt, sie saß leicht vorgeneigt, wie gespannt zum Sprung, ihre Augen waren weit offen, der Ausdruck ihres Gesichts war so hilflos und verzweifelt, daß es Hedda weh tat.

»Christine, hilfst du mir, das Abendbrot anrichten?«

»Was ist es denn?« fragte Christine. »Ein Junge oder ein Mädchen?«

Da war ein fernes Echo – it will be a boy. No, a girl. Sie sah alles vor sich. Die beiden vor dem Kamin, das blonde Haar, der blaue Morgenrock, seine schimmernde Seide, der Glanz des Haares. Und am deutlichsten sah sie sein Gesicht, sein zärtliches Lächeln, die dunklen Augen, die voll Liebe waren. ›Christine, freust du dich auf das Baby?‹ – ›Ja, Michael, ich freue mich.‹ – ›Ach, Christine, wir werden so glücklich sein.‹ – Er schloß sie in die Arme, dann küßte er Frederike, dann nahm er sie beide in die Arme.

›Ich habe euch so lieb, so schrecklich lieb. Ich bin so glücklich, daß ich euch habe.‹ Auf einmal hörte sie auch seine Stimme wieder, wie er sang: ›Guten Abend, gut' Nacht, mit Röslein bedacht...‹.

Nein – er war nicht böse, er war gut gewesen, gut und zärtlich und liebevoll. Plötzlich wußte sie es wieder. Und dann niedergeschossen wie ein gefährliches Tier. Und sie, die ein Kind bekam, sie war auch tot. Beide lagen sie da, tot, blutend, vernichtet...

»Christine!« rief Hedda erschrocken. Sie sprang auf, beugte sich zu Christine und legte die Arme um sie. Christine schluchzte auf, sie preßte ihr Gesicht an Heddas Schulter. Jon stellte sein Glas so hart auf den Tisch, daß der Stiel abbrach. Er stand auf, trat zum Fenster und starrte hinaus. Es war nicht vorbei. Es würde nie vorbei sein.

Friedrich Bruhns warf seinem Sohn einen zornigen Blick zu, Joachim zuckte die Schultern. Er verstand nicht, warum man nicht sachlich über die ganze Angelegenheit sprechen konnte. Mein Gott, es handelte sich um eine Formalität, sonst nichts.

»Es ist ein Mädchen, Christine«, sagte Hedda.

It will be a girl. Ich habe recht gehabt.

Christine machte sich aus Heddas Umarmung frei. Sie stand ebenfalls auf. Hochaufgerichtet stand sie da, sie wirkte nicht wie ein junges Mädchen, ihr Gesicht war starr, ihre Augen waren trocken. »Wo war sie bis jetzt?«

Friedrich Bruhns räusperte sich, doch ehe er antworten konnte, sprach sein Sohn: »Sie ist in einem kleinen Ort in Massachusetts aufgewachsen. Bei einer alten Irin.«

»Woher wißt ihr das alles?«

»Vater«, sagte Joachim, »ich glaube, wir sollten doch noch eine Flasche trinken. Soll ich sie holen?«

»Das mache ich schon«, sagte Hedda.

Joachim bot Christine eine Zigarette an. »Ich weiß nicht, rauchst du eigentlich?«

»Selten. Aber gib mir eine.«

Er zündete ihr die Zigarette an, dann seine. Friedrich Bruhns setzte die Zigarre wieder in Brand. Hedda kam mit dem Wein. Jon stand noch immer am Fenster, den Rücken ihnen zugekehrt, Joachim wandte sich direkt an Christine.

»Du weißt vielleicht, Christine, daß mein Vater Kontakt hat mit diesem Anwalt in Boston, der damals im Prozeß deinen Vater verteidigte.«

»Nein. Ich weiß es nicht.«

»Na schön, dann weißt du es jetzt. Wir schreiben uns ab und zu, um... eh, um auf dem laufenden zu bleiben. Von ihm haben wir das jetzt auch erfahren. Dieses Kind kam damals zur Welt, es war schwächlich, eine Frühgeburt, blieb eine Zeitlang in der Klinik und kam dann zur Pflege zu dieser Frau, dieser Irin. Sie war früher bei den Claytons Kinderfrau gewesen. Als die Clayton-Kinder, also die vorige Generation, noch klein waren. Ergo muß diese Frau ziemlich alt gewesen sein, als das Kind zu ihr kam.«

Christine überlegte. Clayton... ja natürlich, davon war die Rede gewesen.

»Wer ist das, die Claytons?«

»Das ist die Familie, aus der dieser Mann stammte. Es muß eine Mesalliance einer Clayton-Tochter gewesen sein. Eine kurze Ehe, die irgendwann geschieden wurde.«

»Dieser Mann, damit meinst du Michael?« Christines Stimme klang jetzt so kühl und beherrscht wie die Joachims. Jon wandte sich mit einer heftigen Bewegung um und starrte Christine an.

»Damit meine ich Michael Bruck, der damals am gleichen Tag wie deine Mutter starb«, sagte Joachim sachlich und beachtete weder die warnenden Blicke seines Vaters noch die besänftigende Handbewegung seiner Mutter.

»Nach allem, was wir wissen, handelt es sich um eine ebenso reiche wie bedeutende Familie. Sie haben sich um Michael kaum gekümmert, auch nicht um deine Mutter. Und schon gar nicht um das Kind. Mit einer Ausnahme. Es gab da einen sehr alten Mann, er war schon neunzig oder so, das war der Senior der Familie. Der Großvater Michaels. Und er veranlaßte damals, daß das Kind zu dieser Irin kam, die offenbar in früheren Zeiten seine eigenen Kinder großgezogen hatte. So ähnlich muß es gewesen sein.

Unser amerikanischer Kollege schreibt, daß der alte Clayton vermutlich diesem Kind wenigstens ein wenig Geld vererbt hätte, er soll dieser Irin gegenüber so eine Äußerung gemacht haben. Aber er starb kurz darauf, und es kam nicht mehr dazu. Das Kind blieb ganz einfach bei der Irin, sie zog es auf.

Und jetzt ist sie auch gestorben. Das ist die ganze Geschichte.«

»Und die Familie Clayton, diese feinen, reichen Leute«, fügte Hedda erbost hinzu, »haben sich offenbar nie um das Kind gekümmert und haben keinen Penny für die Kleine übrig gehabt.«

»Wo ist sie jetzt?« fragte Christine.

»In einem Waisenhaus. Und nun steht eben die Sache mit der Adoption an.«

Schweigen.

Christine drückte die Zigarette aus, sie schien ganz ruhig zu sein. Ihr Blick traf sich mit dem von Jon, der noch am Fenster stand. »Ich möchte, daß sie herkommt«, sagte Christine. »Sie ist meine Schwester. Sie gehört nicht in ein Waisenhaus.«

»Das kommt nicht in Frage«, sagte Jon.

»Sie ist meine Schwester. Sie gehört nicht in ein Waisenhaus, und sie soll nicht adoptiert werden.«

»Sie ist nicht deine Schwester. Dieser Bastard kommt mir nicht ins Haus.«

Die anderen hielten den Atem an. Alles, was bisher gesprochen worden war, schien ein mattes Vorspiel gewesen zu sein zu dem, was jetzt geschah. Sie spürten es alle: Ein Kampf begann.

»Sie ist deine Halbschwester, Christine«, sagte Friedrich. Und zu Jon gewandt: »Und sie trägt den Namen Kamphoven.«

»Bist du verrückt geworden«, fuhr Jon wütend auf. »Du wagst es, mir das ins Gesicht zu sagen?«

»Bis jetzt trägt sie den Namen Kamphoven. Das ändert sich natürlich, wenn sie Adoptiveltern bekommt.«

»Sie braucht keine Adoptiveltern«, sagte Christine. »Sie hat mich. Ich habe meine Mutter geliebt. Meine Mutter hat nichts Böses getan. Und Michael war kein böser Mensch. Ich weiß nicht, wie alles gekommen ist. Vielleicht haben sie unrecht getan. Aber sie haben dafür bezahlt. Restlos. Alles haben sie bezahlt. Mit ihrem Leben. Aber dieses Kind, meine Schwester, sie kann nichts dafür. Sie braucht nicht bei einer alten irischen Frau zu sein. Sie braucht nicht im Waisenhaus zu sein. Nicht bei fremden Menschen. Sie hat nie eine Mutter gehabt. Nie einen Vater. Aber sie hat mich.« Christine warf den Kopf zurück, ihr Blick ließ Jon nicht los. »Großvater, du kannst es im

Ernst nicht wollen, daß ich sie im Stich lasse. Sie ist meine Schwester.«

Jon antwortete nicht. Keiner sprach.

Nach einer Weile sagte Hedda: »Es sind so furchtbare Dinge geschehen. So viel Unglück. So viel Leid. Sollte nicht endlich einer anfangen, etwas Gutes zu tun? Ich finde, Christine hat recht. Man muß den Bann durchbrechen. Man muß versuchen, menschlich zu sein. Diesem Kind zu helfen.«

»Es ist nicht gesagt, daß es diesem Kind schlecht geht, wenn es adoptiert wird«, sagte Joachim. »Es kann bei netten Adoptiveltern durchaus ein gutes Leben haben. Vielleicht wäre es für das Kind sogar leichter, wenn man es nicht auf einmal von Amerika nach Europa verpflanzt. So klein ist es schließlich auch nicht mehr. Wahrscheinlich spricht sie kein Wort Deutsch und... und überhaupt«, schloß er vage, denn es schien ihm keiner zuzuhören.

Christines und Jons Blicke lagen ineinander wie die zweier Kämpfer, die ihre Kräfte maßen. Plötzlich spürte es jeder im Raum: hier waren zwei, die gleich stark waren. Zwei ebenbürtige Gegner.

Winnie kam hereingeschlendert. »Der Wolferl schläft schon. Tresi meint, wir sollten jetzt auch nachtmahlen.« Mit Vergnügen wiederholte sie den fremden Begriff.

»Kann ich etwas helfen, Tante Hedda? Tischdecken oder so?« Dann bemerkte sie die gespannte Atmosphäre. »Ist was los?«

»Nein, nein«, sagte Hedda. »Wir hatten gerade ein ernstes Gespräch. Gut, daß du kommst, Winnie. Wir werden gleich das Abendbrot zurechtmachen.«

»Habt ihr euch gekracht?« fragte Winnie hoffnungsvoll.

»Wir haben uns nicht gekracht, du Fratz«, sagte Friedrich, »wir haben über etwas Ernstes geredet. Das ist der Unterschied.«

»Christine macht so'n Gesicht, nicht?« gackerte Winnie. »Guckt mal, ihre Augen sind fast grün. Direkt zum Fürchten.«

»Jetzt halt den Mund und komm«, sagte Hedda. »Gehn wir in die Küche und machen was zurecht.« Obwohl sie wenig Hoffnung hatte, daß auch etwas gegessen wurde.

»Wie heißt sie denn?« fragte Christine.

»Wer?« fragte Winnie.

»Moira«, antwortete Joachim auf Christines Frage.

In den Jahren, die hinter ihnen lagen, waren Jon und Christine Freunde gewesen. Auf einmal war so etwas wie Feindschaft zwischen ihnen entstanden. Das Schweigen kehrte zurück. Schweigend verlief die Heimfahrt von Kiel. Winnie, die neugierige Fragen stellte, wurde von Jon hart angefahren, darauf schwieg auch sie, beleidigt.

Das Schweigen hielt an in den nächsten Tagen und Wochen. Aber Christine dachte unausgesetzt an das, was sie erfahren hatte. Es war eine ungeheuerliche Vorstellung, daß ihre tote Mutter noch das Kind zur Welt gebracht hatte. Daß man es aus ihrem toten Leib herausgeschnitten hatte.

Daran mußte sie immerzu denken. Und dann natürlich an das Kind selbst, das kleine Mädchen. Ihre Schwester. Sie empfand eine geradezu schmerzliche Liebe für dieses Kind, das sie nicht kannte. Die Mutter hatte man ihr genommen. Dafür war das Kind da. So sah sie es, sie verrannte sich in den Gedanken, daß dieses Kind ein Vermächtnis ihrer Mutter sei und daß nun sie, Christine, für dieses Kind verantwortlich war.

Dabei begriff sie durchaus, daß Jon es anders sehen und andere Gefühle haben mußte, sie verstand auch ihn, und sie litt unter dem Zerwürfnis mit ihm.

In der Schule war sie unaufmerksam, im Zusammensein mit den anderen abwesend und abweisend.

»Was hat sie denn?« fragte Gerhard, der an einem Sonntag zu Besuch kam. Er hatte sein erstes Semester hinter sich und arbeitete während der Semesterferien auf einem Mustergut in der Nähe von Oldenburg.

»Ich weiß nicht«, erwiderte Winnie, »mir sagt ja kein Mensch was. Vor vierzehn Tagen, als wir bei Onkel Friedrich und Tante Hedda waren, da haben sie über irgend etwas geredet. Erst waren alle ganz vergnügt, und dann auf einmal waren sie sauer. Ganz bestimmt hängt es mit ihm zusammen.«

Was damit gemeint war, wußte Gerhard.

»Hast du schon einmal was von einer Moira gehört?« fragte Winnie.

»Nein.«

»Du kannst dir auch nicht vorstellen, wer das ist?«

»Nein, keine Ahnung.«

Abends im Stall, Christine fütterte die Pferde, kam Gerhard herein und sah ihr zu, wie sie Hafer einschüttete. Dann gabelte er jedem der Pferde das Bündel Heu in die Box.

»Ist was los?« fragte er. »Kann ich dir helfen?«

»Nein.«

Das klang knapp und unfreundlich. Er ärgerte sich nicht darüber, so war sie nun einmal. Aber er wußte, wenn sie sich aussprechen wollte, dann würde sie mit ihm reden.

Seltsamerweise aber sprach Christine zuerst mit Telse. Sie kam eines Tages am späten Nachmittag in die Küche, setzte sich aufs Fensterbrett und sah Telse zu, die das Abendessen für die Leute zubereitete. Es waren nur noch vier, die auf dem Gut verpflegt wurden: Polly, der alte Franz, dann ein sechzehnjähriger Junge, der volontierte, Sohn eines Bauern aus Probsteierhagen, und Evi aus Lütjenburg, die für Jon die Büroarbeiten erledigte. Sie war nur wochentags da, Freitag abend fuhr sie nach Hause zu ihren Eltern. Alle anderen lebten bei ihren Familien, meist in eigenen kleinen Häusern, und aßen daheim.

Telse war jetzt auch schon Ende Fünfzig. Und obwohl sie in ihrem Leben viel gearbeitet hatte, sah man ihr das nicht an, sie war schlank und gerade, und die Falten, die sie im Gesicht hatte, störten nicht, sie machten ihr gutgeschnittenes, schmales Gesicht höchstens markanter. Nur ihr Haar war ganz grau geworden.

»Telse, wie lange bist du schon auf Breedenkamp?« fragte Christine.

Telse warf ihr einen schrägen Blick zu. Fragen dieser Art konnte man eventuell von Winnie gewärtigen, nicht von Christine.

»Das weißt du doch. Seit... na wart mal, muß ich erst nachrechnen. Mehr als dreißig Jahre is das nu. 1924 bin ich hergekommen. '23 war das passiert. Erst wollt' ich ja nach Hamburg, aber dann bin ich zu euch gekommen. Da war noch der alte Kamphoven da, dein Urgroßvater, den kannte ich ja schon. Und der sagte, was willst du in der Stadt, Telse, da paßt du nich hin. Komm man lieber zu uns, wir können dich brauchen, drei Kinder im Haus und viel Arbeit. Hat er ja wohl recht gehabt. In die Stadt hätt' ich nie gepaßt. Und viel Arbeit gab's ja wirklich. Gott, wenn ich denke – der junge Herr schuftete von Morgengrauen bis in die Nacht. Waren schwere Zeiten damals.«

Der junge Herr, das wußte Christine, war in diesem Fall ihr Großvater Jon, der damals ein stattlicher Mann Mitte der Dreißig gewesen war.

»Mein Vater war da gerade zehn Jahre alt, nich?«

Wieder ein schräger Blick von Telse. Sie schnippelte Kartoffeln zu Bratkartoffeln, und man wunderte sich, daß sie sich nicht in die Finger schnitt, so rasch ging das.

Sie gab keine Antwort.

»Zehn Jahre, nich?« wiederholte Christine hartnäckig.

»Was willste denn nu damit?«

Christine schwieg und überlegte. Dann sagte sie: »Von allen, die damals da waren, ist nur noch Großvater übrig. Dein junger Herr von damals.«

Telse gab nur einen Knurrlaut von sich. Sie begann Speck zu schneiden.

»Das Leben ist seltsam«, sagte Christine.

»Was du nich sagst, da wär' ich von selber nie drauf gekommen.«

»Es hat so viel Unglück gegeben in diesem Haus. Warum eigentlich?«

»Da mußt du den lieben Gott fragen, vielleicht weiß er es.«

»Warum gerade bei uns?«

»Unglück gibt's überall. Die ganze Welt ist voll davon.«

»Ja, sicher. Aber bei uns ist es besonders schlimm. Nimm mal Friedrichshagen, da geht alles gut.«

»Muß man erst abwarten. Der Olaf streunt jetzt in Amerika rum, ich kann mir nicht vorstellen, daß seine Eltern da glücklich drüber sind.«

»Und das mit deinem Kind, das war ein Jahr bevor du hergekommen bist?«

Telse schenkte sich die Antwort. Über das Unglück, bei dem sie ihr einziges Kind verloren hatte, sprach sie nicht. Das Kind war bei einem Brand erstickt. Es war vier Jahre alt gewesen. Telse arbeitete damals in der Sommersaison in einem Hotel in

Travemünde. Ihre Tochter hatte sie bei einer Cousine, die mit einem Bauern in der Nähe des Pönitzer Sees verheiratet war und die selbst drei Kinder hatte, zur Pflege gegeben. Der Blitz schlug in den Hof ein bei einem schweren Gewitter. Alle wurden gerettet, sogar das Vieh. Nur Telses kleine Tochter erstickte in den Flammen, man hatte sie nicht rechtzeitig herausgeholt.

Telses Mann war 1918 mit einem Unterseeboot auf Grund gegangen. Das Kind war erst nach seinem Tode geboren worden.

»Der Mann ersoffen, das Kind verbrannt«, das hatte Telse einmal gesagt, »nur ich muß am Leben bleiben. Für mich muß wohl erst ein Erdbeben kommen.«

»Wie hieß denn dein kleines Mädchen?«

Telse legte mit einem Knall das Messer hin. »Warum willste denn das auf einmal wissen?«

»Weißt du es nicht mehr?«

»Dußlige Frage! Ich soll das nicht mehr wissen. Sie hieß Gretchen. Eigentlich Margarete. So hieß meine Mutter auch.«

»Und wie du dann hierher gekommen bist, waren hier drei Jungen. Mein Vater war zehn Jahre alt. Die anderen waren jünger.«

»Ja, die waren jünger, sieben war Henning und Alwin drei.«

Christine rechnete, obwohl es nicht nötig war. Sie wußte es ohnehin.

»Heute ist mein Vater dreiundvierzig. Mein Gott, es ist so schrecklich!«

Sie saß auf dem Fensterbrett, die Beine hochgezogen. Jetzt legte sie das Gesicht auf die Knie.

Telse stellte die große Pfanne auf den Herd. Sie hantierte laut und unwirsch. »Was haben sie dir denn da eigentlich neulich wieder in den Kopf gesetzt, bei den Bruhns?«

»Wieso?«

»Na, das sieht ja 'n Blinder ohne Laterne. Seitdem läufste rum, als hätte dich einer geschlagen. Redest mit keinem, siehst keinen an. Was ist los mit deinem Vater?«

»Ich weiß nichts von meinem Vater.«

»Du bist komisch, dein Großvater ist komisch, der redet

auch nicht und sieht durch einen durch, als ob man Luft wäre. Irgendwas ist doch los. Winnie sagt das auch.«

»Ach, Winnie. Hat sie dir was erzählt?«

»Das hat sie. Sie sagt, es hätt' Krach gegeben, und dann seid ihr auch bald abgefahren, und ihr beiden habt kein Wort geredet.« Christine sprang vom Fensterbrett herunter.

»Es ist wegen des Kindes.«

»Was für 'n Kind?«

»Telse, ich muß dich erst noch was fragen: Konntest du meine Mutter leiden?«

»Heut is bei dir große Fragestunde, was? Hab' ich bei dir noch nie erlebt. Was willst du denn auf einmal?«

»Nun sag schon. Konntest du sie leiden?«

Jetzt mußte Telse eine Weile überlegen. »Leiden konnte sie eigentlich jeder. Am Anfang, meine ich. Ehe sie das mit dem andern da... na, du weißt schon. Sie tat ja keinem was. Sie war immer sehr freundlich und höflich. Bitte und danke und würden sie wohl so freundlich sein und so fort, so hat sie geredet. Kein Mensch war so höflich gewesen früher. Und sie war auch so hübsch. Ich hab' sie immer gern angesehen. Ich glaube, das ging jedem so. Man war immer ganz erstaunt, daß so was Zartes, Feines überhaupt auf der Erde war. Ja, so war das mit deiner Mutter. Doch... leiden konnte ich sie schon, sicher. Man konnte halt nicht viel mit ihr anfangen. Sie war gar nicht richtig da. Ich meine, sie gehörte irgendwie nicht zu uns.«

»Ich kann mir jetzt vorstellen, wie es war«, sagte Christine. »Du sagst, sie gehörte nicht zu euch. Das war schuld daran.«

»Was? Woran war es schuld?«

»Das sie fortging. Daß sie diesen... daß sie Michael liebte. Ihr habt sie nicht liebgehabt. Sie war einsam.«

»Sie war nicht einsam«, sagte Telse empört, »sie hatte dich. Und das ganze Haus war voller Leute. Daß dein Vater in 'n Krieg mußte, dafür konnte keiner was. Das mußten andere Frauen auch durchmachen. Sie hatte hier alles, was 'n Mensch sich wünschen kann.«

»Aber sie gehörte nicht zu euch, du hast es selbst gesagt. Ich glaube, Großvater mochte sie nicht besonders leiden.«

»Das kannst du nicht sagen. Er ist immer sehr fein mit ihr umgegangen. Sie war eben ganz anders.«

»Sie hat einmal zu mir gesagt, das war in Amerika... da nahm sie mich ganz fest in die Arme und sagte: Ich werde mich nie von dir trennen, Christine. Meine Kinder sollen viel Liebe bekommen. Ich habe so wenig Liebe bekommen als Kind. Mich hat nie einer wirklich lieb gehabt.«

»Und du denkst, du weißt heute noch, was sie gesagt hat?«

»Ich weiß es noch sehr gut.«

»Du warst viel zu klein, um das zu behalten.«

»Ich war neun Jahre alt. Da ist man nicht mehr so klein. Da kann man sich schon manches merken. Wenn ein Kind in dem Alter behalten kann, was es in der Schule gesagt kriegt, warum kann es da nicht behalten, was seine Mutter zu ihm sagt?«

»Dein Vater hat sie sehr lieb gehabt.«

»Ja«, sagte Christine bitter. »Er hat sie totgeschossen.«

Zornig fuhr Telse herum. »Red nich so einen Unsinn. Er hat nicht auf sie geschossen.«

»Woher willst du denn das wissen?«

»Na – in dem Prozeß haben sie das gesagt. Er hat auf den Kerl geschossen. Und sie hat sich dazwischen geworfen.«

»Ist das wahr?«

»Hör auf, davon zu reden. Ich will darüber nicht sprechen.«

»Aber ich!« schrie Christine. Auf einmal schrie sie, ihre Stimme war herrisch, sie trat dicht vor Telse hin, ihre Augen blitzten vor Wut.

»Habe ich kein Recht, ich, seine Tochter, endlich darüber etwas zu erfahren? Woher weißt du das, daß er nicht auf sie geschossen hat? Hat Großvater das gesagt?«

»Dein Großvater spricht nicht darüber, das weißt du genau. Nie. Und nun verschwinde hier, ich muß das Essen machen, die Leute werden gleich kommen.«

»Wer hat dir erzählt, daß er nicht auf sie geschossen hat?«

»Frau Bruhns. Sie war mal hier bei mir in der Küche, so wie du jetzt. Da war der Prozeß gerade vorbei. Wir wußten ja hier von nichts. Und da hab' ich sie gefragt.«

»Und da hat sie gesagt, er hat nicht auf sie geschossen?«

»Ja. Er wollte überhaupt nicht schießen. Das hat er gesagt im Prozeß, verstehst du, er hat gesagt, er ist bloß da hingefahren, um dich zu holen. Aber der Kerl hat eine Pistole gehabt und hat auf ihn schießen wollen.«

»Michael?« fragte Christine erstaunt. »Das kann ich mir überhaupt nicht vorstellen.«

»Sie haben ihm das natürlich nicht geglaubt. Aber da war so ein Bauer in der Nähe. Farmer nennt man das wohl in Amerika. Der war Zeuge, und der hat ausgesagt, er hätt' die Pistole mal gesehen bei dem... Kerl.«

»Er hieß Michael.«

»Na, is ja egal, wie er hieß. Wie sie da eingezogen sind in dem Holzhaus, da ist der Farmer gekommen und hat gesagt, wenn mal was los ist, dann soll er schreien, er kommt dann schon mit dem Gewehr. Und da hat der gelacht und gesagt, er hat selber 'ne Pistole. Und hat sie dem Farmer gezeigt. Aus dem Krieg soll er sie mitgebracht haben. Von hier. Das war für deinen Vater sehr günstig, daß der Farmer das gesagt hat.«

»Das hat dir alles Tante Hedda erzählt?«

»Ja, damals. Wir haben nur einmal darüber gesprochen.«

»Und warum hat mir das keiner gesagt?«

»Dir? Du weißt doch, wie du damals warst. Kein Wort hast du gesprochen und ganz verbaast und verbiestert, 'n Kind warst du.«

»Aber jetzt doch nicht mehr. Ich muß das doch wissen.« Das letzte klang leidenschaftlich.

»Na, irgendwas haben sie dir doch erzählt am Sonntag in Kiel.«

»Das werde ich dir jetzt sagen.« Und sie sagte es Telse. »Und daß du es weißt, ich will, daß meine Schwester herkommt. Und darum rede ich jetzt mit dir darüber. Du mußt es auch wollen.«

Zunächst war Telse sprachlos.

»Ein Kind, sagst du? Ein kleines Mädchen? Davon habe ich nie was gehört. Darum seid ihr so verdreht, seit ihr zurück seid von Kiel.«

»Großvater will nicht, daß sie herkommt.«

»Kann man ja verstehen, nich?«

»Ich will es aber.«

»Das wird dir nicht viel helfen.«

»Was sagst du dazu? Bist du nicht auch dafür, daß sie herkommt?«

»Ich... ich weiß nicht... es ist ein ganz fremdes Kind.«

»Es ist kein fremdes Kind. Es ist meine Schwester. Und meine Mutter hat gesagt, sie wird ihre Kinder nie allein lassen. Ein Kind braucht Liebe, das hat sie gesagt. Zu mir hat sie das gesagt.«

Auf dem Gang näherten sich Schritte.

»Ich muß jetzt das Essen machen«, sagte Telse. »Ich muß da erst mal drüber nachdenken.«

Noch am selben Abend sprach Christine endlich mit Jon darüber.

Sie klopfte an die Tür zu seinem Arbeitszimmer, wo er über den Büchern saß.

»Was willst du?« fragte Jon.

»Du weißt es.«

Jon sah sie an. Sie stand vor ihm, schlank und jung, ihr Gesicht war blaß.

»Ich habe nein gesagt.«

»Du kannst nicht so hartherzig sein. Ich verstehe dich. Aber du mußt mich auch verstehen. Ich würde immer daran denken.«

»Du hast bis vor wenigen Wochen nichts davon gewußt.«

»Aber jetzt weiß ich es. Für dich ist es ein fremdes Kind. Aber für mich ist es meine Schwester.«

»Deine Halbschwester.«

»Na gut, meine Halbschwester. Was macht das für einen Unterschied. Ich kann sie nicht im Stich lassen.«

»Hast du dir überlegt, was du mir da zumuten willst?«

»Großvater, du hast so vielen Menschen geholfen. Nach dem Krieg und in den letzten Jahren. Alle sagen das. Und du hast mich damals nach Hause geholt. Du hast mich doch auch nicht allein in Amerika gelassen.«

»Du bist meine Enkeltochter«, sagte Jon mit erhobener Stimme, er stand auf und stieß den Schreibtischsessel zurück. »Das ist schließlich etwas anderes.«

»Ihr wart alle gut zu mir. Ihr habt mir geholfen. Meine Mutter ist tot, ihr kann man nicht mehr helfen. Und mein Vater... Bitte, Großvater, bitte!«

»Mach, daß du rauskommst!« sagte Jon böse. »Ich will davon nichts mehr hören.«

Es war das erste von mehreren Gesprächen. Zum ersten Mal

erwies sich, daß Christine hartnäckig, sogar verbohrt sein konnte.

Schließlich wußten es auch Gerhard und Winnie. Gerhard war imstande, die beiden unvereinbaren Standpunkte zu begreifen. Jeder hätte auf seine Art recht, sagte er.

Anders Winnie. Sie nahm leidenschaftlich Partei für Jon. Christines Schwester war sie, was sollte das fremde Mädchen hier. »Laßt sie doch in Amerika. Da war sie bis jetzt doch auch. Ich will sie hier nicht haben. Was geht sie uns denn an. Sie gehört nicht zu uns.«

Es war wie damals bei Annemaries Heirat. Winnie war uneinsichtig, töricht, eifersüchtig und voll unkontrollierbarer Wut. »Du läßt sie nicht herkommen, Großvater, nicht wahr? Christine spinnt ja. Wir wollen die nicht hier haben. Du erlaubst es nicht, Großvater, nicht wahr?«

»Dich geht das nichts an«, sagte Christine kalt. »Es ist meine Sache.«

»So, mich geht's nichts an. Vielleicht willst du mich lieber hinauswerfen, bloß damit das fremde Mädchen herkommt. Ich brauche dich nicht. Ich geh' zu Mutti. Dich brauche ich schon ganz bestimmt nicht«, und dann schluchzte Winnie hemmungslos und wild.

An einem Samstag nach der Schule bestieg Christine, statt den Bus nach Lütjenburg, den Zug nach Kiel. Es war das erstemal, daß sie selbständig so etwas unternahm. Und es war auch das erstemal, daß sie redete und redete und schließlich weinte. Hedda, die glücklicherweise zu Hause war, als Christine kam, hörte sich alles geduldig an. Dann sagte sie: »Du bist eigensinnig, Christine. Warum kannst du das alles nicht mit Ruhe behandeln? Warum steigerst du dich so hinein?«

»Ich dachte, du verstehst mich«, sagte Christine vorwurfsvoll.

»Ich verstehe euch beide. Und nun beruhige dich. Ich werde bei euch draußen anrufen und sagen, daß du hier bist. Und dann koche ich uns einen schönen Kaffee. Und dann werden wir darüber nachdenken.«

›Denken wir mal darüber nach!‹ Die Worte von Dr. Wissinger. Sie wirkten entspannend.

Auf Breedenkamp wußten sie schon, daß Christine nach

Kiel gefahren war. Winnie hatte es berichtet und voll Wut hinzugefügt: »Sie braucht gar nicht mehr wiederzukommen. Sie kann gleich dortbleiben.«

An diesem Tag gab es nun auch ein Gespräch zwischen Jon und Telse. Erst hatte Telse Winnie angefahren, weil sie so unvernünftig daherredete, und dann hatte sie zu Jon gesagt: »Ich weiß, worum es sich handelt.«

Jon schwieg, schloß die Augen halb und fixierte Telse.

Diese Haltung, diesen Blick kannte sie. Aber sie fürchtete sich nicht mehr davor.

»Ich verstehe gar nicht«, sagte Telse, »warum eigentlich so 'n Theater gemacht wird, wegen der kleinen Deern in Amerika. Ist doch nun mal die Schwester von Christinchen. Was macht 'n das schon, wenn das Kind hier ist? Waisenhaus! Das ist doch keine Art, mit 'm Kind umzugehen, das keinen Vater und keine Mutter hat.«

»Drum ist sie im Waisenhaus«, sagte Jon kalt.

»Wenn das Kind aber doch Anverwandte hat...«

»Anverwandte?«

»Eine Schwester, ja. Und Platz haben wir hier auch genug.«

»Verdammt noch mal«, brüllte Jon. »Es handelt sich hier nicht um den Platz, den wir haben oder nicht haben.«

»Jetzt regst du den Großvater auch noch auf«, sagte Winnie vorwurfsvoll. »Armer Großvater, ich bin ganz deiner Meinung. Du hast recht. Wir wollen die hier nicht haben.«

»Du bist ganz still«, fuhr Telse sie an. »Um jedes Viehzeug kümmerst du dich. Aber so ein armes kleines Menschenkind, da hast du kein Herz. Du bist ein ganz herzloses, eigensüchtiges kleines Biest.«

»Siehst du, Großvater«, sagte Winnie, »die ist noch gar nicht hier, und wir streiten uns schon.«

»Ich wundere mich über dich, Telse«, sagte Jon.

»Wenn sie kommt, dann bleib' ich nicht hier, dann geh' ich zu Mutti«, sagte Winnie, einen giftigen Zug um ihren hübschen Mund.

Christine blieb über Nacht in Kiel. Am nächsten Nachmittag brachten Friedrich und Hedda sie nach Breedenkamp zurück. Jon war nicht da, als sie kamen. Er war draußen auf den Feldern.

Winnie war auf dem Reitplatz, aber sie hatte den Wagen kommen sehen und kam nach einer Weile angeschlendert, im Gesicht eine Mischung aus Neugier und Bockigkeit. Hedda begrüßte sie, als wenn nichts wäre, erkundigte sich nach der Schule und den Pferden.

Telse hatte extra starken Kaffee gekocht und ihren selbstgebackenen Käsekuchen auf den Tisch gebracht. Sie stellte keine Frage, aber ihr Blick forschte in den Gesichtern der Ankömmlinge. Christine schien wie immer. Das Verkrampfte, das in den letzten Wochen an ihr gewesen war, schien verschwunden.

Hedda lächelte Telse zu, als diese den Tisch in der großen Glasveranda deckte.

»Wir haben uns für diplomatisches Vorgehen entschlossen«, sagte sie.

»Und wie soll das aussehen?« fragte Telse mißtrauisch.

»Erst mal Zeit lassen. Nichts erzwingen wollen.«

»Na ja«, meinte Telse. »Kommt auch nichts bei raus.«

»Was soll denn rauskommen?« fragte Winnie aggressiv. »Wir wollen die nicht hierhaben, und damit fertig.«

Hedda blickte Winnie lange und schweigend an, aber Winnie erwiderte trotzig ihren Blick.

»Das ist nun mal meine Meinung«, fügte sie hinzu.

»Sehr gut. Deine Meinung kennen wir nun. Wir kennen auch die von Christine und die von deinem Großvater. Und was soll deiner Meinung nach also geschehen?«

»Gar nichts.«

»Dann bleibt das Kind im Waisenhaus.«

Winnie hob die Schultern.

»Das wäre dir egal?«

»Das ist mir ganz egal«, gab Winnie pampig zur Antwort. »Es gibt noch mehr Kinder, die im Waisenhaus sind, nicht wahr?«

»Jetzt trinken wir erst mal Telses guten Kaffee«, meinte Friedrich Bruhns friedlich.

»Irgendwas habt ihr ausgeknobelt, das merke ich doch«, meinte Winnie mißtrauisch. Und zu Christine: »Aber das sage ich dir, ich gehe zu Mutti nach Düsseldorf. Und Goldblitz nehme ich mit, Goldblitz gehört mir.«

»Du wolltest doch partout nicht nach Düsseldorf«, meinte Bruhns.

»Ach, Düsseldorf ist sehr schön. Mir gefällt es da.«

Jon kam etwa eine Stunde später.

Auch er sah das Auto stehen und kam mit seinen schmutzigen Stiefeln in die Veranda. Er gönnte Christine keinen Blick, begrüßte aber seine Freunde mit gelassener Miene.

Er bekam frischen Kaffee gekocht, sie redeten über dies und das. Das Gespräch war ein wenig stockend.

»Also denn mal los«, sagte Jon schließlich, »ich sehe es Heddas zufriedenem Gesicht an, daß ihr was ausgekocht habt.«

Hedda lachte. »Mache ich ein zufriedenes Gesicht? Das ist fein.« Sie zündete sich eine Zigarette an und lehnte sich zurück. »Go ahead, Fritz.«

Friedrich Bruhns grinste. »Sie übt Englisch, wie ihr hört.«

»Brauch' ich nicht erst zu üben. Ich habe immer schon ganz gut Englisch gesprochen. Wer hat denn gedolmetscht, als es darum ging, deine Kanzlei nach dem Krieg wieder zu eröffnen, hm?«

»Du, meine Teure. Ich weiß es, daß es der lichteste Moment meines Lebens war, als ich auf die Idee kam, dich zu heiraten.«

»Und das nach zweiunddreißig Jahren Ehe. Ist das nichts?«

»Also hör zu, Jon. Und du hörst auch zu, Winnie, und hältst deine große Klappe. Wir haben die ganze Angelegenheit in Ruhe mit Christine besprochen. Jeder von euch hat auf seine Art recht. Und es hat wenig Sinn, sich pausenlos darüber zu streiten, was geschehen soll. Wir sind uns darüber einig geworden, daß das Kind nicht adoptiert werden soll. Christine meint, dann hätte für alle Zeiten eine Trennung stattgefunden.«

»Wieso denn Trennung? Sie kennt die doch gar nicht?«

»Du sollst den Mund halten, Winnie. Jetzt rede ich.«

»Von Trennung kann man doch nicht reden, finde ich«, maulte Winnie.

»Natürlich«, fuhr Bruhns fort, »hätte eine Adoption das Gute, daß klare Verhältnisse geschaffen werden. Ein Kind, das keiner hier kennt, von dessen Existenz Christine bis vor kurzem nichts wußte, wäre untergebracht und könnte endlich in geordnete Verhältnisse kommen. Denn, wie ich inzwischen erfahren habe, bei einer Rückfrage in Boston, war das Leben bei dieser alten Frau für das Kind auch problematisch. Die Frau war seit längerer Zeit krank, das Kind war viel sich selbst überlassen, es ist auch nur unregelmäßig zur Schule gegangen. Die Behörden hatten sich des Falles schon vor dem Tod der Frau angenommen.«

»Also ist das Kind verwahrlost«, warf Jon ein.

»Davon war in dem Bericht nicht die Rede. Mein Kollege schreibt, daß er das Kind inzwischen besucht hat, er selbst, was ich sehr anständig von ihm finde, denn er ist ein vielbeschäftigter Mann, wie ich weiß, ein recht berühmter Anwalt. Es sei ein besonders reizendes Kind, a very pretty little girl, schreibt er, und es wäre zweifellos nicht schwer, Adoptiv-Eltern zu finden, er würde sich selbst darum kümmern. Aber abgesehen davon, daß Christine von einer Adoption nichts wissen will, und obwohl sie keinerlei Möglichkeit hat, das zu verhindern, sollte man ihren Wunsch respektieren, finde ich. Außerdem steht noch etwas anderes einer Adoption der kleinen Moira im Wege...« er stockte.

»Und das wäre?« fragte Jon.

»Magnus will es nicht.«

Jon preßte die Lippen zusammen. Christine blickte ihn scheu an. Aller Zorn der letzten Wochen war verschwunden. Sie war plötzlich um vieles klüger und verständiger geworden. Jon war kein Gegner mehr. Jon litt, sie wußte es ja, hatte es immer gewußt, und ihr Trotz und ihre Feindseligkeit waren ein großes Unrecht gegen ihn. Und nun fiel hier am Tisch der Name Magnus. Ein Name, der nie in diesem Haus ausgesprochen wurde.

»Großvater«, flüsterte sie. Dann sprang sie auf, trat hinter seinen Stuhl und legte beide Arme um seinen Hals, legte ihre Wangen an seine. Das hatte sie noch nie getan.

»Verzeih mir. Bitte, verzeih mir.«

Jon senkte den Blick, er fühlte ihre weiche Wange an seiner, spürte ihre Zuneigung. Auch sein Trotz brach zusammen. Hedda sah die beiden an, ihre Augen wurden feucht. Alles, was diesem Mann geblieben war, war Christine. Nie – nie durfte es zwischen den beiden Mißverständnisse geben.

Zum ersten Mal sprach Bruhns so offen vor anderen über Magnus Kamphoven.

»Magnus soll es relativ gutgehen, er ist gesund, er arbeitet und soll sich jetzt auch in guter psychischer Verfassung befinden, was lange nicht der Fall war, schreibt mein Kollege. Er hat den Wunsch ausgesprochen, daß für das Kind gesorgt wird. Nun – also...« Bruhns räusperte sich. »Wir möchten folgenden Vorschlag machen: Das Kind kommt nach Deutschland, und wir suchen hier ein geeignetes Internat, nicht zu weit von hier entfernt, wo es untergebracht werden kann. Christine hat sich bereit erklärt, aus ihren Mitteln – es handelt sich um das Geld aus dem Verkauf von Dorotheenhof – die Kosten für ihre kleine Schwester zu bezahlen. Später wird man dann weitersehen. Hedda hat allerdings noch eine andere Idee gehabt.«

»Ja«, fuhr Hedda fort, »ich hab' gesagt, die Lütte könnte auch zu uns kommen. Platz genug haben wir ja jetzt. Mein ungalanter Mann meint, ich sei zu alt, um noch mal ein Kind großzuziehen. Ich finde, das ist eine Unverschämtheit. Vermutlich ist er nur zu bequem. Aber Joachim und Tresi würden die Kleine auch nehmen. Also ihr seht, wir haben die Zeit wirklich gründlich genützt seit gestern, es war eine gute Idee von Christine, zu uns zu kommen. Man muß die Dinge bloß mal anpacken und vernünftig darüber reden, dann ist alles gar nicht mehr so schwierig.«

»So ein Getöse wegen diesem Balg«, knurrte Winnie wütend.

Hedda warf ihr einen kurzen Blick zu und fuhr fort: »Wir haben also nun verschiedene Möglichkeiten, und es geht nur noch darum, für welche wir uns entscheiden. Das muß nicht heute sein, wir können demnächst noch einmal darüber reden, nachdem wir gründlich nachgedacht haben.«

»Wir brauchen nicht mehr nachzudenken«, sagte Jon. »Das Kind kommt hierher.«

Christine, die noch immer hinter seinem Stuhl stand, stieß einen undefinierbaren Laut aus, er kam tief aus ihrer Kehle, halb war es ein Schluchzen, halb ein Lachen, sie fiel auf die Knie, schlang die Arme um seine Brust, preßte ihr Gesicht an ihn. Winnie sprang so heftig auf, daß ihr Stuhl umfiel.

»Ihr seid so gemein«, schrie sie, »so gemein. Aber ich bleibe nicht hier.« Sie stürzte heulend hinaus und knallte die nächste Tür zu, durch die sie kam.

Jon fuhr mit der Hand in Christines Haar. »Du lieber Himmel«, sagte er, »das sind dann drei Mädchen. Wer soll das ertragen?«

»Ich habe es gewußt«, stammelte Christine, »ich habe es gewußt!«

»Was hast du gewußt, min Deern?«

»Wie gut du bist. Ich habe es gewußt, daß du gut bist.«

Dr. Joachim Bruhns flog nach London, um das dritte Mädchen für Breedenkamp in Empfang zu nehmen. Fast war er ein wenig aufgeregt vor dieser Begegnung. Er hatte seine Englischkenntnisse sorgfältig aufpoliert, obwohl sein Vater meinte, das werde wohl nicht viel nützen. Englisch sei wohl kaum identisch mit Irisch plus Amerikanisch.

Als das Kind vor ihm stand, verschlug es ihm für einen Augenblick jede Art von Sprache.

Er hatte noch niemals so ein bezauberndes Geschöpf gesehen. Er konnte sich gut an Frederike erinnern, als heranwachsender Junge hatte er sie stets mit scheuer Bewunderung angesehen. In gewisser Weise war das Kind ihr ähnlich. Es hatte dasselbe feingezeichnete Gesicht, die zarte Haut, die zierlichen Gelenke. Dennoch wirkte es fremdartig. Es hatte fast schwarzes Haar, das lockig bis auf die Schultern herabfiel, und es hatte die großen, sehr hellen blauen Augen Frederikes, Augen wie Sterne, mit denen sie vertrauensvoll zu ihm aufblickte.

Joachim beugte sich herab. »You are Moira?«

Das Kind nickte und blickte ihn scheu an.

»I'm Moira. Guten Tag.«

Die langbeinige, amerikanische Stewardeß, die das Kind zu ihm gebracht hatte, lächelte.

»Das haben wir gelernt auf dem Flug«, sagte sie in korrektem Deutsch. »And what else, Moira?«

Das Kind lächelte zu ihm auf.

»Danke«, sagte es. »Danke schön.«

Moria blieb zwei Tage bei den Bruhns in Kiel. Hedda bemühte sich um die erste Verständigung. Das war nicht so einfach, denn wie ihr Mann schon richtig vorhergesehen hatte, unterschied sich das Schulenglisch, das sie gelernt und gesprochen hatte, wesentlich von der Sprache, die das Kind sprach.

Moira war sehr still, sehr artig und sehr ängstlich. Hedda war sich klar darüber, wie verloren sich das Kind vorkommen mußte, in dieser fremden Welt, unter fremden Menschen, die es nicht verstand. Es erbarmte sie, wenn sie bei den Mahlzeiten Moira betrachtete, die eingeschüchtert vor ihrem Teller saß, kaum aufblickte, nur dann und wann scheu den Kopf hob und leider kaum etwas aß. Aber es hatte wenig Zweck, auch das erkannte Hedda, erst große Eingewöhnungsversuche zu starten. Moira sollte sich ja nicht in Kiel, sondern auf Breedenkamp eingewöhnen, und je früher sie an das endgültige Ziel ihrer großen Reise gelangte, um so besser. So ging Hedda nur einmal mit dem Kind in die Stadt, um verschiedenes einzukaufen, denn was sie mitgebracht hatte, war bescheiden.

Am dritten Tag nach Moiras Ankunft kam Christine. Hedda hatte sich nicht damit aufgehalten, Moira zu erklären, wer Christine war, in welcher Beziehung sie zu ihr stand. Das war alles für den Anfang zu schwierig. Später, nach und nach, würde Moira alles begreifen.

Christine war blaß und sehr erregt, als sie vor dem Kind stand. Sie fand zuerst keine Worte.

Hedda nickte Moira zu. »That's Christine. I told you. Say guten Tag, Christine.« Sie hatten das geübt. Und Moira sprach gehorsam nach: »Guten Tag, Christine.«

Sie schien musikalisch zu sein. Ihre Aussprache war erstaunlich gut.

Christine beugte sich herab und nahm Moira vorsichtig in die Arme, mit einer sehr zärtlichen, mütterlichen Bewegung. »I'm glad to see you, Moira.«

Moira lächelte schüchtern. »I'm glad, too.«

Das war der schwierige Beginn. Und Schwierigkeiten gab es natürlich am laufenden Band.

Wenigstens war Winnie nicht da, es waren bereits große Ferien, sie war nach Düsseldorf entschwunden, nicht ohne die Drohung auszustoßen, daß sie nie – nie! – wiederkommen würde. So blieb Moira zunächst die Begegnung mit der feindseligen Winnie erspart.

Christine machte Moira mit der neuen Umgebung bekannt,

führte sie herum, zeigte ihr alles und tat ihr Bestes, um sich verständlich zu machen. Es war nicht leicht. Am Anfang lähmte die sichtbare Angst des Kindes sie alle. Jon hielt sich ganz heraus. Moira sah ihn eigentlich nur bei den Mahlzeiten, er war nicht freundlich und nicht unfreundlich, benahm sich wie immer, redete wie immer, und das war sowieso wenig, aber Moira staunte ihn pausenlos mit ihren großen, hellblauen Augen an. Sie schien an Männer wenig gewöhnt zu sein, und so einen Mann wie Jon hatte sie vermutlich noch nie gesehen. Aber man hatte nicht den Eindruck, daß sie Angst vor ihm hatte. Erstes Anzeichen von Freude entlockte ihr das Zimmer, das sie bewohnte. Ein großes, helles Zimmer, von Christine liebevoll eingerichtet, mit einigen Spielsachen garniert, Puppen, ein Teddybär, ein Baukasten – Christine hatte ja keine Erfahrung mit Kindern, sie wußte nicht, was man einem kleinen Mädchen, das so klein ja auch nicht mehr war, eigentlich zum Spielen geben sollte.

Sie wußte nicht, wie das Kind bisher gelebt hatte, welcher Art ihre Umwelt gewesen war, aber man konnte wohl mit Sicherheit annehmen, daß der Rahmen nicht so großzügig gewesen war, wie ihn Breedenkamp bot.

Auffallend war, wie sichtlich sich Moira an ihrem Bett entzückte. Ein großes Bett für Erwachsene, mit blütenweißen Kissen; zierlich wie sie war, verschwand sie fast darin.

Und Christine beobachtete mehrmals, wie sie auch während des Tages zu diesem Bett ging und mit scheuer Bewunderung mit der Hand über die Kissen strich, die Bettkante, die Seitenwände des Bettes anfaßte, wie um sich zu vergewissern, daß es auch wirklich noch da sei und daß es ihr gehöre. Im Gegensatz zu anderen Kindern ging sie am Abend sehr gern zu Bett, sie betrachtete es offenbar als ihre Zuflucht, als einen Ort der Sicherheit, es war das erste kleine Stück der neuen Welt, wo sie sich geborgen fühlte.

Zu allem anderen wahrte sie vorsichtigen Abstand. Die Tiere wagte sie nicht anzufassen, die Leute, die auf dem Gut arbeiteten, betrachtete sie nur aus sicherer Entfernung. Telse, groß und energisch, flößte ihr auch Schrecken ein, sie zog immer den Kopf etwas in die Schultern, wenn sie Telses laute, resolute Stimme hörte.

Fräulein Bölke, die Hausschneiderin, kam für einige Tage, um einige Änderungen und Neuanfertigungen vorzunehmen, auch, um zwei Kleidchen für Moira anzufertigen, und wenn Moira anprobieren mußte, stand sie stocksteif, und Christine merkte, daß sie sogar ein wenig zitterte. Dabei war Fräulein Bölke eine Seele von Mensch, nur redete sie unausgesetzt. Und laut dazu.

Und dieser laute, unverständliche Redestrom, so aus nächster Nähe über sie hereinprasselnd, schien Moira geradezu körperliches Unbehagen zu bereiten.

Christine plagte das Kind nicht mit allzu vielen Worten, nur hier und da zeigte sie auf dieses oder jenes, sprach ihr das deutsche Wort vor und ließ Moira es nachsprechen.

Und dann geschah etwas Erstaunliches. Moira war knapp zwei Wochen im Haus, da sagte sie mit einem Aufleuchten ihrer Sternenaugen zu Jon: »Großvater!«

Das hatte Christine ihr nicht vorgesprochen, sie mußte es ihr abgelauscht haben.

Christine schwieg erschrocken. Jon räusperte sich, warf Moira einen Blick zu und sagte dann: »So! Na ja.«

Nach vier Wochen konnte Moira schon eine Menge Wörter, sie hatte wirklich ein gutes Gehör und war voller Bereitschaft, alles richtig zu machen. Leider konnte nicht, wie seinerzeit bei Christine, Dr. Ehlers in Aktion treten, er war zu dieser Zeit wieder einmal sehr krank, lag fast den ganzen Tag, sein Herz arbeitete nur noch schwach.

Moiras Anwesenheit hatte eine gewisse Einwirkung auf den Umgangston auf Breedenkamp. Auf einmal bemühten sich alle, in einem sanften Ton zu sprechen. Nicht, daß es sonst sehr rauh zugegangen wäre, aber sie gingen doch kurz angebunden miteinander um, viele Worte wurden nicht gemacht, besondere Höflichkeiten nicht ausgetauscht. Jetzt waren sie leiser, freundlicher, lächelten mehr.

Denn einige Male kam es vor, daß Moira weinte. Es war ein leises, klägliches Weinen, das zeigte, wie unglücklich sich die Kleine im Grunde fühlte.

»Is doch man merkwürdig«, sagte Telse einmal zu Christine, »da haben wir dich damals als so ein kleenes Stückchen Unglück ins Haus gekriegt, und nu haben wir wieder so ein zerrupftes Hühnchen hier. Aber wir werden sie schon hinkriegen. Wir haben dich ja auch hingekriegt.«

Und einmal brachte Polly das Kind auf seinem Arm ins Haus und lieferte es bei Telse in der Küche ab.

»So 'n Püppchen, so 'n kleines«, sagte er mitleidig. »Mit die muß man ganz vorsichtig umgehn, ganz vorsichtig muß man mit die umgehn.« Er hatte sie in einer Ecke vor dem Kuhstall gefunden, wo sie auf dem Boden saß und still vor sich hinweinte. Keiner wußte, was sie gesehen und erlebt hatte. Natürlich ging es in einem Betrieb dieser Art nicht immer nur freundlich und friedlich zu, es war oft laut, es geschahen Dinge mit Menschen oder Tieren, die erschreckend wirkten auf das Kind. Und erzählen konnte Moira nicht, was sie so traurig gemacht hatte, dazu fehlten ihr die Worte.

»Komm man zu Telse. Du mußt immer zu Telse kommen, wenn was nich stimmt«, sagte Telse liebevoll, nahm Moira und setzte sie auf einen Küchenstuhl. »Jetzt mach' ich dir ein feines Marmeladenbrot, und dann is alles wieder gut, nich?«

Und so saß Moira dann auf dem Stuhl, hielt in der Hand verzweifelt das große Marmeladenbrot und biß einige Male tapfer hinein, denn essen mochte sie gar nicht gern, das war für sie also bestimmt kein Trost. Es war ja auch nicht Hunger, der sie zum Weinen gebracht hatte. Es war nur der Anblick eines Kälbchens gewesen, das an einem Strick aus dem Stall gezerrt wurde, sich sträubte, jämmerlich blökte und von Franz mit ein paar kräftigen Stößen und unverständlichem Gebrüll angetrieben worden war.

Solche Situationen kamen natürlich öfter vor.

Jon sagte: »Sie ist genauso zimperlich wie ihre Mutter.«

Frederike hatte sich nie daran gewöhnt, daß die meisten Tiere in einem landwirtschaftlichen Betrieb zum Schlachten bestimmt waren. Sie hatte sich immer in ihr Zimmer geflüchtet, wenn der Viehhändler kam und Tiere abholte.

Kurz bevor die Schule wieder begann, kehrte Winnie zurück. Davor hatten sie alle Angst gehabt. Wie würde die unberechenbare und leider oft auch unvernünftige Winnie sich dem Kinde gegenüber verhalten? Würde sie die gefährliche Gratwanderung in das neue Leben, die Moira soeben begonnen hatte, ernsthaft stören, vielleicht den Absturz herbeiführen?

Aber Winnie war zunächst einmal voll neuer Eindrücke, die sie loswerden mußte. Nach wie vor war sie ja in der Familie die einzige weitgereiste Person. Düsseldorf, die Ferienreise nach Italien, die neuen Kleider, die neue Familie – sie hatte schrecklich viel zu erzählen.

»Kurtchen hat ein neues Auto. Einen Mercedes, stellt euch das vor. So etwas müßten wir auch mal haben, Großvater, nich? Und ich habe jeden Tag dreimal im Meer gebadet, das ist viel wärmer als bei uns. Viel wärmer! Jeden Tag habe ich Spaghetti gegessen. Telse, warum essen wir eigentlich nie Spaghetti?«

»So 'n labbriges Zeug«, sagte Telse verächtlich, »das kann doch 'n Mensch nich essen. Kriecht er ja Flöhe in Bauch.«

»Mir schmeckt es. Ewig Kartoffeln is ja doof. Sooo lange Spaghetti...« Winnie breitete die Arme aus so weit sie konnte – »is gar nicht einfach. Aber ich kann es gut.«

Irritiert blickte sie manchmal auf Moira, die den Neuzugang aus ihren großen Augen anstaunte.

In den ersten Tagen tat Winnie so, als wäre Moira gar nicht vorhanden. Aber das legte sich mit der Zeit. Die Schule begann, und das war für Winnie eine viel größere Belästigung als das Vorhandensein des fremden kleinen Mädchens. Allerdings machte es auch Spaß, ihre vielen Freundinnen wiederzusehen. Dies und natürlich Breedenkamp und Goldblitz waren der Grund, daß Winnie ihre Drohung nicht wahrgemacht hatte, nach Düsseldorf überzusiedeln.

Annemarie hatte zwar gesagt: »Wir würden uns natürlich sehr freuen, wenn du zu uns kommst«, aber der Düsseldorfer Haushalt mit den beiden kleinen Kindern erschien Winnie nicht sehr verlockend. Und in die Schule mußte sie schließlich dort auch gehen. Wer weiß, was das für neue Schwierigkeiten mit sich brachte. In Plön war man mittlerweile daran gewöhnt, daß sie eine schlechte Schülerin war. Die Freundinnen halfen, wo sie konnten, und die Lehrer drückten manchmal ein Auge zu, sie wußten inzwischen, daß aus Winnie keine Gelehrte zu machen war, daß es nur darum ging, sie einigermaßen durch jedes Schuljahr durchzuschleusen. Und dann war da Goldblitz. Es war die Frage, ob er sich in einem fremden Stall in Düsseldorf richtig wohl fühlen würde. Hier war er immer da, gewissermaßen vor der Tür. Und hatte die Weide unmittelbar vor dem Stall.

»Ich werde mir das mal ansehen«, hatte sie vor ihrer Abreise in Düsseldorf erklärt. »Wenn es mir nicht paßt, haue ich dort ab.«

Aber in Breedenkamp war es wie immer, das fremde Kind störte nicht, sie übersah es einfach. Und dann gewöhnte sie sich daran.

Vor Semesterbeginn kam Gerhard für einige Zeit. Zu ihm faßte Moira sofort großes Zutrauen. An seiner Hand ging sie in die Ställe, traute sich, ein Pferd zu streicheln, und da er geduldig und verständnisvoll war, machte sie während seiner Anwesenheit große Fortschritte in der deutschen Sprache. Gerhard besaß offensichtlich großes pädagogisches Talent. »Du mußt ihr Zeit lassen«, sagte er zu Christine. »Es ist eine ungeheure Umstellung für das Kind. Wenn ein erwachsener Mensch in ein fremdes Land kommt und sich nicht verständigen kann, leidet er ja auch und fühlt sich ausgestoßen. Jetzt stell dir vor, wie das Kind empfindet. Du mußt dir immer die Zeit nehmen, herauszubekommen, was sie sagen will und was sie fragen möchte.«

»Aber das tue ich ja. Nur – ich habe jetzt nicht mehr so viel Zeit, wenn ich wieder in die Schule muß. Weißt du, ich habe schon gedacht, ob es nicht besser ist, wenn ich mit der Schule aufhöre. Wozu brauche ich denn Abitur?«

»Unsinn! Das eine Jahr machst du auf jeden Fall noch. Und sie muß doch auch in die Schule gehen.«

»Das kann sie noch nicht. Das würde sie restlos verstören.«

Bei Gerhard lernte Moira die ersten deutschen Worte schreiben und lesen. Er erklärte Christine, wie sie in Zukunft verfahren solle. »Du mußt jeden Tag ganz regelmäßig mit ihr ein bißchen arbeiten. Du nimmst zunächst Dinge aus der Umwelt, die sie jeden Tag sieht und hört und tut. Du wirst sehen, das geht schneller, als du denkst. Sie ist recht intelligent. Sie darf nur keine Angst haben. Das behindert sie.«

»Du machst es prima mit ihr. Schade, daß du nicht hierbleiben kannst.«

»Ja, das ist schade. Ich habe immer Heimweh nach Breedenkamp. Auch wenn ich nur in Kiel bin.«

»Weißt du – du müßtest ein Auto haben. Dann könntest du öfter herkommen.«

»Auto? Du bist gut. Bin ich ein Millionär?«

Was Moira für Christine bedeutete, das erkannte wohl keiner richtig auf Breedenkamp. Alles Harte und Abweisende, das an ihr war, ihre Sprödigkeit im Umgang mit Menschen, milderten sich in dieser Zeit. Sie wurde weicher, weiblicher, ihr Herz war erfüllt von Zärtlichkeit, wenn sie das Kind nur ansah. Alle Liebe, die in ihr war und von der bis jetzt nur Cornet etwas bemerkt hatte, wandte sich dem Kinde zu.

In gewisser Weise war auch eine Verbindung zur Vergangenheit hergestellt. Bisher hatte Christine immer das Gefühl gehabt, etwas Verbotenes zu tun, wenn sie an ihren Vater dachte, an Frederike und an Michael. Sie scheute diese Gedanken, floh vor ihnen. Das wurde jetzt anders.

Sie dachte: Ich muß versuchen, mich zu erinnern. Später einmal muß ich Moira von unserer Mutter erzählen. Wie sie war. Wie sie aussah. Auch von Michael muß ich ihr erzählen. Auch das – was geschehen war?

Nein. Besser nicht.

Was wußte Moira über ihre Herkunft? Diese Frage konnte keiner beantworten. Was hatte die alte Irin, die nun tot war, Moira erzählt? Anfangs konnte sie ihr gar nichts erzählt haben, Moira war noch zu klein gewesen. Und später?

Was hatte Moira getan und erlebt in ihrer Kindheit? War einer mit ihr in die Kirche gegangen, hatte jemand mit ihr gespielt, Feste gefeiert, gab es Freundschaften, Bindungen in ihrem Dasein? Sie konnte es nicht erzählen.

Sie war wie vom Himmel gefallen.

So formulierte es Gerhard.

»Sie ist vom Himmel gefallen, ein kleines, heimatloses Sternchen. Und ein Erdenfell ist ihr noch nicht gewachsen. Hoffentlich bekommt sie es noch. Was ich von ihrer Mutter weiß – so hat die nie eines besessen.«

»Gerhard, kannst du dich an meine Mutter erinnern?«

»Doch. Ein wenig. Ich war ein kleiner Junge damals. Als wir hierherkamen zu euch, war ich sechs Jahre alt. Noch nicht einmal ganz. Immerhin, als sie fortging, war ich neun Jahre alt. Gesprochen habe ich keine zehn Worte mit ihr. Aber sie war wunderschön. Ich weiß, daß ich sie immer ansehen mußte. Wenn ich sie mal zu sehen bekam. Und sie war ein an sich gefährdeter Mensch. So etwas gibt es. Das begriff ich natürlich als Kind nicht. Aber heute, nachträglich, begreife ich es. Es gibt solche Menschen. Sie leben in einer anderen Dimension. Hoffentlich hat Moira das nicht geerbt.«

»Ich merke jetzt erst, wie schwierig es ist, sie hier heimisch zu machen. Vorher hatte ich mir das gar nicht überlegt.«

»Die Situation birgt zweifellos eine gewisse Gefahr in sich, darüber mußt du dir klar sein. Moira muß ihr ganzes bisheriges Leben verdrängen. Sie ist schließlich kein Baby mehr, sie hat ein Stück Leben gelebt. Und wir können nicht helfen, weil wir nichts davon wissen. Und sie ist nicht robust genug, um sich mühelos umzustellen.«

»Was soll ich denn tun?«

»Du kannst eigentlich gar nichts tun. Es hätte wenig Zweck, einen Briefwechsel mit Amerika anzufangen und ihren Spuren nachzugehen. Wahrscheinlich ist es unmöglich. Das Schlimme ist, daß sie nicht darüber sprechen kann. Sie muß alles, was bisher ihr Leben war, in sich verschließen. Ihr bisheriges Leben ist einfach weg. Du mußt dir das einmal vorstellen.«

»Meinst du, daß ihr das schaden kann?«

»Ich weiß es nicht, Christine. Ich bin kein Psychologe. Aber ich würde dir raten, laß dir möglichst viel von ihr erzählen. Ich glaube, es ist wichtig, daß sie darüber spricht.«

»Ich kann sie so schlecht verstehen.«

»Es geht mir auch so. Es ist nicht das Englisch, das wir in der Schule gelernt haben. Versuche es trotzdem. Mit der Zeit wirst du dich einhören.«

Ende September hatte Moira Geburtstag, sie wurde neun Jahre alt. Ein makabrer Tag. Der Todestag ihrer Eltern. Der Tag von Magnus' unglückseliger Tat. Und gleichzeitig Moiras Geburtstag.

»Ich möchte so gern ihren Geburtstag mit ihr feiern«, sagte Christine. »Sie soll doch merken, daß sie jetzt zu einer Familie gehört. Und daß ich sie lieb habe. Aber ich kann das Großvater nicht zumuten.«

»Denken wir mal darüber nach!« sagte Gerhard mechanisch. Und nachdem er eine Weile nachgedacht hatte, schlug er vor, daß er mit Moira nach Plön kommen würde, sie würden Christine von der Schule abholen und anschließend gemeinsam zum Essen gehen. Später noch Kaffee trinken und Kuchen essen. Die Geschenke würden sie mitnehmen.

Eine bessere Idee hatte wie gewöhnlich Hedda Bruhns, die gelegentlich anrief und sich erkundigte, wie es denn so gehe. Als Christine von der geplanten Geburtstagsfeier erzählte, sagte Hedda: »Ich komme mit dem Wagen nach Plön und hole euch alle drei ab. Oder besser alle vier, nimm Winnie mit, sonst fühlt sie sich wieder zurückgesetzt. Wir fahren zu uns, Tresi bäckt einen feinen Kuchen, und dann machen wir einen richtigen Geburtstagstisch mit Kerzen und allem was dazugehört. Abends fährt Joachim euch alle nach Hause.«

»Was soll ich Großvater sagen?«

»Nur, daß ihr zu mir kommt. Kein Wort sonst. Oder denkst du, er weiß nicht, was für ein Tag das ist?«

Jon nahm die Ankündigung von dem Unternehmen, wobei das Wort Geburtstag nicht fiel, schweigend zur Kenntnis. Als Christine in sein verschlossenes Gesicht blickte, hatte sie das Gefühl, etwas Unrechtes zu tun. Einen Verrat zu begehen.

Und sie dachte: Wird das immer so sein? Wird das nie aufhören?

Wird keiner von uns vergessen können?

IV Die Mädchen von Breedenkamp

Das verwunschene Schloß

Nachdem es mehrere Tage geregnet hatte, schien an diesem Morgen, Anfang April, eine blasse Sonne durch die Äste. Jon ging es nicht gut. Seit einigen Jahren litt er an rheumatischen Schmerzen, und durch das nasse Wetter der letzten Zeit war es wieder recht schlimm geworden. Da er es haßte, wenn sein Körper ihm nicht gehorchte, war er schlecht gelaunt. Er mochte nicht zugeben, daß er Schmerzen hatte. Christine war schon früh um halb sechs im Hof gewesen, sie hatten Stroh und Silage zum Kuhstall gefahren und dem Jungvieh neu eingestreut.

Es war kalt am Morgen, gerade drei Grad.

Um halb acht kam sie zum Frühstück ins Haus, sie streifte in der Diele die Gummistiefel ab, ging Hände waschen und fuhr sich dann flüchtig mit der Hand durch das kurzgeschnittene Haar. Doch dann fiel ihr ein, was Winnie am Tage zuvor gesagt hatte: »Wir wissen alle, wie wahnsinnig tüchtig du bist. Ich sehe trotzdem nicht ein, warum du deswegen wie eine Vogelscheuche herumlaufen mußt. Hast du schon einmal etwas von einem Lippenstift gehört? Und wie wär's, wenn du so dazwischen mal einen Kamm benutzen würdest? Nur so zur Abwechslung mal.«

Sie schnitt ihrem Spiegelbild mit der leicht geröteten Nase eine Grimasse und lief dann doch hinauf in ihr Zimmer im ersten Stock, zog die dicke wattierte Jacke aus und einen hellblauen Pullover an. Die Jeans durften ja wohl bleiben, da hatte Winnie sicher nichts dagegen. Dann nahm sie die Bürste und bearbeitete energisch ihr Haar, bis es glänzend schimmerte. Lippenstift? Nö, das denn doch nicht. Schmierte sie bloß an die Kaffeetasse. Gott, freute sie sich jetzt auf eine Tasse heißen Kaffee.

Jon und Moira saßen schon am Frühstückstisch auf der Veranda.

»Guten Morgen«, sagte Christine.

Jon blickte flüchtig vom ›Mitteilungsblatt der Genossenschaft‹ auf, doch dann schaute er noch einmal, wohlwollend.

»Hast du gut geschlafen, Großvater? Keine Schmerzen heute nacht?«

Jon knurrte etwas. Über seine Schmerzen sprach er nicht gern. Christine strich Moira rasch übers Haar.

»Du bist noch da? Du wirst den Bus verpassen.«

»Polly nimmt mich mit. Er fährt sowieso nach Lütjenburg, weil er die Ferkel holen muß. Er sagt, ich bin bestimmt pünktlich in der Schule, er schafft es bis acht Uhr.«

»Wenn Polly das sagt, dann stimmt es auch. Hast du ordentlich gefrühstückt?«

Moira hob zwei Finger in die Höhe. Das hieß, daß sie zwei Brote gegessen hatte.

Christine nickte und schenkte sich Kaffee ein. Es war ihr ständiger Kummer, daß Moira so wenig aß. Sie war jetzt dreizehn, aber schmal und zart wie eine zehnjährige, dabei tüchtig gewachsen in letzter Zeit. Draußen hupte es zweimal kurz. Das war Polly.

Moira sprang auf, küßte Christine auf die Wange, rief: »Tschüs, Großvater!« und sauste los.

»Vergiß dein Frühstücksbrot nicht«, rief Christine ihr nach.

»Mich wundert es nur, daß du sie nicht auf den Schoß nimmst und fütterst«, sagte Jon.

Christine errötete. »Aber du mußt doch zugeben, daß sie viel zu dünn ist, Großvater.«

»Weil ihr Moira das zimperliche Getue durchgehen laßt, das sie beim Essen aufführt. Von zehn Sachen mag sie neun nicht. Als du nicht da warst, hat sie viel besser gegessen. Aber wenn du sie sechsmal fragst, was sie mag oder ob ihr das auch schmeckt, gewöhnst du ihr die Mäkelei bloß an.«

»Sie verträgt eben manches nicht, sie ist so empfindlich.«

»Unsinn. Sie ist nur verwöhnt. Eine Prinzessin auf der Erbse, genau wie ihre Mutter. Die Butter nur ganz dünn geschmiert, vom Schinken den Rand abgeschnitten und keine Milch und was weiß ich noch alles. Der Aal ist ihr zu schwer und die Leberwurst zu fett und wenn zwei Fettaugen auf der Suppe sind, wird sie ganz blaß. Wo gibt's denn so was! Meine

Kinder haben immer gegessen, was auf den Tisch kam. Ihr beiden auch. Und mit ihr macht ihr so ein Theater. Ich möchte nicht sehen, was Telse ihr aufs Frühstücksbrot getan hat.«

Christine schmierte sich dick Butter auf ihr Brot und nahm sich drei Scheiben von der Katenwurst. Sie wußte, was sich auf Moiras Frühstücksbrot befand: gekochte Eierscheiben, ein wenig Hühnerbrust. Telse machte das schon richtig. Und eine Tafel Schokolade war in der Schultasche, das aß Moira noch am liebsten.

»Es hat aufgehört zu regnen«, sagte Jon. »Die Zäune müssen endlich nachgesehen werden. Auf der Seekoppel muß die ganze Nordseite neu eingezäunt werden. Und die große Pferdekoppel ist auch an verschiedenen Stellen undicht.«

»Ich weiß«, sagte Christine. »Ich habe es Bruno schon gesagt. Er und Matz gehen nachher gleich los.«

»Und was ist hinten am Waldende?«

»Das muß ich mir ansehen. Ich warte bloß, bis Polly mit den Ferkeln zurückkommt, dann reite ich los.«

»Wer wird die Samenrüben lichten? Das muß bald geschehen.«

»Das mache ich heute nachmittag.«

»Kali und Superphosphat müssen noch drauf, und dann versuchen wir mal das neue Pflanzenschutzmittel, von dem uns Petersen eine Probe dagelassen hat. Und dann wird es langsam Zeit für den Hafer.«

»Morgen.«

»Der Winterweizen muß auch noch gespritzt werden. Ich möchte nicht wieder so einen verunkrauteten Schlag haben wie im vergangenen Jahr.«

»Petersen sagt, wir sind voriges Jahr zu spät mit dem Pflanzenschutz drangegangen.«

»Petersen weiß immer alles besser. Ist kein Unkraut da, haben das seine Mittel fertiggebracht. Ist Unkraut da, haben wir es falsch gemacht.«

»Er meint, man kann auch später noch nachspritzen.«

»Weiß ich auch. Aber ich spritze nicht gern, wenn der Halm schon steht. Wann werden die beiden Kühe abgeholt?«

»Willem hat gesagt, heute nachmittag oder morgen früh.«

»Oder, oder...! Kann er sich nicht genau ausdrücken?«

Christine unterdrückte einen Seufzer. Heute war es schwer, mit Jon auszukommen. Vermutlich hatte er eben doch wieder seine Schmerzen.

»Er kann schließlich nicht extra wegen unserer beiden Kühe von der Probstei herfahren. Wahrscheinlich muß er noch ein paar andere Aufträge in der Gegend haben.«

»Die Gräben unten am Eschwald sind auch verschlampt. Sie müssen ausgemäht und sauber gemacht werden.«

»Das kann Matz machen. Aber erst, wenn sie mit den Zäunen fertig sind.«

»Wenn ich dieses Jahr wieder Rost in meinem Winterweizen habe, dann braucht sich Petersen nicht mehr hier sehen lassen.«

Christine lächelte, machte sich ihr drittes Brot und goß sich die zweite Tasse Kaffee ein.

»Der würde dir aber fehlen.«

Fritz Petersen, der Pflanzenschutzexperte, war einer der wenigen Männer, mit denen Jon eine Art Freundschaft unterhielt. Petersen, groß, stattlich, ein exzellenter Kenner aller landwirtschaftlichen Belange, dabei von unerschütterlicher Ruhe und Gelassenheit, war Jon ein willkommener Gesprächspartner. Er kannte jedermann im Umkreis, genaugenommen im ganzen Land Schleswig-Holstein, denn er war der Oberboß der Pflanzenschutzgarde, die unter seiner Anleitung und Anweisung in den einzelnen Gebieten arbeitete. Er selbst hatte bloß, wie er immer sagte, ein Auge drauf. Aber dieses Auge sah alles, und dazu besaß er auch noch scharfe Ohren, die alles hörten. Wenn man sich mit ihm ein oder zwei Stunden bei ›Lütt un Lütt‹, Bier und Korn, unterhalten hatte, war man auf dem laufenden.

»Soll ich dich heute mal nach Eutin zum Doktor fahren?« fragte Christine, als sie bei der dritten Tasse Kaffee und ihrer Morgenzigarette angelangt war.

»Wozu denn das?«

»Na, er könnte dir doch mal wieder was zum Einreiben verschreiben. Und die Pillen, die du schon mal hattest, die haben doch gut geholfen.«

»Ich brauch' keine Pillen. Wird so auch besser. Und Telse hat was zum Einreiben, das macht die schon. Und außerdem«, ein zorniger Blick blitzte zu Christine hinüber, »wenn ich zum Doktor muß, kann ich man allein fahren. So alt bin ich schließlich noch nicht.«

»Ich weiß. Ich dachte nur, es freut dich, wenn ich dich fahre.«

»Du hast hier gerade genug zu tun. Und wenn du rausfährst heute nachmittag, nimm den neuen Schlepper, der läuft weicher. Ist nicht gesund für 'ne Frau auf dem alten, schuckrigen Ding.«

»Ja, Großvater.«

Jon war vierundsiebzig. Wenn etwas auf der Welt ihn erboste, war es die Tatsache seines Älterwerdens. Er nahm es einfach nicht zur Kenntnis. Nachgerade waren sie alle damit beschäftigt, ihn auf möglichst taktvolle Weise daran zu hindern, allzu schwere Arbeit zu tun. Sie wurden wahre Diplomaten mit der Zeit, sie hielten geradezu Geheimsitzungen ab, wie man ihm zuvorkommen, wie man eine Arbeit tun oder wenigstens beginnen könne, ehe er sich darübermachen konnte. Bisher war Jon glücklicherweise immer gesund gewesen. Nur dieses Rheuma, oder Arthritis, wie es der Arzt nannte, machte ihm in zunehmendem Maße zu schaffen. Er hatte es in den Beinen und im Rücken. Telse rieb ihn ein, jeden Abend, und nicht immer mit den Mitteln, die der Arzt verschrieb, oft auch mit Mixturen, die sie nach eigenen Rezepten herstellte und zu denen Jon mehr Vertrauen hatte.

»Wann, sagst du, kommt der Meier wieder?«

»Ich weiß es nicht. Er weiß es selber noch nicht. Er geht eben der Reihe nach vor, und einmal kommen wir dran.«

»Kann er sich sparen bei uns. Unsere Tiere sind gesund. Ich habe keine Tuberkulose im Stall.«

»Er muß trotzdem die Kühe und das Jungvieh untersuchen. Und die Kälber impfen. Ist nun mal so Vorschrift.«

Viertel nach acht erschien Winnie in der Tür zur Veranda. Winnie, hübsch, blond, sorgfältig frisiert und ein wenig zurechtgemacht, rosig und erfreulich anzusehen, gekleidet in einen grünen, gelbgeblumten Morgenrock.

»Guten Morgen, ihr Süßen. Habt ihr etwa schon gefrühstückt?«

Das sagte sie fast jeden Morgen, ausgenommen an den Tagen, wo sie keinen mehr auf der Veranda antraf. Und diese Tage waren gar nicht selten. Der Blick, den Jon ihr zuwarf, war nicht freundlich. Er haßte es, wenn sie im Morgenrock zum Frühstück kam. Er haßte ihr ständiges Zuspätkommen und ihr Nichtstun. Winnie wußte es, aber es war ihr egal. Sie beugte sich über ihn und küßte ihn auf die Wange.

»Bist du schlecht gelaunt?«

Sie legte die Hand an die Kaffeekanne. »Nicht mehr heiß, wie?«

»Dann mußt du früher kommen«, fuhr Jon sie an. »Bilde dir nicht ein, daß jedesmal für dich extra Kaffee gemacht wird.«

»Schon gut, schon gut. Kalter Kaffee macht schön.«

»Er ist nicht kalt«, sagte Christine. »Ich habe eben gerade die Haube heruntergenommen. Gib deine Tasse her.«

»Danke, holde Schwester. Du verwöhnst mich. Und warum bist du so hübsch heute? Ist was los?«

»Wieso?« fragte Christine verwirrt.

»Na, himmelblauer Pullover und so. Hast du einen Flirt, der dir beim Mistfahren hilft?«

Jon stand auf. »Morgen«, sagte er und verließ mit steifen Beinen die Veranda.

Winnie suchte mit spitzen Fingern, an denen die Nägel sorgfältig lackiert waren, eine Scheibe Weißbrot aus dem Brotkorb. Sie kicherte. »Er wird froh sein, wenn er mich los ist, nicht?«

»Vermutlich. Manchmal habe ich den Eindruck, du ärgerst ihn absichtlich.«

»Mmmh? Kann schon sein. Manchmal so ein bißchen. Er hat mich lange genug tyrannisiert.«

Christine mußte lachen. »Ausgerechnet dich. So ein faules Leben, wie du es geführt hast, das gibt es kein zweites Mal.«

»Ja, nicht wahr?« fragte Winnie strahlend. »Und das sogar unter seiner Fuchtel. Dazu gehört ein gewisses Talent, das kannst du mir nicht absprechen. Wenn ich auch sonst keine Talente habe, aber das habe ich.«

»Wenn du meinst, daß Faulheit ein Talent ist.«

»Ich meine, so zu leben, wie man will und wie es einem paßt. Und weißt du, wenn man alle rundherum wie verrückt arbeiten sieht, er und du und Telse und überhaupt, dann kann einem Arbeiten gar keinen Spaß machen. Ehrlich, man kriegt vom bloßen Zusehen zuviel.«

»Und du denkst, du wirst so weiterleben können?«

»Warum nicht? Herbert liebt mich wahnsinnig. Er hat doch eine Menge Geld. Ich wüßte gar nicht, warum ich arbeiten soll.«

»Das soll Herberts Sorge sein.« Christine stand auf.

»Gehst du schon?«

»Ich muß. Arbeiten, wie du weißt.«

»Ihr seid gräßlich. Immer muß ich allein frühstücken. Und mit dir kann ich überhaupt nicht mehr in Ruhe reden.«

»Heute abend.«

»Heute abend ist ein Krimi.«

»Ja, wenn du immerzu in das blöde Fernsehen starren mußt, kann ich dir auch nicht helfen. Entweder du sitzt vor dem Kasten, oder du gehst aus.«

Das Fernsehen war erst seit einem halben Jahr im Haus, und eigentlich machten sich nur Winnie und Moira etwas daraus.

»Was mußt du denn heute alles machen?« fragte Winnie, nicht weil es sie interessiert hätte, nur weil sie Christine noch ein wenig zurückhalten wollte.

»Es ist überflüssig, dir das zu erklären, du verstehst doch nichts davon.«

»Nein, Frau Landwirtschaftsrat, da hast du vermutlich recht. Aber paß auf, daß du nicht vom Traktor fällst.«

»Ich werde mich bemühen.«

Nachdem Polly mit den Ferkeln von Lütjenburg zurück war, und nachdem die Ferkel angesehen und untergebracht waren, die übrige Arbeit eingeteilt war, zog sich Christine um und sattelte Cornet.

Sie mußte nach den Ausbesserungsarbeiten an den Einzäunungen sehen und dann durch den Wald Richtung Nordosten reiten, dort war eine gute, fette Weide, die allerdings im letzten Jahr nicht benutzt worden war. Die Weide lag sehr weit ab vom Hof, und bei dem bestehenden Personalmangel hatte es immer seine Schwierigkeiten, wenn Vieh dort stand. Aber sie hatten beschlossen, in diesem Sommer wieder dort grasen zu lassen. Zuerst aber mußten die Zäune nachgesehen werden, sie waren bestimmt nicht mehr in Ordnung. Zumal dort ein Rotwildwechsel zum benachbarten Waldstück lag.

Bruno, der sehr tüchtige Landarbeiter, den sie seit zwei Jahren hatten, und Matz, der neue Lehrling, hatten mit den Arbeiten an der Seekoppel bereits angefangen.

»Ist viel kaputt?« fragte Christine.

»Jo«, gab Bruno knapp zur Antwort.

Christine ritt die Einzäunung entlang. Ja, zwei Tage würde es dauern. Da mußte der Hafer warten. Auf einem nassen Feldweg trabte sie dann rasch davon. Cornet schnaubte zufrieden. Er war seit Tagen nicht hinausgekommen und genoß die frische Luft. Auch Christine genoß den Ritt. Es war frisch und kühl, doch man spürte die Sonne, und nun konnte es nicht mehr lange dauern, bis es grün wurde. Das ging immer so schnell.

Für eine Weile vergaß sie die Pläne, die fast ständig in ihrem Kopf kreisten. Gedanken über die Arbeiten von heute, morgen und übermorgen. Hatte sie alles bedacht, für alles vorgesorgt, und was konnte noch alles schiefgehen? Sie tat ihre Arbeit gern, war ganz und gar von ihr ausgefüllt, aber in vielen Dingen war sie doch noch unerfahren. Man konnte meinen, auf dem Lande gliche ein Jahr dem anderen in regelmäßigem Ablauf, aber so war es nicht, kein Tag war wie der andere. Wenn sie etwas fürchtete, so war es die Möglichkeit, daß Jon ernsthaft erkranken könnte oder vielleicht eines Tages gar nicht mehr da sein würde. Noch trug er die Verantwortung, er war der Leiter des Betriebs, er wurde mit jeder Situation fertig, mit ihm konnte sie alles besprechen. Wie sie es jemals allein schaffen sollte, war ihr ein Rätsel. Sie hätte es nicht zugegeben, aber sie war sich ihrer Unerfahrenheit bewußt.

Neulich erst hatte Olaf Jessen zu ihr gesagt, mit seiner gewohnt spöttischen Herablassung: »Du wärst die erste Frau, die selbständig ein Gut bewirtschaften kann. Eines Tages wirst du mich heiraten müssen, um Breedenkamp vor der Pleite zu retten.«

Christine war vor Ärger errötet, sie haßte die taktlose, überhebliche Art der Jessen-Männer, und sie konnte Olaf nicht leiden, weil er sie behandelte, als sei sie eine alberne Wichtigtuerin.

»Emanzipation auf dem Lande, meine Liebe, gibt es nicht. Hat es nie gegeben.«

»Es hat immer Zeiten gegeben, wo Frauen selbständig auf dem Land arbeiten mußten«, gab sie zur Antwort.

»So? Wann denn? Im Krieg, was? Aber erstens gab es da genügend Personal, und zweitens war der letzte Dreck noch zu verkaufen. Heute muß man Qualitätswirtschaft betreiben, Fräulein Kamphoven, und dazu so rationell wie möglich arbeiten. Eines Tages wirst du Breedenkamp verkaufen müssen, und du weißt ja, wo du den Käufer findest.«

»Ich werde Breedenkamp nicht verkaufen und – das sage ich dir – zuallerletzt an dich.«

Olaf lachte. Unverschämt, wie Christine fand. Sie hatte ihn nie ausstehen können, schon als Kind nicht. Er wußte alles besser, ob es um Pferde, ums Reiten, um die Landwirtschaft ging – Olaf Jessen war der Größte. Genau wie sein Vater. Was leistete er schon? Nicht einmal eine ordentliche Fachschule hatte er besucht, war jahrelang in der Welt herumzigeunert, und seit er aus Amerika zurück war, fühlte er sich als Überexperte. Sie waren drei Männer auf Friedrichshagen. Vater und Sohn Jessen und dazu noch ein Verwalter. Konnte er sich überhaupt eine Vorstellung machen, was auf Christine lastete?

»Friedrichshagen und Breedenkamp zusammen, das wäre ein Besitz, der sich sehen lassen könnte«, meinte Olaf ganz ernsthaft. »Wir wären dann so ziemlich die Größten im Lande.«

Sie saßen in Friedrichshagen auf der Terrasse und tranken Sekt, das war so üblich im Hause Jessen. Winnie war dabei, sie hatte eine neue Stute geritten, die Jessen eventuell verkaufen wollte. Und Christine war herübergefahren, um Winnie abzuholen. Denn Winnie hatte noch immer keinen Führerschein, sie war schon zweimal bei der Fahrprüfung durchgefallen, sie war einfach zu schußlig. Zwar betete der Fahrlehrer aus Lütjenburg sie an, aber der Prüfer, ein älterer Mann, war immun gegen Winnies blaue Augen. Er hatte von vornherein etwas gegen Frauen am Steuer und erst recht, wenn sie hübsch waren.

Auch Christine hatte vor drei Jahren die Prüfung bei ihm gemacht und wußte noch gut, wie scharf er sie herangenommen hatte. Aber sie hatte nicht geflirtet beim Fahren, sondern nur geschaltet, gebremst, Gas gegeben und auf engen Feldwegen gewendet. Damit war sie durchgekommen.

»Du hast eine reichlich ungalante Art, einem Mädchen den Hof zu machen«, sagte Eleonore, die sich zu ihnen gesetzt hatte. »Wenn ich Christine wäre, würden mich deine rotzigen Töne auch nicht in Flammen setzen.«

Winnie prustete los. »Christine und in Flammen setzen! Das möchte ich mal erleben. Christine ist kalt wie ein Fisch.«

Eleonore lächelte. »Wenn du dich da nur nicht täuschst, Fräulein Naseweiß.«

Olaf sagte: »Wer sagt, daß ich sie in Flammen setzen will. Ich glaube, ich bin gar nicht ihr Typ. Und sie ist nicht meiner. Ich spreche von einer Vernunftheirat, Friedrichshagen und Breedenkamp...«

»Ja, das sagtest du schon«, unterbrach ihn Eleonore. »Du sprichst von Ehe und meinst eine geschäftliche Transaktion, mein Sohn.«

»Ach, du meinst, ich sollte raffinierter vorgehen? Christine den stürmischen Liebhaber vorspielen? Kann ich auch. Möchtest du das gern, Christine?«

»Laß mich doch in Ruh mit dem Quatsch. Ich heirate bestimmt nicht. Und dich niemals. Und Breedenkamp schaffe ich allein.«

»Du hättest eben mich heiraten sollen«, meinte Winnie, »da hättest du Breedenkamp mitbekommen.«

»Wieso?« fragte Christine aggressiv. »Noch hat Großvater zu bestimmen, dann ich, und dann erst du.«

»Da seht ihr, wie sie ist. Früher war sie ganz anders. Da hat sie immer gesagt, wir machen das zusammen.«

»Du konntest ja nicht abwarten, Winnie«, sagte Olaf.

»Pih!« machte Winnie. »Wie lange denn? Denkst du, ich heirate, wenn ich schon Großmutter bin. Du hast deine Chance gehabt. Jetzt ist es zu spät.«

»Geschieht ihm ganz recht«, sagte Eleonore. »Wann ist die Hochzeit, Winnie?«

»Zwischen Raps und Weizen«, sagte Winnie mokant. »Bei uns richtet sich das Privatleben nach den Ernteterminen. Sonst kann ich auf dem Mond heiraten.«

Winnie war seit Weihnachten verlobt: Bauunternehmer aus Frankfurt, viel Geld, großes Auto, prächtiger Bungalow. Ob Winnie eigentlich verliebt war, wußte Christine nicht. Aber was verstand sie schon von Liebe! Winnie hatte so viel herumgeflirtet, sie mußte es schließlich wissen. Auf jeden Fall war Herbert, der zukünftige Mann, verliebt. Letzten Sommer auf Sylt hatte er Winnie kennengelernt. Winnie, vergnügt und voller Leben, blond und süß, mit und ohne Bikini, Winnie am Strand, in den Dünen, im Meer, beim Tanz, an der Bar, Herbert war achtunddreißig und hingerissen. Damals war Winnie neunzehn, und Jon hatte gefragt: »Ist der nicht zu alt für dich?«

»Wenn ich einen reichen Mann will, kann ich keinen Zwanzigjährigen heiraten, nicht?« hatte Winnie kühl geantwortet. »Oder er ist Vaters Sohn, und ich heirate die ganze Familie mit. Ich finde es zur Abwechslung mal ganz lustig, mit Jungs habe ich jetzt genug herumgebummelt.«

»Eine seltsame Einstellung, eine Ehe einzugehen«, hatte Jon steif erwidert. Aber später sagte er zu Christine, daß Herbert wohl doch für Winnie der richtige Mann sei. Geld müsse ein Mann wohl haben, der Winnie heiraten wolle, denn für Arbeit habe sie ja nichts übrig. Und wenn der Mann ein bißchen reifer ist, würde das für Winnie das Richtige sein.

Sie mochten Herbert gern, er machte einen seriösen, vertrauenerweckenden Eindruck, sah recht gut aus, bewegte sich gewandt und selbstsicher und schien auch intelligent zu sein. Er hatte an der TH studiert, die Firma seines Vaters übernommen und ansehnlich vergrößert.

Und er betete Winnie an. Jeden Tag kam ein Anruf, jede Woche ein Blumenstrauß, immer wieder dazwischen ein Geschenk, gelegentlich kam er selbst, oder er traf sich mit Winnie in Hamburg.

An die bevorstehende Hochzeit dachte Christine, als sie auf Cornet durch den Wald ritt. Winnie wünschte sich eine große, richtige Hochzeit, eine Gutshochzeit mit Aufmarsch der Pferde aus der ganzen Gegend, Tanz in der Scheune, und alle Bauern sollten eingeladen werden.

Natürlich scheute Jon davor zurück. Das komme nicht in Frage, hatte er zunächst gesagt. So ein Betrieb, und was das alles kosten würde. Aber wenn Winnie etwas wollte, war sie unschlagbar.

»Christine heiratet sowieso nicht, und ich bin deine einzige Enkeltochter, die je heiraten wird. Außerdem muß es endlich mal ein Fest auf Breedenkamp geben.«

Die Argumente gingen ihr nicht aus. Bei Eleonore in Friedrichshagen holte sie sich Unterstützung, und Eleonore, die sich in Festen auskannte, hatte sich bereit erklärt, die Vorbereitungen zu übernehmen. Nur über den Termin war man sich lange nicht klar gewesen. Der Bräutigam hatte Ostern schon heiraten wollen, aber nach Winnies Wunsch sollte es Sommer sein. Sommer mit reifen Feldern und strahlender Sonne. Im März hatten sie sich dann schließlich auf Anfang Juli geeinigt.

Der Waldboden war vollgesogen mit Nässe, Cornet setzte vorsichtig die Beine. Manchmal tropfte es von den Zweigen. Es war ganz still.

Christine vergaß die Hochzeit. Eine seltsame Beklommenheit überkam sie. Wie immer, wenn sie in diese Gegend kam. Mitten in diesem Wald lag eine Grenze. Da endete Breedenkamp, da begann Dorotheenhof.

Es hatte eine Zeit gegeben, da hatte sie diese Grenze oft überschritten. Doch jetzt hatte sie seit Jahren diesen Boden nicht mehr betreten, der der Familie ihrer Mutter gehört hatte. Sie wollte auch heute nicht hinüber. Es war fremdes Land geworden, es ging sie nichts mehr an. Und dieser seltsame Zauber, der früher von dem verwunschenen Land ausgegangen war, bestand nicht mehr. Neulich hatte sie erfahren, daß Dorotheenhof wieder den Besitzer gewechselt hatte. Es würde dort gebaut werden. Genaues wußte man nicht.

Sie bog scharf nach links in einen Jägerpfad und ritt zum Waldrand. Hier war die Nordernweide. Zäune waren so gut wie keine mehr vorhanden, das sah sie mit einem Blick. Wenn man im Mai Vieh hier herausstellen wollte, gab das viel Arbeit. Kühe kamen nicht in Frage, denn wer sollte jeden Tag zweimal zum Melken bis hier herauskommen? Sie hatten einen Mann, einen Obermelkmeister, für die Schwarzbunten, der einen Jungen zur Hilfe hatte. Jungvieh konnte man nicht so weit herausbringen. Höchstens das Mastvieh. Aber das war dann auch nur für einige Monate. Lohnte es sich, die Einzäunungen dafür auszubessern? Andererseits konnte man die Weide nicht verkommen lassen. Sie mußte das mit Jon besprechen.

Die Sonne stand jetzt hoch. Es war warm. Wenn sie flott zurückritt, kam sie zum Mittagessen zurecht. Aber dann ritt sie doch in der anderen Richtung, nach Nordosten, immer am Waldrand entlang, sie wußte selbst nicht, warum. Am Ende der Weide verbreiterte sich der Wald, er umschloß das untere Ende der Nordernkoppel. Dieser Wald war bereits Dorotheenhof-Besitz.

Reste des Stacheldrahts lagen noch am Boden. Sie umritt sie vorsichtig, und dann schritt Cornet wieder unter den Buchen entlang, der Wald war licht hier, der Moosboden weich, die Sonne drang durch.

Warum ritt sie hier? Was ging sie Dorotheenhof noch an? Hatte sie nicht längst vergessen? Aber jetzt kamen Erinnerungen wieder. Vage, verblaßte Bilder. Sie war ein ganz kleines Mädchen, und ihre Mutter fuhr mit dem Einspänner hinüber nach Dorotheenhof, um den Großvater zu besuchen. Den anderen Großvater. Wie hatte er bloß ausgesehen? Ein schmaler, stiller Herr. Er trug keine Stiefel, sondern einen Anzug und feine Schuhe, er hatte so weiße Hände. Der Großvater in Breedenkamp hatte ganz braune Hände. Das war etwas, woran sie sich erinnerte. Und dann die Auffahrt von Dorotheenhof. Eine Pappel-Allee, ein weiträumiger Hof, dahinter das Herrenhaus. Fast ein Schloß. Eine Freitreppe. Da stand ein alter Diener mit weißem Haar, den sah sie auch auf einmal vor sich. Wie hieß er doch gleich? »Guten Morgen, Frau Baronin. Der Herr Baron erwartet Sie in der Bibliothek.«

Der Herr Baron kam ihnen schon in der großen, düsteren Halle entgegen. Christine machte einen Knicks. Frederike küßte den Herrn Baron auf die Wange.

Sie trug ein blaues Kleid. Ihr Haar war lang, aber aufgesteckt, es machte ihr Gesicht noch zarter und durchsichtiger.

Das waren alles einzelne, verwischte Bilder, Christine konnte sich an kein Gespräch erinnern. Das mußte in den Nachkriegsjahren gewesen sein. Sie war damals fünf oder sechs. Merkwürdig, daß es noch einen anderen Großvater gegeben hatte. Eine Großmutter gab es auch, aber die hatte sie nie gesehen. Sie erinnerte sich jedenfalls nicht daran. Ob die noch lebte? Und war es denn nicht seltsam, eine Familie zu besitzen, von der man gar nichts wußte? Deren Gesichter man nicht kannte, von der keine Bilder existierten? Hatte ihre Mutter kein Bild ihrer Eltern besessen? Vielleicht hatte sie es mitgenommen, als sie nach Amerika ging.

Es gab ja auch kein Bild von ihr. Nie hatte Christine ein Bild ihrer Mutter gesehen. Wenn in Breedenkamp welche existiert hatten, so waren sie wohl vernichtet worden. Von Jon. Von Telse. Und Christine wußte nicht mehr, wie Frederike ausgesehen hatte. Da waren nur drei Dinge, die geblieben waren: das blonde Haar, die blaue Seide des Morgenrocks, das Blut im Bärenfell.

Nein. Nicht nur das.

Da war Moira. Hatte Frederike so ausgesehen? Moiras Haar war schwarz, aber waren es wenigstens Frederikes Augen, der Schnitt ihres Gesichts, ihr Mund, ihre schmalen Hände? Sie war am Rand des Waldes angekommen. Cornet blieb stehen, er spürte ihre Unschlüssigkeit. Die Felder vor ihr lagen brach. Das gehörte also wohl noch zu Dorotheenhof. Drüben, Richtung Osten, und jenseits des Herrenhauses, auf die Ostsee zu, waren die Felder und Weiden verpachtet.

Eigentlich war es Zeit, umzukehren. Telse hatte es nicht gern, wenn man die Mahlzeiten versäumte. Das ließ sie höchstens während der Ernte gelten. Und Jon mochte es auch nicht. Aber Christine legte leicht den Schenkel an, und Cornet ging weiter. Entlang am Rain des sumpfigen Feldes, über die Brache, hinüber zum nächsten Waldstück, das war nur klein, dann führte ein Weg aus dem Wald heraus immer nach Osten, über Wiesen, rechts schimmerte ein Weiher, oh, sie kannte das alles, Cornet mußte es auch noch kennen, es hatte eine Zeit gegeben, da waren sie oft hier geritten, da war sie etwa siebzehn oder achtzehn gewesen, eine melancholische Zeit, da hatte sie viel an ihre Mutter gedacht, und das verwunschene Schloß hinter den Wäldern hatte eine magische Anziehungskraft auf sie ausgeübt.

Sie näherte sich dem Herrenhaus von hinten. Die Einfahrt lag entgegengesetzt. Der Park war verwildert, ungepflegt. Und es hätte sie nicht gewundert, wenn das Haus zugewachsen gewesen wäre. Ein verwunschenes Schloß, verborgen hinter Hecken und Büschen. Aber noch ehe sie die Mauern sehen konnte, hörte sie das Rattern von Maschinen, Hämmern und Kreischen.

Es stimmte also. Dorotheenhof war verkauft und wurde umgebaut. Dann hatte sie hier erst rechts nichts verloren, und es war Zeit, umzukehren.

Sie hielt an unter den letzten Bäumen und spähte hinüber zum Haus. Die Fenster waren geöffnet, die Sonne blitzte in den Scheiben. Menschen liefen über den Rasen, Arbeiter offenbar, man hörte Stimmen.

Plötzlich empfand sie einen wilden Zorn. Wer wagte es, diesen Ort in Besitz zu nehmen! Fremde waren es, Eindringlinge, die hier nichts zu suchen hatten.

»Nanu!« ertönte eine Stimme. »Da kommt ja Besuch.«

Erschrocken wandte sie den Kopf zur Seite. Wenige Schritte von ihr entfernt stand ein Mann, der lächelnd zu ihr aufblickte.

»Seien Sie mir gegrüßt, Gnädigste! Willkommen in Dorotheenhof!«

Dann drehte er sich um und rief über die Schulter: »Julian! Komm her! Wir haben Besuch bekommen.«

Um das Gebüsch herum kam ein zweiter Mann herangeschlendert, er war groß, schlank und lässig, trug eine Lederjacke und darunter ein offenes Hemd, die Hände steckten in den Taschen.

»Was hab' ich dir gesagt?« rief der erste. »Das ist ein Wunderland hier. Du hast es mir nicht geglaubt. Wo gibt es das sonst, daß ein hübsches Mädchen auf einem leibhaftigen Pferd durch die Lande reitet. Siehst du nun, daß ich die richtige Gegend ausgesucht habe?«

Christines erster Impuls war, Cornet zu wenden und so schnell sie konnte davonzureiten. Aber beide Männer standen jetzt vor ihr, der Große, Lässige, und der andere, kleiner, agil, mit einem gescheiten, offenen Blick, mit über der Stirn gelichtetem Haar und einem jungenhaften Lachen.

»Das halte ich für ein gutes Omen«, sagte er. »Ich hätte mir den ersten Gast nicht reizender vorstellen können. Was meinst du?«

»Dann sollten wir die junge Dame bitten, abzusteigen und wirklich unser Gast zu sein«, sagte der Große. Er trat einen

Schritt näher und strich mit der Hand über Cornets seidigglatten Hals. »Was für ein schönes Pferd! Und ich habe nicht ein einziges Stück Zucker in der Tasche.«

»Entschuldigen Sie bitte!« sagte Christine hastig. »Ich wußte nicht... ich bin zufällig hierhergeraten, ich...« Sie verstummte hilflos.

Der Große blickte zu ihr auf, er hatte ein gebräuntes, gutgeschnittenes Gesicht, graue Augen, um die sich ein Kranz von Lachfältchen gebildet hatte, und graublondes Haar.

Seine Hand lag noch immer auf Cornets Hals.

»Eine schöne Frau und ein schönes Pferd sind hier immer willkommen«, sagte der andere. Und zu dem Großen noch einmal, sehr befriedigt: »Siehst du, ich wußte, daß es hierzulande so etwas gibt. Davon kannst du träumen, wenn du wieder im Dschungel herumkriechst.«

»By Jove, das sind gefährliche Träume«, sagte der Große. »So hext man sich das Heimweh an den Hals.«

»Entschuldigen Sie!« sagte Christine noch einmal und nahm die Zügel auf, doch der Große griff in den Zügel und sagte: »O nein! Reiten Sie nicht davon, seien Sie nicht so unbarmherzig. Mein Freund ist der neugierigste Mensch unter der Sonne. Er muß erst wissen, wer Sie sind, woher der Fahrt und wie Ihr Nam' und Art.«

»Du mußt deine eigene Neugier nicht auf mich übertragen«, sagte der andere, »und ehe wir die junge Dame ausfragen, sollten wir uns selbst bekannt machen. So gehört sich das unter zivilisierten Mitteleuropäern. Aber das hast du natürlich längst vergessen.«

Er neigte den Kopf vor Christine und zog einen imaginären Hut. »Gestatten Sie, Gnädigste, mein Name ist Runge. Und dieser Abenteurer ist Julian Jablonka, und nun tun Sie ihm den Gefallen und hauchen Sie: Oh! Sie sind Julian Jablonka! und erröten Sie hold. Denn dieser Mensch ist unbeschreiblich eitel.«

Christine errötete zwar, aber aus Verlegenheit. Der Name sagte ihr gar nichts, und die ganze Situation war ihr schrecklich peinlich.

Die beiden Männer blickten erwartungsvoll zu ihr auf, dann gackerte der namens Runge wie ein übermütiger Schüler und rief: »Ätsch, Julian! So berühmt, wie du denkst, bist du also noch lange nicht. Bis Ost-Holstein ist dein Ruhm noch nicht gedrungen.«

Julian Jablonka schien der Spott seines Freundes nicht im mindesten zu stören. Sein eindringlicher, heller Blick umfaßte fest Christines Gesicht, er hatte eine seltsame Art zu schauen, es war wie eine Berührung, wie ein Griff. »Hinreißend!« sagte er dann.

»Ich muß jetzt fort, wirklich...« sagte Christine tödlich verlegen.

»Nein!« sagte Julian Jablonka mit Bestimmtheit. »Gönnen Sie uns noch eine kleine Zeit. Wenn man so jung ist wie Sie, hat man noch so viel Zeit, da besteht das Leben noch nicht aus Minuten, da besteht es aus Jahren.«

»Um Himmels willen, jetzt fängt er an zu philosophieren«, rief Runge. »Tun Sie bloß nicht so, als ob Sie zuhörten, Gnädigste, sonst hört er niemals auf, nicht in Minuten und Stunden, da hat er auf einmal auch viel Zeit.«

»Sagen Sie uns wenigstens, wie Ihr Pferd heißt«, fuhr der Mann fort, der Julian Jablonka hieß, ohne auf den Einwurf des anderen zu achten. »Wenn Sie uns schon nicht sagen wollen, wie Sie heißen, schöne Unbekannte. Und wenn an diesen Hecken hier schon Rosen blühten, würde ich Ihnen welche pflücken, um als Belohnung wenigstens Ihren Vornamen zu erfahren. Heißen Sie Griseldis?«

»Julian, komm auf den Teppich! Du mußt mir nicht meine Gäste vergraulen. Dies ist keine spinnerte Society-Ziege, sondern ein Kind dieses gesegneten Landes, gesund an Leib und Seele.«

»Leo, du redest Trivial-Literatur. Du weißt, auf dem Ohr bin ich empfindlich.«

»Sein Vorbild ist Hemingway«, erklärte Runge zu Christine hinauf, die nur schwieg und staunte, »und können Sie sich vorstellen, daß Hemingway jemand danach fragt, ob er Griseldis heißt? Nicht in seinen finstersten Whiskyträumen käme er auf so einen Ausrutscher.«

Julian Jablonka legte seine Wange an Cornets Nüstern und flüsterte: »Sagst du mir, wie du heißt, Schwarzbrauner?«

Fast wider Willen sagte Christine: »Er heißt Cornet.«

»Cornet!« rief Julian entzückt. »Reiten-reiten-reiten! Es ist

Rilkes Gräfin, die mit den seidenen Gewändern und der Rose. Dies ist ein verzaubertes Land und ein verzaubertes Schloß. Leo, du hast recht gehabt.«

Er streckte Christine die Hand entgegen.

»Kommen Sie, steigen Sie ab, Gräfin. Es ist keine Tafel gedeckt in diesem Schloß. Aber mein Freund Leo, der ein Lebenskünstler ist, hat als erste Tat einen riesigen Kühlschrank installiert. Denn die Maurer müssen Bier und Schnaps bekommen, damit sie was tun. Für Sie, Gräfin, habe ich einen jungen, lebendigen Wein aus dem Elsaß mitgebracht. Damit wollen wir anstoßen auf den Tag, auf den Frühling, auf Sie. Und auf Cornet, Ihren schönen Begleiter.« Nie in ihrem Leben hatte Christine solche Menschen gesehen, solche Reden gehört. Sie war verwirrt, es fehlte ihr die Leichtigkeit und die Gewandtheit, darauf einzugehen.

»Ich muß nach Hause«, sagte sie leise.

»Wer erwartet Sie?« fragte Julian Jablonka. »Wenn Sie jetzt sagen: ein Ehemann, ist diese Frühlingssonne für mich untergegangen.«

»Mein Großvater«, sagte Christine kindlich.

Die Männer lachten.

»Hinreißend!« sagte Julian wieder. »Können wir den Großvater nicht anrufen? Außer dem Kühlschrank funktioniert auch das Telefon schon. Leo ist in manchen Dingen ein Genie.«

Christine gab sich große Mühe, ihre Fassung wiederzugewinnen.

»Sind Sie der neue Besitzer von Dorotheenhof?« fragte sie Runge.

»Zu dienen, Gnädigste. Und dieses Schloß ist Ihr Schloß. Wann immer es Ihnen beliebt, einen Fuß hineinzusetzen.«

»Es ist kein Schloß«, sagte sie. »Es ist ein Herrenhaus. Und ich werde es nie betreten.«

Aber schon, während sie das aussprach, wußte sie, daß es eine Lüge war. Nichts auf der Welt war verlockender, als die Freitreppe von Dorotheenhof hinaufzusteigen, die düstere Halle zu betreten, die Räume zu sehen, auf ein Wiedererkennen zu warten.

Die beiden Männer tauschten einen Blick.

»Gibt es noch Bilder im Haus?« fragte Christine hastig.

»Keine Bilder«, sagte Runge. »Keine Möbel, das Haus ist leer.«

»Bis auf Kühlschrank und Telefon«, fügte Julian Jablonka hinzu. »Bedeutet Ihnen dieses Haus etwas?«

Hochmütig blickte sie ihn an. »Nein. Wieso? Wie kommen Sie darauf? Und nun muß ich wirklich fort.«

Auf einen leichten Schenkeldruck trat Cornet an. Ehe einer der Männer etwas sagen konnte, hatte er eine elegante Hinterhandwendung vollführt und trabte zwischen den lose stehenden Bäumen davon.

Dr. Leo Runge und Julian Jablonka sahen sich an.

»Das Geheimnis von Dorotheenhof!« sagte Julian.

»Wenn das kein Trivialtitel ist, dann weiß ich nicht, wo man einen besseren herbekommt«, meinte Runge.

Julian blickte in den Park hinein, wo Pferd und Reiterin verschwunden waren. Nicht einmal die Schweifspitze von Cornet war noch zu sehen.

»Dieses Mädchen muß ich wiedersehen!« sagte er.

Was aus den Kindern wurde

Seit dem Frühling 1962 war Christine endlich wieder zu Hause. Zu Hause, das war und blieb Breedenkamp, heute, morgen, immer, von der Früh bis zum Abend, vom Abend bis in die Früh. Dies war die Welt, alles andere brauchte sie nicht. Die hinter ihr liegenden Lehrjahre hatte sie zwar alle in unmittelbarer Nähe von Breedenkamp verbracht, so daß man von einer räumlichen Trennung eigentlich kaum sprechen konnte. Aber für sie waren zwanzig Kilometer Entfernung schon zu viel.

»Du bist ein richtiges Fossil«, sagte Winnie einmal zu ihr, »alle Leute vom Lande, alle Bauern und Landwirte beklagen sich darüber, daß sie nie wegkommen, daß sie keine Reisen machen können und nichts von der Welt sehen. Und du würdest am liebsten eine Mauer um uns herum bauen, bloß daß keiner hereinkommt, und vor allem, daß keiner hinauskann. Du würdest gut zu Ulbricht passen, der hat's auch mit dem Mauerbau.«

»Du kannst dich doch nicht beklagen, du bist doch wirklich schon viel in der Welt herumgekommen.«

»Gott sei Dank«, sagte Winnie befriedigt. »Ich bin gern hier, das weißt du. Aber woanders ist es auch ganz hübsch.«

Christine hatte ein halbes Jahr lang eine Hauswirtschaftsschule in Eutin besucht; später folgten zwei Semester auf der Landwirtschaftsschule. Dazwischen hatte sie als landwirtschaftlicher Lehrling ein Jahr auf dem gleichen Gut zwischen Lehnsahn und Oldenburg gearbeitet, wo auch schon Gerhard seine praktische Lehrzeit absolviert hatte.

Hier hatte Christine unter einem strengen und klugen Lehrherrn viel und hart arbeiten müssen, hatte modernste Methoden und Entwicklungen der Landwirtschaft kennengelernt. Sie mußte ein Tagebuch führen, Merkbuch genannt, in dem sie jeden Tag genaue Eintragungen zu machen hatte über alles, was an diesem Tag gearbeitet, besprochen und erklärt worden war. Es handelte sich um einen gemischten Betrieb, der Ackerland, Weideland, Gartenland, Wald und Wasser aufwies, wo alle Arten von Tieren gehalten wurden, wo modernste technische Ausrüstung vorhanden war und wo man im Hinblick auf Düngung und Pflanzenschutz nach allerneuesten Erkenntnissen arbeitete.

Christine war das einzige Mädchen unter den Lehrlingen gewesen. In der Behandlung und Schulung machte es keinen Unterschied, sie wohnte, lebte und arbeitete wie die jungen Männer. Und sie war fleißiger, aufmerksamer und strebsamer als die Jungen. Daß dies nötig sei, hatte ihr Lehrherr ihr gleich zu Anfang klargemacht. »Für eine Frau ist es eine sehr schwere Aufgabe, einen landwirtschaftlichen Betrieb zu leiten. Noch dazu einen Betrieb von der Größe Breedenkamps. Man muß die Qualitäten und den Verstand eines Unternehmers mit der Kraft und der Ausdauer eines Schwerarbeiters verbinden, um in der heutigen Zeit bestehen zu können. So wie es heute aussieht, wird der Existenzkampf in der Landwirtschaft immer härter werden. Sie werden sich in Ihrem Leben keine Minute ausruhen können, Fräulein Kamphoven, Sie werden keine Freiheit und keine Freizeit haben, keine Ferien und keine Entspannung. Und wenn Sie nicht immer flexibel sind, nicht immer ganz up to date, entscheidungsfreudig, auch mal risikobereit und dabei doch standhaft und hartnäckig, mit kühlem Kopf und dickem Fell, dann werden Sie an dieser Aufgabe scheitern. Erst müssen Sie einmal lernen, lernen, lernen. Und wenn Sie die Gehilfenprüfung bestanden haben, müssen Sie weiterlernen, ihr ganzes Leben lang. Stillstand und Nachlassen kann man sich in diesem Beruf nicht leisten, weniger als in jedem anderen. Wir leben sehr schnell heute. Landwirtschaft ist eine hochqualifizierte Wissenschaft geworden. Ich bleibe dabei, daß es kein Beruf für eine Frau ist, trotz aller Gleichberechtigung. Aber...« und dann lächelte er plötzlich sehr freundlich und fuhr fort: »Aber allem menschlichen Ermessen nach werden Sie ja bald heiraten und können dann Arbeit und Verantwortung mit einem Mann teilen. Das wird in meinen Augen ideale Vorbedingungen geben, um in der heutigen Zeit einen großen landwirtschaftlichen Betrieb zu leiten... Wenn nämlich Mann und Frau gleichermaßen gründlich ausgebildet und auf ihre Arbeit vorbereitet sind.« Nach dieser Rede traute sich Christine nicht, ihre gewohnte Antwort: Ich heirate nie! zu geben. Es wäre ihr in diesem Moment kindisch vorgekommen. Daß Männer für sie mit einundzwanzig Jahren immer noch fremde, bedrohliche Wesen waren, die nur Unheil brachten, konnte sie ihrem Lehrherrn nicht erklären. Sie wußte nicht, wie weit ihm die Geschichte von Breedenkamp bekannt war, aber man durfte annehmen, daß er Bescheid wußte. Jedoch wurde nie davon gesprochen. Auch die Frau des Lehrherrn, eine ausgebildete Landwirtschaftsmeisterin, schien es als gegeben anzunehmen, daß Christine so gut wie gebunden war.

Nach einiger Zeit wurde ihr auch klar, woher diese Vermutung kam. Gerhard hatte auf diesem Gut auch seine Praktikantenzeit abgeleistet, er arbeitete auch später während der Semesterferien hier. Sicher hatte er oft von ihr gesprochen, seiner Vermittlung war es auch zu verdanken, daß sie in diesem sehr gesuchten Betrieb eine Lehrstelle erhielt.

Dazu kam, daß er sie anfangs öfter besuchte, denn er wußte schließlich, wie ungern sie sich unter fremden Menschen aufhielt. Bei der Gelegenheit merkte sie, wie sehr man Gerhard hier schätzte; so jung er war, seine Meinung, sein Urteil wurden anerkannt. Er war reif für sein Alter, klug und verständig, sehr umsichtig, sehr zuverlässig – aber für sie war das nichts Neues, er war immer so gewesen.

Und immer noch waren sie Freunde, einander vertraut wie Bruder und Schwester. Erstmals kam ihr jetzt der Gedanke, daß fremde Leute es anders sehen mochten.

Vielleicht empfand auch Gerhard anders für sie. Es blieb zwischen ihnen aber wie immer, Freundschaft, Verstehen. Ein Kuß auf die Wange, wenn er wieder abfuhr, das war alles. Wäre es mehr gewesen, so hätte sie sich erschreckt zurückgezogen. Gerhard wußte das. Er war klug genug, ihr Zeit zu lassen. Es änderte nichts daran, daß er sie liebte. So wie er sie immer geliebt hatte. Eines Tages würde es sich von selbst ergeben.

Zu jener Zeit studierte er noch in Kiel. Er hatte sogar einen kleinen, gebrauchten Wagen gekauft, manchmal kam er sie abholen, wenn sie am Wochenende frei hatte, und fuhr mit ihr nach Breedenkamp.

Im November 1961 starb sein Vater. Es kam nicht überraschend. Helmut Ehlers war für jeden sichtbar dem Tod entgegengegangen. Es war ein sanfter, leiser Tod, er wußte, daß er sterben würde, und wehrte sich nicht.

Sein Buch, die Geschichte Schleswig-Holsteins, war nicht erschienen, nicht solange er lebte, obwohl er in Verhandlungen mit einem Verlag stand. Es hatte lange gedauert, bis eine Abschrift fertiggestellt war, und dann korrigierte er längere Zeit daran herum. Die Aussicht, daß sein Buch vielleicht erscheinen würde, hatte ihm schon genügt.

Gerhards Mutter verließ Breedenkamp schon zwei Monate nach dem Tod ihres Mannes, obwohl Jon ihr angeboten hatte, sie könne wohnen bleiben wie bisher. Aber sie hatte genug vom Landleben, genug von der Abgeschiedenheit des Guts. Viel hatte sie vom Leben nicht gehabt. Sie hatte geheiratet, einen Sohn geboren, dann kam der Krieg, die Flucht, kamen die trostlosen Jahre mit dem kranken Mann. Sie war um ihr Leben betrogen worden, wie so viele Frauen ihrer Generation. Erstaunlicherweise hatte sie einige Kraftreserven zurückbehalten. Sie wollte einen neuen Anfang versuchen, und daran durfte man sie nicht hindern, das sah auch Gerhard ein. Vor ihrer Ehe war sie als Krankenschwester ausgebildet gewesen und hatte auch einige Jahre in diesem Beruf gearbeitet. Und genaugenommen hatte sie während der langen Jahre der Krankheit ihres Mannes diese Tätigkeit ausgeübt. Seit vielen Jahren stand sie in brieflichem Kontakt mit einem Jugendfreund, der Arzt geworden war und im Taunus eine Privatklinik betrieb. Dieser Jugendfreund habe ihr eine Arbeitsmöglichkeit zugesagt, erzählte sie, was für eine, sei ihr für den Anfang ganz gleichgültig, sie werde sich einarbeiten und vielleicht eines Tages eine brauchbare Kraft sein können. Und so verschwand sie von Breedenkamp, anfangs schrieb sie noch, sie schien zufrieden zu sein mit ihrem neuen Leben, dann hörte man nichts mehr von ihr.

Gerhard studierte in Kiel und kam oft herüber. Dann ging er für zwei Semester nach Bayern, nach Weihenstephan, und schließlich an die Landwirtschaftliche Hochschule Hohenheim in Württemberg, wo er zu Ende studieren, sein Diplom machen und eventuell promovieren wollte. Von Hohenheim war er begeistert. Aber er war weit weg. Sie sahen ihn selten, die Reise war weit, und er mußte mit dem Geld haushalten. Die Familie Ehlers gab es auf einmal nicht mehr.

»Das waren man so die letzten Reste vom Krieg«, meinte Telse. »Bald wird man gar nicht mehr wissen, was das war: Flüchtlinge.«

Sogar Winnie, trotz ihrer Flatterhaftigkeit, empfand die Lücke. »Komisch, nicht, daß die auf einmal alle weg sind«, sagte sie zu Christine. »Vielleicht solltest du Gerhard doch heiraten, damit wir ihn wiederkriegen.«

Großzügig trat sie ihn an Christine ab, sie selbst hatte keine Verwendung mehr für ihn.

Winnie bereitete ihnen manchen Kummer. Kleinen Kummer, zugegeben, keinen großen. Es war unmöglich, sie für einen Beruf zu interessieren. Als sie schließlich mit Hängen und Würgen die mittlere Reife geschafft und die Schule verlassen hatte, war sie fest entschlossen, möglichst nie mehr etwas zu arbeiten. Wenn Telse sie nicht manchmal sehr energisch zu Arbeiten im Haus herangezogen hätte oder Gerhard ihr nicht pausenlos zugeredet hätte, wenigstens Steno und Schreibmaschine zu lernen, hätte sie sich bloß noch mit Pferden und ihren Vergnügungen beschäftigt. Jons Ermahnungen, daß es in dieser Zeit doch auch für eine Frau üblich sei, einen Beruf zu haben, beantwortete sie mit einem unschuldigen Augenaufschlag und der schlichten Feststellung: »Ich brauche keinen.«

»So, du brauchst keinen. Darf ich fragen, warum gerade du keinen brauchst?«

Es stellte sich heraus, daß Winnie einmal in ihrem Leben gründlich nachgedacht hatte, nämlich über sich selbst und ihr überflüssiges Berufsleben.

»Schau, Großvater, es ist doch so: Wozu braucht eine Frau einen Beruf? Um ihren Lebensunterhalt zu verdienen, nicht?«

»Hm. Und?«

»Na, das brauche ich doch nicht. Ich habe zwei Familien. Euch hier und Mutti und Kurtchen in Düsseldorf. Der verdient nicht schlecht, das weißt du ja. Bei einem kann ich immer leben.«

»Aha! Und das genügt dir?«

»Vollkommen«, strahlte Winnie ihn an. »Ich bin lieber hier, aber ich bin auch mal ganz gern dort. Was ich esse und sonst noch brauche, das kostet ja nicht so viel, nicht? Und wenn Christine das Gut übernimmt, wird sie mich bestimmt nicht vor die Tür setzen. Bißchen was gehört mir doch auch davon. Oder nicht?«

»Allerdings. Als Tochter deines Vaters bist du erbberechtigt. Das meinst du doch?«

»Genau. Das meine ich.«

»Aber Christine wird hier schwer arbeiten müssen. Daß du etwas tust für den Besitz, den du erben willst, habe ich noch nicht erlebt.«

»Manchmal tue ich schon was, da sorgt Telse schon dafür. Und wenn ich jetzt Schreibmaschine lerne und Steno, kann ich doch so ein bißchen im Büro helfen, nicht?«

»So ein bißchen, aha!«

»Na, ich meine ja nur. Und die Pferde muß ich schließlich auch reiten. Ist ja sonst keiner da, der das macht. Und dann werde ich eben heiraten. Wozu brauche ich einen Beruf? Es wäre doch hinausgeworfenes Geld, wenn ich etwas lernen würde, das mußt du doch selbst zugeben.«

Es war schwer, mit Winnie zu argumentieren. Und da schon sie selbst sich keinen Beruf vorstellen konnte, den sie erlernen wollte, konnte auch kein anderer ihr einen geeigneten Vorschlag machen. Immerhin brachten sie es mit vereinten Kräften fertig, daß auch sie wenigstens ein halbes Jahr auf die Hauswirtschaftsschule ging und ihre Steno- und Schreibmaschinenkurse abschloß.

Ansonsten war Winnie mit den Pferden, mit sich selbst und ihrem Privatleben beschäftigt. Sie hatte unendlich viele Freundinnen und Freunde, sie wurde überallhin eingeladen, es gab kein Fest, keine Tanzerei im Umkreis ohne sie, keine Jagd, die sie nicht mitritt, keinen einigermaßen ansehnlichen jungen Mann, mit dem sie nicht flirtete.

Während der grünen Saison zudem gab es kaum ein Turnier, bei dem sie nicht startete, sie genoß auf diesem Gebiet sogar einen gewissen Ruhm, und wenn sie ehrgeiziger gewesen wäre, hätte sie eine sportliche Karriere machen können.

Zweimal sah es nach Verlobung aus, bis sie dann endlich den ihrer Meinung nach Richtigen erwischte, Herbert aus Frankfurt, reich genug, ihr das Leben zu ermöglichen, das sie sich erträumte.

So waren die Kinder von Breedenkamp erwachsen geworden, jedes hatte sich seiner Art gemäß entwickelt, es waren eigentlich keine besonderen Überraschungen dabei herausgekommen. Blieb der fremde Vogel, der ihnen zugeflogen war, Moira. Die kleine Schwester, von Christine zärtlich geliebt und umsorgt. Erstaunlicherweise auch von Telse, die diesem Kind eine ganz besondere Zuneigung entgegenbrachte. Was einerseits nicht ganz logisch war, denn Telse hatte, darin einig mit Jon, Frederike und alles, was mit ihr zusammenhing, aus ihrem Leben gestrichen. Andererseits aber war Telse immer wieder bei aller äußeren Rauhbeinigkeit ihrem Herzen ausgeliefert. Und Liebe läßt sich nun einmal mit Vernunft nicht erklären.

Wie Jon eigentlich zu Moira stand, wußte niemand. Aber da Jon sowieso kein Mann von vielen Worten war, und auch keiner, der seine Gefühle zeigte, sah man sein Verhalten Moira gegenüber als normal an. Tatsache war, daß Moira ihn gern hatte. Sie hatte niemals Furcht vor ihm gezeigt, respektierte ihn, wie die anderen Kinder ihn respektiert hatten, und gehorchte ihm genau wie die anderen.

Moira lebte, nachdem die Zeit der Eingewöhnung vorüber war, auf Breedenkamp, als gehörte sie schon immer dazu. Winnie behandelte sie manchmal etwas von oben herab und hatte sich nie besonders mit ihr abgegeben; ein kleines Ressentiment war in ihr zurückgeblieben, aber das hatte Moira als gottgegeben hingenommen. Von der Tragödie ihrer Eltern wußte Moira nichts. Sie glaubte, ihre Eltern seien bei einem Autounfall ums Leben gekommen, und da ihre Pflegemutter, jene alte Irin, ihren Vater gekannt hatte, habe sie das Baby bei sich aufgenommen und großgezogen.

Damit gab sich das Kind zufrieden. Welche Fragen hätte es auch stellen sollen?

Die Übersiedlung nach Deutschland war durch den Anwalt in Boston mit großem Geschick vorgenommen worden. Die unbekannten Verwandten in Deutschland, die Kamphoven hießen wie sie, kamen zwar als Überraschung, aber auch sie wurden von Moira als nichts Besonderes hingenommen.

Natürlich war man sich auf Breedenkamp der Schwierigkeiten bewußt. Einmal würde Moira älter werden, einmal würde sie Fragen stellen. Und einmal würde irgend jemand, ein ganz Unbeteiligter, aus Neugier, Sensationslust, möglicherweise auch aus Bosheit, Moira gegenüber Bemerkungen machen. Christine hatte mit Hedda darüber gesprochen.

Hedda sagte: »Das muß man abwarten. Die Menschen vergessen rasch. Die Jungen wissen es gar nicht, und die Alten werden so anständig sein, zumindest vor dem Kind nicht mehr darüber zu reden.«

Eine Gefahr bedeutete natürlich die Schule, die Moira mit der Außenwelt zusammenbrachte. Es dauerte aber eine Weile, bis man sie einschulen konnte, sie mußte erst besser deutsch sprechen. Der Gedanke an ein Internat tauchte wieder auf, an ein Institut in einer möglichst entfernten Gegend, wo niemand die Familie Kamphoven kannte. Aber dann hätte Christine sich von Moira trennen müssen, das wollte sie nicht. Sie wollte Moira ja eine Heimat geben.

Moira kam gar nicht erst in die Dorfschule, sondern gleich nach Lütjenburg, wo sie dann auch die Mittelschule besuchte. Bisher war alles gutgegangen. Moira fragte lange nicht nach ihren Eltern, die für sie nie existiert hatten. Sie war schon zwölf

Jahre alt, als sie zu Christine sagte: »Wie haben sie denn ausgesehen?«

»Och«, meinte Christine, »ich weiß auch nicht mehr genau.«

»Aber du warst doch schon größer als ich.«

»Ja, natürlich. Viel größer.«

»Du warst aber nicht in Amerika.«

»Nein,«, erwiderte Christine rasch, ohne zu überlegen.

»Warum waren sie denn in Amerika?«

»Ich kann es dir nicht sagen. Weil sie... vielleicht wollten sie drüben leben.«

»Aber warum denn? Hier ist es doch schön.«

»Ja, natürlich. Vielleicht haben sie auch nur einen Besuch gemacht.«

»Und warum habt ihr mich nicht gleich geholt?«

Es war so gut wie unmöglich, auf diese Frage eine vernünftige Antwort zu finden.

»Ich war ja noch ein kleines Mädchen, als du geboren wurdest«, sagte Christine schließlich.

»Aber der Großvater?«

»Der Großvater war sehr traurig, das kannst du dir ja denken.«

»Weil alle seine Söhne tot waren. Das verstehe ich schon. Da hat er mich ganz vergessen.« Es klang traurig, ein wenig resigniert.

Und dann, nach kurzem Nachdenken, fügte Moira hinzu: »Vielleicht hätte er mich gleich haben wollen, wenn ich ein Junge gewesen wäre, nicht? Mädchen hatte er ja zwei.«

It will be a boy. No, a girl.

Christine schluckte. Wenn das Kind ein Junge gewesen wäre, hätte es wohl nie nach Breedenkamp kommen dürfen. Ein männlicher Bastard in seinem Haus – das hätte Jon nicht ertragen.

Es fiel ihr schwer, Moira zu belügen. Sie war Lügen nicht gewöhnt.

Glücklicherweise stellte Moira nicht oft Fragen.

Nur vom Aussehen ihrer Eltern fing sie noch einmal an. »Warum hast du denn kein Bild von ihnen?«

»Es gibt keine Bilder. Ich weiß auch nicht, warum, das heißt, ich kann es mir denken. Der Großvater war so traurig über alles, was passiert war, daß Telse die Bilder weggenommen hat, damit er möglichst nicht dran erinnert wird. Ich denke mir, daß es so war. Ich habe ihn nie gefragt. Und Telse auch nicht. Und du darfst sie auch nicht fragen. Versprichst du mir das?« Moira nickte ernst. »Ich verspreche es dir. Der Großvater soll nicht traurig sein.«

Sie blickte Christine forschend an. »Hat Mutter ausgesehen wie du?«

»Nein. Mehr wie du. Nur ihre Haare waren blond.«

»Und hat unser Vater ausgesehen wie der Großvater?«

»Er war ja ein junger Mann«, wich Christine aus.

Moira war ein stilles, bescheidenes Kind, immer etwas verträumt, in der Schule nicht besonders gut, aber es gab nie Ärger mit ihr. Mit elf, zwölf Jahren war sie nicht mehr so hübsch wie zur Zeit, als sie aus Amerika kam. Sie war dünn und schlaksig, das Gesicht hatte die kindliche Rundung verloren, beherrschend waren noch immer die großen, sehr hellen blauen Augen. Das Mädchen wirkte ungewandt, ungelenk, war eine miserable Turnerin, ganz und gar unsportlich. Und sehr ängstlich, nervös und scheu. Schien etwas schiefzugehen, begann sie wild auf ihrer Unterlippe zu kauen, und schon die geringste Schwierigkeit erschien ihr als unüberwindliches Hindernis, das sie vollkommen die Fassung verlieren ließ.

Manchmal schwindelte sie dann, wozu gar kein Grund vorlag. Denn nie ließ es Christine an Verständnis und Nachsicht fehlen.

Doch dann entdeckte der Musiklehrer in der Schule das Besondere an Moira, ihre überdurchschnittliche musikalische Begabung. Er fand heraus, daß sie das absolute Gehör besaß und eine schöne, klare Singstimme. Nur war sie zu schüchtern, richtig mitzusingen oder sich gar als Solistin zu produzieren.

Musik wurde auf Breedenkamp nie gemacht. Den Flügel hatte Jon seinerzeit verkauft, nichts sollte an Frederike erinnern. Keines der Kinder hatte ein Instrument gelernt oder sich jemals für Musik interessiert, es gab nicht einmal einen Plattenspieler im Haus.

Der Musiklehrer in Moiras Schule war ein junger Mann voller Ideale. Er spielte Klavier, Geige und wunderschön die Orgel. Er wurde Moiras erste Liebe. Und dieses Wort war nicht zu gewichtig, sie liebte ihn mit aller Inbrunst, aller Hingabe, deren sie fähig war. Natürlich hätte sie das nie gezeigt oder gar gesagt.

Er hieß Paul Rodewald, war ein stiller, blasser Mensch, ein romantischer Typ, dunkelhaarig, ein wenig asketisch, sein Leben war Musik. Von einer Musiker-Karriere hatte er geträumt, Musiklehrer war er geworden. Lütjenburg war seine erste Lehrerstelle. Er brauchte ein Weile, um sich zurechtzufinden, viele Talente hatte die Schule nicht aufzuweisen. Als er Moiras Begabung entdeckt hatte, stürzte er sich voll Begeisterung auf sie. Ob sie nicht Klavier spielen wolle? Moira blickte ihn gläubig an. Ob denn keiner bei ihnen in der Familie Klavier spiele? Auch kein Klavier im Hause sei? Moira verneinte. Nein. Klavier sei wohl auch für sie nicht das richtige. Sie müsse unbedingt Geige spielen lernen. Er werde ihr Unterricht geben.

Moira kam nach Hause und sagte zu Christine: »Ich möchte gern Geige spielen lernen.«

Christine blickte sie sprachlos an. »Geige?«

»Ja. Herr Rodewald sagt, das wäre das Richtige für mich. Er gibt mir Unterricht.«

Wer Herr Rodewald war, wußte Christine schon. Von ihm war die Rede gewesen. »Aber das ist doch sehr schwer.«

Moira hob die schmalen Schultern. »Darf ich?«

»Ich weiß nicht«, meinte Christine zögernd. »Ich glaube nicht, daß Großvater das gern hätte.«

»Warum nicht?«

»Er mag keine Musik.«

»Das ist sehr schade. Musik ist das schönste, was es gibt. Herr Rodewald hat uns heute eine Platte vorgespielt. Eine Symphonie von Mozart. Das war wunder-wunderschön.«

»In der Stunde hat er euch das vorgespielt?«

»Ja. Er sagt, wir kennen viel zuwenig Musik. Und man müßte hingehen, wenn mal ein Konzert ist. Und wir sollen auch im Radio hören, wenn gute Musik gespielt wird. Nicht immer nur Schlager.«

»Und was sagen die anderen Kinder in der Klasse dazu?«

»Die fanden es langweilig.«

Herr Rodewald wartete die Erlaubnis nicht ab. Auf seiner eigenen Geige, im Musikzimmer der Schule, nach Unterrichtsschluß, bekam Moira die ersten Geigenstunden. Einige Male verpaßte sie den Bus. Zu der Zeit war sie elf Jahre alt.

Als Christine wieder einmal in Lütjenburg zu tun hatte, suchte sie Herrn Rodewald in der Schule auf. Sie tat so etwas nicht gern, aber sie mußte sich diesen seltsamen Lehrer einmal ansehen. Er hatte gerade Stunde, aber er kam sofort heraus, als die Schulsekretärin ihm sagte, wer da sei.

Ein wenig linkisch stand er vor Christine. »Moira ist sehr begabt. Man muß so etwas fördern.«

»Aber wozu soll das gut sein?« Christine fühlte sich unbehaglich.

»Bei uns ... ich meine, wir verstehen alle nichts von Musik.«

Herr Rodewald richtete sich ein wenig auf und blickte sie strafend an.

»Das ist sehr bedauerlich. Sie wissen nicht, was Ihnen entgeht. Und ich kann auch nicht einsehen, warum die Menschen auf dem Lande von allen Schönheiten des Lebens abgeschnitten sein sollen.«

»Nun ja«, sagte Christine. »Wenn Sie es so sehen ...«

»Ich sehe es so«, erklärte Herr Rodewald eifrig. »Sehen Sie, gnädiges Fräulein, musische Begabungen werden natürlich in der Stadt bei einem Kind viel leichter gefördert, weil es mehr Möglichkeiten gibt, die Kinder mit Musik und Theater bekannt zu machen. Aber auch hier – es gibt Rundfunk, es gibt Fernsehen, und die Möglichkeit, einmal in einer Stadt ein Konzert zu besuchen, ist doch wirklich gegeben.«

Christine blickte an ihm vorbei an die Wand. Da war wieder eine Erinnerung. Ihre Mutter spielte Klavier. Und Michael sang. Sie, ein kleines Mädchen, saß ganz still und lauschte. Es war schön gewesen, es hatte ihr gefallen. Sicher hätte es für sie einen Weg zur Musik gegeben – damals – und auch später. Aber im Hause Breedenkamp erklang nie wieder Musik. In Plön fanden manchmal Konzerte statt. Sie war niemals hingegangen. Sie hatte noch nie eine Oper besucht. »Ich glaube, Sie haben recht«, sagte sie. »Wenn Moira es möchte, und wenn Sie meinen, daß sie es kann, dann soll sie Geige spielen lernen. Und wo soll ich die Geige für sie kaufen?« Herr Rodewald machte ein glückliches Gesicht. »Ich freue mich sehr über Ihren Entschluß. Ich weiß nicht ... ist Moira eigentlich ... ich meine, entschuldigen Sie meine Frage, ist Moira Ihre Schwester?«

Christine biß sich nervös auf die Lippen. »Ja.«

»Ach so. Ja... die Geige. Wenn Sie erlauben, werde ich das übernehmen, ich werde eine Geige für Moira besorgen. Zunächst kein wertvolles Instrument. Man muß abwarten, ob sie dabei bleibt. Geige spielen ist schwer. Bei einem Kind kann man nie wissen, wie lange die Geduld und der Fleiß reichen.«

Moiras Geduld und Fleiß reichten bis in alle Ewigkeit, wenn es darum ging, bei Herrn Rodewald Geigenstunden zu nehmen. Zweimal in der Woche fuhr sie nun nochmals am Nachmittag nach Lütjenburg zum Unterricht. Und zu Hause übte sie unermüdlich. Nur um eines hatte Christine sie eindringlich gebeten: nicht zu üben, wenn der Großvater im Haus war.

Das ließ sich leicht bewerkstelligen. Jon war nicht viel im Haus. Und wenn er da war, boten sich Ausweichmöglichkeiten genug. Das Verwalterhaus, das leer stand, eine Scheune, irgendwo sonst ein versteckter Ort.

Das war Moira sogar lieber, denn sie merkte bald, daß sie sich eine schwere Kunst ausgewählt hatte. Und zum erstenmal in ihrem Leben kam Ehrgeiz über sie. Sie wollte nicht dilettantisch herumkratzen. Die Geige sollte singen wie bei Herrn Rodewald. Er sollte beifällig mit dem Kopf nicken, sollte lächeln mit seinem hübschen, weichen Mund, seine dunklen Augen hinter der ungefaßten Brille sollten aufleuchten. »Gut, Moira, gut. Das klang schon sehr gut. Probier's noch mal. Und achte auf dein Handgelenk. Ganz locker. So, siehst du, so.«

Demonstrierend griff er nach ihrem Handgelenk, die Berührung seiner Finger machte Moira selig.

Nichts gegen Herrn Rodewald. Für ihn war es wirklich reine Freude an seiner Aufgabe. Moira war für ihn ein Kind, dem er das beibringen wollte, was für ihn das Schönste auf der Welt war: Musik.

Und Moira war nicht Winnie. Nicht kokett, nicht bewußt. Sie liebte ihn. Und sie spielte immer besser, weil sie ihn liebte. Außerdem war sie wirklich begabt.

»Das klingt richtig hübsch«, meinte Polly eines Tages, als er sie hinter der Trockenanlage entdeckte und ihr eine Weile zugehört hatte. »Das machste prima, Moy.«

Jon ignorierte das Geigenspiel, Telse war sogar böse darüber. »All so'ne Flausen«, sagte sie ärgerlich zu Christine.

»Warum läßt du zu, daß das Kind so'n Unsinn macht? Sie wird immer dünner. Sie sollte lieber reiten lernen, das wäre gesünder für sie.«

Zum Reiten war Moira ganz unbegabt. Sie hatte einfach Angst vor Pferden. Alle Versuche in dieser Richtung schlugen fehl. »Die is' ne Trantüte«, meinte Winnie verächtlich, »'ne richtige Trantüte ist das, deine heißgeliebte Schwester. Und das Gejaule auf der Geige macht einen ganz schwach.«

Dann heiratete Herr Rodewald eine kräftige, blonde Lütjenburgerin, Tochter eines Kollegen von der Schule. Für Moira stürzte die Welt ein. Sie sprach nicht, sie aß nicht, sie litt unbeschreiblich. Alle Träume, die ihr späteres Leben betrafen, hatten Herrn Rodewald eingeschlossen. Sie würde eine berühmte Geigerin werden und er ihr Mann. Zusammen würden sie durch die Welt reisen, von Erfolg zu Erfolg. Er am Klavier, sie mit der Geige, so wie sie es zuletzt schon gemacht hatten.

»Wenn du ein bißchen weiter bist«, hatte er gesagt, »üben wir die F-Dur-Romanze von Beethoven.«

Moira kannte sie natürlich. Sie hatte sie bei ihm auf einer Platte gehört. Sie kannte viel inzwischen, Symphonien, Klavier- und Violinkonzerte. Vorbei. Sie rührte die Geige nicht mehr an.

Es war zu Beginn der großen Ferien. Herr Rodewald war mit seiner jungen Frau auf Hochzeitsreise entschwunden. Die Mädchen in der Schule hatten gekichert, die Jungen alberne Bemerkungen gemacht.

Moira war der unglücklichste Mensch der Welt. Sie sprach zu keinem davon. Auch nicht zu Christine. Am liebsten wäre sie gestorben. Sie lag irgendwo am Waldrand im Gras und weinte... Nie mehr, nie mehr würde sie einen Mann lieben können. Sie hatte nicht nur das absolute Gehör. Sie war ein absoluter Mensch wie ihre Mutter, wie ihr Vater. Aber wer auf Breedenkamp hatte dafür Verständnis?

Damals nicht. Heute nicht.

Von Fiete Petersen erfuhren sie endlich, was auf Dorotheenhof vor sich ging.

Der Pflanzenschutzchef Petersen war ein realistischer, unsentimentaler Mensch. Nicht gefühllos. Er hatte Temperament, sogar ein wenig Fantasie, er liebte gutes Essen, gutes Trinken und hübsche Frauen. Da er selbst eine hübsche Frau besaß und eine glückliche Ehe führte, war daran nichts auszusetzen.

Am meisten aber liebte er das Land Schleswig-Holstein. Er kannte es, wie man so sagt, wie seine Westentasche. Das Land zwischen den Meeren war für ihn eine gute Stube, in der er jeden Winkel, jedes Möbelstück, jeden bequemen Lehnstuhl und auch jeden eventuell vorhandenen Schmutzfleck kannte. Das hieß vor allem, daß er jeden Schlag, jedes Feld, jede Weide, jeden Halm und jeden, der damit umging, kannte. Sein Büro befand sich zwar in Hamburg, aber das war nur so eine Art theoretisches Hauptquartier, er war ein Feldherr, der sich bei der Truppe befand. Überall war er beliebt. Pflanzenschutz war keine Hexerei mehr, die Bauern hatten ihn akzeptiert, sie hatten begriffen, daß ohne Chemie in dieser Zeit kein Auskommen war.

Weil nun Herr Petersen realistisch und unsentimental war, hatte er nie Hemmungen gehabt, seine freundschaftlichen Beziehungen zu Jon Kamphoven, die aus geschäftlichen Kontakten entstanden waren, aufrechtzuerhalten. Selbst in der schlimmsten Zeit damals, als Jon kaum mit einem Menschen sprach, kam Herr Petersen ganz selbstverständlich nach Breedenkamp, erklärte und verkaufte die Produkte seiner Firma, betrachtete Jons Weizen, Hafer und Raps, gab seine fachmännischen Ratschläge und saß dann in der Veranda oder im Gartensaal bei Lütt un Lütt und auch bei manchem Imbiß. Einmal – nur ein einziges Mal – machte er eine philosophische Bemerkung. »Wir Menschen sind vergänglich«, sagte er. »Der Boden bleibt. Das Land wird uns überleben. Und das ist man gut so. Oder nicht?«

Jon hatte die Lippen zusammengepreßt und dann genickt. Mehr wurde nicht gesprochen.

Herr Petersen also kam, ungefähr eine Woche nach Christines Ritt nach Dorotheenhof, und wußte natürlich, was dort im Gang war.

Es war gegen Abend, es regnete wieder einmal. An den Scheiben der Veranda lief das Wasser herunter, und draußen war es immer noch kahl. Man mußte schon sehr genau hinsehen, wenn man ein wenig grünen Schimmer an den Büschen entdecken wollte. Christine war gerade ins Haus gekommen, tropfnaß, als Herr Petersen aus seinem Wagen stieg.

»Das ist ja fein, daß ich Sie wieder einmal treffe, Fräulein Christine«, sagte Herr Petersen und küßte ihre nasse Hand. So war Herr Petersen. Ein Kavalier und ein Mann von Welt. »Ich kann mich immer noch nicht daran gewöhnen, daß Sie ›Sie‹ zu mir sagen«, meinte Christine und lächelte. Er tat das, seit sie von ihrem Praktikantenjahr zurück war.

Winnie, die in einem roten Hosenanzug die Treppe heruntergeschlendert kam, rief: »Das ist Raffinesse bei ihm. Weißt du, warum er das macht, Christine?«

»Guten Abend, Winnie«, lachte Petersen. »Na, warum mach' ich das wohl? Weil sie erwachsen ist. Darum.«

»Hat er bei mir auch gemacht, Christine. Voriges Jahr. Weil ich erwachsen war. Und dann hat er gesagt, wenn wir uns wieder duzen wollen, müssen wir erst Brüderschaft trinken.«

»Und das haben wir denn auch getan, nicht, Winnie? Was ist daran verkehrt?«

»Mit einem langen Kuß, Christine. Und das wird er bei dir genauso machen.«

Wie immer war Christine einem Geplänkel dieser Art nicht gewachsen.

»Zu mir kann er auch so du sagen.«

»Nö!« riefen Winnie und Herr Petersen wie aus einem Mund, und dann lachten sie alle beide, und Herr Petersen legte den Arm um Winnies schlanke Taille.

»Mädchen, daß du heiratest! Daß du mir das antust! Mit dir konnte ich immer so fein angeben. Hier ist meine neue Frau, konnte ich immer sagen. Ich hab' mir jetzt 'ne ganz Neue angelacht. Ganz und gar fabrikneu. Und alle haben mich beneidet.«

Herr Petersen war ein alter Verehrer Winnies. Sie hatte ihn

oft auf seinen Fahrten begleitet und war immer höchst animiert nach Hause gekommen.

»Schließlich muß ein Mensch trainieren«, hatte sie einmal gesagt. »Daß ich ein paar Runden vertragen kann, ohne aus den Pantinen zu kippen, verdanke ich nur Petersen.«

»Der große Häuptling ist da?« fragte Petersen.

»Er wird im Büro sein«, sagte Christine.

»Dann hol ihn mal, Winnie. Und denn woll'n wir mal wat snaken. Gibt'n paar Neuigkeiten. Und Sie bitte auch, Fräulein Christine.«

»Ich muß mich nur schnell umziehen.«

Und dann auf der Veranda: Dorotheenhof wird Sanatorium. Christine hatte nichts erzählt von ihrer Begegnung. Und jetzt ging das natürlich auch nicht mehr. Sie schwieg und hörte zu. »Der vorige Besitzer, dieser Marwitz, das wißt ihr ja noch, wollte ein Hotel daraus machen. Na, dem ist dann bald das Geld ausgegangen. Der war pleite, ehe er angefangen hat.

Aber immerhin hatte er schon einschlägig umgebaut. Zimmer, Bäder und so, Wirtschaftsräume. Das kommt dem neuen Besitzer jetzt zugute. Der hat gar nicht mehr viel umzubauen. Schlauerweise hat er sich denselben Architekten genommen, den Witold aus Lübeck, es braucht nur hier und da etwas geändert werden, sonst geht das genauso weiter.«

»Wird wohl auch wieder 'ne Pleite werden«, meinte Jon.

»Muß nicht sein. Sanatorium ist 'ne gute Sache heutzutage. Die Menschen leben gut, essen zu viel, Managerkrankheiten sind an der Tagesordnung, und das wird noch schlimmer werden.«

»Was macht ein Mensch in einem Sanatorium?« fragte Winnie.

»Na, er lebt gesund.«

»Da kommen lauter alte Knacker her. Gott, wird das lustig.«

»Ist nicht gesagt, das machen heute auch schon jüngere. Bei uns kennt man das bloß nicht so. In anderen Gegenden haben sie das schon längst. Ich hab' mit dem Runge gesprochen... Runge heißt er, Dr. Leopold Runge. Er soll ein sehr bekannter Arzt sein, Internist. Ganz wohl betucht. Hat reich geheiratet. Angefangen hat er mit Tropenmedizin in Hamburg. Eigentlich kommt er aus Berlin. Na ja, und dann war er ein paar Jahre im

Ausland, Indien und was weiß ich noch. Zuletzt hat er eine Praxis in München gehabt. Also ich würde sagen, er kennt sich rundherum ganz gut aus. Immer gut, wenn ein Mensch mal'n bißchen rumgekommen ist.«

»Wahrscheinlich hat er Dorotheenhof billig bekommen«, sagte Jon.

»Für 'n Appel und 'n Ei. Da wollte keiner mehr so recht ran. War irgendwie der Wurm drin. Das Land ist sowieso verpachtet. Aber das Haus ist ja immer noch sehr wirkungsvoll. Und der Runge meint also, die Gegend hier wäre gerade richtig für ein Sanatorium. Wir haben neulich in Malente im Deutschen Haus lange zusammengesessen. Der Architekt war auch dabei, und da hat er mir alles verklart. Erstens, sagt Runge, ist die Luft hier bei uns gut. Sie ist gut an sich, und dazu kommt das Meer in der Nähe, aber es ist doch kein Reizklima wie an der Nordsee oder im Hochgebirge, und darum ist das für nervöse Leute die richtige Gegend. Zweitens, sagt er, müssen die Leute, die sich erholen wollen, raus aus dem Alltag, raus aus jeder Art von Betrieb. In den Kurorten und den Seebädern ist immer Betrieb. Hier nicht. Andererseits sind die Seebäder nicht so weit weg, wenn sie mal wollen, dann sind sie schnell da. Sie sind in zehn Minuten am Meer an der Hohwachter Bucht. Übrigens will er später noch ein Schwimmbad einbauen.«

»Na, und was soll'n sie sonst noch machen in diesem Sanatorium?«

»Weiter gar nichts. Ruhig leben, gut schlafen. Er macht so auf biologische Heilweise, also gut Zureden, denke ich mir, gesunde Ernährung, sich gegenseitig ein bißchen anblödeln, was man halt so macht. Kommt natürlich noch so verschiedenes dazu, Bäder und Massagen und was weiß ich noch, sie haben mir da so verschiedenes erklärt, zum Beispiel sollen die Leute barfuß auf Kies rumtreten, das ist gut für den Kreislauf. Auch nichts Neues, und dann werden sie hie und da ein paar Pillchen kriegen oder eine kleine Spritze, von irgendwas muß der Doktor ja auch leben. Und Musik woll'n sie mal machen oder'n Vortrag. Er meint, ich sollte 'n Vortrag halten über Pflanzenschutz, das würde die Städter bestimmt interessieren, davon hätten sie keine Ahnung. Der ist ein lustiges Haus. Er lacht und freut sich. Man fühlt sich schon ganz gesund, wenn man mit ihm redet. Ach ja, und Pferde, sagt er. Reiten sollten die Leute auch. Das wäre doch sehr gesund.«

»Reiten muß man erst mal lernen«, meinte Winnie.

»Na ja, man kann's ja lernen. Er sagt, er hätte da neulich 'n Mädchen gesehen auf einem Pferd. Das hat ihn auf die Idee gebracht. Selber will er sich keine hinstellen, aber wenn hier in der Nähe was wäre, wo es Pferde gibt, könnte man das als Reitstall für die Gäste aufziehen. Schade, daß du heiratest, das wäre was für dich gewesen, Winnie.«

»Für mich?«

»Klar doch. Irgend so ein paar betuchten Onkels aus dem Rheinland das Reiten beizubringen, da hättest du bestimmt Spaß dran gehabt.«

»Na, das bezweifle ich.«

»Nicht auf deinem Goldblitz, das ist ja klar. Und nicht auf Cornet. Aber nehmen wir mal an, ihr hättet ein paar brave Gäule, die keine Mucken im Kopf haben, dann könnte das eine ganz gute Nebeneinnahme werden.«

»Einfälle hast du«, meinte Jon.

»Ist doch kein schlechter Einfall. Wir tun viel zuwenig für den Fremdenverkehr. Unser Land ist so schön. Und wo fahren sie hin? Nach Italien. Hier können sie sich viel besser erholen. Aber das kommt schon noch, das sage ich euch. Eines Tages kriegen sie das labbrige Mittelmeer satt. Da wollen sie wieder richtige Luft haben. Weißt du, was ich täte, wenn ich du wäre, Jon? Euer Verwalterhaus, das ist doch jetzt leer, da würde ich Ferienwohnungen reinmachen.«

»Das hat Kurtchen auch schon gesagt«, rief Winnie.

»Kurtchen? Wer ist denn das? Ach, der Mann von Annemarie, nich? Na, gar nicht dumm, das Kurtchen.«

»Und du glaubst, das wird was, mit dem Sanatorium?« fragte Jon.

»Ich denke schon. Der Mann hat mir gefallen. Man kann ja nie wissen. Aber Geld scheint er zu haben. Und vertragen kann er auch was.«

Christine mußte lächeln. »Ist das ein Kriterium?«

»Sicher, Fräulein Christine. Wenn einer standfest ist in dieser Beziehung, ist er es meist in anderer auch. Ich kann gar nicht mehr sagen, wie viele Runden wir vernascht haben. Dem war nichts anzumerken.«

Moira erschien unter der Verandatür, langsam, zögernd, wie sie immer kam.

»Ach, da ist ja die Lütte«, sagte Petersen. »Na, du bist aber groß geworden, seit ich dich das letztemal gesehen habe. Muß ich wohl auch bald Sie zu dir sagen.«

Moira kam näher und gab die Hand.

»Teil es dir nur gut ein, Fritz«, sagte Winnie. »Mit dem Siesagen und dem Brüderschafttrinken. Bis meine Töchter groß genug sind, dauert es noch eine Weile.«

»Na, dann beeil dich mal. So lange kann ich auch nicht mehr warten.«

Plötzlich sagte Jon: »Eigentlich ist es schade um Dorotheenhof.« Ein kurzes Schweigen entstand.

»Warum schade?« fragte Petersen in sachlichem Ton. »Es ist ein schönes Haus, da hast du recht. Einer, der es ordentlich bewirtschaftet, hat sich leider nicht mehr gefunden. Und ehe es immer leer steht und verwahrlost, ist es doch besser, dort wird was gemacht. Ein Sanatorium ist doch eine ganz honorige Sache.«

»Und was wird aus dem Land?«

»Soviel ich gehört habe, bleibt es verpachtet wie bisher. Ist ja eigentlich nur noch das Stück, das hier an euch anschließt, was brachliegt. Der Park wird neu hergerichtet, die Gärtner sind schon da. Er will in diesem Jahr noch eröffnen.«

»In diesem Jahr noch?«

»Klar doch. Ich sage ja, daß so viel gar nicht mehr zu machen ist. Der Umbau war schon fast fertig. Eigentlich muß bloß noch die Bädergeschichte eingebaut werden. Ja, Bäderabteilung nennt man das. Er startet dann mit einer großen Werbekampagne, sagt er. Und im Winter läßt er auch auf. Kur im Winter ist überhaupt das beste.«

»So was Verrücktes habe ich noch nie gehört«, sagte Jon.

»Wenn was neu ist, meint man immer, es ist verrückt. Man muß mal abwarten. Was meinen Sie, Fräulein Christine?«

Christine nickte.

»Ja. Man muß abwarten«, sagte sie abwesend.

Sie hätte ja erzählen können, so ganz nebenbei, daß sie dort war und Dr. Runge gesehen hatte. So darüber reden wie Petersen und Winnie redeten. War doch weiter nichts dabei. Doch. Es war eben doch etwas dabei. Alle würden sie ansehen, wenn sie sagte, daß sie nach Dorotheenhof geritten sei. Und dieser andere, der Große in der Lederjacke, war das der Architekt gewesen? Nein. Petersen hatte einen anderen Namen genannt.

Schade um Dorotheenhof, hatte Großvater gesagt. Was ging Dorotheenhof sie noch an?

Nichts. Weniger als nichts! Nie mehr würde sie dorthin reiten. Dorotheenhof existierte für sie gar nicht, und es konnte ihr egal sein, was dort geschah. Aber sie empfand eine Mischung aus Wut und Schmerz, wenn sie an die Fremden dachte, die dort jetzt aus- und eingingen. Es war Frederikes verwunschenes Schloß. Was hatten fremde Menschen dort verloren?

Das Land brachliegen zu sehen, das hatte ihr nichts ausgemacht. Aber die lauten, fröhlichen Stimmen zu hören, die geöffneten Fenster, in denen die Sonne blitzte, und dann hatte man sie noch aufgefordert, hineinzukommen...

Nie. Nie.

Wie eine wilde, heiße Woge stieg die Liebe zu der toten Mutter in ihr auf. Sie legte den Arm um Moiras Schulter und zog das Mädchen, das neben ihr auf dem Sofa saß, an sich. Moira gab dem Griff bereitwillig nach. Sie drehte den Kopf und küßte Christine leicht auf die Wange.

Über den Tisch hinweg traf Christine Jons Blick.

Ob er wußte, was sie empfand? Nein. Wie sollte er. Was war ihm Frederike? Wahrscheinlich hatte er sie längst vergessen.

»Vielleicht«, sagte Jon, »habe ich einen Fehler gemacht. Vielleicht hätte ich Dorotheenhof damals doch übernehmen sollen.«

Die Hochzeit

Winnies Hochzeit war genauso, wie Winnie es sich vorgestellt hatte. Ein rauschendes Fest, an dem die ganze Gegend teilnahm. Jetzt wurde Winnies Kontaktfreudigkeit belohnt, von überallher kamen die jungen Leute, mit denen sie in den vergangenen Jahren Umgang gehabt hatte, Sportfreunde, Schulfreunde, Tanzfreunde. Und da man hier auf dem Lande, wenn man die Jugend kannte, auch meist die dazugehörenden Eltern kannte, kamen die auch. Es kamen die Bauern aus den umliegenden Dörfern, es kamen Leute, mit denen man in Geschäftsverbindung stand, Viehhändler, Landhändler, Mühlenbesitzer, Landmaschinenhändler, Düngemittelhändler, die Gutsbesitzer der näheren und weiteren Umgebung, einige Honoratioren aus Lütjenburg, Plön, Eutin und Malente, sogar aus den Seebädern.

Und natürlich kam die Familie aus Düsseldorf mit allem Anhang. Annemarie war etwas mollig geworden, Kurtchens Bruder, Fred, war immer noch ganz flott, Kurtchen sah man an, daß Annemarie ihn gut versorgte. Winnies Stiefgeschwister waren mittlerweile auch schon acht und sechs Jahre.

Ein bißchen Familie brachte Herbert auch mit, eine Schwester mit Mann und Kind und natürlich seine Mutter. Winnie bekam eine Schwiegermutter, die, wie Schwiegermütter das so an sich haben, bisher mit der Heirat nicht einverstanden gewesen war, aber nun respektvoll verstummte, als sie Breedenkamp erblickte und den Umtrieb bei der Hochzeit erlebte. Ein ganzer Stab von Hilfskräften, kommandiert von Telse, unter dem Oberbefehl von Eleonore Jessen, hatte alles auf das beste vorbereitet. Und das Wetter spielte auch mit. Es war genauso, wie Winnie es sich gewünscht hatte. Ein Tag im Hochsommer, mit dem hohen unendlichen Himmel des Nordens, mit der unendlichen Weite des Landes, das sich sanft gehügelt in der Ferne verlor, das saftige Grün der Wiesen und Weiden, das dunkle Grün der Wälder, dazwischen das Gold der reifen Getreideschläge, und in die Hügelwellen hineingesetzt, das Kennzeichen des Landes, die anmutigen Linien und Bögen der Knicks.

Winnie war eine reizende Braut. Herbert ein stattlicher Bräutigam, der Pfarrer hatte weißes Haar und ein sonore Stimme, es war alles ganz genauso, wie es sein sollte.

Als sie aus der Kirche kamen, waren draußen die Reiter aufmarschiert. Auf beiden Seiten des Weges, den Kirchhügel hinab, die Dorfstraße entlang, standen Kopf an Kopf die Pferde, und auf ihnen saßen Winnies langjährige Reiterkameraden. Als erste standen die Breedenkamper Pferde. Goldblitz auf der rechten Seite, die goldene Mähne eingeflochten, auf ihm saß Jost Jessen. Ihm gegenüber Cornet, geritten von Olaf. Die Reporter der ländlichen Zeitungen und des Ostholsteiner Anzeigers kamen auf ihre Kosten. Sogar in den Kieler Nachrichten erschien am Tag darauf ein Bild mit langer Unterschrift. Im Hof von Breedenkamp, in den Scheunen, auf der alten Tenne waren Tafeln gedeckt. Es gab stundenlang zu essen, warmes Essen, kalte Speisen, Bier, Schnaps, Wein, Sekt, und später Ströme von Kaffee und Berge von Kuchen. Alle hatten sie etwas mitgebracht, jede Hausfrau hatte gebacken für Winnies großen Festtag.

Winnie strahlte. So, genauso, hatte sie sich ihre Hochzeit gedacht. Schon am Nachmittag begannen sie zu tanzen. Alle waren laut und fröhlich, und mittendrin immer wieder Winnie, sie ging von einem Arm in den anderen, sie genoß ihr Fest in vollen Zügen.

Regie war nicht mehr nötig. Das Fest hatte sich selbständig gemacht, es lief von selbst, keiner brauchte mehr viel zu tun, nur neue Flaschen wurden herausgebracht.

Telse hatte viele Helferinnen, die sie umsichtig dirigierte, obwohl gerade sie es nicht so lustig fand. Es war so ungewohnt. Ein Fest auf Breedenkamp. Sie mußte weit zurückdenken, wann es das zuletzt gegeben hatte. Frederikes Hochzeit damals war in Dorotheenhof gefeiert worden, da ging es viel ernster und feierlicher zu, es waren zwar auch viele Leute da, aber es war nicht so ausgelassen, es wurde vornehm getafelt. Telse hatte es nur aus der Ferne bewundern können. Das letzte Fest auf Breedenkamp...

Telse überlegte. Der siebzigste Geburtstag vom alten Herrn? Das ließ sich damit nicht vergleichen. Nein. Wenn man es genau nahm, war ein Fest dieser Art auf Breedenkamp noch nie gefeiert worden. Nicht, seit sie Breedenkamp kannte.

Ganz richtig war es irgendwie nicht, fand Telse. Viele, viele Jahre war man auf Breedenkamp sehr ernst gewesen, hatte man Kummer und Sorgen gehabt – hatte man sie eigentlich jetzt nicht mehr?

Und wo war Jon? Telse entdeckte ihn nicht. Er war nicht zu sehen. In der Kirche hatte er gesessen, still und mit unbewegter Miene. Seitdem hatte sie ihn nicht mehr gesehen.

»Na?« rief Winnie, als sie einmal an Christine vorbeiwirbelte. »Kriegst du nicht doch noch Lust zum Heiraten?«

Auch Christine vermißte Jon. Eine Weile suchte sie ihn, dann gab sie es auf. Er hatte sich verdrückt. Das war zu erwarten gewesen. Am liebsten hätte sie es auch getan. Auch sie war es nicht gewöhnt, ein Fest zu feiern, es machte sie unsicher. Sie versuchte, sich um alles zu kümmern, die Küche, die Büffets, aber die Frauen schickten sie fort, sie solle doch tanzen.

Tanzen? Sie konnte gar nicht tanzen.

Das sagte sie auch zu Gerhard, der sie um einen Tanz bat. »Sogar ich habe es gelernt«, sagte der, »da wirst du es doch auch können.«

Gerhard sah gut aus. Er war ein Mann geworden, ein blonder, schlanker Mann, sympathisch, sicher im Auftreten. Winnie schlang die Arme um seinen Hals. »Du gefällst mir gut, Gerd«, rief sie. »Eigentlich wollte ich dich ja heiraten, das weißt du doch noch? Aber du hast mich sträflich vernachlässigt, da mußte ich mir einen anderen suchen.«

»Das ist sehr schade, Winnie.«

»Ja. Besonders für dich.«

Gerhard sah sich suchend nach Christine um, sie war verschwunden. Es war alles so anders geworden, fand Gerhard. War Breedenkamp noch seine Heimat? Er hatte sich entfernt davon, auch innerlich. Sechs Jahre waren eine lange Zeit. Seitdem lebte er nicht mehr auf Breedenkamp. Entscheidende Jahre seines Lebens. Solange seine Eltern da waren, blieb eine enge Bindung. Jetzt war er schon seit zwei Jahren nicht mehr hiergewesen.

Es gab ein Mädchen in Stuttgart, mit dem er befreundet war. Es gab seine Studien. Zur Zeit saß er an seiner Diplomarbeit. Er hatte auch einiges von der Welt gesehen, war in Holland, in England und in Frankreich gewesen. Die Hochschule machte Exkursionen, er hatte in den Semesterferien im Ausland gearbeitet. Das alles war die Wirklichkeit seines Lebens. Breedenkamp war Erinnerung, war Vergangenheit. Die Neckereien mit Winnie, die Gespräche, die Vertrautheit mit Christine – alles Vergangenheit.

War Christine wirklich Vergangenheit für ihn? Er war überrascht gewesen, sie zu sehen. Sie sah erwachsen aus, wirkte gereift, eine kühle Distanziertheit ging von ihr aus. Und sie war ein schönes Mädchen geworden, eine herbe, zurückhaltende Schönheit, zu der er keinen Zugang mehr fand. Am vertrautesten waren für ihn die Pferde. Cornet und Goldblitz, dreizehn Jahre alt nun, beide noch in guter Form. Den Schimmel Bastian dagegen, den er oft geritten hatte, gab es nicht mehr. Auch nicht die alten Stuten. Die Hunde waren auch fremd, Basso lebte nicht mehr, der Boxer Potz, die Bastarde – alle tot. Jons neuen Jagdhund kannte er nicht, auch nicht den Wolfshund, der seit einem Jahr da war und der sich nicht sehr zugänglich zeigte.

Auf dieser Hochzeit war Gerhard nicht fröhlich. Es war alles anders geworden. Nein – er war anders geworden, das war es. Er lebte in einer anderen Welt. Er dachte an sein Mädchen in Stuttgart und hatte auf einmal Sehnsucht nach ihr. Gab es nie einen Weg zurück, wenn man einmal fortgegangen war? Er entfloh dem Fest, verließ den Hof, ging hinten zu der kleinen Pforte im Obstgarten hinaus, an der Schweineweide vorbei, über den kleinen Bach, einen Feldweg hügelan. Bis zu einem Punkt, wo er den Blick über das Land hatte. Ja. Das war es wieder. Das war ihm noch vertraut. Das gehörte ihm noch, und das würde bleiben. Das Land war treu. Die Menschen nicht. Auch er nicht.

Das Land würde er immer lieben, dieses grüne, weite Land, seine Hügel, seine Wälder, die Luft, den Himmel und das Meer. Vielleicht würde er doch eines Tages zurückkehren. Als er fortging, hatte er gedacht, er würde eines Tages als Lehrer an einer Landwirtschaftsschule hier in Schleswig-Holstein tätig sein. Das war sein Lebensplan gewesen, das Studium hatte er nur als notwendige Unterbrechung betrachtet. Aber nun dachte er anders. Er hatte sich spezialisiert in Hohenheim. Pflanzenschutz, Pflanzenpathologie und Bodenbiologie waren seine Hauptfächer geworden, sein Professor war der Meinung, daß er sich später habilitieren sollte.

»Leute Ihrer Kompetenz, mein Lieber, müssen ihr Ziel ein bißchen weiter stecken.«

Das bedeutete noch viele Jahre Studium. Nach dem Diplom in zwei Jahren die Promotion, Assistentenzeit, theoretische und praktische Arbeit, in zehn Jahren vielleicht konnte er daran denken, sich zu habilitieren. Wenn er das wirklich wollte.

Sein Mädchen in Stuttgart redete ihm zu.

»Das schaffen wir gemeinsam leicht. Ich verdiene ja auch.«

Verena war Buchhändlerin auf der Königsstraße, sie war klug und gebildet, sehr belesen, vielseitig musisch interessiert. Sie hatte ihm eine neue Welt erschlossen, Theater, Musik, schöne Künste. Dazu war sie warmherzig und liebevoll. Und hübsch auch.

Seltsam, daß auf einmal alles so anders war. Nie hatte er sich vorstellen können, von Breedenkamp fortzugehen.

Und Christine?

Der Gedanke an sie war wie ein leiser Schmerz. Er hatte sich Christine gewünscht, immer. Jetzt war sie nicht einmal mehr seine Schwester, sie war eine Fremde geworden. Eine schlanke, schöne Fremde, die ihn nichts mehr anging.

Christine hatte ihn vorbeigehen sehen. Sie hatte sich ganz in den Obstgarten zurückgezogen, in die letzte Ecke bei den Johannisbeerbüschen. Gedankenlos zupfte sie ein paar Beeren ab und steckte sie in den Mund.

Gestern spät am Abend war er angekommen, sie hatten bisher kein Wort miteinander geredet. Nur »wie geht's Du hast lange nichts von dir hören lassen«. Was man eben so sagt, wenn man sich lange nicht gesehen hat.

Und wenn er jetzt hier vor ihr stünde, wenn er nicht vorbeigegangen wäre, hätte sie gewußt, was sie zu ihm sagen sollte? Sie blickte nachdenklich hinab auf ihre hockhackigen, weißen Sandaletten, auf den weiten Rock des türkisfarbenen Kleides. Ein schönes Kleid. Nicht die Bölke hatte es gemacht. Winnie hatte darauf bestanden, daß sie mit ihr nach Kiel fuhr und das Kleid bei Rolfs kaufte. Ein so schönes Kleid hatte sie noch nie besessen. Es hatte einen tiefen spitzen Ausschnitt und auf der Schulter eine weiße Blume. Ihre nackten Arme waren tiefbraun.

Winnie hatte sie auch gestern zum Friseur geschickt. Christine fand ihr Haar langweilig. Nicht so blond und leuchtend wie Winnies wehende Mähne. Nicht so dunkel und lockig wie Moiras Haare. Eben dunkelblond, ganz alltäglich. Und sehr kurz geschnitten. Immerhin war es gewellt und weich heute.

Wo war eigentlich Moira? Das Kind war so seltsam in der letzten Zeit. Ein paarmal hatte es ausgesehen, als habe es geweint. Aber auf Fragen schüttelte Moira den Kopf. Ach wo, es sei nichts.

Moira hatte sich im Haus verkrochen. Ganz oben, hinter dem Giebel, auf den Garten hinaus, gab es einen alten, verstaubten Abstellraum. Sie hatte ihn schon vor längerer Zeit entdeckt, und manchmal, wenn sie allein sein wollte oder üben, ohne daß es einer hörte, zog sie sich hierher zurück.

Vor einer Woche hatte sie die Geige hier vergraben. In die hinterste Ecke, zwischen ein paar Balken hindurch, war sie gekrochen und hatte den Geigenkasten dort versteckt. Wenn einer sie fragte, wo die Geige sei, würde sie sagen, sie hätte sie verloren. ›Verloren?‹ würde Christine sagen. ›Du kannst doch deine Geige nicht einfach verlieren?‹

Moira hatte sich gut überlegt, was sie antworten würde.

›Ich habe sie im Bus stehenlassen.‹ Das würde wohl die beste Antwort sein. Gut. Dann würde Christine gelegentlich den Busfahrer fragen. Und sicher gab es irgendein Fundbüro. Die Geige aber würde verschwunden bleiben. Einfach weg.

›Du lieber Himmel‹, würde Christine sagen, ›da müssen wir ja eine neue Geige kaufen.‹

Moira probte das Gespräch immer wieder. Denn es würde nicht leicht sein, es zu führen. ›Ach weißt du‹, würde sie sagen, ›das eilt nicht so. Momentan habe ich nicht die richtige Stimmung zu spielen.‹

Das war ein guter Satz. Den mußte sie sich merken. Sie sprach das mehrmals vor sich hin.

›Warum nicht?‹ würde Christine fragen.

›Das ist eben so. Manchmal hat man keine Stimmung, um Musik zu machen.‹ Nein, das war schlecht. Das klang nach Angabe. Man konnte ganz einfach sagen: ›Ich habe keine Lust zum Üben!‹ Das war besser.

Vor vierzehn Tagen hatte Herr Rodewald geheiratet. Es konnte nicht wahr sein. So ein plumpes, häßliches Mädchen. Sie hatte einen großen Busen. Und sie lachte so laut. Die konnte er doch nicht lieben; das war einfach nicht möglich, daß er die liebte. Das gab es nicht. Mit ihren dicken Fingern würde die niemals eine Geige halten können.

(Sie war weder plump noch häßlich, noch dick, Herrn Rodewalds junge Frau, sie war genau wie eine junge Frau sein sollte, die ein Mann gern in seinem Arm, in seinem Bett und in seiner Wohnung hatte. Aber Moira machte im Geist ein Monstrum aus ihr.)

Es hieß, daß sie Klavier spielen konnte. Nicht einmal das war vorstellbar. Sie hätten zusammen musiziert, so habe es angefangen, hatte man in der Schule erzählt. Ihr Vater war Deutschlehrer. Moira haßte den Deutschlehrer. Weil er der Vater dieser Frau war. Sie wünschte dieser Frau den Tod. Sofort. Gleich. Noch auf der Hochzeitsreise sollte sie sterben. Im Meer ertrinken. Mit dem Auto gegen einen Baum fahren. Aber ihm durfte natürlich nichts passieren. Er mußte wiederkommen, und dann würde sie auch die geliebte Geige wieder hervorholen.

›Wo kommt denn die Geige auf einmal her?‹ würde Christine fragen.

›Ein Junge hat sie im Bus gefunden und in der Schule abgegeben.‹

Er würde also wiederkommen ohne diese schreckliche Frau. Vielleicht würde er ein bißchen traurig sein, ein bißchen, nicht viel, denn eigentlich liebte er diese Frau nicht, hatte sie nie geliebt. Er würde wissen, daß es ein Irrtum gewesen war und daß es für ihn nur eine gab: Moira.

So würde es kommen. Dann würden sie zusammen die F-Dur-Romanze einstudieren. Sie würde sich große Mühe geben.

Moira neigte den Kopf zur Seite, das dunkle Haar fiel über ihre Wange. Im Geist hörte sie die sehnsuchtsvollen Töne der Romanze.

Wenn die Klavier spielte, ob er dann mit ihr zusammen gespielt hatte? Das hatten sie ja gesagt: sie haben zusammen musiziert, so fing es an. Ihr Vater hatte es erzählt.

Wenn die also Klavier spielte, so hatte er Geige gespielt, wenn er mit der musizierte. Aber sie werden doch die F-Dur-Romanze nicht gespielt haben? Nein, das durfte nicht sein. Das war ein Verrat. Auch von ihm. Dann sollte er auch sterben. O Gott, nein – was dachte sie da nur. Die Frau sollte sterben, nur die Frau. Er sollte wiederkommen.

Lieber Gott, laß ihn nicht sterben. Verzeih mir, daß ich das gedacht habe.

Aber mach, daß sie stirbt.

Die dunklen Locken fielen wie ein Vorhang über ihr Gesicht, als sie sich qualerfüllt nach vorn neigte, die Tränen tropften auf das hübsche rosa Kleid. Moira war der unglücklichste Mensch auf Winnies Hochzeit.

»Wo steckst du eigentlich? Ich sehe dich überhaupt nicht«, sagte Olaf zu Christine. »Du hast nicht einmal mit mir getanzt.« Es war gegen sieben Uhr abends, es wurde kühler, es war ein wenig ruhiger geworden. Eine erste Erschöpfung war eingetreten, von den Älteren waren viele schon gegangen.

Das Kaffeegeschirr war abgeräumt, jetzt bauten die Frauen Schüsseln mit Schinken und Wurst, mit Käse, mit Aal und Krabben, mit allen möglichen Salaten auf den Tischen auf.

»Ich tanze doch nicht.«

Olaf lachte laut auf. Wie er immer lachte in seiner herausfordernden Art, den Kopf zurückgeworfen, den Mund geöffnet, so daß man sein prächtiges Gebiß sah.

»Das sieht dir wieder mal ähnlich. Du tanzt nicht. Du machst überhaupt nichts von dem, was normale Mädchen machen, wie?« Christine hob hochmütig das Kinn.

»Nein. Vermutlich nicht.«

»Und du bildest dir noch was drauf ein. Langsam beginnst du, mir Spaß zu machen, weißt du das? Eines Tages werde ich dir beibringen, daß du ein ganz normales Mädchen bist.«

»Ausgerechnet du.«

»Ausgerechnet ich. Drunter tust du's ja offenbar nicht.«

»Tut das eigentlich weh, wenn man so einen Knall hat wie du?«

»Mir nicht. Übrigens siehst du heute richtig hübsch aus.«

»Ich sehe aus wie immer.«

»Das stimmt nicht. Du hast dich herausgemacht in letzter Zeit. Du bist so 'ne Art Spätentwickler, was?«

»Kann ich mir nicht viel drunter vorstellen.«

Sie standen nebeneinander an das Scheunentor gelehnt, Olafs Zigarette hing lässig im Mundwinkel, er sah unverschämt gut aus, mit seinem dunklen Haar und seinen dunklen Augen, er war bronzbraun im Gesicht, die Zähne blitzten, wenn er lachte. Seiner Wirkung war er sich bewußt. Hier war kein Mädchen und keine Frau auf diesem Hochzeitsfest, die er nicht haben konnte, wenn er wollte. Einschließlich der Braut. Erst vorhin, als er mit Winnie tanzte, hatte sie sich eng an ihn geschmiegt.

»Besuchst du mich mal in Frankfurt?«

»Höchstens, wenn dein Mann verreist ist.«

»Ach, das ist er sicher mal. Wenn ich eine verheiratete Frau bin, wirst du ja nicht mehr so einen großen Bogen um mich machen.«

»Habe ich das?«

»Aber genau hast du das. Weil du Angst gehabt hast, ich nagle dich fest.«

»Na, da muß schon ein anderes Kaliber kommen als du.«

»Warte nur, das lerne ich noch. Du hättest es mir ja auch beibringen können.«

»Hätte ich.«

»Wolltest du aber nicht?«

»Vielleicht doch. Läßt sich ja nachholen.«

Winnie lachte girrend, er spürte ihre festen, kleinen Brüste, ihr Blick war eine einzige Herausforderung.

So war Winnie an ihrem Hochzeitstag.

Christine war das Gegenteil. Und das reizte ihn viel mehr. Auf einmal reizte es ihn. Bisher hatte er nie einen Gedanken an sie verschwendet.

»Will ich dir erklären«, sagte er. »Eure Winnie zum Beispiel ist ein Frühentwickler. Das heißt, bei der war gar nichts zu entwickeln, bei der war schon immer alles da. Schon als kleine Göre hat sie einen herausgefordert. Ihr Mann kann mir leid tun.«

»So ein Unsinn. Ihr Mann ist sehr nett. Und Winnie hat ihn sehr gern.«

»Er ist sogar wirklich sehr nett. Und sicher hat Winnie ihn gern. Trotzdem tut er mir leid. Winnie wird sich nicht ändern. Er müßte dafür sorgen, daß sie jedes Jahr ein Kind bekommt.«

»Du redest abscheulich.«

»Wißt ihr eigentlich nicht, was Winnie alles getrieben hat in den letzten Jahren?«

Christine blickte ihn böse an und gab keine Antwort.

»Ich könnte mir vorstellen, so eine wie du weiß es wirklich nicht. Winnie hat allerhand Unfug getrieben. Ich allein kenne vier Männer, mit denen sie recht eng befreundet war.«

»Ich will das nicht hören.«

»Nein, du Mimose. Du brauchst es nicht zu hören. Es ist aber so. Ich habe jedenfalls mit Winnie nicht geschlafen, obwohl sie mir allerhand Avancen gemacht hat.«

Christine wandte sich ab und wollte gehen. Er hielt sie am Arm fest. Mit zornigen Augen drehte sie sich zu ihm.

»Ich finde es gemein, wie du redest. Heute, an Winnies Hochzeitstag. Und ich glaube dir kein Wort.«

»Gut. Reden wir von was anderem. Reden wir wieder von dir.«

»Das interessiert mich auch nicht.«

»Aber mich. Du bist nämlich eine interessante Frau.«

Christine lachte. »Das hat noch niemand festgestellt.«

»Wer sollte denn auch? Du gehst ja nirgends hin. Und das ist ganz gut so. Mach nur so weiter wie bisher. Mir gefällt das. Du bist eine interessante Frau. Oder sagen wir mal, du wirst eine werden.«

»Du bist bestimmt ein gewaltiger Frauenkenner.«

»Zweifelst du daran?«

»Laß mich jetzt gehen. Ich muß mich mal um die Gäste kümmern.«

»Warum denn? Ist doch alles da. Da sitzen sie schon wieder und essen. Klappt alles bestens. Wo ist eigentlich dein Großvater?«

»Ich weiß es nicht. Bestimmt paßt ihm der Rummel nicht, und er hat sich zurückgezogen.«

»Ich wundere mich, daß er zu diesem Jux hier die Erlaubnis gegeben hat.«

»Winnie kriegt alles, was sie will.«

Olaf grinste. »Nur mich nicht.«

»Sie wird's überleben.«

»Bestimmt. Dafür kriegst du mich.«

»Ach, hör auf, mich anzuöden. Du wärst der letzte, den ich haben möchte.«

»Wen möchtest du denn haben?«

»Gar keinen.«

»Es wäre verdammt schade um dich.«

»Laß mich jetzt los.«

Er hielt noch immer ihren Arm mit festem Griff. Dem besitzergreifenden Griff eines Mannes. Es machte Christine nervös. »Außerdem brauchst du mich.«

»Fang bloß nicht wieder mit der alten Leier an.«

»Kann ich mir sparen. Du weißt sowieso Bescheid. Eines Tages wirst du mitsamt deinem Breedenkamp zu mir gelaufen kommen, so schnell du kannst.« Er zog sie, noch fester umfassend, nahe an sich heran, sein Gesicht war dicht vor ihrem. »Glaubst du das?«

Mit einem heftigen Ruck riß Christine sich los. »Nein. Nie. Lieber ginge ich als Bettlerin von Breedenkamp fort.«

Sie ging und ließ ihn stehen. Hinter sich hörte sie sein Lachen. Ohne ihn anzusehen, sah sie, wie er lachte: den Kopf zurückgeworfen, den Mund geöffnet. Und sie spürte auch noch seinen Griff und die Nähe seines Körpers. Widerwille zog ihr die Schultern zusammen. Alles an ihm war so... so besitzergreifend, so herausfordernd männlich.

Nicht alle Männer waren so. Sein Vater war genauso. Jost nicht, Jost war anders. Aber Männer wie der alte Jessen und Olaf waren einfach schrecklich.

Ja, es mußte schrecklich sein, so einen Mann zu haben. Sie hatte keine Ahnung, wie das war mit der Liebe. Sie kannte den biologischen Vorgang, sie war schließlich auf dem Land groß geworden, da war nichts Geheimnisvolles dabei. Aber es war trotzdem nicht vorstellbar, wie das war zwischen einem Mann und einer Frau. Es mußte ekelhaft sein. Einfach ekelhaft und widerwärtig. Aber sie mußte ja nicht. Kein Mensch konnte sie zwingen, einen Mann zu nehmen. Sie würde für Breedenkamp arbeiten mit aller Kraft, die sie besaß, und mit allem Verstand, über den sie verfügte. Vielleicht schaffte sie es doch. Winnie würde Kinder haben, sie würde Breedenkamp einen Erben bringen. Es war noch viel Zeit. Sie war jung, ihr blieben noch viele Jahre für Breedenkamp.

Von Liebe wollte sie nichts wissen. Liebe brachte nur Unglück, das wußte sie schließlich. Noch niemals hatte ein Mann sie geküßt. Noch niemals ein Mann sie angefaßt. Schon der Griff um ihren Arm eben war unangenehm gewesen.

Sie blickte zurück über die Schulter. Da stand Olaf noch immer am Scheunentor, jetzt warf er die Zigarette weg und kam ihr nach.

Nein. Der nicht. Der niemals.

Da war Gerhard. Sie lief auf ihn zu. »Da bist du ja. Wo warst du denn?«

»Bißchen spazieren.«

»Ich möchte doch mal tanzen.«

»Das ist fein. Wir müssen nur warten, bis die Musik wieder anfängt.«

»Ach so.« Sie hatte gar nicht gemerkt, daß die Musik nicht mehr spielte. »Die müssen auch mal was essen. Und vor allem was trinken. Dann spielen sie besser.«

»Gerhard?«

»Ja?«

»Ich bin so froh, daß du wieder mal da bist.«

»Wirklich?«

Zum erstenmal sahen sie sich richtig in die Augen.

»Wirklich. Seit du weg bist, habe ich keinen Freund mehr.«

»Aber du hast so viele Freunde und Bekannte hier, das sieht man doch heute.«

»Das sind Winnies Freunde und Bekannte. Natürlich, ich kenne viele Leute. Aber ich meine, einen richtigen Freund. Du bist der einzige, den ich jemals hatte.«

»Und ich dachte, das hättest du längst vergessen.«

»Nein. Ich vergesse nie etwas. Hast du es denn inzwischen vergessen?«

Gerhard schwieg einen Moment. Dann sagte er langsam: »Nein, ich glaube nicht. Manchmal dachte ich, daß ich es vergessen hätte. Aber es ist gar nicht wahr.« Es klang verwundert. »Ich habe dich immer sehr gern gehabt, Christine. Mehr als das. Aber es gab immer eine Grenze, wenn man zu dir wollte. Einen Punkt, an dem man nicht weiterkam.«

Christine lachte nervös. Das Gespräch hatte auf einmal eine seltsame Wendung genommen. Alle Gespräche waren heute so merkwürdig.

»Ich bin eben ein Spätentwickler. Ich hab's gerade gehört.«

»Wer sagt denn das?«

»Ach, Olaf. Olaf Jessen.«

»Der Angeber.«

»Ja, nicht wahr? Ein gräßlicher Angeber. Winnie war immer verknallt in ihn. Aber ich konnte ihn nie leiden. Oh, jetzt kommt die Musik wieder. Aber wir müssen erst warten, bis mehr Leute tanzen. Und wir gehen besser ein bißchen auf die Seite, wo es dunkler ist.«

Gerhard lachte. »Denkst du, das fällt irgendeinem auf, wie wir tanzen? Komm nur her, das ist ganz einfach. Nein, mach dich nicht steif. Gib nach. Laß deinen Körper locker.«

Nach einer Weile sagte Gerhard: »So lernst du es nie. Du mußt dich hergeben, wenn du tanzen willst. An die Musik, an die Stimmung, an deinen Partner. Ich könnte auch sagen: hingeben. Aber das Wort erschreckt dich vielleicht. Zunächst einmal genügt – hergeben.«

Er blickte auf ihr verschlossenes Gesicht, sie sah ihn nicht an, ihre Augenlider waren gesenkt. Er lächelte.

»Es ist wie in der Liebe, weißt du. Wenn man sich selber festhält, kann man beides nicht, nicht tanzen und nicht lieben.«

»Du hast recht, ich kann es nicht.« Sie blieb stehen.

»Hören wir auf.«

Er nahm sie fester in den Arm. »Auf keinen Fall. So schnell darf man nicht aufgeben. Versuch es noch einmal. Und sei einmal ein bißchen weniger streng mit dir selbst. Du bist doch eine Frau.«

Aber sie mochte auch Gerhards Arm nicht um sich.

»Du weißt gut Bescheid, wie? Du warst wohl schon oft verliebt?«

»Einige Male ein bißchen. Und einmal...« er stockte.

»Und einmal? Da warst du sehr verliebt?«

»Mhm.« Er hätte sagen müssen: ich bin es noch. In Stuttgart ist ein Mädchen, das ich liebe und heiraten will.

»Na ja«, sagte Christine kühl, »das muß ja auch wohl so sein. Aber jetzt muß ich wirklich... du entschuldigst mich?«

Sie machte sich aus seinem Arm frei und ging eilig fort, verschwand im Schatten der Abenddämmerung, die über dem Hof lag.

Plötzlich sah er sich Olaf Jessen gegenüber.

»Na, Schulmeister, ist sie dir auch davongelaufen?«

Aber Olaf Jessen konnte Gerhard nicht mehr einschüchtern.

»Sieht so aus«, erwiderte der. »Sie macht sich nichts aus dem Tanzen.«

»Sie macht sich aus vielem nichts. Aber man sollte die Hoffnung nicht aufgeben. Wird schon noch werden. So, wie sie heute aussieht, lohnt es sich vielleicht, ihr das eine oder andere beizubringen, wie?«

»Sie können ja mal Ihr Glück versuchen.«

»Werde ich auch tun, falls du nichts dagegen hast.«

»Was sollte ich dagegen haben?«

»Eben.« Olaf betrachtete ihn eine Weile mit spöttischem Gesicht, dann sagte er, es klang freundlicher: »Wollen wir uns verdrücken?«

»Verdrücken?«

»Ja. Hiervon habe ich jetzt genug. Aber so einen angefangenen Abend soll man nicht zu früh beenden. Fahren wir nach Travemünde, in die Spielbank. Wie ich dich kenne, warst du da noch nie.«

»Da kennen Sie mich richtig.«

»Siehst du! Muß man auch mal kennenlernen. Ein Mann muß alles kennen.« Olaf schlug ihm auf die Schulter.

»Du gefällst mir, Schulmeister. Du hast dich herausgemacht. Bestimmt bist du 'n kluger Mensch. Und darum laß uns einen flotten Bummel machen. Wie ich dich kenne, sagst du jetzt nein.«

»Diesmal kennen Sie mich verkehrt, Herr Jessen. Ich sage ja.«

»Bravo! Ich habe momentan einen entzückenden Flirt in Travemünde. Und die Kleine hat eine niedliche Freundin. Die beiden werden wir einsammeln. Sagst du immer noch ja?«

»Erst recht.«

Olaf nickte anerkennend.

»Okay. Mein Kompliment. Du hast dich wirklich herausgemacht. Ich werde nie mehr Schulmeister zu dir sagen.«

»Och«, meinte Gerhard mit freundlichem Lächeln, »das stört mich nicht. Gehen wir?«

So schön Winnies Hochzeit gewesen war, es blieb dennoch eine seltsam zwiespältige Stimmung auf Breedenkamp zurück. Fast konnte man von einer Mißstimmung sprechen. Dazu gab es genaugenommen keinen Anlaß, und es wäre jedem schwergefallen, zu erklären, warum das so war. Die Breedenkamper gingen sich aus dem Wege, sie sprachen noch weniger als sonst miteinander, und wenn sie sprachen, betraf es die Arbeit. Auch Feste feiern muß man gewöhnt sein; es war eine große Ernüchterung über sie gekommen, eine Katerstimmung nach dem Fest, die lange anhielt.

Auch Gerhard, der vorgehabt hatte, mehrere Wochen zu bleiben, wurde davon angesteckt. Zumal Christine es ihm offenbar übelgenommen hatte, daß er an jenem Abend mit Olaf fortgefahren war. Sie sprach nicht darüber, aber sie ließ es ihn merken.

Es war eine lange Nacht gewesen. Olaf hatte dem Jüngeren, um den er sich früher kaum gekümmert hatte, den er auch zu wenig kannte, einmal zeigen wollen, was man alles unternehmen konnte, wenn man Lust und Geld dazu hatte. Zuerst waren sie nach Travemünde gefahren und hatten wirklich die beiden Mädchen abgeholt; sie stammten aus Berlin, waren beide hübsch, flott und unternehmungslustig. Sie gingen in die Spielbank, und Gerhard gewann sogar, wie es Anfängern oft geht. Olaf verspielte eine beträchtliche Summe, doch darüber lachte er nur. Sie tranken Champagner an der Bar, dann meinte Olaf, es wäre an der Zeit noch etwas zu essen, das taten sie in einem Lokal am Hafen, wo Olaf Bekannte traf, die sich ihnen anschlossen. Von dort ging es in ein Tanzlokal, dann wieder in eine Bar, dann fuhr die ganze Clique nach Malente in ein Nachtlokal, wo sie bis zum Morgen blieben.

Als die beiden Mädchen in ihrer Pension abgeliefert waren, wollte Olaf schwimmen gehen. Der Himmel war in rotes, diesiges Morgenlicht getaucht, das Meer eine rosagraue Fläche, das Wasser kühl und wohltuend. Olaf und Gerhard schwammen weit hinaus. Das machte sie munter und nüchtern.

»Du hast dich gut gehalten«, meinte Olaf gönnerhaft, als sie wieder im Wagen saßen. »Hätte ich gar nicht von dir gedacht.«

»Sie sind sehr eingebildet, nicht?«

Olaf blickte Gerhard überrascht an. Dann sagte er: »Da kannst du recht haben. Und weißt du was? Jetzt fahren wir zu meiner Schwester. Frühstücken.«

»Ist das nicht eine Zumutung?«

»Für Caroline? Bestimmt nicht. Die kennt das. Ich komme manchmal am Morgen. Und falls sie spät heimgekommen sind von der Hochzeit und sie schläft noch, macht das auch nichts. Frühstück gibt es auf jeden Fall. Ein paar Frühaufsteher sind immer unter den Gästen.«

Caroline, Olafs hübsche, rothaarige Schwester, ihrer Mutter sehr ähnlich, betrieb ein Hotel in Malente. Genauer gesagt, ein Kneippkurheim. Sie hatte sehr jung geheiratet, die Eltern ihres Mannes hatten ein kleines Gut am Stadtrand von Malente, die Landwirtschaft war damals aber bereits aufgegeben. Ihr Mann war der einzige Sohn, er war Offizier gewesen und hatte sich für Landwirtschaft nicht interessiert. Und nach dem Tod des Schwiegervaters erhob sich die Frage, ob man das hübsche, alte Gutshaus verkaufen oder behalten sollte. Aber eigentlich wollte Caroline nicht in der Stadt leben. Das Haus, mitten in einem schönen Park gelegen, gefiel ihr, sie wollte Tiere um sich haben, wollte reiten; dann bekam sie ein Kind, später ein zweites, und da sie unternehmungslustig und geschäftstüchtig war, kam sie auf die Idee, ein paar Zimmer an Feriengäste zu vermieten. Später wurde umgebaut. Eine Bäderabteilung samt Bademeister kam hinzu, hübsche, moderne Zimmer, geschmackvoll eingerichtete Aufenthaltsräume machten das Haus immer gemütlicher.

Heute hatte es einen guten Ruf, immer wiederkehrende Gäste, und Caroline war eine tüchtige Gastronomin geworden.

An die morgendlichen Besuche ihres Bruders schien sie wirklich gewöhnt zu sein, sie empfing die beiden Männer ohne großes Erstaunen. Sie war bereits aufgestanden, sie und ihr Mann hatten Breedenkamp kurz nach neun verlassen.

»Das war lang genug«, sagte sie, »rund um die Uhr. Ich war todmüde. Ihr offenbar nicht.«

Die beiden Nachtschwärmer bekamen auf der Terrasse ein kräftiges Frühstück serviert, und Caroline sagte zu Gerhard:

»Von Ihnen hätte ich das gar nicht gedacht, daß Sie sich die ganze Nacht herumtreiben.«

»Es blieb mir gar nichts anderes übrig«, meinte Gerhard, »wenn ich nicht nach Hause laufen wollte.«

»Ja, ich weiß, Olaf ist ein verrückter Hund. Es wird Zeit, daß er wieder heiratet.«

»Es ist knapp zwei Jahre her, daß ich geschieden bin«, sagte Olaf und verspeiste das dritte Spiegelei, »es eilt durchaus nicht. Ich werde so in etwa zwei oder drei Jahren heiraten.«

»Weißt du auch schon, wen?«

»Natürlich.«

»Oh!« machte Caroline mit erstaunten Augen. »Darf man wissen?«

»Die Christine von Breedenkamp.«

Caroline warf den Kopf zurück und lachte mit offenem Mund, auf die gleiche Weise wie Olaf lachte. Das war Friedrichshagener Art.

»Weiß sie schon von ihrem Glück?«

»Sie wird's schon rechtzeitig erfahren.«

Caroline blickte ein wenig unsicher zu Gerhard hinüber, der gelassen und mit bestem Appetit weiteraß.

»Was sagen Sie dazu, Gerhard?«

»Nichts.«

»Ich dachte immer...«, begann Caroline und verstummte.

»Du dachtest«, sagte Olaf, »daß dieser angehende Schulmeister und Christine? Da wird er gegen mich antreten müssen.«

»Ich wußte gar nicht, daß du dich für Christine interessierst. Seit wann denn?«

»Seit gestern.«

»Sie sah gestern sehr hübsch aus.«

»Ehrlich gesagt, ich habe schon einige Male daran gedacht. Die Arbeit auf Breedenkamp wird ihr bald über den Kopf wachsen. Sie braucht sowieso einen Mann, sonst ruiniert sie das Gut.«

»Und da willst du helfend eingreifen?«

»Warum nicht?«

Gerhard hätte Olafs Geschwätz nicht ernst zu nehmen brauchen. Er wußte schließlich, daß Christine sich nicht das geringste aus Olaf machte. Trotzdem fühlte er sich unbehaglich. Olaf sprach mit größter Sicherheit und mit gewohnter Anmaßung von dieser Heirat, man hätte meinen können, es sei ihm ernst. Aber es war eine unmögliche Vorstellung. Christine und Olaf, das waren zwei so entgegengesetzte Welten, da ließ sich bei der größten Fantasie keine Verbindung herstellen.

»Da hat Christine wohl auch noch ein Wort mitzureden«, sagte er gelassen und blickte Olaf kühl an.

Olaf gab den Blick mit belustigtem Grinsen zurück, zündete sich eine Zigarette an und sagte: »Ihr werdet es erleben, daß sie ja sagt.«

»Wir wissen alle, daß du unwiderstehlich bist«, sagte seine Schwester.

»Aber mal ehrlich: meinst du das ernst, oder kohlst du? Ich habe noch nie gehört, daß sie mit jemandem befreundet ist. Soviel ich weiß, lebt Christine sehr zurückgezogen.«

»Ist ja auch gut so. Von mir aus kann sie so zurückgezogen leben, wie sie will. Denn ich meine es ernst.«

»Ich könnte mir vorstellen, daß es lohnend wäre, sich um Christine zu bemühen. Nicht nur wegen Breedenkamp. Aber ob du gerade der Richtige für sie bist?«

»Genau der Richtige. Das wird sie dann schon merken.«

»Mir paßt es nicht«, sagte Gerhard mit einer gewissen Schärfe, »daß wir in dieser Art über Christine reden.«

»Okay«, meinte Olaf friedfertig. »Lassen wir das Thema. Es war nur, weil Caroline fragte.«

Und dann die merkwürdig gedrückte Stimmung auf Breedenkamp. Es war Erntezeit, es gab viel Arbeit, und Gerhard half, wo er konnte. Es war eigentlich wie früher. Nein, es war nicht wie früher. Er gehörte nicht mehr dazu. Ein vertrautes Gespräch mit Christine ergab sich nicht. Sie war von früh bis spät auf den Beinen, sie ging total erschöpft abends ins Bett. Auch mit Jon war nicht zu reden, er war schweigsamer denn je. Zu Moira fand Gerhard keinen Kontakt, sie schien jeder Begegnung auszuweichen, wirkte verloren und bedrückt.

»Was hat Moira eigentlich?« fragte er Christine. »Früher bin ich doch so gut mit ihr ausgekommen. Aber jetzt macht sie einen großen Bogen um mich.«

»Sie macht einen Bogen um uns alle. Ich weiß auch nicht,

was sie hat. Es ist ein schwieriges Alter, denke ich mir. Und ich habe momentan keine Zeit, um mich mit ihr abzugeben.«

»Sie ist viel zu blaß, geht sie denn so wenig an die Luft? Sie beteiligt sich auch nicht an der Arbeit, wie ich gesehen habe.«

»Dazu ist sie nicht kräftig genug«, sagte Christine abwehrend.

»Vielleicht würde sie dadurch kräftiger werden. Du könntest sie ruhig gelegentlich ein wenig anstellen. Auf jeden Fall müßte sie um diese Jahreszeit braun sein und gesünder aussehen. Wollen wir nicht einmal zum Baden fahren?«

»Ich habe keine Zeit. Aber fahre mit Moira, das wird ihr bestimmt guttun.«

»Ich möchte aber, daß du mitkommst. Gegen Abend wirst du es ja mal möglich machen können.«

Da er darauf bestand, fuhren sie wirklich zum Baden, einmal an den Selenter See, zweimal in die Hohwachter Bucht. Aber auch bei dieser Gelegenheit blieb Christine schweigsam und Moira trübsinnig.

Gerhard war versucht, Christine von Olafs Gerede zu erzählen. Aber er ließ es bleiben. Vermutlich war es doch nicht ernst zu nehmen, und Christine würde es vielleicht als beleidigend empfinden, daß Olaf mit ihm über sie gesprochen hatte. Olaf ließ sich auch nicht wieder blicken, solange Gerhard noch auf Breedenkamp war.

Von Winnie kamen bunte Karten von der Côte d'Azur, wo sie ihre Flitterwochen verbrachte. Es sei alles wunderbar, Herbert der beste Mann der Welt, und sie fühle sich großartig.

Vierzehn Tage nach der Hochzeit beschloß Gerhard, nach Stuttgart zurückzufahren. Eigentlich hatte er länger bleiben wollen. Aber nun begann der Urlaub seiner Freundin, sie hatte ihm geschrieben, vorsichtig anfragend, ob sie denn nun kommen solle.

Das war ursprünglich sein Vorschlag gewesen. Verena sollte nachkommen, wenn sie Urlaub hatte, er wollte ihr gern das Land seiner Jugend zeigen. Er hatte gedacht, daß sie an der Ostsee zusammen Ferien machen würden. Aber jetzt hatte er keine Lust mehr. Besser, er fuhr zurück nach Stuttgart, sie konnten dann von dort aus in den Schwarzwald oder nach Österreich fahren. Alles erschien auf einmal kompliziert. Auch sein Verhältnis zu Christine. So war es doch früher nie gewesen.

Christine, seine Schwester. War sie das noch? Christine, die er zu lieben glaubte? Aber das war es ja gerade. Wenn er an Olafs selbstsichere Worte dachte, sah er rot. Christine für Olaf? Niemals. Christine für mich. Das dachte er auf einmal wieder.

Und das war es, was ihn so unzufrieden, ja unglücklich machte. Da schien kein Weg mehr zu Christine zu führen, nicht einmal ein Gespräch war möglich, keine Vertrautheit, keine Herzlichkeit, wie es früher so selbstverständlich gewesen war. Dazu hatte er noch das unbehagliche Gefühl, daß es auch seine Schuld sei. An ihm wäre es gewesen, das richtige Wort zu finden. Drei Tage bevor er abreiste, traf er sie abends, als er die beiden Pferde auf die Koppel brachte, die dem Haus am nächsten lag. Sie sah müde und erschöpft aus.

»Komm mit«, bat er.

Stumm ging sie neben ihm her.

»Es macht mir so viel Freude, die beiden zu reiten«, sagte er auf dem Weg. »Jeder ist so, wie er immer war. Cornet ruhig und brav, geht wie ein Uhrwerk mit seinen weiten, ausgreifenden Gängen. Und Goldblitz ist immer noch zu allerhand Kapriolen aufgelegt.

»Ja, sie sind eben so.«

»Es ist wie bei Menschen, nicht? Jeder hat seinen Charakter und behält ihn auch.«

»Ja, das ist wohl so.«

Christine öffnete das Koppelgatter, er führte die Pferde hinein und streifte ihnen die Halfter ab. Sie begannen sogleich zu fressen und blieben immer dicht beeinander. Morgen früh würde er sich einen einfangen und einen Ritt machen. Das tat er jeden Morgen. Christine hatte jetzt sowieso keine Zeit zum Reiten.

Es war immer dasselbe. Cornet kam gehorsam, wenn man ihn rief, und ließ sich willig aufzäumen. Goldblitz raste erst einmal über die Koppel, und es dauerte eine Weile, bis man ihn erwischte. Auch das war immer so gewesen.

»Dein Großvater reitet überhaupt nicht mehr?«

»Nein, er hat Rückenschmerzen.«

»Und Goldblitz wird also dann nach Frankfurt reisen?«

»Ich weiß es nicht. Winnie hat ja in Friedrichshagen noch eine junge Stute gekauft, eine Fünfjährige. Sie ist gut angeritten. Ein hübsches Pferd. Jessen hat einen horrenden Preis gefordert. Aber Winnie wollte sie partout haben.«

»Will sie denn in Frankfurt zwei Pferde reiten?«

»Meiner Meinung nach wird ihr das zuviel sein. Wahrscheinlich hat sie ja jetzt ein bißchen was zu tun.«

»Winnie als Hausfrau! Das kann man sich bei größter Fantasie nicht vorstellen.«

»Ach, das wird sie schon machen. Immerhin hat sie bei Telse mehr gelernt, als die meisten jungen Mädchen heute vor der Ehe über den Haushalt lernen.«

»Ja, das mag stimmen.«

Das war Konversation. So hatten sie früher nie miteinander geredet.

»Wird dir Winnie fehlen?«

»Sicher.«

»Aber du hast ja Moira.«

»Ja.«

»Übrigens habe ich sie nie Geige spielen hören. Du hast mir doch mal geschrieben, sie spielt schon recht gut.«

»Ja. Aber zur Zeit mag sie nicht.«

»Warum nicht?«

»Weiß ich auch nicht. Sie hat keine Lust zum Üben, sagt sie.«

Eine Weile schwiegen sie.

Dann fragte er: »Was ist eigentlich los, Christine?«

»Was soll denn los sein?«

»Ich habe das Gefühl, du bist bedrückt.«

»Nein, mir fehlt nichts.«

Wieder war er versucht, von Olaf zu sprechen. Aber das war lächerlich. Er konnte schließlich nicht sagen: weißt du, daß Olaf dich heiraten will? Er wußte gar nicht, ob Olaf wirklich wollte. Statt dessen sagte er: »Früher war es anders.«

Christine löste den Blick von den Pferden, wandte den Kopf und sah ihn an. »Was?«

»Na, wir beide. Wir können nicht mehr miteinander reden, Christine.«

»Und du denkst, es liegt an mir?« fragte sie kühl.

»Du meinst – an mir?«

Sie hob die Schultern.

»Habe ich mich denn so verändert?« fragte er.

»Ja. Du hast dich verändert.«

»Aber in welcher Weise denn eigentlich? Willst du damit sagen, daß du mich nicht mehr... ich meine, daß du mich nicht mehr leiden kannst?«

»Nein. Das nicht. Es ist nur eben nicht mehr so wie früher. Es gibt sicher viele Dinge, die dich mehr interessieren als wir hier.«

Hatte sie nicht recht? Es gab Dinge, die ihn mehr interessierten. Seine Arbeit, seine Zukunft, Verena in Stuttgart. Und warum brachte er es nicht fertig, von ihr zu erzählen? Was sollte er erzählen? Daß er verliebt war? Verliebt gewesen war?

Über diesen Gedanken erschrak er selbst. War es so? Jetzt, wie er hier stand, es wurde langsam dunkel, es roch nach Gras und Laub, war ihm Christine auf einmal wieder ganz nahe. Es kam ihm vor, als sei nichts auf der Welt wichtiger für ihn als sie. Es war ein schmerzliches Gefühl, denn er wußte gleichzeitig, daß er sich von ihr entfernt hatte und sie sich von ihm.

Er hätte sagen müssen: ich habe dich immer geliebt, Christine. Ich liebe dich heute noch. Aber so etwas konnte man nicht sagen. Nicht zu ihr. Und er wußte auch gar nicht, ob es wirklich noch so war. Ob es nicht nur die Erinnerung an ihre frühere Bindung war, die ihn in diesem Augenblick überwältigte, hier am Abend, am Koppelzaun bei den beiden Pferden.

Liebe war für ihn inzwischen etwas mehr geworden als nur ein unbestimmtes, sehnsuchtsvolles Gefühl. Es bedeutete jetzt auch, eine Frau im Arm zu haben, sie zu küssen. Zu besitzen. Was würde Christine tun, wenn er sie einfach in die Arme nahm und küßte?

»Gehen wir?« fragte sie und wandte sich. »Ich habe Lust auf ein Glas Bier und etwas zu essen. Du nicht auch?«

»Hm, ja, doch, ich auch.«

Am Abend vor seiner Abreise kamen Annemarie, Kurtchen und die beiden Kinder. Sie waren nach der Hochzeit an die Nordsee gefahren, nach Büsum. Die letzte Woche ihres Urlaubs wollten sie jetzt auf Breedenkamp verbringen. Annemarie umarmte ihn. »Wie schade, daß du schon wieder abreist, Gerhard. Wir haben uns so lange nicht gesehen. Du siehst fabelhaft aus. Ein richtiger Mann. Nicht, Christine? Er ist ein Mann geworden.«

Auf einmal war Leben im Haus. Die Kinder lärmten, Annemarie redete und lachte, genausoviel wie früher. Sie bestand darauf, eine Pfirsichbowle zu machen. Und dann repetierte sie den ganzen Abend lang mit mütterlichem Stolz Winnies Hochzeit, die anderen brauchten gar nicht viel zu sagen.

Am nächsten Morgen tat es Gerhard leid, daß er abreisen mußte. Schon wegen Cornet und Goldblitz. Es war so schön gewesen, sie wiederzuhaben. Er hatte das Reiten sehr vermißt. Das konnte er sich jetzt nicht leisten.

Wann würde er wiederkommen? Er hatte das Gefühl, er würde sie nie wiedersehen. Als sei es ein Abschied für immer. Er war sich selbst fremd, hin- und hergerissen von schwankenden Gefühlen, das war nie seine Art gewesen. Warum denn nun auf einmal?

Er konnte doch jetzt nicht sagen: ich habe es mir anders überlegt, ich bleibe. Da war Verena, sie wartete auf ihn, auf den gemeinsamen Urlaub, sie freute sich seit Monaten darauf. Er konnte sie doch nicht so enttäuschen. Christine sah er gar nicht mehr. Sie war schon in aller Herrgottsfrühe hinausgefahren. Heute begannen sie mit der Ernte auf dem großen Weizenschlag.

Die letzte, die er sprach, war Moira. Er nahm sie mit nach Plön, wo sie zum Zahnarzt mußte.

»Du hast mir nicht einmal etwas vorgespielt«, sagte er.

»Nö.«

»Ich habe dich auch nie üben hören.«

»Ich übe auch nicht.«

»Warum nicht?«

»Ich mag nicht mehr Geige spielen.«

»Ist das nicht schade? Ich dachte, du bist so begabt?«

»Es macht mir keinen Spaß mehr.«

»Es geht jedem einmal so, daß ihm etwas keinen Spaß mehr macht, das mit Mühe verbunden ist«, sagte er schulmeisterlich. »Deswegen darf man doch nicht gleich aufgeben. Du machst jetzt eben eine Pause, und dann, du wirst sehen, macht es dir wieder Spaß.«

»Bestimmt nicht. Das ist vorbei.«

Das klang erwachsen und geradezu dramatisch. Gerhard warf einen raschen Blick auf das Mädchen neben sich. Sie blickte unverwandt geradeaus, ihr Profil war von seltener Schönheit, feingezeichnet und klar.

»Entweder du hast eine künstlerische Begabung, oder du hast sie nicht. Wenn du sie nicht hast, brauchst du nicht zu spielen, dann ist es doch bloß Dilettantismus, der ist schwer zu ertragen. Bist du aber begabt, dann wirst du auch spielen, das kommt ganz von selbst. Dann wird dir etwas fehlen, wenn du nicht spielst.« Und nach einem kleinen Zögern fügte er hinzu: »Soviel ich gehört habe, war deine Mutter auch sehr musikalisch.«

Moira gab keine Antwort. Als er sich in Plön von ihr verabschiedete, sah sie sehr nachdenklich aus.

Der mürrische Ausdruck, den er zuletzt in ihrem Gesicht gesehen hatte, war verschwunden.

Begegnung in Lütjenburg

An einem Vormittag, Ende September, fuhr Christine nach Lütjenburg. Sie hatte Besorgungen zu machen, vor allem aber wollte sie einen Mann sprechen, der eventuell bereit war, auf Breedenkamp zu arbeiten. Bruno kannte ihn und hatte ihn empfohlen. Jon hatte zwar gesagt: »Jetzt nach der Ernte brauchen wir keinen Mann.«

Aber sie brauchten einen. Ernte oder nicht, sie schafften es einfach nicht mehr, Bruno war außerordentlich fleißig, erfahren und selbständig, ein Landarbeiter neuer Art, gut ausgebildet, er hatte sogar die Landwirtschaftsschule besucht. Dafür erhielt Bruno auch einen Spitzenlohn, genoß vollstes Vertrauen und bewohnte mit seiner Frau eines der neugebauten, ganz modernen kleinen Häuser, die das Gut seinen besten Mitarbeitern zur Verfügung stellte.

Aber manchmal war er in letzter Zeit unmutig gewesen, weil sie einfach zu viel arbeiten mußten und zu wenig Freizeit hatten, besonders er, Tomaschek und Christine. Alle anderen waren für selbständige Arbeit nicht zu gebrauchen. Außer Polly natürlich, der war und blieb ein Sonderfall. Bruno war gerade dabei, den Weizen tief zu pflügen. Damit würden sie wohl in dieser Woche fertig werden. Es war einer der größten Schläge, auf denen man in diesem Jahr Hafer geerntet hatte. Die Fruchtfolge auf Breedenkamp blieb fast immer gleich, Jon hielt gern an bewährten Methoden fest. Nur waren sie jetzt zu dem Entschluß gekommen, in Zukunft keine Hackfrucht mehr anzubauen. Roggen wurde sowieso schon lange nicht mehr gebaut, war auch eigentlich auf Breedenkamp nie üblich gewesen, der Boden war zu schwer. Auf diesen Schlag kam also jetzt Winterweizen, was anderes war sowieso kaum mehr möglich, da die Hafrernte relativ spät lag. Im nächsten Jahr würde dann Kleegras auf dem Schlag wachsen.

Am Morgen waren zwanzig Mastschweine abgeholt worden. Christine hatte selbst beim Verladen geholfen. Sie hatte mit Jon in letzter Zeit darüber beraten, ob man die Schweinezucht ganz aufgeben sollte. Die Schwarzbunten wollte Christine auf jeden Fall behalten, obwohl es schon einige Höfe gab, wo man sich von den Kühen trennte. Rindviehhaltung war am aufwendigsten. Personal für den Kuhstall bekam die höchsten Löhne, das machte die Sache nicht mehr lukrativ. Hühner und anderes Geflügel gab es auf Breedenkamp schon lange nicht mehr. Immer mehr verlagerte sich die Hühnerhaltung in Spezialbetriebe, die entweder Legehennen oder Mastgeflügel hielten. Brunos Frau hatte noch ein Dutzend Hühner in ihrem Gärtchen, von ihr bezog man auf Breedenkamp die Eier.

Ehe sie in die Stadt fuhr, ging Christine noch einmal zum Kuhstall und betrachtete voll Stolz den Förderer zur Strohbergung, der vorgestern eingebaut worden war. Der alte war nicht mehr ausreichend gewesen. Der neue war viel größer, allerdings kostete er annähernd fünftausend Mark. So kam eines zum anderen, man brauchte immer wieder Geld, Geld, Geld. Sie zahlten heute noch an dem Darlehen der neuen Trockenanlage von vor zwei Jahren. Und nie war ein Ende abzusehen. War eine Anschaffung gemacht, wurde die nächste fällig.

Auf der Fahrt nach Lütjenburg dachte Christine wieder über die Schweine nach. Sie zogen ungefähr zweihundert Stück im Jahr. Das war, wie Petersen meinte, entweder zuwenig oder zuviel. »Tausend Stück im Jahr«, hatte er gesagt, »zweimal umschlagen, dann ist es ein Geschäft. Oder nur so viel, wie man zum Eigenbedarf braucht.« Da die eigenen Sauen nicht genügend Ferkel für den Maststall werfen konnten, mußten immer noch Ferkel zugekauft werden. Dabei gab es manchmal Rückschläge. Auch wenn die zugekauften Ferkel gesund und robust waren, zeigten sich oft nach kurzer Zeit Krankheiten, die Gewichtszunahme ließ zu wünschen übrig. Die Umsiedlung der jungen Tiere hatte ihre Schwierigkeiten.

So wie es aussah, würde sich wohl in Zukunft jeder Betrieb spezialisieren müssen. Aber die Kühe bleiben, dachte Christine. Was soll aus meinen schönen Wiesen werden? Alles pflügen und anbauen? Das brachte Geld, erforderte aber andererseits noch mehr Arbeit.

Es war nicht leicht. In diesem Sommer war ihr die Arbeit manchmal über den Kopf gewachsen. Man merkte es schon, daß Jon keine volle Arbeitskraft mehr war. Die Hauptsache war, daß er da war. Wie sie es schaffen sollte, ohne Jon, ohne seine Beratung und Hilfe, daran wagte sie nicht zu denken.

Am Wochenende waren Hedda und Friedrich Bruhns dagewesen, Hedda hatte Christine einige Male prüfend betrachtet und dann gesagt: »Du bist viel zu dünn. Und du siehst schlecht aus. Tut mir leid, daß ich dir das sagen muß. Ist es denn nötig, daß du so viel arbeitest? Könnt ihr nicht mehr Leute einstellen?«

»Man muß erst welche bekommen«, hatte Christine erwidert. Denn auch während des Wochenendes war Christine kaum zur Ruhe gekommen. Auf fünfundzwanzig Hektar war noch Grunddünger zu streuen gewesen. Bruno und sie wollten das bis Wochenanfang erledigt haben.

Hedda und Friedrich standen auf einem Feldweg und sahen ihr zu, wie sie mit dem 50-PS-Schlepper über den Schlag fuhr. »Findest du eigentlich, daß das eine Arbeit für eine Frau ist?« fragte Hedda ihren Mann.

»Nein. Ich finde das nicht.«

»Kann doch nicht gesund sein, wenn sie ewig auf diesem gräßlichen Ding da sitzt.«

»Bestimmt nicht.«

»Sie hat kein bißchen Freude und Abwechslung, nicht das kleinste Vergnügen. Sie ist doch eine junge Frau. Sie wird verblühen und alt werden, ehe sie gelebt hat.«

Als sie beim Abendessen saßen, blickte Hedda von Christine zu Moira und sagte: »Da lebt ihr nun auf dem Lande, ihr beiden, was angeblich gesund sein soll, und ihr seht aus, als ob ihr nicht genug zu essen bekommt.«

»Ich mache mir immer Kummer wegen Moira, weil sie so wenig ißt«, sagte Christine.

»An dir ist auch nicht viel dran. Voriges Jahr hast du viel besser ausgesehen.«

»Ach, manchmal bin ich zu müde zum Essen.«

»Christine hat sehr viel gearbeitet in letzter Zeit«, meinte Jon, »ich war in diesem Jahr keine große Hilfe.«

»Wir brauchen noch Leute«, sagte Christine. »Mindestens einen Mann.«

»Und? Bekommt ihr einen?«

»Vielleicht. Bruno kennt einen, mit dem er früher auf Dorken gearbeitet hat. Der ist jetzt wieder in der Gegend, weil seine Kinder in Lütjenburg in die Schule gehen sollen. Vielleicht können wir ihn bekommen.«

Und Jon: »Jetzt, wo wir mit der Ernte fertig sind, brauchen wir keinen.«

»Wir müssen ihn nehmen, wenn wir ihn kriegen können«, sagte Christine geduldig, denn dieses Gespräch hatten sie schon öfter geführt.

»Dann haben wir ihn auch zur nächsten Ernte.«

»Ja, wenn er dann noch da ist. Manchmal bleiben die Herren über den Winter, wenn wenig Arbeit ist, und verschwinden, wenn es richtig losgeht.«

»Bruno sagt: der ist nicht so.«

»Hoffen wir, daß ihr ihn bekommt«, sagte Hedda. »Aber nun möchte ich etwas anderes mit dir besprechen, Christine. Hast du schon einmal daran gedacht, Urlaub zu machen?«

»Urlaub?« fragte Christine erstaunt.

»Urlaub. Ja. So etwas gibt es nämlich. Mal irgendwo hinfahren, wo es hübsch ist, eine andere Gegend, ein anderes Klima. In einem netten Hotel wohnen, wo man jeden Tag das Essen auf den Tisch gestellt bekommt.«

»Das bekomme ich hier auch.«

»Aber du arbeitest zuviel. Du müßtest mal eine Weile gar nichts tun. Spazierengehen, herumsitzen, gemütlich Kaffee trinken, mal ein Buch lesen. Dich entspannen, mit einem Wort. Hättest du dazu keine Lust?«

»An so etwas habe ich noch nie gedacht.«

»Das sieht dir ähnlich. Aber ich denke für dich daran. Paß auf, was ich dir vorschlage. Fritz und ich, wir fahren übernächste Woche ins Tessin. Möchtest du nicht mitkommen?«

»Ich?«

»Ja. Du.«

»Ins Tessin?«

»Wir fahren an den Luganer See, da waren wir schon einmal, das hat uns gut gefallen. Und jetzt im Herbst ist es wundervoll dort. Eine warme, weiche Luft.«

»Ich soll da mitfahren?«

»Was findest du daran so ungeheuerlich? Jeder normale Mensch macht mal eine Reise. Du hast überhaupt noch nichts von der Welt gesehen.«

»Vielleicht fahren wir noch ein paar Tage an den Lago Maggiore, nach Locarno oder Ascona, dort ist es ganz entzückend. Man kann mittags in der Sonne sitzen, auf der... auf dem... wie sagt man gleich, Fritz?«

»Auf der Piazza.«

»Genau das. Es gibt wunderbar zu essen und einen herrlichen Wein. Ach – und das Eis, das es da gibt, nirgends habe ich bisher so gutes Eis bekommen. Ich weiß jetzt schon, daß ich jeden Tag Eis essen werde. Ich werde schrecklich zunehmen. Vielleicht kann man sogar noch im See schwimmen. Na, was meinst du, Christine?«

»Dazu habe ich keine Zeit.«

»Diese Antwort habe ich erwartet. Was meinst du, Jon? Kann sie oder kann sie nicht?«

»Von mir aus kann sie«, sagte Jon unfreundlich.

»Das kostet ja auch furchtbar viel Geld«, sagte Christine.

»Wir brauchen nächstes Jahr einen neuen Mähdrescher.«

»So furchtbar viel kostet es auch wieder nicht«, erklärte Friedrich. »Die Fahrt kostet dich schon mal nichts, du fährst mit uns im Wagen. Natürlich – die Schweiz ist nicht billig. Aber ich würde sagen, du hast dir Ferien verdient. Und gelegentlich lade ich dich auch einmal zum Essen ein. Und zu einem Eis. Hast du schon mal Fondue gegessen, Christine?«

»Nein.«

»Fondue bourgignonne, das ist was Gutes. Und dazu einen Dôle. Wirklich, Christine, du mußt mal etwas von der Welt sehen, da hat Hedda recht.«

»Es ist so weit«, fiel Christine noch ein. Man sah ihr an, daß der Gedanke, Breedenkamp zu verlassen, für sie nichts Verlockendes hatte.

»Auch das«, gab Bruhns zu. »Aber wir fahren ganz gemütlich. Wir machen in München Station, das mußt du auch einmal kennenlernen. Ich habe da studiert. Und dann trödeln wir durch die Schweiz, du kommst nach Zürich, an den Vierwaldstätter See, und dann fahren wir über den Gotthard. Oder durch den Tunnel, das geht schneller. Kommt aufs Wetter an. Na, kommst du mit?«

Christine blickte hilfesuchend auf Jon, der gleichgültig an ihr vorbeisah. »Eigentlich«, sagte sie, »möchte ich lieber nicht.«

Auch an dieses Gespräch dachte sie, als sie mit dem alten Volkswagen nach Lütjenburg fuhr. Sie würde es sich überlegen, hatte sie schließlich gesagt, als die Bruhns keine Ruhe gaben.

Aber sie wollte nicht. Und wenn es klappte mit dem neuen Mann, konnte sie wirklich nicht. Angenommen, der fing gleich an, wie Bruno verheißen hatte, mußte sie doch da sein, wenn er einzuarbeiten war. Es war unmöglich, daß sie einfach fortfuhr zu einem so wichtigen Zeitpunkt, das mußten Hedda und Friedrich einsehen.

Ewald Döscher machte einen guten Eindruck. Er wohnte zur Zeit bei seinen Eltern, die ein recht ansehnliches Haus hatten an der Straße, die schnurgerade vom Lütjenburger Bahnhof stadteinwärts führte. Die Eltern waren nette Leute, der Vater Zimmermann, die Mutter tüchtig und resolut, sie kredenzte Christine ein Glas Südwein. Auch Ewalds Frau war sympathisch, sie hatte früher in einer Molkerei gearbeitet und sagte, daß sie auch gern mithelfen würde. Von den beiden Kindern war das älteste, ein Junge, in diesem Jahr eingeschult worden. Das kleine Mädchen war im nächsten Jahr dran. »Ich find' hier man auch Arbeit, in der Stadt«, sagte Ewald. »Aber lieber tät' ich wieder in der Landwirtschaft arbeiten. Das hab' ich gelernt.«

So etwas war selten. Meist blieben die Leute lieber in der Stadt und suchten sich leichtere Arbeit. Und wenn die Männer bereit waren, auf dem Land zu arbeiten, dann wollten meist die Frauen nicht.

Aber in diesem Fall wollten sie beide gern aufs Land kommen. Das war ein Glückstreffer.

»Bruno sagt, es ist man gut bei Ihnen. Er meint man, ich soll kommen.«

»Das meine ich auch«, sagte Christine. »Wir können Sie gut gebrauchen, Herr Döscher.« Ewald nickte mit wichtiger Miene.

»Das kann ich mir man denken.«

Er hatte gute Zeugnisse, sah kräftig und vertrauenerweckend aus. Sie besprachen die Arbeitsbedingungen, die Unterbringungsfrage und den Lohn. Sie schieden mit Handschlag. Am 1. Oktober würde Ewald in Breedenkamp anfangen.

Die ganze Familie stand vor der Tür, als Christine wieder in den Wagen stieg. Das kleine Mädchen, ein pausbäckiger Blondschopf, winkte.

Christine atmete auf. Das war geschafft. Irgendwie war sie stolz. Es war das erstemal, daß sie selbständig jemanden engagiert hatte. Daß Jon ihr diese Aufgabe überließ. Hoffentlich würde er zufrieden sein. Aber es war schon eine gute Voraussetzung, daß Ewald und Bruno sich offenbar vertrugen, da würden sie auch gut zusammen arbeiten. Auch die Frauen kannten sich.

Nein. Sie würde nicht in die Schweiz fahren. Die Schweiz war nicht wichtig. Breedenkamp war wichtig.

Sie fuhr in die Stadt hinein, parkte am Marktplatz und machte ihre Besorgungen. Moira wußte, wo der Wagen stand, sie würde sich nach Schulschluß einfinden. Als Christine ihre Einkäufe im Wagen verstaute, wurde sie angesprochen.

»Hallo, Christine!«

Es war Eleonore Jessen, schick wie immer, in einem hellen Leinenkostüm, wunderbar frisiert und sorgfältig zurechtgemacht. Neben ihr standen eine Dame und ein Herr, den Christine kannte.

»Das ist ja fein, daß ich dich treffe. Wir haben uns seit der Hochzeit nicht gesehen. Warum kommst du denn nicht mal vorbei? Ich war gerade beim Friseur, und jetzt wollen wir essen gehen. Kommst du mit? Darf ich bekannt machen?« Eleonore wandte sich an ihre Begleiter. »Das ist eine außerordentlich tüchtige Landwirtin, die Sie hier sehen. Unsere Nachbarin, Christine Kamphoven. Christine, das ist Herr Dr. Runge und seine Frau.« Runge lachte und streckte ihr die Hand hin. »Das finde ich ja ganz prima, daß wir uns treffen.«

Christine ließ sich nicht anmerken, daß sie ihn erkannte, aber das beeindruckte ihn nicht. »Ich kenne die junge Dame. Wir sind uns schon begegnet.«

»So?« fragte Eleonore erstaunt.

»Ich sah sie einmal hoch zu Roß. Sie kam nach Dorotheenhof geritten, wollte aber nicht absteigen. Julian war ganz enttäuscht. Julian war damals gerade da«, wandte er sich an seine Frau, »das muß so im März oder April gewesen sein, wir steckten mitten im Bau.«

Eleonore warf einen raschen Blick auf Christine, sah deren verschlossene Miene und ging nicht weiter auf das Thema ein.

»Um so besser, wenn Sie sich schon kennen. Komm mit, Christine, essen wir zusammen.«

»Nein, danke. Ich kann nicht.«

»Warum nicht?«

»Ich warte auf Moira. Die Schule wird gleich aus sein. Und dann fahren wir nach Hause.«

»Wir stecken für Moira einen Zettel hinter den Scheibenwischer, dann weiß sie, wo wir sind. Und bei dir zu Hause rufen wir an. Du mußt dir doch mal erzählen lassen, wie es in Dorotheenhof geht. Das Haus ist schon dreiviertel besetzt, vier Wochen nach der Eröffnung. Was sagst du dazu?«

»Das hat auch eine Stange Geld gekostet. Die Werbung, meine ich«, sagte Runge. »Aber jetzt sind wir entzückt, beglückt und voller Tatendrang. Es geht besser, als ich erwartet habe, toi, toi, toi. Sie müssen unbedingt kommen und sich alles anschauen. Wie schön dieses Haus geworden ist. Alle Leute sind hingerissen, die zu uns kommen. Neulich sagte mir ein Gast, der wirklich herumkommt, es sei das schönste Hotel, in dem er je gewohnt hat. Kennen Sie Dorotheenhof?«

Wieder ein rascher Blick von Eleonore zu Christine. Dann Christines knappe Antwort: »Nein.«

»Komm schon«, sagte Eleonore drängend. »Wir müssen hier doch nicht auf der Straße stehen. Ich habe schrecklichen Hunger. Wir wollen zu Brüchmann gehen. Man ißt dort wundervoll. Ich freue mich jedesmal, wenn wir dort zum Essen gehen.«

Dr. Runge hatte eine charmante, dunkelhaarige Frau, die Christine anlächelte und meinte, daß sie gern etwas über die Arbeit in der Holsteiner Landwirtschaft hören würde. Ihre Großeltern hätten nämlich einen Hof im Chiemgau, und das sei für sie immer noch der schönste Platz der Erde.

»Der zweitschönste, Gerda, jetzt der zweitschönste«, sagte Runge. »Dein schönster Platz ist Dorotheenhof.«

Es tat Christine weh, daran zu denken, daß fremde Menschen auf Dorotheenhof lebten. Auch wenn es so nette Menschen waren wie dieser Arzt und seine Frau.

Mittlerweile hatte Eleonore einen Zettel für Moira geschrieben. Christine gab nach, der dreifachen Übermacht war sie nicht gewachsen.

Während sie über den Marktplatz zum Hotel Brüchmann gingen, dachte Eleonore darüber nach, warum wohl Christine auf dem Gelände von Dorotheenhof gewesen war. Ob sie das öfter tat? Und warum? Es war ihr unangenehm gewesen, daß der Doktor es erwähnte, das hatte man ihr deutlich angesehen. Runge hatte jedenfalls keine Ahnung davon, welche Beziehung zwischen Christine und Dorotheenhof bestand. Es war wohl auch besser, darüber nicht zu sprechen. Man tat Christine keinen Gefallen damit.

Als sie im Lokal Platz genommen hatte, sagte Dr. Runge: »Sie machen sich keine Vorstellung, gnädiges Fräulein, wie glücklich ich bin, hier gelandet zu sein. Ich hatte immer schon eine stille Liebe zu Schleswig-Holstein. Ich habe zum Teil in Hamburg studiert, später habe ich im Tropen-Krankenhaus am Hamburger Hafen gearbeitet. Jede freie Stunde verbrachte ich hier draußen, entweder an der See oder in der Holsteinischen Schweiz. Ich bin viel herumgekommen, weiß Gott, aber es ist das schönste Land, das ich kenne.«

Nachdem sie bestellt hatten, fuhr Runge fort: »Meine Frau

war zuerst gar nicht begeistert davon, daß ich mich hier niederlassen wollte. Sie stammt aus München. Und für die Bayern liegt Schleswig-Holstein fast am Nordpol. Nicht, Gerda, so ist es doch?«

Frau Runge lachte und meinte: »Doch, ungefähr stimmt es.«

»Wenn es nach meiner Frau gegangen wäre, hätte ich mich am Tegernsee niederlassen sollen. Aber, ich bitte Sie, Tegernsee! Erstens gibt es da schon jede Menge Sanatorien, und zweitens wollte ich partout hierher. Nichts gegen Berge, Berge sind etwas Schönes. Aber mir gefällt es hier besser. Dieses Land...« er hob die Hand und beschrieb einen weichen Bogen durch die Luft, »diese Hügel, diese endlose Weite, die Lieblichkeit dieser Landschaft, also für mich ist es Seelenmassage, das bloß anzusehen. Und ich bilde mir ein, es müßte meinen Patienten genauso gehen.«

»Er hat mich schon in der ganzen Gegend herumgeschleppt«, sagte Frau Runge. »Sie werden es kaum glauben, er ist so ziemlich von jedem Grashalm begeistert, der hier wächst.«

Herr Runge lachte fröhlich, dann kamen die Martinis.

»Also, auf Schleswig-Holstein, meerumschlungen«, sagte er. »Es ist ein Land mit Zukunft. Wer klug ist, wird hier Urlaub machen. Es ist ein jungfräuliches Land mit langer Tradition. Ich habe immer das Gefühl, die Erde hat hier ihre Unschuld noch nicht verloren. Es ist wie – wie...«

»Wie eine Seelenmassage«, vollendete seine Frau. »Jedenfalls wirkt es so auf dich. Du bist noch nie so vergnügt gewesen wie hier. Trotz der vielen Arbeit.«

»Siehst du! Und dir gefällt es auch!«

Frau Runge nickte. »Doch, ich denke, daß es mir auch gefallen wird. Es ist natürlich eine Umstellung, ich muß mich erst eingewöhnen. Und bis jetzt bin ich vor lauter Arbeit kaum zu Verstand gekommen. Aber etwas habe ich schon festgestellt: Die Menschen sind reizend. Bei uns in Bayern denkt man immer, sie seien steif und unzugänglich. Aber das stimmt nicht. Sie sind so gastfreundlich. Und sie verstehen zu leben. Das hat mich am meisten überrascht. Ich dachte immer, hier sei alles ein bisserl langweilig und fad. Alles eben und gleichförmig, und viel kalter Wind und Nebel und so.«

»Hier ist der Himmel sogar zärtlich, wenn es regnet«, schwärmte Runge. »Bemerken Sie das eigentlich auch, gnädige Frau? Oder sehen Sie es gar nicht, weil Sie daran gewöhnt sind? Manchmal regnet es hier aus einem hellen, fast weißen Himmel, ein weicher, sanfter Regen, der einen geradezu streichelt.«

»Na ja«, meinte Eleonore, »es kann auch anders sein. Aber sie haben recht, es ist ein harmonisches Land. Das mit der Seelenmassage finde ich gar nicht so schlecht. Auf jeden Fall freuen wir uns über diese Komplimente, nicht, Christine?« Christine nickte und trank ihren Martini aus.

»Irgendwie«, sagte Gerda Runge, »entdecke ich sogar eine gewisse Ähnlichkeit zwischen Bayern und den Holsteinern. Beide sind ein recht eigenwilliger, sehr ausgeprägter Menschenschlag. Auf ihre Heimat stolz und zunächst mit einer gewissen Zurückhaltung gegen alles Fremde. Doch wenn man sie erst kennt, aufgeschlossen und lebensbejahend. Manchmal erinnert mich dieses Land an den Chiemgau. Nein, lach nicht, Leo, du sagst, das ist ein Schmarrn. Eine gewisse Ähnlichkeit ist aber doch da. Die Hügel, das viele Grün, der Wald, die schönen Kühe, auch wenn sie bei uns eine andere Farbe haben. Und die vielen Seen. Ich wußte gar nicht, daß es hier so viel Wasser gibt.«

Aus dem weiteren Gespräch erfuhr Christine, daß Frau Runge eine Hotelfachschule besucht und in der Hotelbranche gearbeitet hatte, weil ihr Vater in München ein Hotel besaß. »Denn ohne die Hilfe meiner Frau«, sagte Runge, »hätte ich es nie gewagt, so ein Unternehmen zu starten. Aber so arbeiten wir wunderbar zusammen. Meine Frau macht den Betrieb, ich die Behandlung.«

»Ich finde das geradezu ideal«, sagte Eleonore.

Die Jessens hatten schon vor einigen Monaten die Bekanntschaft der Runges gemacht, die offenbar schon einige Male Gäste auf Friedrichshagen gewesen waren. Das erstaunte Christine nicht weiter.

Auf Friedrichshagen interessierte man sich immer für neue Menchen. Es war die Rede von einem Sommerfest, das auf Friedrichshagen stattgefunden hatte und das höchst gelungen gewesen sei.

»Warum bist du nicht gekommen, Christine? Wir hatten dich doch eingeladen.«

»Ja, ich weiß, danke. Aber ich hatte keine Zeit.«

»Olaf wollte eigentlich hinüberfahren und dich holen. Ich weiß auch nicht, warum er es nicht getan hat.«

Eleonore wußte es sehr gut. Olaf hatte zu dem Sommerfest eine Freundin aus Hamburg mitgebracht. Freundinnen hatte er ja immer. Dabei kannten alle inzwischen seine Absicht, Christine zu heiraten. Und auf Friedrichshagen fanden sie, es sei eine gute Idee.

Als sie bei der Suppe saßen, kam Moira. Sie stand scheu an der Tür und kam erst herbei, als man ihr winkte, und reichte jedem knicksend die Hand.

»Das ist Christines kleine Schwester Moira«, sagte Eleonore. »Auch ein Breedenkamper Mädchen. Eigentlich sind es drei. Aber eine hat vor einiger Zeit geheiratet. Wie war die Schule, Moira?«

Moira hob die Schultern. »Wie immer.«

»Moira! Das ist ein seltener Name. Ist der hier üblich?« fragte Runge.

»Eigentlich nicht«, sagte Eleonore. »Was willst du essen, Schätzchen? Schau schnell in die Speisekarte, damit wir es dir bestellen können.«

Moira war es nicht gewöhnt, im Lokal zu speisen. Eleonore half ihr bei der Auswahl, und sie bekam ihre Suppe gleich nachgeliefert.

Christine entspannte sich ein wenig. Eleonore wußte nun, daß sie in Dorotheenhof gewesen war. Aber sie war darüber hinweggegangen und hatte nichts daraus gemacht. Sie würde nicht unnötig darüber schwatzen, sie war weder boshaft noch klatschsüchtig, das wußte Christine.

Nach einer Weile sprachen sie von Pferden, was sich nicht vermeiden ließ, wenn einer von Friedrichshagen zugegen war. »Sie reiten auch, Fräulein Kamphoven?« fragte Gerda Runge. Christine nickte, und Runge sagte: »Sie hat ein wunderschönes Pferd. Schwarzbraun, weißt du, mit einer weißen Blesse. Es heißt Cornet.«

»Daß Sie das behalten haben«, sagte Christine verlegen.

»Das konnte ich gar nicht vergessen. Denn Julian hat noch

den ganzen Tag lang, nachdem wir Sie getroffen haben, von Ihrem Cornet geschwärmt. Er ist auch ein passionierter Reiter.«

»Wo ist Herr Jablonka jetzt?« fragte Eleonore.

»In Vietnam. Er muß ja immer da sein, wo es gefährlich ist. Seit der Ermordung von Diem engagieren sich die Vereinigten Staaten in zunehmendem Maße. Julian hält das für eine gefährliche Entwicklung. Er meint, Amerika kann Asien nie verstehen. Genausowenig, wie es Europa verstehen konnte. Sein Eingreifen wird alles nur noch schlimmer machen.«

»Aber man muß doch den Vormarsch des Kommunismus aufhalten.«

»Gewiß. Aber nicht auf diese Weise. Wenn der Westen sich ins Unrecht setzt, stärkt er den Kommunismus. Außerdem kann man asiatischen Kommunismus nicht mit europäischen oder amerikanischen Augen sehen. Es ist nun einmal eine andere Welt. Rußland und nicht zuletzt China haben durch den Kommunismus profitiert, das ist eine Tatsache. Jedenfalls behauptet das Julian.«

»Dein Freund Julian hat überhaupt so eine kleine kommunistische Ader«, meinte Gerda.

»Sagen wir, eine sozialistische. Ja, das hat er immer schon gehabt, schon während der Studienzeit. Das war anfangs wohl hauptsächlich Opposition gegen seinen Vater. Der war ein preußisch-nazistischer Oberlehrer, eine greuliche Mischung.«

»Eigentlich ist Julian doch ein halber Franzose.«

»Seine Mutter stammte aus dem Elsaß. Das ist die originelle Mischung bei ihm.«

»Wird er einen Bericht bringen über Vietnam?« fragte Eleonore.

»Ganz bestimmt. Und zwar mit seinen Augen gesehen. Da wird er auch wieder einmal hübsch anecken.«

Auf diese Weise erfuhr Christine, daß Julian Jablonka Journalist und in den letzten Jahren vornehmlich für das Fernsehen tätig gewesen war. Ob sie schon einmal eine Feature von ihm gesehen habe, wurde sie gefragt.

»Ich sehe sehr selten fern«, erwiderte Christine.

Beim Nachtisch erzähle Eleonore von Breedenkamp und was Christine dort alles leisten mußte.

Dr. Runge sagte: »Das ist erstaunlich für eine so junge, hübsche Frau. Ist das nicht ein sehr hartes Leben?«

»Es ist mein Leben«, sagte Christine und errötete, weil es so pathetisch klang. »Ich möchte gar nichts anderes tun.«

»Wie geht es Winnie?« fragte Eleonore.

»Oh, gut. Sie schreibt wenig, aber sie ruft öfter an. Vorige Woche haben wir Goldblitz verladen.«

»Ach, der Arme. Ich glaube kaum, daß es ihm gefallen wird, im Frankfurter Stadtwald herumzutraben.«

»Cornet fühlt sich sehr verlassen. Er ist nie allein gewesen. Er steht im Stall und wiehert. Und auf der Weide sucht er Goldblitz immer, er kommt kaum zum Fressen.«

»Cornet ist jetzt das einzige Pferd bei euch?«

»Ja.«

»Das ist wirklich bitter für ihn.« Sie erzählte den Runges von Winnies Turniererfolgen, und dann fragte sie: »Was wird mit Marinette?«

Marinette war die Schimmelstute, die Winnie kurz vor ihrer Hochzeit in Friedrichshagen gekauft hatte. Sie war ein Hochzeitsgeschenk von Herbert gewesen.

»Ich weiß es nicht. Sie sagt, daß sie Marinette eventuell im Frühjahr nach Frankfurt holen will.«

»Olaf reitet sie. Sie geht schon recht ordentlich. Und sie ist leichter zu reiten als Goldblitz. Manchmal nehme ich sie für einen Ausritt, sie ist sehr gehorsam und geht schön vorwärts. Reitest du eigentlich gar nicht, Moira?«

Moira hatte still gesessen und die ganze Zeit kein Wort geredet.

»Nein. Ich kann es nicht.«

»Das ist aber schade.«

Moira warf einen Blick auf Christine, und wie immer kam Christine ihr zu Hilfe. »Moira hat viel Arbeit mit der Schule.«

»Und was macht deine Musik?«

Moira senkte den Blick.

»Moira ist eine kleine Künstlerin«, sagte Eleonore zu den Runges. »Sie kann wunderschön Geige spielen, nicht, Christine?« Der rasche Blickwechsel zwischen Christine und Moira konnte keinem entgehen.

»Zur Zeit hat sie keine rechte Lust«, sagte Christine.

Eleonore hatte schon lange den Eindruck, daß Moira schwierig war. Es war ihr noch nie gelungen, Kontakt zu diesem Kind zu finden. Aber sie traf ja auch nicht oft mit den Breedenkampern zusammen. Wie alt war Moira nun eigentlich? Vierzehn? Fünfzehn? Sie wirkte zwar noch sehr kindlich, aber sie war zu ernst.

»Warum hast du keine Lust zum Geigespielen?«

Moira hob in der für sie typischen Art die Schultern. »Ich weiß nicht.«

Breedenkamp ist kein guter Boden für das schwierige Kind, dachte Eleonore. Dort sind sie alle so ernst und gar nicht lebensfroh. Wenn Olaf wirklich Christine heiratet, werde ich mich um das Mädchen kümmern. Dieser Gedanke belustigte sie. Hatte sie diese Heirat bereits akzeptiert? Sie wußte gar nicht, ob Olaf es ernst meinte. Auf jeden Fall hatte er in den vergangenen Jahren, trotz vieler Frauen und Mädchen, nie von Heirat gesprochen. Dies war das erstemal. Aber Christine und Olaf – paßte das zusammen? Nein, irgendwie paßte es nicht. Oder doch? Sie kannte ihren Sohn besser. Er war nicht so, wie er sich gab.

Aber was wußte man von Christine?

Beim Abschied sagte Dr. Runge: »Wann werden Sie uns in Dorotheenhof besuchen, Fräulein Kamphoven? Sie müssen sich unbedingt ansehen, wie alles geworden ist. Wir sind nämlich sehr stolz darauf.«

Er hatte ihre Worte noch im Ohr: Es ist kein Schloß, es ist ein Herrenhaus. Und ich werde es nie betreten.

Und hernach hatte Julian gesagt: Das Geheimnis von Dorotheenhof! Da war was dran. Er hatte wohl bemerkt, wie geschickt Eleonore Jessen das Gespräch gesteuert hatte. Und jetzt registrierte er Christines Blick. Ein abweisender Blick aus kühlen grauen Augen. Ebenso abweisend war ihre Antwort: »Ich habe wenig Zeit.«

Aber Dr. Runge war hartnäckig: »Soviel ich weiß, kommt auch in der Landwirtschaft mal eine ruhige Zeit. Dann machen wir einen hübschen Abend am Kamin. Mit einem guten Glas Wein und netten Leuten. Vielleicht ist auch Julian dann wieder zurück. Was glauben Sie, was der für Augen macht, wenn er Sie wiedersieht.«

»Sie müssen kommen«, sagte Gerda Runge herzlich, »schon aus reiner Menschenfreundlichkeit. Denn es wird gar nicht lange dauern, dann sitzen wir allein inmitten aller Pracht. Ich sehe nämlich ziemlich schwarz, was Kurgäste im Herbst und im Winter betrifft. Das bildet sich mein optimistischer Mann nur ein, daß da einer kommt.«

»Abwarten! Vielleicht noch nicht dieses Jahr. Aber bestimmt im nächsten.«

Auch Eleonore hatte eine Einladung parat. »Willst du nicht einmal kommen und dir Marinette ansehen?«

»Doch, gern«, sagte Christine.

»Und auf jeden Fall mußt du dieses Jahr die Jagd mitreiten. Wir machen eine große Jagd, Olaf und Jost bringen Freunde aus Hamburg mit heraus. Sie sind natürlich auch eingeladen, Doktor.«

»Da kommen wir gern, nicht, Gerda? So etwas haben wir noch nie gesehen. Leider können wir nicht mitreiten.«

»Sie bekommen trotzdem eine Menge zu sehen. Die Jagdstrecke wird so aufgebaut, daß Schlachtenbummler einen guten Überblick haben. Es kommen viele Leute nur zum Schauen. Und am Jagdessen können Sie bestimmt teilnehmen. Vielleicht lernen Sie auch noch reiten. In der ruhigen Zeit, wenn nicht viele Gäste da sind.«

»Das ist gut möglich. Julian wollte mich immer dazu überreden. Und wir wollen uns doch einmal darüber unterhalten, ob wir nicht eine Reitgelegenheit für meine Gäste einrichten können.«

»Das müssen Sie mit Olaf besprechen. Übrigens, Christine, meinst du, daß Winnie zur Jagd kommt?«

»Wie ich Winnie kenne, kommt sie. Einen Herbst ohne Jagd würde sie nicht überleben.«

Endlich saßen Christine und Moira im Wagen und konnten heimfahren. Christine atmete auf. Es war sehr nett gewesen. Aber das Zusammensein mit Fremden war immer eine Strapaze für sie.

Vielleicht würde sie aber wirklich in diesem Jahr mitreiten. Sie hatte meist abgelehnt. Gerade zweimal war sie in den vergangenen Jahren mitgeritten, meist von Winnie gedrängt. »Moira!« sagte sie während der Fahrt. »Hast du es eigentlich

Herrn Rodewald gesagt, daß du nicht mehr Geige spielen willst?«

»Ja.«

»Und? Was hat er gesagt?«

»Ach, das ist doch egal.«

»Ich möchte es gern wissen. Was hat er gesagt?«

»Er hat gesagt, ich bin launisch.«

»Hat er da so unrecht?«

Moira schwieg.

Nach einer Weile begann Christine noch einmal. »Ist es wirklich wahr, daß du die Geige verloren hast?«

»Aber ich hab's dir doch erzählt.«

»Du hast mir erzählt, du hast sie im Bus liegenlassen. Ich habe mich erkundigt. Man hat keine Geige gefunden.«

»Das ist auch schon so lange her.«

»Warum hast du mir das denn nicht gleich gesagt?«

»Ach, ich ...«

»Warum nicht?«

»Ich dachte, du schimpfst vielleicht. Weil die Geige doch so teuer war.«

Wieder eine Pause.

»Moira! Hast du die Geige wirklich verloren?«

»Aber ich hab's dir doch erzählt.«

»Telse sagt, es ist nicht wahr. Du bist mit der Geige heimgekommen, als du das letztemal Stunde bei Herrn Rodewald hattest.«

Moiras Stimme wurde aufgeregt: »Das kann doch Telse gar nicht wissen. Die hat mich ja nicht heimkommen sehen.«

»Sie hat gesagt, die Geige war in deinem Zimmer. Und dann war sie plötzlich weg.«

»Das ist gemein von Telse.«

»Moira! Belügst du mich?«

Moira schwieg.

Als Christine den Kopf zu ihr wandte, sah sie, daß Moiras Gesicht naß von Tränen war.

Sie fuhr an den Straßenrand und hielt.

»Mein Gott, Kind, was hast du denn?«

Sie wollte den Arm um Moira legen, aber Moira wich zurück.

»Was ist denn los?«

»Es ist nichts. Fahr doch weiter, bitte, fahr weiter.«

Moiras Stimme klang geradezu hysterisch.

»Hat dir Herr Rodewald etwas getan?«

»Herr Rodewald hat mir nichts getan. Ich kann ihn bloß nicht ausstehen.«

»Aber du hast ihn doch früher sehr gern gehabt.«

»Jetzt nicht mehr. Und ich will einfach nicht mehr Geige spielen. Bitte, fahr jetzt weiter.«

Christine fuhr weiter, nachdenklich und verwirrt. Irgend etwas stimmte mit Moira nicht. Und es hatte mit Herrn Rodewald zu tun.

Als sie in Breedenkamp aus dem Wagen stiegen, sagte Christine: »Hast du denn kein Vertrauen zu mir, Moira?«

Aber Moira lief einfach weg, ins Haus hinein, und ließ sie stehen.

Plötzlich glaubte Christine zu begreifen.

Wußte Moira etwas? Hatte ihr einer etwas über ihre Herkunft erzählt? Über ihren Vater?

Vielleicht hatte Herr Rodewald einmal gesagt: Du stammst ja aus einer musikalischen Familie, Moira. Deine Mutter spielte Klavier, und dein Vater war Sänger.

Unsinn. Woher sollte ausgerechnet Herr Rodewald das wissen, der nicht einmal von hier stammte.

Nun, es konnte ihm einer irgendwas erzählt haben, einer, der es wußte. Aber wer wußte etwas?

Das war eine Frage, die sich Christine bei allem Nachdenken nicht beantworten konnte. Wer wußte, außer hier im Hause natürlich, wer wußte was von Moiras Vater?

Doch es mußte damit zusammenhängen. Moira hatte etwas erfahren. Und sie log jetzt. Weil man sie auch belogen hatte.

Die Jagd

Wirklich ließ sich Christine in diesem Jahr dazu überreden, die Jagd mitzureiten. Das war zum größten Teil auf Eleonores Hartnäckigkeit zurückzuführen. Denn nachgerade war Eleonore neugierig. Sie wollte wissen, was eigentlich vorging zwischen ihrem Sohn Olaf und Christine Kamphoven. Ob überhaupt etwas vorging.

Den letzten Anstoß gab Winnie.

Sie kam zwei Tage vor der Jagd in Breedenkamp an. Sie war von Frankfurt nach Hamburg geflogen. Von Hamburg brachte Jost sie mit dem Wagen heraus. Einen Führerschein hatte sie immer noch nicht. Dazu sei noch keine Zeit gewesen, sagte sie. Außerdem gebe es in Frankfurt ja Taxis.

Sie wollte ihre neue Stute reiten, aber Jost widersprach energisch. Das Pferd sei noch zu jung, noch nie auf einer Jagd gegangen. Außerdem kenne sie es nicht.

»Ich werde schon fertig mit ihr. Ich denke, sie ist so brav?«

»Jedes Pferd regt sich auf bei einer Jagd. Sie ist sehr sensibel, ich habe sie letzthin einige Male geritten. Die Jagd wird ziemlich lang.«

Lang, aber nicht zu schwer, das hatte Eleonore angeordnet. Sie wollte nicht, daß ihre Gäste sich die Knochen brachen.

»Dann reite ich eben Cornet, der macht das im Schlaf.«

Und da sagte Christine erstaunlicherweise: »Ich reite Cornet.«

»Kann nicht wahr sein!« staunte Winnie. »Du machst mit? Das ist ja prima. Mir zu Ehren etwa?«

Winnie sah blendend aus. Sie war schick angezogen, hatte eine neue Frisur und strahlte. Wie früher.

Den ganzen Abend lang unterhielt sie ihre Zuhörer mit ihren Erlebnissen als junge Ehefrau. Wie sie das Haus neu eingerichtet hatte, was sie eingekauft hatte und noch kaufen würde. Und wie viele Verehrer sie unter Herberts Bekannten besaß.

»Verheiratetsein macht richtig Spaß«, verkündete sie.

»Es muß auf jeden Fall sehr kurzweilig sein, wenn man mit dir verheiratet ist«, meinte Jost.

»Daran konnte ja wohl kein Mensch zweifeln, der mich kennt«, gab Winnie selbstbewußt zurück.

Über sechzig Reiter trafen sich am Samstag auf Friedrichshagen. Reiter aus der Umgebung, von benachbarten Gütern, aus den umliegenden Städten, sogar aus Hamburg.

Die meisten waren Freunde der Jessens.

Noch viel größer war die Zahl der Zuschauer, für die Wagen bereitstanden, die sie zu sehenswerten Ausblicken der Strecke fahren sollten. Das Feld sammelte sich im Wirtschaftshof von Friedrichshagen, es herrschte eine erregte, gespannte Stimmung, wie immer vor einer Jagd, die Pferde tänzelten aufgeregt mit gespitzten Ohren, selbst Cornet war nicht so ruhig wie sonst.

»Ich freue mich, daß du gekommen bist, Christine«, sagte Eleonore und küßte Christine auf die Wange. »Ist eure Kleine nicht mitgekommen?«

Moira hatte keine Lust gehabt. Die Jagd interessierte sie nicht im geringsten, sie war fast ein wenig eifersüchtig gewesen, daß Christine mitreiten wollte.

Mit finsteren Blicken hatte sie Olaf betrachtet, der am Vormittag gekommen war, um Cornet abzuholen. Christine hatte hinüberreiten wollen, doch Eleonore hatte am Abend zuvor am Telefon gesagt: »Olaf holt ihn schnell mit dem Anhänger. Es ist ziemlich weit zu uns herüber. Da ist er ja schon müde, bis es losgeht.«

»Fahr doch gleich mit mir, Moira«, sagte Olaf, nachdem Cornet verladen war, und öffnete einladend den Wagenschlag. »Du kannst bei den Vorbereitungen helfen und dir dann alles ansehen.«

»Nö.« Moira schüttelte den Kopf. »Ich bleibe lieber hier.«

»Fahr vorsichtig«, sagte Christine. »Und füttere nicht zu spät.«

»Nein, nein, mein Schatz«, gab Olaf gut gelaunt zur Antwort, »ich mach' alles ganz genau nach deinen Wünschen. Ich fahre ganz langsam mit deinem Goldstück hinüber, und er bekommt seinen Hafer gleich nach der Ankunft. Sonst noch Befehle?«

Er beugte sich zu Christine und tupfte ihr mit dem Finger auf die Nase. »Fein, daß du mitmachst.« Es klang herzlich und aufrichtig.

Als er abgefahren war, sagte Moira in vorwurfsvollem Ton: »Warum sagt er das zu dir?«

»Was?«

»Mein Schatz«, wiederholte Moira in Olafs Tonfall. »Du bist nicht sein Schatz.«

»Nein, das bin ich nicht. Willst du nicht doch mitkommen?«

»Nö. Ich habe noch Schularbeiten.«

Um halb drei bekamen sie den Bügeltrunk. Reiter und Pferde waren in Hochspannung. Die Jagd wurde angeblasen. Eleonore, die den Fuchs machte, ritt als erste los.

Eine Weile danach ging das erste Feld auf die Strecke. Olaf war der Master. Das zweite Feld führte der alte Jessen selbst. Es war eine lange, aber faire Strecke. Vierundzwanzig Hindernisse, keines zu schwer. Eine steile Kiesgrube ging es hinab, durch einen Bach, sogar durch einen flachen Weiher, der eingesprungen werden mußte.

Mit Cornet war das alles kein Problem. Einmal auf der Strecke, legte sich seine Unruhe, er ging sicher und gleichmäßig wie immer, ein Galoppsprung wie der andere, er griff weit aus, so schnell holte ihn keiner ein; ohne zu zögern, sicher taxierend, nahm er die Sprünge.

Christine hielt sich die ganze Zeit dicht hinter Olaf. Und während des Rittes erfüllte ein ganz fremdes Gefühl, so etwas wie Glück, ihr Herz. Vorhin noch, während sie sich sammelten, hatte sie es bereut, teilzunehmen. So viele fremde Leute, sie kannte die meisten nicht. Und wenn einer sie kannte und ansprach, war es ihr auch nicht recht. Aber jetzt genoß sie den Ritt über die leeren, herbstlichen Wiesen, durch die Wälder, die in leuchtenden Farben glühten.

Während des Reitens griffen ihre Finger in Cornets dichte, schwarze Mähne. Er schnaubte. Ihm gefiel das auch.

Auf einem flachen Hügel, wo man weit ins Land blickte, wurde die Jagd verblasen. Es hatte ein paar Stürze gegeben, doch war nichts passiert.

Bier, Schnaps und Würstchen waren als erste Stärkung für die Reiter angefahren worden. Alle waren erregt und voller Freude, berichteten von den Abenteuern, die sie unterwegs erlebt hatten, wie es da und dort schwierig gewesen sei, wie der oder jener verweigert, wie es beinahe schiefgegangen wäre. Aber es war nichts schiefgegangen, sie waren alle heil angekommen.

Winnie, die eines der Friedrichshagener Pferde geritten hatte, stand mit glühenden Wangen inmitten eines Kreises alter Verehrer und führte das große Wort.

Christine stand ein wenig abseits, Cornet am Zügel. Er schwitzte kaum, sein Atem ging ruhig. Ein kleiner Junge, wohl aus einem der Dörfer ringsum, erbot sich, Cornet trockenzuführen.

»Ich paß schon auf«, sagte er eifrig. »Der ist so schön. Der ist der schönste von allen. Wie der den großen Sprung hinter dem Buchenwald genommen hat! Als ob es gar nichts wäre. Als ob er fliegt.«

Christine lächelte dem Jungen zu. »Aber paß gut auf. Geh nicht zu nahe an die anderen heran.«

»Ich paß ganz bestimmt auf.« Cornet am Zügel haltend, spazierte er auf der Wiese hin und her, vorsichtigen Abstand zu den anderen Pferden haltend.

Es war ein Tag Ende Oktober, der Himmel blaßblau, die Sonne matt und leicht verschleiert. Ringsum auf den Hügeln leuchteten die Wälder in bunten Herbstfarben.

Dr. Runge kam auf Christine zu.

»Wir haben Sie sehr bewundert, gnädiges Fräulein. Sie waren dem Feld immer ein Stück voraus. Wissen Sie, was wir uns heute vorgenommen haben, meine Frau und ich? Wir werden auch reiten lernen. Wenn man in diesem Land lebt, muß man das einfach tun. Man verpaßt sonst das Schönste. Was meinen Sie, wann wir eine Jagd mitreiten können? Nächstes Jahr?«

Christine lachte. »Das wird wohl noch nicht möglich sein. Sagen wir übernächstes Jahr. Wenn Sie fleißig sind.«

»Worauf Sie sich verlassen können. Wenn ich etwas tue, tue ich es richtig. Sonst hat man nämlich nichts davon. Darf ich Ihnen ein Bier holen?«

Aber noch während Runge unterwegs war, kam Olaf und brachte einen gefüllten Krug für Christine.

»Auf dein Wohl, schönste Amazone. Du bist flott geritten.«

»Und du hast gut geführt.«

»Ich bin ein verantwortungsbewußter Mensch. Mir glaubt es bloß keiner. Na, denn Prost!«

Nachdem sie getrunken hatten, zog Christine ihre Kappe vom Kopf. Ihr Haar war an den Schläfen feucht. Ihre Wangen gerötet, ihre Augen groß und strahlend.

Sie gefiel Olaf jedesmal besser. Heute ganz besonders. So wie jetzt konnte sie also auch aussehen. Dieses Mädchen hatte ja noch nicht gelebt. Es wurde Zeit, daß ihr einer zeigte, wie man lebt. Er würde nicht mehr lange warten. Zwei, drei Jahre hatte er gedacht. Warum eigentlich? Sie war die richtige Frau für ihn, er hatte das im Gefühl. Sein Gefühl hatte ihn noch nie getäuscht. Damals, in Texas, als er heiratete, wußte er auch genau, daß das nicht für die Dauer sein würde.

»Hat es dir gefallen?« fragte er.

»Ja. Es war wunderbar.«

So etwas hatte er von ihr noch nie gehört: es war wunderbar. Olaf warf den Kopf zurück und lachte.

Warte du, dachte er, warte – das sollst du noch öfter zu mir sagen.

Runge kam mit dem Bier. »Ich sehe, Sie sind schon versorgt, gnädiges Fräulein.«

»Lassen Sie den Krug nur da, Doktor«, rief Olaf, »wir sind sehr durstig. Sie kennen Christine Kamphoven?«

»Aber sicher. Sie werden von mir doch nicht annehmen, daß mir ein so hübsches Mädchen entgeht. Das noch dazu meine Nachbarin ist.«

Olaf legte den Arm um Christines Schulter. »Aber seien Sie zurückhaltend mit dieser Nachbarschaft. In dieser Beziehung ist Breedenkamp mein Revier.«

»Oh!« sagte Runge erstaunt. »Was für ein kluger Mann Sie sind!«

Christine schüttelte seinen Arm ab.

»Red bloß keinen Unsinn«, aber es klang nicht einmal unfreundlich, nicht so abweisend wie sonst. »Er hat viele Reviere, Herr Doktor.«

»Nanu!« sagte Olaf. »Woher willst du denn das wissen? Aber ich kann mir's schon denken, dein Freund Gerhard hat mich madig gemacht.«

Ob Gerhard ihr das erzählt hatte, was er damals beim Frühstück gesagt hatte? Daß er sie heiraten wollte? Olaf lachte wieder laut auf. Das hätte er hören mögen. Und auch, was sie dazu gesagt hatte.

Eine Weile später bestiegen sie wieder die Pferde und ritten nach Friedrichshagen zurück.

Claus Otto Jessen ritt neben Christine. »Das war mir die größte Freude, daß du mitgekommen bist, Christine«, sagte er.

Es mußte doch wohl etwas daran sein, was Eleonore ihm erzählt hatte. Daß Olaf sich für die Christine von Breedenkamp interessierte. Jessens Meinung nach war das eine großartige Idee. Olaf würde endlich aufhören, sich herumzutreiben. Und Christine war ein großartiges Mädchen, hübsch und tüchtig dazu. Ein ordentliches Mädchen, das keine wilden Geschichten gemacht hatte. Eine erstklassige Reiterin. Sie würden prächtige Kinder haben. Und was für ein Besitz! Friedrichshagen und Breedenkamp zusammen, das war ein kleines Königreich.

Für den Rest des Tages, während des Jagdgerichts, während des Jagdessens, zu dem sich über hundert Leute auf Friedrichshagen versammelten, blieb Claus Otto Jessen Christines Kavalier. Er kümmerte sich um sie, unterhielt sie in seiner vitalen und charmanten Art.

Die Familie Jessen, aufeinander eingespielt, beobachtete das Paar ganz genau, und gelegentlich warfen sie sich lächelnd Blicke zu, Eleonore und ihre Tochter Caroline, Olaf und Jost. Nur Ingrid war nicht da, sie studierte in München. Die Brüder standen nach dem Essen eine Weile nebeneinander in der Halle, direkt unter Eleonores großem Bild, dem Bild, auf dem sie das lange, grüne Samtkleid trug.

Sie hatten Sektgläser in der Hand und tranken sich zu. »Sieht so aus, als ob du noch vor mir heiraten wirst«, sagte Jost.

»Wieso? Hast du was in Aussicht?«

»Verschiedenes. Aber nichts, was so dringend wäre. Ich habe mir vorgenommen, zu warten, bis ich dreißig bin. Lieber einmal zuviel darüber nachgedacht als zuwenig.«

»Das ist sehr vernünftig.«

»Aber du hast dich offenbar entschieden?«

»Ja.«

»Eine gute Wahl, würde ich sagen. Vater ist auch der Meinung, das kannst du deutlich beobachten.«

»Bis jetzt habe ich mit ihm darüber nicht gesprochen.«

»Nein. Aber mit Mama. Und mit Caroline. Das genügt ja.«

»Und sie? Was sagt sie?«

»Sie weiß es noch nicht.«

»Du machst mir Spaß.«

»Bei jeder anderen Frau würde ich sagen, sie muß es irgendwie spüren. Aber sie ist in dieser Hinsicht noch wie ein Kind. Ganz unerfahren.«

»Gratuliere! Eine schöne Aufgabe.«

»Eben.«

»So ganz ahnungslos ist sie wohl nicht. Sonst wäre sie heute nicht gekommen. Sie hat unsere Jagd nie mitgeritten.«

»Doch, früher mal, sagte Mama heute morgen. Als ich in Amerika war.«

»Ja, es stimmt, Winnie hat sie mal mitgeschleppt. Sie schien immer sehr menschenscheu zu sein.«

»Sieh sie dir doch heute an!«

»Ja, erstaunlich.«

Im Hintergrund der Halle, neben dem Durchgang zum großen Speisesaal, wo sie gegessen hatten, befand sich die Bar. Denn auch so etwas gab es auf Friedrichshagen, eine richtige, große Bar mit einer lederbezogenen Theke und Hockern. Peter, dem Diener, machte es besonderen Spaß, den Bartender zu spielen. Im Laufe der Zeit hatte er eine ganz ansehnliche Anzahl von Rezepten für Cocktails und Drinks ausprobiert und war immer beglückt, wenn er Abnehmer dafür fand. Was nicht oft vorkam. Meist tranken die Gäste von Friedrichshagen klare Schnäpse, Whisky oder Sekt.

Claus Otto Jessen und Christine saßen an der Bar. Jessen, den Ellenbogen aufgestützt, Christine zugewandt, redete mit Eifer und Temperament auf sie ein. Und Christine wirkte jung, lebendig und sehr angeregt. Sie lachte mehrmals.

»Du wirst aufpassen müssen, daß Vater sie dir nicht ausspannt. Er ist ihr den ganzen Abend nicht von der Seite gewichen. Und sie ist durchaus nicht so weltabgewandt, wie man immer denkt. Schau mal, wie sie lachen kann!«

»Ich nehme an, sie hat allerhand getrunken heute abend. Wenn sie mit Vater zusammen ist, bleibt ihr das nicht erspart.«

»Ich werde sie wohl nach Hause fahren müssen«, grinste Jost.

»Du nicht. Das ist meine Sache.«

An diesem Abend machte Olaf erstmals den Versuch, Christine zu küssen.

Es war etwa eine Stunde später, einige der Gäste waren schon aufgebrochen. Aber die meisten waren noch da. Manche würden auch in Friedrichshagen übernachten.

An der Bar hatte sich inzwischen ein größerer Kreis versammelt, es wurde viel geredet und getrunken. Christine gelang es, unbemerkt von ihrem Hocker zu gleiten. Ihr war ein wenig wirr im Kopf, sie hatte durcheinander getrunken und so viel geredet, wie noch nie in ihrem Leben.

Ich muß nach Hause, dachte sie. Es ist schon spät. Auch der Gedanke an Cornet bedrückte sie. Sie hatte sich den ganzen Abend nicht mehr um ihn gekümmert. Ursprünglich hatte sie die Absicht gehabt, mit ihm nach Hause zu reiten. Aber jetzt war er im Stall untergestellt, sicher schlief er schon. Vielleicht war es besser, Cornet morgen abzuholen, Bruno konnte sie am Morgen schnell hinüberfahren. Morgen war Sonntag, da gab es nicht so viel zu tun.

Wenigstens aber mußte sie einmal nach Cornet schauen. Das Haus lag ziemlich weit vom Wirtschaftshof entfernt; wenn man zu den Ställen wollte, mußte man auf einem leicht abfallenden Weg durch den Park gehen. Ungesehen, wie sie meinte, kam sie aus dem Haus. Als sie mitten im Park war, hörte sie Schritte hinter sich. Sie blieb stehen und drehte sich um. Es war Olaf.

»Wo willst du denn hin?«

»Ich fahre jetzt heim, ich wollte nur noch mal nach Cornet sehen.«

»Cornet geht es gut. Ich war vorhin im Stall. Jetzt ist sowieso abgeschlossen.«

Christine stand unschlüssig und blickte ins Dunkel.

»Du meinst, ich soll nicht mehr in den Stall gehen?«

»Das meine ich. Warum willst du denn schon nach Hause? Jetzt kommst du mit mir zurück und trinkst mal ein Glas mit mir.«

»Ich habe schon so viel getrunken. Ich bin das nicht gewöhnt.«

»Nein«, sagte er, seine Stimme klang zärtlich. »Das bist du nicht gewöhnt, du kleiner Eisblock. Heute bist du aber ein bißchen aufgetaut, nicht?«

»Was meinst du damit?«

»Daß du mir gefällst, so wie du heute bist.«

Ehe Christine begriff, was er wollte, hatte er sie in die Arme genommen und an sich gezogen. Er hielt sie fest, er fand auch genau ihren Mund. Darin war er schließlich geübt. Christine wehrte sich, aber damit hatte er gerechnet und hielt sie fest. Sie spürte seinen starken, warmen Körper an ihrem, sein Kuß war fest und besitzergreifend, er versuchte, ihre Lippen zu öffnen. Und daß sie versuchte freizukommen, machte ihm gerade Spaß.

»Laß mich los! Laß mich sofort los!«

Er lachte. »Warum denn? Du kannst doch nicht immer davonlaufen.«

Wieder faßte er sie fester und versuchte, sie noch einmal zu küssen. Aber jetzt wehrte sie sich mit aller Kraft, bog sich zurück und trat nach ihm.

Er ließ sie so plötzlich los, daß sie fast gefallen wäre.

»Du bist gemein!« rief sie wütend.

»Aber wieso denn? Es ist doch keine Gemeinheit, ein hübsches Mädchen zu küssen. Es ist eine Gemeinheit, es nicht zu küssen. Komm her! Komm einmal freiwillig!«

»Ich denke nicht daran.«

Sie trat vorsichtshalber weit von ihm zurück. Er sah ihr Gesicht nur noch vage in der Dunkelheit.

Er lachte wieder, höchst amüsiert. »Das wird großartig sein, mit uns beiden. Wir werden einen kompletten Shakespeare aufführen, ›Der Widerspenstigen Zähmung‹, kennst du das? So wird das mit uns. Ganz großartig. Das werden die besten Frauen, die man sich erst zähmen muß.«

»Du spinnst. Und es tut mir leid, daß ich heute gekommen bin. Ich wußte nicht, daß du es so auffaßt.«

Er streckte die Hand nach ihr aus. »Komm, Christine. Sei nicht albern. Versuch es wenigstens einmal.«

»Nein.« Da er ihr den Weg abwärts versperrte, wandte sie sich zurück zum Haus, und ging eilig von ihm fort.

Er folgte ihr, griff sie am Arm, zwang sie zum Stehenbleiben. Sie riß den Arm los, ihre Stimme war laut und wütend.

»Faß mich nicht an, du! Tu das nicht wieder! Bilde dir bloß nicht ein, daß ich... daß ich... Das kommt nicht in Frage, hörst du! Ich mag dich nicht.«

»Du magst mich nicht?«

»Nein.«

Das klang hart und entschieden, dann lief sie fort, den Tränen nahe und sehr wütend. Olaf stand und blickte ihr perplex nach. So was! Das war ihm noch nie passiert. Jede Frau, aber auch jede, war bis jetzt schwach geworden in seinen Armen. Jede hatte er haben können.

Er war auch wütend. Ich mag dich nicht. Klar und deutlich ausgesprochen. Gab es denn so was? Er schüttelte den Kopf. Ich mag dich nicht.

Na, warte du, das werden wir ja sehen. Jetzt erst recht. Dich kriege ich. Das dachte Olaf Jessen an diesem Oktoberabend im Park von Friedrichshagen. War es bisher mehr oder weniger Spielerei gewesen, der Gedanke, Christine zu heiraten, so kam er jetzt zu einem Entschluß: Christine würde er sich holen. Bestimmt in sein Bett und auch nach Friedrichshagen. Heiraten wollte er schließlich wieder, er wollte ja auch Kinder haben. Und dann natürlich Breedenkamp. Außerdem hatte ihm Christine in letzter Zeit gut gefallen. Möglicherweise hatte ihre Kühle, ihre Unberührtheit ihn gereizt. Aber jetzt auf einmal war das anders. Nun wollte er sie haben. Er war voll Verlangen. Er begehrte sie. Gerade diese und keine andere.

Das war für ihn ein außerordentliches Ereignis. Liebe und Sex waren immer nur ein Spiel für ihn gewesen. Gerade weil die Frauen es ihm so leichtmachten. Sie waren leicht zu haben, leicht zu bekommen. Auch leicht wieder zu vergessen. Diese nicht. Das war eine ganz neue Erfahrung. Darauf mußte er sich erst einmal einstellen.

Christine kehrte ins Haus zurück, aber nicht in die Halle, sie verschwand seitwärts in den Wirtschaftstrakt und verließ das Haus durch eine Hintertür. Sie wollte nach Hause. Sofort. Dieser widerliche Kerl! Sie wischte sich mehrmals heftig über die Lippen. Nie, nie sollte ein Mann sie anrühren. Es schüttelte sie vor Ekel, wenn sie nur daran dachte. Aber größer noch als der Schreck des Überfalls war der Schreck, daß da irgend etwas gewesen war, ein seltsamer, kurzer Moment, wo sie versucht gewesen war, nachzugeben. Nein. Das bildete sie sich nur ein. Sie hatte zuviel getrunken. Da wurde man vielleicht so.

Jetzt aber war ihr Kopf klar. Sie würde fahren können. Winnie mußte dann eben sehen, wie sie nach Hause kam. Waren ja genug Männer da. Vielleicht fuhr Olaf sie nach Hause, da hatte er dann, was er wollte. Winnie knutschte gern herum, das hatte sie schon immer getan.

Bei Eleonore konnte sie sich morgen bedanken. Schade, daß sie sich von Jessen nicht verabschieden konnte, er war so nett zu ihr gewesen. Aber sie ging um keinen Preis noch einmal zurück.

Immer wieder lauschte sie. Vom Haus her klang Musik. Das helle Licht aus den Fenstern strahlte in die Nacht. Geschah ihr ganz recht, warum war sie überhaupt gekommen. Nicht einmal Cornet konnte sie mitnehmen. Wenn sie morgen kam, um ihn abzuholen, und dieser Kerl wagte es, sie nur frech anzusehen, dann... dann... Die Wut verdunkelte ihren Blick, sie stolperte. Wenn er es noch einmal wagen sollte, sie anzurühren, sie würde ihm das Gesicht zerkratzen. Auf Umwegen, immer wieder lauschend, gelangte sie in den Wirtschaftshof, wo die Autos standen. Es war ein bißchen schwierig, ihren Wagen herauszurangieren, aber dann schaffte sie es.

Als sie zum Tor hinausfuhr, atmete sie auf. Gerettet! Sie kam sich vor, als sei sie einem Erdbeben entronnen. Nie... nie... Männer waren ekelhaft. Sie hatte es ja immer schon gewußt.

Sehr vorsichtig fuhr sie nach Hause. In ihrem Kopf rumorte der Alkohol, in ihrem Herzen die Wut. Sie spürte das immer noch, seinen festen Griff, seine festen, vollen Lippen. Und dann sein lautes, unverschämtes Lachen.

In Breedenkamp war alles dunkel. Nur hinter Moiras Fenster war noch Licht.

Der Jagdhund war nicht da. War denn Jon um diese Zeit im Wald?

Endlich etwas anderes zu denken. Es kam immer öfter vor, daß er nachts im Wald war. Warum tat er das? Es war kühl und feucht, das war nicht gut für seine kranken Knochen. Sie wußte, daß er wenig schlief. Er hatte immer wenig geschlafen, er fürchtete die langen, dunklen Nächte, ihre Einsamkeit und seine Gedanken.

Wie immer, seit sie alt genug war, um alles zu begreifen, zerriß das Mitleid mit Jon ihr fast das Herz. Sie wußte ja, wie er litt. Je älter sie geworden war, um so besser verstand sie es. Und sie konnte ihm nicht helfen. Nicht einmal darüber sprechen konnte sie mit ihm.

Als Christine ins Haus trat, hörte sie ganz leise das Singen der Geige. Ein einsamer, trauriger Gesang.

»Die Geige ist wieder da?« fragte sie, als sie zu Moira ins Zimmer trat.

Moira setzte den Bogen ab, behielt die Geige am Kinn. Ihr dunkles Haar verdeckte das halbe Gesicht, sie schien durch Christine hindurchzusehen, kam von irgendwo weither.

»Du hast deine Geige wieder?«

»Ja.«

»Wieso? Wo kommt sie her?«

»Man hat sie gefunden.«

»Was heißt das: man hat sie gefunden? Wer ist man?«

»Ich weiß nicht, irgend jemand.«

»Moira! Warum belügst du mich eigentlich?«

Moira nahm die Geige vom Kinn, streckte sie weit von sich, sie warf sich das Haar aus dem Gesicht und rief laut und verzweifelt: »Dann frag mich doch nicht. Wenn du mich nicht fragst, brauche ich nicht zu lügen.«

Christine starrte sie sprachlos an. Dann drehte sie sich um und ging aus dem Zimmer.

Der fremde Mann

Christine brauchte am nächsten Tag Cornet nicht zu holen. Winnie hatte in Friedrichshagen übernachtet und kam auf ihm nach Hause geritten.

»Wo warst du denn auf einmal? Alle haben dich gesucht. Olaf war richtig wütend. Und Jost hat ihn fürchterlich angepflaumt. Auch sein Vater hat ihn ausgelacht. Er sei der letzte Nachtwächter, daß er es nicht einmal merke, wenn sein Mädchen ihm weglaufe. – Christine!« Winnie bebte vor Neugier. »Hast du was mit Olaf?«

»Das ist eine ganz und gar lächerliche Idee, und du weißt es«, sagte Christine kalt.

»Puh! Was du für Augen machst! Friß mich nur nicht gleich. Es hörte sich so an. Ich kann mir's ja auch nicht denken. Olaf hat immer so schicke Freundinnen. Ich hab' ja zwei oder drei kennengelernt. Und bin immer geplatzt vor Eifersucht. Wie sollte der denn ausgerechnet auf dich kommen.« Es klang nicht sehr schmeichelhaft, wie Winnie es sagte. Aber das machte Christine nichts aus. Winnie hatte andere Maßstäbe. Sie beurteilte Frauen nach ihrer Aufmachung, ihrer Kleidung, nach dem Glamour, den sie ausstrahlten. An Christine – so gern sie sie mochte – hatte sie niemals weibliche Reize entdekken können.

Von Olaf hörte Christine in der folgenden Zeit nichts, und sie atmete auf. Vermutlich hatte sie sich kindisch benommen. Vielleicht gehörte das dazu, wenn man einen vergnügten Abend feierte und ein paar Gläser trank. Winnie hätte das als ganz normal angesehen. Nur sie war eben gänzlich unerfahren in diesen Dingen.

Daß Olaf sich nicht meldete, hatte verschiedene Gründe. Ein wenig verärgert war er gewesen, weniger durch Christines Abwehr als durch den Spott seiner Familie. Aber so etwas konnte ihn nicht nachhaltig beeindrucken. Sein Entschluß, sich Christine zu holen, stand fest. Christine war ihm sicher, so dachte er. Das würde er schon hinkriegen, wenn es soweit war. Zunächst einmal hatte er eine Reise vor. Um diese Zeit verreiste er meist. Arbeit gab es nicht mehr allzuviel, die Jagd war geritten, die Ruhe, die nun einkehrte, behagte ihm nicht für längere Zeit.

Im Jahr zuvor war er in Paris gewesen, anschließend in London, wo er viele Freunde besaß. Dieses Jahr war eine Bildungsreise geplant. Er hatte eine Freundin in Hamburg, eine sehr aparte Frau, lukrativ geschieden, die früher einmal Kunstgeschichte studiert hatte und nun wieder auf diesem Gebiet tätig werden wollte. Das Geld, das sie von ihrem geschiedenen Mann erhielt, ermöglichte ihr ein freies Leben, sie ließ sich Zeit mit der Wahl eines Berufs. Außerdem machte sie sich Hoffnung auf Olaf. Sie war dreißig Jahre alt, sehr attraktiv, sehr verliebt in Olaf. Und Friedrichshagen gefiel ihr ausnehmend gut, dort später einmal die Herrin zu sein, erschien ihr sehr verlockend.

Olaf dachte nicht im Traum daran. Eine Liebesaffäre, sei sie noch so wohlgelungen, war eine Sache, eine Heirat eine andere. Er kannte diese Frau seit seiner Rückkehr aus Texas, sie hatten sich auf dem Flug kennengelernt. Damals war Marlene noch verheiratet. Das Verhältnis zwischen ihr und Olaf währte seit der Scheidung, denn sie hatte die günstigen Bedingungen, die eine schuldlose Scheidung ihr boten, um alles in der Welt nicht in Gefahr bringen wollen. Woraus sich ergab, daß Marlene nicht nur reizvoll, sondern auch klug und berechnend war.

Für den späten Herbst hatten sie also eine gemeinsame Reise geplant, die über Venedig, Florenz und Rom bis nach Sizilien gehen sollte. Sogar mit dem Wagen. Denn Marlene wollte möglichst viel sehen und kennenlernen.

Olaf hatte nichts dagegen, er war kein ungebildeter Mensch, und er nahm die Gelegenheit, etwas Neues kennenzulernen, gern wahr, denn er war noch nie in Italien gewesen.

Er würde lange unterwegs sein, hatte er seinen Eltern mitgeteilt, vor Mitte Dezember würde er kaum zurückkehren. An sich hatten seine Eltern keine Einwände gemacht, aber nun, in der Woche nach der Jagd, als Olaf seine Koffer packte, fragte sein Vater: »Du fährst wirklich so lange fort?«

»Ja. Das weißt du doch. Es ist jetzt die beste Zeit. Hier ist nichts los, wofür man mich benötigt. Du wirst sicher einige Male auf Rotwild gehen im Dezember, Vater, auch mit Gästen, aber dazu brauchst du mich doch nicht.«

»Nein. Dazu brauche ich dich nicht. Ich meinte nur wegen Christine!«

»Wegen Christine? Was ist mit Christine?«

»Na, zum Teufel, willst du sie nun eigentlich heiraten oder nicht?«

»Natürlich will ich sie heiraten. Aber das muß ja nicht gleich morgen sein. Die läuft mir doch nicht weg.«

»Also, euch junge Leute von heute kann ich nicht verstehen. Wenn ich auf ein Mädchen scharf gewesen bin, da bin ich drangeblieben. Und nicht mit einer anderen durch die Gegend karjolt.«

»Immer hübsch eins nach dem anderen«, grinste Olaf. »Jetzt verreise ich erst mal. Das habe ich mir vorgenommen, dazu habe ich jetzt auch Lust, und Marlene habe ich es versprochen. Christine kommt dann nächstes Jahr dran. Da kannst du ganz beruhigt sein, wenn ich erst mal richtig mit ihr anfange, dann wird sie schon merken, daß es mir ernst ist.«

»Und diese Marlene? Vielleicht will sie dich gern heiraten.«

»Ganz sicher will sie das. Aber in der Beziehung habe ich ihr keine Hoffnungen gemacht, das weiß sie ganz genau.«

»Du bist ein kaltschnäuziger Hund.«

»Sag mal, Vater, hast du jede Frau geheiratet, mit der du mal... eh, befreundet warst?«

»Nein«, gab Claus Otto Jessen zu. »Aber ich habe das alles erledigt, solange ich jung war.«

»Na, so alt bin ich ja auch noch nicht.«

»Als ich so alt war wie du, war ich verheiratet, und wir hatten schon zwei Kinder.«

»Wacker, wacker. Weißt du, was ich glaube, Vater? Es geht dir nur um die Enkelkinder.«

»Natürlich. Das auch.«

»Aber Caroline hat doch zwei.«

»Caroline hat zwei Mädchen. Und sie ist keine Jessen mehr. Meine Söhne haben mich bisher im Stich gelassen.«

»Wir werden uns dranhalten. Ganz demnächst in diesem Theater. Überlege dir inzwischen, wie wir die Hochzeit feiern. Breedenkamp hat uns da ja allerhand vorgemacht. Unsere muß noch prächtiger werden.«

»Letzten Samstag ist dir Christine aber davongelaufen, wie ich es verstanden habe.«

»Sie ist eben ein anständiges Mädchen. Findest du es schlecht, wenn ein Mädchen noch nichts mit einem Mann zu tun gehabt hat und ein bißchen Angst davor hat? So was gibt's doch selten heutzutage.«

»Da hast du recht. Und du meinst, es liegt nur daran?«

»Woran denn sonst?« sagte Olaf protzig. Aber ganz so sicher war er nicht. Es klang ihm noch im Ohr: Ich mag dich nicht! »Und nun zerbrecht euch nicht den Kopf über mein Liebesleben. Laßt mich man eben ein bißchen verreisen. Nächstes Jahr wird dann geheiratet.«

Und so begab sich Olaf Friedrich Jessen, ältester Sohn und Erbe von Friedrichshagen, auf eine lange sowohl bildende wie amüsante Reise.

Die Sache mit der Christine hatte er ein bißchen verschoben.

Sein Pech war nur: ehe er zurückkam, war Julian Jablonka nach Holstein zurückgekehrt.

An einem Sonntagnachmittag im Dezember, es dämmerte bereits, die Luft war klar und kalt, es hatte ein wenig geschneit, fuhr Julian durch das Torhaus langsam auf den Hof von Breedenkamp, unter den Linden entlang, hielt an und stieg aus.

Ziemlich lange blieb er regungslos stehen und sah sich um, ließ das Bild des Hauses in seiner harmonischen Gliederung, in seiner friedlichen Ruhe auf sich wirken. Schön, daß es so etwas noch gab! Ein Haus wie dieses, der Hof, die Bäume, diese tiefe Stille. Was für ein gottverdammter Narr war er doch, sein Leben so sinnlos zu verschleudern. Das dachte er, als er da stand und sich um ihn nichts regte, kein Laut die Stille störte.

Das Gebrüll der Düsenmaschinen, das Geknatter der Helikopter, der Lärm und die Hast der großen Städte, Hotels, Drinks in irgendeiner Bar, Gespräche, Streit, Hetze, Telefon, das Geklapper der Schreibmaschinen, die nervöse Spannung in den Redaktionen, der überdrehte Leerlauf in den Fernsehstudios – das war seine Welt. Seit Jahren und Jahren nun war es seine Welt. Es hatte eine Zeit gegeben, da gefiel ihm dieses hektische Leben sogar.

Jetzt hatte er es satt. Was für einen Sinn hatte es, zu schreiben, sich zu ereifern, zu kritisieren, zu provozieren, die Welt ändern zu wollen. Sie änderte sich nicht, sie blieb, wie sie immer war. Brutal, grausam, mörderisch. Eine mörderische Welt, ein mörderisches Leben, und jeder Mensch ein potentieller Mörder.

In dieser Stimmung, zutiefst pessimistisch, war er aus Vietnam zurückgekehrt, aus der kriegslüsternen Hektik Saigons, aus den erbarmungslosen Mörderhöhlen des Dschungels. Vor vierzehn Tagen hatte er den Schnitt an seinem Vietnam-Film ›Das Tor zur Hölle‹ beendet, hatte sich in sein Hotelzimmer eingeschlossen und sich betrunken. Er war mißgestimmt und voller Unbehagen. Und ein Malariaanfall war im Kommen, das merkte er auch.

Es war das Schlimmste, was man tun konnte: sich allein betrinken. Das wußte er. Er hatte genug Leute in seinem Leben gekannt, die es taten, es war meist der Anfang vom Ende. Er tat es auch nicht zum erstenmal. Seit zwei, drei Jahren hatte er genug von dem Leben, das er führte.

Als er aus dem Krieg heimkehrte, arm, einsam und heimatlos, war er dennoch voller Hoffnung gewesen, daß eine bessere Welt auf ihn wartete, daß die kranke Menschheit wieder zu heilen sei. Das war es, worüber er heute voll Bitterkeit lachen mußte. War er wirklich so ein Narr gewesen, daran zu glauben, daß sich eine heile Welt wiederherstellen ließ, nach allem, was geschehen war und täglich neu geschah? Hatte es überhaupt je eine heile Welt gegeben? Doch, irgendwo schon, daran glaubte er heute noch. Nur war es immer ein Stück der Welt gewesen, ein sehr kleines Stück, das hier oder da existieren konnte und wenigstens für eine Weile überlebte. Und es hing immer mit dem oder den Menschen zusammen, die dieses winzige Stück Frieden und Weisheit formten, von selbst entstand es nicht. Aber er war wohl nicht der Mann dazu, es zu schaffen.

Zunächst, damals nach dem Kriege, versuchte er, sein Studium weiterzuführen. Aber das hatte er schnell wieder aufgegeben, es interessierte ihn nicht mehr. Er konnte nicht im Hörsaal sitzen, zuhören und Notizen machen, konnte nicht in Seminaren irgendwelche abwegigen Spezialprobleme wiederkäuen und sich durch dicke, langweilige Bücher fressen – das war alles unwichtig geworden. Dazu hatte er zuviel erlebt, dazu war das Leben viel zu realistisch gewesen, zu hautnah, um es auf einmal nur noch mit theoretischen Augen zu betrachten.

Da er von seinem Don-Quichotte-Glauben an eine bessere Welt noch immer nicht geheilt war, begann er, ein Buch zu schreiben. Aber daraus wurde nichts, es fehlte ihm die innere Ruhe. Dann spielten eine Zeitlang die Frauen eine große Rolle in seinem Leben, schließlich heiratete er eine bildschöne, junge Schauspielerin, und da er Geld verdienen mußte, begann er als Reporter bei einer Zeitung. Anfangs gefiel ihm der Zeitungsbetrieb, und er lebte sich leicht darin ein, warf seine Ideale über Bord und paßte sich der neuen Umwelt an.

Krieg blieb sein Schicksal. Er kam nicht los von ihm. Er war immer dort, wo Menschen von Menschen getötet wurden. Im Koreakrieg machte er sich einen Namen. Seine Eindrücke, in den vordersten Linien gewonnen, wurden zu lebendigen, anschaulichen Berichten, die sogar in amerikanischen Blättern erschienen. In den fünfziger Jahren standen ihm die besten Redaktionen offen. Auch wenn er für Funk oder Fernsehen sprach, hatte er eine packende Art zu berichten, gleichzeitig unterkühlt, mit dem Abstand des Skeptikers, ja des Zynikers. Das kam gut an.

Er war in Indien, im Nahen Osten, im Kongo, in Südafrika, in Algerien – überall, wo Blut in die Erde floß, war Julian Jablonka dabei, berichtete, schrieb, sprach darüber.

Nun also Vietnam. Auch das war kein neues Terrain für ihn. Nach dem Fall von Dien Bien Phu war er das erstemal in diesem Land gewesen, später immer wieder, er kannte die strenge Welt von Hanoi, Saigon mit seiner Lebensgier und Profitsucht, und er hatte in den Schlupfwinkeln des Vietcong gesessen. Dann war Diem ermordert worden. Nun schien es erst richtig loszugehen. Aber Julian wollte nichts mehr sehen und hören davon, er war müde. Er wollte Menschen nicht mehr sterben sehen.

Seine Ehe war geschieden worden, er war allein. Seine Mutter und seine Schwester waren im Krieg unter den Trümmern ihres Hauses begraben worden, sein Vater, mit dem er sich sowieso nie besonders verstanden hatte, war inzwischen auch gestorben. Die Wohnung in München hatte seine Frau behalten, er lebte in Hotels. Es war alles egal. Er hatte es satt. Satt bis obenhin.

»Was eigentlich?« hatte Runge ihn gestern abend gefragt.

Und Julian darauf: »Alles.«

Als er mit dem Vietnam-Film fertig war, war er auch fertig. Übrigens waren die Fernsehoberen mit dem Titel ›Das Tor zur Hölle‹ nicht einverstanden, das klinge zu übertrieben dramatisch. So ernst brauche man die paar Guerillas doch nicht zu nehmen. Die Amerikaner würden schnell damit aufräumen, sie hätten ja Berater und Beobachter in Saigon sitzen. So drückte es einer der Redakteure aus. Julian zuckte gelangweilt mit den Schultern. Was verstanden die Herren hinter deutschen Schreibtischen schon von asiatischer Mentalität. Wenn sie den Film umtiteln wollten, war es ihm auch egal. Er hatte die Arbeit abgeliefert, nun war sie für ihn gestorben.

Es war Anfang Dezember. In den Läden glitzerte Weihnachtsschmuck, in den Kaufhäusern hingen silberne Sterne und goldhaarige Engel von den Decken, plärrten Weihnachtslieder durch den Lärm. Er fand es unerträglich. Er flog nach Berlin, wo er seine Jugend verbracht hatte. Aber dort war es wie überall auch. Er saß allein mit seinem Drink an der Bar oder in seinem Hotelzimmer, die paar Leute, die er kannte, interessierten ihn nicht. Und dann gab es in dieser Stadt jetzt eine Mauer. Und auch da starben Menschen.

Also Hamburg. Die Lichtergirlanden in der Mönckebergstraße und am Neuen Wall waren eigentlich ganz hübsch. Besonders am Abend, wenn die Geschäfte geschlossen hatten und die Straßen leer waren. Er ging gern zum Hafen. Ein paar Tage lang saß er in den Kneipen auf den Landungsbrücken herum. Dann rief er Runge an.

Der freute sich, von ihm zu hören, und sagte: »Mensch! Komm sofort her!«

Und da war er nun. Auf einmal war es still, so still, daß er sich fast fürchtete. Besonders in den Nächten. Als sei er allein unter dem schweigenden Himmel. Er konnte nicht schlafen, weil es so still war.

»Du bist total fertig, mein Lieber«, sagte Runge. »Wenn du so weitermachst, wird man dich bald begraben. Ich mache eine Kur mit dir.«

»Ich denke nicht daran«, sagte Julian.

Es half ihm nichts. Runge hatte Zeit. Fünf einsame Gäste gammelten in Dorotheenhof herum, und Runge war voller Tatendrang. Julian wurde gründlich untersucht, er bekam Spritzen, Pillen und Bäder, eine Masseuse nahm sich seiner an. Nach acht Tagen schlief er besser, das Essen schmeckte ihm, er trank nicht mehr soviel. Tagsüber lief er durch die Wälder, über die kahlen Felder.

»Wenn du eine Weile hierbleibst, wird direkt wieder ein brauchbarer Mensch aus dir«, sagte Runge.

Abends saßen sie in der Halle beim Kaminfeuer, zusammen mit den Hausgästen, das waren Außenseiter, die gut zu ihm paßten.

Eines Tages erzählte Runge von dem Mädchen auf dem Pferd.

»Du erinnerst dich? Sie heißt Christine. Ein seltsames Mädchen. Wir haben sie schon ein paarmal eingeladen, aber sie kommt nicht.«

Julian hörte von der Jagd, von den Anrufen in Breedenkamp, den höflichen, aber deutlichen Absagen.

»Einiges habe ich inzwischen über die Familie erfahren«, erzählte Runge. »Es gibt da eine böse Geschichte mit ihren Eltern. Ihre Mutter stammt aus diesem Hause hier, eine geborene Baronesse Boningh von Friis. Dieser Familie gehörte früher Dorotheenhof. Weißt du noch, was Christine damals sagte? ›Dorotheenhof ist kein Schloß. Es ist ein Herrenhaus. Und ich werde es nie betreten.‹«

»Wo ist ihre Mutter?«

»Sie ist tot. Ermordet.«

»Ermordet?«

»Von ihrem Mann. Von Christines Vater.«

Auch hier gab es also Mörder. Dabei war es Julian vorgekommen, als habe er nie einen so friedlichen Ort auf dieser Welt gekannt. Doch die Mörder waren überall.

Nun stand er hier auf dem Hof von Breedenkamp. Nichts rührte sich. Sonntagsruhe. Schnee lag auf dem Giebel des Mittelbaus, ein wenig Schnee auf den kahlen Ästen der Linden.

Langsam ging er auf das Haus zu, öffnete die hohe, schwere Tür und trat ein.

Eine dunkle, weite Diele. Im Haus war es so still wie davor. »Hallo?« fragte er leise in die Stille. Zu leise, als daß einer es hören konnte. Irgendwo tickte eine Uhr. Er öffnete einige Türen, die von der Diele ausgingen, nirgends war ein Mensch zu sehen. Schließlich betrat er den Gartensaal. Es war kalt darin. Vor den hohen Fenstertüren eine weite weiße Fläche, zwei Amseln hüpften darauf herum.

Ein schönes Haus. Wieviel Platz die Menschen hier hatten. Da war ein Wandgemälde. Es dunkelte schon, viel war nicht mehr zu erkennen, nur ein blauer Farbreflex leuchtete. Julian trat näher. Ein blauer Vogel war es. Er hob die Hand und berührte vorsichtig den Vogel. Womit das wohl gemalt war, daß die Farbe so kräftig leuchtete?

Er landete wieder in der Halle, versuchte es noch einmal mit »Hallo!« Plötzlich hörte er etwas. Es klang wie eine Geige. Er kam von irgendwoher, der sehnsüchtige, einsame Ton einer Geige. Seltsam. Das war genauso merkwürdig wie dieser blaue Vogel.

»Woll'n Sie was?« fragte plötzlich eine barsche Stimme hinter ihm, eine Lampe wurde angeknipst.

Er drehte sich um. Unter der Tür stand eine große, schlanke Frau, die ihn mißtrauisch betrachtete.

»Guten Abend«, sagte er. »Entschuldigen Sie bitte, daß ich hier so eingedrungen bin. Ich suche Fräulein Kamphoven. Christine Kamphoven.«

»Wer sind Sie denn?«

»Julian Jablonka«, erwiderte er kurz, ohne weitere Erläuterungen.

Telse betrachtete ihn prüfend. Ihre Stimme war freundlicher, als sie sagte: »Christine ist im Kuhstall. In 'ner halben Stunde so was wird sie kommen.«

»Ich werde draußen warten.«

Telse wies auf eine Tür. »Sie können auch hier warten.«

»Danke, ich bin gern draußen.«

Er ging wieder vor das Haus, schlenderte unter den Linden dahin. Es war jetzt so dunkel, daß er das Licht vom Stall her sah. Langsam ging er darauf zu. Es war ein riesiger Stall, die Kühe standen ordentlich nebeneinander, schwarzweiße, glänzende Leiber. Es roch gut und warm. Das Futter lief über die Förderbänder.

Er sah sie den Stallgang entlangkommen, ihr Haar glänzte honigfarben im Licht, ihr Gesicht war klar und jung. Damit sie nicht erschrak, wenn sie ihn plötzlich entdeckte, sagte er: »Sie müssen doch nicht all diese Kühe hier allein melken?«

Sie erschrak nicht. Sie kam heran und blickte ihn ruhig an. Und er dachte: das gibt es also auch noch. Ein Frauengesicht ohne Schminke. Wie schön das ist.

»Kennen Sie mich noch, Fräulein Kamphoven?«

»O ja«, sagte Christine.

»Guten Abend übrigens. Müssen Sie das alles hier allein machen? Das sind ja furchtbar viele Kühe. Mindestens zweihundert.«

»Hundertachtundsechzig. Und es ist nicht so schlimm, es geht alles maschinell. Der Melkermeister hat heute frei.«

»Haben die Kühe das denn gern, wenn sie maschinell gemolken werden?«

»Sie sind daran gewöhnt. Und es ist angenehmer als von einer ungeschickten Hand.«

»Aha. Ich soll Ihnen Grüße bestellen von Leo Runge und seiner Frau. Sie haben gesagt, sie würden Sie gern einmal besuchen, aber sie sind dazu nicht aufgefordert worden. Ich zwar auch nicht. Wenn Sie wollen, können Sie mich hinauswerfen. Haben die Kühe Namen?«

»Nein.«

Er trat zu der ersten Kuh und legte seine Hand vorsichtig an ihren schönen, breiten Kopf. »Sie sehen so friedlich aus. Ich glaube, daß ich sie lieber mag als Menschen. Werfen Sie mich hinaus?«

»Nein.«

»Kann ich Ihnen helfen?«

Sie lächelte. »Nein, ich bin gleich fertig.«

»Wie geht es Cornet?«

»Gut. Sie können mitkommen. Ich gehe gleich zu ihm. Er bekommt jetzt sein Abendessen.«

Cornet stand sehr einsam im Pferdestall, die anderen fünf Boxen waren leer. Er stand erwartungsvoll mit erhobenem Kopf. Als Christine in den Stall trat, begrüßte er sie mit lautem Glucksen, das tief aus seiner Kehle kam.

»Ist er ganz allein hier drin?«

»Ja. Leider.«

Christine trat in die Box und strich Cornet über den Hals. Er legte den Kopf an ihre Schulter und schnaubte leise.

»Heute habe ich Zucker in der Tasche«, sagte Julian und kam auch in die Box herein.

Cornet nahm vorsichtig, mit weichen Lippen, den Zucker von seiner Hand.

»Sie haben nur das eine Pferd?«

»Ja. Bis zum letzten Sommer waren es zwei. Aber meine Cousine hat geheiratet und ihr Pferd mitgenommen.«

»Da war Cornet sicher sehr traurig.«

»Er ist es noch.«

Cornet bekam Hafer eingeschüttet und ein Bündel Heu. Dann holte Christine drei Äpfel aus ihrer Tasche. Davon biß er behutsam kleine Stücke ab.

»Er teilt sich das gut ein, nicht?«

»Ja. Das macht er immer so.«

Sie standen schweigend vor der Box und sahen Cornet beim Fressen zu. Er fraß langsam und bedächtig.

»Das ist ein wunderbares Geräusch – ein kauendes Pferd.«

»Ja«, sagte Christine. »Ich höre es auch gern.«

Als sie über den Hof gingen, fragte er: »Sind Sie jetzt fertig mit der Arbeit?«

»Ja.«

»Ich würde Sie gern bitten, mit mir irgendwohin zu fahren zum Abendessen. Ist das möglich?«

Ohne zu zögern, sagte Christine: »Wollen Sie nicht hierbleiben? Wir können auch hier essen.«

»Das wäre natürlich viel schöner.«

»Wenn Ihnen kaltes Abendessen genügt, Wurst und Schinken und so.«

»Das wäre mir das liebste.«

Schweigend gingen sie nebeneinander her, und dann sagte er: »Leo und Gerda sind sehr enttäuscht, daß Sie nicht einmal zu Besuch kommen. Er hat Sie doch angerufen, nicht wahr?«

»Ja.«

»Es ist wirklich hübsch geworden da drüben. Sie sollten sich das einmal ansehen. Leo meint, wenn es mir gelingt, Sie zu einem Besuch zu veranlassen, darf ich Weihnachten bei ihm bleiben. Sonst wirft er mich hinaus. Das würde bedeuten, daß ich Weihnachten ganz allein in einem Hotelzimmer verbringen muß. Das wollen Sie doch sicher nicht?«

»Ich möchte nicht nach Dorotheenhof.«

»Wenn Sie nicht wollen, brauchen Sie auch nicht. Dann gehe ich eben hier in der Nähe in ein Hotel. Nach Eutin oder nach Lütjenburg oder nach Plön. In Lütjenburg soll es ein hübsches Hotel geben. Vielleicht können wir uns dann einmal treffen, an den Feiertagen oder so. Könnten wir auf dieser Basis zu einer Verständigung kommen?«

»Sie haben eine merkwürdige Art zu reden«, sagte Christine, es klang nicht unfreundlich.

»Wirklich? Gefällt Ihnen diese Art nicht?«

»Das wollte ich damit nicht sagen. Ich meine nur, daß Sie anders reden als die meisten Menschen.«

»Da ich sehr eitel bin, bin ich geneigt, dies als Kompliment zu betrachten. Wie ist es? Werden wir uns gelegentlich sehen können, wenn ich hier in der Gegend bleibe?« Sie waren vor dem Haus angekommen. Über dem Eingang brannte jetzt eine Lampe.

Christine blieb stehen und blickte ihn ein wenig hilflos an.

»Ich bin ein sehr hartnäckiger Mensch«, sagte er. »Nicht immer, aber in manchen Dingen, die mir wichtig sind. Ich habe den Eindruck, Sie gehören zu den wichtigen Dingen.«

»Da täuschen Sie sich bestimmt«, sagte sie unsicher.

»O nein, ich glaube nicht. Ich täusche mich selten. Wenn Sie sagen, ich rede anders als die meisten Menschen, so sage ich: Sie sind anders als die meisten Menschen.«

»Das können Sie doch nicht wissen. Sie kennen mich ja kaum.«

»Ich brauche nicht lange, um etwas zu begreifen. Das ist eine Berufskrankheit.«

Christine blickte über seine Schulter ins Dunkel.

»Da kommt mein Großvater.«

Nebeneinanderstehend erwarteten sie Jon, der durch die Allee herankam, seinen Jagdhund neben sich. Jon ging langsamer als früher, aber er hielt sich immer noch sehr gerade.

»Großvater, das ist Herr Jablonka. Er kommt mich besuchen, und ich habe ihn zum Abendessen eingeladen.«

Obwohl es ein noch nie dagewesenes Ereignis war, daß ein fremder Mann Christine besuchen kam und zum Abendessen eingeladen wurde, sagte Jon nur: »So.«

Sein Blick, mit dem er den Besuch betrachtete, war scharf und genau.

Julian kam zu dem Eindruck, daß irgendwelche Floskeln fehl am Platze waren. Er erwiderte den Blick des älteren Mannes und sagte: »Wenn Sie die Einladung von Fräulein Christine bestätigen würden, wäre ich sehr dankbar.«

»Es ist mir eine Ehre und Freude, wenn Sie unser Gast sind«, sagte Jon förmlich und reichte dem Fremden die Hand. »Gehen wir hinein.«

Die Diele war jetzt hell erleuchtet, und Telse erschien sogleich, von Neugier getrieben. Dieser Mann kam zurück, also hatte es wohl seine Richtigkeit, daß sie ihm gesagt hatte, wo Christine sich befand. Wer er wohl war? Sie gingen in die Bibliothek, die nicht nur so hieß, sondern in der sich auch wirklich viele Bücher befanden. Nur im Winter saßen sie manchmal hier, wenn es auf der Veranda zu kalt war. Julian blickte sich um. Bücher an den Wänden. In einer Ecke schwere Ledersessel, ein großer, niedriger Rauchtisch, eine Stehlampe, die warmes gelbes Licht gab.

Was für eine Welt, dachte er wieder. (Er dachte es immerzu, seit er in diesem Land war.) Anders als in Dorotheenhof. Einfacher und sehr gediegen. Gewachsen. Wie wohl Menschen waren, die hier lebten, in solchen Häusern, unter diesem Himmel?

Telse stand abwartend unter der Tür; der Hund war artig in der Diele geblieben.

»Einen Lütjenburger Korn zum Anwärmen?« fragte Jon.

»Gern«, erwiderte Julian.

»Ich gehe hinauf, mich umziehen«, sagte Christine.

»Trink erst einen Lütten«, sagte Jon.

Telse brachte die Flasche und die Gläser. Christine schenkte ein. Früher hatte Jon das immer gemacht, aber jetzt zitterte seine Hand manchmal ein wenig. Sie wußte, daß ihn das ärgerte, also hatte sie stillschweigend das Einschenken übernommen. Nach einer Weile ging sie hinauf, eine kleine, erwartungsvolle Freude im Herzen.

Erst ging sie zu Moira. »Hast du geübt?« fragte sie, als sie die Geige sah. Moira nickte.

»Schularbeiten alle fertig?«

Moira ersparte sich die Antwort. Sie mochte es nicht, daß man sie wie ein kleines Kind nach den Schularbeiten fragte.

»Wir haben einen Gast zum Abendessen.«

»Wen denn?«

»Du kennst ihn nicht. Er heißt Julian Jablonka.«

»Der vom Fernsehen?«

»Kennst du ihn denn?«

»Natürlich.«

Moira war eine eifrige Fernseherin. Sie war die einzige im Haus, die über das Programm und bekannte Personen informiert war.

»Wirklich? Der? Das finde ich toll. Wo kommt denn der her?«

»Er ist ein Bekannter von Runges. Die das Sanatorium haben. Ich habe ihn mal kennengelernt.«

Das hatte Jon inzwischen auch erfahren, denn er hatte den Gast gefragt. »Woher kennen Sie meine Enkeltochter?«

»Ich habe Fräulein Christine ein einziges Mal gesehen, das war im vergangenen Frühjahr. Seitdem war ich nicht mehr in Holstein.«

Julian berichtete kurz über die Begegnung, ohne zu erwähnen, daß sie auf dem Boden von Dorotheenhof stattgefunden hatte. Dann sprach er von Runges und deren Wunsch, Christine einzuladen.

»Ich bin gewissermaßen als Abgesandter hier. Um diese Einladung mündlich zu überbringen. Statt dessen bin ich nun selbst eingeladen worden.«

»Ich habe gehört, daß sich Dorotheenhof als Sanatorium ganz gut bewährt«, sagte Jon höflich.

»Sie haben erst angefangen, aber mein Freund ist voller Hoffnung, daß mit der Zeit genügend Kurgäste kommen werden. Zwei Jahre muß man sich in so einem Fall wohl Zeit nehmen, bis ein Haus dieser Art bekannt wird. Am Anfang ist es natürlich kein Geschäft.«

Sie standen immer noch mitten im Raum, die Gläser in der Hand. Beide Männer waren gleich groß, gleich hager, sie hatten ähnliche hellgraue Augen und scharfgeschnittene Gesichter. Jon betrachtete den Fremden nicht ohne Wohlwollen.

»Nehmen Sie Platz, Herr Jablonka. Hier steht die Flasche. Ich will mir die Stiefel ausziehen, entschuldigen Sie mich ein paar Minuten.«

Julian setzte sich nicht, als er allein war. Er sah sich genauer im Raum um, betrachtete die beiden Bilder, die über dem Ledersofa und einer dunklen Eichentruhe hingen. Eine Jagdszene. Eine Landschaft. Dann ging er zu den Regalen und warf einen Blick auf die Bücher. Mit dem Rücken zu den Büchern blieb er stehen und dachte nach.

Wieder über das gleiche Thema. Wie wohl ein Mensch und vor allem eine junge Frau beschaffen sein mußte, die in diesem Rahmen aufgewachsen war. Die Frage faszinierte ihn geradezu. Aber er kam nicht dazu, diesen Gedanken weiter zu verfolgen, denn seine eigenen Gefühle waren nicht weniger bemerkenswert. So bemerkenswert, daß er zunächst einmal darüber nachdenken mußte.

Ein Gefühl tiefer Befriedigung erfüllte ihn. Nein. Befriedigung war zu wenig. Ein Gefühl des Friedens, der Entspannung. Fast – er stockte, überlegte –, ja, doch, doch, fast ein Gefühl des Glücks.

Er wußte nicht, wann er das zuletzt empfunden hatte. Eigentlich in dieser Form noch nie.

Seit ich in Deutschland bin, dachte er, habe ich mich nirgends zu Hause gefühlt. Deutschland – das war ein Land wie jedes andere. Aber hier in diesem Haus, in diesem Raum, war auf einmal etwas Besonderes, etwas Einzigartiges. Es war wie ein Wunder. Da gab es ein Haus wie dieses hier, Menschen wie diese beiden, ihre klaren Gesichter, ihre Augen – und draußen die stille, winterliche Landschaft, die nackten Linden mit dem Schnee auf den Ästen, die Kühe, das einsame Pferd in seinem Stall – war es überhaupt eine wirkliche Welt? Oder träumte er das nur?

Er versuchte Abstand zu gewinnen, verspottete sich selbst. Du schwärmst, alter Freund. Das kommt davon, wenn man sich jahrelang in der Welt herumtreibt, da wird man sentimental, wenn man heimkehrt. Hättest du es je hier ausgehalten?

Früher vielleicht nicht. Aber heute?

Sein Zustand setzte ihn in Verlegenheit. Er wandte sich wieder den Büchern zu und kam zu einem hochbeinigen, kleinen Tisch, der zwischen zwei Regalen stand und auf dem ein breiter, dicker Foliant aus Leder lag. Das Leder war fleckig und abgerieben, ein verziertes Schloß aus gedunkeltem Gold verschloß das Buch. Es ließ sich öffnen. Eine Chronik des Gutes Breedenkamp.

Auf der ersten Seite stand die Jahreszahl 1534, auf der zweiten Seite in großer, steiler Schrift: Mit Gott! Julian beugte sich herab, blätterte, versuchte die Schrift zu entziffern. Das Papier war gelblich und stockfleckig, die Schrift wechselte immer wieder. Manche Blätter waren lesbar, auf vielen Seiten war kaum etwas zu lesen. Offenbar hatten andere das auch schon versucht, denn an verschiedenen Stellen waren Blätter eingelegt, wo man den Text einer schwer lesbaren Seite abgeschrieben hatte. So geriet er auch an die Stelle vom blauen Vogel. Sofort fiel ihm das Bild im Saal ein, das er zuvor gesehen hatte. Das Wandbild war also wohl nach der Chronik entstanden.

Blauvogel bringt Glück in't Huus, so stand es zu lesen. An einer späteren Stelle hieß es, der blaue Vogel niste unten im Tal am Fluß, er sei sehr scheu, man bekomme ihn selten zu sehen. Manchmal aber fliege er zum Haus. Das bedeute Glück und Wohlstand. Verlasse er den Boden des Gutes, kämen Zeiten der Not und der Tränen. Keine Wünsche könnten ihn zurückbringen, er fliege über Land und Meer, man müsse Geduld haben, bis er von selbst zurückkehre.

Im Jahre 1785 hatte jemand mit einer zierlichen, kleinen Schrift geschrieben: Am Tage der Hochzeit meines Sohnes Christian Albrecht von Breeden mit Anna Charlotte von Tällingen kam ein blauer Vogel aus dem Busch geflogen, gerade als das Brautpaar, von der Kirche kommend, das Haus betreten wollte. Er saß auf der ersten Linde, so daß alle ihn sehen konnten.

Offenbar war es auch eine glückliche Ehe geworden, auf den nächsten Seiten waren alle Geburten verzeichnet, es waren insgesamt zehn Kinder, die zur Welt gekommen waren. Gestorben waren davon nur zwei.

Der blaue Vogel als Bote des Glücks. Möglicherweise hatte dieser Christian Albrecht das Bild malen lassen. Auf einer dieser Seiten, ganz unten, hatte jemand in einer kindlichen Schrift, die aber modern wirkte, etwas dazugeschrieben. ›Kehr zurück, blauer Vogel‹, stand da. Wer das wohl geschrieben hatte?

Als Jon wieder ins Zimmer kam, fand er den Gast über die Chronik gebeugt.

»Das ist ein kostbarer Schatz, den Sie hier haben«, sagte Julian.

»Das hat Dr. Ehlers auch immer gesagt. Ich habe eigentlich nie darin gelesen. Wie das so ist, Dinge, die man von Jugend an kennt, empfindet man nicht als wertvoll. Die Chronik war schon im Haus, als mein Vater sich hier ankaufte.«

»Demnach ist Ihre Familie nicht seit unendlichen Zeiten auf Breedenkamp ansässig?«

»Keineswegs. Mein Vater erwarb Breedenkamp erst zu Beginn dieses Jahrhunderts. Auch die Breeden waren nicht die ersten. Viele Leute glauben immer, hier seien alle Familien unverändert auf einem Fleck geblieben. Aber das kam relativ selten vor. Der Besitzerwechsel war auf den meisten Gütern die Regel. Das hatte historische, politische, oft auch ganz schlicht materielle Gründe. Dieses Land hatte eine sehr bewegte Geschichte, bis in die jüngste Vergangenheit. Es war immer ein Grenzland. Ein umstrittenes Land.«

Der fremde Mann gefiel Jon. Es kam selten vor, daß ein Fremder gleichsam auf den ersten Blick von ihm akzeptiert wurde. Er fragte sich nicht, warum es so war. Es lag wohl am Gesicht, an den Augen, an der Haltung des Gastes. Die Sympathie war gegenseitig.

Als Christine nach einer ziemlich langen Weile in die Bibliothek kam, fand sie die beiden Männer in einem angeregten Gespräch. Jon wirkte gelöst. Julian saß leicht vornübergebeugt, die Augen wach, die Miene interessiert. Das war sein Reportergesicht, so sah er aus, wenn er aufmerksam zuhörte.

Er stand auf, als Christine hereinkam. Sie trug ein helles Kleid aus leichtem, weichem Wollstoff, es hatte einen kleinen, runden Kragen und einen weiten, glockigen Rock. Sie sah geradezu elegant aus. Und er sah, daß sie schöne, lange Beine hatte. Bisher hatte er ihre Beine nie gesehen. (Es war eins von Christines besten Kleidern, noch von Winnie ausgesucht.) Sie hatte auch ein wenig Rot auf den Lippen, und ihr Haar fiel weich und schimmernd in die hohe Stirn.

»Sie sehen bezaubernd aus«, sagte Julian.

Christine errötete. Sie wirkte jung und sehr mädchenhaft. Und Julian, so erfahren, abgebrüht, fertig mit allem, dachte: ich glaube, ich werde mich in diese Frau verlieben. Er stellte es ganz sachlich fest – und doch mit einem großen Erstaunen. Er hätte es nicht für möglich gehalten, daß ihm so etwas noch einmal passieren würde.

»Wir können essen«, sagte Christine. »Telse hat noch Rührei mit Krabben gemacht. Ewald war heute in Lütjenburg bei seinen Eltern. Und da war seine Schwester aus Niendorf zu Besuch, die hat einen großen Korb frische Krabben mitgebracht.«

Und zu Julian gewandt: »Mögen Sie Krabben?«

»Leidenschaftlich.« Dabei sah er sie unverwandt an, was Christine verlegen machte.

Unter der Tür erschien Moira.

»Meine Schwester Moira«, sagte Christine. »Sie hat die Ehre

der Familie gerettet, Herr Jablonka. Sie ist die einzige in diesem Haus, die gleich wußte, daß Sie ein berühmter Mann sind. Sie hat Sie schon im Fernsehen gesehen.«

»Das hebt mein angekratztes Selbstbewußtsein enorm«, Julian lächelte Moira zu, die herankam und ihm mit einem kurzen, kleinen Knicks die Hand gab.

Von einer Schwester hatte er nichts gewußt. Das Mädchen war viel jünger als Christine, ein halbes Kind noch. Doch der Blick aus sehr hellen blauen Augen war bewußt, fast kokett. Ein reizvolles Geschöpf.

Telse hatte den Tisch im Eßzimmer mit besonderer Sorgfalt gedeckt. Sogar einen Leuchter hatte sie daraufgestellt. Es war ihr nicht entgangen, daß Christine angeregt war von dem Besuch. Auch Moira, die beim Decken geholfen hatte, war höchst animiert.

»Der ist toll«, hatte sie gesagt. »Den hast du doch auch schon gesehen, Telse. Weißt du nicht mehr? Voriges Jahr, da hat er so einen Schwarzen interviewt. Und dann hat er mal so ein Ding gesteuert, so einen Hubschrauber. Wie er ausstieg, blies ihm der Wind durchs Haar, und er lachte. Weißt du das nicht mehr, Telse?«

Zum Essen gab es Tee oder Bier, je nach Wunsch. Es gab eine Schüssel voll Rührei mit Krabben, Holsteiner Schinken, von Telse selbstgemachte Leberwurst und selbsteingelegte Gurken. Und eine große Platte mit Käse.

Julian sagte, so gut habe es ihm jahrelang nicht geschmeckt. Und er hatte auch wirklich viel gegessen, wie Christine mit Befriedigung feststellte.

Sie saßen ziemlich lange bei Tisch, das Gespräch war lebhaft. Auch Christine sprach soviel wie sonst nie.

Moira sagte wenig, wie immer, aber ihr Blick hing unentwegt an dem Gast. Sie war hingerissen, das war der tollste Mann, den sie je gesehen hatte. An diesem Abend starb endgültig das Bild von Herrn Rodewald in ihrem Herzen.

Später, als sie wieder in der Bibliothek saßen und Wein tranken, kam das Gespräch auf ihr Geigenspiel.

»Dann waren Sie das also, die ich heute nachmittag gehört habe«, sagte Julian. »Als ich das erstemal ins Haus kam, hörte ich eine Geige.«

Moira, die sonst nie über sich und die Geige sprach, wurde sehr mitteilsam. Sie erzählte, was sie alles gelernt und studiert hatte, sprach auch ganz ungeniert von Herrn Rodewald, dessen Namen hier im Haus seit langem keiner mehr gehört hatte.

»Viel kann ich von ihm nicht mehr lernen«, sagte Moira geringschätzig. »Sein Strich ist kläglich. Ich möchte guten Unterricht haben.«

Jon und Christine tauschten einen Blick. Das hörten sie zum ersten Mal. »Das ist aber wohl hier auf dem Lande nicht ganz einfach«, meinte Julian.

»Das ist es ja, aber in Lübeck gibt es eine Musikschule. Vielleicht später.« Moira lächelte. Sie sah jetzt auch Jon an, dann Christine. »Ich möchte nämlich gern Musik studieren.«

Weder Jon noch Christine äußerten sich dazu. Der Gedanke war ihnen so fremd und überraschend, daß sie dazu keine Meinung hatten.

»Solange ich noch in die Schule gehe«, fuhr Moira fort, »könnte ich höchstens zweimal in der Woche nach Lübeck fahren. Von Malente aus mit dem Zug. Aber da hätte ich wenigstens ordentlichen Unterricht.«

Sie sprach sehr erwachsen, vernünftig, so als habe sie diesen Plan längst überlegt. Daß er eben gerade jetzt in ihrem Kopf entstanden war, hauptsächlich um dem Gast zu imponieren, das wußte keiner.

Zur Zeit übte sie die Sonaten von Bach, erzählte sie weiter.

Das sei aber sehr schwierig, meinte Julian.

Ob er Bach kenne?

»Ob ich ihn kenne? Ich liebe ihn. Für mich ist er der Anfang und der Höhepunkt jeder Musik. Wie schwierig er ist, weiß ich sehr gut. Ich habe mich einmal ausführlich mit dem Wohltemperierten Klavier herumgequält.«

Moiras Augen leuchteten auf. »Sie spielen Klavier?«

»Ich habe gespielt, muß man sagen. Das ist lange her. Vor dem Krieg.«

»Wie schade«, sagte Moira mit einem gekonnten Augenaufschlag. »Ich suche so dringend jemanden, der mich begleitet.«

»Dann kommen Sie doch mal nach Dorotheenhof. Dort steht ein sehr schöner Flügel. Frau Runge spielt sehr gut.«

»Darf ich das? Ich meine, zu Ihnen kommen?«

War das noch Moira, die so launisch, so mürrisch sein konnte? Lächelnd, strahlend, bildhübsch, angeregt, sie war kaum wiederzuerkennen.

»Natürlich. Wenn Sie den Anfang machen, kommt Fräulein Christine vielleicht auch einmal.«

Moira warf einen raschen Blick auf Christine, ging aber nicht weiter auf diesen Vorschlag ein. Sie spürte nichts von dem Schatten, der auf einmal im Zimmer war. Christine überlegte, ob Moira wußte, daß ihre Mutter von Dorotheenhof stammte. Nein. Woher sollte sie es wissen.

Moira entzündete sich an ihrer Idee. Sie neigte den Kopf zur Seite, ihr dunkles Haar fiel über die Schultern, sie wirkte gar nicht mehr kindlich, sie war ganz auf diesen Mann eingestellt, auf eine sehr bewußte, weibliche Art.

Christine beobachtete es mit einem gewissen Erstaunen. Sie hatte längst begriffen, daß Moira ein schwieriges Mädchen war, und manchmal bekümmerte es sie. Sie bildete sich ein, versagt zu haben, und sie hatte auch nicht vergessen, was Gerhard damals gesagt hatte. Daß es in Moiras Leben einen Bruch gab, und daß die große Veränderung in ihrem Leben vielleicht Folgen für ihren Charakter haben würde. Und in gewisser Weise war es auch so. Moira war und blieb ein fremder Vogel, der nie so richtig heimisch geworden war. Nun wollte sie auf einmal Musik studieren. Julian Jablonka schien das ernst zu nehmen. Er erörterte die Chancen, die dieser Beruf für eine Frau bot.

»Eine Virtuosenlaufbahn ist ein harter Weg«, sagte er, »darüber müssen Sie sich klar sein. Begeisterung und Talent, das sind nur Voraussetzungen, damit läßt sich noch nichts anfangen. Ein Musikstudium ist Schwerstarbeit, jeden Tag und jede Stunde. Fleiß, Disziplin, Selbstkritik. Du mußt erbarmunglos gegen dich selber sein. Könntest du das?«

Auf einmal duzte er sie. Sie kam ihm doch noch wie ein Kind vor. Seine direkten Fragen brachten Moira in Verlegenheit.

»Ich weiß nicht«, sagte sie.

»Nein«, gab er zu. »Das weiß vorher wohl keiner von sich selbst. Deswegen gibt es ja so viele gescheiterte Begabungen. Der Laie glaubt immer, mit künstlerischer Genialität ließe sich etwas erreichen. Das ist ein Irrtum. Es gibt eine ganze Menge sehr begabter Menschen, die es nie zu etwas bringen. Und nichts ist unbefriedigender, als seine Begabung zu kennen und dennoch erfolglos zu bleiben. Das sind sehr unglückliche Menschen. Es sei denn, die leben von Illusionen. Das gibt es oft – erfolglose Künstler, die die Flucht in die Illusion antreten. Dann ist man nur eine Qual für seine Umgebung. Ich kenne viele solcher Typen.«

Moira hing an seinen Lippen.

»Ich kann es«, sagte sie. »Ich weiß, daß ich es kann.«

Julian sagte zu Jon und Christine gewandt: »Gibt es in Ihrer Familie künstlerische Begabungen?«

Jon schwieg, doch Christine sagte leise: »Doch. Vielleicht.«

Julian sah die Angst in ihren Augen. Bewegte er sich hier auf gefährlichem Terrain? Er wechselte das Thema.

»Darf ich wiederkommen?« fragte er, als er sich von Christine verabschiedete.

Sie nickte. »Ja.«

Am nächsten Tag rief er an und bedankte sich. Am übernächsten Tag kam ein großer Strauß lachsfarbener Rosen.

Christine betrachtete die Blumen fassungslos. So etwas hatte sie noch nie erlebt.

»Das ist ein Mann mit feinen Manieren«, sagte Telse anerkennend.

Sie sahen ihn wieder am Vormittag des Heiligen Abends. Für Jon brachte er drei Flaschen Elsässer Wein, für Christine ein Buch und wieder Blumen, diesmal waren es Christsterne. Moira bekam am meisten. Er brachte einen Plattenspieler mit, den Runges durch eine Stereoanlage ersetzt hatten, und drei Platten, das Doppelkonzert von Bach, das Violinkonzert von Brahms und eine Platte mit einem Streichquartett von Mozart. »Das könnte der Anfang für eine Plattensammlung sein«, sagte er.

Moira war hingerissen. Sie lief den ganzen Tag herum wie in Trance, und bis zum Abend hatte sie die drei Platten wohl zehnmal gespielt. Sie saß in ihrem Zimmer auf dem Boden vor dem Plattenspieler und war selig.

Wieso hatte sie sich nur eingebildet, diesen lächerlichen Herrn Rodewald zu lieben? Wie kindisch sie damals gewesen war. »Julian«, flüsterte sie vor sich hin. »Julian.«

Von diesem Tag an war Moira endgültig entschlossen, Geigerin zu werden.

Zu Christine hatte Julian gesagt: »Also ich will Ihnen ja nicht auf die Nerven gehen, aber ich habe nochmals den Auftrag, eine Einladung nach Dorotheenhof zu überbringen. Für den zweiten Feiertag. Ein Nachmittag am Kamin.«

Und zu Moira gewandt: »Du sollst auch mitkommen, und zwar mitsamt der Geige. Man möchte dich gern einmal hören. Gerda würde dich begleiten. Sie sagt, sie kann das. In München hat sie eine Schulfreundin gehabt, die Geige spielte, und die hat sie oft begleitet. Noten müßtest du natürlich mitbringen.« Moira hatte ganz strahlende Augen. »Ich würde gern kommen.« Julian sah Christine an, die ein abweisendes Gesicht machte.

»Sie sind wirklich sehr hartnäckig«, murmelte sie.

»Das habe ich Ihnen ja schon gesagt. Schauen Sie, Fräulein Christine, Sie brauchen sich ja noch nicht festzulegen. Überlegen Sie es in Ruhe. Kommen Sie einfach, wenn Sie mögen. Sie wissen, daß ich mich sehr freuen würde.«

Jon wurde auch eingeladen. Er sagt nicht unfreundlich, aber sehr entschieden: »Ich mache keine Besuche.«

Weihnachten in Breedenkamp, das war natürlich so eine Sache. Was Jon betraf, so hätte man nie mehr Weihnachten zu feiern brauchen. Aber da waren die Kinder gewesen, Annemarie hatte immer einen kleinen Christbaum geschmückt, Telse hatte Kuchen gebacken, Geschenke für die Kinder waren besorgt worden, immer sehr bescheiden, nicht aufwendig. Jon ließ sich meist nicht blicken am Heiligen Abend, daran waren sie gewöhnt. Erst im Laufe der Jahre ergab es sich, daß er wieder mit ihnen zusammen aß. Dem Christbaum kehrte er den Rücken.

Später, als Winnie größer wurde, feierte man Weihnachten schon ausgiebiger. Sie hatte immer viele Wünsche, mit denen sie nicht hinter dem Berg hielt. Und sie schenkte selbst auch gern. Sie verbrauchte ihr ganzes Taschengeld, ließ sich noch Vorschuß geben und war in der Vorweihnachtszeit sogar zu dieser oder jener Arbeit zu bewegen, die sie sich honorieren ließ. Sie war sehr einfallsreich, was die Geschenke betraf. Sogar über Handarbeiten machte sie sich her. Einmal strickte sie einen Schal für Jon, der allerdings bis zum Heiligen Abend nicht fertig wurde. Nach Weihnachten mußte Telse ihn zu Ende stricken. Für Christine hatte sie immer Mittel zur Verschönerung eingekauft, einen Lippenstift, ein Puderdöschen, einen Beutel voll bunter Lockenwickel oder dünne, seidene Strümpfe, eine Garnitur zarter, pastellfarbener Wäsche; diese Dinge kaufte sie mit Heddas Hilfe in Kiel. Später ließ sie sich von Annemarie aus Düsseldorf die Geschenke schicken, das hatte den Vorteil, es kostete sie nichts. Sie beschrieb detailliert, was sie für Christine haben wollte, einen Hausanzug, einen Morgenrock, der so und so aussehen sollte. Oder auch mal einen Rock, einen Pullover, irgend etwas Fesches zum Anziehen. Manches stammte aus Kurtchens Textilherstellung oder war zu Großhandelspreisen eingekauft. Auf diese Weise kam Winnie immer zu einem Haufen Geschenke für wenig oder gar kein Geld und machte damit viel Eindruck. Sogar Moira war von ihr großzügig bedacht worden. Einige Male hatten auch Annemarie, Kurtchen und die Kinder das Weihnachtsfest auf Breedenkamp verbracht, dann ging es natürlich lebhaft und ganz normal weihnachtlich zu.

In diesem Jahr fehlte Winnie. Daß dies eine große Lücke darstellte, darüber waren sie sich vorher schon klar. Am Telefon hatte Winnie gesagt, sie würde ja so gern Weihnachten kommen, aber Herbert wolle nicht, seine Mutter, seine Schwester mußten eingeladen werden, und überhaupt – »weißt du, er hat gesagt, Weihnachten müsse man zu Hause sein«, so Winnie zu Christine am Telefon, knapp eine Woche vor dem Fest. »Na ja, was er so unter zu Hause versteht. Für mich ist zu Hause eben Breedenkamp.«

»Immer noch?« hatte Christine gefragt.

»Was denkst du? Das wird immer so bleiben. Ist ja alles ganz lustig hier, aber manchmal habe ich gräßliches Heimweh. Herbert kann das nicht verstehen. Weißt du, er ist direkt eifersüchtig auf euch. Weil ich immer soviel von euch rede. Übrigens wollten wir im Februar ins Gebirge fahren, ich soll Skifahren lernen. Vielleicht komme ich vorher mal auf einen Sprung, was meinst du?«

Und dann redete sie nur noch von Goldblitz, der ihr große Sorgen machte. Er war in letzter Zeit einige Male lahmgegangen, und zur Zeit stand er mit einem dicken Fesselgelenk. »Eine Sehnenentzündung, sagt der Doktor. Hat er doch nie gehabt. Mir fehlt unser guter alter Meier, der hat bloß mal hingeguckt, da waren die Pferde gleich wieder in Ordnung, nicht? Der verstand doch was, er ist der beste Tierarzt, den ich kenne.«

»Bist du wieder viel mit ihm gesprungen?«

»Na ja, schon. Auch nicht mehr als sonst. Wir hatten neulich ein Turnier hier im Reitstall, da habe ich mitgemacht. Natürlich habe ich den ersten gemacht, is ja woll kloar, nich?«

»Wenn er doch vorher schon ein paarmal gelahmt hat, hättest du nicht mit ihm springen sollen.«

»Hätte ich nicht – da hast du recht. Wenn es nicht besser wird, schicke ich ihn nach Hause und hol' die Schimmelstute her. Was meinst du?«

Christine dachte sofort an Cornet, und wie der sich freuen würde, wenn sein Freund zurückkehrte.

»Davon halte ich eine Menge. Hier wird er sich bestimmt erholen.«

Von Winnie waren viele Pakete gekommen.

»Dat is ne leewe Fru, de Winnie, de hett al Frankfurt leerkoopt for euch«, sagte Klaas, der alte Postschaffner, nach der fünften Lieferung, als er bei Telse einen Lütten trank.

Dank Winnie wurde es wirklich eine überreiche Bescherung. Sie hatte an alle gedacht, und wie es ihre Art war, hatte sie natürlich meist Sachen zum Anziehen, Umhängen, Verschönern geschickt. Telse hielt kopfschüttelnd mit spitzen Fingern ein Kleid in Zartlila von sich und meinte: »De Deern ist ja woll verrückt. Wo soll ik dat denn woll anziehn?«

Polly zum Beispiel bekam eine neue Pfeife, einen grünen Pullover und eine warme Pelzmütze, wochenlang sah man ihn nur in dieser Zusammenstellung, im grünen Pullover, auf dem Kopf die Pelzmütze, die Pfeife im Mund. Und jedem, im näheren und weiteren Umkreis, erzählte er: »Hat mich Freilein Winnie zu Weihnachten geschenkt. Aus Frankfurt hergeschickt. Extra mit der Post.«

Winnie hatte wirklich ein kleines Vermögen ausgegeben für dieses erste Weihnachten, das sie fern von Breedenkamp verbringen mußte. Sie waren lange mit dem Auspacken beschäftigt und dadurch alle sehr angeregt. Winnie rief auch noch am Heiligen Abend an, um zu hören, wie man ihre Geschenke aufgenommen hatte.

»Du hast ja so viel Geld ausgegeben«, sagte Christine.

»Dafür ist Geld doch da. Paßt alles?«

Außer Moira hatten weder Telse noch sie die Sachen probiert, aber Christine sagte: »Doch. Paßt alles gut.«

Meist hatte Winnie dafür einen sicheren Blick.

»Na, wenn eine Kleinigkeit zu ändern ist, Länge oder so, macht das die Bölke. Und laß dir die Kleider nicht zu lang machen, man trägt die Röcke kürzer.« Dann berichtete Winnie noch ausführlich, was sie alles bekommen hatte, die Hauptattraktion war ein Breitschwanzmantel.

»Da hat er sich angestrengt, nich? Der kostet mindestens zehntausend.«

»Das ist ja Wahnsinn«, sagte Christine ehrlich erschüttert.

»Na, vielleicht auch nur acht. Aber du müßtest mich sehen darin.«

Später saßen sie in der Bibliothek, Telse hatte Punsch gebraut. Jon blätterte in einem großformatigen Pferdebuch, das Christine ihm geschenkt hatte. Er sprach wenig an einem Abend wie diesem, aber es war schon viel, daß er wenigstens bei ihnen saß. Moira trug eines von den neuen Kleidern, die Winnie geschickt hatte, es war hellblau, hatte genau die Farbe ihrer Augen.

»Klecker dir keinen Punsch darauf«, sagte Telse, für die neue Kleider eigentlich nicht zum Anziehen da waren.

»Ach wo, ich paß schon auf, steht mir gut, nicht? Christine, das kann ich übermorgen anziehen, nicht?«

»Übermorgen?«

»Wenn wir nach Dorotheenhof fahren.«

Jon blickte von dem Buch auf. Christine schwieg.

»Wollt ihr denn da wirklich hin?« fragte Telse mißbilligend.

»Ach ja, Christine. Bitte, Christine, ich möchte so gerne.«

Christine blickte Moira streng an. »Ich hatte eigentlich nicht die Absicht.«

»Doch, du mußt. Herr Jablonka ist so nett. Und die Runges doch auch.«

»Komisch, sonst wolltest du nie irgendwohin mitkommen.«

»Dorthin schon. Wo er mir doch so viel geschenkt hat. Wollt ihr jetzt mal eine Platte hören?«

Sie schleppte den Plattenspieler herunter und legte das Brahms-D-Dur-Violinkonzert auf.

Auf einmal erklang Musik in Breedenkamp. Es war so ungewohnt, so fremd. Moira lauschte versunken, mit glänzenden Augen und leicht geöffneten Lippen. Sie kannte das Konzert schon halb auswendig. So würde sie es nie können – nie. Oder doch? Telse haßte die Musik. Sie füllte die Gläser noch einmal mit Punsch, klapperte mit den Löffeln.

»Pscht!« meinte Moira und gab ihr einen strafenden Blick.

»All so 'n Tügs«, murmelte Telse halblaut.

Jons Gesicht war eine ausdruckslose Maske. Er sah sehr alt aus an diesem Abend, hatte die Mundwinkel herabgezogen, und keiner sah seine Augen.

Aber Christine lauschte. Die Töne erreichten ihr Ohr, ihr Herz. Der kräftige, volle Strich der Geige war bezwingend; zum erstenmal dachte sie darüber nach, wie es sein müßte, so etwas zu können. Auf einmal konnte sie sich vorstellen, daß ein Mensch glücklich sein mußte, wenn er so etwas fertigbrachte. Sie blickte zu Moira hinüber. War es möglich, daß das Kind wirklich so viel Talent hatte? Es sei eine schwere Arbeit, hatte Julian Jablonka gesagt. Und wer sollte Moira dabei helfen? Sie konnte es nicht, keiner von ihnen. Dieses Kind – unberechenbar, schwierig, voller Launen und dabei so sensibel und zart –, war sie wirklich der Mensch, der das schaffen konnte? War es so, daß Moira ein Erbe übernommen hatte?

Ich muß noch einmal mit ihm darüber sprechen, dachte Christine. Ich muß ihn fragen.

Es erschien ihr ganz selbstverständlich, diesen fremden Mann, den sie kaum kannte, um Rat zu fragen. Das war sehr seltsam. Sie sah ihn vor sich, seine Augen, sein Lächeln. Moira mochte ihn offensichtlich auch. Das war zu verstehen, denn er war sehr verständnisvoll auf sie eingegangen, hatte mit ihr wie mit einer Erwachsenen geredet. Vielleicht war es das, was Moira vermißte? Vielleicht waren sie einfach zu dumm, um Moira zu verstehen und richtig zu behandeln. Vielleicht zog sie sich deshalb in sich zurück.

Aber taten sie denn das nicht alle auf Breedenkamp? Diese

Erkenntnis kam ihr ganz plötzlich. Sie bildeten zwar eine Gemeinschaft, aber das war hauptsächlich eine Arbeitsgemeinschaft. Die Arbeit, das Gut, das stand im Mittelpunkt, das verband sie, war ihr Lebensinhalt. Aber sonst? Sonst lebte jeder für sich allein. Die Vergangenheit, die Gegenwart, die Zukunft – das Gut. Als Menschen hatten sie weder eine Vergangenheit noch eine Zukunft, und die Gegenwart war auch das Gut und die Arbeit. Sie hatten keine Wünsche, keine Träume, keine Sehnsucht.

Da war das Wort auf einmal wieder.

»Ich habe Sehnsucht... Sehnsucht...«

»Was ist das, Sehnsucht?«

»Das kann man nicht erklären, das kann man nur fühlen. Das ist hier weißt du... hier...« Frederikes Hand auf ihrem Herz. Und auf einmal, eingetaucht in die Melancholie des Adagios, sah sie Frederike vor sich, ganz klar und deutlich, ihr blondes Haar, ihre Augen, das verwehte Lächeln.

Gab es das? Wußte sie auf einmal wieder, wie Frederike ausgesehen hatte? Konnte Musik das machen?

Sie starrte Moira an. Aber natürlich – das war ja Frederikes Gesicht. Heute sah sie es zum erstenmal genau. Der hingegebene Ausdruck in Moiras Gesicht, das gar nicht kindlich wirkte in diesem Moment, die Augen, der Mund, wie sie dasaß und lauschte, entrückt jeder Wirklichkeit, nicht erreichbar, nicht zu verstehen. Nur das Haar, das Haar war schwarz. Aber sonst sah sie aus wie Frederike. Sie lauschte wie Frederike.

Doch das wiedergefundene Gesicht ihrer Mutter war kein Trost und keine Hilfe für Christine. Sie war allein und ausgesetzt, hilflos. Und sie brauchte Hilfe. Es mußte doch einen Menschen geben, mit dem man über alles reden konnte.

Es war wie ein Schrei in ihr, ein stummer und doch alles übertönender Schrei.

Schweigen.

Moira sah sie mit leuchtenden Augen an. »Hast du zugehört?«

Christine nickte.

»Findest du es schön?«

»Ja. Es ist sehr schön. Es ist etwas Wunderbares.«

»Oh, Christine!« Moira sprang auf, kam zu ihr und umarmte

sie stürmisch. »Ich bin so froh, daß du das gesagt hast. Ich habe immer gedacht, du – du kannst das gar nicht hören.«

Christine legte die Arme um ihre Schwester. »Doch, Moira. Ich kann es auch hören. Genau wie du. Genau wie... Ja, ich kann es hören.«

»Glaubst du, daß ich das einmal können werde?«

»Ich weiß nicht.«

»Ich weiß es auch nicht. Aber ich wünsche es mir so sehr. Ich will alles, alles tun dafür. Mein ganzes Leben will ich dafür... alles, alles will ich dafür tun.«

Jons Blick war kalt.

»Du hast doch gehört, was der Herr Jablonka neulich sagte. Es ist viel Arbeit. Viel Fleiß. Mit Schwärmerei schafft das keiner. Soviel ich weiß, hat es eine Zeit gegeben, da hast du gar nicht mehr Geige spielen wollen. Das ist gar nicht so lange her.«

»Das ist manchmal so, Großvater«, sagte Moira, es klang ganz vernünftig, sie war auch nicht gekränkt von seiner Skepsis. »Aber das geht wieder vorbei. Ich glaube, das geht allen Leuten so, die so was machen. Daß sie mal... mal keinen Mut mehr haben. Weil sie denken, sie schaffen es doch nicht. Aber jetzt werde ich richtig anfangen zu üben. Ganz richtig. Ich habe schon darüber nachgedacht. Ich kann ja erst wieder Stunden nehmen bei Herrn Rodewald. Und vielleicht kann ich dann mal, wenn ich viel geübt habe, in Lübeck in der Musikschule vorspielen, nicht? Und wenn ich mit der Schule fertig bin, dann kann ich richtig Musik studieren. Ich brauche ja kein Abitur zu machen, habt ihr gesagt. Viel lieber möchte ich Musik studieren.«

»Das kostet sehr viel Geld, so ein Studium.«

Moira nickte ernsthaft. »Ja, das kostet ganz bestimmt sehr viel Geld.«

»So 'n Schiet!« sagte Telse böse. »Is doch man bloß so 'n Gegniedel.«

Jon stand auf.

»Na, das wird sich alles finden. Später. Ich geh' jetzt schlafen. Gute Nacht.«

Er sah keinen mehr an und ging aus dem Zimmer.

Christine lehnte sich zurück. Sie fühlte sich ermüdet und geradezu abgespannt. Die Musik, die sie beeindruckt hatte, Moiras und Frederikes Gesichter, die eins geworden waren, und der Gedanke an den Fremden, der immer wiederkehrte.

»Hast du noch Punsch, Telse?«

»Gewiß doch. Is noch 'ne Menge da. Muß ich aber noch mal warm machen.«

»Ich möchte auch noch ein Glas«, rief Moira.

»Für dich is das man gar nichts«, meinte Telse, »du bist so schon überspannt genug.«

Nach einer Weile kam Telse mit dem heißen Getränk zurück und füllte Christines Glas. Moira bekam nur noch ein halbes. Christine tat, was selten vorkam. Sie zündete sich eine Zigarette an. »Spiel das noch einmal«, sagte sie zu Moira.

»Siehst du!« rief Moira beglückt. »Es gefällt dir, nicht?«

»Ik geh slopen«, schnaubte Telse und verschwand ohne ein weiteres Wort.

Und dann erklang wieder die Musik, die wehmütige Süße des ersten Satzes. Christine hörte zu. Sie erkannte jetzt schon manches wieder. Und sie sah auch wieder Frederikes Gesicht, die Musik konnte es heraufbeschwören. Das mußte ihr doch einer mal erklären, warum das so war. Vielleicht konnte er das erklären. Er war ja sehr klug. Nein. Sie konnte ihn nicht so etwas Dummes fragen. Wieso war das dumm? Aber man konnte nicht darüber reden, das war es.

Sie füllte sich noch einmal das Glas, das Getränk war stark, sie spürte seine Wirkung.

Warum konnte man nicht darüber reden? Mit ihm konnte man darüber reden. Endlich war da mal ein Mensch, mit dem man darüber reden konnte.

Wie schön das war, diese Musik. Sie lächelte vor sich hin.

Eine neue Ära hatte in dieser Weihnachtsnacht auf Breedenkamp begonnen. Das wußte sie aber noch nicht.

Am zweiten Feiertag fuhren sie wirklich nach Dorotheenhof. Und das kam so: Am ersten Feiertag tauchte überraschend und unangemeldet Olaf Jessen auf. Er brachte ein Geschenk für Christine, das war noch nie dagewesen. Ein schmaler, silberner Armreif.

Es sei Florentiner Arbeit, sagte er. Er habe es für sie in Florenz gekauft.

Christine fühlte sich unsicher. Sie hatte ihn seit jenem Abend nach der Jagd nicht wiedergesehen. Damals hatte er sie erschreckt, doch sie hatte es mittlerweile vergessen. Daß er jetzt kam und ihr etwas schenkte, war seltsam genug. Von zwei Männern hatte sie an diesem Weihnachtsfest Geschenke bekommen. Olafs selbstsichere, besitzergreifende Art erweckte sofort wieder ihre Abwehr.

Er streifte ihr den Armreif über die Hand. Und dann hielt er ihre Hand fest.

»Was du für hübsche Hände hast!« sagte er. Und von ihrer Hand blickte er in ihre Augen. »Ich habe mich schrecklich darauf gefreut, dich wiederzusehen. Freust du dich auch?« Christine zog ihre Hand weg. »Warum schenkst du mir das?«

»Weißt du es nicht?«

Sie hob trotzig den Kopf. »Vielleicht willst du dich entschuldigen.«

Er lachte mit zurückgeworfenem Kopf.

»Nein. Wofür denn? Höchstens dafür, daß ich dich in letzter Zeit vernachlässigt habe. Aber das wird jetzt anders. Ich bleibe jetzt da und hoffe dich oft zu sehen. Die Wanderjahre sind vorbei, nun werde ich seßhaft«

»Wie käme ich dazu?«

»Christine«, sagte er, »du spröde Schöne, du willst mir das Leben schwermachen? Das kann mich nicht abschrecken.« Und er streckte doch wahrhaftig wieder die Arme nach ihr aus, um sie an sich zu ziehen, doch Christine wich geschickt zurück. »Ein für allemal, laß diesen Unsinn«, sagte sie böse. »Ich weiß gar nicht, warum du dich jetzt immer so albern benimmst.« Glücklicherweise kam Telse mit der Kornflasche und nach einer Weile Moira, die gehört hatte, daß Besuch gekommen war und wohl vermutete, es sei Julian.

Sie wollte sich gleich wieder verziehen, nachdem sie Olaf begrüßt hatte.

»Bleib hier, Moira«, sagte Christine schnell. »Olaf will uns von seiner Reise erzählen, das ist bestimmt interessant.« Olaf grinste. »Es war eine schöne Reise, ich werde dir noch ausführlich davon erzählen. Heute habe ich wenig Zeit. Wir haben das Haus voller Gäste, die ganze Familie und aller möglicher Anhang ist versammelt. Ich fahre bloß schnell nach Hamburg, Ingrid abholen. Sie kommt mit der Nachmittagsmaschine aus München. Stellt euch vor, sie bringt einen Mann mit.«

»So?« fragte Christine gleichgültig.

»Bisher hat sie immer behauptet, sie will nicht heiraten, sie wird lieber Professor oder so was Ähnliches. Aber jetzt hat sie sich offenbar anders besonnen. Sie ist gestern nicht dagewesen, weil sie mit ihrem Freund bei seinen Eltern war. So was hat sie noch nie gemacht. Hör mal, Christine, ich wollte dich einladen für morgen. Hast du ein langes Kleid? Wenn nicht, macht es auch nichts. Wir machen eine richtige, große Feiertagsparty. Ich hole dich um sechs so was ab, ja?«

Und da sagte Christine schnell: »Nein, danke, das geht nicht, leider. Ich bin morgen schon eingeladen.«

»Du bist eingeladen? Wo denn?«

»In Dorotheenhof. Wir sind morgen in Dorotheenhof, Moira und ich.«

»Du gehst nach Dorotheenhof?« fragte Olaf maßlos erstaunt.

»Ja. Warum denn nicht? Runges haben mich schon lange eingeladen.«

»Sie haben mich auch eingeladen«, teile Moira mit kühlem Blick mit. Olaf hatte sie nicht eingeladen.

»Das ist doch nicht so wichtig. Sagst du eben ab. Ich will, daß du morgen bei uns bist.«

Das war typisch Olaf. Ich will, daß du morgen bei uns bist – ich will! Christine blieb bei ihrer Weigerung, was ihn ärgerte.

»Okay, du spielst weiterhin die Stolze. Bei einer anderen würde ich denken, es sei Raffinesse. Bei dir könnte es sogar echt sein.«

»Laß doch das dumme Gerede.«

Er blickte sie eine kleine Weile sehr direkt und eindringlich an. Dann lächelte er.

»Überlege es dir. Ich rufe morgen vormittag an.«

Christine brachte ihn hinaus, und um ihn abzulenken, erzählte sie von Goldblitz. Es stellte sich heraus, Olaf wußte schon davon, Winnie hatte in Friedrichshagen auch angerufen. An der Tür zog er sie blitzschnell an sich und küßte sie auf den Mund.

»Bis morgen also«, sagte er. Dann lief er mit großen Schritten zu seinem Auto.

Moira, die ihnen in die Diele nachgekommen war, sagte empört: »Der hat dich ja geküßt.«

»Ach, das will nichts heißen«, meinte Christine in gleichgültigem Ton, obwohl sie zornig war. »Das machen sie in Friedrichshagen oft so.«

»Ich kann die nicht leiden in Friedrichshagen«, sagte Moira. »Die sind so – so laut, nicht?«

»Sie sind eine lebhafte Familie.«

»Die sind ganz anders als wir.«

»Ja.«

Moira war sehr selten in Friedrichshagen gewesen. Da sie nicht ritt, fehlte ein wichtiges Verbindungsglied. Leute, die nicht auf einem Pferd sitzen konnten, existierten für die Friedrichshagener eigentlich gar nicht.

»Wir fahren also wirklich nach Dorotheenhof?« fragte Moira erwartungsvoll. »Oder hast du das bloß so gesagt?«

»Was meinst du?«

»Ach bitte, Christine. Ich möchte schrecklich gern.«

»Gut«, sagte Christine rasch und ohne noch länger nachzudenken. »Wir fahren morgen nach Dorotheenhof.«

»Darf ich anrufen und es ihm sagen?«

»Ja.«

Sie war versucht, Moira zurückzuhalten und zu widerrufen. Einerseits wollte sie – andererseits wollte sie nicht. Sie wollte nirgendwohin gehen und nach Dorotheenhof schon gar nicht. Und gleichzeitig war Dorotheenhof wie ein Magnet.

So oft war sie heimlich auf dem Gelände gewesen, nie hatte sie das Haus betreten. Sie hatte Angst davor, und sie war voller Begier, diese Stufen hinaufzusteigen, die Halle zu betreten. Würde alles fremd sein? Oder war da noch etwas, was sie wiedererkennen würde?

Nie hätte sie es gewagt, Dorotheenhof zu betreten, wenn er nicht dort wäre.

Das war das andere, Seltsame, Unerklärliche. Das war genauso wie mit Dorotheenhof. Sie hatte Angst, ihn wiederzusehen, und gleichzeitig konnte sie es kaum erwarten. Was war bloß mit ihr los?

Moira kam zurück. Sie tanzte geradezu ins Zimmer herein.

»Er kommt uns abholen. Morgen nachmittag um halb fünf.«

»Aber das ist doch Unsinn. Ich kann doch selbst fahren.«

»Habe ich auch gesagt, aber er hat gesagt, er will uns abholen. Darauf freut er sich, denn dann sieht er uns eine halbe Stunde früher.«

Moiras Gesicht war nachdenklich. »Christine –«

»Ja?«

»Das ist hübsch, wenn jemand so etwas sagt. Und er ist doch ein berühmter Mann, nicht?«

»Das weiß ich nicht. Du sagst das doch.«

»Ob er mich gut leiden kann?«

»Woher soll ich das wissen? Wir kennen ihn kaum.«

»Ja, aber es ist komisch, mir kommt es vor, als ob ich ihn schon lange kenne.«

Christine schwieg. Kam es ihr nicht auch so vor?

»Er hat gesagt, ich soll die Geige mitbringen.«

»Na, dann tu das man.«

»Ich trau' mich gar nicht, vor anderen Leuten zu spielen.«

»Daran solltest du dich aber gewöhnen. Wenn du doch so etwas werden willst.«

»Ich will eine berühmte Geigerin werden. Weltberühmt. So eine, die auf der ganzen Welt Konzerte gibt. Weißt du – ich glaube, es gibt wenig Frauen, die das geschafft haben. Die berühmten Geiger sind alle Männer. Ich muß Julian fragen, ob er auch eine berühmte Geigerin kennt.«

Sie sagte einfach ›Julian‹. Christine dachte, wie seltsam das war, wie leicht ein Kind doch zu beeindrucken war von einem Fremden, nur weil er ein wenig aus dem Rahmen des Gewohnten fiel. Daß Moiras Gefühle alles andere als kindlich waren, kam Christine nicht in den Sinn. Daß sie viel bewußter und viel weiblicher reagierte als Christine, die neun Jahre älter war, daran hätte Christine nie gedacht.

Am nächsten Nachmittag um halb fünf saßen die beiden Breedenkamper Mädchen bei Julian Jablonka im Auto. Er war pünktlich erschienen. Diesmal nicht in Runges Sportwagen, sondern mit der großen Limousine, mit der das Sanatorium die Gäste von der Bahn abholte. Christine saß neben ihm, Moira im Fond, die Geige auf dem Schoß. Sie war sehr aufgeregt, die

Augen riesengroß und glänzend. Vorher hatte sie stundenlang vor dem Spiegel zugebracht, ihr Haar gebürstet und mit einem Lippenstift den sie Winnie mal stibitzt hatte, ein wenig Rot auf ihren Lippen verrieben. Ganz vorsichtig nur, damit es nicht auffiel. Und das neue hellblaue Kleid hatte sie an, natürlich.

Sie betrachtete den Mann am Steuer. Sie sah seinen gutgeformten Hinterkopf, das graublonde Haar, sein Profil, wenn er den Kopf wandte und mit Christine sprach. Was für ein Mann! So einen wie diesen gab es nur einmal. Ob er mich liebt? dachte Moira. Er wollte, daß ich mitkomme. Unbedingt wollte er das. Und er hat sich sehr dafür interessiert, was ich mache und was aus mir einmal wird. Und wie er mich angesehen hat!

»Du siehst ja reizend aus«, hatte er gesagt, vorhin, als er kam.

Er sagte jetzt immer du zu ihr.

Es gibt ja so etwas: Liebe auf den ersten Blick. Ich liebe ihn auch. Später, wenn ich Konzerte gebe, wird er mir die Daumen halten und wird zuhören, und hinterher, wenn ich es gut gemacht habe, wird er mich küssen. Und immer wird er mir Blumen schenken. Neulich hat er die Blumen Christine geschenkt. Na ja, das mußte er, sie ist ja die Hausfrau. Und ich bin noch so jung. Aber er wollte unbedingt, daß ich mitkomme. Aber spielen werde ich nicht können. Ich werde keinen vernünftigen Strich zusammenbringen, wenn er mich ansieht.

Christines Gedanken waren anderer Art. Sie beschäftigten sich nicht mit dem Mann neben ihr, sondern mit Dorotheenhof. Je näher sie kamen, um so größer wurde ihre Angst. Wie hatte sie nur diese Einladung annehmen können! Sie wollte ja gar nicht hin. Halten Sie an! Kehren Sie um! Lassen Sie mich aussteigen! Das war es, was sie am liebsten gesagt hätte. Julian, der zu ihr sprach, bekam einige Male gar keine Antwort und zweimal eine total sinnlose.

Er blickte sie von der Seite an. Sie saß ganz gerade, hatte die Lippen fest geschlossen, eine seltsam gespannte Linie verlief von ihrer Wange zum Hals herab. Es war jetzt dunkel draußen, aber im Dämmerlicht des Wagens konnte er es gut sehen. Bei der Abzweigung nach Dorotheenhof mußte er einen Moment halten, um ein entgegenkommendes Auto vorbeizulassen. Er sah sie wieder an und sagte etwas, sie schien es gar nicht zu hören, blickte starr geradeaus, und dann sah er ihre Hände. Sie hatte sie zu Fäusten geballt im Schoß liegen, und diese Fäuste aneinandergepreßt.

Sie hatte also Angst davor, nach Dorotheenhof zu kommen. Aber damals war sie doch hingeritten, wie reimte sich das zusammen?

Die Antwort fiel ihm nicht schwer. Es reimte sich wie alles im Leben und in der menschlichen Seele: gar nicht. Das gab es schließlich, daß man Angst hatte vor einem bestimmten Ort und dennoch magisch von ihm angezogen wurde. Nicht nur mit Orten, auch mit Menschen konnte es einem so gehen. Er hatte keine Erkundigungen eingezogen über diese Geschichte von Breedenkamp und Dorotheenhof. Als routiniertem Rechercheur wäre es ihm bestimmt nicht schwergefallen, alle Facts zu erfahren. Aber er hatte sich mit dem begnügt, was Runge ihm erzählt hatte. Das waren nackte Tatsachen, häßliche Tatsachen, doch eine alte Geschichte. Doch auf jeden Fall keine vergangene und vergessene. Ich will es wissen, dachte er plötzlich. Aber sie soll es mir selbst erzählen.

»Warst du schon einmal in Dorotheenhof, Moira?« fragte er.

»Nein.« Moiras Stimme klang erstaunt. »Noch nie.«

Für Moira barg also Dorotheenhof offenbar keine Schrecken. Diese alte, häßliche Geschichte war Christines Geschichte, Moira ging sie nichts an.

Während sie die Pappelallee entlangfuhren, die nach Dorotheenhof führte, legte er seine Hand auf Christines geballte Fäuste. Er spürte, wie sie zusammenzuckte, aber auch wie ihre Hände sich entkrampften. Sie zog sie nicht weg, rührte sich nicht.

Sie dachte: Ob er etwas weiß? Bestimmt. Runge wird beim Kauf von Dorotheenhof sicher etwas erfahren haben. Warum zum Teufel haben sie mich denn gedrängt, hierher zu kommen. Sie konnten sich doch denken, daß ich nicht herkommen wollte.

Ich will nach Hause, wollte sie sagen. Mir ist nicht gut. Ich habe Kopfschmerzen. Bitte, fahren Sie mich nach Hause. Ich kann leider nicht mitkommen.

Sie sagte es nicht. Es war nur ein leises Stöhnen. Er verlangsamte noch mehr das Tempo, beugte sich näher zu ihr. »Haben Sie etwas gesagt?«

»Ich würde am liebsten heimfahren.« Sie flüsterte es nur, es war kaum zu verstehen.

Er hatte es doch verstanden. Mehr erraten als verstanden. Mit seiner rechten Hand umschloß er ihre linke Hand, die eiskalt war, und sagte: »Ich bin ja da.«

Warum sollte das ein Trost und eine Hilfe sein? Erstaunlicherweise war es das aber.

Moira lauschte neugierig. Sie hatte nicht verstanden, was Christine gemurmelt hatte. Hatte sie gesagt, daß sie sich vor den fremden Menschen fürchtete, und hatte er darum gesagt: Ich bin ja da?

Warum sollte sie sich fürchten? Sie brauchte ja nicht Geige zu spielen, nur eben dasitzen und reden.

Es war schon zu dunkel, um die edle Fassade von Dorotheenhof zu sehen. Der Hof hatte riesige Ausmaße. Hier standen keine Bäume, es war gewissermaßen ein höfischer Hof, für Auffahrten gebaut. Das Herrenhaus war langgestreckt, zweistöckig, hatte einen vorgeschobenen Mittelbau, aus dessen hohen Fenstern durchgehend von unten bis oben helles Licht in den Hof fiel. Auch die breite Freitreppe am Mittelbau, die zum Eingang führte, wurde von zwei Lampen hell erleuchtet. Die Treppe. Daran erinnerte sich Christine gut. Da war man vorgefahren, ein Diener kam die Stufen herab oder stand schon da und half ihnen aus dem Wagen. Damals, während des Krieges, und auch nach dem Krieg waren sie mit einer Kutsche herübergefahren. Und plötzlich fiel ihr noch etwas anderes ein. Daß neben dem Eingang, rechts und links davon, zwei starke und mächtige Rosenbäume an der Fassade hinaufgewachsen waren, die bis zum ersten Stock reichten und sich dort nach seitwärts verzweigten. Rosenbäume mußte man in diesem Falle wirklich sagen, es waren keine Sträucher. Im Sommer blühten sie über und über und dufteten über die ganze Weite des Hofes. Es kam ihr vor, als rieche sie die Rosen jetzt auch – mitten im Winter.

Julian hielt nicht direkt vor der Treppe, er fuhr zur Seite und parkte den Wagen da.

»So da wären wir!«

»Ui, das ist aber schön hier«, sagte Moira ehrfurchtsvoll, als sie die Freitreppe hinaufschritten.

»Es ist wirklich schön«, sagte er. »Du kannst es nur jetzt in der Dunkelheit nicht richtig sehen. Der Blick auf das Herrenhaus, wenn man durch den Hof kommt, ist ein Genuß. Damals konnten sie eben noch bauen. Bauen und Musik machen, das verstanden sie früher besser als heute. Du mußt dir merken, daß das meist zusammentrifft. Eine Zeit, die schöne Bilder und Bauten hat, hat auch meist schöne Musik. Man kann es kürzer ausdrücken: Entweder eine Zeit hat Sinn für Harmonie und Schönheit, oder sie hat ihn nicht.«

Er öffnete ihnen die Tür. »Bitte sehr, meine Damen!«

Die Halle war von der gleichen Großzügigkeit wie der Hof. Die Decke war hoch und stuckverziert, die Wände bis zur Mannshöhe paneeliert, darüber mit einer braungolden schimmernden Tapete bis zur Decke bezogen.

Christine blieb überrascht stehen. »Aber so hat es doch schon immer ausgesehen.«

Julian blickte sie an und schwieg.

»Warst du denn schon einmal hier?« fragte Moira überrascht.

»Ja – ja, ich glaube. Ganz früher einmal.«

Es waren die Wände und die Decke, die ihr bekannt vorkamen. Früher war die Halle so gut wie leer gewesen, jetzt standen da einige Sitzgruppen und prächtige, große Blattpflanzen. An der rechten Ecke befand sich die Rezeption. Durch die hohe geöffnete Tür im Hintergrund kam Frau Runge auf sie zu.

»Da seid Ihr ja. Herzlich willkommen!«

Sie streckte Christine die Hand entgegen. »Ich freue mich ganz schrecklich, daß Sie kommen.«

So etwas wie Widerstand regte sich in Christine. Wie kam diese Fremde dazu, sie in diesem Haus willkommen zu heißen. Es war Frederikes Haus.

Jetzt erschien auch Leo Runge unter der Tür, er lachte, begrüßte sie mit vielen Worten, machte Christine ein Kompliment, neckte Moira und nahm ihr die Geige ab, die sie fest unter dem Arm hielt.

Christine hatte gar nicht mehr gewußt, wie groß das Haus

war, ein Zimmer folgte auf das andere. Und hier war nichts, was sie an früher erinnerte, alles war neu, dem jetzigen Zweck entsprechend eingerichtet.

Leo Runge erklärte gleich alles. Dies sei der große Speiseraum, dies der kleine, falls nur wenige Gäste da seien, hier ein Aufenthaltsraum, dort ein Lese-, daneben ein Fernsehzimmer. Und hier die Bar. Ist das nicht süß geworden? Zwar dürften seine Patienten nicht viel trinken, aber mal ein Glas Wein oder Sekt oder ein leichter Cocktail, das sei schon erlaubt, denn der Mensch müsse ja ein bißchen Spaß am Leben haben, sonst könne die beste Kur nicht anschlagen. Im rechten Flügel, so erzählte er, seien die Kur- und Behandlungsräume untergebracht, die könne man später besichtigen. Zum Schluß gelangten sie in den riesigen Gartensaal an der Parkseite, der in zwei Hälften geteilt worden war. Auf dieser Seite stelle er das Prunk-, Unterhaltungs- und Musikzimmer dar, wie Leo sagte, und auf der anderen Seite befinde sich der Liegesaal. Bei schönem Wetter könnten die Patienten auch davor auf der Terrasse liegen.

Dieser Raum hier war wundervoll eingerichtet, mit tiefen, geblümten Sesseln, seidenen Vorhängen, ein großer Flügel stand hier, dem Moira einen scheuen Blick zuwarf, ein Kaminfeuer brannte, und durch die Fenster konnte man hinaussehen, wo im Schnee ein Weihnachtsbaum mit brennenden Kerzen stand.

»Na?« fragte Runge und blickte Christine erwartungsvoll an.

»Es ist sehr schön hier«, sagte sie mühsam.

»Es ist einfach himmlisch«, rief Moira. »Ich habe so etwas Schönes noch nie gesehen. Und wie groß es ist!«

»Ein altes Holsteiner Herrenhaus, mein Fräulein. Sie verstanden zu leben damals, sie hatten Platz und Zeit, Personal natürlich auch. Nur ein Größenwahnsinniger ist imstande, in der heutigen Zeit so ein Haus zu erwerben. Das hat jedenfalls mein Schwiegervater gesagt, als er im Herbst hier war. Womit er zweifellos recht hat. Wenn ich pleite mache, weiß ich warum. Aber ich hab's mal gehabt, und das war es wert.«

»Du machst nicht pleite, Leo«, sagte eine Stimme vom Kamin her. »Ich kenne genügend Leute. Und ich schicke dir so viele Kunden her, wie du gar nicht gebrauchen kannst. Du wirst Wartelisten anlegen müssen. Und demnächst beerbst du mich, dann bist du wieder eine Weile flott.«

»Es wäre eine schlechte Reklame für mich, wenn ich dich zu bald beerbe, Angèle. Ich möchte, daß du hier deinen hundertsten Geburtstag feierst, und daß die Leute sagen, dies sei mein Werk. Das wird mehr wert sein als die dickste Erbschaft.«

In einem Sessel vor dem Kamin saß eine zierliche Gestalt in einem langen, hochgeschlossenen Kleid aus schwarzer Spitze, um den Hals einen prachtvollen Smaragdschmuck. Die Frau war alt, aber sie war schön. Das Gesicht zart, wie gemeißelt, hell gepudert, ein wenig Rouge auf den Wangen, die Augen waren dunkel, fast schwarz, das Haar blausilbern. Sie rauchte aus einer langen Spitze, ihr Mund war dunkelrot geschminkt.

»Wenn du allerdings nicht endlich mal mit dem Rauchen aufhörst«, fuhr Runge fort, »wirst du höchstens neunundneunzig, das habe ich dir schon oft genug prophezeit.«

»Das genügt mir auch«, sagte die Dame im Spitzenkleid.

Runge faßte rechts Christine, links Moira und brachte sie zum Kamin.

»Das sind also die Damen Kamphoven, die ich dir schon lange versprochen habe. Sie sind ziemlich schwer einzufangen. Das ist Christine, eine großartige Reiterin. Und dies ist Moira, eine großartige Geigerin. Zumindest will sie das werden, wie wir von Julian gehört haben. Stimmt's, Moira?«

Moira nickte verwirrt und machte einen Knicks vor dem Filigranbild im Sessel.

»Das ist meine Tante Angèle. So wie sie aussieht, so ist sie. Sie hat einer Legion von Männern das Herz gebrochen, und es ist ihr erstklassig bekommen.«

»Das bekommt jeder Frau«, sagte Tante Angèle. »Auf den Herzen der Männer stehend wird das Leben erst zum Genuß. Denn wenn sie es nicht tut, wird ganz gewiß einer auf ihrem Herzen herumtreten, und das ist gar nicht bekömmlich. Eh bien, setzt euch. Gibt es jetzt endlich Tee?«

»Schon unterwegs«, sagte Gerda Runge.

Wirklich rollte gerade ein Mädchen den Servierwagen mit Tee, Rum und Gebäck herein. Gerda schenkte ein und reichte ihnen die Tassen.

»Wo steckt der Großfürst?« fragte Tante Angèle. »Kann er niemals pünktlich sein?«

»Ich habe ihm Bettruhe bis vier Uhr verordnet«, sagte Runge. »Es ist fünf.«

»Wie ich ihn kenne«, sagte Gerda, »macht er ausführlich Toilette, da er weiß, daß wir zwei junge Damen zum Tee erwarten.«

»Davon wird er auch nicht jünger«, sagte Angèle mit der Erbarmungslosigkeit des Alters. Und zu Christine gewandt, fuhr sie fort: »Nicht, daß Sie denken, es handelt sich wirklich um einen Großfürsten. Wir nennen ihn nur so, weil er sich so benimmt.«

Christine, die bisher kein Wort gesprochen hatte, sagte: »Ich weiß nicht, wie ein Großfürst sich benimmt, ich habe noch keinen kennengelernt.«

»Das dürfte Ihnen auch schwerfallen, ma chère, es gibt ja keine mehr. Die letzten, die man noch vor dem Krieg in Paris fand, sind wohl inzwischen ausgestorben.«

»Ich kenne noch einen«, sagte Julian.

Er hatte sich als einziger nicht gesetzt, stand an den Sims des Kamins gelehnt, auf dem er seine Teetasse abgestellt hatte.

»Er lebt in New York, ist eine eindrucksvolle Erscheinung und hat ein kleines russisches Lokal am Broadway. Hauptsächlich verkehren bei ihm Schauspieler und Theatergäste. Unter den hübschesten jungen Schauspielerinnen pflegt er sich seine Freundinnen zu suchen. Ob es jetzt noch funktioniert, weiß ich natürlich nicht, ich habe ihn seit drei Jahren nicht gesehen.«

»Nun, eines Tages funktioniert es nicht mehr. Wie alt ist er denn?«

»Das weiß ich nicht, Madame. Nehmen wir an, er war fünfundzwanzig oder so, als er Mütterchen Rußland fluchtartig verließ. Geben Sie ihm noch eine Chance?«

»Pourquoi non? Wenn er gut trainiert ist. Das wichtigste für ihn wird wohl sein, daß die anderen glauben, es funktioniere noch. Führt er eine gute russische Küche?«

»Exzellent. Das besorgen seine Frau und seine Tochter.«

»Er hat sich sein Leben offenbar gut eingeteilt. Er unterhält demnach nur die Gäste.«

»So ist es.«

»Nun, das kann genauso wichtig sein wie eine gute Küche.«

Sie hatte drei Bröselchen von dem Kuchen in den Mund gesteckt, jetzt steckte sie wieder eine Zigarette in die lange Spitze. Julian gab ihr Feuer.

»Ich gebe es auf«, stöhnte Runge. »Wenn die Patienten schon in meiner Gegenwart rauchen, bedeutet das, daß ich nicht die geringste ärztliche Autorität habe. Da – er auch.«

Julian hatte sich auch eine Zigarette angezündet und lachte.

»Du willst bloß nicht, daß wir rauchen, weil es dich foltert, zuzusehen. Es ist ein hartes Geschäft, ein gutes Beispiel zu geben. Ich wette, er raucht heimlich, Madame.«

»Keineswegs«, sagte Runge, »ich rauche seit Jahren nicht mehr. Mir wird übel, wenn ich bloß an eine Zigarette denke. Ist es nicht so, Gerda?«

»Du sagst, daß es so sei«, antwortete Gerda diplomatisch.

»Wer will denn schon ewig leben«, sagte Madame Angèle. »Man muß sowieso mit der Zeit auf vieles verzichten, was einem Spaß macht. Außerdem bin ich nicht deine Patientin, Leon, auch wenn du so ein paar Kunststückchen an mir versuchst. Mir fehlt gar nichts. Ich wollte bloß sehen, was du hier treibst. Und weil es mir gefällt, bin ich eine Weile geblieben. Es ist sehr attraktiv, dieses Dorotheenhof.«

»Das will was heißen, denn ma tante ist verwöhnt«, sagte Runge zu Christine. »Sie ist gewöhnt, in Palästen zu leben. Unter anderem in Brüssel. Ihr gehören nämlich die belgischen Erzgruben.«

»Du übertreibst, wie gewöhnlich, Leon, es ist weniger als die Hälfte davon. Ah, voilà, da ist ja unser Langschläfer. Mon dieu, wie können Sie nur so lange schlafen. Sie versäumen das halbe Leben, Brüderchen.«

Julian hatte sich seinen Stehplatz am Kamin mit Bedacht gewählt. Von dort aus hatte er einen guten Überblick. Er sah Christines Gesicht, rosig beleuchtet vom Kaminfeuer, sah, daß die Angst langsam aus ihren Augen wich, aber auch, daß sie noch immer auf der Hut war. Heute trug sie ein dunkelblaues Kleid, es wirkte streng und machte sie älter.

Er sah Moiras erregtes Kindergesicht und stellte fest, daß es so kindlich gar nicht mehr wirkte. Und nun sah er den Balten durch den Raum auf sie zukommen.

Leos Tante, Angèle, kannte er schon seit einer Ewigkeit. Sie war nicht mehr jung gewesen, als er sie kennenlernte, aber noch eine umwerfende Schönheit. Sie war wirklich steinreich, hatte in zweiter Ehe einen belgischen Grubenbesitzer geheiratet und wirkte damals wie heute auf ihn wie ein Wunderwesen aus einer besseren und lang vergangenen Zeit. Eine Frau, die sich mit ihrer Schönheit und Klugheit ein Vermögen erheiratet hatte und damit umgehen konnte. In Wahrheit war sie es, die wie eine echte Großfürstin lebte.

Der baltische Baron, den sie spaßeshalber den Großfürsten nannten, war keineswegs vermögend, jedoch ein Grandseigneur, der ebenfalls einer anderen und besseren Welt der Vergangenheit zu entstammen schien. Ihn hatte Julian erst hier kennengelernt, und er fand, daß es eine lohnende Bekanntschaft war. Leo hatte ihn, wie er erzählte, auf der Insel Java kennengelernt, die damals noch holländischer Kolonialbesitz war. Der baltische Baron lebte auf einer Gummiplantage, die eine große, kräftige Holländerin von ihrem Mann geerbt hatte. Sie war in den Balten verliebt, er nicht in sie. Sie paßten wirklich nicht zueinander, was er bemerkte, die Frau nicht. Daß er trotzdem längere Zeit bei dieser Frau, die ihm auf die Nerven ging, und in diesem Klima, das ihm nicht bekam, aushielt, hatte zwei Gründe. Erstens brachte er es niemals übers Herz, eine Frau zu enttäuschen und zu verlassen, und zweitens hatte er weder Geld und Besitz noch Heimat und wußte nicht, wohin er gehen sollte.

Er war malariakrank, und Leo behandelte ihn. Und sagte ihm schließlich, er müsse dieses Land und dieses Klima verlassen, sonst würde sein Leben nicht mehr lange währen. Auf diese Weise kam der Balte von Java und der Frau los, kehrte nach Europa zurück, hielt sich einige Zeit in der Schweiz auf, bei Freunden, wie er vage berichtet hatte, und kam schließlich nach München, wo Leo ihn wiedertraf, als er dort seine Praxis hatte. Das war vor ungefähr vier Jahren gewesen. Der Mann war noch immer krank, es ging ihm schlecht. Auch finanziell. Er lebte in einem alten Haus in Schwabing und hatte schon wieder eine Frau am Hals, die ihn tyrannisierte. Diesmal eine robuste Münchnerin. Er war einfach zu gutmütig. Die Frauen fanden ihn charmant, zeigten sich gern mit ihm, und auf einmal war er eingefangen und festgenagelt. Er war jetzt Mitte Sechzig, groß und schlank, mit eleganten Bewegungen und guten Manieren. Er hatte ein interessantes Gesicht, viele Falten, die ihm gut standen, kleidsames, graues Haar und eine unbeschreiblich warmherzige Art zu lächeln. Außerdem war er klug, gebildet, erfahren und souverän. Nur etwas hatte er nie besessen: einen richtigen Beruf. Er war auf einem riesigen Landbesitz, in wirklich nahezu großfürstlichen Verhältnissen im Baltikum aufgewachsen, die ganze Pracht ging flöten, als die Bolschewisten kamen. Was er eigentlich sein ganzes Leben lang gemacht hatte, wußte keiner hier genau. Er erzählte zwar sehr amüsant von Berlin, Paris und London, von Zürich, Rom und Genf, er erzählte von Künstlern, Wissenschaftlern, Adligen, Geldleuten, mit denen er zusammengetroffen war, er erzählte von Festen, Reisen und schönen Frauen – von Arbeit jedoch war nie die Rede.

Das einzige, was er getan hatte: er hatte gemalt. Zu Erfolg war er offenbar damit nicht gekommen.

Er war kein Paying guest in Dorotheenhof. Gerda und Leo hatten ihn über Weihnachten eingeladen, weil sie wußten, daß es ihm nun endgültig recht schlechtging. Und da er nun schon einmal da war und Leo Zeit hatte, wurde er verarztet und behandelt wie ein echter Kurgast.

Daß er ein amüsanter Plauderer war, verstand sich von selbst. Eine Weile lang war das Gespräch am Kamin sehr lebhaft, Madame Angèle und der Baron kabbelten sich in gewohnter Weise, das taten sie jeden Tag, Leo lachte sich halbtot darüber, Julian heizte das Gespräch mit geschickten Bemerkungen an, Gerda bremste manchmal ein wenig – die beiden Mädchen von Breedenkamp schwiegen und staunten. Dies war für sie eine ganz und gar ungewohnte Welt.

Jetzt hatten sie beide ein Kindergesicht, fand Julian, der sie beobachtete. Christine hatte die Beklemmung ihres Zusammentreffens mit Dorotheenhof offenbar überwunden, sie saß da und lauschte, ihr Blick war jetzt offen und weit, sie lächelte oft zu den geistreichen Spötteleien der Unterhaltung, einige Male lachte sie unbeschwert.

Und Moira saß überhaupt da wie verzaubert, ihr Blick ging von einem zum anderen, sie kam Julian vor wie eine kleine Alice im Wunderland.

Er fühlte sich wohl. Dieser Rahmen, diese Art von Gesellschaft, das Wissen um das stille Land vor den Fenstern, ihm war, als könne er es ewig hier aushalten.

Einmal im Laufe des Abends sagte er so etwas. Und fügte hinzu: »Wenn deine Patienten sich nur halb so wohl fühlen hier wie ich, Leo, dann wird Dorotheenhof ein Superknüller. Dann reist keiner mehr hier ab. Oder zumindest kommt er jedes Jahr wieder.«

»Dein Wort in Gottes Ohr«, erwiderte Leo, »und vielen Dank.«

Sie waren zu anderen Getränken übergegangen. Julian und der Baron tranken Whisky, für die anderen mixte Leo Martinis, auch Moira bekam einen kleinen, aufgestockt als Long drink.

Irgendwann kam das Gespräch auf Moira und ihre Geige.

»Willst du uns nicht etwas vorspielen?« fragte Gerda. »Ich begleite dich gern.«

Moira wurde rot, blickte hilfesuchend auf Christine. »Ich möchte eigentlich nicht«, sagte sie.

»Aber du hast die Geige doch extra mitgebracht«, meinte Leo. »Wir haben bestimmt gedacht, wir bekommen dich mal zu hören.«

»Nein. Bitte nicht.«

Jetzt lag ihr Blick flehentlich auf Julian.

»Warum nicht?« fragte er ruhig.

»Weil ... es ist ... ich habe noch nie vor jemand gespielt. Ich meine, mir hat noch nie jemand zugehört, wenn ich spiele. Ich ... Sie sind alle so ...« sie verstummte, verlegen und eingeschüchtert, ihre ganze fröhliche Laune war verschwunden.

»Du brauchst nicht zu spielen, wenn du nicht willst«, sagte Julian. »Aber was wolltest du sagen? Was sind wir? Meinst du, wir sind dir nicht freundlich gesonnen?«

»Nein, das wollte ich nicht sagen. Ich wollte sagen, Sie sind alle ... so klug. Und verstehen sicher viel davon. Von Musik meine ich. Und wenn ich ... es ist, weil ich doch noch nicht viel kann. Ich will es doch erst richtig lernen.«

»Jetzt verstehe ich, was du meinst«, sagte Julian. »Und ich verstehe auch, warum du nicht spielen willst.«

»Und ich würde sagen, Fräulein Moira hat recht«, fiel der Baron ein. »Die Kunst ist ein edles Geschöpf. Man soll sie nicht in unfertigen Kleidern auf die Straße führen. Das tun nur Dilettanten. Daß Fräulein Moira nicht spielen will, beweist, daß sie es ernst meint. Sehen Sie, ich habe gemalt. Zwar mit Liebe und Begeisterung, aber meinem Anspruch nach höchst mittelmäßig. Darum habe ich meine Bilder nie jemandem gezeigt und habe auch nie eins verkauft. Obwohl ich zuzeiten Freunde genug hatte, die aus lauter Menschenfreundlichkeit gelegentlich ein Dingelchen von mir für harte Dollars erworben hätten. Das wollte ich nicht. Weil ich mich geschämt hätte. Nicht nur vor meinen Freunden. Sondern viel mehr vor der Göttin Kunst.«

»Wenn alle so denken würden wie Sie, Baron, bliebe der Menschheit viel erspart«, sagte Leo.

»Und der Kunsthandel wäre längst bankrott«, meinte Madame Angèle. »Gut, also kein Konzert. Wir werden es verschmerzen. Willst du wirklich aus der Violine einen Beruf machen?«

Moira, sehr erleichtert, daß sie so schnell verstanden und von einem Auftreten dispensiert worden war, gab sich Mühe mit der Antwort.

»Ich möchte es gern. Ich denke viel daran. Aber ich weiß nicht, ob ich es kann.«

»Nun, darüber sprachen wir schon«, sagte Julian. »Man weiß es eben leider vorher nie. Die Kunst ist nicht nur eine edle Göttin, sondern auch eine launische. Sie kommt nicht bereitwillig, sie kann auch sehr widerspenstig sein. Man muß sie ziemlich hart anfassen. Man muß sie zwingen. Durch Arbeit, Fleiß, Verzicht. Ich habe dir neulich schon gesagt, daß es ein schwerer Weg ist, den du gehen willst.«

Moira nickte.

»Ein schwerer Weg«, gab der Baron zu, »aber für den, der ihn gehen kann, gibt es keinen schöneren. Und vor allen Dingen keinen anderen. Wollen Sie mir erzählen, Fräulein Moira, wann Sie angefangen haben, Geige zu spielen, was Sie gespielt haben, was Sie gelernt haben und wie Sie es sich weiter vorstellen?«

Moira sah sich plötzlich im Mittelpunkt, alle Augen waren auf sie gerichtet. Aber sie war im Moment gar nicht scheu. Sie fand es schön, daß alle sich mit ihr beschäftigten. Daß man sie ernst nahm. Und möglicherweise war es auch eine Befreiung für sie, daß sie aussprechen konnte, was so unausgegoren in ihr brodelte. Sie erzählte ganz sachlich von Herrn Rodewald, ohne jede Gemütsbewegung übrigens, das hatte sie abgestreift wie ein altes Kleid, sie erzählte von den ersten Stunden bei ihm, was sie alles gelernt hatte, wie sie übte, wo sie übte, was sie inzwischen spielen konnte.

»Ich habe mir gedacht, daß ich in ein Konservatorium gehen kann, wenn ich mit der Schule fertig bin. Und die werden mir ja dann sagen, ob ich es kann oder nicht.«

»Und wann sind Sie mit der Schule fertig?« fragte der Baron.

»Oh, in zwei Jahren.«

»Das ist zu spät, mein Kind«, sagte der Baron. »Sie sollten jetzt schon ein Konservatorium besuchen oder wenigstens erstklassigen Unterricht haben. Möglicherweise haben Sie ihn bei diesem Herrn Rodewald, das kann ich nicht beurteilen.«

Er blickte Christine fragend an.

Sie hob die Schultern.

»Ich kann es auch nicht beurteilen. Und warum soll es zu spät sein, wenn sie mit der Schule fertig ist? Sie ist doch noch so jung, es genügt doch, wenn sie dann in eine Musikschule geht.«

»Es genügt nicht. Gerade bei der Geige genügt es nicht. Alle großen Geiger haben schon während der frühesten Kindheit eine volle Ausbildung gehabt. Und ich spreche hier nicht von sogenannten Wunderkindern. Aber mit sechzehn, siebzehn, höchstens achtzehn waren sie meist schon podiumsreif. Sehen Sie, die Geige ist ein sehr schwieriges Instrument. Man muß mit ihr leben wie mit seinem eigenen Ich, wenn man sie wirklich beherrschen will. Ich kenne nur ein vergleichbares Instrument, das ist die menschliche Stimme. Auch sie muß jeden Tag neu erobert werden. Auch sie ist abhängig vom leiblichen und seelischen Befinden des Besitzers. Wer singt oder wer Geige spielt, lebt unter einer totalen Diktatur. Bedenken Sie das auch, Fräulein Moira. Wenn Sie ein sehr freiheitsliebender Mensch sind, ein Mensch, der ungebunden bleiben will, dann müssen Sie ihren Plan vergessen. Sie werden nie frei sein. Sie werden eine Sklavin der Geige sein. Sie wird Ihnen den härtesten Frondienst abverlangen, und es ist nicht gesagt, daß sie sich dankbar dafür erweist. Was ist eine Geige denn? Vier dünne Fäden, über ein Stück Holz gespannt. Ganz lächerlich, wenn man sich das vorstellt. Daraus soll man dann Musik zaubern. Tränen und Freude, Tanz, Trauer, Jubel, ein weiches Legato und einen übermütigen Kaskadensturz von Tönen, den Teufelstriller und die strenge Thematik eines Bachsatzes. Ein bißchen Holz und Darm und Metall! Das kann man nicht so nebenbei erlernen. Und nicht in zwei oder drei Jahren. Dazu braucht man jeden Tag, jede Stunde. Und das ein Leben lang.«

Der Baron, der den ganzen Abend so leichtzüngig geplaudert hatte, war auf einmal ernst geworden. Sein Blick lag fest auf Moira, seine Stimme war eindringlich. Unwillkürlich waren alle beeindruckt und sahen, fast mitleidig, das Mädchen an, das hier so beschwörend angesprochen wurde.

Aber Moira war immer noch nicht eingeschüchtert. Sie erwiderte den Blick des Barons mit der gleichen Intensität. Sie sagte: »Ich will es wirklich. Ich weiß nicht, ob ich es kann. Aber ich will es.«

Julian fiel auf, daß sie nicht mehr sagte: ich möchte. Jetzt sagte sie: ich will.

Der Baron lehnte sich zurück, er sah irgendwie befriedigt aus.

»Dann würde ich folgendes empfehlen. Nehmen Sie noch eine kleine Zeit lang fleißig Unterricht bei Ihrem Herrn Rodewald, erarbeiten Sie sich ein kleines, für Ihr derzeitiges Können passendes Repertoire, und greifen Sie dabei nicht zu hoch. Es ist besser, einfache Stücke gut zu beherrschen, als schwierige Stücke mangelhaft. Achten Sie auf Ihre Technik. Sofern Herr Rodewald imstande ist, Ihnen eine anständige Technik beizubringen. Und dann spielen Sie einem wirklichen Meister vor. Den treffen Sie am besten in einer guten Musikhochschule oder Akademie an. Der wird Ihnen dann seine Meinung dazu sagen. Wenn er sagt: lassen Sie es!, dann sollten Sie es besser vergessen. Sagt er aber: versuchen Sie es!, dann suchen Sie sich den besten Lehrer, der in erreichbarer Nähe ist. Und sehen Sie zu, daß Sie mit der Schule schnell fertig werden, oder lassen Sie die Schule sausen, und gehen Sie auf die Akademie. Nach drei oder vier Jahren werden Sie dann wissen, ob Sie weitermachen sollten oder besser aufhören. Und dann ...«

»Hören Sie auf, Baron«, rief Madame Angèle, und es klang ärgerlich. »Es wird einem ja ganz verzweifelt zumute, wenn man Ihnen zuhört. So, als sei ein Musikstudium das ärgste Martyrium, dem ein Mensch sich unterziehen kann.«

»Nun, meine Liebe, das ist es auch.«

»Das arme Kind wird ja ganz verzagt.«

»O nein«, widersprach Moira. »Ich glaube, daß es so ist. Ich weiß, daß es so schwer ist.«

»Und du würdest dir das wirklich zutrauen? So ein zierliches Püppchen wie du?«

Moira nickte, mit roten Wangen.

Der Baron sagte: »Die Kraft, die sie braucht, kommt von innen.«

»Na, wahrscheinlich nicht nur. Ich würde sagen, wir müssen jetzt alle etwas essen, damit wir zu Kräften kommen. Mir ist bei Ihren Ermahnungen ganz flau im Magen geworden.«

»Ich bin untröstlich, Madame«, sagte der Baron, »wenn ich Sie ennuyiert habe.«

»Ach nein, es ist nur ungewöhnlich, daß Sie so seriös werden.«

»Es soll nicht wieder vorkommen. Und seien Sie versichert, Madame, das ist auch meine einzige seriöse Seite, die ich besitze. Wenn es nämlich um Kunst geht.«

»Wir können bald essen«, sagte Gerda prosaisch. »Es gibt Fasan. Balthasar hat heute extra auf seinen freien Tag verzichtet.«

»O ja, Gerda, erzähl von Balthasar. Ich liebe die Geschichten über ihn. Er ist, bei Gott, ebenfalls ein Künstler.«

»Noch einen Drink vor dem Essen?« fragte Leo. Er füllte die Gläser noch einmal. Und Gerda sagte, zu Christine gewandt: »Balthasar ist wirklich ein Künstler, und ein eigenwilliger dazu. Der beste Koch, den mein Vater je hatte. Er ist weit in der Welt herumgekommen, und eigentlich wollte er sich jetzt zur Ruhe setzen. Ich kenne ihn seit meiner Kindheit und habe ihm viel abgeguckt. Als er hörte, was wir hier vorhaben, sagte er sofort, er würde auf zwei Jahre mitkommen und hier einen Nachfolger für uns heranziehen.«

»Den wir allerdings noch nicht gefunden haben«, warf Leo ein. »Und genaugenommen auch nicht brauchen. Denn Balthasar macht Haute Cuisine, und meine Patienten sollen gesund und bescheiden essen, was für viele Diät bedeutet. Das leuchtet Balthasar nicht ein. Das ist der große Konflikt in Dorotheenhof.«

»Ich bin sehr entzückt, daß er da ist, er kocht exzellent«, sagte Madame Angèle.

»Ja, liebste Tante Angèle, leider ißt du nur wie ein Spatz, und darum ist Balthasars Kunst an dich auch verschwendet. Wie ist es, Fräulein Christine, wollen Sie vor dem Essen noch die Behandlungsräume anschauen?«

Christine nickte beklommen. Das, was der baltische Baron gesagt hatte, und vor allem die Art, wie er es gesagt hatte, so ernst und eindringlich, hatte sie sehr beeindruckt. War es möglich, daß Moira wirklich so etwas Schweres beginnen wollte? Konnte sie das denn? Heute hatte sie nicht einmal ein kleines Stück vorspielen wollen. Und hatte sie, Christine, eigentlich schon einmal Moira zugehört? Nie. Hatte überhaupt irgendein Mensch auf Breedenkamp Moiras Geigenspiel wirklich ernst genommen? Keiner.

Und schließlich, wenn sie das wirklich tun wollte, dann bedeutete es, daß sie bald fortgehen würde. In eine fremde Stadt, zu fremden Menschen. Dazu war sie viel zu jung. Zu jung, zu scheu, zu schutzlos.

»Dann macht aber schnell«, sagte Gerda. »Wir essen in einer Viertelstunde.«

Julian kam mit. Er stand hinter Christine, als Leo eifrig seine Apparate erklärte, die Behandlungszimmer und sein Sprechzimmer vorführte. Auch diesmal hatte er ihr angesehen, was sie empfand.

Christine war sich seiner Nähe bewußt.

Sie war wie ein Schutz, wie eine Hilfe. Und während sie mit halbem Ohr Runges Erklärungen lauschte, dachte sie: ich muß mit Julian darüber sprechen. Er hat ja neulich zu Moira schon sehr verständnisvoll gesprochen. Er versteht es. Er versteht alles.

Vertrauen zu einem Fremden. Zu einem Mann. Christine ahnte noch nicht, welch ungeheures Ereignis das in ihrem Leben bedeutete. Da war ein fremder Mann gekommen – ein ganz fremder Mann. Und sie wollte ihn um Rat fragen, wollte mit ihm sprechen, hatte das Gefühl, daß er ihr helfen konnte. Auch das Gefühl, daß er sie verstehen würde. Auf einmal war da ein Mensch, zu dem sie sprechen konnte. Über alles. Über alles?

Doch. Über alles. Das dachte sie nicht, das fühlte sie nur. Sie hatte ihn heute zum viertenmal gesehen.

Das Jägerhaus

In aller Selbstverständlichkeit kam Julian nun öfter. Er rief an, holte Christine ab, zu einer Fahrt irgendwohin, zu einem Spaziergang. Er ging gern spazieren. Es sei für ihn geradezu eine Sensation, sagte er, nach dem langen Aufenthalt in tropischen Ländern nun in dem kalten, kahlen Winterwald spazierenzugehen. Christine meinte, es sei jetzt keine besonders schöne Zeit, im Frühling würde es ihm bestimmt mehr Spaß machen.

»Auch. aber so wie es jetzt ist, finde ich es wunderbar. Wer weiß, wo ich im Frühling bin.«

Sie liefen durch den Wald, an den leeren Feldern entlang, und Christine erklärte ihm, was da und dort gesät war und im Boden auf den Frühling wartete, was sie auf den anderen Schlägen anbauen würde, wenn der Winter vorbei wäre.

»Sie imponieren mir, Christine. Ich habe bisher keine Vorstellung gehabt von der Arbeit in der Landwirtschaft. Ich finde es erstaunlich, daß eine Frau so eine gewaltige Aufgabe meistern kann.«

»Es ist immer noch die Arbeit meines Großvaters. Gott sei Dank! Er ordnet an, was zu geschehen hat, und ich tue es. Ich hätte große Angst, wenn ich es einmal allein tun müßte.«

»Sie werden einen Mann heiraten müssen, der das alles versteht und der es mit Ihnen zusammen macht.«

Und Christine antwortete: »Ich heirate nicht.«

Irgendwie hatten seine Worte sie verletzt.

Vor ihnen lag ein besonders großer Schlag, sie hatte ihm gerade erzählt, daß man im Herbst hier Winterweizen gesät hatte. Ein Stück unterhalb standen zwei Rehe und äugten ohne Scheu zu ihnen her.

»Warum sollten Sie nicht heiraten? Man hört es zwar manchmal von jungen Mädchen heute, daß sie nicht heiraten wollen, aber es ist meist nicht sehr ernst gemeint. Aber gerade für Sie wäre ein Mann doch eine Lebensnotwendigkeit.«

»Sie reden wie alle«, sagte Christine verstimmt. »Das hat mir bis jetzt noch jeder gesagt.«

»Also muß doch etwas dran sein. Vernünftigerweise muß jeder sagen: sie braucht einen Mann, der ein guter Landwirt ist. Was haben Sie daran auszusetzen?«

Sie warf ihm einen ärgerlichen Blick zu. »Vor allem, daß Sie es auch sagen.«

»Sie meinen, mir sollte etwas Originelleres einfallen? Nun gut, ich will's versuchen. Sie brauchen einen Mann, mit dem Sie sich verstehen. Falls er kein Landwirt ist, muß eben ein tüchtiger Verwalter auf das Gut. Besser?«

»Ich mache es allein.« Ein eigensinniger Ausdruck lag um ihren Mund.

»Das ist ein stolzes Wort. Ich bin durchaus der Meinung, daß eine Frau genausoviel leisten kann wie ein Mann. Vorausgesetzt, sie ist bereit, auf manches zu verzichten.«

»Sie meinen Liebe und all das. Für mich ist das kein Verzicht. Ich brauche das nicht.«

»Sie erwarten nicht von mir, daß ich das glaube.«

»Ich will von Männern nichts wissen. Und ich hasse Liebe.«

»Was für ein schreckliches Wort! Kann man Liebe hassen? Mir sträuben sich die Haare, wenn ich das höre.«

»Vielleicht kann man es besser ausdrücken. Ich bin kein Schriftsteller. Aber ich meine es so.«

»Und warum also hassen Sie Liebe? Kann man etwas hassen, das man nicht kennt.«

»Ich kenne sie.«

Wie so oft fühlte sie sich im Gespräch mit ihm ungewandt und ungelenk. Er trieb sie mit Worten in eine Falle, und das ärgerte sie jedesmal. – Sie wandte sich um und ging den Weg zurück in den Wald.

Eine Weile gingen sie schweigend nebeneinanderher. Dann

fragte er: »Wie ist das eigentlich mit dem Wald? Sie haben doch eine ganze Menge Wald auf dem Gebiet von Breedenkamp. Der muß doch auch irgendwie versorgt werden, nicht?«

»Wir haben keinen eigenen Förster und auch keinen eigenen Jäger mehr«, antwortete Christine, froh, daß er das Thema wechselte. – »Oder genauer gesagt, wir haben mit Friedrichshagen einen Förster gemeinsam. Der ist für unseren Wald zuständig.«

»Den würde ich gern einmal kennenlernen.«

»Das können Sie haben. Besuchen Sie ihn mal, das freut ihn bestimmt. Er ist ein sehr netter Mann. Und seine Frau kocht erstklassigen Kaffee. Er wohnt auf dem Gebiet von Friedrichshagen. Gleich hinter Dressendorf hat er sein Haus. Forstmeister Kuhnert hat zwei Forstgehilfen, er kümmert sich um alles, was mit dem Wald zu tun hat. Aufforstung, Holzschlag, Wildhege, alles eben. Auch die Waldarbeiter sind sein Ressort. Zur Jagd geht ja mein Großvater noch selbst. Er hat einen jungen Mann aus Lütjenburg, der als Jagdaufseher fungiert. Er hat eine gewisse Abschußzahl. Und zahlt keine Pacht.«

»Sie gehen nicht zur Jagd, Christine?«

»Nein. Ich kann nicht einmal schießen. Großvater ist der Meinung, das sei nichts für eine Frau.«

»Es gibt doch aber Frauen, die zur Jagd gehen.«

»Sehr viele sogar. Eleonore Jessen zum Beispiel geht immer zur Jagd. Sie kennen die Jessens doch?«

»Ja, ich kenne sie. Wir waren mal dort, Gerda, Leo und ich, und sie haben uns auch besucht. Sehr vitale Leute.«

Sie dachte an Olaf, der seit Weihnachten noch einmal dagewesen war und einen Abend lang, bis spät in die Nacht, geblieben war. Er hat von seiner Reise erzählt, mit Jon gefachsimpelt, mit ihr sehr wenig gesprochen. Aber er hatte sie auf sehr merkwürdige Art angesehen, so nachdenklich und sehr ernst. Als er ging, hatte er ihre Hand festgehalten, auch dabei war er ernst, gar nicht so lachend und sieghaft wie sonst, und hatte gesagt: »Ich komme bald wieder, Christine.« Offenbar hatte er sich entschlossen, seine Taktik zu ändern. Und Christine konnte sich nicht mehr einreden, daß es nur so eine vorübergehende Laune von Olaf gewesen war, als er versuchte, sich ihr zu nähern. Der Gedanke bedrückte sie. Es war doch nicht möglich, daß er es ernst meinte?... Olaf, auf den alle Frauen weit und breit verrückt waren. Und er sollte sich für sie interessieren? Das war unmöglich. Und es war ihr unangenehm.

Auch Julian dachte an Olaf.

»Leo hat mir erzählt, daß der Sohn von den Jessens Ihnen den Hof macht.«

»So? Nicht, daß ich wüßte«, sagte Christine kurz.

»Womit wir wieder beim Thema wären. Wäre das nicht der richtige Mann für Sie?«

Christine blieb stehen, ihre Augen blitzten vor Wut, ihre Stimme war laut und böse: »Ach, hören Sie doch mit diesem Blödsinn auf!«

Julian hob in übertriebener Abwehr die Hände.

»Tun Sie mir nichts, Christine! Verdammt, wie Ihre Augen funkeln! Ich will ja gar nicht, daß Sie diesen Jessen-Mann heiraten. Ich will Ihnen überhaupt keinen Mann andrehen. Wir haben doch nur ganz sachlich über praktische Fragen gesprochen. Ich fände es sogar schrecklich, wenn Sie heiraten würden.«

Christine blickte ihn unsicher an.

»Warum fänden Sie es schrecklich?«

»Weil ich lieber in unverheiratetem Zustand mit Ihnen hier spazierengehe. Darf ich noch eine kleine Frage stellen, oder werden Sie dann wieder böse?«

»Wenn Sie nichts mit der blöden Heiraterei zu tun hat...«

»Nein. Damit nichts. Das hätten wir ja nun geklärt. Sie wollen nicht heiraten, nicht den Jessen und auch keinen anderen. Ist mir recht. Ich möchte nur gern wissen, warum Sie gesagt haben, daß Sie die Liebe hassen. Gibt es dafür einen stichhaltigen Grund?«

»Ja.«

»Also eine unglückliche Liebe? Eine Enttäuschung?«

»Finden Sie nicht auch, daß Ihre Neugier jetzt etwas zu weit geht?«

»Heute mache ich auch alles falsch«, sagte Julian zerknirscht, »das kommt von meinem gräßlichen Beruf. Ich will immer alles genau wissen. Aber in Ihrem Fall ist es nicht einmal Reporter-Neugier. Rein persönlich möchte ich alles wissen, was Sie angeht.«

»Lieber nicht. Über mich gibt es nicht viel Erfreuliches zu berichten.«

»Das wäre sehr traurig. Und ich glaube es nicht.«

Christines Gesicht war verschlossen.

»Fahren wir nach Hause«, sagte sie. »Telse wird uns einen Grog brauen.«

»Das ist eine gute Idee. Warum hassen Sie die Liebe? Wer hat das angerichtet?«

»Mein Gott, sind Sie hartnäckig.«

»Das wissen Sie doch. Also... warum?«

»Ich weiß, daß Liebe nur Unheil bringt. Daß sie Menschen unglücklich macht. Daß sie... tötet.«

Sie schritt jetzt schneller aus, hatte den Blick zu Boden gesenkt.

»Es hat nichts mit mir zu tun. Ich habe keine unglückliche Liebe erlebt. Keine unglückliche und keine glückliche. Gar keine. Ich will damit nichts zu tun haben.«

»Ich nehme an, es ist das Schicksal Ihrer Eltern, das Sie so sprechen läßt.«

Er sagte es ruhig und in sachlichem Ton, doch es erregte wieder ihren Zorn.

»Wenn Sie das alles wissen, warum fragen Sie mich dann erst.«

»Ich weiß nicht alles. Ich weiß ganz wenig. Gerade das, was Leo mir erzählt hat, und das sind höchstens ein paar trockene Facts. Ich habe weder ihm noch sonst jemand Fragen darüber gestellt. Ich stelle auch Ihnen keine, Christine. Ich verstehe es, wenn Sie nicht darüber sprechen wollen.«

Schweigend kamen sie zum Auto und stiegen ein.

Ehe Julian losfuhr, sagte er: »Liebe kann so ziemlich alles sein, Glück und Unglück, Himmel und Hölle. Wenn Sie mir mal so abgedroschene Redensarten verzeihen wollen. Meist ist sie nichts als blecherne Alltagsmünze, eben nur gerade ein rundherum gewohntes und gewöhnliches Gesellschaftsspiel. Und sehr oft ist sie nichts als Einbildung, Illusion. Ich habe mich schon oft gefragt, ob sie überhaupt existiert.«

Seine Worte verletzten sie wieder.

»Doch«, sagte sie leise, »es muß sie wohl geben. Oder glauben Sie, daß Menschen an einer Illusion zugrunde gehen?«

»Ganz gewiß sogar. Viele Menschen gehen an einer Illusion zugrunde – Liebe, Ehre, Treue, Glaube, Vaterland. Lauter feine Sachen. Ein Haufen Seifenblasen. Illusionen.«

»Nein. So ist es nicht.«

Er war ihr sehr nahe, blickte in ihr Gesicht, er hatte den Wunsch, sie in den Arm zu nehmen. Was sie wohl täte, dieses Mädchen, das vorgab, die Liebe zu hassen?

»Vielleicht«, sagte er, »vielleicht gibt es das wirklich... Liebe! Ich weiß es nicht. Mir ist sie noch nicht begegnet. Diese Art Liebe, von der wir jetzt sprechen.«

Als sie vor dem Gutshaus standen, sagte sie nicht, er solle mit hereinkommen. Aber er stieg aus und kam mit. Wie immer, wenn er ins Haus kam, tauchte sofort Moira auf. Sie schien ständig auf der Lauer zu liegen, ob er käme. »Wo wart ihr denn?« fragte sie.

»Spazieren«, sagte Christine.

Moira warf ihr einen finsteren Blick zu.

»Komisch, früher bist du nie spazierengegangen.«

Sie war eifersüchtig. Warum ging er denn mit Christine spazieren?

»Manchmal ändert man seine Gewohnheiten«, sagte Julian, »sonst wird das Leben zu langweilig.«

»Bei uns ändert sich nie was«, sagte Moira unfreundlich.

Julian blickte von einer zur anderen, dann lächelte er auf seine warmherzige Art.

»Ich habe offenbar heute kein Glück bei den Damen Kamphoven. Ich sollte lieber gehen. Du bist offenbar auch schlechter Laune.«

»Ist Christine schlechter Laune?« fragte Moira neugierig.

»Habe ich das gesagt?«

Moira nickte.

»Du hast recht. Das kleine Wörtchen auch war falsch gewählt. Du siehst, man kann mit Wörtern nie sorgfältig genug umgehen. Nein, Christine ist nicht schlechter Laune. Oder jedenfalls war sie es nicht. Wenn sie es jetzt sein sollte, bin ich daran schuld. Es liegt wohl daran, daß ich heute immer etwas Verkehrtes sage.«

»Dann sollten Sie lieber gar nichts sagen.«

»Du hast schon wieder recht.« Er sah Christine an. »Soll ich also gehen, oder bekomme ich trotzdem ein Glas Grog, wenn ich verspreche, zu schweigen?«

Jetzt mußte Christine lächeln. »Es ist schwer, mit Ihnen zu argumentieren. Man zieht auf jeden Fall den kürzeren. Sie bekommen Grog, und Sie brauchen nicht zu schweigen.«

»Ich kann euch ja eine Platte vorspielen«, sagte Moira eifrig.

»Nein. Deine Platten kennen wir nun schon auswendig. Ich muß dir mal ein paar neue mitbringen.«

»Dann spiele ich Ihnen etwas vor.«

»Kann nicht wahr sein! Hast du dich dazu durchgerungen? Dann ist das doch kein ganz schwarzer Tag.«

Da saßen sie also, tranken Grog, und Moira spielte. Gut, sicher, fehlerfrei, mit festem, vollem Strich. Sie war sehr konzentriert, wirkte sehr erwachsen.

»Mein Urteil ist natürlich nicht maßgebend«, sagte Julian, als sie fertig war, »aber ich würde sagen, du hast gut gespielt. Es klang wie richtige Musik.«

Moira strahlte ihn glücklich an.

»Es hat Ihnen wirklich gefallen? Dir auch, Christine?«

»Ja. Mir auch.«

»Du solltest vielleicht doch gelegentlich nach Dorotheenhof kommen und mit Frau Runge etwas üben. Neulich haben wir nämlich von dir gesprochen, und Gerda sagte, sie hätte einen Cousin oder etwas Ähnliches und der hätte wiederum einen Freund, der Geiger ist. Er spielt die zweite Geige im Reghori-Quartett. Falls dir das was sagt.«

Moira schüttelte den Kopf.

»Mir auch nicht. Aber ich kenne mich mit Kammermusik nicht aus. Gerda sagt, es ist eine ziemlich neue Gruppe, alles junge Leute, sie hätten schon recht hübsche Erfolge. Zur Zeit gastieren sie in Frankreich. Leo meint, vielleicht kann man sie mal einladen, in Dorotheenhof zu spielen. Sie wollen ja gelegentlich was veranstalten, wenn das Haus besetzt ist. Wenn sie kommen, könntest du ihnen mal vorspielen, und darum sollst du mit Gerda ein paar Stücke einstudieren. Was meinst du?«

Moira nickte begeistert. »Ja, das täte ich gern.«

»Das ist ein Wort, ich werde es ausrichten. Es müßte ein Termin vereinbart werden, und du fährst hinüber. Solange sie wenig Gäste haben, hat Gerda Zeit. Ihr müßtet euch bloß erst die richtigen Noten besorgen. Am besten fahrt ihr zuammen nach Lübeck oder nach Kiel und sucht euch aus, was ihr könnt.«

»Fahren Sie mit?«

»Das wird leider nicht gehen. Ich reise demnächst ab.«

Moiras strahlende Miene erlosch. »Sie reisen ab?«

Auch Christine hatte das unvermutete Wort getroffen.

»Ich komme wieder«, sagte er. Er sah Christine an, sie erwiderte seinen Blick, aber sie schwieg.

»Ich möchte gern wiederkommen. Ich habe ein paar komische Ideen in meinem Kopf.«

»Was für Ideen?« fragte Moira.

»So etwas wie Ruhe und Besinnung habe ich seit Jahren nicht gekannt. Eigentlich nie. Hier habe ich es kennengelernt. Und es gefällt mir. Ich möchte mich irgendwo hinsetzen, wo es still und schön ist. Und ein Buch schreiben.«

»Oh!« sagte Moira. »Das ist prima. In Dorotheenhof?«

»Nein, dort nicht. Ich kann die Gastfreundschaft von Gerda und Leo nicht endlos in Anspruch nehmen. Geld würden sie von mir nicht nehmen. Abgesehen davon, daß mir ein Daueraufenthalt in Dorotheenhof zu teuer wäre. Außerdem hätte ich in Dorotheenhof die Ruhe nicht, die ich zum Arbeiten brauche.«

»Dann wohnen Sie bei uns«, rief Moira begeistert. »Bei uns ist es sehr ruhig.«

»Du bist wirklich ein Goldschatz«, sagte Julian und lachte. »Aber ich glaube, damit wäre weder dein Großvater noch Telse und schon gar nicht deine Schwester einverstanden.«

»Warum denn nicht? Großvater kann Sie gut leiden. Sonst würde er gar nicht mit Ihnen reden. Der redet nicht mit jedem. Und Christine kann Sie auch gut leiden. Nicht, Christine?«

Wieder sah er sie an, ein leises Lächeln um die Lippen. Sein Blick war wie eine Berührung, und Christine war auf einmal ganz seltsam zumute. Sie war unruhig, nervös und immer noch, unverständlicherweise, gereizt.

»Du bist heute sehr vorlaut, Moira«, sagte sie scharf. »Wir können Herrn Jablonka alle gut leiden. Deswegen ist nicht gesagt, daß er bei uns wohnen will.«

»Vielleicht im Verwalterhaus«, schlug Moira unbeirrt vor.

Wenn ihr etwas im Kopf steckte, war sie genauso hartnäckig wie Julian. Oder wie ihre Mutter es gewesen war. »Das steht sowieso leer. Da könnte er sein Buch schreiben.«

»Ich bin an Unabhängigkeit gewöhnt, Moira. Ich weiß noch nicht, was ich tue. Bis jetzt ist es nur eine vage Idee.«

Das stimmte nicht. Es war schon viel mehr als eine vage Idee. Es war etwas, worüber er sehr ausführlich nachgedacht hatte. Manchmal langweilte er sich auf Dorotheenhof. Ausgeruht war er jetzt. Und er hatte Lust, etwas zu tun. Er hatte keine Lust, wieder auf große Reise zu gehen. Davon hatte er erst mal genug. Mit dem Gedanken, ein Buch zu schreiben, spielte er schon lange.

Und nun: Zeit habe ich. Und Zeit wäre es, einmal etwas Ernsthaftes zu tun. Ruhe hätte ich hier auch.

Ruhe für ernsthafte Arbeit würde es woanders auch geben, es mußte nicht unbedingt Holstein sein. Aber hier war er nun einmal und hier gefiel es ihm. Er war früher nie in diesem Land gewesen, und dennoch empfand er hier so etwas wie ein Heimatgefühl. Er hätte das nicht ausgesprochen, in solchen Dingen war er spröde. Vielleicht war auch das wieder nur eine Illusion. Darum sagte er sich: egal, wo ich bleibe, ob hier oder dort, aber das bietet sich nun gerade an.

Ein wenig war auch Christine daran schuld, darüber war er sich klar. Sie war auch ein Buch, gerade das erste Kapitel, und das noch nicht einmal vollständig, hatte er gelesen.

Aber wollte er es weiterlesen? War es gut für ihn? Gut für sie? Da hatte er seine Zweifel. Manchmal war es besser, aufzuhören, ehe etwas begonnen hatte. Er war kein Mann für sie. Und sie keine Frau für ein Abenteuer.

Am nächsten Tag wurde Moira von Dorotheenhof angerufen und für den kommenden Samstag aufgefordert, hinüberzukommen, um gemeinsam mit Gerda die Übungsstunden zu besprechen und vielleicht einen kleinen Anfang zu machen.

Polly fuhr sie hinüber und wartete, bis sie fertig war. Er fuhr sie in Zukunft oft nach Dorotheenhof, denn Moira wurde dort nun regelmäßiger Gast. Christine fand es gespenstisch. Moira und der Dorotheenhof waren zusammengekommen – wie kam das nur? Sie war selbst schuld daran, sie war zuerst mit ihr dorthin gefahren. Und warum? Weil Julian es gewollt hatte.

Aber Moira und die Musik waren auch zusammengekommen. Und daran hatte sie gewiß keine Schuld.

Moira war noch ein Kind, und dennoch hatte Christine das Gefühl, daß sie ihr langsam entglitt. Sie war ein Kind und doch wieder nicht, sie wirkte reif und erwachsen – manchmal. Wenn sie musizierte, wenn sie sich in sich verschloß, was oft vorkam. Dann fand man keinen Zugang zu ihr, sie konnte abweisend, ja verletzend sein. Sie lebte nun hier seit vielen Jahren, bei ihnen, mit ihnen – und sie war doch im Grunde eine Fremde geblieben.

Die Belange des Gutes, die Arbeit, die geleistet wurde, das interessierte sie nicht im geringsten. Christine war sicher, daß Moira, wenn im Frühjahr die Saat aufging, Winterweizen nicht von Wintergerste unterscheiden konnte. Moira lebte ihr Leben für sich. Die Schule wurde recht und schlecht erledigt. Freundschaften schloß sie nicht, die Geige wurde immer mehr ihr Lebensinhalt. Und natürlich ihre leidenschaftlichen Anfälle von Verliebtheit, von denen aber Christine nichts wußte. Erst Paul Rodewald, den sie jetzt verachtete. Sie verachtete ihn wegen seiner durchschnittlichen Frau und wegen seines durchschnittlichen Geigenspiels. Mit einer gewissen Arroganz ließ sie seinen Unterricht über sich ergehen. Sie war der Meinung, daß sie es selbst schon viel besser konnte.

Und nun liebte sie Julian Jablonka und wartete auf seine Rückkehr.

Denn er war fort. Ganz plötzlich war er abgereist. Christine hatte ihn seit jenem Abend, an dem sie Grog tranken, nicht mehr gesehen, der Abschied war telefonisch und kurz gewesen. Das kränkte sie. Sie war traurig. Und ein wenig böse. Er fuhr einfach fort, kam nicht einmal auf einen Abschiedsbesuch. Sie begann sich erstmals Gedanken über ihre Gefühle zu machen. Natürlich wies sie die Möglichkeit weit von sich, daß sie sich verliebt haben könnte. So etwas gab es für sie nicht.

Warum nicht? Wenn es das für alle gab, warum sollte es das für sie nicht geben? Meist ist es nur Einbildung, das hatte er ja gesagt. Illusion. Na also. Wie war es denn bei Winnie gewesen? Die war oft genug nach Hause gekommen, glücklich und lachend, mit geröteten Wangen: »Mein Gott, Christine, ich bin schrecklich verliebt.« Was war es gewesen? Einbildung. Illusion. Spätestens drei Monate später liebte Winnie einen anderen.

Gleichzeitig wußte Christine, wie unsinnig es war, sich mit Winnie zu vergleichen. Winnies Verliebtheiten und das, was ihr selbst passieren würde, wenn es so etwas wie Liebe für sie je geben sollte, da führte überhaupt kein Weg hin. Glücklicherweise aber gab es das für sie nicht. Und was Julian Jablonka betraf – gut, er war dagewesen, und nun war er fort. Das war alles. Kein Grund, auch nur einen Gedanken daran zu verschwenden. Er würde sowieso nicht wiederkommen. Moira war anderer Meinung. Sie war felsenfest davon überzeugt, daß er wiederkommen würde. Er hatte den Arm um ihre Schulter gelegt, damals als sie zum erstenmal zum Spielen nach Dorotheenhof kam, und hatte gesagt: »Übe fleißig, Moira. Wenn ich wiederkomme, gebt ihr beiden mir ein Konzert.«

»Sie kommen bestimmt wieder?«

»Bestimmt.«

»Sie versprechen es?«

Er zog sie ein wenig an sich und lächelte. »Ich verspreche es.« Das vergaß sie nicht. Seinen Arm um ihre Schulter, den kurzen Moment, als sie seinen Körper an ihrem fühlte, sein Lächeln, seinen zärtlichen Blick.

Nachts lag sie im Bett und erlebte es immer wieder. Er kommt wieder. Er kommt wieder. Ich verspreche es, hat er gesagt. Er kommt wieder. Weil er mich liebt. Er kann es nicht sagen, ich bin noch zu jung. Aber später... später... Sie hatte Sehnsucht nach ihm und war voll der kunterbunten Gefühle, die dazu gehörten. Darum spielte sie so gut wie nie zuvor.

Gerda Runge sagte zu ihrem Mann: »Ich glaube, dieses Mädchen ist wirklich sehr begabt.«

»Ich finde auch. Es klingt sehr hübsch, wenn ihr spielt.«

Er durfte zuhören wann er wollte, Moira hatte keine Scheu mehr. Sie bewegte sich mit der Zeit sehr sicher in Dorotheenhof, sie war gern dort. Manchmal fuhr sie gleich nach der Schule hin, dann aß sie sogar bei den Runges.

Der Balte war abgereist, aber Madame Angèle blieb noch bis Ende Januar. Auch sie hörte dem Spiel von Gerda und Moira manchmal zu.

»Bist du nicht zu oft in Dorotheenhof?« fragte Christine. »Du darfst den Leuten nicht auf die Nerven gehen.«

»Ich gehe niemandem auf die Nerven«, sagte Moira selbstsicher. »Sie sagen ja immer, daß ich kommen soll. Übrigens brauche ich Geld, Christine. Wir wollen nächste Woche nach Lübeck fahren und Noten für mich kaufen.«

»Du darfst die Schule nicht vernachlässigen, Moira.«

»Die Schule?« Moira lächelte wegwerfend. »Die Schule ist für mich nicht wichtig.«

Sie war ein absoluter Mensch. Es gab nur immer eine Sache in ihrem Leben, die ihr etwas bedeutete.

Keiner sagte ihr, daß dazu entweder die Unberührbarkeit der Primitivität oder die Kraft des Genies gehörte, wenn man damit leben wollte. Sie war genauso gefährdet wie ihre Mutter, wie ihr Vater. Denn sie war weder primitiv noch genial.

Im Februar kam überraschend Winnie zu Besuch. Es ging wie immer bei ihr von heute auf morgen.

»Ich habe so Heimweh«, sagte sie am Telefon. »Und Frankfurt kann ich nicht mehr ausstehen. Herbert hat einen großen Bau im Ruhrgebiet, der ist sowieso kaum zu Hause. Ich habe ihm gesagt, ich fahre mal ein bißchen zu euch. Freust du dich?«

»Natürlich. Wann kommst du denn?«

»Na, morgen. Ich packe schon. Holst du mich ab, in Hamburg?«

Wie nicht anders zu erwarten, blieb keine Zeit mehr für Grübeleien, sobald Winnie da war.

Sie fiel Christine um den Hals, als sie am Hamburger Hauptbahnhof aus dem TEE Helvetia geklettert war, sie weinte sogar ein wenig.

»Oh, Christine! Christine! Ich freu' mich ja so. Ich bin so froh, daß ich dich sehe.«

Es dauerte eine ganze Weile, bis Christine in dem Spätnachmittagsverkehr aus der Stadt heraus war, und auch draußen kamen sie nur langsam vorwärts. Aber das störte Winnie nicht. Sie saß neben Christine und redete und redete, und je näher sie Breedenkamp kamen, um so aufgeregter wurde sie.

Immerzu entdeckte sie dies oder das, obwohl es schon dunkel war, und jedesmal schrie sie vor Entzücken auf, wenn sie etwas sah, was sie kannte, plapperte alle Namen vor sich hin, da wohnte der und da ging es zu jenem, in diesem Dorf war sie einmal beim Schützenfest gewesen, und dort hatte Klaus oder Fritz oder Hans gewohnt, dort hatten sie so eine hübsche Stute gezogen, und da hatte sie mal ein Rendezvous gehabt.

»Wenn man dich hört, könnte man meinen, du seist zehn Jahre fort gewesen.«

»So kommt es mir auch vor, wirklich. Ach, du weißt nicht, was ich für Heimweh habe. Herbert ist ganz eifersüchtig auf euch. Er sagt, er kann von Breedenkamp schon nichts mehr hören. Weil ich immerzu davon rede.«

»Ich dachte, es gefällt dir in Frankfurt.«

»Ja, schon. Aber richtig auch nicht. Und es ist eben so weit von euch weg. Weißt du, es ist komisch. Richtig glücklich kann ich nur in Breedenkamp sein. Ich bin schon gern mal in einer Großstadt. O doch, das macht viel Spaß. Man kann ausgehen und die vielen Schaufenster ansehen, man kann ins Theater gehen und so was alles. Und wir haben auch viele Bekannte. Aber wir müßten in Hamburg sein, da könnte ich jede Woche mal schnell zu euch kommen, das wäre viel besser. Ich habe Herbert schon gesagt, er soll doch seine Firma nach Hamburg verlegen.«

»Na, das geht doch sicher nicht so einfach.«

»Er sagt, ich spinne. Das kann er überhaupt nicht, die Firma ist schon immer da, und drum muß sie auch dort bleiben. Verstehst du das?«

»Da wird er wohl recht haben.«

»Na ja, vielleicht. Aber wenn ich denke, daß ich dauernd in Frankfurt bleiben soll, macht mich das ganz krank, ehrlich. Freut sich Großvater auch, daß ich komme?«

»Ja, sicher.«

»Und nun erzähle mal, wie geht es denn so bei euch?«

Natürlich kam Christine nicht dazu, viel zu erzählen. Winnie redete unausgesetzt weiter. Es gab ja auch von Breedenkamp nichts Neues zu erzählen, da war es wie immer. Vielleicht, daß Ewald Döscher sich gut bewährte und daß man sehr froh war, ihn zu haben, aber das interessierte Winnie sowieso nicht.

Winnies Ankunft in Breedenkamp gestaltete sich ebenso wortreich wie die Autofahrt. Sie feuerte ihren Pelz in die Ecke, umarmte Jon, Moira und Telse, lief von einem Zimmer ins andere, konnte vor Aufregung erst nicht essen, und dann aß sie stundenlang, und nachher saßen sie bis spät in die Nacht, und Winnie erzählte.

Verheiratet sein sei ja ganz nett, sagte sie, aber auch wieder ein bißchen langweilig. Herbert arbeite sehr viel und sei wenig da, und wenn er da war, wolle er seine Ruhe haben, und wenn sie mit jemand anderem ausging, war er sauer.

»Ach, und Gerhard war da, das habe ich euch ja gesagt, nicht?« Am Telefon hatte sie davon berichtet, und nun erzählte sie es noch einmal ganz genau. Wie gut Gerhard aussah und was für ein netter Mann er geworden war. »Direkt zum Verlieben, sage ich euch. Hätte man nie gedacht, daß der sich mal so zurechtwächst. Er hat über Weihnachten seine Mutter besucht, die ist ja in Königsstein im Taunus. Sie ist jetzt eine ausgebildete Krankenschwester, und es geht ihr prima. Und Gerhard hat eine Freundin in Stuttgart, wußtet ihr das? Ganz nettes Mädchen. Bißchen langweilig vielleicht. So schrecklich seriös – finde ich. Aber er ist ja auch seriös, nicht? Er will sie heiraten. Wußtet ihr das?«

Nein. Sie hatten es nicht gewußt.

»Ich hab' ihm gesagt, er soll sich bloß Zeit lassen mit dem Heiraten. Eilt ja nicht so. Wenn er heiratet, dann hat er sie. Nicht? Er ist richtig nett geworden. Herbert war direkt eifersüchtig auf ihn.«

Herbert hatte offenbar Grund zur Eifersucht. Winnie schwärmte von Breedenkamp, und wie sich das mit Gerhard abgespielt hatte, konnte man sich auch gut vorstellen, wenn man Winnie kannte. Umarmungen und Küßchen und überschwengliche Worte.

Am nächsten Tag schlief sie lange, und dann machte sie die Runde auf dem Hof, jeder einzelne mußte begrüßt werden, und alle freuten sich, Winnie zu sehen.

Und als das erledigt war, fing sie an, zu telefonieren. Dann gingen die Besuche los. Manche kamen, und zu vielen fuhr Winnie hin, sie wurde abgeholt, oder einer mußte sie fahren, Führerschein hatte sie immer noch nicht. So machte sie die Runde durch das Land, führte allen ihre schicken Kleider vor, die sie reichlich mitgebracht hatte. Das ging vierzehn Tage so und von einer Rückkehr nach Frankfurt war immer noch nicht die Rede. Manchmal telefonierte sie mit ihrem Mann, das tat sie in den liebevollsten Tönen, aber damit war er wieder für sie erledigt.

»Liebst du deinen Mann eigentlich?« fragte Christine.

»Na, klar, natürlich. Warum? Er ist doch schrecklich nett. Er liebt mich doch auch. Manchmal versteht er mich zwar nicht richtig. Weißt du, was er mal zu mir gesagt hat? Du bist kindisch, hat er gesagt.«

»Ganz unrecht hat er damit vielleicht nicht.«

»So? Meinst du? Ich bin eben noch jung. Er kann schließlich nicht erwarten, daß ich mich wie eine abgeklärte Großmutter benehme, nicht? Und manchmal schimpft er, daß ich so viel Geld ausgebe.«

»Du mußt ja auch nicht so viel Geld ausgeben. Das bist du doch gar nicht gewöhnt von hier.«

»Drum mache ich es eben. Dazu ist Geld doch da. Irgendeinen Spaß muß man doch haben.«

Telse stellte schließlich eine naheliegende Frage: »Warum kriegst du eigentlich kein Kind?«

»Weiß ich auch nicht. Hat eben noch nicht geklappt. Kann ja immer noch kommen, nicht?«

Lang und breit erzählte sie von Goldblitz. Sein Bein war immer noch nicht ganz in Ordnung, drei Wochen hatte sie ihn wieder geritten, dann lahmte er aufs neue. Und nun stand er wieder.

»Ist nicht mit anzusehen. Da steht er und steht in der dämlichen Box und ist ganz unglücklich. Und reite ich ihn, dann geht er unklar. Und nach einer Viertelstunde oder so, da lahmt er richtig. Also – ich habe mich jetzt entschlossen, wenn ich zurückkomme und es ist immer noch nicht gut, dann wird er verladen und kommt hierher. Da kann er sich richtig erholen.«

Dieses Thema wurde natürlich lang und breit mit den Friedrichshagenern erörtert, die Winnie oft besuchte. Olaf brachte sie einige Male nach Hause und blieb dann noch lange sitzen. Das wurden vergnügte, lange Abende, auch Christine war wieder etwas unbeschwerter, das brachte schon Winnies Gegenwart mit sich.

»Also weißt du«, sagte Winnie, »deine Schwester, das ist

und bleibt eine Trantüte. Mit der kann doch kein Mensch etwas anfangen. Ewig rennt sie mit der Geige durch die Gegend. Jetzt will sie das auch noch als Beruf machen. Das ist doch Blech.«

»Warum? Wenn sie doch nun mal Talent hat.«

»Na, weißt du, das dauert noch Jahre und Jahre, bis sie das richtig kann. Es sind doch immer nur ganz wenige, die Karriere machen. Und so wie die ist, so tüterig, na, ich weiß nicht.«

In diesem Punkt war sie sich mit Telse einig, die auch an Moiras Geige keinen Gefallen finden konnte.

Eines Tages kam Herr Petersen wieder vorbei, der Pflanzenschutzboß. Er und Winnie fielen sich in die Arme, und dann fuhr Winnie tagelang mit Herrn Petersen durch das Land, besuchte mit ihm seine Kunden und Freunde, und eines Abends kam sie heim, zusammen mit Herrn Petersen, und war etwas kleinlaut.

»Also heute habe ich etwas angestellt«, sagte sie.

Christine sah Herrn Petersen fragend an, der grinste und meinte: »Kann man wohl sagen.«

»Was denn, um Himmels willen?« fragte Christine.

»Ich habe ein Pferd gekauft«, sagte Winnie.

»Sie hat ein Pferd gekauft«, bestätigte Petersen.

»Warum denn das?« fragte Christine. »Du hast doch die Schimmelstute drüben in Friedrichshagen. Und hast neulich erst mit Olaf ausgemacht, daß du sie nach Frankfurt holst, wenn Goldblitz herkommt.«

Aber dann begann Winnie von dem Pferd zu schwärmen. Das sei überhaupt das schönste Pferd, das sie je gesehen habe. Ein Bild von einem Pferd, ein Traum von einem Pferd. Und die Abstammung! Sie kannte bereits das ganze Pedigree auswendig und zählte sämtliche Vorfahren von Tasso – so hieß das Wunderpferd – nacheinander auf. In Palker waren sie gewesen, und dort hatte sie das Pferd gesehen. Er war fünfjährig, ein Trakehner, kostete ein Heidengeld und würde einmal... »Na, es wird jedes Turnier gewinnen. Jedes. Mit dem kann mich keiner schlagen.«

»Willst du denn wieder Turniere reiten?«

»Warum denn nicht? Natürlich will ich Turniere reiten. Ich bin doch noch keine Großmutter. Mit Goldblitz wird es nicht mehr gehen. Und die Stute drüben – ich weiß nicht, sie ist ein bißchen zaghaft. Olaf meint, sie hat das Herz nicht zum Springen. Aber der Tasso, Mensch, Christine, wenn du den siehst! Da setzt du dich hin und stehst nicht mehr auf. Der springt heute schon eins fünfzig im Schlaf. Aber mach nicht gleich so ein Gesicht, ich mach' das ganz langsam. Ganz langsam. Mindestens zwei Jahre warte ich noch. Vorher gehe ich mit dem auf kein Turnier. Mensch Christine, was für ein Pferd!«

Und dann stellte Christine die naheliegende Frage.

»Und Herbert! Was wird der dazu sagen?«

»Der verhaut mich glatt. Fünfzehntausend Mark. Und das ist ein Freundschaftspreis. Nicht, Fiete? Das ist ein glatter Freundschaftspreis.«

Herr Petersen nickte lachend und meinte, man solle nun ein Glas auf Tasso trinken.

Das taten sie, und an diesem Punkt der Geschichte kam Jon ins Haus und mußte sich das alles von vorn anhören. Er schüttelte den Kopf und sagte: »Du wirst nie vernünftig. Ich nehme an, dein Mann wird den Kauf rückgängig machen.«

Da bekam Winnie ganz wilde Augen und sagte: »Wenn er das tut, kann er mich suchen. Dann lasse ich mich scheiden!«

Und Jon sagte dasselbe, was Herbert in Frankfurt gesagt hatte: »Du bist kindisch, Winnie. Wirst du nicht endlich einmal erwachsen werden?«

Winnie schwieg mit trotzigem Gesicht, dann trank sie mit einem Zug das Glas Sekt aus, das vor ihr stand, und sagte: »Nein.« Jon sagte zu Herrn Petersen: »Fiete, ich versteh' dich nicht. Wenn du schon dabei bist, konntest du wenigstens deinen Verstand beisammen halten.«

Und Petersen sagte: »Jon, wenn du sie gesehen hättest auf dem Pferd! Wie sie den geritten hat! Es war einmalig. Er soll ziemlich schwierig sein, sagten sie. Aber er ging bei ihr wie ein Lamm. Es war Liebe auf den ersten Blick bei den beiden.«

»Das kann ich euch sagen, warum er bei mir so ging«, rief Winnie, »er hat ein Maul wie Seide. Der braucht eine ganz leichte Hand. Das ist wie ... wie ... wie mit einer Geige, Moira. Das ist Musik, so ein Pferd.«

»Das kannst du doch damit nicht vergleichen«, sagte Moira verächtlich.

»Fahren wir morgen wieder hin, Fiete?«

»Liebes Kind, ich hab' ja noch ein bißchen was anderes zu tun.«

»Christine muß mitkommen. Sie muß ihn sehen. Christine, ja?«

Alle mußten das Pferd sehen. Auch Olaf natürlich. Mit ihm fuhr Winnie schließlich jeden Tag nach Palker, um ihr Pferd zu reiten. Olaf war begeistert. Er sagte: »Wenn dein Mann dir das Geld nicht gibt oder dich gleich hinausschmeißt, dann nehme ich ihn.«

»Das könnte dir so passen. Er wird mir das Geld schon geben.« Aber jedenfalls sagte sie Herbert am Telefon nichts von dem Kauf, sie wartete wohl lieber erst eine persönliche Begegnung ab.

»Wenn er mir das Geld nicht gibt«, sagte sie zu Christine, »dann beschaffe ich es mir auf andere Weise.«

»Wie denn?«

»Das wird sich schon finden. Erst mal kann ich Marinette wieder an Jessen zurückverkaufen. Oder ich verkaufe sie in Frankfurt. Achttausend kriege ich für sie auf jeden Fall. Dann sind es bloß noch sieben. Die werde ich schon auftreiben.«

In der zweiten Februarhälfte gab es viel Schnee, es wurde sehr kalt. Das Land versank in Schweigen.

»Christine«, sagte Olaf einmal, als er Winnie heimgebracht hatte und einen Moment mit Christine allein war, »warum weichst du mir eigentlich aus?«

»Aber das tue ich doch nicht. Wir haben uns in letzter Zeit oft gesehen.«

»Ja. Weil Winnie da ist. Ich habe dich so oft gebeten, mal zu uns zu kommen. Du willst nicht nach Friedrichshagen kommen, du willst auch sonst nirgends mit mir hingehen, du bist abweisend und unfreundlich. Weißt du immer noch nicht, daß ich dich sehr gern habe?«

Sie hob unbehaglich die Schultern und blickte an ihm vorbei.

»Sieh mich an, Christine! Warum benimmst du dich wie ein ahnungsloses Kind? Ich will dich heiraten, das weißt du doch.«

»Aber ich will nicht heiraten.«

»Warum nicht?«

»Ich will eben nicht. Es hat nichts mit dir zu tun, Olaf. Ich will überhaupt niemanden heiraten. Ich brauche keinen Mann.«

»Das ist doch Unsinn. Jede Frau braucht einen Mann.«

»Ich nicht.«

»Es kann doch nicht sein, Christine, daß es immer noch damit zusammenhängt.«

Sie blickte ihn kalt an.

«Du hast kein Recht, darüber zu sprechen.«

»Verdammt noch mal, ja, ich spreche aber darüber. Meine Mutter meint, das ist der Grund, daß du jeder Annäherung ausweichst. Das ist doch nicht normal. Du kannst doch deswegen dein Leben nicht zerstören.«

»Ich lebe das Leben, das ich haben will. Ich brauche kein anderes. Und ich wäre dir dankbar, Olaf, wenn du es lassen würdest, mich mit... mit solchen Dingen zu bedrängen. Es ist mir unangenehm. Ich will dich nicht verletzen. Aber ich kann nicht. Ich kann wirklich nicht.«

Er stand jetzt dicht vor ihr. Unwillkürlich hob er die Hände, legte sie um ihre Arme und zog sie dicht an sich, sah ihr ins Gesicht.

»Ich glaube es nicht, Christine. Du bist hübsch und jung und eine ganz normale Frau, das sehe ich doch. Mach dich nicht schon wieder so steif. Gib einmal nach. Mach die Augen zu und...« Seine Hände glitten an ihren Armen empor, schlossen sich um ihren Rücken, aber Christine riß sich mit einer hastigen Bewegung los. Sie schrie: »Nein! Nein! Ich will nicht. Ich kann nicht. Mir ekelt davor.«

Olaf stand regungslos vor ihr. Sein Gesicht war blaß, seine Augen ganz schwarz. »Vor mir?«

»Vor jedem Mann.«

In diesem Moment kam Winnie ins Zimmer.

»Olala! Störe ich?«

Christine wandte sich mit einem Ruck ab und ging hinaus. Olafs Gesicht verzerrte sich vor Wut und Ärger.

»Schwerer Fall?« fragte Winnie. »Komm, trink einen. Und gib das auf mit Christine. Die ist nun mal für so was nicht zu haben. Das kannst nicht mal du ändern.«

»Das werden wir ja sehen.«

»Olaf! Im Ernst... willst du Christine wirklich?«

»Ich will sie. Und ich kriege sie.«

»Na, dann viel Spaß. Das ist ein lebenfüllendes Programm. Ich habe es nie erlebt, daß Christine auch nur den allerkleinsten Flirt gehabt hätte. Daß sie überhaupt nur mal ein männliches Wesen als solches erkannt hätte. Ich hab' Christine schrecklich gern. Ich liebe sie. Sie ist meine Schwester. Aber sie ist eben keine Frau. Sie wird nie eine sein. Sicher hängt es mit dieser schrecklichen Geschichte zusammen. Da hat sie eben einen Knacks wegbekommen. Du weißt ja, damals hat sie nicht geredet. Zwei Jahre lang oder so hat sie kein Wort geredet. Na gut, geredet hat sie dann wieder, aber da ist was anderes zurückgeblieben. Horror vor der Liebe oder irgend so was. Ist 'n Schock, nicht? So was gibt es ja.«

»Sie hat eines Tages geredet. Und sie wird eines Tages eine normale Frau werden. Das sage ich dir. Du wirst es erleben. Ich kann es erkennen, wenn eine Frau ein Neutrum ist. Das ist sie aber nicht. Sie hat durchaus erotische Ausstrahlung.«

»Ah ja?« machte Winnie erstaunt.

»Ich sage es dir. Ich spüre es, andere Männer würden es auch spüren. Sie geht jedem Mann aus dem Weg, gut. Ich bin ihr aber in den Weg getreten. Und eines Tages wird sie wissen, warum. Ich werde sie heilen von diesem Schock oder was immer für ein Quatsch das ist.«

»Wenn einer es könnte, dann sicher du«, sagte Winnie, auf einmal ganz ernst, denn die Leidenschaft, die Eindringlichkeit, mit der Olaf sprach, beeindruckten sie.

»Du bist ein sehr erotischer Mann. Ich war immer verrückt nach dir, früher, das weißt du ja. Und die meisten Mädchen, die ich kenne, auch. Ich bin jetzt eine verheiratete Frau, da kann ich das ruhig zugeben. Aber nun werde ich dir etwas sagen. Wenn du das wirklich tun willst, ich meine, Christine zu einer normalen Frau machen, dann kannst du das nicht mit Gewalt erreichen. Das mußt du ganz anders anfangen. Wahrscheinlich müßtest du erst mal ihr Herz gewinnen oder so was. Wie im Roman, weißt du. Wenn du ihr gleich als Mann entgegentrittst, da kriegt sie einen neuen Schock. Auf der weichen Welle mußt du sie nehmen. Und das kannst du nicht, mein Lieber.«

»Warum nicht?«

»Kann ich mir bei dir nicht vorstellen. Was an dir gerade so reizvoll ist, das ist ja diese gewisse Gewalttätigkeit. Das wirkt auf die meisten Frauen, ob sie es nun zugeben oder nicht. Bei Christine wirkt es bestimmt nicht. Aber ob du Erfolg haben wirst, wenn du um sie herumsäuselst, ist auch noch zweifelhaft. Die kennt nur ihre Arbeit und das Gut. Und vielleicht noch Moira. Aber sonst interessiert sie nichts auf der Welt.«

Wenige Tage, nachdem Winnie das gesagt hatte, kehrte Julian zurück. Und Winnie, die in diesen Dingen, trotz ihrer Jugend, sehr erfahren war, erkannte auf den ersten Blick, daß sie sich beide täuschten. Olaf und sie. Der Bann war gebrochen. Christine ›redete‹ bereits.

Es war inzwischen März, aber immer noch sehr kalt, es lag noch Schnee. Julian kam diesmal mit dem eigenen Wagen, er hatte sich in München ein Auto gekauft. In München war er gewesen, weil ihm das Angebot einer großen Tageszeitung vorlag, die ihm ein Ressort geben wollte. Das wäre natürlich auch eine Möglichkeit gewesen, seßhaft zu werden. Aber der Gedanke, sich für einige Zeit zurückzuziehen und ein Buch zu schreiben, saß bereits so fest in ihm, daß er abgelehnt hatte. Für später vielleicht, hatte er gesagt.

Dann war er nach Österreich zum Skilaufen gefahren, aber er hatte es nicht lange ausgehalten. Es zog ihn einfach wieder nach Holstein, und er wußte sehr gut, daß Christine dabei eine Rolle spielte. Viel Zeit blieb sowieso nicht mehr, es lag noch eine Auftragsarbeit vor, im April wollte er nach Kuba. Er traf in Dorotheenhof ein, an einem Nachmittag, als Moira dort wieder anwesend war. Sie wurde ganz blaß, als sie ihn sah, konnte nicht mehr weiterspielen, und Gerda Runge sagte nachher zu Julian: »Da hast du eine Eroberung gemacht. Für die Kleine existieren nur zwei Dinge auf der Welt: Du und die Geige. Sei vorsichtig, das Mädchen ist sehr labil. Und in gewisser Weise unberechenbar.«

»Aber ich bitte ich – sie ist ein Kind.«

»Sie ist kein Kind. Täusch dich nicht im Gefühlsleben junger Mädchen. Ich war in dem Alter auch ständig verliebt. Nur bin ich ein anderer Typ als Moira. Ich nahm das leicht. Sie nimmt es schwer.«

Zunächst aber fuhr er Moira nach Breedenkamp, und bei dieser Gelegenheit war er selbst ein wenig aufgeregt. Trennungen können auch stimulierend wirken.

Christine war nicht da, als er kam, so lernte er zunächst einmal Winnie kennen, die eben dabei war, sich zu langweilen. Wenn sie nicht bei ihrem neuen Pferd war, fand sie das Leben in Breedenkamp langsam wieder etwas eintönig. In der nächsten Woche, so hatte sie Telse gerade an diesem Tag erklärt, werde sie nach Frankfurt zurückkehren.

»Wird ja man wohl auch Zeit, daß du wieder zu deinem Mann fährst. Der ist ja reichlich gutmütig, daß er dich so herumtanzen läßt.«

Von Julian hatte Winnie natürlich gehört. Sie fand ihn gleich sehr interessant. Nach einer Weile kam Christine. Sie war ahnungslos. Sie hatte zwar den Wagen im Hof gesehen und wunderte sich, was ein Auto mit Münchner Nummer hier zu suchen hatte.

Als Winnie die Begegnung zwischen Christine und Julian beobachtete, wußte sie sogleich Bescheid. So war das also! Da hatte Olaf wohl doch recht. Christine war eine ganz normale Frau, und sie reagierte wie eine solche auf einen Mann. Auf diesen hier.

Winnie saß auf der Sofalehne, von wo aus sie eben mit Julian geflirtet hatte, und sah der Begrüßung zu. Wie er aufstand, Christine entgegenging, ihre Hand nahm und küßte, wie Christine ihn stumm und mit großen Augen ansah, erst rot, dann blaß wurde und gar nicht zu bemerken schien, daß rundherum noch andere Menschen waren – Winnie, die das Schauspiel amüsiert und ein wenig neidisch beobachtete, und Moira, die ebenfalls sehr aufmerksam und eifersüchtig zusah. Kiek an, dachte Winnie, hat mir kein Mensch was von erzählt. Da hätten wir unser Dornröschen also wachgeküßt, gar kein Problem, mußte bloß der Richtige aufkreuzen. Also, das muß ich Olaf erzählen, der wird platzen. Das ist ihm noch nicht passiert, daß ein anderer ihm den Rang abläuft. Schließlich hatte sie es Olaf immer noch nicht ganz verziehen, daß er ihren Verführungskünsten gegenüber so immun geblieben war, sie gönnte ihm einen kleinen Dämpfer, eingebildet wie er war. Sonst ereignete sich, rein äußerlich gesehen, nichts Besonderes an diesem Abend. Nach einer Weile kam Jon. Sie saßen zusammen, tranken ein paar Flaschen Wein, redeten über dies und das, es war gemütlich und nett, aber Spannung war im Raum, und das Spannungsfeld bestand zwischen Christine und diesem fremden Mann.

Gegen zehn Uhr verabschiedete sich Julian. Er sei müde, sagte er, er sei den ganzen Tag gefahren, und außerdem spüre er schon wieder die Holsteiner Luft, hier könne er einfach so gut schlafen wie nirgends sonst.

Christine brachte ihn hinaus, und natürlich ging Moira mit. Winnie hatte auch das schon bemerkt, Moiras Verliebtheit und Eifersucht, und sie versuchte, Moira unter einem Vorwand zurückzuhalten, aber das war vergeblich.

So blieb es also wieder nur bei einem Handkuß und bei Julians leiser Frage: »Darf ich Sie morgen zu einem Spaziergang abholen, Christine?«

»Ich muß morgen zur Bank«, sagte Christine, »und...« In diesem Moment rief Winnie sehr energisch nach Moira, und während sich Moira unwillig zum Haus zurückwandte und rief: »Was ist denn?« – sagte Christine leise und schnell: »Wenn Sie wollen, können Sie mich in Eutin treffen.«

»Wann? Am Vormittag? Essen wir zusammen?«

Sie nickte. »Um halb zwölf am Marktplatz.«

Das war nun das erste richtige Rendezvous, das Christine in ihrem Leben ausgemacht hatte, keiner wußte davon, und sie erzählte auch keinem davon.

Winnie ahnte natürlich, was los war. Als Christine am nächsten Morgen gegen neun aus den Ställen kam, sehr eilig und irgendwie belebt, sagte Winnie lässig: »Fährst du weg?«

»Ja. Warum?«

»Na, ich frage nur. Soll ich mitkommen?«

»Wenn du willst«, sagte Christine zögernd.

Winnie lächelte. »Wenn *du* willst«, sagte sie betont.

»Eigentlich hatte ich gehofft, du würdest Cornet etwas bewegen. Falls du heute nicht zu deinem Tasso fährst.«

»Nö, heute nicht. Ist ja keiner da, der mich fahren kann. Alle arbeiten, und du fährst weg. Verdammt noch mal, ich mache wirklich jetzt den blöden Führerschein. Weißt du, ich habe mir überlegt, daß ich den Tasso lieber nach Friedrichshagen stelle. Was meinst du?«

»Wenn du ihn sowieso nach Frankfurt transportieren läßt, würde ich ihn vorher lieber nicht umstellen.«

»Ist auch wieder wahr. Muß ich mal mit Olaf drüber reden. Ob mich Polly nachmittags nach Friedrichshagen fahren kann?«

»Sicher. Für dich tut er ja alles.«

»Den Cornet nehme ich dann gleich raus. Was ziehst du denn an?«

»Wieso?«

»Ich frage halt. Willst du meinen Pelz?«

»Deinen Pelz?«

»Ja. Steht dir prima, paß mal auf. Ich würde sagen, du ziehst dieses hellrote Kleid an, das ich dir mal geschickt habe, in dem hab' ich dich überhaupt noch nicht gesehen. Und dazu den Pelz, dann bist du richtig schick.«

»Aber wozu denn? Ich fahre nur zur Bank. Danach muß ich noch zu Klarmann, und dann wollte ich verschiedenes einkaufen, das ist alles.«

»Deswegen kannst du dich doch ein bißchen hübsch machen. Gehst du auch zum Friseur?«

»Ja, vielleicht«, sagte Christine unsicher.

»Täte ich auf jeden Fall. Los, zieh dich jetzt um, ich assistiere.«

So kam es, daß Christine in einem kirschroten Jerseykleid, in Winnies hellgrauem Breitschwanz, frisch frisiert (sie war nicht auf der Bank gewesen, dazu reichte die Zeit nicht) auf dem Marktplatz von Eutin Julian Jablonka begrüßte. Und da er einen Blick dafür hatte, sagte er sofort: »Heute sind Sie besonders hübsch, Christine.«

Sie errötete und sagte verlegen: »Das ist Winnies Pelz. Sie wollte partout, daß ich ihn anziehe.«

Julian lächelte und begriff sofort alles – Winnies Art, das herzliche Verhältnis der so verschiedenartigen jungen Frauen.

»Das sieht Winnie ähnlich, würde ich sagen. Sie ist ein liebenswertes Mädchen. Ist sie eigentlich auch Ihre Schwester?«

»Meine Cousine.«

»Aha. Ich mag sie gern. Ein Mensch, mit dem man sofort Kontakt bekommt und mit dem man lachen kann, so etwas gibt es nicht allzuoft. Soviel ich verstanden habe, ist sie auch in Breedenkamp aufgewachsen.«

Also erzählte Christine zunächst einmal von Winnie, das überbrückte die ersten schwierigen Minuten, denn sie war es nicht gewöhnt, ein Rendezvous zu haben, noch dazu eins, von dem sie niemand etwas erzählt hatte. Winnies schweigendes Einverständnis, ihre freundschaftliche Hilfe, sie möglichst hübsch zu machen, ohne daß Winnie Fragen gestellt hätte, ohne überhaupt mit Worten und Blicken zu zeigen, was sie dachte, hatte das Ganze noch spannender gemacht. Moira war glücklicherweise in der Schule, sie hätte bestimmt mißtrauisch und sogar feindselig geblickt, wie sie es zu Christines Kummer in letzter Zeit manchmal tat.

»Winnie hat mir sehr geholfen«, sagte Christine abschließend. »Ich kann nicht mit wenigen Worten erklären, wieso. Aber es gab eine sehr schwere Zeit in meinem Leben. Sie wissen ja davon. Winnies Fröhlichkeit, ihre Zuneigung – ich hatte nie jemanden, der mich liebhatte. Aber Winnie hatte mich immer lieb. Manche sagen, sie sei oberflächlich oder leichtsinnig. Großvater zum Beispiel und Telse. Aber das stimmt nicht. Sie ist anhänglich und treu. Natürlich von leichterem Wesen als ich. Ich war immer schwerfällig. Winnie ist sehr impulsiv. Das zeigt sich jetzt wieder bei diesem Pferdekauf. Aber man muß sie einfach gern haben.« Sie gingen durch die Lübecker Straße, und Julian betrachtete entzückt die hübschen alten Häuser. »Das ist ja ganz bezaubernd hier«, sagte er.

»Dort drüben in dem Haus«, und sie wies über die Straße, »wurde Carl Maria von Weber geboren. Jeden Sommer sind im Schloßpark Festspiele. Und immer spielt man den ›Freischütz‹. Das ist die einzige Oper, die ich bisher gesehen habe. Wollen Sie das Schloß sehen? Und ein Stück durch den Schloßpark gehen?«

»Gern.«

»Diese Stämmchen an den Häusern sind alles Rosenbäume. Im Sommer blüht es in Eutin an allen Häusern.«

Sie gingen an der Michaeliskirche vorbei, bogen in den Schloßhof ein, und Julian meinte, das Schloß betrachtend, es sei ein schöner, harmonischer Bau. Als sie im Schloßpark waren, schob er die Hand unter ihren Arm.

»Warum haben Sie das vorhin gesagt, Christine, daß keiner Sie liebhatte? Ich habe den Eindruck, Ihr Großvater hängt sehr an ihnen.«

»Doch, natürlich. So meine ich es auch nicht. Ich meine einfach nur so ein wenig liebhaben, mit etwas Wärme und Zärtlichkeit, wie man es als Kind doch braucht.«

»Nicht nur als Kind!«

»Als ich ganz klein war, da natürlich, da...« sie verstummte. Niemals hatte sie zu irgendeinem Menschen davon gesprochen. Warum war sie nahe daran, ihm alles zu erzählen? Warum drängte es sie geradezu, diesem fremden Menschen von ihrem Leben zu erzählen?«

Sie gingen jetzt die lange Linden-Allee im Schloßpark entlang, die Stämme der hohen Bäume wuchsen steil und gerade in den grauen Himmel empor, es war ein ernster, fast feierlicher Weg. Noch immer lag Schnee auf den Büschen und Wegen.

»Sie müssen unbedingt einmal im Sommer hierher kommen, Herr Jablonka. Einen schöneren Park gibt es sicher nicht. Jetzt ist alles so kahl. Hier blühen den ganzen Sommer lang die Rosen. Man nennt Eutin die Rosenstadt. Wissen Sie das?«

»Jetzt weiß ich es«, sagte er mit Zärtlichkeit in der Stimme. »Ich werde im Sommer da sein, das wissen Sie doch. Oder haben Sie immer noch nicht begriffen, daß ich die Absicht habe, hierzubleiben, und nicht nur wegen des schönen Eutiner Schloßparks und der guten Holsteiner Luft, sondern auch Ihretwegen?«

Das war Christine gegenüber ein kühner Vorstoß. Und sie antwortete auch nicht darauf, weder mit Koketterie oder mit einem Scherz, sie blickte vor sich auf den Weg, war befangen und tief innen im Herzen glücklich. Falls sie imstande gewesen wäre, dieses Gefühl richtig einzuordnen.

»Sie wollen doch ein Buch schreiben«, brachte sie schließlich heraus.

»Ja, das auch. Und nun erzählen Sie mir noch von früher. Wie Sie Kinder waren, Winnie und Sie.«

»Nein.«

Er blickte sie von der Seite an und sah wieder die scharfe Linie, die von der Wange über den Mund zum Kinn lief. Er drückte ihren Arm leicht an sich.

»Man kann sich gar nicht vorstellen, daß Winnie schon verheiratet ist. Sie wirkt wie ein junges Mädchen.«

Christine berichtete von Winnies Hochzeit, das war ein unverfängliches Thema. Dann von Winnies Turniererfolgen und dem neuen Pferdekauf.

»Dieser Herbert wird gut beraten sein, das Pferd zu bezahlen«, meinte Julian. »Warum soll sie alles aufgeben? Wenn er auf stur schaltet, wird Winnie ihm eines Tages davonlaufen. Eine Frau wie sie findet mühelos einen neuen Mann.«

Christine empfand fast so etwas wie Eifersucht. Winnie gefiel ihm also. Aber wem gefiel Winnie nicht, das war schon immer so gewesen. »Ich freue mich, daß Sie Winnie leiden mögen, Herr Jablonka«, sagte sie zurückhaltend.

»Ich mag Winnie leiden, und noch viel mehr mag ich Christine leiden. Vorausgesetzt Christine würde mir eine Bitte erfüllen.«

»Ja?«

»Könnten Sie nicht aufhören, mich mit Herr Jablonka anzureden? Ich komme mir vor, als sei ich mindestens fünfundachtzig. Finden Sie den Namen Julian so schrecklich, daß Sie ihn nicht über die Lippen bringen?«

»Es ist ein sehr schöner Name«, sagte Christine unbeholfen.

»Oder komme ich Ihnen schon so alt vor?«

»Aber nein. Wie kommen Sie darauf?«

»Weil Sie mich so feierlich anreden. Schauen Sie, ich mochte immer die freundliche Art der Amerikaner, sich mit dem Vornamen anzureden. Hier in Deutschland ist man immer noch so steif. Herr Dings und Frau Bums, ich finde das greulich. Wenn mich jemand mit Herr Jablonka anredet, komme ich mir vor wie Methusalem. Ich kriege direkt Komplexe.«

Christine lachte und versuchte, seinen leichten Ton aufzunehmen. »Das sollen Sie nicht, Julian.«

»Danke. Jetzt geht es mir gleich viel besser.«

»Julian ist ein hübscher Name. Winnie hat mich gestern abend noch gefragt, ob das wohl Ihr richtiger Name oder ein Pseudonym ist.«

»Es ist mein richtiger Name. Meine Mutter war Französin. Elsässerin, um genau zu sein. Sonst hieße ich Julien. Sie stammte aus Straßburg. Und ein Julian spielte eine Rolle für Straßburg. Wissen Sie das?«

»Nein. Ich weiß es nicht.«

»Es gab einen römischen Kaiser mit Namen Julian. Er war ein Neffe Konstantins des Großen und besiegte im vierten Jahrhundert bei Straßburg die Germanen. Daß meine Mutter mich auf diesen Namen taufte, war eine kleine Bosheit gegen meinen Vater.«

Sie waren jetzt am Großen Eutiner See angelangt, es war windig, die graue Oberfläche des Sees leicht gekräuselt. Seine Hand lag immer noch unter ihrem Arm, sie fühlte warm und fest seinen Griff durch den Pelz hindurch, es war nicht unangenehm, nicht zum Davonlaufen. Es tat ihr gut.

»Wieso war es eine Bosheit?«

»Elsaß-Lothringen gehörte nach dem Siebziger Krieg bis zum Ende des Ersten Weltkrieges zum Deutschen Reich. Mein Vater war von Berlin aus dorthin versetzt worden, er war Lehrer und unterrichtete an einem Straßburger Gymnasium. Er war ein sehr nationaler Deutscher und hat sich im Elsaß damit nicht gerade beliebt gemacht. Soviel ich später davon gehört habe. Zwar war damals Hitler noch der viel zitierte unbekannte Gefreite, aber mein Vater war wohl schon immer der Ansicht, daß am deutschen Wesen die Welt genesen müsse. Unter diesem Motto stand sein Wirken in Straßburg, und damit lag er schief. Die Deutschen waren in ihren siegreichen Zeiten immer instinktlos, fürchte ich. Nun ja, die Ehe meiner Eltern war nicht glücklich. Angefangen hatte es zweifellos mit Liebe. Mein Vater war ein sehr gut aussehender Mann, ein großer blonder Siegfried. Aber das war rein äußerlich. Innerlich war er ein enger, verständnisloser Mensch. Es war eine typische Grenzlandehe mit allen Schwierigkeiten, die dazugehören.

Meine Mutter dachte und fühlte als Französin. Sie sprach auch meist französisch. Vor dem Weltkrieg hatten sie geheiratet. Bald darauf kam meine Schwester zur Welt. Ich wurde in Berlin geboren nach Ende des Krieges. Meine Mutter lebte nicht gern in Deutschland. Daß sie mich Julian nannte, war wohlüberlegt. Julian hatte Straßburg gegen die Germanen verteidigt.«

Er lachte. »Sie sehen, womit zwei Menschen, die eigentlich zusammengehören, sich verletzen können. Ich habe mich mit meinem Vater nie besonders vertragen. Aber meine Mutter liebte ich über alles. Ihr Tod war der größte Schmerz, der mir je widerfahren ist.«

Er schwieg eine Weile, blickte auf den See hinaus. »Sie wurde im Zweiten Weltkrieg von amerikanischen Bomben erschlagen. Zusammen mit meiner Schwester. Mein Vater starb drei Jahre nach dem Krieg, sehr verbittert, denn er war natürlich ein guter Nationalsozialist gewesen, das paßte zu ihm. Ich bin ein sehr einsamer Mann, Christine.«

Christine hätte ihn gern gefragt: ›Sind Sie eigentlich nicht verheiratet?‹ Aber das traute sie sich nicht. Statt dessen sagte sie: »Straßburg muß eine sehr schöne Stadt sein.«

»Ja, sehr schön. Ich habe noch ein paar entfernte Verwandte dort, aber ich komme selten hin. Nur den Wein hole ich mir am liebsten aus dem Elsaß. Eine Fahrt über die Route de Vin im Herbst, das ist eine herrliche Sache. Das sollten wir mal gemeinsam machen, hm?«

Natürlich wußte sie auch darauf keine Antwort, und er fuhr fort: »Aber jetzt bleibe ich erst mal hier, wenn ich aus Kuba zurück bin.«

»Kuba?«

»Ja, ich will dort einen Film drehen. Ich fahre nächste Woche.«

»Sie fahren nächste Woche schon wieder weg?«

Er drehte sich herum, so daß sie Gesicht zu Gesicht standen.

»Ja, leider. Sagen Sie wenigstens, daß es Ihnen auch leid tut.«

Er legte ganz sanft seine Hände um ihr Gesicht und küßte sie auf die Schläfe. »Aber Sie sagen es nicht, Christine. Dann sagen Sie wenigstens, daß Sie sich ein wenig freuen werden, wenn ich wiederkomme.«

Sie blickte ihn stumm aus großen Augen an. Sie hielt still, sie rührte sich nicht, als er sie ganz leicht auf die Lippen küßte.

»Ich freue mich«, sagte er. »Ich kann es kaum erwarten, bis ich wiederkomme. Zu Ihnen, Christine. Zu dir.«

Ein paar Kinder kamen auf dem Uferweg angelaufen, er ließ sie los und sagte: »Wo essen wir? Führen Sie mich dahin, wo es hübsch ist und wo wir gut zu essen bekommen. Das Essen spielt im Elsaß eine große Rolle, und ich bin sehr verwöhnt.« Der rasche Wechsel der Tonart und des Themas verwirrte sie. Mit einem leichten Neid dachte sie an Winnie. Die würde großartig damit fertig werden.

»Wie wäre es mit dem Fissauer Fährhaus?« sagte sie mühsam. »Da sitzt man sehr hübsch. Und ich glaube, man ißt dort auch gut. Ich weiß es nicht so, ich komme selten wohin.«

Sie fuhren mit seinem Wagen zum Fissauer Fährhaus, und dort gefiel es ihm. Sie saßen auf der geschlossenen Terrasse und blickten wieder auf einen See, diesmal auf den Kellersee. »Die vielen Seen in diesem Land, es ist einfach herrlich. Ich hoffe, Sie werden im Sommer viel mit mir zum Baden fahren, Christine.«

»Im Sommer habe ich viel Arbeit.«

»Ich werde Ihnen helfen«, sagte er vergnügt. »Damit Sie Zeit für mich haben.«

Sie mußte lachen. »Diese Arbeit wird Ihnen wohl zu schwer sein.«

»Unterschätzen Sie mich nicht. Ich habe schwere Jahre hinter mir und habe schon viele Dinge getan, von denen ich nicht wußte, daß ich sie konnte. Ich bin im Dschungel mit dem Fallschirm abgesprungen. Und ich habe mich tagelang durch den Dschungel gekämpft unter tollen Bedingungen. Lustig war das nicht. Aber wenn man muß, kann man vieles. Ich werde auch lernen, eine Kuh zu melken.«

»Das müssen Sie nicht.«

»Ich weiß, die Kühe werden nicht mehr von Hand gemolken. Sehr schade. Ich könnte mir vorstellen, daß es eine befriedigende Beschäftigung ist.«

Sie aßen gebratenen Aal und tranken einen leichten Mosel dazu. »Was für ein Buch wollen Sie schreiben?«

»Das ist eine schwer zu beantwortende Frage, denn ich weiß es noch nicht genau. Ich habe so viel für den Tagesgebrauch geschrieben. Heute erlebt, morgen aktuell, übermorgen vergessen. Ich möchte etwas schreiben, daß mit den Tagesfragen nichts zu tun hat. Immer wieder in den vergangenen Jahren habe ich darüber nachgedacht, wenn mich die Sinnlosigkeit des Daseins und der aufgebauschte Unsinn täglicher Querelen ankotzte. Entschuldigen Sie, Christine. Ich möchte schreiben, wie das Leben eines Mannes wirklich ist. Das sogenannte Wesentliche oder wie man das nennen soll. Klingt so hochtrabend, nicht? Die Entwicklungsstufen eines Menschen gewissermaßen. Wenn man jung ist, will man die Welt verändern. Dann will man sie begreifen. Und eines Tages kommt man dahin, daß man froh ist, wenn man sie ertragen kann. So etwas in der Art will ich schreiben.«

»Einen Roman?«

»Vermutlich. Im Roman kann man das meiste ausdrücken. Der Roman ist eine sehr dankbare und zugleich anspruchsvolle Form. Das ist ein Versuch, Christine. Ich weiß nicht, ob ich es kann. Wirst du mir helfen, Christine?«

»Ich? Aber das kann ich doch nicht.«

»Doch. Gerade du. Wenn ein Mensch auf der Welt mir helfen könnte, dann du.«

Er umschloß ihre Hand, die auf dem Tisch lag, mit seiner. »Es ist so, Christine, ich sage dir das gleich. Wenn du nicht willst, daß ich kommen soll, dann komme ich nicht. Sage mir jetzt gleich, Herr Jablonka, geh zum Teufel, ich kann dich nicht brauchen, ich will dich nicht haben. Dann bin ich zwar sehr traurig, aber ich komme nicht. Wenn ich aber komme, dann komme ich zu dir, Christine! Sieh mich an! Du willst das nicht hören, aber ich frage dich doch. Darf ich kommen?«

Sie war ihm nicht gewachsen. Er wußte es selbst. So erfahren, so überlegen war er. Und so unerfahren, so hilflos war sie. Und er wußte auch, daß er das eigentlich nicht tun durfte. Sie war so jung. Er war alt gegen sie. Was konnte er für sie sein? Aber er wollte nicht rational und vernünftig denken, das hatte er so oft getan. Tun müssen. Auf einmal war alles anders. Dieses Land, das er liebte. Dieses Mädchen, das er liebte – er wollte beides für sich haben. Einmal wollte er etwas haben, was er lieben konnte. Was der Liebe wert war.

»Christine?« Er drückte ihre Hand, sah sie eindringlich an.

»Doch«, sagte sie. »Sie sollen kommen.«

Er ließ ihre Hand los, lehnte sich zurück. Er lächelte. Er war glücklich.

»Danke. Daß du das gesagt hast. Dafür werde ich dir immer dankbar sein. Trinken wir noch einen Mokka?«

Sie nickte. Sie war verwirrt, verstört, aufgewühlt. So war das also. Das gab es. Und jetzt erlebte sie es plötzlich. Jetzt wußte sie, wie das war.

Als der Mokka vor ihnen stand, sagte er: »Und jetzt paß auf, Christine ... darf ich du sagen? Nur heute? Ausnahmsweise?«

Sie nickte.

»Also paß auf, was ich mir ausgedacht habe. Wir sind einmal spazierengegangen bei euch da, im Wald. Und da sind wir bei einem kleinen Haus vorbeigekommen, erinnerst du dich? Du hast gesagt, es sei ein altes Jägerhaus, und es wohne keiner mehr darin.«

»Ja?«

»Meinst du, daß dein Großvater mir dieses Haus vermieten würde?«

Christine war sprachlos vor Erstaunen.

»Schau mich nicht so an! Erinnerst du dich nicht? Dieses kleine hübsche Backsteinhaus, mitten im Wald.«

»Ja, ja, ich weiß. Das alte Jägerhaus. Aber da kann man nicht wohnen.«

»Warum nicht?«

»Es ist total verwahrlost. Flüchtlinge habe mal darin gewohnt, glaube ich. Das Haus steht seit – ach, seit mindestens fünfzehn Jahren leer. Wir haben ja keinen Jäger mehr. Und es ist ganz einsam.«

»Eben drum. Ich könnte dort wundervoll und in aller Ruhe schreiben. Mitten im Wald. Und fünf Minuten davon entfernt ist ein kleiner See. Oder stimmt es nicht?«

»Doch, es stimmt.«

»Siehst du. Das wäre doch wunderbar für mich.«

»Aber es ist ganz einsam«, wiederholte sie.

»Das stört mich nicht. Ich kann morgens den Vögeln zuhören, und die Rehe werden mich besuchen. Ich bin kein Jäger, und sie werden keine Angst vor mir haben. Und wenn ich eine Viertelstunde laufe, durch den Wald und über die Feldwege, bin ich bei Christine. Und werde ihr erzählen, was ich geschrieben habe. Vielleicht ist es auch nur Einbildung von mir, und ich kann gar nicht schreiben. Dann habe ich mich natürlich schrecklich blamiert. Ich habe es schon einige Male versucht, und es ist nicht viel dabei herausgekommen. Dann wirst du mich auslachen.«

»Nein. Nein, ich werde Sie nicht auslachen, Julian.«

»Doch. Alle Frauen lachen einen Mann aus, der nichts zustande bringt. Aber es wird mich nicht stören. Von dir lasse ich mich sogar auslachen. Ich möchte das kleine Haus im Wald haben, Christine. Hilfst du mir dabei?«

»O Gott«, sagte sie, und es klang kindlich verzweifelt, »es ist schwer, Sie zu verstehen.«

»Was ist daran so schwer?«

»Ich weiß nicht, ob Sie es ernst meinen oder ob Sie... ob Sie sich lustig machen.«

Er hatte die Arme aufgestützt und blickte von unten herauf in ihr Gesicht. »Wirklich? Ist das so? Ja, ich weiß, das empfinden viele so, die mit mir umgehen. Ich spiele nur den starken Mann. Ich bin es nicht. Das sage ich dir gleich, damit du Bescheid weißt... Bekomme ich das Haus im Walde, Christine?«

»Wir müssen Großvater fragen.«

»Das tun wir. Und zwar bald.«

»Wollen Sie es sich nicht noch überlegen?«

»Ich habe es überlegt. Ich denke an das Haus, seit ich es gesehen habe.«

Winnie reiste bereits drei Tage später ab. Herbert war am Telefon sehr energisch geworden.

Winnie sagte: »Er spielt sich als Ehemann auf.«

»Na, das ist er ja denn woll auch«, meinte Telse.

Bei ihrem Abschiedsbesuch in Friedrichshagen verpaßte sie dann noch Olaf die letzten Neuigkeiten.

»Das mit Christine gib mal lieber auf!«

»Ich brauche deinen Rat nicht.«

»Gib bloß nicht so an, und komm dir nicht so unwiderstehlich vor. Bei Christine hast du keine Chancen, die hat schon einen Freund.«

»Das wäre das Neueste.«

»Ist es auch. Jedenfalls für mich war es neu. So neu ist es aber gar nicht.«

»Nimmst du mich auf den Arm?«

»Wie werde ich!« sagte sie mit gespielter Entrüstung. »Sie

hat wirklich einen. Ein ganz toller Mann. So was findet man nicht alle Tage. Ein Schriftsteller. Und Filme fürs Fernsehen macht er auch.«

»Ach, der? Den kenne ich. Der bei den Runges in Dorotheenhof ist. Meinst du den?«

»Genau den. Ihm zuliebe ist sie sogar in Dorotheenhof gewesen. Hätte ich nie für möglich gehalten, daß sie da hingeht.«

»Stimmt«, sagte Olaf nachdenklich, »hat sie mir mal erzählt, daß sie in Dorotheenhof eingeladen ist. Das war Weihnachten oder so. Der ist doch längst nicht mehr da.«

»Er ist wieder da. Und Christine ist ganz hin und weg von ihm.«

»Ich glaube dir kein Wort.«

»Du kannst mir das ruhig glauben. Ich verstehe davon etwas. Tja, mein Lieber, du kriegst nicht alles, was du haben möchtest.«

»Du bist ein boshaftes kleines Biest.«

»Aber! Wie kommst du mir denn vor«, sagte Winnie empört, »ich meine es nur gut mit dir. Ich will nicht, daß du dich blamierst. Bei Christine kriegst du keinen Fuß auf den Boden.«

»Das werden wir ja sehen.«

»Er ist ein sehr interessanter Mann. Schade, daß ich weg muß. Sonst würde ich versuchen, ihn Christine abspenstig zu machen.«

Dann war Winnie wieder fort, und gleich wurde es stiller in Breedenkamp. Alle empfanden es. Allen fehlte Winnie.

Bald darauf war auch Julian Jablonka wieder abgereist. Doch zuvor hatte er mit Jon über das Jägerhaus gesprochen. Erst war er noch einmal mit Christine beim Jägerhaus gewesen, sie hatten es genau besichtigt. Es war nicht groß, besaß drei Räume, die leer waren bis auf die Öfen und einen alten riesigen Schrank. Die Fenster waren kaputt, Boden und Wände schmutzig. »Aber«, sagte Julian, »das ist ja kein Problem.«

Das Jägerhaus lag sehr hübsch auf einer kleinen Anhöhe nahe am Wald, nach drei Seiten konnte man frei ins Land blikken, und Julian sagte: »Wenn hier alles grün ist im Sommer, muß es das Paradies sein.«

Christine konnte es jetzt auch mit seinen Augen sehen. Es war wirklich ein besonders hübscher Platz, an dem das Haus stand, ihr war es früher nie aufgefallen. Wenn man ein Stück durch den Wald abwärts ging, kam man ins Kossautal, das schmale Flüßchen murmelte friedlich durch die Büsche, im Sommer würden wilde Blumen hier blühen und dichtes Gezweig den kleinen Fluß fast verbergen.

»Hier müßte er sein«, sagte sie.

»Wer?«

»Der blaue Vogel.«

»Ach ja, der blaue Vogel. Der Glücksbringer von Breedenkamp. Warum hier?«

»Es soll ein Eisvogel sein. Und er nistet an den Flüssen. Aber ich habe ihn nie gesehen.«

»Wir werden ihn gemeinsam suchen.« Er nahm sie in die Arme und küßte sie das erste Mal richtig. Es war ein unerfahrener Mund, den er küßte, ein ängstlicher Mund, nicht das, was einen Mann herausforderte, was ihn lockte. So viele Frauen hatte er geküßt, die zu küssen verstanden. Aber dies hier... das war ein Geschenk, ein unerwartetes Geschenk, auch wenn es nie mehr sein würde als dieser Kuß. Er hielt sie im Arm, sie schmiegte sich nicht an ihn, aber sie widerstrebte auch nicht, sie war ein wenig steif, und er spürte ihre Angst.

»Du mußt keine Angst haben«, sagte er. »Nicht vor mir. Nie vor mir. Ich habe nie für einen Menschen so liebevolle, so zärtliche Gefühle gehabt wie für dich. Glaubst du mir das?«

Es war ein unbeschreibliches Gefühl, die Arme eines Mannes um sich zu spüren. So wie er es tat. Geküßt zu werden, so wie er es tat. Sie war ganz passiv. Und immer noch voller Angst. Aber es war nur noch ein kleiner Schritt, ein ganz kleiner Schritt, daß sie die Angst vergaß.

Er fühlte es.

Er sagte: »Ich könnte Kuba mitsamt Fidel zum Teufel wünschen. Es ist eine Auftragsarbeit, weißt du. Ich muß das noch machen. Aber ich werde die Tage zählen, bis ich wiederkomme. Und du? Wirst du ein klein wenig auf mich warten?«

Sie nickte.

»Ja.«

»Wir werden ihn finden, deinen blauen Vogel. Den Vogel des Glücks. Es ist so eine hübsche Vorstellung. Die Romantiker haben die blaue Blume gesucht. Damals ging das noch, daß man etwas suchte, was auf der Erde war, heute muß es etwas sein, was fliegen kann, damit man fortkommt vom Schmutz der Erde. Aber in diesem Land habe ich das Gefühl, die Erde ist noch sauber, lebt noch. Sie kann noch atmen. Jetzt weiß ich, warum ich so gern hier bin. Die Erde lebt, du bist da, der blaue Vogel versteckt sich nur in den Büschen, und wer Geduld hat und die wahre Liebe, der wird ihn finden. Ist es so?«

»Ja«, sagte Christine. »Es ist so.«

Sie schloß die Augen. Und zum ersten Mal bot sie ihren Mund freiwillig einem Mann.

Vor dem Gespräch mit Jon hatte er fast Angst gehabt. Er war ein wenig verlegen. Denn es ging ja nicht nur um das Haus. Und sicher wußte Jon das auch.

Jon wußte es. Er brauchte Christine nur anzusehen. Sie blickte anders, sie lebte, ihr Lächeln war anders. So wie eine Frau blickt, wie eine Frau lächelt, die geliebt wird. Jon hatte es ihr gewünscht. Sie sollte herauskommen aus dem Schatten, in dem ihr Leben bisher gestanden hatte. Und dazu gehörte die Liebe eines Mannes, es war nun einmal so. Daß es gerade dieser war...

Jon mochte Julian Jablonka gern, er hatte sich gern mit ihm unterhalten, er fand, er sei ein kluger Mann von Format. Ob nun gerade der richtige Mann für Christine... das konnte er nicht beurteilen. Eigentlich war er zu alt für sie, auch wenn er jung und aktiv wirkte. Aber es mußte wohl ein besonderer Mann sein, der sie aus ihrem Käfig befreite, das verstand Jon auch. Und er begriff auch, daß es töricht gewesen wäre, etwas dagegen zu sagen. Man mußte sehen, was daraus wurde.

Das Jägerhaus also! Jon hatte nichts einzuwenden. Er verlangte sogar einen recht ansehnlichen Mietpreis dafür. Es mußte alles seine Ordnung haben, und der fremde Mann sollte sich das alles ruhig überlegen. Dafür würde man das Haus herrichten lassen, die Fenster neu einsetzen, die Wände anstreichen und es möblieren.

Julian hatte gesagt, daß er Möbel kaufen würde. Jon meinte, das sei nicht nötig. Möbel seien ausreichend vorhanden auf Breedenkamp, das Verwalterhaus zum Beispiel sei voll möbliert, und aus diesem Fundus könne man das Jägerhaus einrichten. »Sie finden es vielleicht merkwürdig, daß ich gerade dieses Haus möchte«, sagte Julian. »Aber es gefällt mir da. Ich möchte einmal in meinem Leben in Frieden leben. Zur Ruhe kommen.«

»Ich finde es gar nicht merkwürdig, ich verstehe es sehr gut«, sagte Jon. »Nach allem, was ich gehört habe von Ihnen, haben Sie ein sehr rastloses Leben geführt. Und ein Mann muß einmal zu sich selbst kommen. Muß sich einmal selbst finden.«

Diese Worte trafen Julian mitten ins Herz. Er blickte Jon eine ganze Weile erstarrt an.

»Ja«, sagte er dann. »Es ist mir noch nie passiert, daß ich so verstanden worden bin. Sie haben ausgesprochen, was ich bisher nur dunkel gespürt habe. Ein rastloses Leben – das ist es. Seit der Krieg begann, und da war ich ein junger Mensch von zwanzig Jahren, seitdem habe ich ein rastloses Leben geführt. Ich bin nirgends daheim gewesen. Ich hatte niemanden, der zu mir gehört.«

»Alles kommt zu seiner Zeit«, sagte Jon.

Dann war er fort. Und Christine stürzte sich mit Feuereifer auf das Jägerhaus. Bis zum späten Frühjahr stand es blitzblank geputzt, sauber und frisch, möbliert und ausgestattet da und wartete auf den Mann, der hier eine Heimat finden wollte.

Auch Christine wartete auf ihn. Die Sehnsucht, die den blauen Vogel forttrug über Wälder und Meere, erfüllte jetzt auch sie.

Der Frühling kam spät in diesem Jahr. Erst in der zweiten Aprilhälfte konnte der Hafer gedrillt werden. Aber es gab keine Auswinterungsschäden, und als die Erde offen war, ging die Arbeit flott voran. Christine stürzte sich hinein mit einem Schwung und einer Begeisterung, wie sie sie nie zuvor empfunden hatte. Sie war voller Erwartung.

Aber sie war nicht ungeduldig.

Wie die Erde sich öffnete, wie sie empfing und wachsen ließ, geduldig und beständig, ohne Hast, so empfand sie auch. Es war so, wie Jon gesagt hatte: Alles kommt zu seiner Zeit.

Es ließ sich überhaupt alles gut an in diesem Jahr auf Breedenkamp. Sie waren ein gutes Team, arbeiteten gut zusammen, Christine, Bruno, Tomaschek und Ewald Döscher. Sie teilten die Arbeit unter sich auf und wurden unterstützt von Hilfskräften, die eingesetzt wurden, wo man sie brauchte.

Ende März war Goldblitz nach Hause gekommen. Sein Bein war immer noch nicht ganz in Ordnung. Cornet freute sich sehr. Die beiden Pferde standen nun wieder nebeneinander in ihren Boxen, steckten die Nüstern zwischen die Stäbe und unterhielten sich. Wenn Christine sie hinausließ, tollten sie herum und spielten wie die Fohlen.

Tasso, das teure Stück, war von Herbert bezahlt worden. Allerdings unter Protest und mit ernsten Vorhaltungen, wie Winnie mitteilte. Er war inzwischen nach Frankfurt gereist. Olaf kam eines Tages und fragte, was mit Marinette, der Schimmelstute, geschehen solle. Er hätte einen Käufer für sie. Man könne sie auch decken lassen, sie war bald fünfjährig. »Da müssen wir erst Winnie fragen«, meinte Christine. »Marinette war ein Hochzeitsgeschenk ihres Mannes.«

»Da ist er vielleicht sauer, wenn sie die Stute verkauft«, sagte Olaf. »Der weiß ja auch nicht, was er sich mit Winnie aufgeladen hat. Sie dürfte ihn recht teuer kommen, wie?«

»Winnie wird ihm das wohl wert sein. Falls man die Liebe von dieser Seite aus betrachten soll.«

»Nanu! Wie wird mir denn? Du sprichst von Liebe? Ich dachte, das sei ein Fremdwort für dich. Da hat Winnie wohl doch recht.« Christine wurde sofort wütend. »Was hat Winnie für einen Unsinn geschwätzt?«

»Sie hat mir nur von deinem neuen Freund erzählt. Daß du in diesen Journalisten verliebt seist. Es kam mir ja etwas unwahrscheinlich vor, aber Winnie behauptete es steif und fest.«

»Winnie redet viel Unsinn, wenn der Tag lang ist, das weißt du schließlich. Und bei ihr dreht sich immer alles um Verliebtheiten.«

»Also stimmt es nicht?«

»Es geht dich überhaupt nichts an.«

»Ich finde schon!«

»Nein. Ich finde das nicht. Außerdem ist Herr Jablonka längst abgereist.«

Sie sagte nicht, daß er wiederkommen würde. Sie sagte nichts vom Jägerhaus. Und erstmals empfand sie so etwas wie eine richtige weibliche Freude an diesen kleinen Heimlichkeiten. Julian und sie – das ging keinen etwas an. Olaf schon gar nicht.

»Da bin ich ja sehr beruhigt, obwohl ich Winnie sowieso kein Wort geglaubt habe. Ein Mädchen wie du und so ein Herumtreiber, das gibt's ja gar nicht. Wann sehen wir uns denn wirklich mal? Ich fahre nächste Woche nach Hamburg, ich habe da zu tun. Wir könnten ins Theater gehen und mal fein zum Essen. Kommst du mit?«

»Du ödest mich an«, sagte Christine. Das klang so ablehnend und abschließend, daß Olaf kein Wort mehr sagte, sich umdrehte und sie stehenließ. Von da an blieb eine ernsthafte Verstimmung zwischen ihnen zurück. Er ließ sich nicht mehr in Breedenkamp blicken, er rief nicht an. Falls es etwas zu besprechen gab, wandte er sich an Jon.

In Friedrichshagen durfte kein Mensch mehr von Christine sprechen, und als Jost ihn einmal neckte mit der geplatzten Verlobung, versetzte ihm Olaf einen Kinnhaken.

Die Jessens nahmen so etwas nicht übermäßig tragisch. Jost sagte danach zu Eleonore und rieb sein geschwollenes Kinn: »Er ist es eben nicht gewöhnt, daß er nicht bekommt, was er will. Die Frauen haben es ihm immer zu leicht gemacht. Tut ihm mal ganz gut, daß eine nein zu ihm sagt.«

»Vielleicht«, meinte Eleonore. »Ich glaube, daß er selbst schuld ist. Seine Art hat Christine erschreckt. Sie ist wirklich keine von den Frauen, die es einem Mann leichtmachen. Und wahrscheinlich müßte man anders um sie werben, als Olaf es getan hat. Aber er läßt sich ja nichts sagen. Soll er ruhig ein bißchen darüber nachdenken.«

»Meinst du, er kriegt sie noch?«

»Ich hoffe es. Ich wüßte keine bessere weit und breit.«

»Vielleicht heiratet er jetzt aus Wut eine andere. Auswahl hat er ja genug.«

»Ich bin nicht der Meinung, daß man aus Wut heiraten sollte. Jedenfalls nicht in dem Alter, in dem sich Olaf jetzt befindet. Er ist dreiunddreißig und nicht achtzehn.«

Marinette, die Schimmelstute, kam im Mai nach Breedenkamp. Winnie wollte sie nicht verkaufen, und in Friedrichshagen waren die Ställe voll, sie hatten drüben viele Pferde, und bis Anfang Mai hatten bereits fünf Stuten abgefohlt. Jetzt waren auf einmal wieder drei Pferde auf Breedenkamp. Cornet und Goldblitz waren entzückt von der Stute und bemühten sich emsig um sie. Marinette war ein braves, etwas scheues Pferd. Sie war sehr hübsch, noch kaum weiß, sondern grau, mit sehr großen, sanften Augen, leicht zu reiten, sehr gehorsam und willig.

Im April war Christine vierundzwanzig Jahre alt geworden. Hedda und Friedrich Bruhns, auch Joachim mit Frau und inzwischen zwei Kindern waren zum Gratulieren gekommen. Christine benützte die Gelegenheit, um mit Hedda von ihren Sorgen über Moira zu sprechen. Jon hielt sich aus der Erziehung von Moira weitgehend heraus, und Telse schimpfte andauernd auf das Kind.

»Soll sie doch gleich da drüben bleiben. Sie kommt bloß noch zum Schlafen her. Und du läßt ihr alles durchgehen, sie macht mit dir, was sie will. Aber so war es immer. Gehorchen hat sie nie gelernt. Ich wundere mich nur, daß der Chef sich das so lange ansieht.«

»Aber du hast Moira doch immer gern gehabt, Telse«, sagte Christine.

»Hab' ich. Früher mal. Sie war so 'ne liebe, zarte Lütte. Aber heut ist sie unausstehlich. Sie weiß alles besser, uns findet sie hier nur noch dumm und ungebildet. Weißt du, was sie neulich zu mir gesagt hat? Sagt sie doch: ›Hier versteht mich doch keiner, ihr seid doch einfach unkultiviert. Menschen, die Beethoven nicht von Schubert unterscheiden können, sind für mich gar nicht vorhanden.‹ Gar nicht vorhanden – hat sie gesagt. Und das nach allem, was du für sie getan hast. Wenn du nicht gewesen wärst, wäre sie im Waisenhaus geblieben.«

»Sie wäre adoptiert worden. Vielleicht wäre sie dann zu Leuten gekommen, die sie besser verstanden hätten«, sagte Christine unglücklich.

»Dir ist auch nicht zu helfen! Immer hast du so ein Theater gehabt mit dem Balg. Hättest du sie man strenger erzogen, dann wäre sie heute nicht so frech.«

»Sie ist nicht frech.«

»Gut, und wie nennst du das denn? Ich habe ihr jedenfalls eine hinter die Ohren gegeben.«

»Telse!«

»Jawoll, habe ich. Und denke nicht, daß es mir leid tut. Das hätte ihr schon öfter mal gehört.«

»Sie wird in diesem Jahr fünfzehn.«

»Sie benimmt sich aber nicht so.«

»Was hat sie darauf gesagt?«

»Gesagt? Gar nichts. Sie hat die Tasse, die sie gerade in der Hand hatte, an die Wand geknallt und ist aus der Küche gelaufen. Und seitdem redet sie nicht mit mir.«

»Das hättest du dir denken können.«

»Mir egal. Sie ist ja so kaum noch da. Vielleicht kann sie sich von denen da drüben adoptieren lassen. Da wär' sie wieder da, wo ihre Mutter hergekommen ist. Ist sowieso noch nie was Gutes für uns aus Dorotheenhof gekommen.«

Mit Telse war also vernünftig nicht zu reden. Mit Jon wollte Christine darüber nicht sprechen, blieb wieder Hedda, um sich Rat zu holen.

»Vorige Woche«, schloß Christine ihren Bericht, »war sie an fünf Tagen in Dorotheenhof. Sie fährt gleich nach der Schule hin, ißt drüben, macht ihre Schularbeiten drüben, falls sie sie macht, was ich nicht weiß. Ich lasse keinen mehr hinüberfahren, um sie zu holen, aber sie hat jetzt einen Bus gefunden, der spätabends zwischen Lütjenburg und Plön verkehrt, mit dem fährt sie ein Stück, und dann läuft sie hierher. Mit der Schultasche und der Geige.«

»Warum verbietest du es ihr nicht?«

»Ich habe es ihr verboten.«

»Und?«

»Sie tut es trotzdem.«

Sie erzählte auch von dem Auftritt zwischen Telse und Moira, und von den vielen kleinen, unerfreulichen Szenen, die es zwischen ihr und Moira gab.

»Es ist natürlich ein schwieriges Alter«, sagte Hedda schließlich, »und außerdem war sie immer ein schwieriges Kind. Kommt die Geigerei dazu, das hat sie vollends verrückt gemacht. Ich könnte mit ihr reden, aber es würde wahrscheinlich nichts nützen. Das beste wird sein, du redest mit den Leuten in Dorotheenhof. Man sollte meinen, die hätten anderes zu tun, als Moira und ihre Geige zu unterhalten. Geht denn der Laden so schlecht?«

»Angeblich nicht. Moira sagt, es seien schon viele Gäste da.«

An einem Vormittag, als Moira in der Schule war, fuhr Christine nach Dorotheenhof hinüber.

Das war nun ihr zweiter Besuch in Dorotheenhof, aber diesmal beeindruckte es sie weniger, sie war zu sehr mit Moira beschäftigt. Es war ein schöner Tag, die Sonne schien, alles war grün, und Dorotheenhof sah hübscher aus denn je. Im Hof parkte eine stattliche Anzahl von Autos. In der Halle war Betrieb, da kamen und gingen Leute, hinter der Rezeption saß ein blondes, junges Mädchen, das Christine freundlich begrüßte und sogleich nach Frau Runge telefonierte.

»Kommen Sie mit in mein Büro«, sagte Gerda Runge, »da können wir in Ruhe sprechen.«

Sie machte es Christine leicht, denn natürlich wußte sie genau, worum es ging. Es sei ihr durchaus nicht recht, sagte sie, daß Moira so viel hier sei, und sie könne sich durchaus vorstellen, daß es deswegen in Breedenkamp Ärger gebe.

»Sie müssen mich recht verstehen, Fräulein Kamphoven, Moira stört hier keinen. Sie kommt, bringt ihre Schultasche in mein Büro, sieht mich fragend an, und wenn ich sage, ich habe keine Zeit zum Klavierspielen, verzieht sie sich. Ich habe jetzt natürlich nicht mehr so viel Zeit wie im Winter, das ist ja klar. Sie ißt mit uns, sie geht dann ihre eigenen Wege, ich weiß gar nicht, wo sie sich aufhält.«

»Aber das geht doch nicht. Ich meine, daß sie das jeden Tag so macht.«

»Da gebe ich Ihnen recht. Ich habe schon mehrmals mit meinem Mann darüber gesprochen. Anfangs war es ja auch nicht so. Da kam sie einmal in der Woche oder zweimal. Wir haben musiziert, ein bißchen geredet, sie war zwei Stunden da, dann ging sie wieder.«

»Aber wenn Sie gar keine Zeit für sie haben, was zieht sie dann hierher?«

»Einmal ist es Dorotheenhof. Sie liebt dieses Haus. Sie weiß inzwischen auch, daß ihre Mutter von hier stammt.«

»Das weiß sie? Davon hat sie mir nichts gesagt.«

»Sie weiß es erst seit kurzer Zeit. Wir haben jetzt eine Frau hier von unten aus dem Dorf, zum Putzen und Aufräumen. Die hat es ihr gesagt.«

»Was hat sie ihr gesagt?«

»Genau weiß ich es auch nicht. Zu mir hat sie mal gesagt, die Anna: das ist doch die Jüngste von der Baronesse? Ich habe gesagt, daß weiß ich nicht. Na ja, und dann hat sie wohl auch zu Moira etwas davon gesagt, und seitdem fühlt sich Moira wohl hier noch mehr daheim. Dorotheenhof hat früher meiner Mutter gehört, sagte sie zu mir. Und kürzlich, vor einigen Tagen erst, sagte sie: Eigentlich gehöre ich nach Dorotheenhof. Nicht nach Breedenkamp.«

Christine schluckte.

Gerda Runge schenkte noch einmal Sherry in die Gläser und fuhr sachlich fort: »Vielleicht ist es hart von mir, Ihnen das zu erzählen. Aber ich bin der Meinung, Sie sollten es wissen, Fräulein Christine. Moira ist ein merkwürdiges Kind. Meiner Ansicht nach braucht sie eine feste Hand. Sie ist so exaltiert. Zugegeben, das sind junge Mädchen in diesem Alter oft. Aber sie ist total egozentrisch. Und dabei hat sie einen ganz gewissen Charme, den sie einsetzt, wenn sie will. Aber man darf ihr nicht alles durchgehen lassen.«

»Das sagt Telse auch«, murmelte Christine.

»Ich habe leider keine Kinder. Ich kann darum auch nicht viel Gescheites über Kindererziehung sagen. Aber soviel kann ich doch beurteilen, daß Moira ein besonders kompliziertes Mädchen ist. Sehen Sie, meiner Ansicht nach ist Dorotheenhof nur eine Ursache ihres Hierseins. Der andere Grund ist Julian.«

»Julian Jablonka?«

»Ja. Sie ist... Gott, wir sagten als junge Mädchen, ich habe mich verknallt. Wie man hierzulande sagt, weiß ich nicht. So etwas kommt vor, ist ganz normal in dieser Entwicklungsstufe. Aber bei ihr gerät das doch gleich ins Übersteigerte. Sie bildet sich ein, sie muß hier sitzen und warten, bis Julian zurückkommt. Sie redet nicht oft von ihm, aber manchmal hält sie es nicht aus, dann fragt sie uns nach ihm. Und dann kriegt sie ganz schwärmerische Augen. Wie gesagt, das ist weiter nicht schlimm. Aber man sollte sie doch ein bißchen auf die Erde stellen. Ich bemühe mich darum, Sie können es mir glauben. Aber sie hört gar nicht zu.«

»Mir erst recht nicht«, sagte Christine. »Was soll ich bloß mit ihr machen?«

»Vielleicht sollten Sie sie in ein Internat geben. Denn ich fürchte, daß sie in der Schule nicht viel leistet. Sprechen Sie doch einmal mit ihrem Klassenlehrer. Auf jeden Fall aber würde ich sie doch nach Lübeck ins Konservatorium geben. Da muß sie wirklich arbeiten, das wäre etwas Neues für sie. Und ich glaube, was die Musik betrifft, da ist sie überdurchschnittlich begabt.«

»Aber sie ist noch zu jung.«

»Keineswegs. Ich habe neulich mal am Telefon mit einer Freundin in München darüber gesprochen, die selbst Musik studiert hat. Die sagte mir, je früher man intensiv arbeitet, um so besser. Das Wichtigste wäre ein guter Unterricht. Wenn sie sich einmal Fehler angewöhnt hat, kommt sie schwer wieder davon los. So gesehen, ist unser gemeinsames Musizieren hier für die Katz. Ich bin eine Dilettantin, ich spiel' halt so ein bisserl Klavier. Manchmal ist mir der Klavierpart von all den Sonaten und Etüden, die wir durchnehmen, viel zu schwierig. Ich mogle mich halt so durch. Und Moira kann ich schon gar nichts Vernünftiges zu ihrem Spiel sagen. Also dabei lernt sie nichts.«

»Sie nimmt doch auch noch Stunden bei Herrn Rodewald.«

»Wann denn? Von dem hält sie auch nicht viel. Sie rümpft die Nase über ihn. Nein, sie braucht einen Lehrer, den sie respektiert und der ihr die Flötentöne beibringt. Dann wird sich schnell herausstellen, wie weit ihr Talent reicht. Lassen Sie sie doch mal in Lübeck vorspielen.«

»Aber es wäre viel zu anstrengend für sie, wenn sie nach Lübeck fahren soll.«

»Warum denn? Es ist ihr ja auch nicht zu anstrengend, jeden Tag nach der Schule hierher zu kommen und abends spät nach Hause zu trampen. Am liebsten würde sie wohl hier übernachten. Wenn ich sie dazu auffordern würde, bliebe sie mit Begeisterung. Ich tue es absichtlich nicht. Glauben Sie mir, ich war schon oft nahe daran. Unlängst abends erst, als es so schrecklich geregnet hat und sie loszog mit ihrer Schultasche und der Geige. Ich bin ihr dann nachgefahren und habe sie nach Breedenkamp gebracht. Beinahe wäre ich da schon hineingekommen und hätte mit Ihnen gesprochen, Fräulein Christine.«

»Warum haben Sie es nicht getan?« fragte Christine. Sie war

den Tränen nahe. Moira war treulos. So viele Jahre war das Kind nun bei ihr. Hatte es denn nicht gespürt, daß man es liebhatte?

Als nächstes besuchte Christine Moiras Klassenlehrer und Herrn Rodewald.

Vom Klassenlehrer erfuhr sie, daß Moiras Leistungen in der Schule mehr als bescheiden waren. »Wenn wir sie in diesem Jahr versetzen, so können wir das nur, wenn wir sämtliche Augen zudrücken. Wir wissen ja inzwischen, daß sie eine angehende Künstlerin ist und für unsere Schule nicht viel übrig hat.«

Der Klassenlehrer war ein netter, gutmütiger Mann, er hatte offenbar Verständnis für Moira und glücklicherweise Humor.

Unverändert begeistert für Moiras Talent und überzeugt von ihrer großen Zukunft war Herr Rodewald. Er halte es für sehr wichtig, daß sie ordentlichen Unterricht bekomme.

»Von mir kann sie nicht mehr viel lernen«, sagte Herr Rodewald bescheiden.

Vor dem Gespräch mit Moira fürchtete sich Christine fast ein wenig.

Sie begann mit dem Konservatorium, und Moira meinte gnädig, doch, sie würde da sehr gern hingehen. Runges hätten ihr auch zugeredet.

»Ich fürchte bloß, du wirst die Schule dann ganz vernachlässigen«, sagte Christine.

Moira hob die Schultern.

»Und dann möchte ich dich bitten, Moira, daß du deine Besuche in Dorotheenhof einschränkst. Du fällst den Runges langsam auf die Nerven.«

»Haben sie das gesagt?«

»Das haben sie nicht gesagt, sie sind ja höfliche Leute. Aber das kann man sich leicht denken. Es ist schließlich kein Privathaushalt, sondern ein Sanatorium. Willst du warten, bis man dir sagt, daß du nicht mehr kommen sollst?«

»Ich störe doch niemanden.«

»Es ist nicht in Ordnung, daß du fast jeden Tag dort bist. Und etwas, was nicht in Ordnung ist, ist von selbst störend. Begreifst du das nicht?«

Moira setzte ihre hochmütige Miene auf und blickte an Christine vorbei.

»Warum bist du bloß so unfreundlich zu mir?« sagte Christine unglücklich. »Ich hab' dich doch lieb. Und ich will doch alles für dich tun.«

»Du hast mir ja nicht die Wahrheit gesagt.«

Christine wußte sofort, was sie meinte.

»Wegen Dorotheenhof?«

Moira nickte.

»Es fällt mir eben schwer, darüber zu sprechen.«

»Warum? Es ist doch schön dort. Wenn unsere Mutter von dort stammt, freut mich das. Warum haben wir es denn nicht?«

»Wir haben ja Breedenkamp. Es ist damals verkauft worden.«

»Als sie tot waren?«

»Ja. Moira, was hat dir diese Frau erzählt?«

»Was für eine Frau?«

»Die dort in Dorotheenhof arbeitet.«

»Anna? Dann hat dir Frau Runge gesagt, daß Anna mir alles erzählt hat.«

»Alles?«

»Sie hat meine Mutter noch gekannt. Sie war sehr schön, hat sie gesagt. Und ich sehe aus wie sie.«

»Und sonst?«

»Oh, sie hat erzählt, wie das früher war, als der Herr Baron noch lebte, mein Großvater. Anna war damals noch ein kleines Mädchen, aber sie erinnert sich noch daran.«

»Ich möchte nicht, daß du von fremden Leuten davon erfährst.«

»Von wem soll ich es denn erfahren? Du erzählst mir ja nichts.«

»Ich werde dir einmal alles erzählen. Das, was ich weiß. Wenn du ein wenig älter bist. Und etwas vernünftiger.«

»Es ist irgendeine geheimnisvolle und tragische Geschichte, nicht wahr?« fragte Moira.

Christine zögerte. »Es ist eine traurige Geschichte«, sagte sie dann. »Keiner von uns will gern darüber sprechen.«

»Weil sie in Amerika verunglückt sind?«

»Ja.«

Moira stand plötzlich auf und schlang die Arme um Christines Hals.

»Du brauchst auch nicht darüber zu sprechen, wenn du nicht willst. Sie sind nun mal tot. Ich habe sie ja gar nicht gekannt. Ich kann bloß etwas nicht verstehen, da muß ich oft darüber nachdenken.«

»Was?«

»Warum ihr mich so lange in Amerika gelassen habt. Warum ihr mich nicht gleich geholt habt.«

Darauf konnte Christine nicht antworten.

Ein wenig schränkte Moira ihre Besuche in Dorotheenhof ein, eine Zeitlang war sie umgänglicher. Für Anfang Mai wurde dank Herrn Rodewalds Vermittlung ein Vorspieltermin in der Lübecker Musikakademie vereinbart. Herr Rodewald, der ursprünglich Volksschullehrer gewesen war, hatte sich an der Lübecker Musikakademie auf die Mittelschullehrerprüfung im Fach Musik vorbereitet.

Julian kam in der zweiten Hälfte Mai, als der Raps blühte. Diesmal fuhr er nicht zuerst nach Dorotheenhof, sondern rief direkt von Fuhlsbüttel in Breedenkamp an. Die Männer waren beim Düngerstreuen, Christine war auch draußen gewesen, um zu sehen, wie weit sie an diesem Tag kommen würden. Sie kam gegen elf mit Marinette auf den Hof geritten, als Telse ihr von der Tür aus zuschrie: »Komm mal schnell! Telefon für dich!«

Christine ritt vor die Haustür und fragte: »Was ist denn? Ist Großvater nicht da?«

»Es ist Herr Jablonka. Er ruft aus Hamburg an.«

»Aus Hamburg?«

Christine sprang mit einem Satz vom Pferd und drückte Telse die Zügel in die Hand.

»Da. Halt sie mal!« Und dann stürzte sie ins Haus.

»Ich bin eben gelandet«, sagte Julian statt einer Begrüßung »und wollte fragen, ob es irgendwo ein kleines, ruhiges Haus für einen müden Reisenden gibt.«

»Ja«, sagte Christine, »o ja!«

»Ich freu' mich so, dich zu sehen, Christine.«

Christine hielt einen Moment den Atem an. Sie lächelte. Seine Stimme war vertraut. »Ich auch«, sagte sie.

»Das hört sich gut an«, sagte er. »Kann ich gleich einziehen? Was muß ich noch einkaufen?«

»Nichts. Es ist alles fix und fertig.«

Schon kurz nach zwei Uhr war er da. Christine war im Hof, in den Ställen, sie fing mehrere Arbeiten an und ließ sie wieder liegen, sie lauschte nur zum Torhaus hin, und dann kam sein Wagen durch die Einfahrt.

Er stieg aus und kam auf sie zu. »Da bin ich.«

»Ich habe nicht gedacht, daß Sie wirklich kommen.«

»Das ist nicht wahr. Du hast gewußt, daß ich komme.«

Er lächelte, er war braun gebrannt, aber sehr mager geworden. Sie lächelte auch, dann nickte sie.

»Ja, ich habe es gewußt.«

»Können wir gleich hinfahren?«

»Wollen Sie nicht erst hineinkommen?«

»Ist der Großvater da?«

»Nein. Er ist draußen, irgendwo.«

»Dann steig ein. Wir fahren los. Ich kann es kaum erwarten.«

Sie fuhren zurück auf die Straße, nach einer Weile bogen sie in einen Feldweg ein, dann ging es ein Stück durch den Wald. Jetzt befanden sie sich westlich vom Gutshaus, von hier war es nicht mehr weit zum Jägerhaus.

Vorher aber kamen sie an einer Koppel vorbei, auf der die drei Pferde grasten.

»Nanu!« sagte Julian. »Cornet hat Gesellschaft bekommen?«

Er hielt an, und sie stiegen aus.

»Das ist Winnies Fuchs, Goldblitz. Er ist zur Erholung hier. Und die Schimmelstute gehört auch Winnie. Sie ist noch nicht lange da.«

Die Pferde kamen an den Zaun. Julian hatte Zucker in der Tasche, und jedes bekam ein Stück.

»Herrgott!« sagte Julian. Er breitete die Arme weit aus. »Daß ich wirklich hier bin! Immer habe ich gedacht, es kommt noch was dazwischen. Ich habe mich gefreut wie ein Kind auf Weihnachten.«

»Auf das Jägerhaus?«

»Auf das Jägerhaus, auf Breedenkamp, auf dich.«

Er nahm sie in die Arme und küßte sie. Nicht so sanft wie er sie damals geküßt hatte. Es war noch die Hektik der Reise in ihm, er war gespannt, erregt, unruhig. Er küßte sie lange und leidenschaftlich, preßte sie fest an sich. Christine küßte ihn auch, sie konnte es auf einmal, sie schlang die Arme um seinen Hals, ganz ohne Furcht. Cornet störte sie. Er reckte den Hals über den Zaun und stieß mit seinen Nüstern an ihre Gesichter.

Julian ließ Christine los und faßte Cornet in die Mähne.

»Bist du eifersüchtig, Schwarzbrauner? Sie gehört dir nicht mehr allein, daran muß du dich gewöhnen.«

»Ich glaube eher, er will noch einen Zucker«, sagte Christine, sie lachte, ihre Augen waren hell und glücklich.

»Darf ich mit dir reiten, Christine?«

»Natürlich. Wir haben ja jetzt Pferde genug. Kannst du denn reiten?«

»Ich war bei der Reiter-HJ. Da hat mich mein Vater hingeschickt, und ich hatte nichts dagegen, denn reiten wollte ich gern. Später bin ich dann beim Militär geritten. Ich denke, daß ich es noch kann. Komm!«

Um das Jägerhaus war alles so, wie er es damals schon gesehen hatte. Ringsherum lichtes, helles Grün, auf der einen Seite der Wald, und den Hügel hinab ein leuchtendes Rapsfeld. Eine Weile standen sie hinter dem Haus, am Rande des Hügels, und blickten über das Land. Julian hatte den Arm um ihre Schultern gelegt.

»Mir ist so, als sei ich an einem Ziel angekommen. Es war ein spontaner Einfall, als ich sagte, daß ich hier wohnen will. Aber ich glaube, es war der beste Einfall, den ich in meinem Leben hatte. Für mich beginnt ein neues Leben, Christine. Ich werde ein Buch schreiben. Ich weiß, daß ich es diesmal schaffe. Weil ich hier den Frieden habe, den ich nie hatte. Und darum werde ich die Geduld haben, die ich auch nie hatte.«

»Ich fürchte nur, es wird auf die Dauer zu primitiv sein. Wasser zum Beispiel mußt du aus der Pumpe holen.«

»Ich weiß, das hast du mir damals schon gesagt. Das macht doch nichts. Es wird vermutlich Wasser sein, das man trinken kann. Nicht, daß es unbedingt zu meinen Gewohnheiten gehört, Wasser zu trinken. Aber ich war in so vielen Ländern, wo es dem Selbstmord nahe gekommen wäre, Wasser zu trinken. Und in unseren Städten hier ist es ja bald auch schon so.« Elektrizität war im Haus, und einen Kühlschrank hatte Christine auch anschließen lassen.

Dann fuhren sie ins Dorf, um das Nötigste an Lebensmitteln einzukaufen. Christine machte ihn mit dem Ladenbesitzer und seiner Frau bekannt, und das gleiche tat sie kurz darauf im Dorfkrug, wo sie Kaffee tranken.

Er sei der neue Mieter des Jägerhauses von Breedenkamp, sagte sie. Es war besser, die Leute wußten von vornherein, wer er war und woran sie mit ihm waren, das erleichterte ihm den Umgang mit ihnen. Vermutlich würde er ja oft im Dorfkrug essen. Wieder im Jägerhaus, holte er eine kleine Reiseschreibmaschine aus dem Auto und plazierte sie auf dem großen Schreibtisch, der vor dem Fenster stand, von dem aus man in die Weite blicken konnte. Es war der Schreibtisch, an dem Dr. Ehlers sein Buch geschrieben hatte.

»So«, sagte er befriedigt, als er am Schreibtisch saß. »Wie nehme ich mich hier aus? Wenn ich hier nichts zustande bringe, bin ich ein Versager.«

»Fährst du mich jetzt zurück?« fragte Christine.

Er widersprach nicht, aber er sagte: »Wann sehe ich dich wieder?«

»Ich werde morgen vormittag vorbeikommen und fragen, wie es dir gegangen ist. Falls du heute abend nicht kommen willst, um Großvater zu begrüßen.«

»Meinst du, er ist böse, wenn ich heute nicht komme?«

»Ganz bestimmt nicht.«

»Gut. Dann grüße ihn von mir und sage ihm, daß ich mich freue, hier zu sein.«

Auf der Rückfahrt zum Gutshof fragte er nach Moira. Christine erzählte von der Entwicklung der letzten Monate.

»Das konnte ich nicht ahnen, als ich ihr vorschlug, gelegentlich mit Gerda zu musizieren. Und wie war es nun in Lübeck?«

»Sie ist angenommen worden. Sie haben für sehr junge Schüler eine Vorschule an der Musikakademie. Zunächst kann sie ja auch nur zweimal in der Woche hinfahren. Das ist natürlich alles ein bißchen schwierig.«

»Jedenfalls hat man ihr Talent bestätigt?«

»Ja. Sie sind nicht gerade vor Begeisterung umgefallen, als sie Moira hörten, aber sie könne zum Vorstudium zugelassen werden. Herr Rodewald war dabei, er hat sie auf dem Klavier begleitet. Mit ihm hatte sie auch vorher die Vorspielstücke einstudiert, ein Schubert-Duo und... warte mal, was war es gleich noch? Ach ja, eine Sonate von Beethoven. Es waren offenbar ziemlich schwierige Sachen. Übrigens halten sie dort große Stücke von Herrn Rodewald, das habe ich gemerkt. Moira hat in letzter Zeit immer so getan, als tauge er überhaupt nichts. Und früher war Herr Rodewald die Hauptperson in ihrem Leben.«

»Ich würde sagen, das ist typisch für sie.«

»Warum? Erkläre mir das. Willst du damit sagen, daß sie treulos ist?«

»Treulos? Nein, so würde ich es nicht ausdrücken. Launisch, unbeständig, unberechenbar. Stimmungen unterworfen, und von irgendwelchen Geschehnissen, manchmal Kleinigkeiten, die ein anderer gar nicht beachtet, sehr leicht zu beeinflussen. Sie ist sehr labil, und das wird sie vermutlich bleiben, denn so etwas ist eine Grundeigenschaft. Und deswegen fürchte ich, daß ein künstlerischer Beruf doch nicht das richtige ist. Nun ja, man wird sehen!«

Sie stiegen draußen vor dem Torhaus aus dem Auto. Nur ein Handkuß, eine korrekte Verabschiedung.

Sie berichtete Jon von Julians Einzug in das Jägerhaus.

»Mal sehen, wie lange er es aushält«, sagte Jon.

Er blickte Christine forschend an. »Christine!«

»Ja?«

»Ach was! Du bist alt genug, um zu wissen, was du tust. Aber überlege trotzdem, was du tust.«

Christine schwieg.

»Es ist kein Mann, den du heiraten solltest«, sagte Jon geradeheraus.

»Ich will nicht heiraten, das weißt du ja.«

»Ich fände es auch nicht gut, wenn du nun jeden Tag ins Jägerhaus läufst.«

Christine legte den Kopf zurück, ihr Blick war kühl.

»Du weißt genau, daß ich das nicht tun werde. So bin ich nicht. Außerdem habe ich gar keine Zeit dazu.«

»Und wie willst du Moira fernhalten? Vielleicht erwählt sie nun nach Dorotheenhof das Jägerhaus zu ihrem Domizil.«

Er schloß die Augen halb und fügte hinzu: »Du hättest sie besser in Amerika gelassen.«

Das hatte er noch nie gesagt. Es tat Christine weh.

»Das solltest du nicht sagen«, murmelte sie.

»Ich sage es aber. Und du weißt, daß ich recht habe. Sie paßt nicht zu uns. Genau wie ihre Mutter, die paßte auch nicht zu uns. Von ihr ist Unheil gekommen. Ich glaube, du wirst mit Moira noch allerhand Ärger haben, das sage ich dir.« Heute war mit Jon schlecht zu reden. Christine stand von ihrem Platz hinter dem Schreibtisch auf. »Ich muß in den Stall«, sagte sie. »Ist noch etwas?«

»Ja«, sagte Jon kalt. »Sollte es sich herausstellen, daß die Vermietung des Jägerhauses Anlaß gibt zu... zu Peinlichkeiten, dann müßte ich Herrn Jablonka bitten, sich eine andere Wohnung zu suchen.«

Christine stand und blickte verärgert auf ihn herab.

»Erwartest du von mir, daß ich ihm das ausrichte?«

»Ich denke nicht, daß es nötig ist. Herr Jablonka wird das wissen.«

»Also war es an meine Adresse gerichtet.«

Jon gab keine Antwort, blickte sie nur von unten her an, ohne eine Miene zu verziehen. Christine ging aus dem Büro. Die Freude über Julians Ankunft, das kurze, ungewohnte Glück des Nachmittags waren ihr verdorben.

Und dann ergab sich die bedrückende Situation, daß keiner am Abend von Julians Ankunft ein Wort sagte.

Telse und Moira lebten immer noch in einem sehr gespannten Verhältnis und redeten nur das Nötigste miteinander. Jon sprach während des Abendessens kein Wort, und nach dem Abendessen ging er sofort mit dem Hund vom Hof.

Christine dachte, mit einem jähen Schrecken: ob er wohl am Jägerhaus vorbeigeht? Ähnlich sähe es ihm. Vorbei. Nicht hinein. Zu Fuß waren es vom Gut aus zwanzig Minuten. Fraglich war, ob Moira überhaupt wußte, wo sich das Jägerhaus befand. Sie ging nie ins Gelände, das Land rundherum interessierte sie nicht. Im Wald fürchtete sie sich. Natürlich wußte sie, daß Julian im Jägerhaus wohnen würde, aber sie hatte es nicht sehr ernst genommen. Ihrer Meinung nach gehörte er nach Dorotheenhof, wo es so viel schöner und komfortabler war.

In Dorotheenhof hatte sich Julian offenbar noch nicht gemeldet, denn sonst hätte Moira von seiner Ankunft gewußt.

»Du warst in Dorotheenhof?« fragte Christine überflüssigerweise nach dem Essen.

»Es war erst das zweite Mal in dieser Woche«, antwortete sie.

»Und wie steht es mit den Schularbeiten?«

»Mache ich jetzt.«

Sie verschwand in ihr Zimmer und ließ sich den ganzen Abend nicht mehr sehen. Christine hatte ein schlechtes Gewissen. Warum hatte sie nicht ganz unbefangen erzählt, daß Julian angekommen war?

Das Verhältnis zu Moira war gestört, woran lag das nur? Ein kompliziertes Mädchen hatte Gerda Runge sie genannt. Kompliziert war der Umgang mit ihr – das stimmte, und vermutlich würde es noch komplizierter werden durch Julian Jablonkas Anwesenheit. Jon sah das ganz klar und richtig.

Sie verließ das Haus und ging über den Hof, es war noch hell, ein schmaler Mond stand am Himmel. Ein Abend im Mai. Der Wolfshund kam über den Hof gelaufen und schloß sich ihr an. Sie hatte auf einmal das Bedürfnis, mit jemand zu reden. Sie dachte an Gerhard. Heute fehlte ihr Winnie. Winnie würde das alles zurechtrücken. Gerhard wäre dafür wohl nicht richtig. Blieben nur die Pferde. Sie ging in den Pferdestall, denn sie hatte die drei am Abend hereingeholt, die Nächte waren noch kühl.

Sie ging zu jedem in die Box, kraulte sie unter der Mähne und dann stand sie an Cornet gelehnt, seine Nähe, seine Wärme taten ihr gut.

»Winnie würde vielleicht sagen, daß ich verliebt bin. Sie sagt so etwas schnell. Aber bin ich das? Kann ich das überhaupt? Schwarzbrauner? So nennt er dich – Schwarzbrauner. Als ich ihn das erste Mal gesehen habe, warst du auch dabei.« Sie schwieg. Fast schämte sie sich vor dem Pferd. Das war doch zu albern. Schluß mit diesen Grübeleien. Sie würde ins Büro gehen und die letzten Abrechnungen durchgehen.

Aber sie ging nicht zurück ins Haus, sie verließ den Hof, gefolgt von dem Hund, ging ein Stück die Straße entlang und bog dann in einen Wiesenweg ein. Das Gras war naß, von den Wiesen stieg Feuchtigkeit auf, der Himmel dunkelte, er war graublau, und mittendrin schwebte der junge Mond.

Was er wohl tun würde, den ersten Abend da draußen so ganz allein? Es war wirklich sehr einsam. Sicher würde er das nicht lange aushalten, einer wie er, der Leben, Betrieb und Abwechslung gewohnt war.

Am Waldrand blieb sie stehen, lehnte sich an den Stamm einer Buche und träumte vor sich hin.

Das war etwas, was sie noch nie getan hatte, am Waldrand stehen, den Mond anschauen und dabei an einen Mann denken. Nach einer Weile spitzte der Hund die Ohren und gab Laut. Christine hörte die Schritte. Der Großvater kam auf dem Weg heran, der in den Wald führte. Es war besser, wenn er sie hier nicht sah. Erst kam der Jagdhund herangetrabt, die Hunde begrüßten sich, kurz darauf folgte Jon.

»Du bist das?«

»Es ist so ein schöner Abend«, sagte sie verlegen.

Nebeneinander gingen sie den Wiesenweg zurück.

»Morgen früh mußt du gleich bei Mencke anrufen«, sagte Jon. »Sie haben den Kalksalpeter immer noch nicht geliefert. Und sage ihnen, daß sie auch gleich zweihundert Doppelzentner Thomasmehl mitbringen.«

»So viel?«

»Ja. Und dann muß morgen einer mit dem alten Schlepper in die Werkstatt fahren.«

»Das macht Polly. Er weiß es schon.«

»Die Feldwege müssen ausgebessert werden.«

»Das machen Bruno und Tomaschek. Der Wegekies ist schon bestellt, sie holen ihn gleich morgen früh.«

Die romantische Mondnacht im Mai hatte ihren Zauber verloren. Sie sprachen von der Arbeit, und das war gut so.

Als sie am nächsten Tag mit der Morgenarbeit fertig war, sattelte sie Cornet und ritt zum Jägerhaus.

Julian erschien vor dem Haus, als er sie kommen hörte. Er trug helle Leinenhosen und ein kurzärmeliges, blaues Hemd.

»Ich dachte schon, du hast mich vergessen.«

»Langweilst du dich?«

»Ich habe Sehnsucht nach dir.«

»Ich dachte, du schreibst ein Buch.«

»Doch nicht gleich. Erst muß ich nachdenken.« Er hob sie vom Pferd und nahm sie fest in die Arme.

»Mädchen! Christine-Mädchen!«

Und dann küßte er sie wieder. Sie waren beide atemlos, als er sie losließ.

«Wo hast du inzwischen so gut küssen gelernt?«

»Ich habe es von dir gelernt.«

»Dann würde ich sagen, du lernst rasch. Das berechtigt zu den schönsten Hoffnungen.«

»Ich weiß auch nicht, was ich dazu sagen soll.«

»Ich wüßte es, wenn ich zehn Jahre jünger wäre. Dann würde ich dich auf der Stelle fragen, ob du mich heiraten willst.«

»Ach – heiraten!«

»Ich weiß, davon hältst du nichts. Ich eigentlich auch nicht. Allerdings war ich schon einmal verheiratet, weißt du das?«

Sie schüttelte den Kopf.

»Ich bin geschieden. Vermutlich weil ich zur Ehe nicht tauge. Aber ich glaube, mit dir wäre es anders. Würdest du zu mir ins Jägerhaus ziehen?«

»Nein.«

»Das dachte ich mir. In Breedenkamp kann ich nicht einheiraten, da würde Großvater Kamphoven mich hinauswerfen. Was hat er gesagt?«

»Oh, nichts weiter. Du sollst mal vorbeikommen.«

Das hatte Jon nicht gesagt.

»Ich habe ein wenig Angst vor ihm.«

»Warum?«

»Darum«, sagte er und küßte sie wieder. »Er hat sicher was dagegen. Und mit Recht. Das sehe ich ein.«

Seine Hand glitt über ihre Schulter herab und legte sich sanft um ihre Brust. Nun bekam sie erschrockene Augen und zuckte zurück.

Er ließ sie sofort los.

»Darf ich mal ein kleines Stück auf Cornet reiten? Oder läßt er mich nicht?«

»Wenn du es kannst, läßt er dich.«

Julian stieg auf und nahm die Zügel auf. Cornet spitzte die Ohren. Dann trabten sie davon.

Christine sah ihnen nach, dann strich sie sich das Haar aus der Stirn. Sie war verwirrt und unsicher.

Sie ging in das Haus hinein. Zu ihrer Überraschung sah es sehr ordentlich aus. Er hatte seine Koffer ausgepackt und die Sachen aufgeräumt. Auch sein Bett hatte er gemacht. Nur in der Küche stand noch das Frühstücksgeschirr, auf dem Schreibtisch die Kaffeekanne. Daneben lag ein Buch. Merkwürdig war es schon, daß er hier wohnte. Was ging dieser fremde Mann sie eigentlich an? Warum ließ sie sich von ihm küssen und anfassen, es paßte gar nicht zu ihr.

Nach einer Weile kam er zurück. »Wir sind gut zurechtgekommen. Falls du Beschwerden hast, Schwarzbrauner, kannst du sie jetzt vorbringen.«

Sie sollte mit ins Haus kommen, aber sie sagte, daß sie keine Zeit habe und zurück müsse.

»Darf ich einmal mit dir zusammen reiten?«

»Morgen, wenn du willst. Du nimmst Cornet und ich Marinette. Um halb zehn?«

»Fein. Darauf freue ich mich. Mußt du wirklich schon wieder fort?«

»Ja.«

»Ich werde nach Eutin fahren zum Einkaufen. Ich brauche noch verschiedenes. Ein paar Bücher, einen Transistor, Papier, Farbband und noch ein paar Kleinigkeiten. Kannst du nicht mitkommen?«

»Nein. Ich kann nicht jeden Tag herumbummeln.«

»Du bist eine tüchtige Frau, ich weiß es. Und wenn ich dich bitte, mich heute abend zu besuchen, was sagst du dann?«

Sie schwieg. Zog Cornet den Sattelgurt fester und saß auf.

»Du kommst nicht?«

»Nein.« Sie sagte es bestimmt, aber nicht unfreundlich.

Er lächelte und klopfte Cornet den Hals.

»Bis morgen also, Christine. Ich freue mich auf einen gemeinsamen Ritt mit dir.«

»Bis morgen«, sagte Christine, hob grüßend die Gerte und ließ Cornet antreten.

In scharfem Tempo ritt sie nach Hause. Sie wollte nicht mehr an ihn denken. Sie wollte sich wieder unter Kontrolle bekommen. Den ganzen Tag arbeitete sie wie eine Wilde, und jedesmal, wenn ihre Gedanken zum Jägerhaus davonliefen, holte sie sie energisch zurück.

Am Nachmittag sagte sie Moira ganz nebenbei, daß Julian Jablonka gekommen sei und das Jägerhaus bezogen habe.

»Wann?«

»Gestern abend.«

»Aber davon habe ich nichts bemerkt.«

»Davon war nicht viel zu bemerken.«

»Du hat es mir absichtlich nicht gesagt.« Moiras Blick war feindselig.

»Moira, hör auf wegen allem und jedem herumzunölen«, sagte Christine scharf. »Du bist kein kleines Kind mehr. Ich habe dir jetzt gesagt, daß Herr Jablonka da ist, und damit Schluß! Er will seine Ruhe haben und arbeiten. Er zahlt Miete für das Haus und kann dort machen, was er will. Und er möchte nicht belästigt werden.«

Moira zog spöttisch die Unterlippe herab, ihr Blick war geringschätzig. »Ich versteh' schon, warum du nicht willst, daß ich ihn besuche«, sagte sie in süffisantem Ton.

Christine wollte noch etwas sagen, doch dann wandte sie sich ab und ließ Moira stehen.

Sie war gereizt. Die Schwierigkeiten mit Moira, Julian da hinten im Wald in seinem Haus, ihre eigene Unsicherheit, es war alles ein bißchen viel auf einmal.

Am nächsten Tag pünktlich um halb zehn kam Julian auf den Hof gefahren. Er fragte nach Jon, und als Christine sagte, daß er im Büro sei, ging Julian hinein, um ihn zu begrüßen. Sie tauschten ein paar höfliche Worte. Jon sagte, falls er Wünsche habe, solle er sich an das Gut wenden. Es sei alles wunderschön, erwiderte Julian, was er benötige, würde er sich kaufen.

Es war eine etwas steife Unterhaltung. Jon lud ihn auch nicht ein zu einem abendlichen Besuch.

Christine hatte inzwischen die Pferde gesattelt.

Anfangs war die Stimmung auch zwischen ihnen etwas gespannt. Aber während des Reitens legte sich das. Für Christine war es seit langer Zeit das erste Mal, daß sie einen Begleiter hatte. Julian fragte nach diesem und jenem, was die Gegend und die Felder betraf, sie gab sachlich Auskunft. Sonst redeten sie nicht allzuviel. Aber reiten konnte er. Cornet ging frei und gelöst unter ihm.

Er küßte sie an diesem Tag nicht. Auf dem Hof von Breedenkamp verstand sich das von selbst, aber auch unterwegs machte er keinen Versuch. Er fühlte gut, daß sie wieder eine kleine Distanz herstellen wollte, und er hatte Verständnis dafür.

Sie verabredeten sich für Sonntag, das war übermorgen, wieder zu einem Ritt, schon um halb neun. Auch Sonntag kam er pünktlich. Diesmal sattelte er Cornet selbst.

Moira sah vom Fenster aus zu, wie sie vom Hof ritten. Sie grub die Zähne in die Unterlippe, ihr Blick war böse. Christine wollte ihn ihr wegnehmen. Sie wußte längst, daß Christine in Julian verliebt war.

Sie sah ihn beim Mittagessen, denn an diesem Sonntag war Julian zum Essen eingeladen worden. Er erkundigte sich nach ihren Studien, sie gab einsilbig Antwort und blickte ihn kaum an. Sie gab sich mit einer hoheitsvollen, leicht schmerzlichen Attitüde, und nach dem Essen verschwand sie sofort.

Dafür war Jon an diesem Tage gesprächiger und aufgeschlossen. Julian verabschiedete sich bald nach dem Essen, Christine brachte ihn zu seinem Wagen.

»Ich bin richtig müde«, sagte er. »Drei Stunden reiten, das bin ich nicht gewöhnt. Aber es war herrlich. Ich danke dir, Christine.«

»Ich weiß nicht, wann ich wieder Zeit habe«, sagte sie. »Aber du kannst auch allein mit Cornet reiten, du kommst ja gut mit ihm zurecht. Ich bin froh, wenn du mir hilfst, die Pferde zu bewegen.«

»Ist das wahr?«

»Aber natürlich. Ich kann nicht jeden Tag zwei Pferde reiten. Sie sind natürlich jetzt viel draußen, aber ein wenig Arbeit tut ihnen schon gut.«

Wieder keine andere Berührung, nur ein Händedruck. Aber Julian war trotzdem guter Laune, als er wieder im Jägerhaus war. Er fühlte sich schon ganz heimisch hier. Die Ruhe, das Licht über dem gelben Rapsfeld, der blaue Himmel darüber! Eigentlich hatte er vorgehabt, nach Dorotheenhof zu fahren, um die Runges endlich zu begrüßen: Aber er war todmüde. Er legte sich mit einem Buch in den Liegestuhl vor dem Haus, nach einer Weile stand er auf, ging ins Haus und legte sich aufs Bett.

Als er aufwachte, war es sechs Uhr abends. Er reckte sich. Das war mindestens so gut wie eine Kur in Dorotheenhof. Er kochte sich starken Kaffee und setzte sich an den Schreibtisch. Abends um elf hatte er das erste Kapitel seines Buches geschrieben.

Von diesem Tag an begann er ein ganz regelmäßiges, ausgeglichenes Leben, das ihm täglich besser gefiel. Die Unruhe, die Rastlosigkeit fielen von ihm ab, er war immer guter Laune, genoß jeden Tag, egal ob die Sonne schien, ob es regnete, ob der Himmel grau war.

Seine Tage verliefen nach einem ganz bestimmten Rhythmus. Er stand ziemlich früh auf, und wenn das Wetter freundlich war, lief er zu dem kleinen See in der Nähe und schwamm ein paar Runden. Anfangs war das Wasser noch recht kalt, aber das machte ihm nichts aus, denn er war abgehärtet, und kaltes Wasser liebte er.

Dann machte er mit viel Bedacht sein Frühstück zurecht und frühstückte mit Genuß und Ausdauer. Dazu fehlte ihm zwar eine Morgenzeitung, aber er gewöhnte sich an, eine Zeitung, die er am Abend zuvor gekauft hatte – er kaufte immer zwei, eine Hamburger und eine aus dem Landkreis –, zu seiner Morgenzigarette aufzuheben. Die neuesten Nachrichten hörte er aus dem Radio, obwohl sie ihn nach einiger Zeit gar nicht mehr sonderlich interessierten. Wenn er nicht nach Breedenkamp fuhr, um zu reiten, was er nur einmal in der Woche tat, benützte er die erste Hälfte des Tages für die Entdeckung seiner neuen Umgebung. Er lief weit im Land herum, und da er gewöhnt war, sich zu orientieren, kannte er sich bald gut aus. Oder er nahm den Wagen und fuhr ein Stück weiter weg.

Manchmal aß er unterwegs, manchmal briet er sich selbst ein Schnitzel oder ein Steak, einen Vorrat an Konserven hatte er sich zugelegt. Am Nachmittag setzte er sich an die Schreibmaschine. Es klappte nicht immer so gut wie beim erstenmal, aber das irritierte ihn nicht weiter. Er hatte Zeit. Es war gleichgültig, wie lange er an dem Buch schrieb. Er hatte weder einen Vertrag noch einen Termin.

Manchmal ging er abends ins Dorf hinunter und saß im Krug bei Bier und Korn, wobei er einige Bekanntschaften machte. Die Leute waren anfangs zurückhaltend, wenn auch etwas neugierig. Er drängte sich nicht auf, er wartete ab. Mit der Zeit ergab sich das eine oder andere Gespräch, und nach einer Weile gewöhnte man sich an ihn.

So machte er eines Tages die Bekanntschaft von Heinrich Evers. Der Name war ihm bekannt. Allerdings hatte er nicht gewußt, daß Evers in dieser Gegend lebte.

Heinrich Evers war ein bekannter Schriftsteller gewesen. In den zwanziger und dreißiger Jahren, noch während der Nazizeit hatten seine Bücher hohe Auflagen. Dann war es still um ihn geworden. Man hatte ihn unfair angegriffen, denn die Nazis hatten ihn groß herausgebracht, und das ließ man ihn jetzt spüren.

»Aber«, so sagte Evers zu Julian, nachdem sie sich eine Zeitlang kannten, »das kümmert mich nicht. Die Torheit der Menschen ist ja keine Neuigkeit, sondern eine historisch immer wieder bewiesene Tatsache. Denn es ist so leicht, mit Steinen nach anderen zu schmeißen und darüber den eigenen Hohlkopf zu vergessen. Das können sie immer und zu jeder Zeit. Ich verachte die Menschheit als Gesamtheit. Dafür liebe und schätze ich gewisse ausgewählte Exemplare. Das war bei mir schon immer so. Diese ausgewählten Exemplare finde ich hierzulande besonders leicht.«

Er lachte. Er konnte so laut und herzlich lachen, daß es ansteckend wirkte. Sein längliches, mageres Gesicht, das aussah wie das Gesicht eines alten Bauern, legte sich dann in unzählige Falten, seine leuchtendblauen Augen strahlten vor Lebenslust. »Was kein Wunder ist – ich stamme ja selbst aus diesem Land.«

Julian erfuhr, daß Evers in Neustadt aufgewachsen war. Mit dem ersten Geld, das er als Schriftsteller verdient hatte, kaufte er sich das Haus auf dem Hügel, das er heute noch bewohnte.

»Das war im Jahr einunddreißig und ich bekam das Haus halb geschenkt. Damals konnte sich ein Autor schon nach dem ersten halbwegs verkäuflichen Buch ein Haus kaufen. So schlecht, wie man immer sagt, waren die Zeiten gar nicht. Wenig Steuern, alles billig, und gelesen haben dennoch ein paar Leute.« Jetzt schrieb Evers nicht mehr. Oder – wie er sagte – nicht mehr, um es zu verkaufen, nur zu seinem Vergnügen. »Wir brauchen nicht viel zum Leben. Das Haus ist schuldenfrei, angenehm verwohnt, den Garten halten wir gemeinsam in Ordnung, er ernährt uns zur Hälfte.«

Wir – das waren seine Frau, eine Französin, immer noch schlank und attraktiv, und Hilde, seine Tochter, die nach einer mißglückten amerikanischen Ehe wieder seit drei Jahren bei ihnen lebte.

Daß er eine französische Frau hatte, war für Julian natürlich eine besondere Freude, er konnte von seiner Mutter sprechen, wenn er Madame Evers besuchte, was mit der Zeit häufiger vorkam. Durch Evers kam Julian zu Jerome.

Der Vater von Jerome war Julian von Anfang an nicht weniger sympathisch als Evers selbst. Der Vater von Jerome hieß Jaromir und war ein belgischer Schäferhund von unvergleichlicher Schönheit und Würde. Er hatte ein goldbraunes Fell und bernsteinbraune Augen. Evers wurde immer von ihm begleitet, und Jaromir rührte sich nicht von der Seite seines Herrn.

»Um den Hund beneide ich Sie«, sagte Julian eines Tages. »Das wäre genau der Gefährte, den ich mir wünsche in meinem Exil.«

»Das ließe sich machen«, sagte Evers. »Jaromir hat einen Sohn, der sieht ihm zum Verwechseln ähnlich. Er ist jetzt zwei Jahre alt, ich habe ihn aufgezogen und, wie ich mit gebührendem Stolz betonen möchte, gut erzogen. Er ist klug, wachsam und anständig. Leider habe ich ihn an einen Platz gegeben, wo er sich nicht wohl fühlt, fürchte ich. Ich werde sehen, ob ich ihn zurückbekomme. Mit den Leuten kann ich reden. Dann kriegen Sie ihn.«

Tagelang dachte Julian nur an den Hund. Es kam ihm vor, als habe er sich in seinem Leben nichts heißer gewünscht als diesen Hund, den er noch gar nicht kannte.

Er sprach zu Christine davon, und sie lachte ihn nicht aus, sie sagte, daß sie ihn verstehe. Man könne keinen besseren Freund haben als ein Tier, fügte sie hinzu.

»Besser als ein Mensch?« fragte Julian zurück.

»In den meisten Fällen ist ein Tier besser. Mit Menschen hat man doch immer irgendwie Ärger. Und es gibt Mißverständnisse. Man tut sich weh. Man will sich weh tun. Ein Tier ist nie so.«

»Wem willst du weh tun, Christine?«

»Ich? Eigentlich keinem.«

»Und ich? Was meinst du, wem ich weh tun will?«

»Das weiß ich nicht.«

Er dachte nach.

»Im Moment wüßte ich eigentlich auch keinen. Aber es findet sich schon wieder mal einer, da hast du recht.«

Sie sahen sich eigentlich nur beim Reiten, manchmal wurde Julian zum Essen eingeladen. Sehr selten, gerade zweimal bis Ende Juni, kam er abends ins Haus. Und sein Verhalten ihr gegenüber war so korrekt, ganz im Gegensatz zu dem stürmischen Beginn am Tag seiner Ankunft, daß es Christine mit der Zeit irritierte. Sie hatte sich mit Widerstand gewappnet, hatte sich darauf eingestellt, ihn abzuwehren, aber das war gar nicht nötig. Er war heiter und höflich, sie unterhielten sich bei ihren Ritten sehr gut, aber er machte keinen Versuch, ihr näherzukommen.

Einmal, als sie draußen auf der Koppel die Pferde absattelten, legte er den Arm um ihre Schultern, zog sie leicht an sich und küßte sie auf die Wange. So wie ein guter Freund das tut, lieb und harmlos. Und da sagte Christine mit einem leisen Vorwurf in der Stimme: »Das hast du lange nicht getan.«

Julian zog amüsiert die Brauen hoch, seine Augen funkelten geradezu, als er sie fragte: »Was?«

»Na, mir einen Kuß gegeben.«

»Das ist Raffinesse bei mir. Ich warte darauf, daß du mir mal einen gibst.«

»Das tue ich nicht«, sagte sie schroff.

Julian legte den Arm hinter sie auf den Koppelzaun, zog sie mit diesem Arm ein wenig heran und sagte: »Das glaube ich nicht, Fräulein Kamphoven. Wie es scheint, hast du es doch vermißt.«

»Ach! Das möchtest du wohl gern von mir hören.« Sie wollte gehen, aber er hielt sie fest.

»Aber ich habe es schon gehört. Es war eine regelrechte Beschwerde, nicht? Und das macht mir viel mehr Spaß, als wenn ich dir meine Küsse aufzwingen muß. Nur ein Anfänger drängt eine Frau. Ein kluger Mann kann warten.«

Sie sah ihn unsicher an, hätte gern mit Spott, so gewandt wie er das konnte, geantwortet. Aber er hatte ja recht, sie vermißte seine Umarmung, seine Küsse. Sie dachte ständig daran, warum er sie wohl nicht mehr küßte. Weil sie ihm nicht gefiel? War sie langweilig? Nicht hübsch genug, nicht interessant genug, zu unerfahren?

»Das ist wie mit dem Apfel. Du weißt ja, der Apfel spielt eine große Rolle in diesen Dingen. Wenn er reif ist, fällt er ganz von selbst vom Baum.«

»Ach, verdammt noch mal!« sagte Christine wütend und wollte sich von ihm losmachen. Aber er lachte, legte jetzt beide Arme um sie, sah ihr in die Augen und sagte: »Komm, probier es einmal. Tu du es mal!«

»Ich denke nicht daran. Das hat mir schon mal einer gesagt.«

»Ah ja? Und wer?«

»Das ist ja egal.«

»Und hast du?«

»Nein.« Sie sagte es laut und energisch.

»Aber jetzt.«

Und wirklich, wie gebannt von seinem Blick, von seiner Nähe, küßte sie ihn. Sie legte ihren Mund auf seinen, fühlte seinen festen Griff und dann seinen leidenschaftlichen Kuß. Sie schloß die Augen, ihr Körper gab nach. Was immer sie noch für Fluchtversuche machen würde, was für Einwände sie noch vorbringen würde, in diesem Moment hatte sie ja gesagt. Ihr Körper, ihr ehrliches Selbst hatte ja gesagt. Das wußte er. Darauf hatte er gewartet. Er hielt nichts davon, mit List und Tricks eine Frau zu verführen. Wenn es natürlich auch eine List war, sie eine Zeitlang hinzuhalten, wie er es getan hatte.

Und so bekam er beides: Jerome und Christine.

Jerome wurde sein Gefährte im Jägerhaus, und er paßte großartig dahin. Genau wie Evers gesagt hatte, war er gut erzogen und gehorchte aufs Wort. Er war intelligent und aufmerksam, nach wenigen Tagen schon hatte er sich an Julian und sein Leben gewöhnt.

»Bis zur letzten Stunde meines Lebens werde ich Ihnen dankbar dafür sein, daß Sie mir den Hund gebracht haben«, sagte Julian zu Evers, als er ihn einmal besuchen kam, um zu sehen, wie die beiden miteinander zurechtkamen.

Während der Heuernte hatte Christine viel zu tun. Sie trocknete auf Breedenkamp sogar noch einen Teil Heu für die Tiere, das andere wurde sofort zu Silage gepreßt. Dann war es Ende Juni, die Zeit der langen, hellen Nächte, Mittsommernächte, die in diesem Land einen eigenen Zauber besitzen.

Julian erlebte sie zum erstenmal.

»Die ganze Zeit habe ich so gut geschlafen. Auf einmal kann ich nicht mehr schlafen.«

»Ich kann es auch nicht um diese Zeit«, sagte Christine. »Ja, das muß wohl so sein. Vermutlich muß man sehr stumpfsinnig sein, wenn man in diesen Nächten schläft. Gestern abend hörte ich die Vögel noch nachts um elf Uhr. Sie schlafen auch nicht.«

»Wir müssen ans Meer fahren«, sagte Christine. »Und zwar an die Ostsee, da ist es jetzt am schönsten.«

Das hatte sie von Jon übernommen. Denn Jon, der sonst nirgendwohin gefahren war, fuhr in all den Jahren während der hellen Nächte zwei- oder dreimal ans Meer. Schon als Kind hatte er Christine mitgenommen.

Julian meinte, das sei eine großartige Idee. Ob sie dann mit ihm zu Abend essen würde?

Christine nickte.

Es war das erste Mal, daß sie abends zusammen ausgingen. Sie fuhren nach Timmendorfer Strand, aßen im Holsteiner Hof, und dann gingen sie zwischen den duftenden Rosenhekken der Strandpromenade spazieren. Es war eine warme Nacht, über dem Meer war der Himmel von einem sanften Rauchblau, das Meer schimmerte rosa, denn im Westen glühte der Himmel noch in tiefem Rot. Lange standen sie, aneinandergelehnt, auf der Landungsbrücke und sahen aufs Meer hinaus, der Leuchtturm von Pelzerhaken blinkte durch das Grau, das Meer war ganz still, und über den Wäldern im Südosten ging der Mond auf und warf eine lange, silberne Spur in das langsam dunkler werdende Wasser.

»Das ist das Schönste, was ich kenne«, sagte Christine. Und plötzlich, wie oft, wenn etwas schön war, dachte sie an ihre Mutter, die es nicht mehr sehen konnte. An ihren Vater, der es nie mehr gesehen hatte.

Sie zog die Schultern fröstelnd zusammen.

»Ist dir kalt?« fragte er und legte den Arm um sie.

»Nein. Nicht kalt. Nur traurig.«

»Warum?«

»Ach...«

»Ja, es macht ein wenig traurig. Oder besser gesagt, schwermütig. Alles, was wirklich schön ist, bereitet uns Schmerz. Wird es die ganze Nacht nicht dunkel?«

»Kaum. Das Rot wandert um den Himmel herum, und um eins, halb zwei wird der Himmel über dem Meer ganz rot, und dann geht die Sonne auf.«

»Du hast das schon gesehen?«

»Ja. Einmal. Großvater und ich, wir sind beide einmal so lange geblieben. Damals habe ich geweint.«

»Du hast geweint?«

»Weil ich gesehen habe, daß er Tränen in den Augen hatte. Ach!« Sie warf mit einer heftigen Bewegung beide Arme um ihn. »Laß uns nicht davon sprechen. Nicht jetzt!«

»Nein. Nicht jetzt. Einmal werden wir auch herfahren und sehen, wie die Sonne aufgeht. Und dann wirst du nicht weinen. Aber jetzt fahren wir nach Hause.«

Sie fuhren schweigend zurück durch das mondüberglänzte Land, die Felder waren hell, die Seen blinkten, und nur wo Wald stand, war das Land nächtlich dunkel.

Er fuhr zum Jägerhaus, in aller Selbstverständlichkeit. Und Christine stieg aus mit ihm und ging mit ihm ins Haus, in aller Selbstverständlichkeit. Alles kommt zu seiner Zeit. Die Stunde war da.

Er machte kein Licht, er zog sie langsam und vorsichtig aus in der hellen Dunkelheit, er legte sie auf sein Bett und legte sich neben sie.

Christine hatte gar keine Angst. Erst hatte sie die Augen weit geöffnet, dann schloß sie die Augen und überließ sich seiner Zärtlichkeit, der Wärme seines Körpers, seinen behutsamen Händen. Alles, was sie früher einmal gedacht hatte, wie Liebe sein mußte, widerwärtig, schmerzhaft, abstoßend, war vergessen. Liebe war gut, war beglückend, und wenn sie schmerzte, so schmerzte sie, weil sie so schön war. Denn das hatte er ja gesagt: alles was wirklich schön ist, bereitet uns Schmerz.

So war es Sommer geworden. Sommer für Christine. Sommer der Liebe, der Erfüllung.

»Du wirst niemals mehr sagen, was du einmal gesagt hast.«

»Was habe ich gesagt?«

»Ich hasse Liebe. Es war ein furchtbares Wort. Ich muß so oft daran denken.«

»Ich werde es nie mehr sagen. Man kann nicht etwas hassen, was man nicht kennt. Das hast du damals geantwortet. Aber ich konnte auch nicht etwas lieben, was ich nicht kannte.«

Natürlich wußten sie auf Breedenkamp, was mit Christine geschah. Jetzt rächte es sich, daß sie immer so solide gewesen und niemals ausgegangen war. Sie konnte abends nicht fortgehen, ohne daß es auffiel. Natürlich ließ es sich gelegentlich so machen, wie an dem Abend, als sie mit Julian zum Meer gefahren war. Sie sei zum Abendessen verabredet, sagte sie. Zog ein hübsches Kleid an, er kam und holte sie ab. Aber sie kam immer reichlich spät zurück von diesen Abendessen. Sie schlief wenig, stand früh auf, wie sonst auch, arbeitete fleißiger denn je.

Jon sagte nichts. Es war dazu nichts zu sagen. Er brauchte sie nur anzusehen, um alles zu wissen. Ihre Haut war wie Seide, ihr Haar glänzte, ihre Augen waren viel dunkler als früher, sie ging gerade aufgerichtet, ihr Schritt war leicht und voll Schwung, und sie war schön. So schön wie nur eine Frau sein kann, die geliebt wird, wie eine Frau ist, die liebt. Telse sagte nicht viel. Gelegentlich eine kleine, warnende Bemerkung, sorgfältig verschleiert, ein Seufzer, ein Kopfschütteln, aber sie mißbilligte es nicht ernstlich.

Christine war eine Frau, einmal mußte sie wie eine Frau leben, das sah Telse ein.

Moira verschloß sich vor allem. Es war wie ein Vorhang vor ihrem Gesicht, man fand keinen Zugang zu ihr, sie war nicht ansprechbar. Und erstmals versuchte Christine auch nicht, den Weg zu ihr zu finden. Dies war jetzt ihr Sommer, ihr Leben, und mit der Zeit wurde sie freier, unbedenklicher. Sie suchte nicht mehr nach Ausreden, nach Erklärungen. Sie nahm abends, wenn sie mit der Arbeit fertig war, den Wagen und fuhr einfach fort. Ohne ein feines Kleid anzuziehen. In Hosen, in einem einfachen Sommerkleid, wie sie gerade war. Und manchmal kam sie die ganze Nacht nicht nach Hause. Sie schlief bei ihm und ging gleich früh an ihre Arbeit. Sie wartete darauf, daß Jon ihr Vorhaltungen machen würde, sie bereitete sich darauf vor, was sie ihm antworten würde. Aber Jon sagte nichts.

Er war sehr schweigsam. Sehr still. Aber er sah nicht so aus, als ob er zornig wäre.

Sie hätte sich nicht zurückhalten lassen. Sie hatte die Liebe gefunden, die Liebe hatte sie gefunden, und sie paßten gut zusammen.

Julian war überrascht und entzückt von ihrem Temperament und ihrer Hingabe. Er hatte gedacht, sie würde eine kühle und spröde Geliebte sein. Aber so war es nicht. Sie hatte lange gewartet, aber nun war sie auch gleich voll und ganz da. Im Zusammensein mit ihm taute sie auf, sie lachte viel, sie war fröhlich und gelöst, sie wurde ein ganz anderer Mensch. Es machte ihr Spaß, bei ihm im Jägerhaus zu sein, für sie beide Abendbrot zu bereiten, mit ihm eine Flasche Wein zu trinken, mit ihm zu reden.

Sie lag in seinem Arm, den Kopf auf seiner Schulter und redete. So als sei immer noch ein Nachholbedarf vorhanden. Und so war es ja wohl auch.

Und vollends wie ein Vulkanausbruch war es, als sie alles erzählte. Was geschehen war damals in Vermont. Es war das allererste Mal, daß sie davon sprach, daß sie alles erzählte von Anfang bis Ende, was geschehen war, wie sie es erlebt hatte. Fünfzehn Jahre lang war es in ihr verschlossen gewesen. Und so schön war es, von Julian geliebt zu werden, fast noch wichtiger war es, daß sie mit ihm reden konnte. Daß es endlich einen Menschen gab, dem sie alles sagen konnte. Er begriff es, und er ließ sie reden. Nun war alles klar, das Geheimnis von Dorotheenhof gelöst, Moiras seltsames, fremdartiges Wesen, Christines Verschlossenheit. Auch Jon war nun besser zu verstehen.

»Es war für dich ein furchtbares Erlebnis«, sagte Julian. »Aber noch mehr als um dich tut es mir weh um deinen Großvater.«

»Ja«, sagte Christine, »ich weiß. So ist es mir auch immer gegangen. Wenn ich Großvater ansah und wenn ich wußte, was er dachte, da war mir manchmal so, als ob ich ersticken müßte.

Er hat nie darüber gesprochen. Nie. Aber ihm konnte keiner helfen.«

»Weißt du, ob dein Vater noch lebt?«

»Ich weiß es nicht. Ich habe aber nie davon gehört, daß er tot ist.«

»Hast du schon einmal daran gedacht, daß er in fünf Jahren seine Strafe verbüßt haben wird? Daß man ihn vielleicht begnadigen wird, und daß er dann schon früher frei sein wird?«

»Ja. Daran habe ich oft gedacht.«

»Und?«

»Ich weiß nicht, was ich wünschen soll. Ob es besser ist, wenn er tot wäre.«

»Ich kenne mich nicht aus im amerikanischen Strafrecht. Ob er in den Staaten bleiben darf, oder ob sie ihn abschieben nach Deutschland. Aber du solltest dich mit dem Gedanken vertraut machen, daß er vielleicht eines Tages kommt.«

»Hierher? Das glaube ich nicht.«

»Meinst du, dein Großvater möchte ihn hier nicht haben?«

»Das weiß ich nicht. Aber mein Vater... natürlich kenne ich ihn nicht gut, ich war ja noch zu klein, aber ich glaube nicht, daß er hierher zurückkäme. So war er nicht. Er war sehr stolz, glaube ich.«

»Das seid ihr alle. Aber nun frage ich dich etwas, und überlege dir gut, was du mir antwortest. Möchtest du nicht, daß er hierherkommt?«

»Doch«, sagte sie rasch und ohne zu überlegen. »Natürlich soll er hierherkommen. Das ist seine Heimat, und wo soll er denn sonst hin?«

»Wie sind deine Gefühle ihm gegenüber?«

»Ich weiß es nicht. Wirklich, Julian, ich weiß es nicht. Er ist ein Fremder, aber er ist mein Vater. Und er hat meine Mutter getötet. Ich habe meine Mutter geliebt. Kann sein, sie hat unrecht getan. Aber so etwas kommt doch öfter vor. Was konnte sie denn dafür, daß sie... Michael nun mal geliebt hat. Sonst lassen sich die Leute eben scheiden, und dann ist es vorbei. Er hat geschossen... Aber ich war trotzdem nie so richtig böse auf ihn. Ich habe ihn ja gesehen in dieser Nacht, habe gehört, was er gesagt hat. Ich weiß es noch sehr genau. Und seit ich weiß, daß es eigentlich kein Mord war, daß er ja gar keine

Waffe gehabt hat... oh, ich war so froh, als Telse mir das damals gesagt hat. So froh.«

Solche Gespräche führten sie oft. Sie sprachen auch über andere Dinge, natürlich am meisten über sich selbst, über ihre Liebe, wie Verliebte es immer tun. Aber die Tatsache, daß sie auf einmal über ihren Vater, über ihre Mutter sprechen konnte, war für Christine wie eine Erlösung. Jetzt endlich ›redete‹ sie wirklich.

Diese Gespräche über die Vergangenheit machten sie nicht unglücklich oder traurig, nein, es war eine Befreiung, die sich auf ihr ganzes Wesen auswirkte. So war es also nicht nur die Liebe, das Zusammensein mit einem Mann, das Christine so verwandelte, dies kam dazu. Vielleicht nahm sie daher auch die Souveränität, zu kommen und zu gehen, wie sie wollte, ohne Rücksicht darauf, was die anderen davon dachten. Sie fuhren öfter zum Baden an einen der Seen oder ans Meer, meist auch erst abends, denn tagsüber hatte Christine ja nicht viel Zeit. Und sie ritten nach wie vor zusammen, auch wieder mit Goldblitz, der sich gut erholt hatte und nicht mehr lahmte.

Anfang August war sehr schlechtes Wetter, aber dann in der zweiten Augusthälfte hatten sie herrliches Erntewetter, so daß die Arbeit keine Verzögerung erlitt. Die Ernte war in diesem Jahr sehr gut.

»Es ist ein glückliches Jahr!« sagte Christine.

Und Julian bestätigte: »Das glücklichste Jahr meines Lebens.«

Das bei alledem sein Buch nur zögernde Fortschritte machte, war verständlich. Aber das war ihm jetzt nicht so wichtig, das Buch konnte er immer noch schreiben, jetzt wollte er leben.

Moira war nicht glücklich. Moira litt, genau wie im vergangenen Sommer. Sie befand sich in Melancholie, aber sie hatte nun schon gelernt, das besser zu verbergen. Sie wünschte Christine nicht den Tod, wie sie im vergangenen Jahr Rodewalds Frau den Tod gewünscht hatte, aber sie wollte am liebsten selber sterben. Sie beschäftigte sich viel mit ihrem Tod. Auch mit den Möglichkeiten, ihn selbst herbeizuführen. Nur war da noch die Geige. Sie übte wie eine Besessene, das war das einzige, was sie von ihrem Kummer ablenkte. Und so gesehen, war das Leid dieses Sommers besser als das Leid des vergangenen Sommers, denn damals hatte sie die Geige aus ihrem Leben verbannt. Nun aber war sie fest entschlossen, eine berühmte Geigerin zu werden. Sie würde es allen zeigen. Auf diesem Standpunkt war sie angelangt: Ich werde es euch schon zeigen! Und das war gar kein schlechter Ausgangspunkt für eine Karriere.

Herr Rodewald war in Gnaden wieder aufgenommen, natürlich liebte sie ihn nicht mehr, sie liebte keinen mehr, sie würde nie mehr lieben, aber sie brauchte Herrn Rodewald. Dreimal in der Woche nahm sie Stunden bei ihm, sie erweiterte ganz beachtlich ihr Repertoire, wagte sich schon an die Solopassagen der großen Violinkonzerte heran, auch wenn Herr Rodewald verzweifelt protestierte. Sie kaufte Unmengen von Noten, sie fand in Lütjenburg eine sehr begabte Klavierlehrerin, bei der sie Klavierunterricht nahm und die sie zusätzlich noch bei ihrem Geigenspiel begleitete. Sie war fast täglich in Lütjenburg, um dort zu arbeiten. Christine bezahlte das alles. Sie bekam von Christine, was sie wollte, es war der Erlös aus dem Verkauf von Dorotheenhof.

Nach Dorotheenhof fuhr Moira gar nicht mehr. Das war vorbei. Sie war eben doch treulos. Oder, wenn man wollte, konnte man sagen: Es gab immer nur eine Sache, die sie voll und ganz tat. Ein Vorzug? Ein Nachteil? Es konnte beides sein. Anfang September kamen Winnie und Tasso. Winnie erklärte sogleich, daß sie bis zur Jagdsaison bleiben würde, ganz egal, was Herbert dazu sage.

»Kriegst du immer noch kein Kind?« fragte Telse empört. »Nein, zum Teufel. Nicht mal das bringt er zustande.« Woraus zu entnehmen war, daß Winnie ein Jahr nach der Hochzeit mit Herbert nicht mehr viel im Sinn hatte.

Sie sah bezaubernd aus, war sehr schlank geworden, der Babyspeck, wie sie es nannte, war weg, das blonde Haar trug sie jetzt kurz geschnitten, was sie sehr rassig machte, ihre Figur war hinreißend, sie trug winzige Bikinis und enggeschnittene Reithosen und hatte binnen kurzem ihre Verehrer wieder um sich versammelt und fand noch ein paar neue hinzu.

»Warum kommt denn Herbert nicht auch her?« fragte Christine. »Ich habe ihn nicht dazu aufgefordert. Wenn er dabei ist, habe ich ja keinen Spaß. Wir waren in Urlaub. Auf Mallorca.

Na ja, ist ja ganz hübsch da. Und jetzt muß er arbeiten. Das Geschäft blüht. Er verdient sich dabei ganz dußlig.«

»Das ist ja fein.«

»Sicher«, meinte Winnie gelassen. »Alle Welt baut und baut. Er verdient das Geld im Schlaf. Mit Grundstücken spekuliert er neuerdings auch. Wir sind richtige Millionäre. Wenn ich will, kann ich mir noch drei Pferde kaufen.«

Tasso war immer noch oder besser gesagt jetzt erst recht eine Pracht. Er ging großartig, alle sahen stumm vor Bewunderung zu, wenn Winnie ritt. Sie ritt besser denn je.

»Nächstes Jahr gehe ich mit ihm auf Turniere. Dann werdet ihr staunen.«

Von Christines Liebesgeschichte war Winnie nicht weiter überrascht.

»Das habe ich mir im Winter schon gedacht. Finde ich prima. Julian gefällt mir. Wirst du ihn heiraten?«

»Vielleicht«, sagte Christine.

»Irgendwann brauchen wir ja mal einen Erben für Breedenkamp. Wenn ich es schon nicht schaffe, solltest du es wenigstens versuchen.«

Julian hatte Christine längst gefragt, ob sie ihn heiraten wolle. Und sie hatte geantwortet: »Ja. Nächstes Jahr.«

»Warte nicht so lange. Ich werde immer älter.«

Christine lachte. »Ich auch. Aber laß es noch so, wie es jetzt ist. Ich komme so gern zu dir ins Jägerhaus.«

Tatsache war, daß es sich beide nicht recht vorstellen konnten, wie Julian als Hausherr in Breedenkamp einziehen würde. Was Jon dazu sagen würde. Julian widerstrebte der Gedanke, in Breedenkamp einzuheiraten. Andererseits wußte er, daß er Christine nicht von Breedenkamp fortnehmen konnte. Auch darüber hatten sie gesprochen. Er hatte sie gefragt, ob sie auch anderswo mit ihm leben würde.

Es war eine unsinnige Frage, er wußte es von vornherein. Christine und Breedenkamp gehörten zusammen, man durfte sie nicht trennen.

Aber das hatte alles noch Zeit. Juni, August, der September begann, sie waren gerade zwei Monate zusammen, es war eine junge Liebe, man brauchte noch keine Entschlüsse zu fassen. Dann kam überraschend auch noch Gerhard. Er war in den Semesterferien in England gewesen, und nun trieb ihn das Heimweh wieder nach Breedenkamp.

»Heimweh habe ich immer«, sagte er. »Breedenkamp läßt einen nicht los.«

Nun war viel Leben und Betrieb im Haus. Winnie war begeistert, daß sie alle wieder zusammen waren, und hielt sie in Trab. Jeden Tag hatte sie etwas anderes vor. Natürlich zusammen reiten und dann dahin und dorthin fahren, an die Ostsee, an die Nordsee, schick ausgehen, Bekannte besuchen. Winnie lud sie alle ein, sie hatte Geld, sie war freigebig und großzügig.

Hatte Christine sich schon ein wenig geniert, nachdem Winnie gekommen war, und ihre abendlichen Besuche bei Julian eingeschränkt, so ging sie jetzt sehr selten ins Jägerhaus, seit Gerhard anwesend war. Gerhard hatte so eine merkwürdige forschende Art, einen anzusehen, er paßte auf, außerdem war er klüger als sie alle zusammen. Das stellte Winnie fest. »Er war ja immer schon ein Schulmeister, nicht? Aber er ist doch ein verdammt gescheiter Bursche. Jede Wette, daß er noch Professor wird? Wir müssen uns anständig benehmen, Christine, wenn er da ist, sonst verhaut er uns.«

»Ich fühle mich für euch verantwortlich«, sagte Gerhard auf seine ruhige Art. »Das war doch immer so. Oder nicht?«

»Na, ich weiß ja nicht, ob das heute noch gilt. Ich würde sagen, du vernachlässigst uns sträflich. Mal so 'ne Stippvisite, für einen verantwortlichen Menschen ist das reichlich wenig. Findest du nicht auch, Christine?«

Winnie flirtete ganz unverhohlen mit Gerhard, sie ließ ihn bereitwillig merken, daß er ihr gefiel. Er sah auch wirklich gut aus, und seine überlegene und inzwischen recht weltläufige Art des Umgangs mußte auf eine Frau anziehend wirken.

»Ich war doch eigentlich ein recht kluges Kind«, meinte Winnie. »Hab' ich nicht immer gesagt, daß ich ihn heiraten will? Das war die beste Idee meines Lebens.«

»Leider hast du sie sehr schnell aufgegeben.«

»Hast du leider gesagt, Gerd? Tut's dir leid?«

»Wenn ich dich so anschaue – doch, dann tut es mir leid.«

Ja, auch Gerhard konnte das jetzt: flirten und eine Frau auf eindringliche Art anschauen.

»Was macht denn deine Braut in Stuttgart?«

Gerhard hob die Schultern.

»Die hat mich auch aufgegeben. Genau wie du.« Es klang aber keineswegs so, als bekümmere es ihn sehr.

»Ehrlich wahr? Hatte sie genug von dir?«

»Muß wohl so sein.«

»Oder du von ihr – sag die Wahrheit!«

»Meist trifft ja beides zusammen, nicht?«

»Ach, erzähl doch mal richtig«, drängte Winnie.

So ausführlich wie Winnie es wünschte, erzählte er zwar nicht, aber immerhin bekamen sie soviel heraus, daß die Stuttgarter Freundin partout und sofort hatte heiraten wollen. Und dazu hatte sich Gerhard nicht entschließen können.

»Da hast du ganz recht«, sagte Winnie befriedigt. »Du bist noch viel zu jung. Gleich 'ne Frau auf dem Hals haben, ehe man richtig gelebt hat, das ist doch Käse. Wenn ich ein Mann wäre, würde ich überhaupt nie heiraten. Sondern so jedes Jahr die Freundin wechseln: Ist doch viel amüsanter.«

»Ob das den Frauen passen würde?«

»Wenn sie es auch dürften – also mir würde es passen.«

Julian war oft mit ihnen zusammen. Sie ritten aus. Es waren ja vier Pferde da. Sie machten zusammen Ausflüge und manchen abendlichen Bummel, sie gingen sogar zum Tanzen, denn Christine sagte jetzt nicht mehr: ich kann nicht tanzen. Sie konnte es inzwischen.

Aber trotzdem blieb Julian ein Außenseiter. Sie waren alle so jung. Er war zwanzig Jahre älter. Es bedrückte ihn nicht, es schuf nur eine kleine Distanz.

Manchmal kamen sie alle drei zu ihm ins Jägerhaus, vor allem Winnie fand es lustig dort und sagte öfter: »Heute machen wir Picknick bei Julian.«

Das geschah oft nach dem Reiten, die Pferde wurden auf die Koppel gebracht, die in der Nähe lag. Winnie hatte am Tage zuvor eingekauft, und dann saßen sie bis zum Nachmittag vor dem Jägerhaus.

Christine war nicht immer dabei, denn sie vernachlässigte ihre Arbeit nicht, aber ein wenig unbeschwerter als früher lebte sie nun doch.

»Wie findste das denn?« hatte Winnie gleich am Anfang Gerhard gefragt.

»Du denkst wirklich, daß die beiden...« meinte Gerhard zweifelnd, denn Christine machte keine nächtlichen Besuche mehr bei Julian, seit Gerhard da war.

»Aber ja! Ganz bestimmt. Das sieht doch ein Blinder ohne Laterne. Mensch, so behämmert kann nur ein Mann sein. Du siehst doch selbst, wie Christine sich verändert hat.« Das sah er. Natürlich war sie neben Winnie immer noch ruhig und zurückhaltend, aber eben doch anders als früher. Sie hatte lachen gelernt. Sie war viel aufgeschlossener im Gespräch. Und sie benahm sich wie eine Frau. Überlegte, was sie anziehen sollte, ging öfter zum Friseur, schminkte sich ein wenig, wenn sie ausgingen, und wenn sie gemeinsam zum Baden fuhren, trug sie nun auch einen Bikini, und es schien sie nicht zu stören, wenn man sie ansah.

»Sie sieht toll aus, nicht?« sagte Winnie neidlos zu Gerhard. »Sie ist ein bißchen größer als ich, das macht sich immer gut. Und ihre Beine sind fantastisch. Gefällt sie dir besser als ich?«

»Ihr gefallt mir alle beide.«

»Alle beide gleich?«

»Du bist noch dieselbe Nervensäge wie als Kind«, stöhnte Gerhard. »Sie gefällt mir besser, denn sie ist erwachsen. Und du bist und bleibst eine Göre.«

Darüber freute sich Winnie sehr, schlang ihre Arme um Gerhard und verlangte: »Trage mich ins Wasser!«

»Lauf allein!«

»Nein. Trag mich, du bist groß und stark, und ich wiege bloß noch dreiundfünfzig Kilo. Du kannst mich leicht tragen.« Also hob er sie hoch und trug sie über den Sand ins Meer hinein. Das spielte sich an der Hohwachter Bucht ab, wo sie oft zum Baden hinfuhren. Winnie schmiegte ihren Körper eng an seine nackte Haut und streichelte ihn mit geschmeidigen Fingern im Genick. Und dann küßte sie ihn auch noch auf den Mund. Nicht bloß so ein bißchen, sondern richtig.

»Ich laß dich fallen«, sagte er, als er wieder Luft bekam. Aber da waren sie schon im Wasser. Und sie hatte immerhin merken können, wie sein Körper auf ihre Liebkosungen reagierte. Sie standen bis zu den Hüften im Wasser, Winnie umarmte ihn wieder, und diesmal war es Gerhard, der sie küßte.

»Verfluchtes kleines Biest!« sagte er dann.

Winnie lachte, warf sich ins Wasser und kraulte davon. Christine und Julian, die bereits im Wasser waren, hatten alles gut beobachtet.

»Winnie kann's nicht lassen«, sagte Christine. Früher hätte sie weggeguckt, peinlich berührt, heute lachte sie auch.

»Sie ist die geborene Verführerin«, meinte Julian. »Sie versucht es bei jedem Mann.«

»Bei dir auch?«

»Sicher. Aber mit Maßen. Sie weiß, daß du momentan die Stärkere bist.«

»Momentan?«

»Das war schlecht. Ich sage ja immer, mit Worten muß man vorsichtig sein.« Er versuchte, nach ihr zu greifen, aber Christine schnellte sich im Wasser hoch und kraulte nun auch ins Meer hinaus.

»Uns schwimmen die Mädchen davon«, sagte Julian zu Gerhard, der herangekommen war.

»Sie kommen schon wieder.«

An einem Tag fuhren sie zu viert nach Kiel und besuchten Hedda und Friedrich Bruhns.

Hedda war sehr neugierig gewesen auf Julian. Sie hatte bei einem Besuch in Breedekamp nur eine ganz kurze Andeutung von Telse gehört. Und anschließend noch eine gehässige Bemerkung von Moira. Christine selbst hatte nichts über Julian gesagt. Am Nachmittag tranken sie Kaffee bei Bruhns, es war eine laute, vergnügte Runde, auch Friedrich und Joachim ließen die Kanzlei für eine knappe Stunde im Stich. Dann wollte Winnie einkaufen gehen.

Julian und Gerhard wollten nicht mitkommen, aber Winnie sagte: »Kommt nicht in Frage. Wir machen jetzt einen großen Zug durch die Holstenstraße. Mit Männern. Wir kaufen jede mindestens zwei Kleider, nicht, Christine? Und Schuhe. Und neue Badeanzüge und fünf Pullover und drei Blusen und...«

»Lieber ersäufen wir dich vorher in der Förde«, sagte Gerhard.

Aber dann wurde es genauso, wie Winnie plante. Sie zogen wirklich von Geschäft zu Geschäft, am Markt fingen sie an, und am Holstenplatz hörten sie auf. Da manche der Geschäftsinhaber Winnie kannten, denn sie war eine alte Kundin, die zwar früher nicht viel kaufen konnte, mangels Geld, aber trotzdem jeden Einkauf zu einem Fest gemacht hatte, wurde es ein vergnügter Nachmittag.

»Jetzt kaufen wir noch 'n paar Bücher«, sagte Winnie. »Ich bin nämlich ein gebildeter Mensch und lese alle Bestseller.«

Julian kam auf die Idee, für Moira Schallplatten zu kaufen. Das war dann das Ende der Vorstellung.

Hedda schlug die Hände zusammen, als sie die ganzen Pakete sah. »Ihr seid ja wahnsinnig! Was das alles kostet!«

»Was denkst du, warum ich einen reichen Mann geheiratet habe?« rief Winnie mit der ihr eigenen Aufrichtigkeit. »Los, Christine, wir ziehen uns um. Du ziehst das gelbe an mit den schwarzen Ranken. Und dazu die schwarzen Lacksandaletten. Du wirst toll aussehen. Wo essen wir heute abend, Hedda? Gehn wir in den Yachtclub? Oder fahren wir zum Bellevue? Oder gibt es eine aufregende neue Kneipe hier, die ich unbedingt kennenlernen muß?«

So war das Leben mit Winnie. Wenn sie da war, gab es weder Langeweile noch schlechte Laune.

Hedda sagte spät in der Nacht zu ihrem Mann: »Wie findest du ihn?«

Friedrich Bruhns wußte natürlich, wer damit gemeint war.

»Ich finde ihn sehr sympathisch. Ein Mann von Format. Vielleicht ist er ein wenig zu alt für Christine.«

»Für Christine nicht. Sie passen gut zusammen. Er bekommt ihr gut. Ich habe sie nie so gesehen wie heute, so vergnügt, so gelöst. Nein, ich finde es gut, daß es dieser ist. Ich werde das Jon gelegentlich sagen.«

»Mußt du dich immer einmischen?«

»Das muß ich. Es war immer zum Besten der Kinder. Oder nicht? Jon weiß das.«

Ausgeschlossen von all diesen Unternehmungen blieb Moira. Man konnte sie auffordern, so oft man wollte, sie lehnte immer ab, und zwar in so schroffer, endgültiger Weise, daß jedes weitere Wort sich erübrigte. Winnie gab es sowieso bald auf. Gutmütig wie sie war, bekam zwar Moira immer etwas geschenkt, aber sonst meinte Winnie: »Die ist doch 'ne Trantüte. War sie immer schon. Eines Tages wird sie sich einmauern lassen mit ihrer Geige.«

Christine versuchte öfter, Moira zum Mitkommen zu bewegen. Aber Moira sagte: »Laß mich in Ruhe!«

»Komm doch wenigstens mit zum Baden.«

»Ich will nicht.« Ihr Blick war feindselig.

Christine machte es zwar unglücklich, aber nicht so wie früher. Denn Julian sagte: »Warte noch ein, zwei Jahre. Sie wird vernünftiger werden. Sie ist eigensinnig und verbohrt, leider. Aber je mehr du ihr nachläufst, um so schlimmer wird es.«

Auch ihm gegenüber benahm sich Moira ablehnend. Sie war nicht einmal im Jägerhaus gewesen.

»Warum besuchst du mich denn nicht mal?«

»Mein Besuch ist nicht erwünscht. Das wurde mir rechtzeitig mitgeteilt.«

»Von mir?«

»Von Christine. Möglicherweise in Ihrem Auftrag.«

Am meisten bemühte sich Gerhard um Moira. Und er kam auch am besten mit ihr zurecht. Ihm spielte sie sogar einmal vor, und als sie ihre Studien in Lübeck begann, fuhr er sie einige Male mit dem Wagen hin, wartete auf sie und fuhr mit ihr heim.

Er hörte auch einiges über ihre Zukunftspläne.

»Sobald ich mit der Schule fertig bin, gehe ich weg.«

»Wo willst du denn hin?«

»An eine Musikhochschule in einer anderen Stadt.«

»Aber du bist doch in Lübeck gut untergebracht. Die Lübekker Musikakademie hat einen ausgezeichneten Ruf.«

»Das ist mir zu nahe.«

»Zu nahe bei Breedenkamp?«

»Ja.«

»Bist du denn nicht gern in Breedenkamp?«

»Nein.«

»Dann also nach Hamburg?«

»Hamburg ist auch zu nahe.«

»Du bist undankbar.«

»So? Findest du? Wofür sollte ich dankbar sein? Die haben mich doch gar nicht gewollt. Sie haben mich ja fast zehn Jahre in Amerika gelassen, bis sie sich daran erinnert haben, daß ich da bin.«

»Dein Studium kostet viel Geld. Je weiter du weg bist, um so teurer wird es.«

»Das Geld gehört mir auch.«

»Was für Geld?«

»Das Geld von Dorotheenhof. Christine hat gesagt, es gehört mir genauso, wie es ihr gehört. Und sie braucht sowieso nichts davon, hat sie gesagt.«

»Willst du wirklich Geigerin werden?«

»Natürlich.«

»Das ist ein schwerer Weg.«

»Ja, ja, ich weiß«, sagte sie ungeduldig. »Das hat mir bis jetzt noch jeder gesagt.«

»Meiner Meinung nach bist du noch zu jung, auch wenn du mit der Schule fertig sein wirst, um weit weg in eine andere Stadt zu gehen.«

»Ich bin alt genug.«

»Christine wird es nicht erlauben.«

»Christine hat mir nichts zu sagen.«

»Du bist sehr unfreundlich zu Christine, das ist mir schon aufgefallen. Warum eigentlich?«

Moira schwieg.

»Erklär mir, warum?«

»Was soll ich denn da groß erklären. Ich bin nicht unfreundlich zu Christine, sie macht sich ohnehin nichts aus mir.«

»Das ist Unsinn. Das weißt du. Christine hat dich sehr lieb.«

Moira stieß ein kurzes höhnisches Lachen durch die Nase.

»Vielleicht früher mal. Heute hat Christine nur noch den Jablonka lieb.«

»Ich werde dir sagen, was du bist, Moira. Du bist kindisch. Ich bilde mir zum Beispiel ein, Christine hat auch mich noch lieb, auch wenn sie jetzt mit Herrn Jablonka gut befreundet ist. Und sie hat Winnie lieb. Und den Großvater. Warum soll sie dich nicht mehr liebhaben?«

»Es ist eben so. Aber mir macht es nichts aus.«

So ein langes Gespräch mit Moira zu führen, wie es Gerhard gelang, war schon beachtlich. Alledings kam nicht viel dabei heraus.

Mit Christine konnte Gerhard nicht darüber sprechen. Christine war bekümmert darüber, aber sie sprach nicht gern davon. Winnie dagegen war gleich mit einer Erklärung zur Hand.

»Ist doch klar, Gerd. Moira hat sich in Julian verknallt. Das habe ich damals gleich bemerkt. Und sie ist eben eifersüchtig. In dem Alter nimmt man so was schwer. Jedenfalls so ein Typ wie Moira. Die wird das vermutlich immer schwernehmen. Ich bin ja mit ihr nie klargekommen, das weißt du ja.«

»Du mochtest sie schon nicht, ehe sie überhaupt hier war.«

»Stimmt. Und ich habe recht gehabt, nicht? Wenn sie nett gewesen wäre und zu uns gepaßt hätte, wäre ich sicher auch mit ihr gut ausgekommen. Ich komme mit allen Leuten aus. Aber Moira war doch immer komisch. Nicht mal reiten wollte sie.«

Ein Mensch, der nicht reiten wollte, war für Winnie ein unbegreifliches Wesen.

Gelegentlich fuhr Winnie auch nach Friedrichshagen. Anfangs war Olaf verreist, aber später hatte sie Gelegenheit, ihm die Neuigkeit von Christines Liebesaffäre zu verpassen.

»Interessiert mich nicht«, sagte Olaf.

»Nein?« machte Winnie erstaunt. »Ich dachte, du seist in Christine verliebt?«

»Wie kommst du denn darauf?«

»Als ich dich das letzte Mal traf, sagtest du: Ich kriege sie. Hast du das gesagt – oder nicht?«

»Man kann es sich ja anders überlegen.«

»Ich hab' dir ja damals gleich gesagt, du hast die falsche Tour bei Christine. Der Jablonka, der verstand es mit ihr. Sie hat sich gleich in ihn verliebt.«

»Verschone mich mit diesen blöden Klatschgeschichten, ja?«

»Bitte sehr, du alter Piesepampel. Liebenswerter bist du gerade auch nicht geworden. Was mir mal an dir gefallen hat, möchte ich auch wissen.«

Olaf grinste: »Denk mal darüber nach. Vielleicht fällt's dir wieder ein.«

Ende September reiste Gerhard ab, worüber alle sehr betrübt waren. Winnie küßte ihn sehr lange, am letzten Abend, im Stall bei den Pferden. »Damit du mich nicht vergißt.«

»Das wird wohl nie geschehen«, sagte er und hielt sie eine Weile fest im Arm. Und dabei sah er sie so an, daß Winnie ganz ernst wurde.

»Oh, Gerd«, sagte sie und schloß die Augen.

Diesmal küßte Gerhard sie, wie ein Mann eine Frau küßt, die er begehrt.

»Besuchst du mich wieder in Frankfurt?« fragte Winnie, als sie hinübergingen ins Haus.

»Besser nicht.«

Anfang Oktober kam überraschend Herbert aus Frankfurt angereist. Offenbar müsse er seine Frau selber holen, sagte er, freiwillig käme sie wohl nicht mehr nach Hause. »Jetzt bestimmt nicht«, meinte Winnie. »Jetzt reite ich erst ein paar Jagden mit.«

Herbert war etwas ungehalten. Sie wurden alle nicht recht warm mit ihm. Kurz darauf reiste Winnie mit ihm nach Frankfurt zurück. Tasso folgte einige Tage später.

Es wurde wieder still in Breedenkamp. Der Herbst hatte begonnen. »Es war eine sehr hübsche Zeit«, sagte Julian, »aber ich bin froh, daß ich dich jetzt wieder allein habe.«

»Mit Winnie ist das Leben viel amüsanter.«

»Du bist mir amüsant genug. Außerdem möchte ich endlich mal in Ruhe arbeiten.«

Auch Jerome schien froh zu sein, daß wieder ruhigere Zeiten kamen. Er streckte sich mit einem Seufzer vor der Tür des Jägerhauses aus und ließ sich die Herbstsonne auf sein goldbraunes Fell scheinen. Winnie war begeistert von ihm gewesen und hatte versucht, ihn Julian abzukaufen.

»Das ist der schönste Hund, den ich je gesehen habe«, sagte sie begeistert. »Ich muß unbedingt einen Hund haben. Am liebsten Jerome. Nicht, Jerome, du kommst gern zu mir?«

Jerome mochte sie zwar, noch immer liebten alle Tiere Winnie, aber ein Umzug nach Frankfurt wäre sicher nicht nach seinem Geschmack, meinte Julian.

»Aber vermutlich wird er bald Vater werden«, sagte Julian, »dann bekommst du einen aus dem Wurf.«

»Vergiß es nicht!« bat Winnie. »Ich bin so einsam in Frankfurt.« Darüber hatten sie alle gelacht. Winnie und einsam, das war ein Paradoxum.

Zwei Freunde hatte Julian noch gewonnen. Das waren Forstmeister Kuhnert und Fritz Petersen.

Die Bekanntschaft des Försters hatte er ziemlich bald nach seinem Einzug ins Jägerhaus gemacht, und da der Förster ein umgänglicher Mann war, der einen guten Schnack liebte, kam er jetzt öfter mal vorbei, wenn er in der Nähe des Jägerhauses war. Sie tranken einen Schnaps und klönten eine Weile. Als Jerome ins Jägerhaus einzog, hatte der Förster Bedenken gehabt. Würde er auch nicht wildern? Es war für einen Hund schon eine große Versuchung – hier mitten im Wald. Aber seine Sorgen waren umsonst. Jerome war gut erzogen, es gab keinen Ärger mit ihm.

Den Pflanzenschutzboß hatte Julian im Dorfkrug kennengelernt, wo Petersen immer einkehrte, wenn er in der Gegend war. Auch mit Heinrich Evers, dem Dichter, war er gut bekannt. Sie spielten einige Male zusammen Skat, und da sie alle drei gute Spieler waren und trinkfeste Männer dazu, wurden es lange Abende. Petersen war auch der einzige Außenstehende, der von Christines Verbindung zu Julian wußte. Er kam einige Male ins Jägerhaus, als Christine anwesend war.

Alles in allem war Julians Leben in der Stille der Ostholsteiner Wälder sehr abwechslungsreich.

Einmal sagte er zu Petersen: »Als ich hierher zog, dachte ich, ich würde ein einsames, zurückgezogenes Leben führen. Wie der Mensch sich täuschen kann! Ich habe selten ein so ausgefülltes, unterhaltsames Leben gehabt. Und ich glaube, ich bin noch nie in meinem Leben so glücklich gewesen.«

Petersen schmunzelte. »Na ja, wen kann das wundern.«

»Mich. Mich wundert es immer wieder. Ich liebe dieses Land und seine Menschen.«

Er kannte sie nun schon ganz gut, dieses Land und seine Menschen. Manchmal fuhr er allein mit dem Wagen durch die Gegend, langsam und genießend, er hatte es gelernt, sich in dem Labyrinth der kleinen Straßen zurechtzufinden, kannte die Dörfer, die Güter, die kleinen Städte.

»Dieses ganze Land«, sagte er zu Petersen, »ist wie eine große, gut aufgeräumte Stube. In sich geschlossen, zusammengehörend, alles an seinem richtigen Platz. Hier ist die Welt wie nach dem Goldenen Schnitt angelegt. Und darum sind die Menschen auch so, wie sie sind.«

Petersen, der Gesellige, nahm Julian gern auf seine Fahrten mit, durch ihn kam Julian auf einige der großen Güter und lernte die alteingesessenen Herren des Landes kennen. Er kam auch auf Bauernhöfe, in Gestüte, zu Land- und Viehhändlern, und eines Tages sagte er: »Wenn ich mit diesem Buch hier jemals fertig werden sollte, weiß ich schon, worüber ich mein nächstes schreiben werde. Über Schleswig-Holstein.«

Um das Buch stand es schlecht. Weil es so war, wie er gesagt hatte, unterhaltend, abwechslungsreich; weil der Sommer im Lande Holstein so leuchtend und reich gewesen war, blieb die Schreibmaschine meist geschlossen.

»Wenn das so weitergeht«, sagte Julian zu Christine, »bleibe ich euch eines Tages die Miete schuldig.«

»Das wäre natürlich furchtbar. Aber paß nur auf, im Winter wird es totenstill. Da kannst du viel arbeiten.«

»Hoffentlich.«

Ende Oktober hatte Julian die Idee, zu verreisen. Er müsse nach Berlin, sagte er. Und Christine solle ihn begleiten. »Ich?« fragte sie, und es klang geradezu entsetzt.

»Ja, du. Es wird Zeit, daß du einmal deine hübsche Nase in die Welt steckst. Wenn ich nicht so faul gewesen wäre, müßtest du mit mir in Urlaub fahren. Aber Urlaub habe ich den ganzen Sommer über gehabt. Nächstes Jahr machen wir eine große Reise. Jetzt fliegen wir nach Berlin.«

Und es geschah das große Wunder: Christine machte eine Reise, die erste ihres Lebens.

Sie flogen von Hamburg nach Berlin, sie wohnten im Kempinski. Noch während der Hausdiener ihr Gepäck vom Taxi ins Hotel trug, sagte Christine: »Ich habe noch nie in einem Hotel gewohnt.«

Julian lachte noch, als sie schon an der Rezeption standen. Es hatte so kindlich und angstvoll geklungen.

Aber dann konnte sie mit seiner Hilfe alles ganz vorzüglich: an der Bar sitzen, in guten Restaurants speisen, durch eine Hotelhalle gehen und am Kurfürstendamm einkaufen. Denn auch ohne Winnie machte Einkaufen Spaß, und Julian bestand darauf, für Christine immer neue Geschäfte zu entdecken.

»Ich denke, du hast kein Geld.«

»Dafür langt es schon noch.«

Was hatte sie denn bisher getragen? Hosen, derbe Jacken, mal ein Kleid. Doch jetzt wurden es Kostüme der neuen Herbstmode. Sogar ein Hütchen kaufte sie, Schuhe mit hohen Absätzen, Kleider, mit denen man abends ausging.

Julian zeigte ihr Berlin von heute und redete die meiste Zeit von dem Berlin seiner Jugend.

»Etwas Unwiederbringliches ist mit dieser Stadt verlorengegangen. Ich kenne die meisten Metropolen der Welt. Es gibt viel schönere Städte darunter, als es Berlin je gewesen ist. Aber ich kenne keine Stadt, die so lebendig, so intelligent, so spritzig ist, wie Berlin es war. Paris auf seine Art ist unvergleichlich. New York ist ein Monstrum und macht einen atemlos. Eine Sache für sich ist Hongkong, das ist eine andere Welt, die man nur gesondert betrachten kann. Am liebsten würde ich in London leben. Aber am allerliebsten in Berlin, wie es damals war. Diese Stadt hatte so viel Schwung. Man sagt immer, die Luft von Berlin ist wie Sekt. Die ganze Stadt war wie Sekt. Dieser verdammte Krieg hat viel zerstört. Vieles, um das es schade sein wird bis zum letzten Tag der Erdgeschichte. Und dazu gehört Berlin mit an erster Stelle.

Weißt du, es liegt auch daran, daß diese Stadt so von ihren Bewohnern geprägt war. Die Berliner sind ein Volk für sich. Ach, was heißt Volk – eine Rasse für sich. Sie waren immer anders als die anderen Deutschen. Berlin war die einzigartige Verbindung einer Stadt und ihrer Einwohner. So etwas ist nicht nachzumachen. Und heute ist die Stadt nur noch ein Ausstellungsstück. Und die Berliner haben sich verändert. Sie sind anders als früher.«

Das konnte Christine natürlich nicht beurteilen. Sie fand die Berliner nett, gescheit, witzig und außerordentlich freundlich. Doch das war es wohl nicht, was Julian meinte.

»Die Stadt ist amputiert worden. Und diese Wunde blutet ständig. Daran verblutet Berlin. Man sagt immer, Berlin ist eine Insel. Aber eine Stadt kann keine Insel sein; wenn man sie dazu macht, ist sie krank. Berlin hing mit allen Adern an der Welt. Und jetzt hängt alles im Nichts.«

»Vielleicht gibt es doch einmal eine Wiedervereinigung.«

»Nicht so lange wir leben. Vielleicht zu einer späteren Zeit. Und dann wird es etwas anders sein. Das, was es war, kann es nicht mehr sein. Das ist für alle Zeiten dahin.«

Berlin machte Julian melancholisch. Das sei immer so, sagte er. »Darum fahre ich auch nicht mehr gern hierher, obwohl ich immer davon angezogen werde. Wenn ich da bin, bin ich traurig. Ich kenne das schon.«

Sie gingen im Tiergarten spazieren, den Kurfürstendamm auf und nieder, sie fuhren in den Grunewald und zum Wannsee, er zeigte ihr die Plätze, wo er als Junge geritten war, gespielt hatte, geschwommen war.

Und schließlich zeigte er ihr auch den Platz, wo das Haus gestanden hatte, in dem er aufgewachsen war.

Dort war seine Mutter getötet worden. Seine Schwester.

Begraben unter den Trümmern eines alten, großen Hauses. Er hielt Christines Hand fest, ganz fest. Sie hatte sein Gesicht nie so gesehen, hart, böse, die Mundwinkel herabgezogen.

»Die Welt ist voller Mörder, und was noch schlimmer ist, die Welt ist voller Dummheit. Sie war immer so, sie wird immer so bleiben. Ich habe keine Hoffnung, daß es jemals anders wird.«

»Das ist es ja, was du in deinem Buch schreiben willst, nicht?« sagte Christine. »Solange man jung ist, will man die Welt verändern. Dann versucht man sie zu begreifen. Und schließlich ist man froh, wenn man sie ertragen kann.«

»Das hast du dir gemerkt?« Er wandte sich ihr zu, sah sie an. Der harte Ausdruck verschwand aus seinem Gesicht. Mitten auf der Straße umschloß er sie mit beiden Armen.

»Sie wird leichter für mich zu ertragen sein, jetzt, da ich dich habe. Maman hätte dich auch geliebt, das weiß ich. Wirst du bei mir bleiben, Christine?«

»Ja.«

Sie blieben fünf Tage in Berlin, gingen einmal in die Oper, einmal in ein kleines Theater am Kurfürstendamm, sie speisten in hübschen kleinen Lokalen, saßen noch in den Vorgärten der Cafés. Nachts schlief Christine in seinem Arm. Das war schon ganz selbstverständlich. So wie seine Küsse, seine Zärtlichkeit, seine Umarmungen.

Ich hasse die Liebe? Das hatte sie vergessen. Das war eine

andere, die das gesagt hatte. Die hatte keine Ähnlichkeit mit der Christine von heute.

Am letzten Abend saßen sie bei Schlichter.

»Das war das Lieblingslokal meines Onkels«, erzählte Julian. »Ein Bruder meiner Mutter, aus Straßburg. Er sagte immer, Berlin sei die einzige Stadt in Deutschland, wo man annehmbar zu essen bekomme. Im Elsaß halten sie sehr viel vom guten Essen. Onkel Maurice kam gelegentlich sehr gern nach Berlin. Obwohl er die Deutschen nicht mochte. Und meinen Vater schon gar nicht. Aber er wußte, wie glücklich meine Mutter war, wenn er kam. Und wenn er hier war, führte er sie aus in die besten Lokale. Ohne meinen Vater. Denn der, so sagte mein Onkel Maurice, versteht sowieso nichts vom anständigen Essen und verderbe ihnen nur den Appetit. Sie gingen zu Horcher und zu Rollenhagen und was weiß ich noch wohin. Und am liebsten ging er zu Schlichter. Ich hörte als Kind davon, und eines Tages, als ich zwölf oder dreizehn war, durfte ich mitgehen.«

»Ich stelle mir vor, wie du hier gesessen hast als zwölfjähriger Junge«, sagte Christine zärtlich. »Du warst sicher ein großer hübscher Junge.«

»Na, hoffen wir das mal. Ja, groß war ich, langaufgeschossen, recht streng erzogen. Mein Vater war ein gutaussehender Mann, ich glaube, ich sagte dir das schon. So auf den ersten Blick war nichts an ihm auszusetzen. Ich glaube, er war ziemlich eitel. Und humorlos. Er war damals Direktor an einer Mädchenoberschule. Und die Mädchen himmelten ihn alle an. Das wußte er, und er genoß es.«

»Und deine Mutter? Wie sah sie aus?«

»Nun, sie war sehr hübsch, schlank und zierlich, mit großen blauen Augen und hellbraunem Haar. Sie konnte sehr zärtlich sein, sie war lebhaft und gesprächig. Ein lebensfroher Mensch. So überbrückte sie immer wieder die Kalamitäten ihrer Ehe. Und sie war eine gute Mutter. Eine, mit der man lachen konnte. Vielleicht hätte sie sich gern scheiden lassen, um nach dem Elsaß zurückzukehren, denn sie hatte immer Heimweh. Aber die Kinder hätte sie nie im Stich gelassen. Außerdem war sie katholisch, eine Scheidung kam für sie nicht in Frage. Mein Vater war evangelisch, und das war natürlich eine Kluft zwischen ihnen. Sicher war sie verliebt in ihn, damals, als es anfing. Sonst hätte sie ihn nicht geheiratet. Ja, so ist das mit der Liebe. Man muß eben auch zusammenpassen. Sonst hilft die größte Verliebtheit nichts.«

Und auf einmal, sie waren gerade bei der Vorspeise, kam Olaf ins Lokal. Christine, die mit dem Blick zum Durchgang ins nächste Zimmer saß, sah ihn zuerst. Er war in Begleitung einer Dame und eines Herrn und kam, geleitet vom Oberkellner, nach der Dame durch die Tür.

Er sah sie auch, gerade als er an ihrem Tisch vorbeiging. Man sah ihm kaum eine Überraschung an. Ein kleines Stutzen, ein kurzes Kopfneigen, das war alles. Er blieb nicht stehen, um sie zu begrüßen.

Christine war ein wenig rot geworden.

»War das nicht euer Nachbar?« fragte Julian.

»Ja. Olaf Jessen.«

»Ich habe ihn mal kennengelernt.«

Er betrachtete sie forschend. »Macht es was aus?«

Christine atmete tief. Dann lächelte sie.

»Nein. Gar nicht.«

Olaf und seine Begleiter saßen im gleichen Raum. Christine hätte den Kopf wenden müssen, um ihn zu sehen. Aber sie wußte, daß sie in seiner Blickrichtung saß.

Julian konnte Olaf genau sehen.

»Er hat dir den Hof gemacht, nicht wahr?«

»So kann man das bei ihm kaum nennen. Er hat versucht, mich zu küssen. Und später ließ er mal gnädig verlauten, daß er die Absicht habe, mich zu heiraten.«

»Er wäre eine gute Partie gewesen, soweit ich die Lage beurteilen kann.«

Christine legte den Kopf in den Nacken.

»Ich brauche keine gute Partie zu machen. Ich habe selbst ein großes Gut.«

Julian lachte laut auf. »Das war herrlich!«

»Was?« fragte Christine irritiert durch sein Gelächter. »Dieser Ausspruch eben und dazu dein Gesicht.« Er nahm ihre Hand und führte sie an die Lippen. »Ich liebe dich, weißt du das?«

»Nein. Nicht, wenn du es mir nicht gelegentlich sagst.«

Es war ihr plötzlich gar nicht unangenehm, daß Olaf sie sah. Der sollte sich bloß nicht einbilden, außer ihm gebe es keine Männer auf der Welt. Sie machte ein bißchen auf Schau, unterhielt sich besonders lebhaft mit Julian, lächelte ihm zu, trank ihm zu, brachte einige ganz ansehnliche Augenaufschläge zustande.

Julian amüsierte es. Sie war anders als die meisten Frauen. Aber jetzt benahm sie sich, wie die meisten Frauen sich benehmen. Zur Abwechslung fand er das ganz nett.

»Trinken wir noch eine Flasche Wein?« fragte er, als sie mit dem Hauptgericht fertig waren.

»Aber natürlich. Und ein Dessert bekomme ich doch auch noch?«

»Sogar ein besonders gutes. Die sind hier berühmt, die Desserts.«

Auch er spielte den Charmeur, den Gefallen wollte er ihr gern tun. Sie trug heute ein schwarzes Kleid, das sie erst vorgestern gekauft hatten. Ein schmales, kleines Schwarzes, mit einem raffinierten Rückendekolletè. Es stand ihr gut. Sie hatte kaum mehr Ähnlichkeit mit dem Mädchen, das zu Hause auf dem Schlepper saß oder die Kühe versorgte.

Olaf blickte immer nur kurz herüber, das bemerkte Julian wohl. Er machte eine ziemlich zugeknöpfte Miene.

»Ich glaube, er ärgert sich«, flüsterte Julian.

»Olaf? Das kann schon sein.«

»Und du hast dir gar nichts aus ihm gemacht?«

»Gar nichts. Ich habe mir nie aus einem Mann etwas gemacht. Bis du gekommen bist.«

»Das tut mir gut. Ich bin wirklich ein Glückspilz. Komme ahnungslos nach Holstein, und so ein Mädchen wie du hat ausgerechnet auf mich gewartet. Man sollte es nicht für möglich halten.«

Sie legte den Kopf zurück und lachte. Ihr Mund war eine lokkende, weiche Kurve, ihre Augen leuchteten. Sie sah bezaubernd aus. Und sie wußte es. Auf einmal wußte sie das. Und genoß es.

»Aber Gerhard hast du doch gern gehabt?«

»Ja. Natürlich. Ihn habe ich sehr gern gehabt. Aber anders. Nicht so. Nicht so wie ich dich...«

Sie stockte, er beugte sich zu ihr. »Ja?«

»Ich habe ihn gern gehabt, und ich habe ihn heute noch sehr lieb. Aber dich liebe ich.«

Es war das erstemal, daß sie es ausgesprochen hatte. Er nahm wieder ihre Hand, drehte sie um und küßte die Innenfläche. Keine samtene zarte Damenhand, eine feste, ein wenig rauhe Hand, die das Arbeiten gewöhnt war.

»Ich danke dir«, sagte er.

Sie wirkten wie ein Liebespaar. Sie waren ein Liebespaar. Olaf sah das sehr gut. Er konnte vor Wut nicht essen. Winnie hatte also recht gehabt. Christine hatte einen Liebhaber. Diesen hergelaufenen Kerl. Sie ging mit ihm auf Reisen. Sie war nicht wiederzuerkennen. Zurechtgemacht, frisiert, in einem schwarzen Kleid.

Seine Christine.

Olaf dachte: meine Christine. Er dachte es wirklich.

Er platzte vor Wut. Doch es war nicht Wut allein. Gerade diese... hatte er haben wollen. Er empfand heute noch genauso wie vor einem Jahr.

Alle hatte er bekommen. Die eine hatte er nicht bekommen.

In diesem Jahr erhielt Christine keine Einladung zur Jagd nach Friedrichshagen. Sie konnte nicht wissen, daß es deswegen sogar einen ernsthaften Streit gegeben hatte. Claus Otto Jessen und auch Eleonore wollten Christine einladen, so wie sie immer eingeladen worden war, ob sie gekommen war oder nicht.

Olaf sagte: »Nein!«

»Das ist kein Benehmen«, sagte der Vater.

Und seine Mutter: »Nur Subalterne sind beleidigt.«

»Ich bin nicht beleidigt«, widersprach Olaf, »dieser Ausdruck paßt durchaus nicht. Ich will sie nur nicht sehen.«

»Sie bekommt von mir eine Einladung, ob dir das nun paßt oder nicht.«

So sein Vater.

»Bitte sehr! Ihr könnt die Jagd sehr gut ohne mich reiten. Ich verreise.«

»Ich hätte mir ein Mädchen wie Christine nicht wegschnappen lassen«, sagte der alte Jessen höhnisch, »das wäre mir nicht passiert. Aber du bist selber schuld, und es geschieht dir recht.

Voriges Jahr, mein Sohn, nach der Jagd, weißt du noch? Da bist du mit irgend so einem Pflänzchen auf Reisen gegangen. Das war dir wichtiger. Christine läuft mir nicht davon, hast du großartig getönt. Nun – sie ist dir davongelaufen. Sie wird sitzen und warten, wann es dir beliebt. Ein Mann, der etwas von Frauen versteht, muß wissen, wann die richtige Stunde da ist. Da muß man dranbleiben. Das ist genauso, als ob man ein Pferd zureitet. Jeden Tag ein bißchen mehr verlangen, so bekommt man ein gut gerittenes Pferd. Eine Frau – mal heute beachten und dann wieder nicht und dann von vorn anfangen, das ist zum Lachen. Eine Frau, die sich das gefallen läßt, taugt nicht viel. Sie hat Anspruch auf die volle Aufmerksamkeit eines Mannes, dann kommt sie auch an den Zügel. Mein Herr Sohn, der große Verführer. Schöne Blamage, mein Lieber.«

Olaf blitzte seinen Vater wütend an, lief hinaus und knallte die Tür hinter sich zu.

»Manieren hast du ihm auch nicht beigebracht«, sagte Jessen zu seiner Frau.

Eleonore lachte. »Das ist mir bei dir auch nicht gelungen.«

»Findest du? Na, jedenfalls wußte ich, wie man eine Frau erobert. Oder nicht? Du hast mich ganz schön in Atem gehalten. Aber ich dich auch. Stimmt's?«

»Stimmt. Bis heute. Und was Olaf und Christine betrifft, so ist es wirklich schade. Leider muß ich dir ausnahmsweise recht geben. Es ist seine Schuld.«

Dann waren die Bäume auf einmal kahl, die Felder leer, der Himmel schien der Erde nähergerückt, grau und tief hing er herab, auch das Meer war grau, kalt und feindlich. Das große Schweigen kam über das winterliche Land.

Die Öfen im Jägerhaus waren gut. Es war gemütlich bei der Lampe zu sitzen und zu arbeiten. Julian ging selten aus, nur einmal am Tag lief er mit Jerome ein großes Stück über die Felder, meist bis ins Dorf, um dort zu essen oder einzukaufen. Irgendwann brummte der Motor von Christines Wagen den Hügel heran.

Die Pferde standen wieder im Stall. Christine und Julian ritten nach wie vor aus, solange der Boden nicht hart war. Jon hatte wieder Schmerzen im Rücken. Ein wenig beugte sich nun seine Gestalt.

Moira lebte nur für ihre Geige, sie fuhr zum Unterricht nach Lübeck. Wenn sie zu Hause war, übte sie stundenlang.

Eines Tages sagte Julian: »Es ist jetzt ein Jahr, daß ich durch das Torhaus auf den Hof von Breedenkamp gefahren bin.«

Ein Jahr! Es war Winter gewesen, nun war es wieder Winter. Ein Jahr hat immer die gleiche Länge, aber es kann trotzdem kurz oder lang sein. Es kann gut oder schlecht sein.

»Es war das schönste Jahr meines Lebens«, fuhr Julian fort. »Das danke ich dir!«

Sie waren im Jägerhaus. Es war warm im Zimmer, eine kleine Lampe brannte, sie lag in seinem Arm, den Kopf auf seiner Schulter. Das war schon so vertraut. Sie hatte es oft getan, und es war immer wieder ein Gefühl des Glücks.

»Meinst du, es wird noch einmal so ein schönes Jahr in meinem Leben geben?«

»Wenn du sagst, es hat mit mir zu tun...«

»Es hat nur mit dir zu tun.«

»Ich werde immer so sein, wie ich bin.«

»Und wirst du bei mir bleiben?«

»Ja. Ich bleibe bei dir.«

»Dann wird es noch viele glückliche Jahre geben. Was wünschst du dir zu Weihnachten, Christine?«

»Oh, ich weiß nicht.«

»Aber ich. Mir ist schon verschiedens eingefallen. Morgen fahre ich nach Hamburg. Aber ohne dich.«

Breedenkamp hat seine eigenen Gesetze

Sie hatten bisher nicht darüber gesprochen, wie sie Weihnachten feiern würden. Doch eine Woche vor dem Fest sagte Jon zu Christine, abends, als sie im Büro noch arbeiteten: »Wenn du Herrn Jablonka am Heiligen Abend einladen willst, dann kannst du das tun.«

Christine blickte von den Büchern auf und lächelte ihn an. »Danke, Großvater.«

So kam Julian am Heiligen Abend nach Breedenkamp; er hatte sich feingemacht, trug einen dunklen Anzug und brachte für alle Geschenke. Für Christine einen Ring, einen großen, dunklen Saphir in einer glatten, modernen Goldfassung.

Nach dem Essen, als er mit Jon eine Weile allein war, sagte er: »Ich möchte gern mit Ihnen etwas besprechen, Herr Kamphoven. Vielleicht ist heute nicht der richtige Moment. Vielleicht doch. Auf jeden Fall möchte ich es Ihnen gern sagen.«

Jon blickte ihn ruhig an und bemerkte, daß der selbstsichere Jablonka befangen war. Er schwieg und wartete ab.

»Vermutlich können Sie sich denken, worum es sich handelt. Ich möchte Christine gern heiraten. Aber ich könnte mir vorstellen, daß Sie nicht gerade begeistert davon sind.«

Jon schwieg weiter. Sein Gesicht war unbewegt, er sah den anderen nur an.

Julian fuhr fort: »Sie könnten einwenden, ich sei zu alt für Christine. Sie könnten mit Recht sagen, ich sei nicht der richtige Mann für sie. Es müßte ein Landwirt auf das Gut. Einer, der ihr bei der Arbeit hilft. Was nützt ihr ein Journalist, der nichts mehr tut, und ein Schriftsteller, der noch keiner ist. Sie könnten schließlich auch sagen, Christine ist eine reiche Erbin und ich bin ein Mann ohne Vermögen, nicht einmal mit einem regelmäßigen Einkommen. Ich könnte es verstehen, wenn Sie das sagen.«

Wieder ein lastendes Schweigen.

Julian zündete sich nervös eine Zigarette an. Er kam sich lächerlich vor. Hatte er je eine solche Situation für sich selbst vorhergesehen? Was – wenn er dies in einem Buch schreiben würde? Die Leser würden sich totlachen. Und doch stimmte es so, weil eben hier alles anders war. Die Uhren gingen anders auf Breedenkamp.

»Ich könnte das alles sagen«, sprach Jon schließlich. »Und das wäre die Wahrheit. Da Sie es wissen, brauche ich es nicht auszusprechen. Natürlich würde ich mir für Christine einen anderen Mann wünschen. Das hat nichts damit zu tun, daß ich Sie persönlich schätze, Herr Jablonka. Aber es spielt keine Rolle, was ich sagen würde. Christine soll heiraten, wen sie heiraten will. Sie braucht einen Mann, der ihr helfen könnte, das ist wahr. Aber noch mehr braucht sie einen Mann, der sie versteht. Ich habe den Eindruck, daß dies der Fall ist. Was sollte ich also dann noch sagen?«

Viel mehr wurde darüber nicht gesprochen. Verlobung unterm Weihnachtsbaum zu feiern, dafür war Breedenkamp nicht der richtige Platz. Am zweiten Feiertag waren sie genau wie im vergangenen Jahr in Dorotheenhof. Und dort fand dann so etwas wie eine Verlobung statt.

Den Sommer über und auch noch im Herbst war Julian selten in Dorotheenhof gewesen. Das Sanatorium hatte eine ganz gute Saison gehabt, es war noch kein Geschäft, aber es machte sich langsam. Jetzt, im Winter, war es wieder sehr ruhig, immerhin waren über die Feiertage acht Gäste im Haus. Aus München waren die Eltern von Gerda Runge gekommen, und zu Leos Freude hatte sich auch Tante Angèle wieder eingefunden.

Nur Moira fehlte diesmal.

Christine hatte sie geradezu angefleht, mitzukommen. »Moira, du benimmst dich unmöglich. Monatelang bist du fast täglich in Dorotheenhof gewesen. Sie waren so nett zu dir. Und jetzt tust du so, als seien sie deine Feinde. Du kannst nicht auf diese Weise leben. Du stößt alle Leute vor den Kopf.«

»Das kann dir doch egal sein.«

»Es ist mir nicht egal. Wenn du mir wenigstens eine plausible Antwort geben könntest, warum du nicht mitkommen willst.«

»Ich habe eben keine Lust. Warum muß ich denn irgendwohin gehen, wenn ich nicht will?«

»Du bist doch so gern nach Dorotheenhof gegangen.«

»Na schön. Und jetzt eben nicht mehr.«

Da war nichts zu machen. Sie war nicht ungezogen, sie sagte es ganz ruhig, mit ihrer neugewonnenen Gelassenheit. Sie war anders geworden in letzter Zeit. Selbstbewußt, nicht mehr unberechenbar, nicht mehr so abweisend.

Abwesend – das schon, uninteressiert an allem, was um sie herum geschah. Keiner wußte jedoch, war das echt oder war es eine neue Attitüde, die sie sich zurechtgelegt hatte. Tatsache war – und das mußte jeder anerkennen –, daß sie ein gewaltiges Arbeitspensum zu bewältigen hatte.

Neben der Schule, die sie zwar nur gezwungenermaßen, aber ohne Stockungen erledigte, füllte das Musikstudium sie total aus. Da waren der Unterricht in Lübeck an der Musikakademie, Klavierstunden in Lütjenburg, Übungsstunden bei Herrn Rodewald. Das bedingte, daß sie viel unterwegs war, und wenn sie zu Hause war, dann übte sie. Stundenlang, mit geradezu fanatischer Hingabe. Eine gewisse nervöse Überreizung war verständlich. Christine fragte sich manchmal, wie das zarte und labile Kind das eigentlich aushalten sollte. Ihr abschließender Bescheid zu der Einladung nach Dorotheenhof: »Wirklich, es tut mir leid, aber ich kann nicht mitkommen. Ich habe einfach keine Zeit.« Und ganz zum Schluß doch noch ein maliziöser Ton: »Ich weiß gar nicht, was du willst, du warst doch dagegen, daß ich in Dorotheenhof bin.«

»Ich war dagegen, daß du täglich dort bist.«

Moira hob die Schultern. »Na gut, und nun bin ich eben gar nicht mehr dort.«

Christine war es peinlich, sie sagte zu Gerda Runge: »Moira konnte leider nicht mitkommen. Sie hat so viel Arbeit.«

»Das arme Kind«, sagte Gerda. »Grüßen Sie sie schön von uns. Sie soll uns nicht ganz vergessen. Wir freuen uns, wenn sie wieder einmal kommt.«

Später am Abend sprachen sie dann doch von Moira.

Zuerst aber kam Julians Ankündigung, daß Christine und er heiraten wollten. Das freute die Runges.

»Hast du mir zu verdanken, mein Lieber«, meinte Leo. »Wenn ich dich damals nicht mitgeschleppt hätte, um den Bau zu bewundern, hättest du Christine nicht kennengelernt.«

»So etwas ist Schicksal«, meinte Madame Angèle. »Es gibt keinen Zufall. Die Begegnung zweier Menschen ist immer Schicksal.« Darüber argumentierten sie eine Weile, kamen aber, wie jeder andere auch, zu keinem Ergebnis.

Gerda wandte sich wieder praktischen Fragen zu. »Wann ist die Hochzeit?«

»Nach der Ernte. Irgendwann im Herbst«, antwortete Christine rasch. Darüber mußten sie alle lachen. Julian hob mit übertriebener Verzweiflung die Hände.

»Da seht ihr, wie es ist, mein Schicksal. Ich heirate leider eine sehr tüchtige Frau. Ich werde immer nur eine Nebenrolle spielen. Christine ist eine Unternehmerin, sie leitet einen großen Betrieb. Der geht vor. Ich bin nichts als ein Prinzgemahl.«

»Wie steht es denn mit deinem Buch?« fragte Leo.

»Mir gefällt's ganz gut.«

»Es ist großartig«, sagte Christine.

»Demnach ist Christine deine erste Leserin«, meinte Leo.

»So ist es. Ich hoffe, es kommen später noch ein paar dazu. Es ist für mich dringend nötig, wenigstens einen kleinen Erfolg zu haben, damit ich nicht nur von meiner Frau leben muß.«

»Hast du schon einen Verleger?«

»Ich habe neulich in Hamburg ein ganz hoffnungsvolles Gespräch geführt. Und dann kenne ich einen Verleger in München, mit dem ich sogar gut befreundet bin. Ich strecke so langsam meine Fühler aus. Bis jetzt ist es offen gestanden so, daß ich das, was ich geschrieben habe, noch keinem zeigen möchte. Ich muß es noch einmal schreiben.«

»Dann wird es demnächst noch nicht fertig werden?«

»Kaum«, sagte Julian vergnügt.

»Wenn ich dich so ansehe, kenne ich dich kaum wieder«, sagte Leo. »Du warst immer ein Mann der Hetze, der Eile, immer voller Drive und Ungeduld. Und auf einmal sitzt du hier wie ein besonnener Dichterling auf dem Lande und feilst an einem Manuskript herum.«

»Es geht nicht nur dir so, auch ich kenne mich kaum wieder. Obwohl ich manchmal so eine Ahnung hatte, daß diese Art Mensch in mir versteckt sein könnte. Ich fühle mich jedenfalls sehr wohl in dieser neuen Haut. Das Land hier spielt auch eine Rolle dabei, daß ich plötzlich so moderato leben kann. Hier ist alles harmonisch und friedlich, das habe ich nie gekannt. Allein wenn ich von meinem Hügel aus über die Felder blicke, über dieses liebliche Land, das sich wie eine zärtliche Melodie in die Ferne verliert, dann habe ich das Gefühl, ich habe alle Zeit der Welt, und jede Stunde dieser endlosen Zeit ist es wert, gelebt zu werden.«

»Er redet wirklich wie 'n Dichter«, meinte Leo.

»Ist es denn jetzt im Winter nicht ein bißchen trist?« fragte Gerdas Vater, der Münchner, der sich hier weitab von aller menschlichen Gesellschaft wähnte.

»Nein, für mich nicht. Ob Frühling, Sommer, Herbst oder Winter, mir gefällt es zu jeder Jahreszeit hier. Und das Komische ist, ich habe das Gefühl, das wird so bleiben.«

»Werden Sie nie mehr Reportagen machen?«

»Doch, natürlich. Ich weiß ja nicht, ob ich mit Bücherschreiben überhaupt Geld verdienen kann. Ich werde bestimmt jedes Jahr ein- oder zweimal auf Tour gehen. Schließlich habe ich mir einen Namen aufgebaut und kann ihn nicht einfach in Vergessenheit geraten lassen, das geht in dieser Branche rasend schnell. Es war sowieso schon leichtsinnig, so lange zu pausieren. Abgesehen davon, daß es auch für meine Bücher gut sein wird, wenn mein Name bekannt ist. Ich werde auch nicht immer nur Romane schreiben.«

»Ja«, sagte Leo, »das finde ich auch. Du solltest die Kenntnisse, die du von fremden Ländern und fremden Zuständen hast, ruhig auswerten.«

»Ich denke daran, ein Buch über den ostasiatischen Raum zu schreiben. Die Lage in Indochina beunruhigt mich kolossal. Es entwickelt sich da offenbar ein richtiger Krieg. Im Grunde sind es so liebenswerte Menschen. Aber sie sind von der Kolonialzeit direkt in die Kriegszeit geraten, und ich kann nicht verstehen, warum es nicht möglich ist, diesem Volk endlich Frieden zu geben. Ihr wißt ja, daß ich damals dort war, als die französische Herrschaft zu Ende ging. Ich habe auch die Genfer Konferenz mitgemacht, wo das Land in verschiedene Staaten eingeteilt wurde. Es sah damals recht hoffnungsvoll aus.«

»Und wer ist schuld daran, daß dort gekämpft wird?« fragte Leo. »Die Kommunisten? China? Rußland? Die Amerikaner?«

»Die Frage läßt sich nicht so leicht beantworten. Ich glaube, sie sind alle schuld, Vietnam ist der kleine Schauplatz für eine weltweite Auseinandersetzung. So scheint es jedenfalls. Möglicherweise der erste Akt einer Tragödie, in der wir alle noch mitspielen werden. Vielleicht werde ich euch bald mehr darüber sagen können.«

Später am Abend tranken sie Champagner auf das Wohl des jungen Paares. Der Champagner stammte von Tante Angèle, sie hatte ihn als Weihnachtsgeschenk mitgebracht.

»Ich bin gern wieder hergekommen«, sagte sie zu Christine. »In meinem Palais in Brüssel bin ich sehr allein. Ich kenne zwar viele Leute, aber sie interessieren mich nicht sonderlich. Und Leon mochte ich immer gern, schon als er noch ein kleiner Junge war.«

Angèle war eine Schwester von Leo Runges Mutter, erfuhr

Christine bei dieser Gelegenheit. Sie war in einem bescheidenen Beamtenhaushalt in Berlin aufgewachsen, aber kurz vor Beginn des Ersten Weltkrieges heiratete sie einen jungen Schauspieler.

»Das heißt, genaugenommen muß man sagen, sie ging mit ihm durch«, erzählte Leo. »Ihr Vater hätte nie geduldet, daß eine von seinen wohlerzogenen Töchtern einen Künstler heiratet. Meine Mutter hat mir oft erzählt, was für Stürme es in der Familie gab um die bildhübsche Jüngste, die immer etwas anderes tat, als sie sollte.«

»Wir waren sechs Kinder«, sagte Angèle, »und wir hatten schrecklich wenig Geld. Man kann sagen, wir hungerten. Ich hatte nur einen Traum: einmal reich zu sein.«

»Diesen Traum hast du dir erfüllt.«

»Dieu merci!« sagte Tante Angèle befriedigt. »Nachdem ich mit der Liebe fertig war, jedenfalls mit der ersten Auflage, verließ ich meinen kleinen Romeo und lebte viele Jahre lang in Berlin mit einem reichen Kunsthändler. Das war bereits nach dem Krieg, und eine sehr amüsante Zeit. Damals kannte ich Gott und die Welt. Das ganze Leben war ein Fest.«

»Daran erinnere ich mich gut«, sagte Leo. »Als ich ein kleiner Junge war, wußte ich nichts Schöneres, als meine Tante Angèle zu besuchen. Sie bewohnte eine herrliche Villa im Tiergarten, da gab es wundervoll zu essen, es gab einen leibhaftigen Diener, ein großes Auto stand vor der Tür, ich durfte manchmal mitgehen ins Theater oder ins Varieté, und ich bekam immer etwas geschenkt.«

»Das weißt du alles noch?«

»Ich könnte dir stundenlang von dieser Zeit erzählen. Zum Beispiel, wie du einmal ein stahlblaues Kleid aus glänzender Seide anhattest, ich bekam den Mund nicht mehr zu, als ich dich darin erblickte. Das Kleid hatte eine kleine Schleppe, die du immer mit einer graziösen Bewegung herumschlenkertest, deine Schultern waren nackt, und du sahst so atemberaubend aus, daß ich meinen Kakao nicht hinunterschlucken konnte, den mir dein Mädchen serviert hatte. Du wolltest in die Oper gehen.«

»Behaupte nicht, daß du das noch weißt?« rief Tante Angèle höchst amüsiert.

»Aber ich weiß es. Ich weiß sogar in welche Oper. In ›Othello‹. Als du nämlich endlich fertig angekleidet warst, mit all deinem herrlichen Schmuck behängt, und das Auto gerade vorfahren sollte, kam dein Kunsthändler nach Hause. Er war verreist gewesen, wie ich kapierte. Und du wolltest mit einem Nebenbuhler in die Oper gehen.«

»Ach ja, ach ja!« rief Tante Angèle entzückt. »Jetzt erinnere ich mich auch daran. Es gab einen Riesenkrach, n'est-ce-pas?«

»Das kann man wohl sagen. Wie eine stahlblaue Feder, energiegeladen und sprühend vor Temperament, immer die kleine Schleppe schlenkernd, stobst du durch die Räume, es ging ziemlich laut zu, er wollte, daß du nicht gehst, und du wolltest doch gehen, und am Schluß knalltest du mit herrlichem Schwung eine sicher sehr kostbare Vase an die Wand und entrauschtest. Dein letztes Wort war ›Jetzt bin ich in der richtigen Stimmung für Othello‹!«

»Merveilleux!« rief Tante Angèle begeistert. Und alle anderen lachten.

»Ich konnte damals natürlich nicht richtig würdigen, wie treffend dieser Ausspruch war. Ich erzählte nur zu Hause von diesem Auftritt, so ausführlich wie ich konnte, und meine Mutter, deine liebe Schwester, konnte nicht genug davon hören. Sie quetschte noch die letzte Einzelheit aus mir heraus. Vielleicht habe ich mir deshalb dieses Ereignis so gut gemerkt.«

»Mon Dieu, ist das lange her«, sagte Tante Angèle.

»Meine Erinnerung an Sie, Madame, reicht auch weit zurück«, sagte Julian. »Es muß so in den dreißiger Jahren gewesen sein. Leo und ich gingen in eine Klasse, und einmal holten Sie uns von der Schule ab. In einem riesigen Horch mit livriertem Chauffeur. Es war eine Wucht.«

»Ja«, sagte Leo, »da hatte sie schon den belgischen Millionär an Land gezogen und kam nur noch besuchsweise nach Berlin.«

»Ich habe Marcel 1931 geheiratet«, sagte Angèle. »In der Zeit der größten wirtschaftlichen Not schnappte ich mir einen reichen Mann. Bon, hein?«

»Mehr als bon«, sagte Leo. »Und es wurde sogar eine glückliche Ehe, nicht?«

»Eine sehr glückliche Ehe. Marcel hat mir bis zu seinem letzten Tag jeden Wunsch von den Augen abgelesen!«

»Und genaugenommen, tut er es auch heute noch, denn seine Millionen eignen sich ausgezeichnet dafür, dir deine Wünsche zu erfüllen.«

»So ist es«, meinte Tante Angèle. »Aber nun reden wir nicht mehr von mir, sondern von den jungen Verlobten.«

Julian grinste. »Wenn mir einer mal prophezeit hätte, daß ich unter dem Motto laufe: als Verlobte grüßen! dann hätte ich ihn für verrückt erklärt.«

»Du hast gehört, was Tante Angèle gesagt hat. So etwas ist Schicksal. Wir werden eine großartige Hochzeit feiern. Im September? Ja?«

»Ende September, ja«, sagte Christine.

»Das dauert mir viel zu lange«, meinte Gerda. »Warum heiratet ihr nicht gleich?«

Christine und Julian blickten sich an und lächelten. Eine vernünftige Antwort hätten sie selbst nicht darauf gewußt. Vielleicht war es, weil sie die Geborgenheit, die Verschwiegenheit des Jägerhauses nicht so rasch aufgeben wollten. Vielleicht auch, weil sie beide im geheimen Angst davor hatten, unter den Augen von Jon und Telse, und nicht zuletzt unter denen von Moira, im Gutshaus leben und sich dem Leben der anderen anpassen zu müssen.

Julian versuchte, es zu erklären. Abschließend sagte er: »Ich habe mir nun einmal ein Ziel gesetzt, und das will ich erreichen, ich möchte wirklich erst mit dem Buch fertig sein. Zur Belohnung bekomme ich dann Christine.«

»Ich könnte mir vorstellen, daß es mit Moira einige Schwierigkeiten geben wird, wenn ihr heiratet«, sagte Gerda. »Ihre Gefühle für Julian schienen doch recht intensiv zu sein. Wie geht das jetzt?«

»Sie geht mir aus dem Weg und übersieht mich«, sagte Julian. Und Christine sagte: »Ich habe es nicht leicht mit ihr.« Da sie das Gefühl hatte, unter Freunden zu sein, und da sie auch gern einmal mit Außenstehenden über ihre Sorgen mit Moira sprach, erzählte sie ziemlich ausführlich, wie sich Moiras Leben abspielte und was für kleine Reibereien und Ärgernisse es gab.

»Manchmal«, sagte sie, »durchaus nicht immer. Sie kann auch anschmiegsam und lieb sein, man weiß nie, wie man mit ihr dran ist. Und was ihr gerade die Laune verdorben hat. Und natürlich arbeitet sie zuviel. Das macht mir am meisten Sorgen. Von ihrer Musik ist sie ganz besessen.«

»Besondere Menschen leben immer unter besonderen Bedingungen«, sagte Gerda. »Ich kenne eine ganze Menge Künstler, man muß sie einfach mit anderem Maßstab messen. Und ich glaube, Moira ist wirklich eine kleine Künstlerin.«

»Eh bien«, sagte Madame Angèle. »Alles gut und schön. Aber es ist nicht richtig, daß dieses Mädchen sich verbraucht, ehe es anfängt. Meiner Ansicht nach braucht ein Künstler, wenn er etwas erreichen will, in erster Linie ein ausgeglichenes Leben und sehr viel Disziplin. Sonst versackt er auf halbem Weg. Dafür gibt es genügend Beispiele. Und ich habe es oft genug miterlebt. Diese umständliche Fahrerei nach Lübeck halte ich für Torheit.«

»Wir fahren sie so oft es geht mit dem Wagen nach Lübeck«, sagte Christine. »Wer gerade Zeit hat. Jetzt im Winter geht das schon.«

»Warum wohnt sie nicht gleich in Lübeck? Das wäre doch viel praktischer?«

»Sie ist zu jung, sie kann doch nicht allein irgendwo leben.«

»Es wird doch irgend etwas geben, ein Heim für junge Mädchen oder ähnliches. Oder irgendeine nette Familie, die sie aufnehmen könnte.«

Christine schüttelte den Kopf. Man sah ihr an, daß dieser Gedanke ihr nicht gefiel.

Madame Angèle sah weiter. »Es wird nicht leichter werden, mein Kind, wenn Sie verheiratet sind. Sie sollten sich zuvor in Ruhe überlegen, was Sie mit Moira machen.«

Im Januar hatte Julian in München zu tun und sagte zu Christine: »Du kommst mit.«

Diesmal protestierte sie nicht. Mit Julian zu reisen, war ein Vergnügen.

»Anschließend fahren wir in die Schweiz«, sagte er. »Du mußt die Berge kennenlernen.«

Eine Woche München: Theater, Konzert, sogar einen Ball machte Christine mit, den ersten ihres Lebens. Dann verbrachten sie zehn Tage in St. Moritz und blieben auf der Heimreise noch zwei Tage in Zürich.

Die Berge hatten Christine beeindruckt. »Die Welt ist schön«, sagte sie. »Ich bin dir so dankbar, daß du sie mir zeigst.«

»Ich werde dir noch viel zeigen. So schön es in Breedenkamp ist, eine kleine Reise dazwischen tut dir gut. Nächstes Jahr im Herbst, wenn wir verheiratet sind, weißt du, wohin wir da fahren?«

»Wohin?«

»Nach Paris. Und dann machen wir eine Fahrt durch das Loire-Tal. Das ist die richtige Zeit dafür. Man muß im Oktober durch das silberne Licht des Loire-Tals fahren. Ich habe das einmal gemacht, es ist mir unvergeßlich.«

»Und wo fahren wir noch hin?«

»Siehst du, es beginnt dir Spaß zu machen. Nun, ich würde sagen, einmal fahren wir nach Wien und gehen dort in die Oper. Und dann wäre eine Fahrt durch die Toscana etwas, was dir gefallen würde. Ein paar Tage Florenz. Dann Siena. Als Abschluß vielleicht Venedig. Wir werden uns in jedem Jahr eine Reise vornehmen. Wird es ein schönes Leben sein?«

Sie legte ihre Arme um seinen Hals und schmiegte ihre Wange an die seine.

»Ein wunderbares Leben. Ich habe gar nicht gewußt, daß das Leben so schön sein kann.«

Er schloß sie fest in die Arme. »Ich auch nicht.«

Als sie nach Hause kamen, war das Leben zunächst einmal gar nicht schön. Telse lag in Eutin im Krankenhaus. Sie hatte eine Nierenentzündung und war so krank, daß man um ihr Leben fürchten mußte.

Das war ein großer Schreck für Christine. Telse war nie krank gewesen, nicht einmal einen Schnupfen hatte sie gehabt. »Warum habt ihr mir nicht telegrafiert? Wie seid ihr bloß zurechtgekommen?«

»Es ging ganz gut«, sagte Jon. »Frau Döscher hat sich um uns gekümmert. Warum sollte ich dir deinen Urlaub verderben?«

Christine besuchte Telse sofort, die ganz zusammengefallen in den Kissen lag.

»Ich werd' woll sterben, Christinchen«, sagte sie.

»Das darfst du mir nicht antun, Telse. Ich brauche dich.«

Telse nickte. »Wird woll so sein.«

Tomascheks Tochter kam ins Haus, um Christine ein wenig zu helfen. Christine gab sich große Mühe in der Küche. Vom Kochen hatte sie wenig Ahnung, darum hatte sie sich nie gekümmert. Aber Jon aß nicht mehr viel, er war leicht zufriedenzustellen. Und Moira war es sowieso egal, was sie auf dem Teller hatte.

Am dritten Tag nach ihrer Rückkehr räumte Christine Moiras Zimmer auf. Auf dem Tisch lagen stapelweise die Noten, und als Christine sie vorsichtig zur Seite rückte, rutschte der oberste Band herab. Ein Bild fiel heraus. Sie nahm es in die Hand und erstarrte. Frederikes Gesicht.

Eine Porträtaufnahme von Frederike. Sie war sehr jung auf diesem Bild, kaum älter als achtzehn Jahre. Langes, blondes Haar. Der Blick ging an dem Betrachter vorüber, kein Lächeln. Wie kam Moira zu diesem Bild?

Christine blätterte den Notenband auf. Da waren noch mehr. Da waren viele.

Frederike allein, Frederike mit Hund. Frederike mit einem Baby. Frederike auf der Freitreppe von Dorotheenhof. Frederike unter den Linden von Breedenkamp.

Aber auch Frederike zusammen mit Magnus, Arm in Arm, ein schönes, junges Paar. Und auf diesem Bild lächelte Frederike, sie sah glücklich aus.

Bilder von Magnus. Als Junge, als Jüngling, als junger Mann, als Leutnant, Magnus zu Pferd, Magnus aus einem Auto winkend. Magnus blond und groß und gutaussehend, lachend, froh und jung.

Christine stöhnte auf und legte die Stirn auf die Tischplatte. Wie mochte er heute aussehen?

Immer wieder sah sie die Bilder an, eine ganze Stunde verbrachte sie in Moiras Zimmer damit.

All die vielen Jahre lang hatte sie gedacht: gibt es denn kein Bild von ihnen? Wie haben sie ausgesehen?

Und nun... Wo hatte Moira die Bilder her?

»Wo hast du die Bilder her?« fragte sie nach dem Mittagessen. »Gefunden«, sagte Moira.

»Gefunden?«

»Ja. In Telses Zimmer.«

Sie gingen beide hinauf in Moiras Zimmer, und Moira breitete die Bilder auf dem Tisch aus, eins neben dem anderen, der Tisch war zu klein, sie legte sie auf die Kommode, lehnte sie an die Wand.

»Sie war schön, nicht?«

»Ja.«

»Ich finde, daß ich ihr ähnlich sehe.«

»Doch. In gewisser Weise schon.«

»Nein. Du bist ihr viel ähnlicher, Christine.«

Sie hatten beide Frederikes Mund. Moira hatte ihre Augen und das gleiche schmale Gesicht.

»Wie komme ich eigentlich zu schwarzen Haaren?« fragte Moira. »Beide sind sie blond, du bist blond, Großvater war auch blond, nicht? Winnie ist blond. Wo habe ich die schwarzen Haare her?«

»Wo hast du die Bilder her?«

»Telse hatte sie. Sie hat sie versteckt gehabt.«

»Wieso hast du sie gefunden?«

»Sie hat verschiedenes gebraucht, ein frisches Nachthemd und eine Jacke und eben so was. Das habe ich gesucht und fand die Bilder. Sie waren in einem großen Umschlag unter der Wäsche versteckt. Christine, ich verstehe nicht, warum sie uns die Bilder nie gezeigt hat. Sie sind jetzt so lange tot. Man möchte doch wissen, wie seine Eltern ausgesehen haben. Sie brauchte sie ja Großvater nicht zu zeigen. Aber uns. Warum weinst du, Christine?«

Christine hielt ein Bild von Magnus in der Hand, er lächelte darauf, er war vielleicht fünfundzwanzig Jahre alt. Christine warf das Bild auf den Tisch, sank auf Moiras Bett und schluchzte verzweifelt.

»Aber Christine?« Moira blickte entsetzt auf sie herab, dann setzte sie sich auf den Bettrand und begann Christines Rücken zu streicheln, umschlang sie mit beiden Armen und war selbst den Tränen nahe.

Es dauerte eine Weile, bis Christine sich beruhigte.

»Ich wußte nicht, daß dich das so aufregt. Sonst hätte ich die Bilder wieder versteckt. Da hat Telse doch recht gehabt, wenn sie keinen die Bilder sehen ließ. Christine, sie sind so lange tot.«

»Er ist nicht tot«, sagte Christine.

»Wer?«

»Mein Vater.«

»Nein? Aber wo ist er denn?«

Christine strich sich das Haar aus der Stirn, trocknete die Tränen.

Mit Julian hatte sie im vergangenen halben Jahr viel von Magnus gesprochen. Es war so eine Erleichterung gewesen, endlich darüber sprechen zu können. Und sie hatten auch davon gesprochen, was sein würde, wenn Magnus entlassen wurde. Nach Verbüßung seiner Strafe. Oder schon vorher, falls man ihn begnadigte. War es nicht notwendig, daß Moira auch darauf vorbereitet wurde? Aber diese kühle Überlegung war es nicht allein, die Christine zum Sprechen brachte. Es war ganz spontan gekommen, als sie sagte: er ist nicht tot.

Tot war er für die Welt. Tot für Jon.

Aber tot war er nicht für Christine. Er war niemals tot für sie gewesen. Und seit sie mit Julian über ihn gesprochen hatte, war er so lebendig geworden. War ihr so nahe gerückt.

»Christine! Wo ist er?«

»Er ist in Amerika. In den Vereinigten Staaten.«

»In Amerika? Was macht er da? Warum ist er nicht bei uns?«

»Moira, ich will es dir sagen. Du bist alt genug, um es zu erfahren. Er ist im Gefängnis. Seit über fünfzehn Jahren. Er hat Frederike erschossen.«

Moira saß sprachlos vor ihr.

»Sie hat ihn verlassen. Mit einem anderen Mann. Dann waren wir in Amerika, und mein Vater... Magnus kam uns nachgereist. Er wollte uns holen.«

»War der andere denn Amerikaner?«

»Ja.«

»Und dann? Dann hat er sie einfach erschossen?«

»Er wollte sie nicht töten. Es war ein unglücklicher Zufall. Ein Streit oder so etwas. Ich weiß es auch nicht genau. Aber er hat geschossen, und sie war tot.«

»Und ich? Wo war ich?«

»Du... warst noch ganz klein.«

»Aber ich bin doch in Amerika geboren.«

Christine sprach schnell weiter. »Nun verstehst du auch, warum nie von Magnus gesprochen wird. Du kannst dir vorstellen, was das alles für Großvater bedeutet hat. Und darum hat Telse auch die Bilder versteckt.«

»Erzähl mir genau, wie das war!«

»Das kann ich nicht. Ich war nicht dabei. Ich sah sie erst, als sie tot waren.«

»Sie?«

»Er hat den anderen auch erschossen.«

»Frederikes Geliebten?«

»Ja.«

»Und dann?«

»Dann fuhr er mit mir fort.«

»Und ich?«

»Du warst nicht da. Es war in einem Haus im Wald. In Vermont.« Ehe Moira weitere Fragen stellen konnte, erzählte Christine von der nächtlichen Fahrt, von dem Schock, den sie davongetragen hatte und wie sie danach lange Zeit nicht gesprochen hatte. Und wie schließlich Jon kam, um sie zu sich nach Breedenkamp zu holen.

»Aber warum hat er mich nicht geholt?« beharrte Moira weiter. »Ihr habt mich einfach dort gelassen?«

Das konnte sie nicht begreifen. Und dabei war die Erklärung so leicht zu geben. Christine war nahe daran, ihr die ganze Wahrheit zu sagen. Aber wußte man, wie dieses unberechenbare Mädchen darauf reagieren würde?

Am Abend erzählte sie Julian von diesem Gespräch.

»Ich konnte ihr doch nicht alles sagen. Oder, was meinst du? Es war sowieso ein Schock für sie.«

»Eines Tages wirst du es ihr sagen müssen. Spätestens, wenn dein Vater nach Hause kommt.«

Früher hatte sie nie daran gedacht. Oder nur widerstrebend. Aber jetzt, durch die Gespräche mit Julian, war die Vorstellung, daß Magnus eines Tages kommen würde, gar nicht mehr so absurd. »Wir werden deinen Vater nach Hause holen, Christine«, hatte Julian einmal gesagt. »Er gehört hierher, das ist seine Heimat. Er hat gebüßt für das, was er getan hat. Und nun muß man ihm helfen.«

Es war ein tröstlicher Gedanke, daß Julian da sein würde, um ihr zu helfen, wenn es soweit sein würde.

»Ich kann Moira nicht sagen, wie es wirklich ist. Es wäre furchtbar für sie.«

»Ach, ich weiß nicht. Moira ist sehr mit sich selbst beschäftigt. Hat sie dir erzählt, daß sie in Dorotheenhof war, während wir verreist waren?«

»Nein?«

»Ich bin heute bei Runges vorbeigefahren, da hörte ich es. Sie haben mal angerufen bei ihr und haben sie eingeladen. Tante Angèle bestand darauf, Moira zu sehen.«

»Ist sie denn noch da?«

»Ja. Leo hat eine tolle Kur mit ihr gemacht. Sie sagt, sie fühle sich wie fünfunddreißig. Und sie sieht auch wirklich prächtig aus. Moira gefiel ihr gut. Weißt du, was sie zu mir gesagt hat? Ganz egal, ob dieses Mädchen nun Violine spielt oder nicht, sie wird ein aufregendes Leben haben, so wie sie aussieht.«

»Kein Wort hat mir Moira davon gesagt.«

»Vielleicht tut sie es noch. Sage nicht, daß du es von mir weißt. Sie waren in Dorotheenhof alle ganz entzückt von ihr. Gerda sagt, sie wäre ganz reizend gewesen und hätte wirklich bildhübsch ausgesehen.«

Bildhübsch sah Moira auch aus, als sie Ende Februar das erste Mal öffentlich auftreten durfte, in Lübeck in einem Schülerkonzert der Akademie. Dieses Ereignis ließ die tragische Geschichte der Vergangenheit zunächst etwas in den Hintergrund treten. Moira übte noch mehr als sonst, sie war zunehmend nervös und gereizt, je näher der Tag des Konzerts rückte, an dem Abend aber spielte sie ausgezeichnet, sicher und beherrscht, und das Bild, das sie bot, verdoppelte ihren Erfolg.

»Also, wenn sie nur einigermaßen geigen kann«, sagte Julian leise zu Christine, »dann müßte es eigentlich klappen mit ihrer Karriere. Die Leute werden ins Konzert gehen, schon um sie zu sehen.«

Runges waren auch da, und anschließend gingen sie alle ins Schabbelhaus zum Essen. Moira stand im Mittelpunkt, sie schluckte alle Komplimente mit strahlenden Augen, sie wirkte selbstsicher und sehr erwachsen.

Zu Julian hatte sie mittlerweile einen neutralen Ton gefunden, man merkte ihr keinerlei Ressentiments mehr an.

Und wirklich war es so, daß er im Laufe der letzten Monate seine Anziehungskraft für sie verloren hatte. Auch diese große Liebe hatte sie überwunden. Wie Herrn Rodewald, der natürlich auch da war und den man aufgefordert hatte, mit ihnen zu essen. Herrn Rodewald behandelte sie wie ihren Domestiken. Er merkte es gar nicht. Er war stolz auf seine Schülerin, bewunderte neidlos ihr großes Talent und schwärmte von ihrer Zukunft. Julian beobachtete es leicht amüsiert. Und nicht ohne Skepsis. Hinterher sagte er zu Christine: »Tante Angèle wird wohl recht behalten. Sie wird ein aufregendes Leben haben, deine kleine Schwester. Hast du gesehen, wie sie den armen Lehrer behandelt? Man könnte meinen, sie sei zehn Jahre älter und fühlt sich von einem abgelegten Liebhaber leicht belästigt.«

»Aber Julian!« sagte Christine empört.

»Bitte, ich sage nicht, daß dies hier der Fall ist. Zweifellos war sie mal in ihn verliebt, das merkt man. Aber genauso wird sie einen Mann mit Blicken und kleinen Gesten unter den Tisch fallen lassen, wenn sie mit ihm fertig ist. Sie ist schon ein merkwürdiges Mädchen. Ähnlich seid ihr beide euch gar nicht.«

»Sie ist auch ganz anders als Frederike, glaube ich. Sie muß viel von der anderen Familie mitbekommen haben. Im Wesen jedenfalls. Er war ein schöner Mann – das weiß ich noch. Aber ich weiß gar nichts sonst über ihn. Nur eben, daß er singen konnte.«

»Weißt du noch seinen Namen?«

Christine überlegte eine Weile. Dann schüttelte sie den Kopf. »Nein. Nur Michael. Das ist alles. Er kann ja aber auch kein richtiger Amerikaner gewesen sein. Sonst wäre er nicht deutscher Soldat gewesen, nicht?«

»Vielleicht betreibe ich mal ein paar Nachforschungen. Es wäre doch ganz interessant, herauszufinden, was für ein Mann das war. Vermutlich braucht man in Amerika nur in die alten Zeitungen zu schauen, da wird alles genau drinstehen. Ganz einfache Sache.«

»Ich finde es schrecklich, daß das in der Presse gestanden hat.«

»Lang und breit. Sicherlich. Denk mal, es muß doch ein aufsehenerregender Prozeß gewesen sein. Ein Doppelmord aus Eifersucht und Leidenschaft. Das alles kurz nach dem Krieg. Ein Fressen für die Reporter. Entschuldige, Liebling.«

»Ja, das wird wohl so gewesen sein. Daran habe ich nie gedacht. Vielleicht solltest du mal mit Onkel Bruhns in Kiel darüber reden. Ich glaube, er weiß eine ganze Menge. Und er stand ja immer in Verbindung mit dem Anwalt in Amerika. Auf diese Weise erfuhren wir von Moira. Ich hab's dir ja erzählt.«

»Fahren wir mal zu Dr. Bruhns?«

»Ich nicht. Ich möchte nicht dabeisein. Und er wird sicher ungenierter sprechen, wenn er mit dir allein ist. Ich werde ihn anrufen und sagen, daß du gelegentlich kommst.«

Nicht lange nach dem Konzert bekam Christine einen Brief von der Lütjenburger Mittelschule mit der Mitteilung, daß man Moira in diesem Jahr wohl kaum werde versetzen können.

Moira zuckte nur mit den Schultern, als Christine mit ihr darüber sprach.

»Laß mich aufhören mit der Schule«, sagte sie, »ich brauche die Schule nicht mehr.«

Das mochte für sie sogar zutreffen, aber Christine wußte dennoch nicht, ob das richtig sein würde.

Zunächst kam es jedoch zu einem großen Auftritt, als Telse Anfang März aus der Klinik heimkehrte. Sie war wieder gesund, nur noch sehr schwach. Und sehr alt geworden. Es kostete einige Mühe, sie daran zu hindern, sich sofort wieder in die Arbeit zu stürzen.

Und dann entdeckte sie, daß die Bilder verschwunden waren. Christine hatte Moira gesagt: »Wollen wir die Bilder wieder an ihren Platz tun?«

»Nein«, widersprach Moira. »Die gehören uns.«

Und diesmal versteckte Moira ihrerseits die Bilder.

Nun erfuhr auch Jon davon.

»Was fällt dir ein, in meinen Sachen herumzustöbern!« sagte Telse empört.

»Ich habe nicht herumgestöbert. Ich habe ein Nachthemd für dich gesucht und dabei die Bilder gefunden. Sie gehören mir.«

»Dir?«
»Mir und Christine. Es sind schließlich unsere Eltern.«
»Deine Eltern?« fragte Telse höhnisch. »Wer sagt das denn?«
»Bitte, Telse!« fiel Christine ihr ins Wort. »Reden wir nicht mehr davon. Sie hat sie nun mal gefunden.«
Das ungewisse Gefühl, daß irgendein Geheimnis ihr noch verborgen blieb, hatte Moira die ganze Zeit gehabt. Aber nun war sie hellhörig geworden.
Sie sagte zu Telse: »Sind es denn nicht meine Eltern?«
Daraufhin verstummte Telse. Moira blickte von einem zum anderen, schließlich blieb ihr Blick an Jon haften.
»Großvater!« sagte sie hilflos.
Auch Jon zögerte. Er sah Christine an. Sah auch ihren hilflosen, flehenden Blick.
»Bitte«, sagte Christine leise. »Bitte nicht.«
»Es hat doch keinen Zweck«, sagte Jon ruhig. »Sie weiß nun zu viel. Dann mußt du ihr auch die volle Wahrheit sagen.«
»Gut«, sagte Christine rasch. »Später. Ich werde es ihr später sagen.«
»Großvater!« Moira stand jetzt dicht vor Jon. »Du sagst es mir? Jetzt gleich. Ja?«
»Ich bin nicht dein Großvater«, sagte Jon langsam.
»Du bist nicht...«
Christine trat zu ihr und legte den Arm wie schützend um sie.
»Christine! Er ist nicht mein Großvater. Und mein Vater... ist er nicht...«
»Nein«, sagte Jon. »Magnus Kamphoven ist nicht dein Vater.«
Magnus Kamphoven! Der Name stand im Raum. Das erstemal seit Jahren hatte Jon ihn ausgesprochen.
Moira begriff. Es war so naheliegend gewesen, jetzt, da sie es wußte, wunderte sie sich, wieso sie nicht schon längst darauf gekommen war.
»Darum habt ihr mich in Amerika gelassen«, sagte sie leise, verwundert. Sie sah Christine an. »Du bist gar nicht meine Schwester?«
»Ich bin deine Schwester. Komm, wir gehen hinauf.«

Telse, noch so schwach und elend, war totenblaß.

Jon sah aus wie ein Stein.

Christine blickte verzweifelt von einem zum anderen. Warum war Julian nicht hier. Er hatte recht gehabt. Sie hätte es Moira sagen müssen. Liebevoll und vorsichtig, nicht so brutal durfte es geschehen.

Aber Moira nahm es verhältnismäßig gelassen auf. Ihre Bindung an Breedenkamp war nie sehr stark gewesen. Und etwas anderes entdeckte Christine noch am gleichen Abend mit einem gewissen Erstaunen: Moira fand sich selbst auf einmal höchst interessant. Dieser unbekannte Vater erregte ihre Fantasie. Wie er ausgesehen habe, wollte sie wissen. Wie er gewesen sei. Christine erzählte ihr, was sie wußte, viel war es nicht. Aber es befriedigte Moira ungemein, als sie erfuhr, daß er Sänger gewesen war.

»Siehst du«, sagte sie, und es klang geradezu glücklich, »darum ist das so bei mir. Die Musik habe ich von ihm bekommen.«

Schon am nächsten Tag nach der Schule fuhr Moira nach Dorotheenhof. Ohne jede Scheu, so ausführlich wie sie es konnte, erzählte sie Runges alles, was sie wußte. Sie mußte einfach darüber sprechen.

»Haben Sie es gewußt?« fragte sie.

»Nein«, sagte Gerda. »Das haben wir natürlich nicht gewußt. Das mit dir. Das andere schon.«

Tagelang redete Moira von nichts anderem. Auch Julian wurde nun einbezogen, und schließlich fuhren sie zu dritt nach Kiel, auch Christine fuhr mit.

Friedrich Bruhns gab einen sachlichen Bericht über alle Tatsachen, die er wußte.

Michael Bruck hatte der Mann geheißen, den Magnus zugleich mit Frederike getötet hatte.

»Seine Mutter war Amerikanerin«, sagte Bruhns, »sie kam aus einer sehr reichen Bostoner Familie. Sein Vater war Österreicher, soweit ich mich erinnere. Joachim, es war doch so?«

»Ja, er war Österreicher«, bestätigte Joachim Bruhns. »Und nicht nur das, er war Geiger.«

Moira stieß einen hellen, hohen Schrei aus. Alle starrten sie an.

»Täuschst du dich da nicht?« fragte sein Vater verwirrt. »Das wußte ich nicht mehr.«

»Aber ich. Es steht in den Akten, ich kann es dir zeigen. Im Prozeß war irgendwann die Rede davon.«

»Ein berühmter Geiger?« fragte Moira atemlos.

»Davon war nie die Rede.«

»Ich finde das toll.«

Man konnte nicht behaupten, daß sie unter der Situation litt. Nach der ersten Überraschung fand sie die Geschichte sensationell. Sie wurde nicht müde, davon zu reden, jedoch ohne große Erschütterung zu bekunden.

Ihre Reaktion überraschte Christine. Julian dagegen nicht.

»Ich würde sagen, es paßt zu ihr.«

»Wie meinst du das?«

»Sie ist geltungssüchtig. Sehr ichbezogen. Du brauchst mich nicht so tadelnd anzusehen. Ein Mensch ist nun mal, wie er ist. Und für eine Künstlerin sind das ganz angemessene Eigenschaften. Hilfreiche Eigenschaften sogar.«

Einige Tage später überraschte Moira Christine mit der Ankündigung, daß sie sich als Geigerin Moira Patrice Bruck nennen würde. Patrice war ihr zweiter Vorname.

»Klingt doch gut, nicht? Schade, daß ich es noch nicht wußte, als ich in Lübeck das Konzert hatte. Da hätte ich schon unter diesem Namen auftreten können.«

»Moira!« sagte Christine, ehrlich erschüttert.

Äußerlich änderte sich in Moiras Leben nichts. Nur, daß sie wirklich am Ende des Schuljahres nicht versetzt wurde. Das sei ihr gleich, sie wolle sowieso nicht mehr in die Schule gehen, sagte sie.

»Du mußt doch einen Abschluß haben«, sagte Christine.

»Wozu denn?«

Ende Mai war Julian für vierzehn Tage nach Israel geflogen, doch rechtzeitig zu den langen, hellen Nächten war er wieder da. Ein Jahr lang lebten er und Christine jetzt zusammen. Ein Jahr lang Liebe, die sich bewährt hatte.

»Du willst mich immer noch?« fragte er, als sie in einer dieser hellen Nächte wieder drüben am Meer waren und den Himmel ansahen, der nicht dunkel wurde.

»Ich will dich immer und immer!«

»Wollen wir nicht doch schnell heiraten, ehe ich nach Fernost fliege?«

»Nein. Wir heiraten, wenn du zurückkommst. Im Oktober. Und dann fahren wir nach Paris. Ich möchte alles so haben, wie du es mir versprochen hast.«

Seine Reise nach Vietnam sollte Ende Juli losgehen. Erst wollte er nach Amerika fliegen, weil er dort auch Auftraggeber hatte, die an einer Reportage von ihm interessiert waren. Von dort aus dann nach Indochina. Mitte bis Ende September werde er zurück sein.

»Vielleicht«, sagte er, »gelingt es mir, in Amerika von deinem Vater etwas zu erfahren. Wenn die Zeit reicht, fahre ich nach Boston zu diesem Anwalt. Dr. Bruhns sagt, er gibt mir ein Schreiben an seinen Kollegen mit.«

Und dann, kurz vor Julians Abreise, gab es eine Sensation.

An einem Vormittag kam Gerda Runge zu Julian ins Jägerhaus gelaufen.

»Ich muß mit dir sprechen«, sagte sie.

»Das klingt direkt feierlich. Ist was passiert?«

»So könnte man es fast nennen. Schenk uns einen Schnaps ein, und dann setz dich hin.«

Am Spätnachmittag kam Julian nach Breedenkamp. Er fand Christine beim Trockensilo. Auch er begann: »Ich muß mit dir sprechen!«

»Du machst so ein ernstes Gesicht? Willst du dich entloben?«

Das hatte sie inzwischen im Umgang mit ihm gelernt, kleine Scherze zu machen und schlagfertig zu reagieren.

»Darüber denke ich schon lange nach, daß es eigentlich Zeit wäre«, sagte er. »Du brauchst mich sowieso nicht. Du bist mit Breedenkamp verheiratet.«

Langsam schlenderten sie in den Obstgarten hinein.

»Also – was gibt es?«

»Gerda war heute bei mir.«

»Sehr schön. Ich meine, daß sie dir einen Besuch gemacht hat.«

»Sie hat mir nicht nur einen Besuch gemacht, sie hat mir eine bemerkenswerte Nachricht überbracht.« Julian machte eine wirkungsvolle Pause.

»Von Tante Angèle?«

»Wie geht es ihr?«

»Offenbar gut. Sie hatte vor wenigen Tagen ihren siebzigsten Geburtstag. Leo und Gerda waren für zwei Tage in Brüssel. Mehr Zeit hatten sie leider nicht, jetzt in der Hochsaison war es sowieso ein Problem, wegzufahren.«

»Tante Angèle zuliebe mußten sie das schon tun.«

»Eben. Und sie lieben sie ja wirklich. Außerdem ist sie eine gute Erbtante. Und nun paß auf, jetzt kommt's. Schönen Gruß von Tante Angèle, und sie läßt dich fragen, ob du ihr nicht Moira schicken willst.«

»Moira? Nach Brüssel? Zu den Ferien jetzt?«

»Nicht zu den Ferien. Für immer.«

»Für immer?«

»Hör mir mal eine Weile ganz ruhig zu, mein Liebling. Es war wohl so: wie die beiden in Brüssel waren, haben sie hier von uns erzählt, was wir so tun und treiben, und natürlich wurde auch von Moira gesprochen, für die Tante Angèle ja ein Faible hat, wie du weißt. Unter anderem, daß sie jetzt sitzengeblieben ist und nicht mehr in die Schule gehen will, weil sie nur noch für ihre Geige lebt und stirbt. Und da hat Tante Angèle gemeint – ich höre sie direkt: eh bien, schickt die Kleine zu mir, ich werde ihr schon den Kopf zurechtsetzen. Na, was sagst du? Ich finde, es ist keine schlechte Idee.«

»Ich verstehe kein Wort«, sagte Christine mit gerunzelter Stirn.

»Es gibt in Brüssel ein Konservatorium, das Weltruf genießt. Das weiß sogar ich. Es heißt Conservatoire royale de Bruxelles und liegt an der Rue de la Regence. Die kenne ich, das muß ganz in der Nähe des Justizpalastes sein. Eines der berühmtesten Gebäude von Brüssel. Hast du schon davon gehört?«

Christine schüttelte den Kopf.

»Zeit, daß wir mal nach Brüssel fahren. In dieses Konservatorium also soll Moira gehen, meint Tante Angéle. Wohnen soll sie natürlich bei Angèle, das ist klar. Gerda sagt, das Haus sei fantastisch, es sei kein Haus, sondern direkt ein Schloß, ein Riesenpark drumherum, jeder Luxus, jede Menge Dienerschaft. Ich könnte mir vorstellen, daß Moira dieses Leben gefällt. Tante Angèle wird schon gut auf sie aufpassen. Und sie wird auch dafür sorgen, daß Moira noch vieles lernt. Vor allem erst einmal Französisch, was ja für einen Künstler sehr nützlich ist, wenn er einige Sprachen spricht. Also... ich kann mir nicht helfen, die Idee ist gut!«

»Das kommt nicht in Frage«, sagte Christine rasch.

»Das würde ich nicht so schnell entscheiden, mein Liebling. Denk erst einmal darüber nach. Moira wird in zwei Monaten sechzehn. Wenn sie wirklich nicht mehr in die Schule geht, wird sie sowieso nicht mehr hierbleiben.«

»Warum nicht?«

»Schau mich nicht so böse an, Christine. Überlege doch mal in Ruhe. Sie muß ja zumindest ihr Musikstudium nun ernsthaft betreiben, mit allem, was dazu gehört. Das kann sie nicht von Breedenkamp aus.«

»Warum nicht? Wenn sie nicht mehr in die Schule geht, kann sie jeden Tag nach Lübeck fahren.«

»Jeden Tag hin und zurück? Ist das nicht zu strapaziös?«

»Sie hat es bisher auch geschafft. Und hier ist sie doch bei mir. Sie kann doch nicht so weit entfernt leben.«

»Du benimmst dich wie eine Mutter, der man ihr Kind wegnehmen will. Du kannst sicher sein, sie wird nicht mehr lange hierbleiben. Sie will fort. Das hat sie uns schon oft genug erklärt. Und dann wäre sie wirklich allein in einer fremden Stadt. Das halte ich für sie gar nicht gut. Sie ist so labil. Bei Tante Angèle wäre sie bestens aufgehoben. Und dann möchte ich dich noch an das erinnern, was uns Bruhns neulich erzählt hat. Das Begnadigungsgesuch für deinen Vater läuft. Du kannst ihm nicht zumuten, Moira hier zu treffen, wenn er heimkommt. Oder?«

Das war der Beginn einer Reihe von endlosen Gesprächen, die letzten Endes ganz überflüssig waren, denn Moira war Feuer und Flamme, als sie von Tante Angèles Vorschlag hörte.

»Du könntest dich so ohne weiteres von mir trennen?« fragte Christine enttäuscht.

»Du trennst dich doch auch von mir«, antwortete Moira kühl.

»Ich?«

»Na, wenn du heiratest. Dann kannst du mich nicht mehr brauchen. Und ich muß sowieso weg. In Breedenkamp kann ich keine Karriere machen.«

Dann reiste Julian ab, und noch nichts war entschieden. Christine war allein mit diesem Dilemma. Jon traf schließlich die Entscheidung.

»Laß sie gehen! Sie paßt nicht zu uns. Sie hat nie zu uns gepaßt. Vielleicht wird das Leben in einer großen Stadt besser für sie geeignet sein. Und wenn diese Frau in Brüssel so ist, wie ihr sie mir geschildert habt, kann man ihr Moira anvertrauen. Ich verstehe nichts von Musik. Ich weiß nicht, wie man sein und was man tun muß, wenn man ein Künstler werden will. Aber daß sie es hier nicht werden kann, ist klar. Eine Geldfrage ist es nicht. Du hast dich ja entschlossen, dein Erbe von Dorotheenhof dafür zu verwenden.«

»Sie wird wenig Geld brauchen«, meinte Christine. »Tante Angèle ist sehr reich.«

»Um so besser«, meinte Jon ungerührt.

Mit Tante Angèle waren einige Briefe gewechselt worden, die von Brüssel aus knapp und klar formuliert waren und den Plan, der Christine so viel Mißbehagen bereitete, schon als feststehene Tatsache darstellten.

Und dann ging es sehr schnell. Christine gab ihre Einwilligung. Denn aus Amerika war ein Brief von Julian gekommen, den er nicht nach Breedenkamp geschickt hatte, sondern den sie in Kiel bei Bruhns abholen mußte. Er hatte Magnus gesprochen.

»Da wartet eine schwierige Aufgabe auf uns, Christine«, schrieb Julian. »Er will auf keinen Fall nach Breedenkamp zurückkehren. Er will keinen von euch je wiedersehen. Das will er euch ersparen, hat er gesagt. Aber dann mußte ich ihm von dir erzählen. Und von seinem Vater. Ich bin ein Fremder für ihn, so war es leichter für ihn, mit mir zu sprechen. Mir ist es sehr nahegegangen. Und wir werden ihn zurückbringen nach Breedenkamp, das schwöre ich dir.«

Christine war sehr erschüttert, als sie diesen Brief gelesen hatte. Hedda und Friedrich Bruhns lasen ihn auch.

»Ich habe ihn sehr gern, deinen Julian«, sagte Hedda. »Und ich bin so froh, daß du ihn hast. Auch gerade, was deinen Vater betrifft.«

»Wann wird das sein?« fragte Christine. »Wann wird er freikommen?«

»Das weiß man noch nicht«, sagte Bruhns. »Das kann noch ein oder zwei Jahre dauern. Aber es kann auch schnell gehen.«

»Gott!« rief Christine. »Ich habe solche Angst davor.«

Hedda und Friedrich schauten sich an.

»Wir sind ja auch da, Christine«, sagte Hedda. »Und dein Julian. Er wird dir helfen.«

»Und Großvater?«

Darauf wußte keiner Antwort.

Und dann überstürzten sich die Ereignisse. Auf einmal gab es so vieles, was Christine bedrängte: ihr Vater, Moiras Schicksal, die Veränderung ihres eigenen Lebens, Julians Abwesenheit. Er fehlte ihr. Er fehlte ihr so sehr. Gerade jetzt war er nicht da. Zum Glück kam Winnie. Und kurz darauf auch Gerhard. Das konnte man schon nicht mehr als Zufall betrachten, aber Christine war zu sehr mit ihren eigenen Sorgen beschäftigt, sie dachte sich weiter nichts dabei.

Winnie und Gerhard fanden, daß Moiras Übersiedlung nach Brüssel eine großartige Sache sei.

»Wir fahren alle zusammen hin und kieken uns das an«, sagte Winnie.

»Das wird eine prima Reise. Ich war noch nie in Belgien. Du, Gerhard?«

Gerhard war schon dort, er gab einen kurzen Bericht über Land und Leute, die hochentwickelte Landwirtschaft, die modernen Industrieanlagen, und dann schwärmte er von den alten flandrischen Städten, von Gent und Brügge, die es ihm angetan hatten.

Schon Anfang September reiste Moira nach Brüssel. Winnie und Gerhard brachten sie mit dem Wagen hin. Christine fuhr nicht mit. Sie konnte um diese Zeit von Breedenkamp nicht weg. Sie wollte auch nicht.

Moira ging ohne Bedauern. Sie war so strahlender Laune, wie man sie noch nie erlebt hatte.

Sieben Jahre waren es her, seit sie von Amerika gekommen war. Offenbar gehörte es zu ihrem Leben, daß sich ihre Umwelt immer wieder radikal veränderte. Es machte ihr nichts aus, denn sie war an nichts gebunden. Nicht an Menschen und Tiere, und schon gar nicht an einen Ort. Das einzige, was sie brauchte zum Leben, reiste mit ihr: ihre Geige.

Christine weinte, als Moira abgereist war. Sie weinte, weil Moira fort war und mehr noch darüber, daß sie so leicht und ungerührt gegangen war.

Christine weinte überhaupt auf einmal sehr oft. Wegen Moira, die fort war. Wegen ihres Vaters, an den sie unausgesetzt denken mußte. Wegen Julian, der so weit weg war und nach dem sie Sehnsucht hatte. Plötzlich war sie allein. Früher hatte es ihr nie etwas ausgemacht, allein zu sein. Sie war stark gewesen, ein Mensch, ganz auf sich selbst gestellt. Aber sie war nicht mehr stark, sie war verwundbar und voller Ängste. Die Liebe hatte ihre Stärke zerstört. Aber das war es nicht allein. Da war noch etwas, was sie selbst und ihr Leben total veränderte. Sie erwartete ein Kind. Davon wußte bis jetzt außer ihr noch keiner etwas. Sie war glücklich, sie war ganz erfüllt davon, aber Julian fehlte ihr so sehr. Sie hätte es ihm so gern gesagt. Was er wohl für ein Gesicht machen würde?

Sie war auf der Koppel bei den Pferden und legte ihr Gesicht an Cornets Hals. »Ein Kind, Cornet. Denk nur. Ich bekomme ein Kind. Das ist kein Grund zum Weinen, nicht wahr? Ich freue mich ja. Und er wird sich auch freuen, das weiß ich. Ich glaube, er wird sich schrecklich freuen, Cornet.«

Sie würde abends zu ihm ins Jägerhaus gehen und würde es ihm sagen. Und dann mußten sie ganz schnell heiraten.

»Ich möchte gern einen Jungen, Cornet. Zuerst einen Jungen. Einen Erben für Breedenkamp. Aber wenn es ein Mädchen wird, macht es auch nichts. Aber ich glaube, es wird ein Junge. Schüttle nicht den Kopf, Cornet. It will be a boy.«

Eines abends rief Winnie von Brüssel an.

»Mensch, Christine, so schade, daß du nicht mitgekommen bist. Das ist einfach umwerfend hier. Deine Trantüte von Schwester wird wie eine Prinzessin leben. Und diese Angèle ist einfach goldig. Wir wohnen jetzt auch in ihrem Palais, Gerhard und ich. Ich wollte im Hotel bleiben, aber nein, wir müssen bei ihr wohnen. Schrecklich vornehm ist das alles. Und Brüssel ist prima. Ich habe mir schon drei Kleider gekauft. Wir gehen nämlich viel aus, weißt du. Es gibt tolle Lokale hier, mit dem Essen haben es die Belgier schrecklich wichtig. Ich habe mindestens schon fünf Pfund zugenommen. Und weißt du was, Christine? Ich bin schrecklich verliebt!«

Das hatte Christine lange nicht mehr von Winnie gehört.
»In einen Belgier?«
»I wo. In Gerhard.«
»Du lieber Himmel!«
»Ehrlich wahr. Ich hätte nie gedacht, daß der mal so wird. Ich komme noch nicht gleich zurück. Wir fahren nämlich noch nach Ostende. Und nach Gent und Brügge.«
»Aber Winnie!«
»Wenn ich doch schon mal hier bin! Das sind ganz tolle Städte, sagt Gerhard, die muß man einfach gesehen haben. Er wird mir alles zeigen.«
»Und was wird Herbert dazu sagen?«
»Na, meckern wird er, das tut er ja immer, wenn mir mal etwas Spaß macht. Ist mir schnurz.«
»Mach keine Dummheiten, Winnie.«
Winnie kicherte entzückt von Brüssel her durch die Leitung.
»Christine, merk dir ein für allemal, ich mache jede Menge Dummheiten, solange sich mir Gelegenheit dazu bietet. Das Leben ist so kurz, nicht? Ob man nun gerade mit Gerhard welche machen kann... also ich weiß nicht. Du kennst ihn doch. Aber ich kann ja mal versuchen, ob es mir gelingt, ihn zu verführen. Und nun tschüs, nich? Schönen Gruß von Moira und Gerd. Ich grüß' sie auch von dir, ja? Tschüüüüs!«
Soweit Winnie aus Brüssel.
Von Moira kam ein kurzes Briefchen, worin sie ihre Ankunft in Brüssel meldete. Sie werde demnächst mehr schreiben. Aber darauf mußte Christine lange warten.
Von Tante Angèle kam ein sehr netter, vernünftiger Brief. Von Winnie und Gerhard ein paar Karten aus Flandern.
Christine war allein. Es war sehr still um sie geworden. Voller Sehnsucht wartete sie auf die Rückkehr von Julian. Aber dann hielt sie es nicht mehr aus mit ihrem Geheimnis. An einem Tag Anfang Oktober fuhr sie nach Kiel. Sie trank mit Hedda Kaffee, erzählte von Moira und Gerhard und Winnie und was sie von ihnen gehört hatte.
»Ach, eure Winnie!« sagte Hedda. »Die wird nie vernünftig, fürchte ich.«
»Sie hätte nicht so jung heiraten dürfen.«
»Es war zu erwarten, daß sie jung heiratet. Dieser Herbert

muß ein sehr geduldiger Mensch sein. Es wäre halt gut, wenn sie ein Kind hätte.«

»Ja«, sagte Christine.

»Und was hörst du von Julian?«

»Ich habe lange nichts von ihm gehört. Ich warte täglich, daß er zurückkommt. Wie ich ihn kenne, steht er eines Tages vor der Tür.«

»Wann wollt ihr heiraten?«

»Am fünfzehnten Oktober.«

»Na, da muß er sich ja bald einfinden.«

»Ich möchte die Hochzeit ungern verschieben.«

Die Art, wie sie es sagte, ließ Hedda aufhorchen.

»Wird Moira denn herkommen, wenn du heiratest?«

»Nein. Wir machen nicht so eine Hochzeit, wie sie Winnie gemacht hat. Kein großes Fest, das liegt uns beiden nicht.«

Christine stand auf, ging zu einem der breiten Fenster, blickte hinaus in die Abenddämmerung. Unten auf dem Kleinen Kiel schwamm ein Schwan, stolz und unnahbar glitt er durch das dunkle Wasser. Ein paar Enten machten ihm respektvoll Platz. Rechts drüben, stolz wie der Schwan, wuchs der Rathausturm in den klaren Himmel hinauf.

»Ich bekomme ein Kind, Hedda.«

Christine wandte sich um, stand mit dem Rücken zum Fenster und blickte Hedda erwartungsvoll an.

»Ich habe es mir fast gedacht«, meinte Hedda. »Freust du dich?« Christine nickte. »Ja, ich freue mich sehr.« Dann lachte sie leise. »Mir ist es nur ein wenig peinlich wegen Großvater. Ich meine, daß ich etwas zu früh dran bin.«

»Ach, Wichtigkeit!« sagte Hedda gleichmütig. »Zu früh oder pünktlich neun Monate nach der Hochzeit, das wird Jon egal sein. Er ist nicht kleinlich. Ich glaube, daß du ihn sehr glücklich damit machen wirst. Warst du schon beim Arzt?«

Christine nickte.

»Ja. Und du bist der erste Mensch, dem ich es sage. Da Julian ja nicht da ist... ich muß es einfach jemand sagen. Ich kann es kaum erwarten, bis Julian zurückkommt.«

Julian kam nicht zurück.

Die Runges hörten es im Fernsehen.

›Der bekannte Fernsehreporter Julian Jablonka, der sich zu

Aufnahmen für einen neuen Bericht aus dem Kampfgebiet in Vietnam aufhielt, wurde zusammen mit seinem Kameramann und zwei amerikanischen Offizieren in einem Hubschrauber von den Vietcong abgeschossen. Das deutsche Fernsehen verlor damit einen seiner fähigsten Mitarbeiter.‹

Leo und Gerda starrten sich entsetzt an.

»Das kann nicht wahr sein!« stöhnte Leo.

Und eine Weile später sagte Gerda: »Wer soll es ihr sagen?«

»Wenn es heute im Fernsehen durchgesagt worden ist«, meinte Leo, »steht es morgen in der Zeitung.«

Christine erfuhr es noch am gleichen Abend.

Hedda Bruhns rief in Breedenkamp an, verlangte Jon zu sprechen und sagte es ihm.

Auch sie fragte: »Und wer soll es ihr sagen?«

Jon schwieg.

»Soll ich hinauskommen?« fragte Hedda.

»Nein. Ich werde es ihr sagen.«

»O Gott, Jon, es ist so schrecklich. Vielleicht ist es nicht wahr. Es kann eine Falschmeldung sein, nicht? Vielleicht ist er bloß verwundet. Oder gefangen. Es muß nicht wahr sein.«

»Es ist wahr, Hedda. Wir leben in einem Haus des Unglücks. Alle schlechten Nachrichten, die nach Breedenkamp gelangen, sind wahr.«

Es war wie damals. Christine stand starr und stumm. Sie sprach kein Wort.

Jon tat, was er noch nie getan hatte, er legte beide Arme um sie und drückte sie an sich. Seine Arme zitterten, er wartete, daß sie weinen würde.

Aber sie weinte nicht. Die Zeit der Tränen war vorbei. Die Zeit der Sehnsucht, die Zeit der Weichheit, der Gefühle . . . das alles war vorbei. Sie mußte wieder stark sein.

Das große Schweigen kehrte nach Breedenkamp zurück.

»Es liegt ein Fluch auf diesem Haus«, sagte Jon an einem dieser stummen Tage, und zum ersten Mal bebte seine Stimme, beugte er den Kopf. »Es liegt ein Fluch auf diesem Haus. Wenn ich nur wüßte, warum. Geh fort von hier, Christine. Du darfst hier nicht mehr bleiben. Geh fort! Hier kann keiner glücklich werden.«

Christine straffte sich, sie legte den Kopf in den Nacken, bei ihr immer ein Zeichen von Trotz und Widerspruch, ihr starrer Blick belebte sich.

»Nein. Ich bleibe hier. Dann werden wir eben leben mit diesem Fluch. Wir alle. Du und ich. Und mein Vater. Und – mein Kind. Wir alle, die wir hierhergehören.«

Jon sah sie an, auch er hob den Kopf, seine Augen wurden schmal.

»Dein Kind?«

»Ja. Ich bekomme ein Kind. Und ich will es haben. Und wenn du jetzt wieder sagst, ich soll fortgehen, dann ist es etwas anderes. Dann gehe ich.«

»Nein. Das sage ich nicht. Jetzt nicht mehr.«

Jon legte den Kopf in den Nacken wie sie.

»Breedenkamp hat seine eigenen Gesetze... Wir werden noch einmal beginnen.«

V Wenn der Raps blüht...

Christine bekam einen Sohn. Im nächsten Frühjahr, als der Winterweizen mit einem dünnen, grünen Teppich die Felder neu belebte, als der Raps mit zarten Blättchen über die Hügel wellte, wurde der Erbe für Breedenkamp geboren. Er war ein gesundes, kräftiges Kind. Und er hieß Kai-Johann Julian Kamphoven.

Christine war glücklich. Sie dachte viel an Julian. Sie dachte: wenn er es wenigstens gewußt hätte! Der Körper des Mannes, den sie geliebt hatte, vermoderte im Dschungel. Aber ein Stück von ihm war hier, gehörte ihr.

Winnie, die darauf bestanden hatte, Patin zu sein, kam zur Taufe, diesmal im eigenen Wagen, sie hatte nun den Führerschein, den Wagen hatte sie vollgeladen mit Geschenken für das Kind, für Christine und für alle Leute von Breedenkamp.

Sie betrachtete das Kind lange und sagte leise: »Wie ich dich beneide, Christine.«

So etwas hatte Winnie noch nie gesagt. Nicht einmal gedacht. Es war auch nur ein kurzer Augenblick der Nachdenklichkeit, sonst war sie wie immer, ihre Gegenwart tat ihnen allen gut, denn sie hatten auf Breedenkamp ein stilles und stummes Leben gehabt in den letzten Monaten.

Das Kind veränderte ihr Leben. Jon ging es in diesem Frühling und Sommer so gut wie seit Jahren nicht, er sah wieder besser aus und hatte keine Schmerzen. Er arbeitete sogar wieder. Auch Telse wurde durch das Kind verjüngt. Am liebsten hätte sie es allein versorgt. Pausenlos belehrte sie Christine, wie ein Säugling zu behandeln sei, was sie alles falsch machte und wie sie es besser und richtig machen müßte. Christine hörte sich alles geduldig an. Sie war so erfüllt vom Dasein des Kindes, seine Gegenwart war so überwältigend, daß sie sich jedesmal zwingen mußte, aus dem Haus zu gehen, es fiel ihr schwer, nur eine Stunde ohne das Kind zu sein. Sie hatte ja inzwischen gelernt, zu lieben. Alle Liebesfähigkeit, die sie besaß, galt dem Kind.

Alle, die auf dem Gut lebten, freuten sich über den kleinen Kai. Es war noch das gleiche Team, das sich gut bewährte: Bruno und Ewald, Polly und Tomaschek, dazu ihre Frauen. Auch Bruno hatte inzwischen geheiratet und würde in diesem Jahr Vater werden. Alle wollten das Kind sehen. Ewalds Frau sagte entzückt: »Es ist das schönste Kind, das ich je gesehen habe.«

Sie alle bewachten und behüteten den Erben von Breedenkamp. Sein aufmerksamster Wächter aber war Jerome, Julians Hund, der seit dem vergangenen Sommer bei ihnen lebte. Es war, als begriffe das Tier, daß Kai der Sohn seines Herrn war. Wo der Wagen mit dem Kind auch stand, Jerome war in der Nähe.

»Warum soll er es nicht verstehen?« meinte Fritz Petersen. »Wissen wir, was ein Tier weiß? Was es fühlt? Wir wissen gar nichts.«

Niemand – keiner vom Gut, keiner vom Dorf, keiner von den anderen Gütern, sagte je ein Wort von einer unehelichen Geburt. Ein Kamphoven war geboren, sie fanden es alle gut. Auch Eleonore Jessen war gekommen und hatte das Kind angesehen. Sie hatte Christine umarmt und gesagt: »Es gibt keinen Menschen außer meiner eigenen Familie, dem ich je so viel Gutes gewünscht habe wie dir, Christine.«

Sie kam auch zur Taufe, begleitet von Caroline, ihrer Tochter, und Jost, ihrem Sohn.

Nur Olaf kam nicht. Er war wieder einmal auf Reisen.

Gerda und Leo Runge kamen nun öfter nach Breedenkamp. Sie waren Freunde des Hauses geworden, der Bann zwischen Dorotheenhof und Breedenkamp war gebrochen.

Leo war ebenfalls Taufpate von Kai. Er und Gerda hatten sich darum gestritten, wer es sein dürfte, und Leo hatte gesagt: »Es ist ein Junge, und darum muß er auch einen männlichen Paten haben, das ist ja wohl klar.«

Nur Moira kam nicht. Sie schrieb selten, und wenn, dann berichtete sie nur von ihren Studien. Sonst wußten sie wenig von Moiras Leben. Christine hatte gehofft, Moira würde im Sommer für einige Zeit kommen, aber sie war an der Küste, in Blankenberge, wo Madame Angèle ein Haus besaß.

Im kommenden Winter, in der ruhigen Zeit, machten Gerda

und Leo wieder einmal einen Besuch in Brüssel, und von ihnen erfuhr Christine einiges über Moiras Leben.

»Angèle hat sehr viel Verständnis für Moira«, berichtete Gerda. »Sie ist selbst eine kapriziöse Frau und kann daher Moiras Art gut verstehen. Außerdem hatte sie immer Umgang mit Künstlern. Sie ist klug und erfahren und nicht so leicht zu bluffen. Wenn Moira spinnt, und das tut sie manchmal, bringt Angèle sie sehr schnell auf den Boden der Tatsachen zurück. Sie erzieht Moira bewußt ein gewisses Rückgrat an. Moira muß sehr viel arbeiten. Erst mußte sie ja mal Französisch lernen, und das kann sie schon recht gut. Und sie spielt herrlich, es ist ein Genuß, ihr zuzuhören.«

Christine hörte sich das an. Ein wenig weh tat es ihr doch. Sie hatte Moira eine Heimat geben wollen, doch Moira brauchte keine Heimat. Sie hatte ihr Liebe gegeben, aber auch ihre Liebe brauchte Moira nicht. Von Breedenkamp hatte sie sich offenbar schnell und leicht gelöst.

»Alle wirklichen Künstler sind Egoisten«, sagte Leo. »Ich glaube, wenn sie etwas erreichen wollen, ist das sogar eine Notwendigkeit. Darum soll man Künstler auch immer nur aus der Ferne genießen. Auf dem Podium, auf der Bühne, in einer Galerie. Man sollte keine private Bindung zu ihnen eingehen. Nicht wahr, mein Schatz?«

Das galt Gerda, und sie lachte.

»Es ist nämlich so, Christine«, sagte sie, »ehe ich dieses Prachtexemplar hier ehelichte, war ich mit einem Dirigenten verlobt.«

»Mit einem angehenden Dirigenten«, korrigierte Leo.

»Nun, er hatte schon recht hübsche Erfolge aufzuweisen, das darfst du ihm nicht absprechen. Ich bildete mir ein, er sei meine ganz große Liebe. War's ja auch, will ich gar nicht leugnen. Aber es war ziemlich nervenaufreibend. Er verlangte absolute Hingabe an seine Person und totale Anbetung seines Genies. Ohne entsprechende Gegengaben. Auf die Dauer lag mir das nicht so.«

»Ich hab' ihr gelegentlich die Augen geöffnet, wie sich eine Ehe mit diesem Übermenschen abspielen würde. Das hat sie eingesehen.«

Christine fuhr erst im Jahr darauf einmal nach Brüssel, nachdem man sie öfter und dringlich eingeladen hatte. Diesmal hatte Moira angerufen.

»Du mußt unbedingt kommen. Ich spiele mein erstes Konzert. Ich bin todunglücklich, Christine, wenn du nicht kommst.«

Sie würde nicht todunglücklich sein, das wußte Christine. Aber dann fuhr sie doch. Wenn Moira nicht zu ihr kam, mußte sie eben zu ihr gehen.

Es war Christines erste Reise, seit den Reisen mit Julian. Und es war überhaupt die erste Reise, die sie allein unternahm.

Moira holte sie am Gare du Nord ab, und beinahe hätte Christine sie nicht erkannt. Sie war ein Kind gewesen, als sie fortging. Jetzt war sie achtzehn und eine weltgewandte Großstädterin geworden. Ein blasses, schmales Gesicht mit raffiniert geschminkten Augen, das Haar trug sie kürzer, dunkle Pony in der Stirn, der Mund groß und sehr rot. Sie trug Hosen und eine Pelzjacke, ihr Französisch war rasch und elegant, sie dirigierte mit Sicherheit und lässigem Charme Gepäckträger, Chauffeur und das Personal in Madame Angèles prächtigem Palais. Christine kam sich ihr gegenüber wie eine Landpomeranze vor. Und sie dachte: so wäre sie bei mir nicht geworden. Also war es wohl richtig, daß ich sie gehen ließ. Dieses Leben paßt zu ihr, und sie paßt in dieses Leben. Sie sprach es aus, als sie am nächsten Tag mit Madame Angèle Tee trank.

Angèle nickte und sagte: »Es ist eine bekannte Tatsache, daß ein Mensch seine Fähigkeiten dann am besten entfalten kann, wenn er in eine Umgebung gerät, die ihm entspricht. So was ist Glückssache und passiert nicht jedem. Moira paßt nicht aufs Land, eine große Stadt wird ihr besser gerecht. Aber lassen Sie sich nicht täuschen, Christine, von der Rolle, die sie Ihnen vorspielt. Sie zieht eine Schau ab, das kann sie gut. Sie ist geltungssüchtig. Und sie ist sich ihrer Wirkung sehr bewußt. Manchmal amüsiert es mich, sie agieren zu sehen. Denn mir macht sie nichts vor, ich durchschaue sie. Im Grunde ist sie das labile, launische, unreife Geschöpf geblieben, das sie wohl immer war. Und das sie bleiben wird. Auf jeden Fall tue ich mein möglichstes, um sie selbständiger und widerstandsfähiger zu machen.«

»Ich bin Ihnen sehr dankbar für alles, was Sie für Moira tun«, sagte Christine.

»Das ist nicht nötig, mein Kind. Ich gebe es gern zu, für mich ist das Leben viel anregender geworden, seit Moira bei mir ist. Seit dem Tod meines Mannes war ich... mon dieu, nicht einsam, das nicht. Ich habe viele Bekannte, ich kann mir leisten, was mir Spaß macht, ich konnte reisen, aber irgendwie war ich von allem ennuyiert. Jetzt habe ich so etwas wie eine Aufgabe. Und keine ganz leichte, das dürfen Sie mir glauben. Aber es macht mir jetzt sogar wieder Spaß, zu verreisen. Im Herbst war ich mit Moira in Paris. Ich habe da viele Freunde, und sie hat große Furore gemacht. Es macht mir auch Spaß, ihr beizubringen, wie man geht und steht, wie man sich in der Gesellschaft bewegen muß. Sehen Sie, ich habe nie Kinder gehabt. Ich habe es nicht vermißt, ich bin kein mütterlicher Typ. Aber nun, ich bin jetzt alt, macht es mir eigentlich Freude, einem jungen Menschen das Leben zu erklären und ihm zu zeigen, wie er leben soll. Es muß nicht unbedingt ein eigenes Kind sein. In manchen Dingen geht es ganz leicht mit Moira. Sofern es Kleidung, Benehmen und Auftreten betrifft, ist sie sehr anpassungsfähig. Es wird schwieriger, soweit es ihr verquastes Gefühlsleben angeht.«

Angèle bemerkte Christines verwirrten Blick und lächelte. »Sie wissen ja, mein Kind, daß Moira in keiner Weise fähig ist, ihre verrückten Gefühle zu kontrollieren. Vorigen Sommer hat sie sogar einen Selbstmordversuch gemacht.«

»Um Gottes willen!« rief Christine erschrocken.

»Es war nicht weiter ernst zu nehmen. Sie leidet nun mal ab und zu gar zu gern, und das muß sie dann auch auskosten.«

»Einen Selbstmordversuch?«

»Sie holte sich meine Schlaftabletten und schluckte alles, was noch in dem Döschen war. Es war nicht mehr allzuviel und schadete ihr nicht weiter.«

»Aber warum hat sie das getan?«

»Warum wohl? Warum sie immer wieder durchdreht. Sie war verliebt.«

»Verliebt?«

»Was sonst? Seit sie hier ist, war sie mindestens schon drei- oder viermal verliebt. Wenn es reicht. Diesmal war es besonders schlimm. Es war ein verheirateter Mann, und es war wohl wirklich ihr erstes Erlebnis mit einem Mann. Ich meine«, sagte Angèle in aller Gemütsruhe und lächelte freundlich dazu, »daß sie mit ihm geschlafen hat. Das war letzten Sommer, als wir an der See waren. Jedes vernünftige Mädchen hätte eingesehen, daß diese Affäre zu Ende sein würde, wenn der Sommer vorbei ist. Mais non, Moira nicht. Sie starb wieder einmal vor lauter Liebeskummer.«

»Das ist ja schrecklich«, sagte Christine, und sie meinte es so. Die leichtfertige Art, wie Madame Angèle darüber plauderte, schockierte sie. Genau wie die Vorstellung, daß Moira, noch ehe sie achtzehn gewesen war, ein Verhältnis mit einem Mann gehabt haben sollte. Es war unvorstellbar. Andererseits, wenn sie sich die veränderte Moira ansah, schien es durchaus glaubhaft.

»Das wird bei ihr immer so sein«, sagte Angèle sachlich. »Und darum habe ich auch schon darüber nachgedacht, was ich mit ihr mache.«

»Was Sie mit ihr machen?«

»Ja. Natürlich habe ich ihr meine Meinung gesagt. Was ich von so einem albernen Benehmen halte. Du kannst dich verlieben, so oft du willst, habe ich ihr gesagt, Verliebtsein ist ein wundervoller Zustand. Du kannst Männer verbrauchen, soviel du willst, das ist dein gutes Recht. Aber eine Frau von Format macht kein Aufsehen davon. Und in deinem Fall steht ja wohl der Beruf an erster Stelle, alles andere ist Garnierung. Sonst höre auf mit deiner Violine und lebe für die Liebe.«

»Das haben Sie ihr gesagt?«

»Das habe ich ihr gesagt. Und sie sieht ein, daß ich recht habe. Nachdem sie die Tabletten verdaut hatte, fuhren wir nach Paris. Sie hätten sie sehen sollen! Sie war bester Laune, strahlend und vergnügt. Geflirtet hat sie, was das Zeug hielt. Ich habe, wie gesagt, viele Bekannte in Paris, und wir sind oft ausgegangen, sie hatte jede Menge Verehrer. Als wir nach Hause fuhren, fragte ich sie: willst du noch immer sterben? ›Ich bin eine blöde Gans‹, antwortete sie mir. Und dann stürzte sie sich wieder in ihre Arbeit und spielte schöner denn je. Übrigens hält ihr Professor große Stücke auf sie. Er nimmt sie hart heran, sie hat kein leichtes Leben bei ihm.«

»Und – und dieser Mann?«

»Was für ein Mann? Der vom Sommer? Den hat sie längst vergessen.«

»Und wird sie so etwas auch nicht wieder tun?«

»Sie wird es wieder tun. Natürlich wird sie mit der Zeit etwas abgebrühter werden und wird lernen, mit ihren Passionen zu leben. Aber ganz meistern wird sie ihre Gefühle nie. Sie ist ein gefährdeter Mensch. Und darum werde ich sie bald verheiraten.«

»Verheiraten?«

»Ja. Passen Sie auf, ma chère, ich habe mir das genau überlegt. Sie braucht einen Menschen, an dem sie sich festhalten kann. Viele Jahre lang waren Sie das. Jetzt bin ich da. Aber ich werde nicht immer da sein. Und darum braucht sie einen Mann. Einen zuverlässigen, ruhigen, aber ihr überlegenen Mann, der genügend Autorität hat, um mit ihr und ihren Launen fertig zu werden. Er sollte möglichst kein Künstler sein, aber genügend von Kunst, beziehungsweise von Musik verstehen, um sie zu verstehen. Ich weiß genau, wie dieser Mann sein muß. Sobald er mir begegnet, werde ich das zurechtbasteln.«

»Sie sind eine erstaunliche Frau«, sagte Christine mit Bewunderung.

»Gewiß. Ich weiß. Sie können ganz beruhigt sein, ich werde Moira richtig plazieren. Inzwischen hat sie einen sehr netten jungen Mann, gegen den nichts einzuwenden ist. Der ist für sie genau der richtige Umgang.«

»Sie hat schon wieder einen neuen Mann?«

»Sie hat einen Freund. Einen, der sie gern hat, der sie behütet und bewacht, ohne sich von ihr auf der Nase herumtanzen zu lassen. Sie spielt in einem Trio, und Henry spielt das Violoncello. Er ist genau wie sein Cello, groß und breit und standfest, mit einem vollen, weichen Ton. Er hat Gefühl und Verstand, außerdem hat er einen dichten blonden Bart, der ihm etwas liebenswert Väterliches gibt. Moira pariert ihm aufs Wort. Zu diesem Trio gehört noch ein etwas überspannter Pianist, aber Henry ist die Seele vom Ganzen, er kommandiert die beiden anderen gehörig, ist sehr streng mit ihnen, und das bekommt beiden gut. Im Sommer wollen sie eine Tournee durch die Seebäder machen, vielleicht auch noch die holländische Küste entlang. Das wäre dann Moiras erste Konzertreise. Aber man braucht sich gar keine Sorgen zu machen, Henry paßt gut auf sie auf. Und mit ihren Fisimatenten kann sie ihm nicht viel imponieren.«

»Aha«, sagte Christine.

Madame betrachtete amüsiert Christines erstauntes Gesicht. »Sie werden ihn heute abend kennenlernen. Wir haben ein paar Leute zum Dinner, Henry und der Klavierspieler kommen auch.«

Nach fünf Tagen Brüssel war Christine zu der Erkenntnis gekommen, daß Moira ein Leben führte, das ihr gefiel und das zu ihr paßte. Und daß ihre Rolle in Moiras Leben ausgespielt war. Sie kam sich vor wie die bekannte Henne, die ein Entenküken ausgebrütet hatte. Moira war davongeschwommen, in eine andere Welt, in ein anderes Leben, es bestand keine Ähnlichkeit mehr zwischen ihr und dem scheuen Kind, das aus Amerika gekommen war. Zweieinhalb Jahre war Moira nun in Brüssel – für sie gab es keinen Weg zurück nach Breedenkamp. Sie brauchte Breedenkamp nicht. Auf jeden Fall hätte sie keinen besseren Umgang haben können als Madame Angèle, die ihr Bestes tat, Moira auf ihr künftiges Leben vorzubereiten. Außerdem, so hatte Henry, der Cellist, der wirklich ein sympathischer, sehr überlegen wirkender junge Mann war, Christine auseinandergesetzt, gebe es gerade für eine Geigerin Möglichkeiten genug, ein erfolgreiches und auch finanziell befriedigendes Leben zu führen. Immer vorausgesetzt, sie sei eine Könnerin. Sie könne sich an eine Kammermusikgruppe anschließen oder Mitglied eines angesehen Orchesters werden. Fast alle großen Orchester beschäftigen heute Frauen, und guter Musikernachwuchs sei rar. Es müsse nicht unbedingt, so hatte Henry gesagt, eine Virtuosenlaufbahn sein, die ohnedies sehr nervenaufreibend und eigentlich für Moira gar nicht sehr gut geeignet sei.

Ihr Konzert im Saal des Konservatoriums wurde ein beachtlicher Erfolg. Sie spielte das Bruch-Violinkonzert, sie spielte es glatt, fehlerlos, mit sehr viel Ausdruck und Bravour. Das Bruch-Konzert war ja für einen Geiger ein wahrer Leckerbissen, und so servierte sie es. Und sie spielte nicht nur wundervoll, sie sah auch hinreißend aus: in einem langen, blaßgoldenen Kleid, mit den schlanken, geschmeidigen Armen und dem aparten dunklen Köpfchen.

Sie wurde lange und begeistert von ihrem Publikum gefeiert, sie bekam fast nur gute Kritiken, sie war selig.

Christines Gefühle waren dennoch ein wenig wehmütig. Sie hatte Moira verloren. Aber immer noch hatte sie das Gefühl, daß Moira so schutzbedürftig sei, daß man auf sie aufpassen müsse. Ehe Christine in den Zug stieg, sagte sie: »Wenn du mich brauchst, Moira... ich bin immer für dich da, das weißt du ja.«

Worte, eine abgenützte Formel, aber Christine fiel nichts anderes ein.

»Ja, ja«, erwiderte Moira, umarmte Christine und küßte sie auf die Wange.

»Hast du mir zugehört, Moira? Ich bin für dich da. Breedenkamp ist für dich da. Was immer geschieht – wenn du Hilfe brauchst, wenn mal was schiefgeht, wenn du genug von allem hast, dann...« »Dann komme ich zu dir, ist doch klar«, rief Moira und lachte und umarmte Christine wieder. Sie war noch wie berauscht von dem Erfolg des Konzerts, noch nicht auf die Erde zurückgekehrt. Aber sie hielt sich, genaugenommen, sehr selten auf der Erde auf.

»Aber erst kommst du wieder zu mir, wenn ich mein nächstes Konzert habe, ja? Ach, Christine! Ich bin so glücklich.«

Und dann fiel ihr noch etwas ein. »Und ich danke dir, Christine.«

»Wofür?«

»Für alles. Daß du mich aus Amerika geholt hast. Und daß du immer so lieb zu mir warst. Ich war manchmal richtig blöd, nicht? Damals zum Beispiel, wie ich in den Rodewald verliebt war! Gott, was ist man blöd, wenn man jung ist! Und dann...« Sie verstummte. Von Julian sprach man besser nicht. »Und wenn wir mit der Tournee fertig sind, dann komme ich bestimmt nach Breedenkamp. Ich weiß ja nicht, wie viele Konzerte es werden, Henry wird uns schon allerhand aufbrummen, der ist ja so emsig. Aber irgendwann komme ich bestimmt.«

Und dann stand Christine am Abteilfenster und blickte auf

Moira hinab, die lachend zu ihr aufblickte, die schwarzen Ponys hingen ihr in die Stirn, die Augen waren immer noch so hellblau wie in ihrer Kinderzeit, umrahmt von langen schwarzen Wimpern, betont durch den dunklen Lidstrich. Heute trug sie einen ganz kurzen Rock, der weit über dem Knie endete.

Es war warm an diesem Vormittag in Brüssel, fast lag schon Frühlingsstimmung in der Luft. Auch als Christine durch das Land fuhr, sah die Erde aus, als warte sie auf den neuen Anfang, dunkel, schwer, bereit.

Christine dachte an die Arbeit, die auf sie wartete. Sie freute sich auf Breedenkamp, auf alle, die dort lebten, am meisten auf Kai. Und sie dachte auch wieder an ihren Vater, der vor kurzem entlassen worden war und von dem sie noch nichts gehört hatte.

Er konnte kommen. Moira war nicht mehr in Breedenkamp. Breedenkamp wartete auf ihn.

Nur Jon nicht. Sie hatten ihm nicht gesagt, daß Magnus begnadigt worden und früher freigekommen war.

Frühling, Sommer, Herbst und Winter, die Arbeit blieb die gleiche, Blühen, Reife, Ernte, nur daß man immer konzentrierter und überlegter arbeiten mußte, schärfer kalkulieren, weiter vorausdenken, ständig dazulernen mußte. Intensivwirtschaft hieß die Parole der sechziger Jahre und würde noch mehr die siebziger Jahre bestimmen. Viele kleine Bauern gaben auf, nur die großen Höfe und Güter waren rentabel. Zwar wurde der landwirtschaftlich genutzte Raum immer geringer, dennoch die Produktionen ständig gesteigert. Im Jahre 1970 wurde auf gleichem Raum die doppelte Menge Getreide geerntet wie 1950. Dazu war aber nur die Hälfte und oft weniger als die Hälfte der Arbeitskräfte nötig. Ähnlich lag die Produktionssteigerung in der Viehwirtschaft. Viele Großbetriebe spezialisierten sich, eine gemischte Landwirtschaft wurde nur noch in verhältnismäßig wenigen Betrieben aufrechterhalten. Breedenkamp konnte Schritt halten. Breedenkamp konnte konkurrieren. Christine schaffte es.

Dennoch vergaß das Unglück Breedenkamp nicht, der Fluch, wie Jon es genannt hatte.

Den nächsten, den es traf, war Winnie.

Es begann mit Tasso. Wirklich war sie, als das Pferd siebenjährig war, auf den Turnierrasen zurückgekehrt. Sie startete erfolgreich bei einigen kleineren Turnieren, man wurde wieder aufmerksam auf sie, ihr Elan, ihr Mut waren der gleiche geblieben, und Tasso erwies sich als hoffnungsvolles Springtalent. Doch im nächsten Jahr, bei dem ersten größeren Turnier, bei dem sie startete, taten beide einen schweren Sturz. Winnie hatte eine Gehirnerschütterung und einen gebrochenen Arm. Tasso mußte man erschießen. Es war das erstemal in ihrem Leben, daß Winnie ernstlich mit dem Schicksal haderte. Sie wurde wieder gesund, aber sie erholte sich seelisch lange nicht von diesem Kummer. Ihre Ehe mit Herbert ging darüber in die Brüche. Gerade jetzt hätte sie Trost und Verständnis gebraucht, aber Herbert fehlte es an diesem Verständnis, er konnte nicht begreifen, warum ihr der Tod des Pferdes so naheging.

Winnie wurde nun rastlos und wirklich leichtsinnig. Sie war kaum mehr in Frankfurt, sie reiste, kam aber nicht mehr nach Breedenkamp. Sie hielt sich an mondänen, internationalen Plätzen auf; Luxushotels, Bars, Spielbanken, Nachtlokale wurden ihre bevorzugten Aufenthaltsorte, Männer begleiteten diesen Weg. Schließlich beantragte Herbert die Scheidung. Sie wußten in Breedenkamp nicht viel davon, wie Winnie lebte. Manchmal hörte man lange nichts von ihr, gelegentlich kamen Ansichtskarten, flüchtig hingekritzelt, dann plötzlich ein langer Anruf – aus Monte Carlo, aus Cannes, aus Paris oder London, sogar aus Acapulco und von Jamaica. Dann redete und redete Winnie endlos, erzählte kunterbunt durcheinander, lachte nervös, sagte zum Schluß: »Aber jetzt komme ich bald einmal. Ich habe so Heimweh nach Breedenkamp.« Aber sie kam nicht.

Es war im harten, kalten Winter 1969, noch im März lag das Land unter einer dicken Schneedecke begraben, da kam wieder einmal ein Anruf von Winnie. Diesmal aus Madrid.

»Ich lasse mich jetzt scheiden«, berichtete Winnie. »Oder genauer gesagt, Herbert läßt sich scheiden. Wundert euch wohl nicht weiter, nicht?«

»Nein«, sagte Christine, »kann einen wirklich nicht wundern.«

»Jetzt komme ich bald heim. Ich muß euch meinen neuen Mann vorstellen.«

»Ach du lieber Himmel!« sagte Christine.

»Diesmal habe ich den Richtigen. Ich bin wahnsinnig verliebt, Christine. So was von Mann hast du noch nicht gesehen. So 'n richtiger spanischer Grande.«

»Ein Spanier?«

»Ja. Wie findste das? Toll, was? Er liebt mich unheimlich. Und er hat schrecklich viel Geld. Du müßtest den Palazzo hier sehen in Madrid. Eine Wucht. Und jetzt hat's auch geklappt.«

»Was?«

»Sei nicht so bescheuert. Ich kriege ein Kind.«

»Du kriegst ein Kind?«

»Was du kannst, kann ich auch. Ich bin unheimlich glücklich, Christine. Ehrlich wahr. Und Fernandez erst. Er trägt mich auf Händen. Sobald ich geschieden bin, heiraten wir.«

»Darf denn ein Spanier das? Eine geschiedene Frau heiraten?«

»Ach, heute sind die auch nicht mehr so pingelig, in den Kreisen nicht.«

Die Hochzeit fand nicht statt. Zwar machte Christine wirklich die weite Reise nach Madrid, doch nur um die zerbrochene Winnie im Krankenhaus zu besuchen. Und sie flog ein zweites Mal nach Madrid, ein halbes Jahr später, um Winnie heimzuholen nach Breedenkamp.

Sie hatte Fernandez' Lancia durch ein Geländer in eine Schlucht gesteuert. Fernandez war tot. Winnie hatte einen Schädelbruch, einen Beckenbruch und ein zertrümmertes Hüftgelenk. Im Rollstuhl kehrte Winnie nach Breedenkamp zurück. Sie war sechsundzwanzig.

Erstaunlicherweise ertrug Winnie ihr Schicksal mit großer Würde. Sie weinte nicht, sie klagte nicht, sie war still und blaß, sie sagte nur: »Ist eigentlich schade um mich. Oder?«

»Du wirst wieder gesund«, sagte Christine. »Du hast doch gehört, was die Ärzte sagen. Du bekommst ein wunderschönes neues Hüftgelenk aus Plastik.«

»Glaub' ich nicht. Und was nützt mir das? Ich werde nie wieder reiten können.«

»Ich wäre froh, wenn du wieder laufen kannst.«

»Ich werde auch nicht laufen können. Ich habe viel Spaß gehabt in meinem Leben. Aber richtig glücklich, weißt du, richtig glücklich war ich nie. Das war ich nur mit meinen Pferden. Besonders mit Tasso. Mit seinem Unglück hat alles andere Unglück angefangen. Und ich hab's gewußt. Damals habe ich gewußt, daß mein Leben vorbei ist. Daß ich nie mehr glücklich sein werde. Ach laß, reden wir von etwas anderem. Erzähl, was du heute machst. Habt ihr den Weizen schon gedrillt?«

Auf einmal interessierte sich Winnie für alles, was auf dem Gut vor sich ging, jede Kleinigkeit wollte sie wissen, und alle gewöhnten sich an, ihr zu erzählen, was sie taten. Sogar Polly, nun auch nicht mehr der Jüngste, kam und berichtete weitschweifig von den Arbeiten des Tages, und Winnie hörte ihm aufmerksam zu und stellte mit der Zeit auch recht sachverständige Fragen. Sie konnte sich mit Krücken ein Stück vorwärtsbewegen, mehr war es nicht.

Sie und Kai wurden große Freunde. Winnie hatte Kinder immer sehr geliebt. Kai schleppte seine Spielsachen an, und die beiden spielten stundenlang zusammen. Oder Winnie las ihm vor oder erzählte ihm lange Geschichten, die sie sich selbst ausdachte.

Der dritte im Bunde war Jerome. Er hatte nun zwei, auf die er aufpassen mußte, den kleinen Kai und die kranke Winnie, und am liebsten war es ihm, wenn beide beieinander waren, das erleichterte ihm die Arbeit. Sonst lief er immer hin und her, um ja keinen aus den Augen zu verlieren. Wenn Winnie mit ihren Krücken unterwegs war, im Frühling und im Sommer auch mal ein Stück im Hof oder auf dem Rasen hinter dem Haus, blieb Jerome immer dicht neben ihr. Stundenlang saß oder lag er neben ihrem Sessel oder Liegestuhl, und wenn Winnie sich rührte, stand er sofort wachsam auf.

»Damals wollte ich den Jerome gern haben von deinem Julian«, sagte Winnie. »Na, jetzt habe ich ihn.« Und ihre dünn gewordene Hand legte sich auf den Kopf des Hundes, der sie anbetend ansah.

Auch Fritz Petersen kam, so oft es seine Zeit erlaubte, um Winnie Gesellschaft zu leisten und ihr von den letzten Ereignissen im Land Schleswig-Holstein zu erzählen. Ihre alten Freunde wollte Winnie zunächst nicht wiedersehen. »Mich braucht keiner anzusehen, so wie ich jetzt bin«, sagte sie. Aber mit der Zeit hatte sie es ganz gern, wenn Besuch kam, sie schaute lange in den Spiegel, machte sich auch wieder ein wenig zurecht, die Friseuse aus dem Dorf mußte kommen und ihr die Haare legen, denn, so sagte Winnie: »Ich muß ja zu alledem nicht auch noch wie eine Vogelscheuche aussehen. Oder findest du, daß ich sehr häßlich geworden bin, Christine?«

»Du hast ja ewig den Spiegel vor der Nase, da siehst du ja selber, daß du nicht häßlich bist.«

Eigentlich war sie sogar hübscher geworden. Ernster, besinnlicher, weicher. Natürlich kam nun auch Annemarie öfter angereist, sie weinte und jammerte, und Winnie mußte sie trösten.

»Ich krieg' eine neue Hüfte. Irgendwie kommt das schon wieder hin. Christine hat mir's versprochen. Und was Christine sagt, das stimmt.«

Nur einen wollte sie nicht sehen – Gerhard.

»Er soll nicht kommen. Bitte, Christine, sag ihm, er soll nicht kommen. Jetzt nicht. Sag's ihm! Bitte! Versprich es mir.«

Christine sagte es ihm. Am Telefon.

»Ich verstehe«, sagte Gerhard. »Vielleicht später. Ruf mich an, wenn sie mich sehen will.«

Gerhard war lange nicht dagewesen. Nachdem er in Hohenheim promoviert hatte, blieb er noch ein Jahr als wissenschaftlicher Assistent, dann ging er nach Rom, wo er bei der FAO, der Welternährungsorganisation, arbeitete. Zur Zeit arbeitete er an seiner Habilitation.

»Es ist kaum zu glauben«, sagte Winnie, »er wird wirklich noch Professor. Komisch, daß ein Professor mal meine Schularbeiten gemacht hat, nicht? Weißt du noch, wie wir zusammen in die Schule gefahren sind? Einmal bin ich mittags nach der Schule mit zwei Jungen vom Internat weggelaufen. Wir wollten zum Segeln gehen. Ihr habt mich gesucht, und Gerhard erwischte mich, gerade als ich ins Boot steigen wollte. Weißt du es nicht mehr, Christine?«

»Doch, wenn du davon redest, fällt es mir wieder ein.«

»Er guckte mich böse an und sagte: Du kommst sofort mit! Und ich sagte: Ich denke nicht daran, du hast mir gar nichts zu sagen. Aber er sah mich nur an, und ich war zwar wütend, aber ich nahm meine Schultasche und ging mit. Die Jungen vom Internat grinsten, aber sie trauten sich auch nichts zu sagen. Gerhard war damals siebzehn oder so. Aber er hatte sehr viel Autorität. Du warst an der Bushaltestelle, aber der Bus war natürlich inzwischen weggefahren, und wir mußten auf den nächsten warten. Ich sagte zu Gerhard: bilde dir bloß nicht ein, daß ich dich heirate, wenn du sooo bist. Und er sagte: wer will dich Fratz denn schon heiraten. Gott, ist das lange her.«

Am nächsten Tag fing Winnie wieder von Gerhard an.

»Wollte er denn wirklich herkommen? Meinetwegen?«

»Nicht nur deinetwegen. Er wollte überhaupt gern wieder mal kommen. Er hat Erholung nötig, sagt er. Wenn er mit seiner Arbeit fertig ist, möchte er sich eine Weile ausruhen.«

»Hier?«

»Warum nicht hier?«

»Ist er noch nicht verheiratet?«

»Nicht, das ich wüßte.«

»Na, sicher hat er eine Braut. Die aus Stuttgart, die habe ich ihm damals vermiest. Aber es gehörte nicht viel dazu. Weißt du, im Grunde hat er immer nur dich geliebt, Christine.«

»Unsinn!«

»Ehrlich wahr. Er hat mir's sogar mal gestanden. Später, als wir...« Winnie verstummte, blickte hinauf zu den Wolken, dicke weiße Wolken, die langsam durch den blauen Frühlingshimmel segelten.

»Gerhard und ich«, sagte sie verträumt, »wir haben mal eine hübsche Zeit zusammen gehabt. Damals, als wir Moira nach Brüssel gebracht hatten, weißt du noch?«

»Natürlich.«

»Das ist auch schon wieder vier Jahre her. Fast fünf.«

»Viereinhalb.«

»Wir fuhren dann noch nach Gent und nach Brügge. Und zuletzt ans Meer, und da blieben wir ein paar Tage. Weißt du, damals, das war sehr schön. Da war ich eigentlich wirklich glücklich.«

Weißt du noch? Damals... das waren jetzt Winnies bevorzugte Vokabeln. Es tat Christine weh, sie so reden zu hören.

»Dann verstehe ich erst recht nicht, warum du ihn nicht sehen willst.«

»Ist doch logisch. Er soll mich nicht so als Wrack wiedersehen. Seit damals haben wir uns nämlich nicht gesehen. Weißt du, das war das erstemal, daß ich Herbert betrogen habe. Vorher nie. Und ich hab's nicht nur aus Unfug getan. Gerhard und ich – das war richtig Liebe. Wirklich, Christine, ehrlich wahr. Auf einmal habe ich gemerkt, daß ich Gerhard liebe. Viel mehr als Herbert. Es war ganz anders mit ihm. Ich hab's ihm auch gesagt. Ich meine, Gerhard habe ich es gesagt. Und weißt du, was er gesagt hat?«

Christine schüttelte den Kopf.

»Er hat gesagt, wenn ich mich von Herbert trenne, soll ich zu ihm kommen. Aber ich würde es ja doch nicht tun, weil ich an den Luxus gewöhnt sei, den Herbert mir bieten könne. Und da ist was dran, das geb' ich zu. Wir haben uns auch mal wegen Geld gestritten auf dieser Reise. Das war in Ostende, und ich wollte in einem ganz teuren Hotel wohnen, und Gerhard sagte, er könne sich das nicht leisten.«

»Und dann hast du gesagt: Dann bezahl' ich eben.«

»Hat er dir das erzählt?«

»Nein, natürlich nicht. Aber ich kann mir's denken. Ich kenne dich doch.«

»So ein Getue wegen dem blöden Geld. Ich hatte es doch nun mal. Warum soll ich denn in einer miesen Pension wohnen, wenn ich mir ein gutes Hotel leisten kann? Es genügt doch, wenn einer das Geld dazu hat. Oder?«

»Ein Mann ist empfindlich in solchen Dingen. So einer wie Gerhard bestimmt. Da muß man eben etwas taktvoller sein.«

»Na ja, so war das eben.«

Und wieder, einige Tage später: »Eigentlich könntest du Gerhard jetzt heiraten.«

»Warum soll ich Gerhard denn heiraten?« fragte Christine erstaunt.

»Ich sage dir doch, daß er dich immer geliebt hat. Damals, auf der Reise, da hab' ich zu ihm gesagt: Eigentlich liebst du Christine, nicht? Und er sagte: Ja, das ist wahr. Ich habe mir immer Christine gewünscht. Siehst du! Sicher liebt er dich heute noch.«

»Du bist und bleibst kindisch, Winnie. Ich hab' Gerhard sehr gern. Und sicher hat er mich auch gern. Von Liebe und Heiraten ist deswegen keine Rede.«

»Aber du mußt doch mal heiraten.«

»Warum?«

»Warum! Alle Frauen heiraten.«

»Durchaus nicht. Ich zum Beispiel nicht. Ich hätte Julian geheiratet. Aber einen anderen will ich nicht.«

»Auch Olaf nicht?«

»Fang bloß nicht wieder mit Olaf an.«

»Olaf liebt dich.«

»Wer liebt mich denn noch alles?«

»Ja, toll nicht? Ich hätte früher nie gedacht, daß du so auf Männer wirkst. Ehrlich wahr. Und daß Olaf dich liebt, das weißt du ganz genau. Würde er sonst so oft kommen?«

»Olaf und ich sind gute Freunde. Und darüber bin ich sehr froh. Er hat mir viel geholfen in den letzten Jahren. Aber von Liebe ist überhaupt keine Rede.«

»Du mußt nicht denken, daß ich blöd bin«, sagte Winnie. »Lahm, krank und kaputt, aber nicht blöd.«

Winnie hatte es gern, wenn Olaf zu Besuch kam. Und er kam sehr oft, da hatte sie recht.

Das Verhältnis zu Friedrichshagen war in den vergangenen Jahren viel enger geworden. Anfangs blieb Olaf davon ausgeschlossen, er verwand es nicht so schnell, daß Christine ihn abgewiesen und einen anderen Mann vorgezogen hatte. Eleonore kam oft. In der Zeit nach Julians Tod, in der Zeit nach Kais Geburt – sie wollte Christine ihre Freundschaft, ihr Mitgefühl zeigen. Außerdem mochte sie Christine wirklich gern. Auch ihr Mann schätzte Christine, er bewunderte ihre Tüchtigkeit und ihre erstaunliche Arbeitsleistung, auch die Haltung, mit der sie ihr Leben meisterte. Dann hatte Jost geheiratet, ein hübsches Mädchen aus guter Hamburger Familie. Und schließlich auch Ingrid, die jüngste Jessen. Sie hatte trotzdem ihr Studium beendet und war in einem Forschungsinstitut tätig.

Olaf, wie gesagt, hielt sich lange Zeit von Breedenkamp fern. Er kam überraschend eines Tages, als der kleine Kai zwei Jahre alt war.

Es ging um eine neue Trockenanlage für Getreide, eine große und teure Anschaffung, die Christine plante.

Olaf sagte: »Vater schickt mich, du wolltest ja seinen Rat haben. Wir haben jetzt mal alles durchgerechnet, und wir sind der Meinung, wenn du schon baust, dann gleich groß.«

»Das wird mir zu teuer sein.«

»Du mußt mit 100000 bis 12000 Mark rechnen. Aber es lohnt nicht, eine kleine Anlage zu bauen. Sie muß der Größe des Gutes entsprechen, sonst ist sie nicht wirtschaftlich. Paß auf, wir rechnen es mal durch.« Er verhielt sich betont sachlich. Sie saßen im Büro am Schreibtisch, er rechnete und zeichnete, er hatte alles parat und im Kopf, es ging wie geschmiert.

»Wir müßten uns sehr hoch verschulden«, sagte Christine.

»Na und? Hast du schon mal ein großes Gut gesehen, das nicht auch große Schulden hat? Das ist nun mal nicht anders. Du brauchst keine Angst zu haben, Breedenkamp ist höchst kreditwürdig. Du wirtschaftest sehr gut, Christine. Man bringt dir allgemein große Hochachtung entgegen, das höre ich überall.«

Christine errötete. Sie hörte selten ein Lob.

»Früher hast du gesagt, ich würde Breedenkamp ruinieren.«

»Früher habe ich gesagt, es ist keine Arbeit für eine Frau, und das sage ich immer noch. Aber du bist eben eine außergewöhnliche Frau. Darüber ist sich der ganze Landkreis einig.«

Seine Worte machten sie verlegen. »Das bildest du dir nur ein.«

Er betrachtete sie eine Weile nachdenklich.

»Wollen wir uns wieder vertragen, Christine? Ich werde dich nie wieder belästigen. Aber wir können ja gute Freunde sein.«

Daß er sie nicht mehr belästigen würde, wie er es genannt hatte, darüber war sich Christine klar. Ein so selbstbewußter Mann wie Olaf Jessen würde um keine Frau werben, die ein Kind von einem anderen hatte.

»Oder brauchst du keine Freunde? So wie du keinen Mann brauchst.«

»Doch«, sagte Christine leise, »jeder Mensch braucht Freunde.«

»Immerhin ein Fortschritt, wenn du wenigstens das jetzt einsiehst.« Er lächelte. »Um deinen Bau werde ich mich kümmern. Vater sagt mir, daß du noch andere Umbauten planst.«

»Vielleicht das Verwalterhaus. Es steht schon so lange leer.

Es gibt zwei Möglichkeiten: Man kann es renovieren und im Ganzen vermieten. Oder, was mir immer wieder geraten wird, man kann zwei oder drei Apartments einbauen und dann an Sommergäste vermieten. Das wird jetzt allgemein Mode.«

»Ja, ich weiß, Ferien auf dem Lande. Aber du hast dann fremde Leute auf dem Hof. Ich glaube nicht, daß es deinem Großvater gefallen würde.«

»Da hast du recht, es gefällt ihm nicht.«

»Wenn du allerdings im Ganzen vermietest, sind die fremden Leute immer da. Sonst nur im Sommer. Ich kenne einen Architekten in Neumünster, den bringe ich mal mit. Der kann sich das ansehen und sagen, was es ungefähr kosten würde.«

Ehe Olaf ging an jenem Tag, verlangte er plötzlich: »Ich möchte gern dein Kind sehen.«

Kai war im Wohnzimmer, er spielte auf dem Teppich mit Bauklötzchen und hatte ein langgestrecktes Gebäude aufgebaut. Telse, die im Sessel saß und strickte, sagte: »Er baut uns einen neuen Stall. Für die vielen Pferde, die wir haben werden.«

»Das ist fein«, sagte Christine, »wir brauchen dringend einen neuen Pferdestall.«

Sie hockte sich neben das Kind und ließ sich den Bau erklären.

Olaf stand daneben und blickte auf die beiden herab. Noch einmal regte sich der alte Zorn. Das hätte sein Sohn sein können. Und sosehr er sich über Christine und ihr Verhalten ihm gegenüber geärgert hatte, und sowenig er ihre Liebe zu dem Fremden verstehen und billigen konnte, so sehr tat es ihm immer noch leid, daß er sie nicht bekommen hatte. Sie gefiel ihm immer noch. Sie war die Frau, die er gewollt hatte, das wußte er so klar und deutlich wie damals. Aber das war nun vorbei.

»Kai«, sagte Christine, »das ist Olaf. Gib ihm die Hand.« Der Kleine krabbelte hoch und streckte Olaf die Hand entgegen.

»Ein schöner Stall, den du da baust«, sagte Olaf. »Später machst du ihn größer und stellst deine Pferde hinein.«

Kai nickte. »Viele Pferde.«

»Hast du die Pferde lieb?«

Das Kind nickte begeistert. »Ganz lieb. Viele meine Pferde.«

Olaf strich Kai über den Kopf. »Das höre ich gern. Da wird

mal ein guter Reiter aus dir. Du kommst zu mir, und ich zeige dir, wie man richtig reitet, ja?«

Sie gingen noch zu Marinette in den Stall. Marinette war tragend, sie war noch im vergangenen Frühling vom Friedrichshagener Hengst gedeckt worden.

»Scheint ja alles in bester Ordnung zu sein«, sagte Olaf.

»Willst du sie nicht zum Abfohlen zu uns stellen? Es ist ihr erstes Fohlen, und du hast es ja noch nicht gemacht.«

»Das wäre sehr schön. Bei euch wäre sie gut versorgt.«

So bekam Marinette ihr erstes Fohlen, einen kleinen braunen Hengst, in Friedrichshagen. Die Geburt ging ohne Komplikationen vonstatten, das Fohlen war gesund und hübsch. Marinette wurde gleich zum zweitenmal gedeckt, ihr nächstes Fohlen, diesmal ein Stutfohlen, dunkelgrau, das sich vermutlich zum Schimmel entwickeln würde, kam im Jahr darauf zur Welt und versprach ebenfalls ein gutes Pferd zu werden. In Breedenkamp gab es nun wieder vier Pferde. Marinette mit ihren Kindern, und Cornet, der nun schon ein älterer Herr war, aber immer noch gesund auf den Beinen. Man konnte ihn noch gut reiten. Goldblitz lebte nicht mehr.

Die Pferdezucht wurde zunehmend interessanter. Der Reitsport erlebte im Zeitalter des Sports und des Wohlstands eine steile Aufwärtsentwicklung. Man erzielte ansehnliche Preise für gute Pferde. In Friedrichshagen hatte man das rasch erkannt und die Zucht erweitert.

Von jener Zeit an gab es so etwas wie eine Freundschaft zwischen Christine und Olaf. Sie gewöhnte sich an, vieles mit ihm zu besprechen und sich Rat bei ihm zu holen. Daraus erwuchs Vertrauen.

Eines Tages sprach sie zu ihm über ihren Vater. Über sein spurloses Verschwinden, das ihr großen Kummer machte.

»Du weißt nicht, was ich dafür geben würde, wenn ich ihn finden könnte. Ich möchte so gern, daß er nach Hause kommt.«

Und dann sprach sie von Julian, was sie Olaf gegenüber noch nie getan hatte. »Er hätte mir geholfen. Er hätte ihn bestimmt gefunden.«

»Das ist doch eine sehr naive Vorstellung«, sagte Olaf. »Wie soll man ihn denn finden? Man kann nicht kreuz und quer durch die Welt reisen und deinen Vater suchen. Falls er überhaupt noch lebt. Denk doch einmal, in was für einem Zustand er gewesen sein muß, als er freikam. So viele Jahre.«

»Das ist es ja, was mich so quält. Daß er irgendwo allein und elend und verlassen dahinvegetiert. Vielleicht ist er krank. Warum kommt er denn nicht nach Hause?«

»Es hätte einer da sein müssen, der ihn in Empfang nahm, als er entlassen wurde.«

»Julian wär dort gewesen«, sagte Christine leise.

Im Frühjahr 1968 war Magnus Kamphoven entlassen worden. Und sie hatten seitdem nichts von ihm gehört. Unglücklicherweise war der Anwalt, der ihn damals verteidigt hatte und mit dem Dr. Bruhns immer in Verbindung gestanden hatte, nicht lange zuvor gestorben. Er hätte sich bestimmt um Magnus gekümmert. Magnus selbst hatte, trotz aller Briefe, die Dr. Bruhns an ihn geschrieben hatte, nie von sich hören lassen. Und nun war er verschwunden.

Vor Jon hatten sie es verheimlicht. Es genügte, wenn er sich Gedanken machte von dem Zeitpunkt an, an dem Magnus regulär freikommen mußte.

»Es ist ziemlich hoffnungslos«, sagte Bruhns. »Die Welt ist groß. Wo soll man ihn suchen? Er kann ebenso gut in der Südsee sein wie in Hamburg.«

Joachim, sein Sohn, gab nicht so schnell auf. Er engagierte in den Vereinigten Staaten einen Detektiv, und der ermittelte, daß Magnus nach Mexiko eingereist war. Aber dort verlor sich seine Spur.

Der Gedanke an ihren Vater war eine ständige Belastung für Christine. Arm und elend, krank und verlassen, so sah sie ihn vor sich. Keiner war da, der ihm half. Keiner sagte: Komm heim!

Immer wieder las sie die Worte, die Julian ihr damals aus Amerika geschrieben hatte. Wir werden ihn zurückbringen nach Breedenkamp, das schwöre ich dir.

Sie war sicher, daß Julian es geschafft hätte. Aber was konnte sie tun?

Bruhns sagte: »Wenn er nicht eines Tages von selbst kommt, von Heimweh oder von Not getrieben, sehe ich keine Chance, ihn zu finden. Die Polizei sucht nur nach einem Menschen, wenn eine Strafverfolgung damit verbunden ist. Und einen Detektiv haben wir ja gehabt. Man müßte ein ganzes Heer von Detektiven beschäftigen, und wer soll das bezahlen? Möglicherweise lebt er unter einem anderen Namen. Und wo?«

Übrigens fehlte es Dr. Bruhns allgemein an einer gewissen Initiative, er hatte vor einiger Zeit einen Herzinfarkt gehabt, von dem er sich nur mühsam erholte. Joachim führte die Praxis fast allein. Nur Hedda war von gewohnter Aktivität. Sie sagte zu Christine: »Wir müssen ihn finden. Schon um Jons willen. Aber natürlich auch um seinetwillen. Warum sind diese Kamphovens nur so stur? Könnte er nicht einfach kommen? Aber nein! Die gehen vor Stolz lieber zugrunde. Du bist genauso.«

»Ich?« fragte Christine erstaunt.

»Ja, du auch. Sonst würdest du endlich heiraten.«

Christine bekam ihre verschlossene, hochmütige Miene.

»Du machst ein Gesicht wie Jon«, sagte Hedda. »Aber mich beeindruckt das nicht. Du bist eine junge, hübsche Frau, und mir kannst du nicht einreden, daß du keinen Mann brauchst.«

»Ich brauche keinen.«

»Doch brauchst du einen. Eines Tages, wenn es zu spät ist, wirst du dein vergeudetes Leben bereuen.«

»Mein vergeudetes Leben?«

»Dein Leben als Frau. Kein Mensch erkennt deine Leistungen nicht an. Aber Arbeit ist nicht alles. Du warst glücklich, als du Julian hattest.«

»Sprich nicht von Julian.«

»Ich spreche von ihm. Er würde dasselbe sagen wie ich. Er war gütig und hatte ein Herz.«

»Ich brauche keinen Mann«, wiederholte Christine eigensinnig.

»Du könntest noch Kinder haben.«

»Ich habe ein Kind.«

Mit Christine war nicht zu reden. Noch nicht. Später, das wußte Hedda, würde sie anders denken. Vielleicht war es dann zu spät.

Abgesehen davon erfüllte Magnus' unbekanntes Elend Hedda mit tiefstem Mitgefühl. Er hatte sein Schuld gebüßt, jetzt war es Zeit, ihm zu helfen. Zu verzeihen. Aber es begann wohl damit, daß Magnus sich selbst verzeihen mußte. Und das fiel den Kamphovens schwer.

Olaf Jessen fand ihn.

Olaf, Jost und dessen junge Frau flogen zu den Olympischen Spielen 1968 nach Mexiko. Anschließend blieb Olaf noch einige Zeit im Land und beauftragte nun seinerseits einen Detektiv. Als er schon aufgeben wollte, erhielt er wirklich eine Auskunft über den Verbleib von Magnus Kamphoven. Er hatte sich einige Zeit in Vera Cruz aufgehalten, sogar unter seinem richtigen Namen. Aber dort war er nicht mehr. Olaf flog nach Vera Cruz und erfuhr, daß Magnus auf einem Schiff angeheuert hatte, das nach Südamerika ging.

Die einzig positive Tatsache, die sich daraus ergab: Er mußte wohl bei relativ guter Gesundheit sein, wenn er zur See gefahren war. Eine hartnäckig betriebene Nachfrage in Reedereien und Schiffahrtsbüros ergab, daß Magnus bald wieder abgeheuert hatte, und zwar in Montevideo.

Olaf war sehr stolz, daß er das alles herausgebracht hatte. Aber dabei blieb es.

Als Olaf wieder in Deutschland war, besprach er sich ausführlich mit seinem Bruder Jost, der ja den Beginn der Nachforschungen in Mexiko miterlebt hatte.

»Warum läßt du den Mann nicht in Ruhe?« fragte Jost. »Wenn er kommen wollte, wäre er doch gekommen.«

»Es ist Christines heißester Wunsch, daß er heimkommt.«

»Das hast du mir schon gesagt. Und weil es Christines Wunsch ist, ist es auch dein Wunsch.«

»Ich will ihr helfen. Und dem Alten auch. Meinst du nicht, er sollte seinen Sohn wiedersehen, ehe er stirbt?«

»Der stirbt noch nicht so schnell. Der alte Kamphoven ist zäh. Ich habe ihn erst kürzlich gesehen. Es ist erstaunlich, wie gut er noch aussieht.«

»Er wird im nächsten Jahr achzig.«

Jost blickte seinen Bruder nachdenklich an. »Christine bedeutet dir immer noch viel, wie?«

»Nicht so wie du denkst. Ich bin ihr Freund.«

»Du bist nicht ihr Freund. Du liebst sie.«

»Aber Christine liebt mich nicht. Sie hat sich nie etwas aus mir gemacht.«

»Was wir ja alle gebührend bedauert haben, wie du weißt. Reden wir nicht mehr davon. Du hast es falsch angefangen mit ihr. So ein bißchen dummes Geschwätz, und dann dachtest du, sie fällt dir in die Arme.«

»Ach, was du nicht sagst. Und wie war das mit dem anderen? Dem ist sie gleich in die Arme gefallen.«

»Das hast du nie verwunden. Du bist ein eingebildeter Pinsel.«

»Vielen Dank.«

»Bitte sehr. Ist übrigens nicht nur meine Meinung, sondern die von Vater auch. Sonst würdest du es noch einmal versuchen.«

»Nein. Das nicht mehr.«

Jost grinste. »Ich werde dir noch etwas sagen, teurer Bruder. Stolz ist eine feine Sache. Aber es gibt Situationen, da ist Stolz einfach dumm. Das trifft auf dich ebenso zu wie auf Magnus Kamphoven. Er treibt sich aus Stolz in der Welt herum und geht dabei endgültig zugrunde. Und du verzeihst einer Frau nicht, daß sie einen anderen dir vorgezogen hat. Und du wirst dabei ein verbiesterter, einsamer Junggeselle.«

»Ich bin nicht einsam. Es gibt Frauen genug.«

»Sicher. Gab es für dich immer und wird es für dich immer geben. Die Tochter von Senator Brodersen ist ganz verrückt nach dir. Jedesmal, wenn ich sie treffe, fragt sie mir ein Loch in den Bauch – wie es dir geht, was du machst, wann du wieder mal kommst. Sie macht gar kein Hehl daraus, wie gut du ihr gefällst. Warum heiratest du sie nicht?«

»Warum soll ich heiraten?«

»Warum sollst du nicht heiraten? Ich habe es ja auch getan. Ich werde dir sagen, warum du es nicht tust. Weil du immer noch Christine im Kopf hast.«

»Unsinn, das ist lange vergessen. Ich habe genügend andere Frauen inzwischen gekannt. Und nun verschone mich mit deinem dußligen Gerede über meine Liebesleben. Wir wollten von Magnus Kamphoven sprechen.«

»Hör zu, Olaf, von Magnus Kamphoven haben wir in Mexiko schon pausenlos gesprochen. Und jetzt fängst du wieder an. Was erwartest du von mir?«

»Wir haben hier eine große Reederei, nicht? Du hast Geschäftsfreunde in aller Welt. Du hast Kontaktleute, Agenten und Kollegen überall herumsitzen. Wie wär's denn, wenn wir mal auf diesem Wege versuchen, eine große Nachfrage zu starten. Beispielsweise in Südamerika.«

»Das ist ein Kinderspiel. So ein winziges Ländchen wie Südamerika, das ist schnell durchgekämmt. Kieken wir uns eben mal um, hinter irgendeiner Palme wird der Breedenkamper schon zu finden sein.«

Olaf wurde wütend, sie stritten sich in lautstarker Friedrichshagener Manier, und Olaf verschwand türenschlagend aus Josts Hamburger Büro.

Aber nun war auch Josts Ehrgeiz geweckt. Er mobilisierte wirklich seine Verbindungen in Übersee, ließ immer wieder nachfragen, und bald kannte man den Namen Magnus Kamphoven in allen Reedereien, Schiffskontoren und Heuerbüros. Falls Magnus unter seinem wirklichen Namen in irgendeinem Hafen auftauchte, würde er nicht unentdeckt bleiben.

Anfangs hatte Olaf Christine von seinen Aktionen erzählt. Später nicht mehr. Aber er vergaß es nicht. Auf Breedenkamp sprachen sie auch nicht davon. Jon schwieg. Telse schwieg. Obwohl beide sehr genau wußten, daß Magnus nun frei sein mußte.

Manchmal stand Jon lange auf einem Hügel des Breedenkamper Landes und blickte in die Ferne. Regungslos, stumm stand er da, blickte nach Osten, nach Westen. Da, wo das Meer war. Das eine Meer, das andere Meer. Über ihm war der Himmel, hoch und leer, und manchmal zog ein Flugzeug, hoch und fern, darüber hin. Aber kein Schiff, kein Flugzeug brachte ihm seinen Sohn zurück.

Er kam nicht. Er wollte nicht kommen. Denn Jon war sicher, daß er noch lebte. Und er selbst konnte nicht sterben, ehe Magnus nicht heimgekommen war.

Jon fragte auch seinen Freund Bruhns nicht. Es war töricht, unnütze Fragen zu stellen. Wenn es etwas zu sagen gab, würde Friedrich Bruhns es ihm sagen. Worte halfen überhaupt nicht. Magnus mußte von selbst kommen. Und wenn er nicht kommen wollte, mußte man das respektieren.

Das waren Jons Gedanken, die er aber nicht aussprach. Außer mit Olaf hatte Christine mit keinem über ihren Vater gesprochen. Erst als Gerhard kam, sprach sie mit ihm darüber. Gerhard kam im Herbst. Eines Tages rief er an, von Kiel aus.

»Will mich Winnie immer noch nicht sehen?«

»Komm doch einfach her«, sagte Christine. »Sie geht nächste Woche ins Krankenhaus und wird operiert. Es ist jetzt soweit. Man will versuchen, ihr ein neues Hüftgelenk einzusetzen.«

Christine sagte nichts von dem bevorstehenden Besuch. Winnie regte sich nur unnötig auf. Man würde sehen, wie sie sich verhielt, wenn Gerhard da war.

Er kam am Nachmittag; es war ein trüber Tag, vormittags hatte es geregnet, jetzt wehte ein frischer Wind. Der Sommer schien endgültig vorbei zu sein.

Christine war gerade im Hof, als der Wagen durch die Lindenallee fuhr. An der Tür wartete sie auf Gerhard.

»Hallo, kleine Schwester«, sagte er, als er vor ihr stand, groß und gut aussehend.

»Hallo, großer Bruder«, erwiderte sie. Sie umarmten sich, er küßte sie auf beide Wangen und hielt sie noch einen Moment fest.

»Gott, freue ich mich, dich zu sehen«, sagte er. »Du bist noch hübscher geworden.«

»Höchstens älter.«

»Das ist kein Nachteil bei einer wirklich hübschen Frau. Ein Gesicht bekommt man erst im Laufe der Jahre. Ah, wen haben wir denn da? Das muß doch Kai sein.«

Kai steckte neugierig seinen blonden Kopf zur Tür heraus.

»Du bist ja schon ein richtiger Junge. Kennst du mich?«

»Nö«, Kai schüttelte den Kopf. »Dich kenn' ich nich'.«

»Das geschieht mir recht. Was komme ich auch so lange nicht.«

»Das ist Gerhard, Kai«, sagte Christine. »Er hat früher hier gewohnt.«

»Wie ich so ein kleiner Junge war wie du, da hab' ich hier gewohnt.«

Kai betrachtete den Besucher prüfend. »Das weiß ich nich' mehr.«

»Das ist direkt schade. Wir hätten fein zusammen spielen

können. Übrigens spielen, da fällt mir ein, ich hab' dir ja was mitgebracht.«

»Du hast mir was mitgebracht?«

»Klar doch. Komm mit, wir schauen mal in meinem Auto nach, da muß es drin sein.«

Christine sah den beiden nach, als sie zu Gerhards Wagen gingen. Kai war groß für sein Alter, groß und kräftig, dazu wach und aufgeschlossen. Noch zwei Jahre, dann würde er in die Schule gehen. So verging die Zeit, so verging das Leben. Aber was wäre ihr Leben ohne dieses Kind? Daß sie nach allem, was geschehen war, zu Ausgeglichenheit gefunden hatte, zu innerem Frieden, das verdankte sie Kai.

Mit einem großen Paket unter dem Arm kam Kai zurückmarschiert.

»Das gehört mir.«

»Du lieber Himmel!« sagte Christine. »Was mag da drin sein?«

»Ich pack's aus«, sagte Kai, mit vor Eifer rot gewordenen Wangen. »Dann kannst du's sehen.«

»Bist du nun Professor?« fragte Christine, als sie im Wohnzimmer waren.

»So schnell geht's nicht. Erst mal Dozent. Vermutlich werde ich einen Ruf nach Kiel bekommen.«

»Das wäre herrlich. Dann haben wir dich ja ganz in der Nähe.«

»Ich hoffe, daß ich oft eingeladen werde.«

»Denken wir mal drüber nach!«

Sie lachten beide, fröhlich, vertraut wie früher. Die Entfremdung, die einige Zeit lang zwischen ihnen bestanden hatte, war vergangen. Die schwierigen Jahre waren vorüber.

»Ich möchte mal wieder bei Telse Klümp essen. Und Grünkohl mit Schweinebacke.«

»Das sagst du ihr am besten nachher gleich selbst. Solche Aufträge liebt sie. Heute abend gibt es allerdings Karpfen.«

»Kann nicht wahr sein? Wirklich?«

»Natürlich. Heute ist großes Karpfenessen. Für seltene Gäste strengen wir uns an.«

»Ein Glück, daß ich einen ordentlichen Anzug angezogen habe. Und ein sauberes Hemd. Richtig mit Kerzenlicht?«

»Aber sicher. Alte Bräuche soll man nicht verändern.«

Karpfenessen im Holsteiner Land war noch immer eine festliche Angelegenheit. Man zog sich fein dazu an und stellte Leuchter auf den Tisch, das war schon immer so gewesen.

Dann fragte er nach Winnie.

»Hat sie nichts dagegen gehabt, daß ich komme?«

»Sie weiß es noch nicht.«

»Warum hast du's ihr nicht gesagt?«

»Sie hätte sich unnötig aufgeregt. Sie ist momentan in einer ziemlich desperaten Verfassung.«

»Wegen der bevorstehenen Operation?«

»Ja. Einerseits ist sie froh, sind wir alle froh, daß es jetzt soweit ist. Andererseits hat sie natürlich Angst davor. Wenn es schlecht ausgeht, und wenn sie wirklich nie mehr laufen kann...«

»Es wäre furchtbar. Ein Mensch wie Winnie, so voller Leben und voller Temperament. Aber ich denke, daß es gutgehen wird. Sie machen heute die tollsten Sachen. Ich habe einen Studienfreund, der hatte einen schweren Autounfall, den haben sie erstklassig wieder hingekriegt. Er macht sogar kleine Bergtouren.«

»Hoffen wir also, daß es gutgeht bei Winnie. Der Chirurg, der sie operieren wird, ist voller Zuversicht. Er meint, bei ihr wäre das gar kein Problem, sie ist gesund, und ihre Knochen sind gut geheilt. Nur das Hüftgelenk kommt nicht mehr von selbst in Ordnung, sie müssen ihr das neu einsetzen. Aber der Arzt meint, sie wird bereits nach zwei, drei Monaten laufen können.«

Kai hatte inzwischen ausgepackt. Ein großes Segelschiff war in dem Paket gewesen, ein Spiel und ein Bilderbuch. Das Schiff begeisterte ihn besonders.

»Das nehmen wir mit, wenn wir baden gehen«, verkündete er.

»Dazu wird es dieses Jahr wohl zu spät sein.«

»Nächsten Sommer«, sagte Gerhard, »wenn ich hier bin, gehen wir zum Segeln, Kai.«

»Ja? Bestimmt? Versprichst du?«

»Ich verspreche es.«

Er nahm das Schiff vorsichtig in beide Hände und schickte sich an, das Zimmer zu verlassen.

»Wo willst du denn hin?« fragte Christine.

»Winnie zeigen.«

»Gut. Geh und zeig es ihr. Wir kommen auch gleich«, sagte Christine. Und zu Gerhard: »Kai wird dich anmelden.«

»Er ist ein netter Junge. Ich hätte gar nicht gedacht, daß er schon so groß ist. Du bist froh, daß du ihn hast?«

»Ja. Sehr froh.«

»Er wirkt sehr selbständig.«

»Das ist er auch. Manchmal fast zu sehr. Er unternimmt eine Menge auf eigene Faust. Und er hat einen ausgeprägten Willen. Aber man kann mit ihm reden, er ist nicht ungezogen.« Kai war wirklich sehr selbständig und unternehmungslustig. Das Gut mit allen Gebäuden, Ställen und Scheunen war sein Lebensraum, in dem er sich frei bewegte. An allem, was vor sich ging, nahm er Anteil, alles wollte er genau wissen. Manchmal verließ er auch aus eigenem Entschluß den Hof, obwohl ihm das nicht erlaubt war. Er verschwand im Wald oder im umliegenden Gelände. Kürzlich war er sogar bis ins Dorf marschiert, was für seine kleinen Beine immerhin einen Weg von einer dreiviertel Stunde bedeutete. Er hatte den Krämer besuchen wollen, der sein persönlicher Freund war. Einerseits wegen der Bonbons im Laden, andererseits aber auch, weil der Krämer ein lustiger Mann war und viele komische Geschichten wußte.

Am Nachmittag wurde Christine aus dem Dorf angerufen, daß ihr Sohn heil gelandet sei und gerade Kakao trinke.

»Das ist ja allerhand«, hatte Christine gesagt, »anstatt daß ihr mit ihm schimpft, bewirtet ihr ihn noch. Schönen Gruß von mir, und das nächstemal werde ich ihm auch nicht sagen, wenn ich fortgehe.«

Da Kai bei all diesen Unternehmungen von Jerome begleitet war, brauchte man sich weiter keine Sorgen zu machen. Jerome paßte gut auf und ließ keinen an das Kind heran, den er nicht kannte.

Der Krämer brachte die beiden nach Ladenschluß mit dem Auto nach Breedenkamp zurück.

Kai hatte die Taschen voller Bonbons und streckte Christine vorsorglich ein paar davon entgegen.

»Habe ich dir mitgebracht, Mutti.«

»Ich will von dir nichts mitgebracht haben, wenn du fortgehst, ohne mich zu fragen.«

Kai betrachtete sie sorgenvoll aus seinen blaugrauen Augen und hielt ihr nochmals die Bonbons hin.

»Was solltest du denn der Mutti noch sagen?« fragte der Krämer.

»Tut mir leid. Tschuldige«, murmelte Kai.

»Er hat mir und Tante Elli versprochen, daß er nie mehr allein runterkommt. Nich', Kai?« sagte der Krämer. »Das nächstemal fragst du vorher und läßt dich von einem mitbringen, der gerade ins Dorf fährt. Wir waren ja ganz froh, daß er kam. Es war heute viel zu tun im Laden, und er hat uns tüchtig geholfen beim Verkaufen. Wir haben richtig 'n gutes Geschäft gemacht. Die Bonbons sind ehrlich verdienter Lohn.«

Christine schimpfte auch mit Jerome.

»Du bist doch sonst so ein gescheiter Hund. Du müßtest doch wissen, daß ihr nicht allein so weit gehen dürft.« Jerome senkte die Rute und machte eine schuldbewußte Miene.

Das erzählte Christine jetzt Gerhard und fügte hinzu: »Ich glaube, er hat's verstanden. Er ist ein erstaunlicher Hund.«

Einen Vater vermißte Kai nicht. Es gab Männer genug auf dem Gut, und alle kümmerten sich um ihn, belehrten ihn und halfen mehr oder weniger bei der Erziehung. Die oberste Instanz war natürlich Jon. Die beiden hingen sehr aneinander, oftmals stapften sie Hand in Hand über den Hof, in die Ställe oder ins Gelände, und Jon, der Schweigsame, sprach zu dem Kind so viel wie sonst nie, erklärte und zeigte ihm alles rundherum. Und dann natürlich Polly! Der kannte nichts Lieberes, als wenn Kai bei ihm war und bei der Arbeit half. Aber auch Ewald, Bruno und Tomaschek, sie alle waren Kais Väter. In den Häusern der Gutsarbeiter ging Kai in aller Selbstverständlichkeit aus und ein, dort fand er auch seine Spielgefährten. Bruno hatte eine Tochter, die etwa in Kais Alter war, und der Jüngste von Ewald war gleichaltrig. Seit einiger Zeit war Tomascheks jüngste Tochter wieder da, ihre Ehe mit einem Kellner war schiefgegangen, sie lebte mit ihren beiden Kindern bei den Eltern. Worüber alle froh waren, denn Eva, geborene Tomaschek, war eine patente und fleißige junge Frau. Sie half Telse jetzt im Haushalt, und Christine hoffte insgeheim, sie würde eines Tages Telses Aufgaben übernehmen, denn Telse war alt geworden, die Arbeit ging ihr mühselig von der Hand, was sie allerdings nicht zugeben mochte. Eva war es auch, die Christine zuredete, das Verwalterhaus für Sommergäste umzubauen.

»Wo es hier so schön bei uns ist«, sagte sie, »da kommen die Leute bestimmt gern. Sie haben gar kein' Arbeit mit, Frau Kamphoven, das mach' ich alles. Ich weiß, wie es die Gäste gern haben wollen.«

»Du wirst bestimmt wieder heiraten, Eva.«

»Nö, ich denk' nicht dran. Hier gefällt mir's viel besser. Und für die Kinder ist es hier am schönsten. Von Männern habe ich reichlich genug. Hat man bloß Ärger mit.«

Sie hatte einen Jungen und ein Mädchen, der Junge war ein halbes Jahr älter als Kai, das Mädchen ein Jahr jünger. An Gesellschaft und Spielgefährten fehlte es Kai also nicht, sein Tag war randvoll ausgefüllt. Denn er mußte natürlich überall noch bei der Arbeit helfen, und einen Teil seiner kostbaren Zeit widmete er Winnie.

Sein besonderer Freund war Olaf. Den bewunderte er grenzenlos. Hauptsächlich Olafs Reitkünste und der vielen Pferde in Friedrichshagen wegen. Pferde waren seine große Leidenschaft, und damit machte er sich natürlich in Friedrichshagen sehr beliebt. Manchmal nahm ihn Olaf vor sich aufs Pferd, und sie ritten zusammen, das war das Schönste, was Kai passieren konnte.

Nach einer Weile kehrte Kai von der Veranda zurück.

»Wie heißt du denn?« fragte er Gerhard.

»Gerhard. Das habe ich dir doch vorhin schon gesagt.«

»Ich hab's vergessen. Winnie hat gefragt, wer denn eigentlich da ist. Kommst du mit?«

»Ja«, sagte Christine, »wir kommen mit.«

»Winnie sagt, es ist 'n schönes Schiff.« Er sammelte das Spiel und das Bilderbuch auch noch ein. »Muß ich auch zeigen.«

Zusammen gingen sie in die Veranda, wo Winie ihnen erwartungsvoll entgegenblickte. Sie saß in ihrem gewohnten Sessel, ein Buch auf dem Schoß. Neben ihr saß Jerome.

»Oh, Gerd!« sagte Winnie.

Gerhard beugte sich über sie und küßte sie.

»Tag, Winnie«, sagte er ohne weiteren Aufwand, so als hätten sie sich erst vorige Woche gesehen. »Ich dachte, ich schau mal vorbei, weil ich gerade in der Gegend bin.«

»Nett von dir«, sagte Winnie zerfahren und blickte Christine vorwurfsvoll an. »Das hättest du mir ja auch vorher sagen können.«

»Er kam ziemlich überraschend. Er rief vorhin erst an. Wenn ich es dir gesagt hätte, dann hätte ich vermutlich Heidi noch holen müssen. Dazu hatte ich keine Zeit.«

Heidi war die Friseuse aus dem Dorf, die regelmäßig kam, um Winnie zu frisieren.

»Wär' ja auch nötig gewesen«, murmelte Winnie und fuhr sich ins Haar.

»Ich wüßte nicht wieso«, sagte Christine.

Winnie griff nach dem Spiegel, der immer in ihrer Reichweite lag, und blickte hinein.

»Hast du auch wieder recht«, sagte sie, es klang resigniert. »Interessiert keinen mehr, wie ich aussehe.«

»Mich schon«, sagte Gerhard. »Ich finde, du siehst aus wie immer. Ich hab' ein wenig Angst gehabt, weil ich fürchtete, du könntest sehr elend aussehen. Aber du bist ja direkt braun.«

»Sie war viel in der Sonne«, sagte Christine. »Komm, Kai, wir gehen Kaffee kochen.«

»Nö«, meinte Kai, »ich bleib' lieber hier.«

Besuch fand er immer interessant.

»Komm mit und hilf mir. Ich weiß gar nicht, ob noch Kuchen da ist.«

Darüber war Kai informiert. »Kuchen ist da. Ich zeig's dir.«
Eine Weile blieb es still in der Veranda. Winnie hatte die Hand auf Jeromes Kopf gelegt, sie blickte Gerhard an, dann lächelte sie ein wenig spöttisch.

»Na?« sagte sie dann. »Fällt dir auch nicht viel ein dazu, nicht?«

»Viel Gescheites nicht«, gab er zu.

»Du bist lange nicht gekommen.«

»Du wolltest nicht, daß ich komme.«

»Ich wollte nicht, daß du mich so als Ruine siehst. Gerade du nicht.«

»Warum gerade ich nicht?«

»Ist doch klar. Du hattest ja immer die Tasche voll väterlicher Ermahnungen für mich. Und da dachte ich, du sagst vielleicht! Das mußte ja so kommen.«

»Du weißt ganz genau, daß ich so etwas nicht sage. Jeder Mensch kann mal einen Unfall haben.«

»Sicher. Aber ich war selbst schuld. Ich bin eine lausige Fahrerin. Ich hab' kein Talent dazu.«

»Wenn du gefahren bist, wie du immer geritten bist, dann wundert es mich nicht.«

»Siehst du! Da geht's schon los. Ich wußte, daß du so mit mir redest.«

Er sah sie an und lächelte.

»Meine kleine Winnie!« sagte er. Es klang zärtlich.

Sie hatte das Gesicht gesenkt und blickte von unten herauf zu ihm hinüber, ein wenig Trotz um den Mund. Ihr Gesicht war schmal geworden, es hatte die mädchenhaften Rundungen verloren, sie war ernster geworden. Ihr Haar, helles, leuchtendes Blond wie eh und je, war wieder länger gewachsen, sie hatte es mit einem Band am Hinterkopf zusammengebunden. Sie gefiel ihm besser denn je.

»Man muß eben auf dich aufpassen«, sagte er. »Das war schließlich immer so.«

Ihre Augen füllten sich mit Tränen.

»Aber du hast nicht auf mich aufgepaßt. Und jetzt ist mein Leben vorbei.«

»Dein Leben ist nicht vorbei. Wir sprechen uns in einem halben Jahr wieder. Vermutlich wirst du dann prima laufen können. Ich möchte gern, daß du dir Mühe gibst und so schnell wie möglich gesund wirst.«

»Warum?«

»Ich möchte es eben. Ich fühle mich für dich verantwortlich, das weißt du doch.«

»Habe ich nicht viel von gemerkt.«

»Lag das an mir?«

»An wem denn? Wenn du dich verantwortlich fühlst, liegt es an dir. Du hättest mich damals nicht weglassen sollen. Damals in Ostende.«

»Ich hab' gesagt, du sollst bei mir bleiben.«

»So ein bißchen hast du es gesagt. So nebenbei. Nicht richtig.«

»Konnte ich das denn?«

»Natürlich. Wer denn, wenn nicht du. Ich hab' dir doch gesagt, daß ich mit Herbert nicht glücklich bin.«

»Du warst mit ihm verheiratet.«

»Na und? Das hat dich ja weiter nicht gestört.«

»Doch hat es mich gestört, das weißt du.«

»Ja, ich weiß.« Winnie senkte wieder den Kopf. »Ist ja auch egal. Jetzt bin ich ein Krüppel.«

Er verzog das Gesicht. »Krüppel! Das Wort paßt überhaupt nicht zu dir.«

»Finde ich auch. Aber ich bin es eben.« Eine Träne rollte über ihre Wange.

»Reden wir nicht mehr davon.«

Er stand auf, trat zu ihr und nahm ihr Gesicht in seine beiden Hände, beugte sich herab, küßte ihr die Träne weg, und dann küßte er ihren Mund.

Sie schob ihn weg.

»Nein!« rief sie laut. »Nein! Ich will nicht, daß du mich aus Mitleid küßt. Ich will dein Mitleid nicht. Ich will von keinem Mitleid, und von dir am allerwenigsten. Du warst immer so verdammt überlegen und hast alles besser gewußt. Na schön, dann weißt du es eben besser. Aber ich sage dir etwas. Ich werde nicht so weiterleben. Entweder ich lebe richtig oder gar nicht.«

»Warten wir ab, wie es nach der Operation ist. Möglicherweise macht dir dann das Leben wieder Spaß. Du warst bisher sehr geduldig, sagt mir Christine. Tu mir den Gefallen und sei es noch eine Zeitlang.«

»Ich werde nie wieder reiten können.«

»Dann werden wir auf der Kieler Förde segeln. Das wird dir gefallen.«

»Ach!«

Kai kam durch die offene Tür und balancierte vor sich her den Teller mit dem Kuchen.

»Noch viel Kuchen da«, verkündete er.

»Was für ein Glück«, sagte Gerhard. »Ich habe so einen Hunger. Ich habe nicht mittaggegessen.«

»Karpfen gibt es auch.«

»Aber erst heute abend. Vorher muß ich mich hier noch ein bißchen umsehen. Zeigst du mir alles, Kai?«

»Zeig' ich dir.«

»Bist du nun Professor?« fragte Winnie.

»Noch nicht ganz. Aber ich habe die Lehrberechtigung für Hochschulen. Kann sein, ich komme nach Kiel.«

»Wird es deiner Frau in Kiel gefallen?«

»Ich hoffe. Kiel ist eine hübsche Stadt.«

»Na, es geht.«

»Möchtest du lieber in Frankfurt leben?«

»Wer spricht denn von mir?«

»Ich.«

»Du spinnst.«

Als nächster kam Jon auf die Veranda, und nach einer kurzen Weile Christine mit dem Kaffee. Das unterbrach zunächst das Gespräch zwischen Winnie und Gerhard. Aber in ähnlicher Weise wurde es fortgesetzt während der Tage, die Gerhard auf Breedenkamp blieb. Zusammen mit Christine brachte er Winnie dann ins Krankenhaus.

Winnie überspielte ihre Angst mit Hektik und pausenlosem Gerede. Aber als sie dann auf dem Krankenhausbett saß, war ihr Gesicht ganz klein und verzweifelt, mit der einen Hand hielt sie Gerhard fest, mit der anderen Christine.

»Geht nicht fort! Laßt mich nicht allein!«

»Es gibt Dinge im Leben, die muß man allein durchstehen«, sagte Gerhard. »Aber wir sind immerzu bei dir. Mit allen Gedanken. Und mit aller Liebe.«

»Ich nehme mir das Leben, wenn ich nicht wieder laufen kann.«

»Du wirst laufen können. Ich habe dir nie etwas gesagt, was nicht wahr ist. Du konntest mir immer glauben, nicht wahr?«

»Ja«, flüsterte Winnie.

»Du wirst wieder laufen können. Vielleicht nicht so wie früher. Vielleicht aber doch. Du wirst dir große Mühe geben. Und ganz brav sein. Mir zuliebe. Ich bin lang genug allein gewesen.«

»Ich dachte immer, du liebst Christine.«

»Das wäre natürlich viel gescheiter. Christine ist eine erwachsene Frau. Und du bist ein Kindskopf. Und wirst immer einer bleiben. Ich weiß eigentlich auch nicht, was ich an dir finde.«

»Nein«, sagte Winnie, und sie war schon wieder den Tränen nahe, »ich weiß es auch nicht.«

Christine und Gerhard sahen sich an und lächelten. Winnie blickte von unten her in ihre Gesichter.

»So wart ihr immer, ihr beiden. Groß und tüchtig und viel klüger als ich. Mit mir war nie viel los, nicht? Und nun mache ich euch noch solche Sorgen.«

»Das tust du wirklich«, sagte Christine. »Und es wird Zeit, daß damit endlich Schluß ist. Jetzt sitzen wir alle in Breedenkamp herum und ängstigen uns. Großvater war auch ganz durchgedreht heute, als wir weggefahren sind. Eins kann ich dir sagen, wenn du hier rauskommst und wenn du einigermaßen wieder in Ordnung bist, ich lasse dich nie wieder aus den Augen.«

»Das werde ich besorgen«, sagte Gerhard. »Es wird Zeit, daß sie endlich ihr Versprechen einlöst.«

»Mein Versprechen?« fragte Winnie mit zitternder Stimme.

»Weißt du nicht mehr, daß du mir versprochen hast, mich zu heiraten? Das ist mehr als zwölf Jahre her. Du hast mich ganz schön an der Nase herumgeführt.«

»Aber ich liebe dich doch. Viel länger als du mich. Und ich heirate dich nur, wenn ich richtig gesund bin.«

»Okay, dann gib dir gefälligst Mühe.«

Eine Schwester kam zur Tür herein.

»Wir wollen uns jetzt ins Bett legen«, sagte sie mit sanfter Schwesternstimme. »Der Herr Professor kommt dann gleich.«

Winnie klammerte sich noch fester an die beiden Hände.

»Laßt mich nicht allein!«

»Schwester«, sagte Gerhard, »was meinen Sie, wird der Herr Professor tun, wenn ich mich da drüben auf die Couch lege und hierbleibe?«

»Er wird Ihnen eine Spritze verpassen und vielleicht den Blinddarm herausschneiden.«

»Das dürfte ihm schwerfallen, ich habe keinen mehr.«

»Du hast keinen Blinddarm mehr?« fragte Winnie erstaunt.

»Nein, stell dir vor. Den habe ich in Stuttgart gelassen. Ich bin ein höchst unvollkommener Mensch.«

»Das erleichtert mir den Umgang mit dir«, sagte Winnie und lächelte mit zitternden Lippen.

Als sie im Auto saßen, fragte Christine: »Wird es gutgehen?«

»Ja«, sagte Gerhard mit Bestimmtheit.

»Man kann dir immer glauben, was du sagst. Also – warten wir ab. Es gibt nur zwei Dinge auf der Welt, die ich mir von ganzem Herzen wünsche.«

»Und das ist?«

»Daß Winnie gesund wird. Und daß mein Vater heimkommt.«

»Das ist alles, was du dir wünschst?«

»Das ist alles.«

Auf der Heimfahrt sprachen sie von Magnus. Christine erzählte, was sie alles unternommen hatten und wie ergebnislos die Suche geblieben war.

»Ich kenne deinen Vater nicht«, sagte Gerhard. »Das heißt, als Kind habe ich ihn ja noch erlebt, aber davon weiß ich nicht mehr viel. Ich würde sagen, sein Verhalten paßt zu euch. Daß er aus dem Zuchthaus kommt und acht Tage später hier eintrifft, das ist nicht Breedenkamper Art.«

»Er muß doch wissen, daß wir auf ihn warten.«

»Kann sein, er weiß es. Kann sein, er weiß es nicht. Es ist sehr schwer, sich in die Gefühle eines Menschen hineinzudenken, der das erlebt hat, was dein Vater erlebt hat. Aber wenn er so ist wie du und wie dein Großvater, dann kommt er nicht einfach hier an, ein entlassener Sträfling, der zu Hause unterkriecht. Ich versuche, es mir vorzustellen. Wenn du fast zwanzig Jahre kein freier Mann warst, nie tun konntest, was du wolltest – und plötzlich bist du frei, kannst über dein Schicksal bestimmen, vielleicht hat so ein Mann das Gefühl, er muß nun erst einmal wirklich frei sein. Sich selbst finden. Sich bewähren.«

»Bewähren! So ein Unsinn. Das kann er doch nicht. Denk doch bloß mal, in was für einem Zustand er sein muß.«

»Na gut. Aber vielleicht willst du dann nichts anderes, als für dich selbst verrecken. Mit dir allein. Auch das könnte ich verstehen. Und das ist es, was ich mit Breedenkamper Stil meinte.«

»Es klingt frivol, wie du das sagst.«

»Könntest du es nicht verstehen?«
»Ich will, daß er kommt.«
»Kennst du die Geschichte von Odysseus? Der brauchte zehn Jahre, bis er nach Hause fand.«
»So lange kann Großvater nicht warten. Und bitte, Gerhard, sprich nicht davon, wenn er dabei ist.«
»Das haben wir doch nie getan.«
Dafür sprach Gerhard an diesem Abend, als sie bei einer Flasche Wein in der Bibliothek saßen, von sich selbst. Erst hatten sie natürlich lange über Winnie gesprochen. Und versucht, Jerome zu beruhigen, der rastlos von einem Zimmer ins andere lief und Winnie suchte. Er war ganz verzweifelt, sah sie immer wieder an, winselte, bellte fragend, setzte sich, wenn man ihn festhielt und streichelte, sprang wieder auf, kratzte an der Tür, wollte hinaus und die Suche fortsetzen.
»Das ist ja nicht mit anzusehen«, sagte Christine.
»Das ist ein bemerkenswerter Hund«, meinte Gerhard.
»Ja, das ist er«, gab Jon zu. »Ich habe viele Hunde in meinem Leben gehabt, aber so einen habe ich noch nie erlebt.«
»Er braucht eine Aufgabe«, sagte Christine. »Solange er bei Julian lebte, war er nicht ausgelastet, da hat man das gar nicht so gemerkt. Damals war er ja auch noch sehr jung.«
Sie sprach jetzt manchmal in alle Selbstverständlichkeit von Julian. Lange hatte sie seinen Namen nicht genannt. Da hatte sie nur an ihn gedacht. Aber nun erwähnte sie ihn bei dieser oder jener Gelegenheit – Julian hat auch gesagt – als Julian damals aus Kuba zurückkam – als ich mit Julian in Zürich war ...
Gerhard war es auch schon aufgefallen. Als er das erstemal nach Julians Tod hier war, hätte kein Mensch gewagt, in Christines Gegenwart seinen Namen auszusprechen.
Telse hatte ihm damals zugeflüstert: »Er war so 'n netter Mann, ich konnte ihn richtig gut leiden. Er aß immer so gern Krabben mit Rührei. Als er das erstemal hier war, gab's auch Krabben mit Rührei. Das hat er nie vergessen. Er sagte immer zu mir: ›Telse, wann gibt's denn wieder Krabben mit Rührei? Mit diesem Göttermahl hat alles Glück der Welt begonnen.‹ So hat er geredet, weißt du. Ist so schade um den Mann. Aber sag bloß nichts zu Christinchen davon.« Jetzt sprach Christine selbst von Julian. Er war ein Teil ihres Lebens, er würde immer

zu ihr gehören. Irgendwann war der Zeitpunkt gekommen, da sie ihn nicht mehr in eine unsichtbare Tiefe versenken wollte, sondern an ihre Seite zurückbringen, ein verlorener Freund und Gefährte, der es nicht verdiente, in ein dunkles Nichts verbannt zu werden. Es war, als hätte sie begriffen, daß man einen geliebten Menschen nicht zwei Tode sterben lassen durfte. Der körperliche Tod war genug. Bitter genug und schwer genug zu ertragen. Julian aus der Erinnerung, aus Gedanken und Gesprächen zu verbannen, bedeutete einen zusätzlichen Tod. Ein zweifacher Tod, den sich der Lebende, der Gebliebene nicht selbst auferlegen sollte.

Sie ging jetzt auch manchmal ins Jägerhaus. Früher war sie nie hingegangen.

Es war dort alles so geblieben, wie es war, als Julian darin lebte. Seine Sachen waren noch da, seine Schreibmaschine stand auf Dr. Ehlers' großem Schreibtisch vor dem Fenster. Nicht, daß Christine daraus eine Weihestätte gemacht hätte, so etwas lag ihr nicht, es war nur alles einfach so geblieben, wie es war, weil keiner hinging und etwas änderte.

Angenommen, irgendeiner hätte in das Jägerhaus eingebrochen und es ausgeräumt, so wäre ihr das auch egal gewesen. Große Wertgegenstände befanden sich nicht darin, ein paar Anzüge, Hemden, die Reithosen, seine Lederjacke, Bücher, Schallplatten, das kleine Radio – nun gut, wenn es einer gestohlen hätte, was hätte es ausgemacht? Aber in all den Jahren blieb die Tür, blieben die Fenster des Jägerhauses unversehrt. Es lag so weit ab, so ganz einsam am Waldrand, wer kam da schon hin? Das einzige, was sie damals mitgenommen hatte, war das Manuskript gewesen, das unvollendete Manuskript seines Romans. Sie hatte es nicht wieder gelesen. Vielleicht später einmal. Vielleicht wollte Kai es lesen, wenn er alt genug dazu war.

Manchmal ging sie jetzt, wenn sie einen müßigen Tag hatte, hinauf zum Jägerhaus. Einige Male war sie auch hingeritten. Cornet kannte den Weg noch.

Dann öffnete sie die Fenster weit, wischte auch mal ein bißchen Staub, blickte sich um, es war ihr wehmütig ums Herz, und einmal, sie hatte Kai mitgenommen, sie stand am Fenster und sah dem Jungen zu, der draußen in dem verwilderten Gebüsch herumstöberte, da sagte sie leise: »Danke, Julian, danke.«

Jon fragte nie nach dem Jägerhaus. Vielleicht hätte man wieder einen Mieter dafür finden können. Aber es war unwahrscheinlich. Wer wollte schon allein mitten im Wald leben? Christine war immer darauf gefaßt, Eindringlinge vorzufinden, Streuner oder Landstreicher, die sich eingenistet haben könnten. Aber auch dies geschah nie. Es blieb Julians Haus.

Julians Hund war an diesem Abend unglücklich. Er hatte es schon einmal erlebt, daß einer nicht wiederkam, den er liebte. Und er liebte Winnie sehr.

»Dieser Hund hat Verantwortungsbewußtsein«, sagte Gerhard. Christine lächelte. »Genau wie du. Vielleicht hätten wir ihn bei Winnie auf die Couch legen sollen.«

»Haben Hunde einen Blinddarm?«

Sie lachten beide, zum erstenmal seit sie Winnie in der Klinik abgeliefert hatten. Dann erzählten sie Jon von dem Gespräch in Winnies Krankenhauszimmer, und auch Jon verzog den Mund zu einem Lächeln. Dann sah er Gerhard an. »Ist das alles ernst gemeint, min Jung, was du da so geredet hast?«

»Es ist ernst gemeint. Ich möchte Winnie heiraten. Wenn sie mich will.«

»Und wenn sie gesund wird«, sagte Jon.

»Sie wird gesund. Ich habe Geduld. Schlimmstenfalls muß man halt noch mal operieren. Es wird ihr helfen, wenn sie weiß, ich warte auf sie. Und ich sage das nicht nur so. Ich weiß, was ich will.«

»Du hast es immer gewußt, min Jung. Du bist immer einen geraden Weg gegangen. Ich gebe dir Winnie gern. Du hättest sie gleich haben sollen. Sie hätte sich viel erspart.«

»Es sind eben nicht alle Wege gerade. Nur ein dummer Mensch wird das erwarten.«

»Nicht alle Wege sind gerade, da hast du recht. Es kommt auf den Menschen an. Du hast deinen Weg gewußt.«

»Als ich fortging, habe ich diesen Weg nicht vor mir gesehen. Ich habe Glück gehabt.«

»Du bist klug. Und du bist tüchtig. Das kannst du Glück nennen, denn das ist Glück.«

»Glück ist etwas Unberechenbares. Ein Geschenk. Glück war es zum Beispiel, daß ich hier aufwachsen durfte. Daß wir hierhergekommen sind, meine Eltern und ich.«

Jon nickte. »So nannte es dein Vater – ein Geschenk.«

»Ich kann es jetzt erst richtig begreifen. Als Kind nimmt man es als gegeben hin. Wir waren arme, heimatlose Flüchtlinge. Und ich habe es nie empfunden. Ich hatte eine Heimat. Ich habe eine Heimat. Breedenkamp. Ich habe eine Familie. Euch. Das ist Glück. Und dafür bin ich dankbar.«

Jerome kam wieder ins Zimmer getrabt, sie hatten die Tür offen gelassen, um ihm seine rastlose Suche zu erleichtern. Er setzte sich vor Christine hin und stieß einen kummervollen Ton tief aus der Kehle.

Christine legte ihm die Hand auf den schönen, schmalen Kopf.

»Komm«, sagte sie, »wir gehen mal rauf und sehen nach, ob Kai schläft. Und dann bleibst du bei ihm. Heute darfst du das mal.«

Im Winter dieses Jahres flog Olaf Jessen nach Argentinien. Er besaß einen Freund in Hamburg, der ein ähnliches Kaliber war wie er. Einer, der sich schon weit in der Welt herumgetrieben hatte, sich in vielen Berufen versucht hatte und lange nicht seßhaft geworden war. Sie kannten sich aus der Zeit aus Olafs erstem Amerikaaufenthalt her. Er hieß Henrik Lüders. Olaf und er hatten manche Abenteuer zusammen erlebt, Hochseesegelfahrten, Safari in Afrika, Bärenjagd in den Karpaten, und natürlich auch die Jagd auf Frauen, die sie beide gut verstanden. Henrik war schon öfter in Friedrichshagen zu Gast gewesen, Eleonore mochte ihn auch. Seit einigen Jahren hatte Henrik einen Beruf gefunden, der ihm Spaß machte. In Hamburg, in Pöseldorf, hatte er ein hübsches, kleines Restaurant eröffnet, eine gemütliche Kneipe, eingerichtet mit Holztischen und fellbezogenen Bänken, wo man essen konnte, vornehmlich Steaks, große, saftige Steaks erster Qualität. Das Lokal war ›in‹, wie man seit einigen Jahren zu sagen pflegte. Die Hamburger Jeunesse dorée, aber auch die dazugehörigen Väter verkehrten gern dort. Weil sich das so gut angelassen hatte, eröffnete Henrik ein zweites Lokal in Bremen, dann ein drittes in

Düsseldorf. Und nun plante er ein viertes Restaurant in München.

Binnen weniger Jahre hatte er sich zu einem tüchtigen Gastronomen entwickelt.

Das Fleisch für seine Steaks bezog er direkt aus Argentinien. Gelegentlich flog Henrik selbst nach Argentinien, um seine Fleischlieferanten zu aktivieren, zu wechseln oder neue dazuzugewinnen.

»Komm mit, Mensch«, hatte er zu Olaf gesagt. »Du versauerst ja auf deiner Klitsche. Ich habe eine fabelhafte Frau in Buenos Aires. So was hast du noch nicht gesehen.«

»Was habe ich davon, wenn du eine fabelhafte Frau in Buenos Aires hast?«

»Es gibt noch mehr von der Sorte. Und dann fahren wir in die Pampas und schauen uns meine Rinder an.«

Daß Olaf mitreiste, war weder wegen der Rinder noch wegen der Frauen. Es war – wieder einmal – wegen Magnus Kamphoven. Sein Bruder hatte vor einiger Zeit aus Buenos Aires eine Mitteilung bekommen, die Magnus betraf. Da ja die privat betriebene Fahndung der Brüder Jessen nach Magnus noch immer lief und von Jost gelegentlich belebt wurde, war es nicht ausgeblieben, daß wieder einmal ein Hinweis in Hamburg eingetroffen war.

Ein Schiffsmakler im Hafen von Buenos Aires hatte irgendwo den Namen Magnus Kamphoven gehört. Er ging der Sache nach und brachte heraus, daß ein Mann dieses Namens einige Zeit lang im Hafenviertel gearbeitet hatte. Der Gesuchte habe als Hafenarbeiter gearbeitet, teilte er Jost mit, sei aber dann krank geworden und von der Bildfläche verschwunden. »Also wird er wohl nun endgültig hin sein«, sagte Jost. »Das war zu erwarten.«

»War er sehr krank?«

»Weiß ich nicht. Es hieß, krank. Sonst nichts. Wirst du es ihr sagen?«

»Nein.«

Olaf flog mit Henrik Lüders nach Argentinien. Dort war es zunächst ganz lustig. Henrik kannte nicht nur die eine fabelhafte Frau, er kannte viele Leute, reiche, amüsante Leute, sie wurden eingeladen, sie gingen viel aus, es war eine unterhaltsame Zeit. Aber Olaf verlor den eigentlichen Zweck seiner Reise nicht aus dem Sinn.

Ein Gespräch mit dem Schiffsmakler, der seinen Bruder informiert hatte, brachte keine Neuigkeiten. Schon ergiebiger war ein tagelanger Streifzug im Hafen. Mit Geld öffnete er sich viele Türen. Was Olaf schließlich erfuhr, war erstaunlich genug.

Magnus Kamphoven hatte wirklich im Hafen gearbeitet, sogar ziemlich lange. Und er hatte mit einer Frau zusammengelebt. Eine Frau aus dem Hafenviertel, eine Frau zweifelhafter Lebensweise, mit einem Wort, eine Prostituierte.

Olaf gelang es, die Frau aufzutreiben. Sie war verhältnismäßig jung, recht hübsch, aber zunächst sehr mißtrauisch und abweisend. Magnus? Den kenne sie nicht.

Erst als Olaf genügend Geld auf den Tisch legte, wurde sie mitteilsamer.

Er meine Mac?

Ja, sagte Olaf, er meine Mac.

Der sei nicht mehr da, sagte die Frau.

Er habe gehört, daß er krank sei, sagte Olaf. Und da Mac ein Freund von ihm sei, wolle er ihm gern helfen. Wo er denn jetzt sei?

Das wisse sie nicht, sagte die Frau. Eines Tages sei er verschwunden. So wie er gekommen war, von irgendwoher, war er gegangen, nach irgendwohin.

Ob er denn wieder gesund gewesen sei? fragte Olaf.

Die Frau hob die Schultern. So halb und halb, sagte sie. Was ihm gefehlt habe, wollte Olaf wissen.

Wohl mit dem Herzen. So was in der Art. Die Arbeit im Hafen sei zu schwer für ihn gewesen.

Das Gespräch verlief etwas mühsam, Olaf sprach nur wenig Spanisch. Aber immerhin gelang es, sich mit der Frau zu verständigen.

Sie habe wirklich keine Ahnung, wo Mac jetzt sein könnte? Nein, sie hätte keine Ahnung.

Konnte sein, sie schwindelte, und Mac war ganz in der Nähe. Konnte sein, sie sprach die Wahrheit und wußte es wirklich nicht.

Es war wieder einmal Schluß.

Olaf fluchte. Wen er noch befragte, wohin er noch ging, so oft er noch am Hafen herumstrich, es war ergebnislos. Magnus Kamphoven war wieder einmal verschwunden. Untergetaucht in Südamerika, diesem winzigen Ländchen, wie Jost gesagt hatte.

Es war hoffnungslos. Wenn er nicht von selbst kam, würde man ihn nie finden. Und von selbst kam er nicht, das sah man ja.

»Ein verdammter Dickschädel muß das sein«, meinte Henrik. »Genauso eine Type wie der Alte und wie seine Tochter«, sagte Olaf grimmig. »Diese Breedenkamper soll der Teufel holen.«

Henrik, der Christine zwar nicht kannte, aber oft genug von ihr gehört hatte, sagte: »Mein Lieber, daß du dir diese Frau hast entgehen lassen, verstehe ich nicht. Das wäre genau die Richtige für dich gewesen.«

»Wäre, ja. Ist aber nicht. Und langsam habe ich die Nase voll von der ganzen Sippe. Wo gehen wir heute abend hin? Was ist mit dieser Dolores, die wir neulich dabei hatten? Ist die noch zu haben?«

»Probier's! Und weißt du, was ich mir überlegt habe? Wenn wir schon hier drüben sind, könnten wir gleich noch zum Karneval nach Rio fliegen.«

»Mußt du nicht zurück? Was ist mit deinen Kneipen?«

»Die laufen. Meine Geschäftsführer sind tüchtig. Unbrauchbare Leute engagiere ich nicht.«

»Ich will nicht nach Rio. Ich will nach Hause.«

Olaf war enttäuscht. Er war mißgestimmt. Er hätte Magnus so gern für Christine aufgespürt. Aber Jost hatte wohl recht, es war sinnlos, nach einem zu suchen, der nicht gefunden werden wollte.

Doch dann kam ein Zufall Olaf zu Hilfe. Einer von Henriks Geschäftsfreunden, mit dem sie oft zusammen gewesen waren und der großen Landbesitz mit riesigen Viehherden im Inneren des Landes besaß, sagte eines Tages zu Olaf: »Sie haben mir doch neulich erzählt, Sie suchen einen Mann, einen Deutschen, der aus den USA eingereist ist.«

»Ja, den suche ich. Und er war hier in Buenos Aires. Er nennt sich Mac.«

»Auf meiner Hazienda«, sagte der Argentinier, »arbeitet einer, der sich Mac nennt. Seit vier Monaten ist er schon da. Mein Verwalter hat es mir mal gesagt, und das fiel mir gestern ein.«

»Den Mann muß ich sehen«, sagte Olaf.

»Kommen Sie mit raus. Ich habe Sie sowieso eingeladen, Sie und Señor Lüders, ein Wochenende draußen zu verbringen.«

»Den muß ich mir ansehen, diesen Mac. Aber er darf nichts davon wissen, sonst haut er ab.«

Es war verrückt, zu glauben, daß er ihn fand. Daß er ihm gewissermaßen auf dem Tablett serviert wurde. Als sie in der Privatmaschine des Hazienderos über die Pampas flogen, war Olaf richtig aufgeregt. Er starrte hinunter auf die endlosen, grünen Flächen, als müsse da unten Magnus Kamphoven wie ein Denkmal in der Gegend stehen.

»Mensch, Olaf«, sagte Henrik, »schalt einen Gang runter. Er kann es sein, er kann es nicht sein. Du tust, als hänge deine Seligkeit davon ab.«

»Vielleicht«, sagte Olaf und grinste aus dem Mundwinkel. »Kann sein, ich betrachte es als eine Art Orakel.«

Die Hazienda des Señor Gomez war ein riesiger Besitz. Das Haus lag inmitten der grünen Weite, es war groß und mit allem Komfort ausgestattet. Die Frau des Hauses, eine bildschöne Schwarzhaarige mit Namen Inez, und die Tochter des Hauses, eine ebenso schöne Schwarzhaarige mit Namen Manuela, taten alles, um den Gästen aus Deutschland den Aufenthalt angenehm zu machen. Aber Olaf war so ungeduldig, daß er kaum imstande war. am Abend im Patio zu sitzen und mit den Damen zu plaudern.

Am nächsten Tag ritten sie in die Pampas hinaus. Sie besuchten die Herden, die Wasserstellen, die Unterkünfte der Viehhirten.

Erst gegen Abend, an einem weit entfernten Ort, fanden sie den Gesuchten.

Mac sei noch draußen, erfuhren sie. Aber er würde bald kommen.

Olaf sprach mit den Männern, die schon hereingekommen waren, über ihn. Mac sei in Ordnung, erfuhr er. Nicht mehr jung, aber er arbeite gut. Ein guter Kamerad, si, Señor. Dann kamen noch vier angeritten. Olaf sah sie kommen. Sie ritten alle auf die gleiche Art, auf die Art der Gauchos, ihre kleinen, wendigen Hirtenpferdchen. Aber einer saß anders auf dem Gaul. Das Pferd ging anders unter ihm. Olaf erkannte es gleich. Für seine Augen ging das Pferd eleganter, stolzer, es sah aus, wie ein Pferd aussehen sollte. Der Mann trug ein offenes Hemd wie die anderen, sein Haar war weiß, sein Gesicht dunkelbraun. Dunkelbraun und voller Furchen, doch es war nicht das Gesicht eines Südamerikaners. Er war hager und groß, und wenn man Jon Kamphoven kannte, konnte man nicht daran zweifeln, daß dies Magnus Kamphoven war.

»Verdammt!« sagte Olaf zwischen den Zähnen. »Verdammt! Verdammt!«

Das Blut stieg ihm in den Kopf, er konnte sich kaum beherrschen, um nicht vor Freude aufzuschreien.

»Was denn nu los?« fragte Henrik.

»Er ist es.«

»Kann nicht wahr sein! Du hast schon Halluzinationen.«

»Er ist es. Kein Zweifel. Sieh ihn dir doch an.«

»Er sieht anders aus als die anderen, das ist wahr. Aber wenn er Amerikaner ist, muß er ja anders aussehen.«

»Er ist kein Amerikaner. Er ist der Breedenkamper.«

»Und nun?«

»Weiß ich auch nicht.«

Zur Heimfahrt war ein Landrover bereitgestellt, denn zum Reiten war es zu spät. Die Damen warteten mit dem Abendessen. Ihr Gastgeber trat zu ihnen und fragte, ob sie nun fahren wollten.

»Noch nicht«, sagte Henrik, »jetzt gibt es erst einen großen, dramatischen Auftritt.«

Olaf war blaß unter der Sonnenbräune.

»Sie entschuldigen mich, Señor Manuel«, sagte er förmlich und ging auf die Gruppe der Männer zu, die von den Pferden gestiegen waren.

»Was will er tun?« fragte Señor Manuel Henrik.

»Das weiß er vermutlich selber noch nicht.«

Gespannt blickten sie Olaf nach.

Olaf ging auf den Weißhaarigen zu, der sein Pferd am Zügel hielt und gerade wegführen wollte.

»Guten Abend«, sagte Olaf auf deutsch.

Der Weißhaarige blickte ihn gleichgültig an.

»Señor?«

»Ich hatte den Eindruck, einen Landsmann hier zu treffen. Sie sprechen doch deutsch?«

Der andere schwieg.

»Wissen Sie«, sagte Olaf in gelassenem Ton, »ich sah es an der Art, wie Sie reiten. So reitet kein Argentinier. Auch kein Nordamerikaner.«

Der Weißhaarige kniff die Augen zusammen und zog den Mundwinkel etwas herab. Das machte ihn Jon Kamphoven noch ähnlicher.

»Es ist seltsam, nicht?« fuhr Olaf fort. »Es gibt so gewisse Dinge, die bleiben. Die macht man immer so, wie man es einmal gelernt hat. Es war für mich interessant, das zu beobachten. Diese Pferde hier sind es gewöhnt, auf ganz andere Weise geritten zu werden. Ich mußte mich heute auch erst umstellen. Aber irgendwie macht man es doch auf seine Art. Diesem Pferd sah man an, daß Sie es schon seit einiger Zeit reiten. Es war ein Unterschied.«

»Sie sind ein aufmerksamer Beobachter«, sagte der Weißhaarige. Er sprach deutsch.

»Nicht in jeder Beziehung. Nur eben was Pferde betrifft. Ich züchte selbst.«

»So.«

»Sind Sie schon lange hier?«

»Einige Zeit.«

»Es gefällt Ihnen?«

»Warum nicht?«

»Haben Sie keine Lust, nach Deutschland zurückzukehren?«

»Nein.«

Das klang kalt und abweisend.

»Nun ja, zugegeben«, sagte Olaf leichthin, »es ist natürlich ein schönes, freies Leben hier. So ein bißchen romantisch noch. Bei uns ist alles viel enger. Aber ist die Arbeit nicht sehr schwer?«

Der Weißhaarige hob die Schultern, sein Blick war spöttisch. »Das macht mir nichts.«

»Das freut mich. Es beweist, daß es Ihnen gutgeht. Daß Sie gesund sind. Aber Sie sollten dennoch zurückkommen, Magnus Kamphoven. Man wartet auf Sie.«

Das Gesicht vor ihm war wie eine steinerne Maske. Der Mann wandte sich ab und wollte gehen.

»Warten Sie«, rief Olaf. »Warten Sie noch einen Moment, Herr Kamphoven.«

»Sie verwechseln mich zweifellos mit irgend jemand«, sagte der Mann.

»Wenn ich das tue, bitte ich um Entschuldigung. Aber ich glaube nicht, daß ich mich irre. Wollen Sie mir einen Augenblick zuhören? Wenn ich Ihnen verspreche, Sie dann nicht mehr zu belästigen.«

Der Mann stand regungslos und blickte Olaf an.

»Ich habe Sie gesucht, Herr Kamphoven. Daß ich Sie jetzt hier finde, ist ein Zufall. Ein glücklicher Zufall meiner Ansicht nach. Die Welt ist so groß, nicht wahr? Wir haben viel Mühe aufgewandt, Ihrer Spur zu folgen. Mühe, Zeit und Geld. Es wäre unfair, mir jetzt den Rücken zu kehren und mich stehenzulassen.«

»Was wollen Sie mir sagen?«

Olaf ballte, ohne es zu wissen, seine Hände zu Fäusten. Er war sehr erregt. Alles kam jetzt darauf an, die richtigen Worte zu finden.

»Ich möchte Sie bitten, heimzukommen.«

»Nein.«

»Warum nicht?«

»Warum sollte ich?«

»Herr Kamphoven, wir sind erwachsene Männer. Wir sollten nicht wie Knaben miteinander reden. Sie haben ein Recht, Ihr Leben zu leben, wie Sie wollen. Aber vielleicht haben Sie auch die Pflicht, an die Menschen zu denken, die – zu Ihnen gehören.«

»Zu mir gehören?« Die Stimme von Magnus Kamphoven war voll Hohn und Bitterkeit.

»Ich könnte auch sagen, Sie sollten an die Menschen denken, die Sie lieben.«

»Mich lieben?« Die Stimme war wie ein Hieb, kalt, scharf und voll Verachtung. »Dieser Begriff existiert für mich nicht.«

Es war totenstill. Außer Henrik verstand keiner, was gesprochen wurde. Aber alle verstanden, daß es eine dramatische Szene war.

»Das glaube ich Ihnen nicht. Aber wir wollen nicht um Worte streiten. Ihr Schicksal ist mir bekannt. Es ist schwer genug. Ich weiß, was Sie verloren haben. Es war der beste Teil Ihres Lebens. Aber ich kann nicht einsehen, warum Sie den Rest noch hinterherwerfen müssen. Breedenkamp wartet auf Sie, Magnus Kamphoven. Ihr Vater wartet auf Sie. Er ist ein alter Mann. Ich brauche Ihnen nicht zu schildern, was er gelitten hat. Ihre Tochter Christine wartet auf Sie. Es ist ihr größter Wunsch, daß Sie zurückkehren. Wenn ich ihr sage, daß ich Sie gefunden habe, und Sie kommen dann nicht... nein, ich würde es nicht sagen. Ich könnte es nicht.«

»Wer sind Sie?«

»Ich bin Olaf Jessen. Von Friedrichshagen.«

Es war dunkel geworden, sie konnten einander kaum mehr sehen.

»Falls Sie sich an Friedrichshagen erinnern. Wir sind Nachbarn, Herr Kamphoven.«

»Wie haben Sie mich gefunden?«

»Das ist eine lange Geschichte. Und zuletzt, wie gesagt, war es ein glücklicher Zufall.«

»Warum haben Sie mich gesucht?«

»Warum?« Olaf hob den Kopf, er blickte ins Dunkel, am Himmel flimmerten die ersten Sterne, es war kalt geworden. »Wegen Christine«, sagte er. »Ich liebe Christine. Sie hat ein schweres Leben gehabt. Ich möchte gern... gern etwas für sie tun.«

»Es war schon einmal jemand bei mir, der mir sagte, daß er Christine liebe.«

»Der ist in Vietnam umgekommen. Christine ist allein. Nein, nicht allein. Sie hat einen Sohn. Und sie wartet auf ihren Vater.«

»Sie kann nicht wirklich wollen, daß ich zurückkomme.« Zum erstenmal klang Magnus' Stimme bewegt, schmerzlich.

»Sie wünscht sich nichts mehr auf der Welt. Wir alle, Herr Kamphoven, wünschen es. Sie gehören zu uns.«

»Ich kann nicht.«

Olaf konnte sein Gesicht nicht mehr sehen, doch seine Stimme war jetzt voll Qual und Verzweiflung.

»Doch, Sie können es. Sie haben Schweres erlebt. Und Sie haben trotzdem in den letzten Jahren die Kraft aufgebracht, wie ein Mann zu leben. Doch nun bringen Sie auch die Kraft auf, heimzukehren. Vielleicht ist es das Schwerste, was man von Ihnen verlangen kann. Tun Sie es trotzdem.«

Magnus Kamphoven schwieg. Er stand im Dunkel, regungslos, stumm. Dann wandte er sich wieder zum Gehen, das Pferd an seiner Hand ließ den Kopf hängen, es war müde.

»Ich kann Sie nicht daran hindern«, sagte Olaf schnell, »wenn Sie morgen von hier verschwinden. Die Welt ist groß. Aber ich verspreche Ihnen etwas: Ich werde nicht mehr nach Ihnen suchen. Keiner wird nach Ihnen suchen. Wenn ich nach Hause komme, werde ich Christine sagen, daß Sie tot sind. Damit ihr die Qual des Wartens erspart bleibt. Ich werde sagen: Ich habe die Spur deines Vaters gefunden, aber er ist tot. Warte nicht mehr auf ihn. Er kommt nie zurück.« Olaf schwieg. Magnus schwieg auch.

»Das verspreche ich Ihnen«, fuhr Olaf nach einer Weile fort. »Denken Sie darüber nach. Ich bleibe noch drei Tage auf der Hazienda von Señor Manuel. Wenn Sie es sich anders überlegen, kommen Sie. Dann fliegen wir zusammen nach Deutschland. Ich bitte Sie, daß Sie kommen. Im Namen Ihres Vaters. Im Namen von Christine.«

Olaf ging zurück zu Henrik und Señor Gomez.

»Wir können fahren«, sagte er heiser. Er fühlte sich ermattet. An diesem Abend betrank er sich.

Magnus Kamphoven kam am dritten Abend. Sie saßen nach dem Essen im Patio, sie waren alle ein wenig bedrückt, denn jeder kannte nun die Geschichte. Senora Inez war fast in Tränen darüber ausgebrochen.

»Der arme, arme Mann«, hatte sie gesagt. »Man muß ihm helfen. Du mußt ihn holen, Manuel.«

»Nein«, widersprach Olaf. »Er muß von selbst kommen. Sonst taugt es nichts. Vielleicht ist er schon auf und davon. Dann kann ich es nicht ändern. Ich habe getan, was ich konnte.« Er mußte von Christine erzählen, das interessierte die Damen natürlich besonders. Er erzählte auch von Friedrichshagen und lud sie ein, ihn und seine Eltern in Deutschland zu besuchen.

So verging auch der zweite Abend und ein Teil des dritten. Olaf war enttäuscht. Er war wütend. Er war ruhelos. Was hatte er falsch gemacht? War es sinnvoll, noch einmal in die Pampas zu fahren und mit ihm zu sprechen? Falls er noch da war. Aber wenn er nicht kommen wollte, hatte es wenig Zweck. Magnus Kamphoven kam am dritten Abend.

Pepe, der Diener, kam in den Patio und meldete ihn an. »Gracias a Dios!« rief Donna Inez.

Señor Manuel sagte: »Wir müssen so tun, als ob es ganz normal wäre, daß er kommt. Man darf ihn nicht einschüchtern.«

Da war nichts einzuschüchtern.

Magnus kam langsam auf sie zu, er trug ein sauberes, weißes Hemd, sein Haar war ordentlich gebürstet, sein Gesicht tadellos rasiert. Er ging auf Donna Inez zu, verneigte sich leicht und sagte: »Buenas noches, Señora«, und als sie ihm die Hand entgegenhob, nahm er sie, beugte sich darüber und küßte die Luft, einen Millimeter vom Handrücken der Señora entfernt. Es war eine elegante und selbstverständliche Geste. Er richtete sich auf, blickte sich um und lächelte.

»Ich hoffe, ich störe nicht?«

An einem hellen Wintertag im Februar kam Olaf Jessen auf den Hof von Breedenkamp gefahren. Er stieg aus und blickte sich um. Zwei Wagen standen bereits da, der eine war der BMW von Petersen, den anderen kannte er nicht.

Olaf ging ins Haus. Zuerst kam ihm Jerome entgegen und begrüßte ihn erfreut, dann kam Kai und schrie begeistert auf, als er Olaf erblickte.

»Olaf! Olaf!«

Olaf hob ihn hoch und schwenkte ihn herum.

»Buenos dias, amigo!«

»Was heißt 'n das?« wollte Kai wissen.

»Guten Tag, mein Freund, heißt das. Wo ist die Mutti?«

»Draußen.« Kai machte eine vage Handbewegung über den Hof hin. Als nächste guckte Winnie zur Tür heraus.

»Mensch, Olaf, du bist wieder da!«

Sie kam auf ihn zu, ohne Krücken, ohne Stock, sie ging noch ein wenig unbeholfen, aber sie ging.

»Donnerwetter«, sagte Olaf. »Du läufst ja wie ein Hase.«

»Ja, was? Wie findste das?«

»Umwerfend.«

»Ich kann schon spazierengehen.«

»Wie ich dich zuletzt gesehen habe, bist du noch mit einem Stock herumgetapert.«

»Das war einmal. Komm rein. Wir trinken gerade einen Lütten. Petersen und seine Frau sind da. Fein, daß du kommst. Da kann ich dich gleich zu meiner Hochzeit einladen.«

»Zu deiner was?«

»Bist du schwerhörig?«

»Hast du gesagt, Hochzeit?«

»Hochzeit, Hochzeit«, echote Kai. »Das ist was Feines.«

»Wie oft machst du denn noch Hochzeit?«

»Ich hab' doch erst einmal.«

»Und wer ist der bedauernswerte Mensch diesmal?«

»Ich«, sagte Gerhard, der nun auch unter der Tür erschien.

»Kann nicht wahr sein! Das hättet ihr einfacher haben können.«

»Nun komm schon«, rief Winnie ungeduldig.

»Ich hab' keine Zeit, ich muß Christine sprechen.«

»Die ist im Stall. Wie kriegen gerade ein Kalb. Die kommt dann schon.«

Olaf ging ins Wohnzimmer, wo Petersen und seine hübsche, dunkelhaarige Frau auf dem Sofa saßen, bei Lütt un Lütt, und sich mit Jon unterhielten.

Als Olaf den alten Kamphoven sah, stieg eine wilde, heiße Freude in ihm empor. Die gleiche Freude, die er empfunden hatte, als Magnus in den Patio kam. Die Freude, die er empfunden hatte, als Magnus endlich neben ihm im Flugzeug saß.

Diese Freude heute war die größte. Da war Jon. Er lebte noch. Er würde seinen Sohn wiedersehen.

Er, Olaf Jessen, hatte das geschafft.

Olaf holte tief Luft, er legte den Kopf in den Nacken und lachte.

»Guten Tag allerseits«, sagte er, laut und vergnügt. »Hier

wird demnächst geheiratet, höre ich. Na denn, herzlichen Glückwunsch.« Er legte einen Arm um Winnies Schulter, den anderen um Gerhard. »Hat sich der Schulmeister die Winnie doch noch geangelt. Dieser Mensch hat Mut.«

»Da gehört weiter kein Mut dazu«, sagte Winnie gekränkt, »ich bin ein sehr vernünftiger, besonnener Mensch geworden.«

Darüber mußten alle herzlich lachen, sogar Jon.

»Und nenn ihn gefälligst nicht immer Schulmeister«, fuhr Winnie fort. »Er ist ein Herr Doktor. Und auch noch Professor.«

»Ich bin Dozent«, verbesserte Gerhard.

»Dann wird Winnie Frau Professor?« sagte Olaf. »So was darf nicht wahr sein!«

»Du gönnst es mir bloß nicht. So was passiert eben nur mir. Brauch' ich mich gar nich' zu anstrengen.«

»Professor, Professor!« sang Kai und hopste von einem Bein auf das andere.

»Warte du«, drohte ihm Gerhard, »wenn du erst bei mir im Seminar sitzt, wird dir das schon vergehen.«

»Bist du in Kiel?« fragte Olaf.

Gerhard nickte. »Ja.«

»Stell dir vor«, rief Winnie, »wir werden draußen am Niemannsweg wohnen. Ist das nicht vornehm?«

»Lausig vornehm. Ich wußte gar nicht, daß ein Professor soviel verdient.«

»Er schreibt ja auch Bücher. Er hat über bodenbiologische... eh, na was gleich? Ist ja egal, irgend so was hat er geschrieben. Das lesen sie überall, so gut ist das Buch.« Gerhard lächelte. »Ist doch fein, wenn man für etwas bewundert wird, das der Betreffende gar nicht kennt.« »Werd' ich alles noch lesen«, verwahrte sich Winnie. »Später.« »Na, nun trinkt erst mal einen Korn«, sagte Petersen. »Und setzt euch hin. Wie war's in Argentinien?« »Interessant. Sehr interessant«, antwortete Olaf. Er nahm das Glas, das Petersen ihm reichte, und prostete Gerhard zu.

»Auf dein Wohl, Schulmeister. Versuch mal, ob du dieses Mädchen endlich erziehen kannst. Sie hat es bitter nötig. Und von dir wäre es eine Meisterleistung.«

»Du sollst ihn nicht immer Schulmeister nennen«, tadelte Winnie.

»Laß ihn doch«, sagte Gerhard. »Was ist daran denn verkehrt? Ich bin doch einer. In meinen Ohren klingt diese Bezeichnung gar nicht übel. Prost, Olaf.«

»Wann wird denn geheiratet?«

»Sofort«, rief Winnie. »In den Semesterferien machen wir die Hochzeitsreise. Ich mache gleichzeitig eine Kur. Bewegungstherapie und so was alles. Und nun setz dich endlich.«

»Ich muß Christine sprechen. Ich will sie mitnehmen nach Friedrichshagen.«

»Heute?«

»Ja. Heute. Ich hab' nämlich einen Freund zu Besuch, der will sie kennenlernen.«

»Nö, das geht nicht«, sagte Winnie. »Wo Gerhard gerade da ist. Und Petersen. Runges wollen nachher auch noch kommen. Wir machen 'ne richtig schicke Party heute abend. Kann denn dein Freund nicht rüberkommen?«

»Mal sehen. Ich geh' mal eben in den Stall.«

»Ich komm' mit«, rief Kai.

»Du bleibst hier«, sagte Winnie. »Es ist kalt draußen, und du hast nichts Warmes an.«

»Zieh ich mir eben was an.«

»Bleib man da, Kai«, sagte Olaf, »ich komm' ja gleich wieder. Heb' mir noch 'n Schnaps auf.«

Das Kälbchen war schon geboren, es lag im Stroh, seine Mutter beleckte es.

»Alles in Ordnung?« fragte Olaf, als er zu Christine, Tomaschek und Ewald trat, die um Mutter und Kind versammelt waren.

»Ja«, sagte Christine. »Ging ganz leicht. Und sehr schnell. Man weiß das vorher nie, sie hat zum ersten Mal gekalbt.«

»Hübsches Kalb.«

»Ja. Du bist wieder da?«

»Seit drei Tagen.«

»War's schön?«

»Geht so. Hör mal, Christine, ich wollte dich bitten, mit nach Friedrichshagen zu kommen.«

»Wann?«

»Jetzt gleich.«

»Das geht nicht. Wir haben Besuch.«

»Du kannst natürlich auch morgen kommen. Bist du fertig hier? Dann laß uns hinausgehen.«

Draußen im Hof fuhr er fort: »Ich hatte mir das so vorgestellt: du gehst jetzt rauf, ziehst dir ein hübsches Kleid an, und dann fährst du mit mir hinüber.«

»Aber der Besuch!«

»Es sind doch genug Leute. Die können sich doch allein unterhalten. Wir haben auch Besuch. Und deswegen wollte ich, daß du mitkommst.«

»Wegen eurem Besuch?«

»Ja.«

»Muß es denn heute sein?«

Er blieb stehen. »Ich glaube schon, daß du mitkommst, wenn ich dir sage, wer da ist.«

Seine Stimme klang auf einmal so ernst, daß Christine auch stehenblieb und ihn fragend ansah.

»Jemand, den ich kenne?«

»Diese Frage ist gar nicht so leicht zu beantworten.« Er zögerte, suchte nach einer vorbereitenden Einleitung, aber es fiel ihm keine ein, er war auch zu ungeduldig, also sagte er kurz und bündig: »Dein Vater ist bei uns.«

Christine wurde blaß. Das Blut wich aus ihrem Gesicht, ihre Augen öffneten sich weit. Sprachlos starrte sie ihn an. Er faßte nach ihrem Arm. Christine war nicht der Typ, der in Ohnmacht fiel, aber man konnte ja nicht wissen.

»Was hast du gesagt?«

»Er ist wirklich da, Christine. Ich habe ihn mitgebracht.«

»Du hast...«

»Ich habe ihn gefunden. Mitten in Argentinien habe ich ihn gefunden. Und ich habe ihn dazu gebracht, mitzukommen, das war fast noch schwieriger. Lauf schnell hinauf und zieh dich um. Ich erzähle dir unterwegs alles.«

»Olaf!« Christine war noch immer totenblaß. »Oh, Olaf! Das kann ich nicht.«

»Doch, das kannst du. Wir sind schon seit drei Tagen da. Ich wollte gleich am ersten Abend kommen, aber meine Mutter meinte, ich solle noch warten. Man müsse ihm etwas Zeit geben, sich zurechtzufinden. Aber heute habe ich gesagt, ich fahre hinüber und hole dich. Ich hab's nicht mehr ausgehalten. Wir müssen uns gut überlegen, wie wir es mit deinem Großvater machen. Ich dachte, dich wird schon nicht gleich der Schlag treffen. Aber mit Jon müssen wir vorsichtig sein, nicht?«

»Oh, Olaf! Olaf!« sagte Christine noch einmal. Sie schwankte ein wenig, Olaf streckte die Arme aus und zog sie an sich, und Christine gab nach, einen Moment lang lag sie an seiner Brust, die Augen hatte sie geschlossen, er hörte das erregte Klopfen ihres Herzens.

»Ich habe Angst«, flüsterte sie.

»Ich glaube, er auch.«

»Du hast ihm gesagt, daß du mich holst?«

»Ja, natürlich. Er muß schließlich darauf vorbereitet sein.«

»Wie ist er denn? Geht es ihm sehr schlecht?«

»Schlecht? Da haben wir uns gewaltig geirrt. Er ist bestens in Form, physisch und psychisch. Ich habe ihn in Argentinien reiten sehen. Wie ein Junger. Das erzähle ich dir nachher alles. Seit er hier ist, spricht er mit Vater über die Entwicklung der Landwirtschaft. Er will alles ganz genau wissen. Im Sommer kannst du dich zur Ruhe setzen, da wird er den Laden hier schmeißen.«

»Nein, Olaf! Das kann nicht wahr sein.«

»Es ist genau so. Du wirst staunen. Du brauchst keine Angst zu haben, ihn zu treffen. Und nun lauf! Zieh dich um.«

»Was sagen wir den anderen?«

»Ich werde sagen, daß mein Freund Henrik da ist, der dich unbedingt kennenlernen will.«

»Winnie wird mitkommen wollen.«

»Winnie bleibt hier. Ich denke, sie ist mit Gerhard verlobt? Der kann gleich mal beweisen, ob er Autorität hat oder nicht. Winnie muß es endlich lernen, einem Mann zu gehorchen.«

Christine blickte ihn mit großen Augen an.

»Warum siehst du mich so an?«

»Ach, nur so. Klang seltsam, was du da eben gesagt hast. Aber momentan klingt alles seltsam für mich. Ich bin ganz durchgedreht. Komm!« Sie faßte nach seiner Hand, wie schutzsuchend, und so gingen sie ins Haus.

Auf der Fahrt nach Friedrichshagen erzählte er ihr, wie er

Magnus gefunden hatte. Und wie sie dann noch eine Weile zusammen in Buenos Aires verbracht hatten, Einkäufe für Magnus machten, und wie sie beide, Henrik und er, nicht aus dem Staunen herausgekommen waren, wie selbstverständlich und ohne Hemmungen sich Magnus in der großen Stadt, im Hotel, in den Restaurants bewegte.

»Binnen weniger Tage war er kein Viehhirt mehr, sondern ein Señor bester Herkunft. Der Flug, die Ankunft in Deutschland, das ging alles reibungslos. Erst als wir hier in die Gegend kamen, geriet er in Panik. Plötzlich wollte er umkehren. Laß mich gehen, sagte er zu mir. Und ich habe ihm geantwortet: Nur über meine Leiche, Magnus. Ich will dich heimbringen. Zu deinem Vater. Zu Christine. Vor allem zu Christine. Denn ich habe es nicht dir zuliebe getan. Ich habe es für Christine getan. Das zog bei ihm, weißt du.«

Olaf schwieg. Christine sagte auch nichts mehr, bis sie in die Zufahrt nach Friedrichshagen einbogen. Da legte sie ihre Hand auf Olafs Hand, die das Steuer hielt. Sprechen konnte sie nicht, die Kehle war ihr wie zugeschnürt. Sie hatte Angst. Sie hatte entsetzliche Angst. Keine Freude, nein. Keine Erwartung. Nur Angst.

Olaf nahm ihr den Mantel ab und reichte ihn Peter, dem Diener, der Christine scheu ansah, denn er wußte, worum es ging. Sie waren nicht in der Halle, sondern in Eleonores kleinem Salon – Claus Otto Jessen, Eleonore und Magnus Kamphoven, sie hatten Gläser vor sich stehen, sie hatten geredet, ein wenig nervös und zu laut, alle drei, sie lauschten immerzu, ob Schritte kamen.

Und dann ging die Tür auf. Olaf stand auf der Schwelle und schob Christine ins Zimmer. Sie war blaß, sie zitterte.

Magnus stand langsam auf, er blickte auf die Frau an der Tür, die seine Tochter war. Eine schlanke, schöne, hochgewachsene Frau, die er nicht kannte. Eine Fremde.

In diesem Augenblick bereute er zutiefst, gekommen zu sein. Der Abgrund war zu tief und zu breit. Der Abgrund der Zeit, der sich nicht überbrücken ließ. Und so tief und so breit er auch war, dieser Abgrund, seine Tat war dennoch nicht in ihm versunken. Nicht begraben darin. Nicht vergessen. Auf einmal war es, als sei es gestern geschehen.

Da standen sie beide und blickten sich an, über diesen Abgrund hinweg, der mit jeder Sekunde größer zu werden schien.

Keiner sagte ein Wort. Claus Otto Jessen blickte hilflos seine Frau an. Fiel ihr denn nichts ein?

Eleonore stand langsam auf, sie machte zwei Schritte auf Christine zu.

»Christine«, begann sie, aber Christine schien es nicht zu hören. Sie starrte immer nur auf den fremden Mann, der da stand, und der ihr Vater sein sollte. Auch sie hatte den Wunsch, sich umzudrehen und wegzugehen. Wegzulaufen. Wegzurennen, so schnell sie konnte.

Auf einmal spürte sie Olaf neben sich. Er stand ganz dicht neben ihr, seine Schulter berührte ihre Schulter, dann legte er die Hand auf ihren Rücken.

Das löste ihre Erstarrung. Ein Schluchzen stieg in ihre Kehle, sie hob die Hände in einer hilflosen Geste, preßte sie auf den Mund, Tränen stiegen in ihre Augen, liefen über ihre Wangen. »Vater?« flüsterte sie.

Sie tat einige Schritte auf ihn zu, er kam ihr entgegen, sie standen voreinander. Magnus' Gesicht war wie das eines Toten. Mitleid und Liebe überwältigten Christine, waren wie ein gewaltiger Strom, der ihr Herz mit sich riß, der den Abgrund der Zeit und der Entfernung unter sich begrub. »Vater!« rief Christine mit einem Aufschluchzen und umschlang ihn mit beiden Armen. Sie legte den Kopf an seine Schulter und weinte.

Eleonore machte eine Kopfbewegung zur Tür hin. Claus Otto Jessen schob sich vorsichtig aus seinem Sessel hoch und ging auf Zehenspitzen zur Tür, zur Tür hinaus, auch Eleonore, nur Olaf stand noch da, im Zwiespalt der Gefühle. Da weinte sie nun. Warum weinte sie denn? Sie sollte doch nicht weinen. Sie sollte sich freuen.

Seine Mutter zog ihn am Arm, widerstrebend ging auch er hinaus. Eleonore schloß leise die Tür, und Olaf fragte verstört: »Warum weint sie denn?«

»Frag nicht so dumm!« sagte Eleonore. »Kommt! Ich brauch' einen Schluck Sekt auf diese Szene hin. Mir sind die Knie ganz weich geworden. Ich bin selber einem Herzanfall nahe, und du fragst, warum sie weint!«

Der erste Abend war vergleichsweise einfach gegenüber dem, was folgte. Nun zeigte sich, daß die Ruhe und Sicherheit, mit der Magnus aufgetreten war, nur scheinbar war, daß sich hinter der beherrschten Haltung ein verstörter und tief verletzter Mann verbarg, der einfach noch nicht imstande war, das alles gelassen hinzunehmen, was auf ihn zugekommen war: das Wiedersehen mit der Heimat, mit alten Freunden, die Begegnung vor allem mit der eigenen Familie. Das Zusammentreffen mit Christine, die Erregung dieses Abends bewirkte eine Art Zusammenbruch. Auch das verbarg er vor den anderen. Oder er versuchte es zumindest. Jedenfalls wich er dem Zusammensein mit Menschen aus. Und er weigerte sich, seinen Vater zu sehen.

»Was hat er eigentlich?« fragte Olaf enttäuscht und verständnislos seine Mutter, als er einige Tage darauf ziemlich spät am Abend aus Breedenkamp zurückkehrte, nachdem er Christine heimgebracht hatte. Auch Christine hatte auf der Fahrt kaum gesprochen. Die verschlossene, abweisende Miene ihres Vaters, die Mühe, die es ihm ganz offensichtlich bereitete, auch nur das unverbindlichste Gespräch mit ihr zu führen, und schließlich seine harte Antwort auf ihre noch einmal vorsichtig gestellte Frage, wann er nach Breedenkamp kommen würde, hatten sie verwirrt.

»Nie«, hatte er erwidert.

Darauf schwiegen sie alle. Kurz darauf war Magnus aufgestanden, sein Gesicht war wie gefroren von der Anstrengung, Haltung und Form zu wahren. Mit einer leichten Verbeugung sagte er zu Eleonore: »Sie erlauben, daß ich mich zurückziehe?«

Kurz darauf ging Christine auch.

»Hab etwas Geduld«, sagte Eleonore mitleidig und küßte sie auf die Wange.

»Habe ich etwas falsch gemacht?«

»Gar nichts. Du mußt ihm Zeit lassen. Es ist einfach zuviel für ihn. Wenn wir ihn drängen, klappt er uns zusammen. Du merkst doch, daß er am Ende ist.«

»Soll ich morgen nicht kommen?«

»Vielleicht ist es besser, du kommst einen Tag nicht.«

Während der letzten Tage war Christine jeden Tag gekommen, meist abends, einmal auch am Nachmittag. Sie wartete immer darauf, daß sie Magnus endlich zu Jon bringen konnte. Alle warteten sie im Grunde darauf. Doch er hatte gleich am ersten Abend gesagt: »Nein. Noch nicht.«

Olaf ärgerte sich über diese Komplikationen, die er nicht einkalkuliert hatte. Und Christine tat ihm leid. Er hatte sie glücklich machen wollen. Und nun war sie unglücklich. Die eine Quälerei war zwar beendet – die Qual des Wartens. Nun begann die Qual des Zusammenfindens.

Olaf ging mit Christine ins Haus, saß noch eine Weile bei ihr. Jon war schon schlafen gegangen. Darüber waren sie beide froh. Besonders Christine. Denn sie fand es täglich schwieriger, Jon in die Augen zu sehen, weil sie immer meinte, er wisse oder ahne, was vor sich ging.

»Nimm's nicht so schwer«, sagte Olaf. »Er ist jetzt knapp eine Woche hier. Die Umstellung ist wohl wirklich zu strapaziös für ihn. Er wird sich eingewöhnen.«

Olaf fiel es schwer, Christine zu verlassen. Er hatte das Gefühl, er müsse sie in die Arme nehmen und trösten. Müsse ihr das Gefühl der Geborgenheit und Wärme geben.

Unter der Haustür nahm er sie wirklich in die Arme, und Christine wehrte sich diesmal nicht. Sie legte den Kopf an seine Schulter und seufzte.

Olaf hielt sie fest, er rührte sich nicht, er spürte sie in seinen Armen, hörte ihr leises Atmen. Was er empfand, ließ sich schwer in Worte fassen. Nicht in jene Worte, die er bisher verwendet hatte, wenn es sich um Frauen handelte. Es war ganz, ganz anders mit ihr. Es war eben doch Liebe... Ich liebe sie, dachte er verwundert, ich liebe sie, nur sie. Ich will keine andere mehr. Nie mehr eine andere – nur sie. Dann merkte er, daß sie weinte.

Er legte seine Wange in ihr Haar.

»Wein doch nicht, Christine. Es wird ja alles gut werden. Ganz bestimmt. Ich verstehe langsam, wie es ist. Daß ich ihn gesucht und gefunden habe, war nur der erste Teil. Vielleicht der leichtere Teil. Jetzt ist es seine Sache. Er ist so... so wie ein scheuer Vogel, der am liebsten fortfliegen möchte, weil er merkt, daß man ihn in einen Käfig stecken will. Und das kann er eben nicht vertragen.« Olaf räusperte sich verlegen. »Ich

Fremde. Nur dann konnte er sich frei fühlen. Nachdem er das Zuchthaus verlassen hatte, war er ein freier Mann gewesen. Ein relativ freier Mann. Denn natürlich blieb er ein Gefangener dessen, was geschehen war. Die beiden, die er getötet hatte, hatten ein Gefängnis um ihn errichtet, aus dem es kein Entrinnen gab. Sie waren seine gnadenlosen Wärter, in ihren Händen gab es keinen Schlüssel, der die Türen öffnete. Woanders konnte er das auch nicht vergessen. Aber er konnte leben und atmen in diesem unsichtbaren Gefängnis, weil keiner außer ihm davon wußte. Die Arbeit auf einer Ranch, auf dem Schiff und im Hafen – harte Arbeit – und zuletzt auch das freie Leben in der Pampas, hatten ihm die Möglichkeit geboten, sich mit der Vergangenheit zu arrangieren. Hier ging das nicht. *Es ging nicht, weil die anderen wußten.* Es war während der ersten Tage noch gegangen, die er in Friedrichshagen weilte. Doch seit Christine gekommen war, seit sich die Friedrichshagener gewissermaßen zu Familienmitgliedern entwickelt hatten, ging es nicht mehr.

Er wehrte sich gegen sie. Er wollte sie nicht. Er wollte allein sein. Und wenn es Menschen sein mußten, dann mußten es fremde Menschen sein.

Christines Besuche waren eine Qual für ihn. Anders als am ersten Abend. Da war alles Gefühl, Erregung, Schmerz gewesen. Doch dann wollte er nicht mehr mit ihr allein sein. Eleonore, intelligent und hellhörig wie sie war, hatte es gleich gemerkt. Sie fühlte, daß er sich um Distanz bemühte, daß er sich in sich selbst zurückzog.

An diesem Tag also war Christine nicht lange geblieben. Sie war unsicher, wußte nicht, wie sie sich verhalten sollte. Und hatte ein schlechtes Gewissen Jon gegenüber. Sie belog ihn. Zwar konnte man es nicht lügen nennen – sie verschwieg ihm etwas. Sie verschwieg ihm gerade das, was er als erster hätte wissen müssen. Wenn er es nun von anderer Seite erfuhr? Das Personal von Friedrichshagen wußte doch wohl, wer als Gast im Hause war. Wenn sie redeten... wenn es weitersickerte... hatte nicht Tomaschek sie heute morgen erst so komisch angesehen?

Nach dem Mittagessen waren Winnie und Gerhard nach Kiel gefahren, um die letzten Vorbereitungen für ihre Hochzeit und den Einzug in die neue Wohnung zu treffen. Sie waren heiter und vergnügt, merkten nichts von Christines Verstörtheit. Oder doch?

»Irgendwas stimmt doch mit dir nicht«, sagte Winnie. »Jetzt bist du jeden Tag hintereinander nach Friedrichshagen gefahren. Das sind ganz neue Moden. Und mich wolltest du partout nicht dabeihaben. Was machst du denn pausenlos da drüben?«

»Pausenlos? So ein Quatsch!« sagte Christine ungeduldig. »Ich hatte mit dem alten Jessen was zu bereden. Und ich habe ihn gestern und vorgestern nicht angetroffen.«

»Schon mal was von der Erfindung des Telefons gehört? Nee, Christine, mich mußt du nicht für dumm verkaufen. Du und der Olaf, da ist doch was los. Und das geht nun schon ewig. Warum heiratest du ihn eigentlich nicht?«

»Ich denke nicht daran«, gab Christine schroff zur Antwort. »Verschone mich mit deinem dummen Gerede. Es gibt Frauen, die haben auch noch andere Gedanken im Kopf als Männer und Heiraten.«

»Entschuldigen Sie vielmals, Frau Landwirtschaftsminister. Ich weiß, daß ich im Vergleich zu dir eine lächerliche Laus bin, nichts wie Männer und Heiraten im Kopf. Unfähig, auch nur das kleinste bißchen zu leisten. Ich möchte bloß wissen, wo ich die Berechtigung hernehme, noch zu leben. Ich hätte mir besser den Hals als die Beine brechen sollen.«

»Ach, laß mich doch in Ruhe!« sagte Christine ärgerlich und ließ Winnie stehen.

Streit mit Winnie, das war doch zu albern. Wo sie so froh darüber war, daß es Winnie wieder einigermaßen gut ging. Und richtig glücklich darüber, daß Winnie Gerhard heiraten würde.

Dann waren die beiden fort. Sie war mit Jon allein. Immer wenn sie Jon ansah, wurde ihr ganz elend. Sollte sie es ihm sagen? Was würde geschehen, wenn er es erfuhr?

Auch Jon wunderte sich, daß sie am Abend wieder nach Friedrichshagen fuhr. Olaf kam, um sie abzuholen.

Jon fragte: »Wer ist denn eigentlich da drüben?«

»Ach, nur Besuch«, antwortete Christine.

Jon betrachtete sie forschend. Sie war nervös und gereizt,

das merkte er. Ein Mann? Gab es wieder einen Mann in Christines Leben? Es wäre verständlich gewesen. Sie war nun schon lange allein. Aber sie wirkte nicht wie eine Frau, die glücklich und verliebt ist. Das merkte er auch.

Am nächsten Tag also blieb sie zu Hause. Das heißt nicht zu Hause – dazu war sie zu rastlos. Es war ein Samstag, und sie sagte, sie hätte Besorgungen zu machen. Am Vormittag setzte sie Kai ins Auto und fuhr mit ihm nach Lütjenburg. Es gab gar nicht viel zu besorgen, aber sie machte eine Menge unnützer Einkäufe. Zu Kais Entzücken kaufte sie sogar Spielzeug und neue Schuhe für ihn. Und als die Läden am Mittag schlossen, war sie geradezu enttäuscht.

Sie fuhr nicht nach Hause. Sie fuhr ans Meer bis zum Schönberger Strand und dann über Preetz in Richtung Plön. Kai fand das wunderbar, er redete ununterbrochen und meinte auf einmal: »Kommen wir aber mächtig spät heim. Da wird Telse schimpfen.«

»Meinst du?«

Kai nickte. »Das Essen ist schon lange fertig.«

In Rathjensdorf fuhr Christine vor das Gasthaus und stieg aus. »Wir essen hier«, sagte sie.

»Ja? Ui, fein«, rief Kai begeistert.

Er hatte selten Gelegenheit, auswärts zu speisen, und genoß es immer sehr.

Christine rief in Breedenkamp an, und glücklicherweise war Eva, Tomascheks Tochter, am Telefon.

»Sag Telse, daß wir nicht zum Essen heimkommen. Wir essen unterwegs.«

»Warum denn das?« fragte Eva erstaunt.

»Wir haben Lust auf eine kleine Abwechslung.«

»Da wird Telse aber schimpfen«, sagte auch Eva.

»Das kann ich nicht ändern«, erwiderte Christine kurz.

Sie mußte Kai die Speisekarte dreimal von vorn bis hinten vorlesen, und er überlegte lange und gründlich, was er essen wollte.

»Ein groooßes Schnitzel«, verkündete er schließlich strahlend, was weiter keine Überraschung war, denn er entschied sich immer für Schnitzel, wenn sie auswärts aßen.

Der Wirt setzte sich später zu ihnen an den Tisch und sah befriedigt zu, wie Kai das Schnitzel bis zum letzten Bissen verspeiste und immer wieder erklärte, daß es ihm prima schmekke.

Gestern erst sei Petersen dagewesen, erfuhr Christine dann. Mit großer Gesellschaft. Lauter Pflanzenschutzexperten. Von überall her.

»So?« sagte Christine gleichgültig.

»Sie brüten wohl wieder mal was Neues aus. Wenn man denen so zuhört, muß man sich bloß wundern, wovon sich die Menschen früher ernährt haben. Heute ist alles nur noch Chemie. Wenn das so weitergeht, kriegen wir unser Essen demnächst nur noch aus dem Laboratorium.«

»So wird's wohl enden«, stimmte Christine zu.

»Aber gestern hat ihnen mein Schweinebraten hier noch sehr gut geschmeckt.«

Ob Petersen wußte, daß Magnus da war? Petersen wußte immer alles. Wenn er bis heute noch nichts davon erfahren hatte, dann hörte er es bestimmt morgen.

Als sie am Nachmittag nach Breedenkamp zurückkamen, empfing Telse sie mit Vorwürfen. »Was ist eigentlich in dich gefahren? Jeden Tag rennst du in der Gegend herum.«

»Ich kann doch wohl man einen kleinen Ausflug machen«, sagte Christine gereizt.

Jon sagte nichts dazu. Er betrachtete Christine aufmerksam. »Olaf hat angerufen«, sagte er.

»Was wollte er denn?«

»Weiß ich nicht. Dich sprechen. Du sollst zurückrufen.«

»Wozu denn?«

»Hat er nicht gesagt.«

So ging es nicht weiter. – Etwas später rief sie in Friedrichshagen an. Auch Olaf wollte wissen: »Wo warst du denn?«

»Unterwegs«, gab Christine kurz zur Antwort.

»Das habe ich gehört.« Sie erzählte es ihm kurz.

»Da wäre ich gern dabeigewesen. Mit mir machst du so was nie. Du kommst heute nicht?«

»Wir haben doch ausgemacht, daß ich heute nicht kommen soll.« »Na ja, ist vielleicht gut, eine Pause zu machen. Aber mir fehlst du.« An diesem Abend setzte sich Christine vors Fernsehen. Das tat sie sonst nie.

In Friedrichshagen verlief der Abend ruhig. Magnus fragte nicht nach Christine. Keiner sprach von ihr.

Aber Magnus dachte an sie. Sie war nicht gekommen, also hatte sie wohl genug von ihm. Gut. Das war gut so. Ihn brauchte keiner zu lieben. Er wollte keinen.

Was war Christine denn für ihn? Eine fremde Frau. Aber er dachte an das Kind, das damals, stumm und starr, hinter ihm im Auto gelegen hatte. Das Kind, das im langen, weißen Nachthemd fassungslos vor den beiden Toten gestanden hatte.

Das hatte er nicht vergessen. So etwas konnte man nicht vergessen. Wie hatte sie eigentlich gelebt – danach? Wie war sie damit fertig geworden? Er konnte sie nicht fragen.

Spät am Abend kam Jost. Ohne seine Frau. Er war neugierig. Seine Mutter hatte am Telefon zu ihm gesagt: »Ich weiß nicht mehr weiter. Das läuft verkehrt.«

Jost brachte Bewegung in die erstarrte Szene. Er gab sich ganz unbefangen, tat so, als sei es die natürlichste Sache von der Welt, daß Magnus da war.

Gegen elf stand Magnus auf, machte seine höfliche kleine Verbeugung vor Eleonore. »Ich möchte mich zurückziehen. Gute Nacht.«

»Siehst du!« sagte Olaf zu Jost, als die Familie allein war.

»Ihr benehmt euch allesamt unnatürlich«, sagte Jost. »So kenne ich euch gar nicht.«

»Ist das ein Wunder?« fragte Olaf. »Du mußt das mal eine Woche mitmachen. Und heute ist nicht einmal Christine dabei. Dann ist es noch schlimmer, wenn sie hier ist. Mich macht das ganz verrückt.«

»Nun komm mal auf den Teppich und versuch die Dinge realistisch zu sehen.«

»Du hast uns gerade noch gefehlt. Schön, dann erklär du uns, wie die Dinge realistisch aussehen.«

»Du wolltest Magnus Kamphoven finden und heimbringen. Das war deine fixe Idee. Ich habe dir abgeraten. Offensichtlich hat er sich in den Pampas weitaus wohler gefühlt. Was ich durchaus verstehen kann. Du kannst den Mann nicht ohne Übergang in die Welt seiner Jugend versetzen, nach allem, was geschehen ist, und obendrein erwarten, daß er sich umgehend häuslich im Schoß der Familie niederläßt. Das kann nicht gutgehen. Er muß sich erst mal selber finden.«

»Er hat Zeit genug gehabt, sich selber zu finden.«

»Offenbar nicht. Weißt du, wie viele Jahre vergangen sind, seit er von hier fortging. Mann, sei doch nicht so blöd.«

»Gut. Du bist also schlauer. Was sollen wir tun?«

»Gar nichts. Laß ihm Zeit.«

»Das hast du von Mutter.«

»Sie hat recht.«

Der nächste Tag war ein Sonntag. Es war kalt, es schneite ein wenig. Die Brüder bewegten am Vormittag die Pferde, mittags gab es gut und ausgiebig zu essen. Eleonore war der Meinung, Leute, die gut gegessen hatten, mußten friedlich und umgänglich sein.

Später, sie saßen beim Mokka in der Halle, warm und gemütlich vor dem Kaminfeuer, ging Jost aufs Ganze.

»Was haben Sie vor, Magnus?«

»Ich weiß nicht. Ich weiß nur, daß ich hier nicht bleiben kann.«

»Das habe ich mir gedacht. Wie wär's, wenn Sie zu mir nach Hamburg kommen? Ich habe ein geräumiges Haus, in dem Sie ganz unbelästigt wohnen können. Wenn Sie das nicht wollen, können Sie in einem Hotel wohnen. Oder Sie nehmen sich eine kleine Wohnung.«

»Und wer bezahlt das?« fragte Magnus kühl.

»Zum Beispiel ich«, antwortete Jost sachlich. »Das kann ich mir mühelos leisten. Aber es findet sich auch Arbeit für Sie. In diesem Staat werden überall Leute gesucht, die arbeiten können und wollen. Auch dabei kann ich Ihnen behilflich sein. Nein, wehren Sie nicht ab, das ist eine Kleinigkeit für mich, das mache ich mit der linken Hand. Das könnte ich für viele Leute tun, nicht nur für Sie. Warum sollten Sie das ablehnen? Jeder Mensch braucht mal eine Starthilfe, das ist nichts Ehrenrühriges. Hauptsache, Sie können leben, wie es Ihnen paßt. Ihr eigenes Leben, in das Ihnen keiner hineinredet.« »Eine ganz gute Idee, nicht?« sagte Claus Otto Jessen unbeholfen. Er verstand das sowieso alles nicht. Er war ein unkomplizierter Mensch und mochte keine Schwierigkeiten. Wie immer in solchen Fällen sah er seine Frau an. »Findest du nicht auch?«

Eleonore lächelte. »Doch. Ich staune immer wieder, was ich für kluge Söhne habe.«

»Mich mußt du ausschließen«, sagte Olaf mißmutig. »Ich kann da nicht folgen.«

»Du bist ein sturer Hund, Olaf«, sagte Jost freundlich, »das warst du schließlich immer. Kein Mensch will dir den Lorbeer rauben, Magnus Kamphoven gefunden zu haben. Doch damit endet deine Aufgabe. Den Rest muß er selber besorgen.«

Olaf schwieg. Aber er mußte daran denken, wie Magnus an jenem Abend in den Patio der Hazienda gekommen war, freiwillig und von allein. Vielleicht hatte sein Bruder recht. Man durfte Magnus nicht drängen. Vielleicht mußte er genauso nach Breedenkamp gehen, freiwillig und von allein.

»Ich möchte nicht in Deutschland bleiben«, sagte Magnus.

»Okay, auch gut«, sagte Jost. »Wie wär's mit Genua? Ich habe zur Zeit zwei Kähne auf Kreuzfahrt laufen. Kreuzfahrten für Urlauber, das Geschäft der Zukunft. Einsatzhafen Genua. Ich brauche dringend jemand, der meine Interessen in Genua vertritt.«

»Brauchen Sie ihn wirklich?« fragte Magnus spöttisch.

»Klar doch«, erwiderte Jost ungerührt. »Fliegen wir nächste Woche runter und sehen uns das an.«

»Ich verstehe nichts vom Reederei-Geschäft.«

»Sie werden es lernen. Und wenn Ihnen Genua zu nahe ist, ich habe einen guten Freund in Hongkong, der ist im Export-Geschäft, und der könnte Ihnen leicht...«

Eleonore unterbrach ihn. »Jost, hör auf. Wir wissen alle, was du für ein Teufelskerl bist, aber du mußt nicht übertreiben.«

»So ein verdammtes Affentheater!« sagte Olaf erbost.

»Jost hat aber nicht unrecht«, sagte Eleonore. »Ich finde, es wäre ganz gut, wenn Magnus selbständig etwas unternimmt. Zunächst sollte er mal irgendwohin gehen, wo er Ruhe hat und sich alles überlegen kann. Später sehen wir weiter.«

»Nein«, widersprach Jost. »Keine Ruhe. Da kann er gleich zur Kur fahren. Noch kein Mensch ist zur Ruhe gekommen, wenn er seine Ruhe hat. Außerdem hat Magnus ruhige Zeiten gerade genug gehabt. Er braucht Arbeit, Anspannung, eine Aufgabe. Das ist es, was er jetzt braucht. Ob er dann später mal seinen Kohl auf Breedenkamp baut...«

»Auf Breedenkamp bauen sie keinen Kohl«, sagte Olaf wütend.

»Keinen Kohl, auch gut. Ich korrigiere mich. Ob er also Weizen drillt oder Pferde züchtet, das bleibt sich gleich. Jetzt soll er erst mal leben, wie er will, und arbeiten, was er will. Wo er will. Mit wem er will.«

»Und Jon?« fragte Olaf rücksichtslos.

Darauf schwiegen alle. Keiner wagte es, Magnus anzusehen.

»Du sprichst von meinem Vater?« fragte Magnus kalt.

»Verdammt noch mal, ja, ich spreche von deinem Vater. An ihn denkt keiner. Er ist ein alter Mann. Er hat ein schweres Leben gehabt. Wäre es nicht Zeit, daß er seinen Sohn wiedersieht? Ehe er stirbt. Ehe es zu spät ist.«

»Mein Vater braucht mich nicht«, sagte Magnus. »Er hat sein Leben zu Ende gelebt ohne mich. In all den Jahren habe ich nichts von ihm gehört. Wenn er nur einmal nach mir gefragt hätte...«

»Wen wundert das?« fragte Olaf. »Wenn ich dir so zuhöre, das ist doch typisch. Ihr seid beide von der gleichen Art.«

»Ich war tot für ihn«, fuhr Magnus unbeirrt fort. »Mehr als tot. Mein Name ist auf Breedenkamp bestimmt nicht genannt worden. Und es war richtig so. Ich hätte nicht hierherkommen dürfen. Ich hätte für sie tot bleiben müssen. Für Christine. Für meinen Vater. Ich kann nicht hierher zurückkehren und weiterleben, als wenn nichts geschehen wäre. Das kann kein Mensch von mir verlangen.«

Er hatte laut und heftig gesprochen, er saß da, den Kopf zurückgebogen, mit steifem Nacken, die Augen halb geschlossen. Keiner antwortete ihm.

»Ich bleibe nicht hier«, fuhr Magnus nach einer Weile fort, »das ist mein Ernst. Ich hoffe, daß mein Vater das verstehen kann. Wenn er es einsieht und wenn ihr alle meint, ich müßte ihn unbedingt sehen und wenn er mich überhaupt sehen will, dann...« er stockte, senkte den Blick, »dann soll Christine ihm sagen, daß ich da bin.«

Christine hatte es ihm schon gesagt. An diesem Sonntagnachmittag, fast zur gleichen Stunde.

»Fährst du heute nicht nach Friedrichshagen?« hatte Jon gefragt.

»Nein. Warum sollte ich?«

»Na, du bist fast jeden Tag dort gewesen.«

»Gestern nicht.«

Sie sah Jon an. In diesem Augenblick faßte sie den Entschluß, es ihm zu sagen. Ob Magnus kam oder nicht, Jon sollte wissen, daß er lebte.

»Großvater«, begann sie.

»Ja?«

»Ich muß dir etwas sagen.«

Jon ließ die Zeitung sinken. Über den Rand der Brille hinweg blickte er sie an.

»Was?«

»Etwas Wichtiges. Aber du darfst dich nicht aufregen.«

»Warum soll ich mich aufregen?« Er nahm die Brille ab.

»Willst du heiraten?«

Christine öffnete den Mund vor Erstaunen. Ihre Gedanken bewegten sich in so ganz anderen Bahnen, daß seine Frage sie aus dem Konzept brachte.

»Heiraten? Wie kommst du denn darauf?«

»Ich dachte nur so. Weil du immerzu nach Friedrichshagen tüderst. Ich dachte, da ist jemand.«

»Stimmt. Da ist jemand.«

Sie war auf einmal ganz ruhig. Jon war ihr Freund, ihr Vertrauter, der Mensch, der ihr am nächsten stand. Sie würde ihn nicht länger belügen.

»Magnus ist in Friedrichshagen.«

Es war sehr still im Wohnzimmer. Die Uhr tickte. Jerome seufzte und drehte sich auf die andere Seite. Die Zeitung in Jons Hand zitterte ein wenig.

Dann legte er sehr langsam, sehr behutsam erst die Zeitung auf den Tisch, dann die Brille.

»Erzähl mir das«, sagte er.

Christine erzählte ihm alles, was sie wußte. Alles, was geschehen war in den letzten Tagen.

Jon sagte kein Wort dazu. Mit gesenktem Kopf hörte er zu. Als sie fertig war, sah er sie an. »Warum hast du mir das nicht gleich gesagt?«

»Ich hatte Angst.«

»Angst? Wovor?«

»Daß du dich aufregst. Daß du...«

»Daß ich vor Schreck tot umfalle?« Jon legte die geballte Faust auf die Zeitung.

»Ich wußte, daß er eines Tages kommt. Du kannst meinem Sohn sagen, daß ich ihn zu sprechen wünsche.«

»Ja, Großvater«, sagte Christine. Ihr Blick war von Tränen verdunkelt, sie sprang auf und schlang beide Arme um seinen Hals.

»Du hast doch mich«, flüsterte sie. »Und du hast Kai. Wir haben dich so lieb. Und vielleicht kommt er eines Tages.« Jon saß steif und starr. Er fühlte ihre Tränen an seiner Wange. Seine geballte Faust öffnete sich langsam. Er war kein armer Mann. Er hatte Breedenkamp. Er hatte Christine und Kai. Und einen Sohn, einen einzigen, hatte er auch noch. Einen Sohn, der sein Leben vergeudet hatte. Das hatte er ihm bis heute nicht verziehen, das würde er ihm nie verzeihen. Es war so kostbar, dieses Leben. Den anderen war es so früh genommen worden. Dieser Sohn hatte es behalten und hatte es selbst zerstört. Eines Tages würde dieser Sohn begreifen. Und dann würde er heimkehren.

Jon stand vor der Tür, als Christine den Wagen durch die Lindenallee steuerte. Hager, groß, den Kopf hocherhoben, so stand er da und wartete auf seinen Sohn. Neben ihm saß der Hund.

Magnus und Christine hatten auf der Fahrt von Friedrichshagen herüber kein Wort gesprochen.

»Soll ich mitkommen?« hatte Olaf gefragt.

»Nein«, hatte Christine geantwortet.

Als sie durch das Torhaus fuhren, hob Magnus den Kopf und blickte sich erstaunt um. Es war alles genau wie früher. Nichts hatte sich geändert. Er hatte es vergessen wollen. Aber immer wieder hatte er es vor sich gesehen. Aber dann war es doch verblaßt.

Aber nun war alles wie früher: die Durchfahrt, der Hof, die Linden, noch kahl, seitwärts die Stallungen, und am Ende des Hofes, breit und groß und schön, das Haus.

Der Wagen stand. Christine rührte sich nicht. Dort stand der Großvater vor der Tür. Das Herz krampfte sich ihr zusammen. Was würde nun geschehen?

»Da ist er«, sagte sie leise.

»Ja«, sagte Magnus, »ich sehe ihn.« Seine Stimme klirrte von der Anstrengung, ruhig und gelassen zu sprechen.

Langsam und steifbeinig stieg er aus. Langsam und steifbeinig ging er auf das Haus zu. Der Alte stand regungslos und blickte ihm entgegen.

Und Christine, immer noch im Auto sitzend, dachte: Das hätte nie geschehen dürfen. Mein Vater hatte recht. Er durfte nicht zurückkehren.

Nun standen sie voreinander, Vater und Sohn, beide mit steifem Genick, beide Hochmut im Gesicht. Keiner sprach. Telse rettete sie.

Sie drängte sich an Jon vorbei und rief mit zitternder Stimme: »Da bist du ja, min Jung. Endlich biste da. Wie siehste denn aus?« Die Augen voller Tränen, blickte sie zu Magnus auf, streckte ihm die Arme entgegen. »Viel zu dünn biste!«

Und Magnus hob die Arme, zog Telse an sich, hielt sie fest, hielt sich an ihr fest, und über ihre bebenden Schultern hinweg traf sich sein Blick mit dem Blick seines Vaters. Jon räusperte sich, bewegte die Lippen, räusperte sich wieder und sagte: »Hör mit der Heulerei auf, Telse. Kommt rein!«

Christine sah ihnen nach, wie sie ins Haus gingen. Sie stützte die Ellenbogen auf das Lenkrad, schluchzte kurz auf, dann lächelte sie, blieb sitzen und starrte auf die Haustür, vor der keiner mehr stand.

An einem hellen, klaren Frühlingstag im April kam Christine zusammen mit Polly auf dem Schlepper in den Hof gefahren. Sie hatten an diesem Vormittag Kleegras über den Winterweizen gedrillt. Tomaschek, Bruno und Ewald waren dabei, alles für die Haferbestellung vorzubereiten. Das Wetter war gut, sie kamen zügig mit der Arbeit voran.

Kai kam ihr entgegen, sein Segelschiff unter dem Arm, und rief: »Der Großvater hat gesagt, ich kann mein Schiff heute im richtigen Wasser schwimmen lassen.«

»So? Wo denn?«

»In der Kossau. Die hat mächtig viel Wasser, sagt der Großvater.«

»Da kannst du nicht allein hingehen.«

»Kommste nich mit?«

»Mal sehen«, sagte Christine. »Vielleicht nachmittag.«

Als sie die Treppe hinaufgehen wollte, um sich zu waschen vor dem Essen, streckte Telse den Kopf zur Küche heraus.

»Er hat wieder geschrieben«, flüsterte sie aufgeregt.

Christine blieb stehen. »Was denn?«

»Weiß ich nicht. Er sagt mir ja nichts. Aber diesmal ist es ein Brief.«

Jon sagte auch zunächst zu Christine nichts. Erst nach dem Essen, als sie in der Veranda eine Tasse Kaffee tranken, legte er den Brief wortlos vor sie hin.

Bisher hatte Magnus zweimal geschrieben, seitdem er damals, im Februar, abgereist war, ohne zu sagen, wohin. Was er vermutlich selbst nicht gewußt hatte.

Zu Jon hatte er gesagt: »Ich kann hier nicht bleiben, Vater.«

Und Jon hatte darauf erwidert: »Das verstehe ich.«

Jons Verständnis, seine Einsicht, daß Magnus in seiner derzeitigen Verfassung überfordert sein würde, wenn man von ihm verlangte, sich in ihr Leben einzugliedern, hatte es für alle leichter gemacht. Vor allem natürlich für Magnus. Es gab keinen Streit, keine bösen Worte, keine Verbitterung. Magnus war zu einem Besuch gekommen, darüber freute sich Jon, er reiste wieder ab, das stand in seinem Belieben. Anders als in Friedrichshagen versuchte keiner, ihn zum Bleiben zu überreden. Christine richtete sich nach Jon. Sogar Telse, obwohl es ihr schwerfiel, hielt den Mund.

Sie sagte nur, als Magnus sich von ihr verabschiedete: »Da werd' ich dich wohl nich mehr wiedersehen, min Jung. Lang leb' ich wohl nich mehr. Aber ich bin dem lieben Gott dankbar, daß ich dich wenigstens noch einmal gesehen habe.«

Vater und Sohn reichten sich zum Abschied die Hand und sahen sich in die Augen. Sie bemühten sich um Sachlichkeit, aber es gab weder Feindschaft noch Kälte zwischen ihnen. Genauso sachlich hatte Jon gesagt: »Du wirst Geld brauchen, wenigstens für die nächste Zeit.«

Einen Augenblick lang hatte es ausgesehen, als wolle Magnus abwehren. Aber dann sagte er ruhig: »Ich wäre dir dankbar, wenn du mir etwas geben könntest.«

»Du bist Sohn und Erbe in diesem Haus«, sagte Jon. »Das beste wird sein, du richtest dir ein Bankkonto ein, wenn du weißt, wo du dich niederläßt. Ich kann dir dann regelmäßig Geld anweisen. Es steht dir zu.«

Aber sie wußten nicht, wo er wohnte, ob er überhaupt irgendwo wohnte, was er tat, wie und wovon er lebte.

Zwei Karten waren bisher gekommen, simple Ansichtskarten. Eine aus Essen, die andere aus Köln. Auf der ersten stand nur: Es geht mir gut, viele Grüße. Auf der zweiten stand noch der Satz dabei: Seltsam ist alles hier geworden, das Leben hat sich sehr verändert.

Es war verständlich, daß es Magnus schwerfallen mußte, sich in der Welt von heute zurechtzufinden. Das Deutschland der Nachkriegszeit, das er verlassen hatte, und das Deutschland der beginnenden siebziger Jahre, in das er zurückgekehrt war, waren so verschieden voneinander, als seien nicht zwei Jahrzehnte, sondern zwei Jahrhunderte vergangen.

Ein Absender war auf den Karten nicht angegeben. Auch keine Kontonummer.

Aber nun war ein Brief gekommen.

Der Brief kam aus Holland. Und er enthielt die Adresse, unter der Magnus zu erreichen war.

»Was macht er denn in Holland?« fragte Christine erstaunt.

»Lies erst mal.«

Und dann rief sie: »Er schreibt uns, wo er wohnt.«

»Ja«, sagte Jon befriedigt. »Diesmal schreibt er uns, wo er wohnt.«

Christine blickte von dem Brief auf und sah Jon an. Er freute sich, das war deutlich zu sehen.

Er arbeite seit vier Wochen in einer Baumschule, schrieb Magnus, eine Arbeit, die ihm Freude mache, und darum hoffe er, diesen Arbeitsplatz behalten zu können. Kam noch ein bißchen was über Land und Leute und die kleine holländische Stadt an der Westküste, in der er lebte. Er hätte ein hübsches Zimmer bei sehr netten Leuten, und er bekomme ausgezeichnet zu essen und hätte schon zugenommen. Dies solle man bitte Telse ausrichten.

Man konnte sagen, daß in diesem Brief erstmals ein Anflug von Humor zu finden war, und dies war ein Fortschritt.

Jon zündete sich eine Zigarre an und sagte: »Gib mir noch 'ne Tasse Kaffee.«

Ganz gegen seine Gewohnheit wurde er gesprächig, als Christine sagte: »Wie kommt er denn auf eine Baumschule?«

»Da hat er sich als Junge schon für interessiert. Bäume und Pferde, das war ihm immer das Wichtigste. Ewig hat er im Wald mit dem Forstmeister geschwatzt und dem ein Loch in den Bauch gefragt. Und hier im Garten hat er Bäume gepflanzt und umgesetzt, und die Obstbäume veredelt und all so was. Als er dann studierte, hat er auch Forstwirtschaft mitgehört und auch zwei Semester Gartenbau. Ja, so war das wohl.«

»Dann ist es ja gut, daß er so was macht, nicht?« meinte Christine.

»Das ist sehr gut. Er gewöhnt sich wieder dran, wie es ist, wenn etwas aus der Erde wächst.«

»Eines Tages kommt er bestimmt nach Hause«, sagte Christine auf einmal, nachdem sie den Brief zum drittenmal gelesen hatte. Das hatte sie noch nie gesagt, weil sie nicht gewagt hätte, diesen Gedanken vor Jon auszusprechen.

Und Jon erwiderte mit größter Selbstverständlichkeit: »Er kommt nach Hause. Früher oder später kommt er. Vielleicht erst wenn ich tot bin.«

»Aber Großvater!«

»Da wird es für ihn leichter sein«, sagte Jon ohne jede Gefühlsduselei. »Kann man ja verstehen, nicht? Mir macht das nichts aus. Hauptsache, er kommt. Und er wird kommen, du wirst es sehen.«

An diese Worte mußte Christine denken, als sie später am Nachmittag mit Kai und dem Segelschiff hinunter zur Kossau spazierte. So war er eben, der Großvater. Nicht sentimental, nicht gefangen in Vorurteilen und Engstirnigkeit. Manche hatten gesagt, er sei hart und gefühllos. Manchmal hatte sie das auch gedacht, früher. Aber sie wußte es längst besser. Sie verstand ihn. Und sie liebte ihn, so wie er war. Er war stolz und er war frei. Und darum respektierte er den Stolz und die Freiheit eines anderen.

Und wenn Magnus genauso war, wenn er so gewesen war,

dann, das begriff Christine auf einmal, dann mußte man ihm die Zeit und Gelegenheit geben, zu sich selbst, zu seiner wirklichen Persönlichkeit zurückzufinden. Das war wichtiger als die Rücksicht auf eine Familie, auf einen Vater und eine Tochter. Denn was hätten die schon von einem innerlich verstümmelten Menschen?

Sie stand am Ufer der Kossau, die jetzt im Frühling mehr Wasser führte als sonst, und sah Kai zu, der sein Segelschiff schwimmen ließ, und plötzlich fühlte sie sich leicht und frei. Es würde alles gut werden, sie spürte es. Sie wußte nicht, wie es werden würde, aber so wie es kam, würde es gut sein. Der Frühling war da, der Sommer kam, die Erde lebte, sie alle lebten, wie es ihnen bestimmt war. Weil sie so waren, wie sie waren. Ihr Leben war nicht leicht gewesen. Aber sie liebte es trotzdem. So wie sie das Land liebte, ihren Sohn, den Großvater. Und auch ihren Vater, der zu ihnen gehörte, trotz allem, was geschehen war. Jon wußte das. Sie wußte es jetzt auch.

An diesem gleichen Nachmittag fuhr Olaf Jessen nach Dressendorf, weil er mit Forstmeister Kuhnert etwas zu besprechen hatte. Doch der Forstmeister war nicht da. Er sei drüben auf Breedenkamper Gebiet, sagte seine Frau, dort sei ein größerer Einschlag geplant.

»Ich schau' mal rüber«, sagte Olaf, »vielleicht treffe ich ihn.«

Von der Straße aus sah er den Wagen des Forstmeisters am Waldrand stehen. Er bog auf den Feldweg ein und fuhr auch zum Waldrand hinauf, stieg aus und ging in den Wald hinein. Er fand den Forstmeister und einen seiner Gehilfen oberhalb des Kossautales. Bei ihm standen Christine und Kai.

»Nanu!« sagte Olaf. »Was macht ihr beiden denn hier?«

»Wir gehen spazieren«, sagte Christine und lachte. Sie sah fröhlich aus, ihr Haar glänzte in der Sonne.

Kai rief: »Olaf, ich hab' mein Schiff schwimmen lassen.«

»Wo läßt du denn hier ein Schiff schwimmen?«

»In der Kossau«, sagte Christine. »Die hat zur Zeit allerhand Wasser. Sieht fast aus wie ein richtiger Fluß.«

»Du mußt mitkommen, Olaf, ich zeig' dir, wie es schwimmt.«

»Gleich. Erst muß ich mit Herrn Kuhnert reden.«

Später gingen sie zu dritt durch den Wald, zur Kossau hinunter.

»Daß du einfach so spazierengehst, am hellen Werktag«, sagte Olaf. »Hast du denn nichts zu tun?«

»Ich habe heute schon genug gearbeitet. Großvater hat uns losgeschickt. Laß endlich mal dem Jungen sein Schiff schwimmen, hat er gesagt, er wartet lange genug darauf. Das Schiff hat er nämlich von Gerhard bekommen, schon letzten Herbst. Bis jetzt schwamm es nur in der Badewanne.«

»Badewanne ist Mist«, warf Kai dazwischen.

»Du hörst es«, sagte Christine und lachte wieder.

Olaf blickte sie von der Seite an.

»Du bist so guter Laune.«

»Ja. Heute ist ein glücklicher Tag.«

»Warum?«

»Vater hat geschrieben.«

»Und?«

»Er hat uns seine Adresse mitgeteilt.«

»Wo ist er denn?«

»In Holland.«

»In Holland? Was macht er denn da?«

»Er arbeitet in einer Baumschule, und das macht ihm großen Spaß.«

Olaf blieb stehen. Er warf den Kopf in den Nacken und lachte. Laut und herzhaft, wie er früher gelacht hatte. Christine hatte es lange nicht mehr bei ihm gesehen.

»Kann nicht wahr sein! Der kommt doch auf die komischsten Ideen. Erst hütet er argentinische Rinder, und jetzt züchtet er holländische Bäume. Hat hier ein Riesengut, und dort begießt er den Holländern ihre Bäume. Ihr seid schon eine verrückte Familie.«

»Muß wohl so sein. Kommt mir fast selber so vor.«

»Und dein Großvater?«

»Der findet das ganz in Ordnung. Er versteht ihn.«

»Na schön. Brauchen wir uns ja den Kopf nicht mehr zu zerbrechen.«

Sie waren unten an der Kossau angekommen, und Kai ließ sein Schiff ins Wasser.

»Fall nicht rein«, rief Olaf, »das Wasser ist noch kalt.«

»Ich fall' nich rein«, schrie Kai zurück, »ich nich.«

Er hatte eine Schnur an seinem Schiff, damit es ihm nicht davonschwamm. Die Schnur fest in der Hand haltend, folgte er der raschen Fahrt des Schiffs flußabwärts.

»Geh nicht zu weit«, rief Christine ihm nach.

»Ich segel' nach Amerika«, schrie Kai.

Dann war es auf einmal still, nur der kleine Fluß murmelte vor sich hin, und ab und zu erklang das Zwitschern eines Vogels. Die Bäume und Büsche trugen erstes junges Grün, am Ufer blühten Himmelschlüssel.

»Ich bin dir so dankbar, Olaf«, sagte Christine.

Er sah sie erstaunt an. Das hatte sie noch nie gesagt. Manchmal hatte er in den vergangenen Wochen gedacht, daß er nichts Dümmeres hatte tun können, als nach Magnus zu suchen und ihn zurückzubringen.

»Warum? Wegen ihm?«

»Ja. Es war gut, daß du ihn gefunden hast. Eines Tages wird er kommen und hierbleiben. Großvater sagt das auch.«

»Na ja«, meinte Olaf skeptisch, »warten wir mal ab.«

Christine lachte schon wieder. So oft hatte er sie noch nie lachen sehen.

»Vielleicht macht er dann hier auch eine Baumschule. Das wäre was für Petersen. Der versteht sicher davon eine Menge.«

»Klar doch. Was versteht Petersen nicht?«

Aber seine Gedanken waren nicht bei Petersen, nicht bei der Baumschule, auch nicht bei Magnus. Dankbarkeit! Das war es nicht, was er wollte. Hatte sie es noch nicht begriffen?

So wie sie jetzt miteinander redeten, war es ja ganz nett. Aber vor zwei Monaten, als Magnus dagewesen war, war es anders gewesen. Da war sie ihm nahe gewesen, hatte Hilfe und Trost bei ihm gesucht. Jetzt hatte sie das offenbar nicht mehr nötig. Und wenn er versuchen würde – was? Ihr zu sagen, daß er sie liebte? Das mußte sie wissen.

Es raschelte im Gebüsch. Kai kam gebückt angeschlichen, sein Segelschiff trug er unter dem Arm. Er war ganz aufgeregt.

»Ich muß euch was zeigen«, flüsterte er.

»Warum flüsterst du denn?« fragte Christine.

»Pst! Du mußt ganz leise sein. Ganz leise.«

»Warum denn?«

»Kann ich nich sagen. Muß ich euch zeigen. Aber leise.«

Gebückt wie er schlichen sie durch die Büsche, folgten ihm den Weg zurück, den er gekommen war, am Ufer der Kossau entlang.

Ein Stück weiter flußabwärts war eine kleine Mulde, die Sonne schien herein und da...

»Da!« flüsterte Kai. »Siehst du ihn? Mutti, siehst du ihn?«

Auf einem Ast, der über das Wasser ragte, saß ein kleiner, blauer Vogel. Sein Gefieder glänzte in der Sonne wie Metall, er wandte den Kopf hin und her, spähte den Fluß hinab und hinauf, dann hüpfte er ein Stück auf dem Ast seitwärts, der Ast schwang leicht, doch dann saß der Vogel wieder still, legte den Kopf auf die Seite und schien gerade zu ihnen herzusehen.

Christine hatte in maßlosem Erstaunen die Hand auf den Mund gelegt, um einen Ausruf zu unterdrücken. Und dann, mit einem raschen Schwung, flog der Vogel auf, stieß einen hellen, hohen Ruf aus, und wie ein blaublitzender Funke flog er mitten über dem Fluß zwischen den Büschen flußabwärts.

»Och!« machte Kai enttäuscht.

Mit strahlenden Augen blickte er dann zu Christine auf.

»Hast du ihn gesehen, Mutti? Hast du ihn gesehen?«

»Ja, Kai, ich hab' ihn gesehen. Es gibt ihn also wirklich.«

Olaf sah sie an. Ihr Gesicht war ganz kindlich vor Erstaunen, ihre Augen ganz groß.

»Es gibt ihn wirklich«, wiederholte sie. »Ich habe ihn noch nie gesehen.«

»Jetzt wissen wir, wo er wohnt, Mutti«, sagte Kai eifrig. »Wir können immer hergehen, wenn wir ihn sehen wollen. Wenn wir ganz leise sind, hat er bestimmt keine Angst.« Er ging bis an den Rand des Flusses und blickte in die Richtung, in der der blaue Vogel verschwunden war, verschmolzen mit dem Blau des Himmels, funkelnd im Licht der Sonne wie ein Edelstein.

»Hast du gesehen?« sagte Christine zu Olaf. »Es gibt ihn wirklich.«

»Der blaue Vogel. Ich habe ihn lange nicht mehr gesehen.«

»Du kennst ihn?«

»Es ist ein Eisvogel. Als Junge habe ich ihn oft gesehen. Er ist selten geworden. Ich dachte, er sei ausgestorben.«

»Und ich dachte, es wäre unser blauer Vogel«, sagte Christine enttäuscht.

»Aber sicher ist er das. Wessen denn sonst? Dein blauer Vogel, Christine. Der Glücksvogel. Kai hat ihn für dich entdeckt.«

»Für mich?« Sie wandte sich ihm zu, sie lächelte. »Nicht nur für mich. Für uns.«

Sie hob die Hand und streckte sie ihm entgegen.

»Für uns, Christine?« Er nahm ihre Hand, zog sie an sich, und Christine legte ihre Wange an seine.

»Es muß einen Grund haben«, sagte sie leise, »daß wir ihn zusammen gesehen haben. Gerade heute. Wir sind noch nie zusammen an der Kossau gewesen, nicht? Heute sind wir da, und der blaue Vogel ist auch da. Das bedeutet doch etwas.«

Er schloß die Arme um sie, Christine bog den Kopf zurück, ihre Augen waren hell und blau wie der Frühlingshimmel.

»Könnte es bedeuten, daß wir zusammengehören?« fragte er.

»Ja«, sagte Christine. Und noch einmal, sehr bestimmt: »Ja.«

Sie schloß die Augen, er küßte sie, ihre Lippen öffneten sich bereitwillig, sie küßte ihn auch.

»Was macht ihr denn da?« fragte Kai verschüchtert. Er war vom Flußufer zurückgekommen und stand unsicher neben ihnen. Ohne Christine loszulassen, sagte Olaf: »Wir heiraten.«

»Was is 'n das?« fragte Kai.

»Wir machen Hochzeit.«

»So wie Winnie?«

»Ganz genau so.«

»Gibt es da auch so viel Kuchen?«

»Viel mehr«, prahlte Olaf. »So viel Kuchen hast du noch nie gesehen.«

»Ui fein«, schrie Kai, »Hochzeit ist prima.«

»Find' ich auch«, sagte Olaf, er lachte, hob Kai hoch und schwenkte ihn in die Luft.

»Wann?« fragte Kai, als er wieder Luft bekam. »Morgen?«

Olaf sah Christine an. »Wann?« fragte er. »Morgen?«

»Wenn der Raps blüht«, sagte Christine.

Von ganz weit her, durch das Tal der Kossau herauf, klang der helle, triumphierende Ruf des Vogels.

INHALT